EUGENIA CASANOVA

Cualquier forma de reproducción, distribución, comunicación pública o transformación de esta obra solo puede ser realizada con la autorización de sus titulares, salvo excepción prevista por la ley.
Diríjase a CEDRO si necesita reproducir algún fragmento de esta obra.
www.conlicencia.com - Tels.: 91 702 19 70 / 93 272 04 47

Editado por Harlequin Ibérica.
Una división de HarperCollins Ibérica, S.A.
Núñez de Balboa, 56
28001 Madrid

© 2019 Victoria Eugenia García Casáñez
© 2019 Harlequin Ibérica, una división de HarperCollins Ibérica, S.A.
Prefiero llamarlo magia, n.º 197 - 1.10.19

Todos los derechos están reservados incluidos los de reproducción, total o parcial. Esta edición ha sido publicada con autorización de Harlequin Books S.A.
Esta es una obra de ficción. Nombres, caracteres, lugares, y situaciones son producto de la imaginación del autor o son utilizados ficticiamente, y cualquier parecido con personas, vivas o muertas, establecimientos de negocios (comerciales), hechos o situaciones son pura coincidencia.
® Harlequin, HQN y logotipo Harlequin son marcas registradas por Harlequin Enterprises Limited.
® y ™ son marcas registradas por Harlequin Enterprises Limited y sus filiales, utilizadas con licencia. Las marcas que lleven ® están registradas en la Oficina Española de Patentes y Marcas y en otros países.
Imágenes de cubierta utilizadas con permiso de Shutterstock.

I.S.B.N.: 978-84-1328-481-1
Depósito legal: M-25001-2019.

*A mis hijos y mi nieta,
mi auténtico y particular tesoro.*

Yo no soy lo que me sucedió. Yo soy lo que elegí ser.

Karl Gustav Jung

Capítulo 1

Me sentí perdida en aquellas tierras de Périgueux, en Aquitania. Debí quedarme en París, en mi pequeño apartamento desde el que miraba por la ventana como excluida de la vida; para mí todo se había terminado. Si hubiese sabido lo que aquella carta me traería no habría firmado el acuse de recibo, total después la dejaría olvidada; tampoco habría descolgado el teléfono, cansada de su insistencia. En la pantalla aparecía siempre lo mismo: 347... contacto desconocido. Recordé cuanto había sucedido desde que por fin contesté y una voz impersonal de mujer joven preguntó:
–¿Juliette Moreau?
–Sí.
–Le paso con el señor Duhamel, notario de Périgueux.
El corazón se me disparó, podía sentir sus latidos en las sienes, en el cuello y en las manos. La ansiedad me oprimía el pecho hasta casi impedirme respirar. «Dios mío», pensé, «¿qué más puede suceder?», porque aunque yo no tenía ninguna relación en esa población y ni siquiera sabía quién llamaba, estaba convencida de que aquello no podía ser nada bueno.
–¿Señorita Juliette Moreau? –preguntó una voz masculina suave y desconocida–. Soy Serge Duhamel. Disculpe, pero tras su silencio ante nuestra carta nos pone-

mos en contacto telefónico con usted para comunicarle la conveniencia de que se presente en la notaría de esta localidad para recibir una herencia.

–¿Una herencia? –pregunté sorprendida y añadí–: ¿Quién me puede dejar a mí una herencia? No conozco a nadie en Périgueux. No tengo parientes ricos y si voy a heredar deudas es preferible que le pegue usted fuego al testamento –concluí con amargura.

–Créame, señorita Moreau, le conviene venir. Es usted la bisnieta más joven de Jacques Bernard y por lo tanto heredera de su única hermana, Margueritte Bouvier-Bernard, según la propia voluntad de esta.

¿Cómo sabían quién era yo? Indudablemente habían hecho averiguaciones, pero, ¿hasta dónde?

–¿Mi bisabuelo tenía una hermana?

–Así es. Le reitero, pues, la necesidad de que se presente usted en esta notaría para los trámites legales pertinentes. Podríamos reservarle el próximo lunes por la mañana.

–Está bien –asentí.

Apenas corté la comunicación me arrepentí de haber aceptado. Dije «está bien» como pude haber dicho «no pienso ir», que habría sido lo más honesto porque así lo pensaba.

Llamé a mi hermano August, que estaba en Islandia fotografiando glaciares, le puse al corriente de lo que me había transmitido el notario y él me aconsejó ir, salir de mi clausura, dijo que esta era la ocasión perfecta para hacerlo. Lamentó no poder acompañarme, estaba muy lejos y había empezado hacía muy poco en su nuevo trabajo, así que debía comprenderlo; y lo comprendía, pero me sentía incapaz de dar un solo paso. No quise llamar a Roxanne, mi hermana mayor, que ya me mareaba bastante insistiendo en que debía dejar de mirar hacia atrás y mirar hacia adelante. Habían pasado más de dos años de aquello y seguir con mi actitud empezaba a ser patológico. ¡Como si fuera tan fácil!, a saber qué habría hecho ella en mi caso. Hablar era muy sencillo, pero ella no entendía cómo me sentía.

Apenas media hora después sonó el timbre de la puerta. Por la insistencia supe que era Roxanne, respiré hondo, me armé de valor y abrí. Mi hermana entró como un ciclón, era una persona arrolladora, con una energía inagotable, tenía diez años más que yo, pero en aquel entonces yo parecía su abuela.

—¡Cuéntame! —dijo al entrar. Ni un buenos días, ni un cómo estás—. August me ha llamado, me ha dicho algo de una herencia, pero no ha sido muy explícito, solo me ha dicho que eres la única heredera de la tía bisabuela Margueritte.

—¿Tú la conocías?

—Nadie la conocía, la abuela me habló de ella en una ocasión, aunque tampoco la conoció. Por lo visto se escapó de su casa cuando era muy joven, hubo un gran disgusto y aunque su padre quiso enterrar su recuerdo, el bisabuelo mantuvo algún contacto con ella. Tienes que ir, ¿cuándo te esperan?

—El lunes por la mañana, pero no pienso acudir.

—Por supuesto que irás. Hasta ahora es jueves y alcanzo a sacarte un billete de avión para el sábado, es más rápido y tendrás menos tiempo para darle vueltas en la cabeza. —El tono de mi hermana no admitía réplica—. Saldremos de compras ahora mismo. Es necesario que te quites esos guiñapos y te vistas de persona, ya está bien de parecer un personaje de *Los miserables*. Primero iremos a la peluquería, necesitas un tratamiento integral de estética; tu cabello es indescriptible y tienes pelos hasta en las orejas. Conseguiremos que parezcas un ser humano otra vez. Con ese aspecto jamás recuperarás tu autoestima.

—Roxanne, no tengo dinero —dije agobiada.

—No te he preguntado eso. He dicho que vamos a ir de compras y a la peluquería.

—Tengo miedo, Roxanne. —Reconocí que ese era el auténtico motivo.

—Lo sé, cariño. —Se dulcificó y me abrazó con ternura—. Sé que lo estás pasando muy mal, sé que lo que te ha pasado es terrible, sé que tu vida está rota; pero también sé que todo pasa, y que esta herencia es providencial porque te va a obligar a salir y, cariño, la vida está ahí afuera. No puedes seguir aquí metida; te espera una vida por vivir, aunque de momento no sepas cuál ni cómo hacerlo.

Me abracé a mi hermana y rompí a llorar. Me dolía mucho el pasado, pero, sobre todo, me asustaba muchísimo el futuro porque me sentía tan insegura y débil que me creía incapaz de valerme sola. Me duché llorando todavía y me puse lo más decente que tenía: un vaquero que se me había quedado muy grande y una camisa que me sobraba por todas partes. No me quise mirar al espejo, hacía tiempo que evitaba hacerlo, mi aspecto me deprimía, me veía vieja y cansada, y si intentaba arreglarme, aún más patética. Había perdido mi trabajo, solo tenía una prestación por desempleo que pronto terminaría al no poder demostrar que estaba buscando, porque en realidad no lo hacía. Eso me daba para el alquiler y los gastos del mes, y aunque mi familia me ayudaba y quería ser más generosa conmigo, yo no me permitía aceptar más que lo imprescindible; no quería ser una carga para ellos a pesar de que tenían una buena economía. Mis padres, ya jubilados, se habían ido a vivir a España, a Altea, a orillas del Mediterráneo; y Roxanne y su marido Pierre eran profesores, ella de historia y él de filosofía. No parecían plantearse tener hijos. Mi hermana ya había cumplido treinta y seis años y aún podrían, pues actualmente las mujeres, en un porcentaje elevado, son madres rondando los cuarenta. Roxanne y Pierre vivían en el campo y parecía que sus perros colmaban su necesidad afectiva. Mi hermano August, seis años mayor que yo, era fotógrafo y había tenido un estudio en el piso que compartía con su novia, pero aprovechó la oportunidad de trabajar con la *National Geographic* y recorrer mundo. Él y su novia Odette llevaban una vida más bohemia, pero les iba muy bien. Yo, después del robo, me quedé sin trabajo.

La tarde fue agotadora. Estuvimos en la peluquería tres horas. El servicio fue completo: depilación integral, manicura, pedicura y después lavado, mascarilla hidratante y corte de pelo. No permití tintes ni reflejos. Aunque agradecí de verdad el resultado, estaba empezando a sentir ansiedad. No quedaba mucho tiempo para compras, pero mi hermana se obstinó en pasar por una boutique cercana solo para comprar unos pantalones de mi talla actual y una camisa decente. Me hizo salir con la ropa puesta y después me llevó a cenar.

–Vamos –dijo–, hace mucho que no sales a la calle y esto hay que celebrarlo.

Todo me resultaba nuevo, en ese momento me pareció increíble haber permanecido tanto tiempo enclaustrada. Pensé que era un verdadero desatino haberme perdido París durante todo ese tiempo. Al cruzar un semáforo pude ver nuestra imagen reflejada en el cristal de un establecimiento: mi hermana me llevaba cogida del brazo, contemplé dos mujeres jóvenes y guapas, una muy delgada. Me sentí muy bien. Hacía dos años que no me gustaba nada, pero la imagen que aquel cristal me devolvía era la de una mujer atractiva, aunque, eso sí, triste. Cuando mi hermana me dejó en casa, la abracé emocionada.

–Gracias, muchas gracias –le dije sin poder añadir nada más.

–No seas boba. Sabes que me gusta verte feliz y que te quiero mucho.

Hacía demasiado tiempo que nadie me decía «te quiero» y me puse a llorar.

–Mañana a las nueve pasaré a recogerte, tenemos muchas cosas que comprar –añadió a modo de despedida.

Si la tarde anterior me pareció agotadora, esa mañana me desbordó totalmente, estaba como idiotizada. Me aturdía el ajetreo de los viernes en los centros comerciales; ni siquiera antes me gustaban esos lugares los fines de semana, parecía que la gente iba exclusivamente a revolverlo todo y a hacer vida social. Para salir pronto de allí me habría quedado con lo primero que hubiera visto, pero Roxanne parecía disfrutar cargando con montones de ropa para que me la probase y eligiese lo que más me gustara, elección que tuvo que hacer ella porque yo era incapaz de decidir. Ni siquiera recordaba lo que me gustaba, ni lo que quería, ni lo que me favorecía. Mi hermana se volvió loca comprando y mi ansiedad crecía a medida que veía aparecer cifras en la caja. Llevábamos de todo: lencería, pijamas, camisas, zapatos, pantalones, una parka, un bolso... Yo estaba al borde de un síncope y mi hermana seguía comprando: una bolsa de viaje, útiles de aseo, perfumes, cosméticos... Hubo un momento en el que desconecté, solo cogía, como un autómata, bolsas y más bolsas que me daba la cajera.

El aire de la calle me refrescó, inspiré profundamente e hice un último intento, tan inútil como los demás, con mi hermana.

–Por favor, Roxanne, no necesito tantas cosas; con unas bragas, un pijama y lo puesto tengo más que suficiente.

–No, cariño. No tienes nada en condiciones y lo que puedas tener es de antes. Renovarlo todo te hará sentir mejor.

–Pero nunca podré devolverte todo el dinero que estás gastando.

–Tranquila, eres una heredera, vas a ser millonaria –bromeó–. Esto no es más que una inversión. Ya me la cobraré con creces.

–¿Y si la herencia son libros y objetos sin valor? –pregunté angustiada.

–Algún día empezarás a trabajar, ¿no? Vamos, no te preocupes. No se puede empezar una vida nueva con los retales de la vieja. La renovación ha de ser completa; además, ahora puedo permitírmelo, quizás en otro momento seas tú quien me tenga que ayudar.

–Cuenta con ello –dije agradecida.

Regresamos a mi casa después de comer en un restaurante. Esa comida y la cena del día anterior eran las únicas decentes que había hecho en los últimos meses, porque prefería no comer a tener que prepararme algo.

Parecía que no iba a caber en el apartamento todo lo que habíamos comprado. Mi hermana, siempre eficaz, sacó del armario y de los cajones de la cómoda todo lo que había y lo metió en bolsas de basura para llevárselo y evitarme la tentación de volvérmelo a poner.

Cuando Roxanne se marchó me di una ducha, estrené un pijama precioso con la bata a juego, unas zapatillas y me puse un poco de perfume; era el primer atisbo de coquetería que tenía en mucho tiempo. Estaba agotada, pero me sentía muy bien, incluso me miré varias veces en el espejo.

Al día siguiente preparé el equipaje justo para estar fuera un par de días, no necesitaba gran cosa. Pierre, mi cuñado, vino a recogerme a mediodía; iríamos primero a la finca. Siempre me pareció bastante seco, tenía ocho años más que mi hermana y era del tipo de personas de costumbres inveteradas que seguía su rutina en cualquier ocasión, sus hábitos eran sagrados.

La finca de ellos no era grande, aunque no importaba porque estaban en pleno campo. La casa constaba de dos plantas y sótano, en total unos trescientos metros cuadrados. Había un pequeño huerto que mi hermana cuidaba y al que le dedicaba casi todos los fines de semana; a ella le gustaba la tierra. Cuando llegamos, Roxanne había preparado la mesa en el jardín; lucía un sol espléndido, aunque los días eran todavía frescos.

Capítulo 2

Las horas pasaron rápido y pronto estuvimos camino al aeropuerto. Insistí a Roxanne para que me acompañase a Périgueux, pero me dijo que le era del todo imposible, ella también tenía algo ineludible ese lunes. No me dijo nada más, solo que confiase en ella y que en unos días estaríamos juntas de nuevo. No tuve que facturar porque el poco equipaje lo llevaba en la mano. Ella y Pierre me acompañaron hasta la zona de embarque y ya dentro compré una botella de agua para tomarme un ansiolítico, porque ya sentía un peso en el pecho y me costaba respirar. Volar me ponía nerviosa (la última vez había sido en mi luna de miel para ir a Oslo), y enfrentarme a una situación desconocida aumentaba mi ansiedad. Me acomodé en mi asiento, me abroché el cinturón y cerré los ojos evitando así cualquier intención de entablar conversación que pudiera tener mi compañero de vuelo. La voz que nos anunciaba que íbamos a tomar tierra me rescató de mis recuerdos y me devolvió a la realidad.

El viaje no se me hizo demasiado largo, aunque cuando aterrizamos en Périgueux ya había anochecido. Al salir del aeropuerto tomé un taxi.

–Hotel Castel Peyssard, por favor.

No necesité dar la dirección, el taxista lo conocía sobradamente. Me puse los auriculares porque el chófer era de los simpáticos, de los que les gusta hablar; con ello le indiqué que no me apetecía ninguna conversación, por irrelevante que fuera. Una vez en el hotel me dirigí a recepción, me registré y subí a la habitación. No bajé a cenar, no sentía hambre, solo soledad y ganas de llorar. Recordé lo que hacía tiempo me había dicho la psicóloga y empecé a inspirar profundamente, manteniendo el aire unos segundos y espirando despacio. Miré alrededor tratando de apreciar cuanto de bueno, positivo y bello había allí. La habitación era lujosa y muy confortable; el aseo era tan grande como el salón de mi piso de París. «Vale», pensé, «recorrido realizado». Debía sentirme afortunada, pero no dejaba de decirme «¿qué hago aquí? Yo no quería venir, si lo he hecho es, como siempre, para que los demás se sientan bien. No quiero ir a la notaría, ¿es que nadie se da cuenta de que no puedo enfrentarme a algo que no sé qué es?». Rompí a llorar, estaba fatal, así que me tomé una pastilla para dormir y me metí en la cama con el deseo de que el somnífero hiciera efecto pronto, pero pasé una noche muy inquieta con sueños raros que no recordaba al despertar.

Me levanté desorientada y me costó unos segundos recordar. «¡Ah, sí! Hoy es domingo y estoy en el Hotel Castel Peyssard de Périgueux».

Me duché y bajé al comedor; entonces sí que sentía hambre. Luego fui al spa a tomar turno, ya que estaba allí me haría un tratamiento de masaje y relax. La espera la aproveché para dar un paseo y recorrer las instalaciones del hotel. Había valientes que ya nadaban en la piscina, pero para mí todavía hacía frío. Pedí en recepción un plano de la ciudad y localicé en él la notaría y el recorrido hasta ella; había apenas un kilómetro. Lo recorrí después de comer para controlar el tiempo que tardaría en llegar andando y así decidir a qué hora salir el lunes para llegar puntual a la notaría a las nueve y media.

El paseo fue entretenido y reconfortante. Plano en mano localicé la notaría, di un paseo junto al río Isle, me tomé un descafeinado en una terraza y antes de regresar al hotel entré a ver la catedral; como buena restauradora, me encantaba el arte antiguo, y aquella iglesia que mezclaba estilo románico y bizantino, era una auténtica maravilla. Declarada Monumento Histórico en 1840 y Patrimonio de la Humanidad en 1998, alberga la tumba de San Frontis, quien fue uno de sus impulsores en el siglo XI y, más tarde, primer obispo de Périgueux. La visita no fue muy larga porque estaban a punto de cerrar. El edificio era inmenso, no pude ver el claustro, apenas admiré de pasada el inmenso retablo y las extraordinarias vidrieras. Me prometí que, si algún día volvía a aquella ciudad, la visitaría con calma, recreándome en cada punto, aunque necesitara un día entero para verla.

Tomé un taxi para regresar al hotel porque andar de noche por un lugar poco conocido me daba miedo. El taxista era el mismo del día anterior y me mostré, de nuevo, poco comunicativa. Tras una rápida cena tomé un diazepam y me acosté. Estaba nerviosa y tenía ansiedad, así que a pesar de la pastilla tardé en conciliar el sueño y casi toda la noche permanecí en un estado de duermevela. Me levanté muy temprano y tras el desayuno volví a recorrer el camino hasta el centro de la ciudad, como el día anterior.

La notaría todavía estaba cerrada cuando llegué. Me senté en una terraza, tomé un té y esperé quince minutos que se me hicieron eternos, hasta las nueve y media. Vi entrar a varias personas, hombres y mujeres, traté de adivinar quiénes eran Serge Duhamel, el notario, y la señorita con quien había hablado por teléfono. Por el aspecto todos me parecieron iguales; entré en la notaría y me paré ante la joven del mostrador de información.

–Soy Juliette Moreau, tengo cita con el señor Duhamel.

–Buenos días, señorita Moreau. Un momento, por favor. –Comunicó con alguien por la línea interior del teléfono–. Está aquí la señorita Moreau de París... Conforme.

Luego dirigiéndose a mí, indicó un pasillo y dijo:

–Por favor pase a la puerta número cinco, le atenderá la señorita Blanchard.

Me sudaban las manos, sentía calor y ganas de salir corriendo. Tenía náuseas y tuve que respirar profundamente varias veces antes de entrar al despacho número cinco. Aquella señorita me miró someramente, me ofreció un sillón de los dos que estaban ante su escritorio, se puso frente al ordenador y comenzó su interrogatorio con la voz monótona e impersonal de quien lleva mucho tiempo haciendo lo mismo.

–Documento de identidad, por favor.

Saqué de la cartera lo que me pedía y se lo di sin poder evitar cierto temblor en la mano.

–Necesito que me confirme sus datos –me pidió sin apartar los ojos de la pantalla del ordenador–. ¿Nombre?

–Juliette Moreau.

–¿Fecha de nacimiento?

–Veinticinco de marzo de mil novecientos ochenta y nueve.

–¿Estado civil?

Me quedé bloqueada. Pensé decir «viuda», pero recordé que, a pesar de que mi marido había fallecido, yo no era viuda porque mi marido, en realidad, ni siquiera había sido mi marido.

–Soltera –contesté; así constaba en mi documento de identidad.

–¿Domicilio? –siguió la señorita Blanchard inmisericorde, sin saber la tormenta que yo llevaba dentro.

–Calle Saint Michel diecisiete, en París.

–¿Profesión?

–Restauradora de arte, pero actualmente estoy sin trabajo.

–Bien, sígame por favor. –Se levantó y fui tras ella sin saber si ese «bien» era porque estaba sin trabajo o porque los datos eran correctos.

Me condujo a una pequeña sala en la que había una mesa ovalada pequeña, cuatro sillas, un pequeño aparador y, en la pared, una fotografía del Presidente de la República Francesa. Tras una breve espera, la señorita Blanchard regresó acompañada de un hombre de alrededor de cincuenta años, de estatura media, con corbata y bien trajeado; llevaba una carpeta y una caja mediana, y entendí que era el notario.

–Buenos días, señorita Moreau. Soy Serge Duhamel. ¿No la acompaña nadie?

–No –contesté secamente, no sabía si debía decir «señor» o si había una fórmula de cortesía para estos casos. Eché de menos la presencia de mi hermana.

–Es que casi nadie viene solo a la notaría –aclaró el notario–. En ese caso, quédese Madeleine.

Tampoco sé por qué lo dijo y no lo pregunté. No sabía si hacía falta algún testigo o si era para que me sintiese más cómoda; si era por eso, intento fallido, cada vez estaba más nerviosa. Temí que el notario me sometiese a un nuevo interrogatorio, pero solo me preguntó mi nombre y número de identificación. Después se colocó las gafas que llevaba colgadas de un cordoncillo y empezó a leer el testamento. Permanecí callada todo el tiempo. Creí entender todo lo que el señor Duhamel leyó, pero como no me fiaba mucho de mi capacidad comprensiva, así que le pedí que me hiciese un resumen en lenguaje menos legal para comprobar que realmente había entendido cuanto allí se acababa de leer.

En resumidas cuentas, Margueritte Bernard, Bouvier era el apellido de casada de mi testadora, nacida el 16 de abril de 1898 en París, única hija de Jacques y Marie Bernard, única hermana de mi bisabuelo Jacques Bernard hijo (nacido en París el 15 de marzo de 1895), antes de morir en Périgueux el 22 de julio de 1990, depositó en la notaría de dicho pueblo su testamento. En este dejó todos sus bienes, a saber, la mansión Saint-Sybelie con todo su contenido, terrenos y viñas, un montante líquido depositado en el Banco de Francia y una caja con varios paquetes de cartas escritas de su puño y letra sujetos con un lazo rosa, que el notario me entregó en ese momento, a la descendiente más joven de su hermano Jacques, al no tener ella descendientes directos, con el ruego de que dicho testamento no fuese leído hasta el 16 de abril de 2015, es decir, justo ese día. Margueritte Bernard me legó una mansión del siglo XVIII con todo su contenido. Veinte hectáreas de viñas, casi cinco millones de euros y una caja con cartas dirigidas a su heredera, en caso de que la hubiese. En caso contrario, la mansión Saint-Sybelie pasaría a ser propiedad del Municipio; las viñas, de sus actuales trabajadores; el dinero se repartiría entre diversas ONG y las cartas serían destruidas.

Me quedé atónita, «¿era posible que aquello me estuviese pasando a mí?», pensaba, «¿aún había esperanza?, ¿sería cierto que podían sucederme cosas buenas? o ¿sería mentira?, ¿se habría equivocado el notario?». No, los notarios no solían equivocarse, así que aquello debía ser real. Era extraño, pero estaba más nerviosa entonces que antes de entrar a la notaría. Mi intención era regresar a París ese mismo día por la tarde, pero el notario me aconsejó que me quedara porque todavía faltaban algunos trámites hasta entrar en posesión de mi legado.

Abandoné la notaría temblando; no quería creer que la herencia fuese cierta, para no afrontar el desengaño de que fuese un error. Me volví a sentar en la terraza en la que había tomado té antes de entrar. Esta vez pedí una infusión relajante e inmediatamente llamé a mi hermana. Roxanne contestó al teléfono y, como era habitual en ella, sin preguntar cómo me encontraba fue directamente al grano.

–¿Qué? ¡Cuenta! ¿Eres millonaria? ¿Te han legado una silla de ruedas o un panteón? ¡Oh, por favor, dime algo!

–Pero si no me dejas hablar... Estoy muy nerviosa.
–Sí, sí, vale, pero... ¿Qué?
–¡Una fortuna, Roxanne! ¡Cinco millones de euros, la mansión Saint-Sybelie del siglo XVIII, que es casi un castillo, y no sé cuánto terreno de viñas! Roxanne, ven por favor, te necesito conmigo, no puedo volver a París hasta que se acaben todos los trámites y estoy bastante perdida. Ven conmigo, por favor, por favor. Ven hoy si puedes, mejor que mañana. Avisaré en el hotel, puedes alojarte en mi habitación que es enorme. Coge el vuelo de esta tarde, yo te espero en el aeropuerto –supliqué–. Por favor, Roxanne.
–Espérame esta noche. Si hay algún inconveniente, te llamo.

Cuando apagué el teléfono observé que las camareras y los clientes que había en la terraza me miraban curiosos. Con el dichoso móvil hemos perdido mucha intimidad; claro que la culpa no es del teléfono, nos hemos acostumbrado a hablar de cualquier cosa, sin el menor pudor, en cualquier lugar. La chica que me había atendido se acercó a recoger el servicio y me miró sonriendo. Me levanté para marcharme y comprobé que los clientes también me sonreían, alguno incluso me saludó cuando pasé junto a él, le devolví el saludo por educación y oí que comentaba que yo era la heredera del castillo de Cenicienta.

Paré un taxi y le pedí que me llevara a la mansión Saint-Sybelie. Era tan grande, tan antigua, me pareció inabarcable; y sin bajar del taxi rogué al conductor que me llevase al hotel, donde pude comprobar que el personal se mostraba conmigo más amable y sonriente de lo habitual. ¿Se habría corrido la voz de quién era yo?

Estaba muy nerviosa, salí a caminar para relajarme un poco. Llevaba en el bolso los tres paquetes de cartas que me había dado el notario y tuve la extraña sensación de que pesaban muchísimo, de que desprendían mucho calor o de que latían. Pensé que no en vano contenían el alma y la vida de una persona que sin conocerme me había legado sus bienes y cuya existencia yo ignoraba hasta hacía unos días, cuando oí por primera vez su nombre.

Llamé a Roxanne de nuevo, me confirmó que ya tenía el billete de avión y que llegaría esa noche sobre las nueve. Ya más tranquila tomé una comida frugal. Subí a mi habitación, saqué las cartas del bolso, los paquetes estaban numerados. Di por supuesto que las cartas estarían en el orden en que Margueritte las escribió, aunque así no estuvieran los paquetes, y pensé que sería mejor esperar a mi hermana y leerlas juntas. Me tumbé en la cama y respiré profundo hasta que me sentí más relajada. Luego bajé al spa y permanecí allí más de una hora. Estrené ropa y zapatos, me perfumé, me pinté los labios y pedí un taxi que me llevara al aeropuerto, aunque era muy temprano todavía, pero prefería esperar allá. ¿Dónde mejor cuando una se siente entre nubes?

Capítulo 3

Cuando vi a mi hermana corrí hacia ella, me pareció que estaba un poco triste, pero pensé que serían cosas mías. Nos abrazamos y le volví a contar, con más detalle, lo que ya le había dicho por teléfono. Tomamos un taxi y vi que el conductor era el mismo que me había recogido en el aeropuerto el sábado anterior. Roxanne y yo estuvimos hablando hasta que llegamos al hotel. Después de cenar subimos a la habitación, nos pusimos el pijama y, ya cómodas, nos preparamos para leer la primera carta. Miré a Roxanne y volví a ver en sus ojos una sombra de tristeza.

–Roxanne –dije con preocupación–, ¿te pasa algo?

–No, no. Son las emociones del día, me duele un poco la cabeza.

–¿De verdad, Roxanne? ¿No hay nada más? Te veo un poco triste.

–Algo hay, pero no es nada. No te preocupes, ya te contaré.

–Pues alégrate, hermana. Tenías razón. Voy a ser millonaria y podrás exprimirme todo lo que quieras –añadí tratando de animarla.

–¡Oh, venga! ¡Cállate ya y saca las cartas, me muero de curiosidad! –dijo impaciente.

Rasgué el primer sobre del primer paquete y extraje el folio. El papel era blanco con un estampado de florecitas en un rosa pastel muy suave, en el ángulo superior izquierdo su nombre impreso en dorado con letra inglesa.

Margueritte Bouvier-Bernard,
Mansión Saint-Sybelie
Périgueux (Aquitania)

Supuse que, en su momento, el papel también estaría perfumado, porque aún le quedaba un ligero aroma indefinido. Empecé a leer.

Querida sobrina:
No te conozco, no sé si tienes tres meses o cincuenta años, pero me gusta pensar que la persona que lee estas cartas, la depositaria de mi legado, es una mujer joven y emprendedora, a la que esta herencia le puede cambiar la vida. Tú tampoco me conoces. Es posible que hayas oído mencionar mi nombre, o tal vez ni siquiera eso, y que estés extrañada por esta excentricidad de última hora de una anciana.
Como sabrás por el notario, soy Margueritte Bernard, el apellido Bouvier del membrete es el de casada; no quise renunciar al Bernard, quizás en un intento de evitar el desarraigo completo de mi familia, o quizás como reivindicación de quien fui antes de casarme. Nací el 16 de abril de 1898 en París. Mi padre se llamaba Jacques, mi madre Marie y mi único hermano, tu bisabuelo, Jacques, como nuestro padre. Pertenecíamos a la alta burguesía. Mi familia tenía una empresa textil que fundó mi bisabuelo, que consolidó mi abuelo y que mi padre engrandeció y modernizó; eran especialistas en muselinas, entonces muy de moda y escasas. La emperatriz Eugenia, la reina Isabel II de España durante su destierro en París, y con ellas casi toda la nueva aristocracia francesa, fueron clientes de mi familia. En la entrada de la fábrica se exhibía, bien visible, un rótulo que decía «Proveedores de la

Real Casa». Mi hermano continuó con el negocio, aunque mi padre no le permitió que hiciera modificaciones.

Mi padre era un hombre enérgico y autoritario, considerado un caballero fuera de casa, pero un auténtico déspota con su familia. Había dos cosas que no soportaba: una, que le contradijeran, y la otra, que le desobedecieran. En mi casa no había más voluntad que la suya. Mi madre era una mujer de carácter apacible y muy sensible, y aunque el matrimonio fue concertado, como casi todos los de aquella sociedad burguesa, ella se casó muy enamorada, pero el carácter de mi padre pudo con ella y en unos años se convirtió en una mujer nerviosa y asustadiza que solo encontraba descanso en la soledad y en una copa, cada vez más frecuente, de champán o de coñac. Mi hermano Jacques, tres años mayor que yo, sudaba y temblaba cuando nuestro padre estaba cerca. Todos en casa, familia y sirvientes, respirábamos cuando se marchaba. Afortunadamente solía pasar todo el día en la fábrica y en las noches, casi siempre, salía después de cenar, pues como caballero de su época tenía una amante fija y varias esporádicas; aquello, entonces, se consideraba normal.

Yo recibí una educación muy esmerada, primero con las carmelitas y después en un internado suizo. Estudié filosofía, geografía, dibujo, música, labores, equitación, matemáticas y, lo que más me gustaba, idiomas; debía tener una facilidad innata para las lenguas porque no recuerdo que me costase ningún esfuerzo aprenderlas, a los dieciséis años además del francés hablaba inglés, bastante alemán, algo de ruso, español y conocía los clásicos: latín y griego. También aprendí protocolo y todo cuanto una gran dama debía saber sobre cómo gobernar una casa, desde dirigir la servidumbre a organizar grandes fiestas.

Un día, durante la cena, mi padre anunció que había concertado mi matrimonio. Yo tenía diecisiete años y estaba enamorada del amor, pero sabía que no tardaría mucho en buscarme un marido; entonces nos casábamos o nos casaban muy jóvenes.

Perdona, sobrina, pero estoy ya mayor y escribir me supone un gran esfuerzo. Mi vista ya no es lo que era y debo retirarme a descansar o el médico me quitará los útiles de escribir. Mañana continuaré. Hasta entonces recibe un beso de tu tía.
M. B.

Mi impulso fue coger la segunda carta, pero a Roxanne le dolía mucho la cabeza y decidimos dejarlo para el día siguiente, cuando también mi hermana quería ir a ver la casa. Me metí en la cama, apagué la luz y al cerrar los ojos volví a revivir, como en flashes, todos los acontecimientos de aquel día. Creía estar en un sueño. Esas cosas solo pasan en las novelas y en las películas de Navidad. Pero, aunque me costara creerlo, aquello era real y me estaba sucediendo a mí. Empecé a pensar en el dinero, en cuánto quedaría después de pagar los impuestos y los gastos de notaría y de patrimonio o como se llamasen, en cómo iba a repartir con mi familia. La casa sería mejor venderla, ¿para qué queríamos una casa tan grande? Tenía gracia que la gente pensase que allí había vivido Cenicienta; tendría que informarme sobre eso, aquello no podía ser otra cosa que una leyenda. ¿Y las viñas? ¿Qué hacemos con las viñas? El notario no me había dicho si estaban en producción o abandonadas, ¿qué sabía yo de viñas?, nada de nada. Suspiré y en ese momento fui consciente de que aquel día no había pensado ni una sola vez en el pasado. Me sorprendí y me sentí muy bien. Di media vuelta, me quedé profundamente dormida y, por primera vez en mucho tiempo, sin pastillas.

Al otro día me desperté al oír correr el agua de la ducha. Mi hermana estaba en el aseo, se había levantado primero, como siempre cuando vivíamos con nuestros padres. Bajamos al comedor y, como había sucedido el día anterior en la terraza de la cafetería, los empleados del hotel nos miraban y sonreían, aunque por educación y profesionalidad no decían nada. Périgueux es una ciudad pequeña y las noticias volaban, quizás las camareras de la cafetería conocían a alguien que trabajara en el hotel y habían hecho correr la noticia.

Fuimos a la notaría. Todos los documentos seguían sus trámites, pero tendríamos que esperar unos días antes de disponer de las llaves. Roxanne estaba impaciente por conocer la mansión así que cuando dejamos la notaría paramos un taxi para ir allá.

—¡Dios mío! —exclamé, y me pregunté si es que no había otro taxista en este pueblo, casi siempre aparecía el mismo.

En efecto nuestro taxista, y digo nuestro porque empezamos a llamarle así, nos condujo a la casa, como había hecho el día anterior conmigo sin ningún problema. El trayecto no era largo, la mansión estaba a unos cinco kilómetros de la ciudad, en dirección a Burdeos. La presencia de mi hermana debió animar al conductor, pues se mostró más comunicativo que lo habitual.

—¿Así que van ustedes a la casa de la Cenicienta? Aquí la llamamos así, es más familiar que mansión Saint-Sybelie. También hay unos viñedos y unas bodegas que pertenecen a la casa: Château, Saint-Sybelie. Están a treinta kilómetros de aquí, son muy bonitos.

—¿Pero hay uvas y todo eso? —pregunté.

—Uvas no, señorita, que todavía no es la época, pero vides sí; en esta zona se hace el mejor vino de Burdeos del mundo. Las viñas no han dejado de existir nunca. Le explico: la tierra se deja por zonas en barbecho, para que se recupere y luego se vuelven a plantar. Yo me dediqué al taxi porque tengo mal la espalda, pero mi familia ha trabajado siempre en las viñas. Cuando murió la última dueña, y de esto hace veinticinco años, la gente que las trabajaba se hizo cargo de ellas, haciendo un documento ante notario en el que se comprometían a devolverlas si algún día tuvieran otro dueño.

Ni Roxanne ni yo comentamos nada. Descendimos del taxi y nos acercamos hasta la puerta de la verja que daba entrada a la mansión.

—¡Es preciosa! —exclamó Roxanne con entusiasmo.
—Es horrible —dije yo asustada.
—¿Qué le ves de horrible?
—Está toda llena de hierbajos y muy sucia.
—Juliette, ¡es una auténtica maravilla!
—Vámonos, Roxanne. Estoy empezando a encontrarme fatal. Esto me supera. Necesito irme de aquí.
—Es normal que después del subidón de ayer hoy tengas bajón. La casa es preciosa, Juliette. Es cierto que hay mucho que limpiar y arreglar, pero no tienes que hacerlo tú sola y, sobre todo, no tienes ninguna prisa. No te agobies, quizá sea mejor que leas antes las cartas de Margueritte, seguro que a través de ellas le tomarás cariño a la casa.

Regresamos al taxi. Pedimos volver a la ciudad, pero por su cuenta el taxista nos hizo un recorrido por aquella zona. Era realmente bonita, abundaban las choperas, también había prados y algunos viñedos. Mi hermana estaba encantada e intentaba despertar mi entusiasmo para que admirara con ella la geometría perfecta de los campos de cultivo; las dos éramos muy citadinas y tanta belleza no dejaba de sorprendernos. Había varios hoteles rurales preciosos, limpios, rodeados de flores y, según anunciaban, con todas las comodidades. Al regreso pudimos distinguir que a unos doscientos metros de la mansión había uno de aquellos establecimientos.

—Quizá te convendría trasladarte a uno de estos hoteles hasta que arregles la casa, si te decides a hacerlo —sugirió mi hermana.

—Roxanne, todavía no sé qué voy a hacer. Creo que venderé la casa. No me siento capaz de hacerme cargo de algo tan grande.

–Vale, pero recuerda: no estás sola y ahora puedes pagar jardineros, albañiles y todo lo que sea necesario.

–Restaurar esa casa debe costar millones –dije–. Solo de pensarlo me dan taquicardias. ¡Dios mío, me encuentro mal!

Saqué un ansiolítico y me lo tragué sin agua. Me apoyé en el respaldo del asiento y cerré los ojos deseando quedarme dormida con el movimiento del coche, como los niños.

–Si finalmente deciden quedarse por aquí y necesitan alojamiento, les recomiendo este pequeño hotel de la izquierda, es de mi hermana –nos informó el taxista–. Todo el que se aloja aquí acaba sintiéndose de la familia y siempre vuelve. Hay clientes fijos que vienen varias veces al año.

–Muchas gracias –dije de forma bastante desabrida–. Ahora, por favor, al Castel Peyssard.

–Como usted mande, señorita. Al Castel Peyssard, pues.

Así acabó la mañana. Cuando llegamos al hotel me metí en la cama y cerré los ojos; necesitaba tranquilidad y silencio. Mi hermana así lo entendió y bajó al jardín a tomar una copa hasta la hora de comer; se llevó el pequeño portátil y antes de salir me dio un beso en la frente. Un par de horas después, me despertó.

–Vamos, Juliette, despierta. Tengo hambre y he averiguado algo sobre tu casa. Te lo contaré mientras comemos.

Ya más relajada bajé al comedor con Roxanne; me informó de todo cuanto había averiguado, que no era mucho en verdad.

–La mansión Saint-Sybelie fue construida a finales del siglo XVII por Ferdinand August, conde de Saint-Sybelie, quien se trasladó a ella desde París, tras enviudar, con su única hija Leonor Marie. El edificio tiene una superficie total de novecientos cincuenta metros cuadrados, divididos en tres plantas, y unos dieciocho mil metros cuadrados de terreno. Durante la Revolución Francesa, la entonces condesa de Saint-Sybelie y su familia, partieron huyendo hacia Inglaterra, donde, al parecer, nunca llegaron. El ciudadano Marcel Blisard, comisionado de Périgueux, tomó por entonces la posesión de la casa para la recién proclamada República Francesa y se instaló a vivir en ella con su familia. Pero por ningún lado se dice algo de la Cenicienta.

–Por supuesto. Eso son solo mitos populares, no creo que haya nada documentado –dije escéptica—. Ya nos enteraremos por la gente de aquí y seguro que cada uno nos contará una historia distinta.

–Juliette, no me puedo quedar mucho tiempo; mañana, o como mucho pasado, tengo que marcharme. Hay algo que debo terminar.

–Pero Roxanne, te necesito conmigo –dije alarmada.

–No, no me necesitas. Te asusta estar sola, pero eso es algo a lo que tendrás que enfrentarte; no puedes pasar el resto de tu vida buscando protección –dijo ella con determinación–. Tienes que volver a volar sola, recuperar tu independencia; te costará mucho más si lo vas retrasando. Yo volveré cuando termine y te llamaré todos los días para que me cuentes qué has hecho y me leas las cartas de Margueritte.

–¿Quieres que baje otra y la leemos en la terraza tomando café? –sugerí resignada.

–Sí, quiero –contestó ella ceremoniosamente.

La tarde era cálida, se estaba bien en el jardín. Había varias personas alrededor de la piscina charlando y riendo; parecían felices y, como diría mi hermana, esa es la mejor sinfonía de la vida.

–Lee tú hoy –le pedí–, me apetece más escuchar.

Roxanne rasgó el sobre, desplegó la carta y comenzó a leer.

Querida sobrina:
Te decía ayer que cuando tenía diecisiete años mi pa-

dre decidió casarme; yo entonces no estaba enamorada, pero ansiaba ardientemente estarlo. Como cualquier muchacha joven yo quería un amor lleno de pasión y aventura. Sabía que eso era más que imposible en un matrimonio concertado; sin embargo, por mi cabeza pasaron algunos de los jóvenes casaderos de nuestra clase y pensé en dos con quienes no me habría importado casarme. Eran guapísimos, decían cosas preciosas y miraban con esos ojos aterciopelados que a las jóvenes de entonces nos volvían locas. No tuve que preguntar a mi padre quién era el elegido porque él me lo dijo antes: Didier D'Orleac. Se me paró el corazón y la sangre se congeló en mis venas.

—No, por favor no, padre —supliqué—. Didier no. Cáseme usted con cualquier otro, pero con ese no.

—Te casarás con quien yo diga —respondió mi padre.

—No me casaré con ese hombre jamás —añadí con determinación—. Es un cerdo, viscoso y asqueroso.

—No tengo más que decir —concluyó mi padre—. El sábado próximo vendrán a pedirte.

—El sábado próximo no estaré aquí —añadí—, y mañana tampoco.

Salí del comedor dando un portazo. Mi padre siguió cenando impasible. Mi madre quiso salir tras de mí, pero mi padre se lo impidió.

—Siéntate, Marie. Te prohíbo que te levantes —le ordenó con firmeza.

A solas en mi habitación lloré de rabia, empecé a preparar algo de ropa porque estaba decidida a marcharme antes que casarme con eso que no merecía el nombre de hombre. Acudieron a mi mente todos aquellos recuerdos que no había conseguido olvidar en los últimos siete años. Didier era hijo de uno de los joyeros más importantes de París, nuestros padres hacían negocios juntos y eran amigos. Un día vinieron a tomar café. La señora D'Orleac y mi madre, en un extremo del salón, hablaban de sus cosas;

en el otro extremo, mi padre y el señor D'Orleac hablaban de negocios; y mi hermano Jacques, aunque solo tenía trece años, y Didier que ya tenía veinte y acababa de regresar de estudiar en Inglaterra, participaban como oyentes en la conversación, pues ambos padres tenían mucho interés en que sus hijos fuesen aprendiendo el funcionamiento de los negocios; yo tenía solo diez años, así que no tenía que estar allí. Yo jugaba en el jardín con mis muñecas cuando vi que Didier estaba contemplándome por la ventana. Tuve miedo de la forma en que me miraba, así que recogí mis muñecas y me fui a jugar a la parte posterior de la casa que no era visible desde el salón. En realidad, aquel espacio era del servicio; allí tendían la ropa, estaba el cuarto de la jardinería y el de la leña, y un pequeño corral con faisanes que mi madre conseguía criar y que eran la admiración de los comensales cuando daban alguna cena. No le oí llegar ni sé por dónde vino, solo sentí cómo Didier me levantaba del suelo y me metía en el cuarto de la jardinería. Empecé a gritar, pero él me dio un bofetón que me tiró al suelo; empezó a besarme y a sobarme mientras me levantaba el vestido e intentaba quitarme la ropa interior. Te ahorro más detalles que no quiero recordar. Gracias a Dios, Emile, el jardinero, oyó mis gritos, apareció y me quitó de encima a ese energúmeno antes de que consiguiera lo que quería y lo lanzó contra la pared. Didier se levantó mientras Emile, con el puño dispuesto para golpearle, hizo un esfuerzo para reprimir su rabia. Didier no dijo nada, nos miró a mí y a Emile, sonrió con la expresión cínica del que se sabe impune y se marchó.

Ninette vino a nuestro encuentro desde la cocina, asustada también por mis gritos y mi llanto, me abrazó con lágrimas en los ojos, dio un abrazo agradecido a Emile y me llevó a casa. Me dio un baño para relajarme y, como yo no quería quedarme sola, estuvo conmigo hasta que oyó que mi madre la llamaba. Entonces tuvo que dejarme, aunque yo todavía estaba muy asustada. Al cabo de un rato mi madre subió a mi habitación, me abrazó y se quedó conmigo hasta que me dormí. Ninette se lo había contado todo.

No sé a qué hora me desperté, era noche cerrada todavía. Oí a mi padre y a mi madre discutir en su alcoba, luego un golpe seco y algo que caía al suelo. Al día siguiente mi madre tenía un ojo y un pómulo morados, y Emile había sido expulsado de la casa. No sé lo que Didier contaría, pero, desde luego, mi padre le creyó. Poco después fui enviada a un colegio en Suiza y allí permanecí los siguientes seis años. Al regresar, en mi fiesta de bienvenida estaba Didier, con su odiosa mirada. Terminada la cena, pretexté cansancio y me retiré. Cada vez que los D'Orleac venían a casa, yo procuraba cualquier excusa para no aparecer. Mi padre nunca me reprochó esas ausencias; por eso la noche en que me comunicó que Didier iba a ser mi marido, no me lo esperaba. Pero mi decisión era firme, prefería morir a casarme con ese degenerado, así que terminé de preparar lo indispensable y esperé a que todos estuviesen dormidos para escapar sin que me oyeran. A pesar de los nervios conseguí adormecerme de madrugada y desperté a las cinco y media. Un silencio absoluto reinaba en la casa. Pensé salir por la parte de atrás, puesto que el cuarto de mis padres daba a la fachada principal y así habría menos riesgo. Cuando llegué a la cocina Ninette me esperaba dormitando sobre la mesa junto a una vela, pero se espabiló cuando me oyó. Había un pequeño paquete y un sobre.

—Señorita...

—Ninette, ¿qué haces despierta?

—Estaba esperándola, señorita. Le he preparado algo para comer; además, tengo que darle este sobre de parte de su hermano.

—¿De mi hermano?

—Sí, señorita. Me ordenó poner en la cafetera polvos de los que toma la señora para dormir. Todos tomaron café

como cada noche, pero yo debía permanecer despierta, me dijo él, para darle esto a usted cuando se marchara.

Me dio el sobre que contenía algo de dinero y una breve nota de mi hermano: «Espero que cuando te vayas estemos todos narcotizados todavía. Llévate este dinero, no es mucho, pero es todo lo que tengo. Eres muy valiente, te admiro. ¡Ojalá fuese capaz de irme yo también! Un beso y buena suerte». Ninette me dio un segundo sobre, esta vez suyo, que contenía una estampa de Santa Bárbara, de quien ella era muy devota, un billete de cinco francos que eran parte de sus ahorros y que no consintió que le devolviera, y una dirección en Marsella con una nota.

–Tómela usted, señorita. Allí vive una tía mía. En esa nota le digo que es usted una amiga a quien quiero muchísimo para que la ayude como si fuera yo misma. De allí parten barcos para cualquier parte del mundo, por si decide usted salir de Francia.

Ninette me emocionó con su ternura y lealtad.

–Gracias, Ninette. –La abracé con los ojos llenos de lágrimas–. Prometo que te lo devolveré con creces.

–Sea usted feliz, señorita. Sea usted feliz.

Ninette me acompañó hasta la verja trasera, cerrando con cuidado para no hacer ningún ruido. Nos despedimos y, muerta de miedo, pero con decisión firme, me alejé de mi casa en dirección a la estación del ferrocarril. Quisiera seguir escribiendo, pero estoy muy cansada y he de regar mis plantas. Hasta muy pronto.

M. B.

No podíamos quedarnos sin conocer el resto de la historia, así que Roxanne trajo la siguiente carta mientras yo pedía un par de cafés. Pronto estuvimos de nuevo inmersas en el relato de Margueritte.

Querida sobrina:
Lamento haber tenido que interrumpir la narración

de los acontecimientos de aquella noche, pero aquí estoy de nuevo, dispuesta a continuarla donde la dejé.

Aún no había amanecido y ya la estación estaba abarrotada de soldados que se incorporaban a sus filas y de otros que regresaban al frente tras una convalecencia más o menos larga; casi todos estaban acompañados de familiares que habían ido a despedirlos. Además, había muchos médicos y enfermeras que también marchaban a la contienda.

Por fin conseguí llegar a la taquilla, saqué un billete para Marsella, localicé el andén donde estaba el ferrocarril y me subí en él. No era muy probable, pero no quería encontrarme con ningún conocido que pudiera avisar a mi padre dónde me encontraba. Aunque menos probable aún era que un hombre tan orgulloso como él viniera a buscarme después de haberle desobedecido.

El tren se puso en marcha y poco a poco fue abandonando París. Pude ver la Torre Eiffel que, desde la exposición de 1889, se había convertido en todo un símbolo de la ciudad; me emocioné al pensar que no sabía cuándo volvería a contemplarla. París se fue quedando muy lejos, sentí un cansancio supremo y con el rítmico traqueteo del tren me quedé dormida.

–Billetes, por favor. Billetes, por favor.

Me despertó la voz del revisor. Saqué mi billete y se lo entregué cuando estuvo a mi lado.

–Este billete es para Marsella –dijo.

–Sí, así es –confirmé.

–Pero este tren va a Metz.

–¿Metz? ¿A Alsacia? Pero no es posible, tiene que haber un error. Yo tomé el tren de Marsella, en el andén cuatro.

–¿El andén cuatro? No contó usted bien, señorita. Subió usted al tren del andén cinco, este, y va a Metz.

Tras el susto inicial, miré por la ventanilla mientras mi cabeza cavilaba. Alsacia era una zona muy peligrosa,

tanto los alemanes como los franceses la considerábamos parte de nuestro territorio nacional, pero, ¿qué territorio es seguro durante una guerra? Marsella o Metz, ¡qué más daba!, existía la posibilidad de morir en un bombardeo antes de que acabara el día.
—Bueno —dije decidida—, pues a Alsacia. ¿Tengo que pagar más?
El revisor me miró curioso, luego picó el billete y dijo:
—No, señorita. Así está bien.
Cuando se marchó y dejó de taparme la visión, observé que el vagón estaba lleno de enfermeras con sus uniformes y cofia blancos, y con la capa azul. Sin pensarlo mucho me levanté, me dirigí a la que parecía mayor y le dije con decisión:
—Quiero ser enfermera.
—Eres muy joven —dijo aquella mujer mirándome con detenimiento, pues vestida y peinada con tanta sencillez aparentaba menos edad de la que tenía.
—Puedo morir hoy mismo —contesté—. Si tengo edad para morir, también la tengo para ser enfermera.
—¿Dónde está tu familia?
—Ya no tengo familia —contesté sin poder reprimir una lágrima.
—¿Sabes algo de enfermería?
—No, pero aprendo rápido.
—Esto es muy duro, ¿sabes? —me advirtió.
—No creo que sea peor que lo que dejo atrás.
—Vamos a ver a la enfermera jefe —dijo cogiéndome del brazo—, te dará un uniforme y te pondrá con las novatas.
Y sujetándonos para no caernos con los bandazos del tren, fuimos a ver a la enfermera jefe.
Permíteme dejarlo aquí por ahora; como ya te dije, me canso pronto, pero continuaré mañana. Hasta entonces, recibe un beso de tu tía.
M. B.

Capítulo 4

Roxanne y yo permanecimos unos instantes en silencio. Tras un suspiro, Roxanne dijo:
—Me parece que nuestra tía bisabuela Margueritte no tuvo una vida fácil ni convencional.
—Estoy de acuerdo —contesté.
—Aunque mirándolo bien, la vida es fácil y difícil. Hay épocas muy buenas y otras que pueden ser horribles, ¿verdad, Juliette?
—Sí. —Sabía que se refería a mí.
—Todos necesitamos un tiempo de duelo, pero para seguir adelante hay que dejar marchar el pasado y centrarse en el presente. El futuro ya llegará, cuando llegue será presente y eso es lo único que tenemos, lo único real. Juliette, por si no te has dado cuenta, la vida te está compensando. Ábrete a vivir, eres una mujer muy afortunada y esto no está pasando por casualidad.

No contesté. Mi presente hasta entonces había sido el vacío, la nada. Permanecí con la vista perdida en algún punto lejano de aquel jardín.
—Te mereces esta oportunidad —continuó mi hermana—, ¡aprovéchala!, no dejes que se te escape. Vive, disfruta y no te pierdas nada de lo que tienes ahora.
—Dudo que esto sea real.
—¿Por qué la mayoría de las personas somos capaces

de vivir intensamente el dolor y la amargura, pero cuando se trata de la felicidad y de cosas buenas vamos con tantos escrúpulos?

Yo permanecí en mi mutismo mientras ella, más práctica, añadió:

—Vamos al spa y que nos den un buen masaje; y si el masajista es atractivo, mejor.

Me consideré afortunada por tener de hermana a Roxanne y me propuse seguir su consejo.

Poco después un mensaje de la notaría me citaba a las nueve de la mañana en el Banco de Francia para el tema del montante en metálico.

A las nueve, puntuales, mi hermana y yo estábamos en la puerta del banco. Nos esperaba un empleado de la notaría que era abogado. Nos explicó que Margueritte Bouvier-Bernard tenía depositado en aquel banco el dinero que me legaba y que debíamos abrir allí una cuenta nueva para traspasar el dinero de la cuenta de Margueritte o, si lo preferíamos, elegir otra entidad bancaria. El Banco de Francia me pareció bien, así que él se dirigió al empleado encargado de esos trámites y sacó de un portafolios todos los documentos requeridos. El trámite me pareció muy largo; quise que Roxanne y August constasen como autorizados en la cuenta y así se hizo. Tardamos casi dos horas en terminar a falta de la firma de mi hermano, que tendría que venir a Périgueux lo antes posible. A partir del día siguiente ya podría disponer de efectivo. Al salir del banco pregunté al abogado a cuánto ascendía lo que tenía que pagar en impuestos; cuando lo supe me quedé blanca pues el pago reduciría mi fortuna en un treinta por ciento. Mi hermana notó que me empezaba a faltar el aire y apresuró nuestra despedida del abogado. Luego fuimos caminando junto al río en un silencio que ella rompió cuando dijo:

—Parece que, en vez de recibir una herencia, te hubieran robado.

—Una vez que cumpla con la ley y os devuelva lo que os debo no me va a quedar dinero para arreglar la casa.

—Espero que no seas de las que no gastan para que no se acabe. ¿De verdad te has decidido a arreglar la casa?

—Sí, creo que debo quedarme aquí y empezar una vida nueva, como tú dices. Al fin y al cabo, en París ya no tengo trabajo ni amor. August no permanece allá y aquí tú puedes venir con frecuencia... Espero.

—No lo dudes. Creo que es la mejor decisión que puedes tomar; pero recuerda, sin prisa, tienes todo el tiempo del mundo.

Roxanne regresó a París ese mismo día. No sabía cuánto tardaría en volver a Périgueux, porque según me comentó, tenía asuntos por resolver, aunque no me dijo cuáles. Quedamos en llamarnos todas las noches a las ocho para leer las cartas. Cuando regresé al hotel, tuve una enorme sensación de desamparo, ella había sido siempre mi apoyo; desde que yo era pequeña, me ayudó en todo lo que me costaba, era decidida y fuerte, parecía que no le temía a nada. Cuando yo tenía seis años y ella dieciséis, mi hermana era la persona que yo más admiraba, la que yo quería llegar a ser.

Empecé a sentir una profunda tristeza y el dolor en el pecho que me producía la ansiedad, pero esta vez no me dejé arrastrar por ellas, supuse que iban a continuar conmigo mucho tiempo, así que sería mejor dejar de pelear. Como si de dos vecinas molestas se tratara, me propuse no prestarles atención. Desbloqueé el teléfono y busqué un número en los contactos, esperando que Odalys no lo hubiese cambiado.

—¡Juliette! —Su sorpresa fue mayúscula—. Juliette, ¿cómo estás? Hace tanto que no sé de ti. Me alegra mucho que me llames.

Su voz sonaba conmovida, noté que estaba emocionada.

—Hola, Odalys, estoy bien. ¿Cómo estás tú? —Aunque

no era nada original, ni era lo que me habría gustado decirle, añadí con un nudo en la garganta–: Me alegro mucho de oírte.

Sin más preámbulos ella abordó el tema que nos había alejado y que dejamos sin resolver dos años atrás.

–Me sentí muy mal después de todo aquello. Yo sabía que eras inocente y se lo dije a todo el mundo. Cuando te negaste a hablar conmigo se me partió el corazón.

–Lo sé –añadí apesadumbrada–. Por eso necesito pedirte perdón y que vuelvas a ser mi amiga. No fui muy justa contigo. Tú no tuviste culpa de nada. Perdóname.

–¡Oh! ¡Qué alegría Juliette! ¿Cuándo nos vemos?, ¿quieres que pase mañana por tu casa? Tenemos mucho que contarnos, podríamos comer juntas.

–Odalys –contesté–, estoy en Périgueux y de momento no puedo moverme de aquí.

–¿En Périgueux?, ¿y ahí qué se te ha perdido?

–No se me ha perdido nada. Más bien he encontrado algo, pero es un poco largo de contar. Solo quería saber si sigues queriendo ser mi amiga.

–Pues claro que sí, tonta –contestó Odalys, quien ahora volvía a ser la persona alegre y jovial que yo conocía–. ¿Cuándo podremos vernos?

–¿Cuándo libras?

–El próximo fin de semana.

–Pues si te apetece ven aquí y pasamos juntas un fin de semana tranquilo, aunque aún no sé muy bien dónde podríamos alojarnos.

–Mejor. ¡A la aventura! Las dos juntas, como en los viejos tiempos. Gracias por llamarme. Te he echado mucho de menos.

–Yo también, Odalys. Yo también.

Tras conversar con mi amiga me sentí más ligera, como si me hubiese quitado una carga y decidí hacer varias cosas al día siguiente. Amanecí descansada, metí todas mis cosas en la bolsa de viaje y bajé a desayunar. Antes de nada, debía pasar por el banco a recoger la tarjeta y activarla. Roxanne había pagado el hotel, yo apenas tenía efectivo y necesitaba dinero. Pedí un taxi y deseé que el taxista fuera el de siempre, era la primera persona de aquel lugar con la que había hablado más de una vez y además pensé que me podría ayudar; tuve suerte.

–Al Banco de Francia –pedí al subir al coche–. Perdón, buenos días, al Banco de Francia, por favor.

El conductor puso el taxi en marcha tras desearme buenos días y permaneció callado.

–Me llamo Juliette –dije para romper el hielo, pues necesitaba pedirle algo y no sabía cómo hacerlo–. Perdone, ¿le importaría echarme una mano?, se lo agradecería mucho, es usted la única persona que conozco aquí.

–Está usted muy habladora, señorita. Yo me llamo Gastón, a su disposición.

–Muchas gracias. Verá, Gastón, quiero comprar un coche, uno pequeño, de segunda mano. Hace mucho que no conduzco y no me gustaría estampar un coche nuevo y, como le he dicho, a la única persona que conozco aquí es a usted. Bueno, al menos es usted la persona con quien más he hablado.

–Bueno, si a eso le llama usted hablar. ¿Se va a quedar aquí?, el otro día no lo tenía usted muy claro.

–Voy a intentarlo, Gastón. ¿Cree usted que su hermana tendrá una habitación para mí?

–Seguro, aún estamos en temporada baja. Pero si quiere puedo llamar y preguntar.

–Se lo agradecería –dije sincera. Habíamos llegado al banco y añadí–: No creo que tarde. Espéreme, por favor.

–Mientras tanto haré un par de llamadas para lo del coche.

–Muchas gracias, Gastón, de verdad.

Cuando salí del banco con mi flamante tarjeta en la cartera, Gastón, como si fuera mi secretario, me informó de las llamadas que había hecho. Su hermana sí que tenía habitaciones libres y estaría encantada de alojarme en su hotel; él también había hablado con dos empresas de compra-venta de coches y con su mecánico, quien a veces tenía algún coche para vender.

–Gastón –dije tímidamente–, no quisiera abusar, pero no entiendo nada de coches y he pensado que quizás usted pueda aconsejarme, o mejor encargarse, vamos, asegurarse de que lo que compremos esté en buenas condiciones.

No sé por qué empleé el plural.

–Déjelo de mi cuenta, señorita. De todas formas, vamos a ver a gente legal –contestó amable.

Elegí un Renault Clio rojo, para mí era suficiente y el precio era bueno. Gastón, que sabía de coches más de lo que yo pensaba, aseguró que el vehículo estaba en muy buenas condiciones. Disfruté viéndole examinar el motor escrupulosamente, poniéndolo en marcha para escuchar el motor y detectar si este hacía algún ruido extraño. Cuando fuimos a probarlo le pedí que condujera, yo no conocía el pueblo ni los alrededores y no quería tener un percance antes de pagar el coche, del que no podría disponer antes de veinticuatro horas, pues había que tramitar la documentación.

Llegamos al hotel a la hora de comer; resultó ser más grande de lo que esperaba y, desde luego, muy confortable. La entrada era un *hall* amplio con varios sillones y mesitas de café, y en el mostrador de recepción era muy visible la contraseña wifi. A la izquierda del *hall*, un comedor espacioso con seis mesas y grandes ventanales con preciosas vistas al exterior. A la derecha, un pequeño salón con televisión y una escalera que subía a las habitaciones. Era estilo provenzal, muy acogedor y amueblado con buen gusto. Fue Sophie, la hermana de Gastón, quien me recibió afectuosamente, aunque una chica joven atendía la recepción. Sophie rondaría los sesenta años y, a pesar de estar un poco entrada en carnes, resultaba atractiva y juvenil, con una mirada inteligente que parecía verlo todo. Dudó si darme la mano o un abrazo y, para mi sorpresa, optó por lo segundo.

–Bienvenida, señorita. La sobrina de la señora Margueritte será siempre bien recibida en esta casa; es un placer tenerla con nosotros. –La forma en la que habló me pareció sincera.

–¿Conoció usted a mi tía? –pregunté con curiosidad.

–Los de mi edad conocimos a su tía, fue una gran mujer. Vamos, le enseñaré su habitación.

La alcoba estaba en el primer piso; era amplia, con armario grande y un baño pequeño pero completo, en el mismo estilo que el resto del hotel. Había dos camas y eso me dio pie a preguntar si podría quedarse conmigo una amiga, que esperaba para el fin de semana, o mi hermana cuando estuviera aquí. Sophie no puso ningún inconveniente y me concedió media hora para instalarme y bajar a comer. Me gustó la habitación: techos inclinados con vigas de madera vista, cortinas y colchas a juego, y aire acondicionado. Desde la ventana se podía disfrutar de una hermosa panorámica en la que destacaba mi nueva casa. Me quedé un rato contemplándola, seguía intimidándome, pero vista desde allí no me parecía tan fea.

Descansé un rato después de comer y salí a pasear. Me encaminé a la casa y una vez más me quedé observando desde la verja. El jardín estaba invadido por malas hierbas, pero aún se podían apreciar restos secos de rosales, de mirtos que en su día debieron formar, con setos no muy altos, artísticos dibujos. Se adivinaba un bosquecillo de robles en la parte posterior de la casa... Sí, era muy bonita, del siglo XVIII. También pude ver un añadido posterior: el gran invernadero de cristal a la derecha de la casa. La mansión entera necesitaba un arreglo, pero primero una buena limpieza para ver qué había debajo. Tenía tres plantas, la última abuhardillada, los tejados inclinados con ventanas para iluminar el interior. Dos torres redondas, una a cada lado de la casa, con sus pináculos altos de pizarra; uno tenía en su extremo un pararrayos y el otro, una veleta. Había una amplia escalera exterior de piedra en la puerta principal de la casa.

—¿Te gusta mi palacio?

La voz me causó un sobresalto; no había oído llegar a nadie. Era una niña, de unos cinco o seis años, que con seguridad y desenvoltura se dirigía a mí.

—Sí que te gusta, por eso lo estás mirando, ¿verdad? —dijo con naturalidad.

—Vaya —contesté—. ¿Eres tú la princesa que vive aquí?

—No, mujer. ¿No ves que aquí no vive nadie ahora? Pero cuando sea mayor lo limpiaré y me vendré a vivir aquí. ¿Ves esa torre? —Señaló la de la derecha—. Pues ahí voy a dormir yo.

Me gustó la niña, me pareció inteligente y muy decidida.

—¿Quieres que entremos a verla?

—No podemos —dijo la niña indicando lo que era evidente—. Está cerrada.

—Sí —dije con complicidad—, pero yo tengo la llave.

—¿Tú eres Cenicienta? —preguntó la niña asombrada—, ¿has vuelto?

—No. Me llamo Juliette. Pero fíjate qué casualidad, la casa también es mía y tampoco la he visto nunca por dentro.

—Mi papá no quiere que hable con desconocidos —recordó la niña en ese instante.

—Tu papá tiene razón. Cuando conozca a tu papá y seamos amigos, entraremos juntas a la casa.

—Vale, pero no entres tú sola primero.

—Está bien, te esperaré —dije.

—¡Ségolène! —dijo una voz masculina que llamaba a la niña.

—Es mi papá, vamos y le conoces —dijo la niña apremiándome.

–No, no, Ségolène –le respondí. Una cosa era conocerla a ella y otra muy distinta conocer a su padre; los adultos no se me daban muy bien–. En otro momento —le dije.

–Disculpe, señorita –se excusó el hombre que ya había llegado junto a nosotras–. Espero que la niña no esté molestando.

–Se llama Juliette y no estoy molestando, ¿verdad? –dijo buscando mi apoyo–. Vamos a entrar juntas a ver la casa. –Y luego dirigiéndose a mí–: Este es mi papá y se llama Marcel.

–Encantado, señorita –saludó muy correcto el padre de la niña–. Vamos, Ségolène, tenemos que irnos, la abuela nos espera. Ha sido un placer, señorita. Hasta la vista.

Los miré mientras se alejaban: la niña iba dando saltitos e insistiendo a su padre para que nos hiciésemos amigos y poder entrar en la casa conmigo. El padre rondaría los cuarenta años, era alto y delgado, pelo moreno, ojos muy verdes, de mirada franca, inteligente y noble. No parecía un campesino y me habría parecido atractivo en cualquier otro momento de mi vida, pero en este tiempo no despertó ningún interés, ni la más mínima emoción física en mí.

Cuando regresé al hotel y me dispuse a cenar, alguien me dio unos golpecitos en la espalda.

–¡Ségolène! –dije, sorprendida–, ¿qué haces aquí? ¿Este hotel es tuyo también?

–No –contestó sonriendo–, es de mi abuela Sophie.

–¡Oh! Veo que ya conoces a mi nieta –dijo Sophie, que salía de la cocina.

–Sí, nos hemos conocido esta tarde en la puerta de su palacio.

–Mi nieta tiene mucha fantasía. Desde bien pequeña dice que quiere vivir en Saint-Sybelie. ¡Oh!, disculpe un momento. –Sophie se marchó y un instante después volvió con el padre de la niña–. Este es mi hijo Marcel, es uno de los enólogos de las bodegas Saint-Sybelie. Creo que deberían conocerse, al fin y al cabo, ahora es usted la propietaria de las bodegas y, por lo tanto, su jefa.

—Encantada, Marcel. —Me sentía confusa, no sabía qué decir ni cómo reaccionar; jamás había sido propietaria de nada ni jefa de nadie. No sabía cómo actuar, estaba nerviosa y empecé a sentir ansiedad. Fue el propio Marcel quien acudió en mi ayuda.

—Otra vez encantado, señorita, puede usted visitar las bodegas cuando desee, será un placer enseñarle los libros y comentarle el desarrollo de las viñas y las bodegas en estos veinticinco años.

—Gracias —dije un poco más relajada—, pero, por favor, no tenga prisa. De momento me siento muy sobrepasada. Estoy intentando ubicarme aquí aún y ando algo perdida. Si no le importa lo dejaremos para un poco más adelante.

Cuando subí a mi habitación me di una ducha rápida, y ya puesta de pijama llamé a Roxanne. Me parecía que hacía mucho que se había marchado. En realidad, tenía la sensación de que hacía una eternidad que había salido de París.

—Roxanne, no te vas a creer lo que he hecho hoy —dije cuando mi hermana contestó el teléfono—. He dejado el hotel en el que estábamos y me he instalado muy cerca de la mansión, en el hotel de Sophie, la hermana de Gastón, el taxista.

—¡Ya sabes cómo se llaman!

—Sí, son amables y cariñosos. Me he comprado un coche, he conocido a una niña encantadora que se llama Ségolène y a su padre, que se llama Marcel, quien ha resultado ser uno de los enólogos de Château Saint-Sybelie. Quiere ponerme al día de la marcha de las bodegas, pero le he pedido un poco de paciencia.

—¿Y la madre de la niña?

—No ha aparecido ni la han nombrado en ningún momento. ¿Cuándo vienes?

—¡Apenas hace veinticuatro horas que he regresado! Ya te avisaré.

—Pero, ¿qué es lo que tienes que hacer?, ¿cuánto tardarás? —insistí.

—Esto lleva su tiempo. Pero como puedes ver por todo lo que has hecho hoy, te vales perfectamente sola y no me necesitas.

—¿Tienes problemas? ¿Es el trabajo o hay algo más?

—De todo un poco. Ya te contaré, no me preguntes más. —Roxanne dio el tema por zanjado.

—Odalys vendrá este fin de semana. Hemos hablado, la he llamado por teléfono.

—Eso es fantástico, Juliette. —Se alegró mi hermana—. Ella no tuvo culpa de nada.

—Lo sé. He estado a punto de entrar en la casa. Tenías razón, no es tan fea.

—¿Tienes la carta de Margueritte? —preguntó mi hermana.

—Sí, por supuesto.

—Pues, ¿a qué esperas para empezar a leer?

—Creía que yo te importaba más que nuestra tía bisabuela —bromeé.

—A ti te conozco desde hace muchos años y ya no me inspiras curiosidad, como en los matrimonios viejos —dijo mi hermana siguiendo la broma.

—Vale, empiezo a leer.

Querida sobrina:
La guerra es terrible, es un verdadero monstruo que arrasa y destruye cuanto toca: personas, lugares, ilusiones y esperanzas. Los primeros meses lo único que hice fue enrollar vendas, preparar material para curas, aprender el nombre del instrumental quirúrgico, limpiar sangre, mucha sangre, vomitar y llorar, más por los heridos que por mí. Después empecé a poner inyecciones, a sondar, a suturar y a ayudar en el quirófano. Dejé de vomitar,

pero nunca pude dejar de llorar, aunque delante de los heridos procuraba poner mi mejor sonrisa. Cuando recibíamos material todo era más fácil, pero a medida que la guerra avanzaba todo se complicaba y se hacía especialmente dolorosa la carencia de medios que nos impedía adormecer a los pacientes para las intervenciones, aliviarles el dolor o evitar las infecciones. Era terrible.

Una tarde llegó una ambulancia con varios heridos. Al ayudar a bajar las camillas me encontré con Emile, o mejor, con lo que quedaba de él. Sentí que desfallecía y otra vez empecé a vomitar. Hasta entonces los que llegaban eran desconocidos, aunque días después dejaran de serlo. Pero Emile no era un desconocido. Yo le quería entrañablemente y tenía siempre presente que me había salvado de Didier. Cuando lo pusimos en la mesa del quirófano el doctor hizo un gesto negativo con la cabeza; aparte de faltarle las dos piernas, tenía el vientre destrozado, así que le pusimos en una cama sabiendo que no podíamos hacer mucho más.

Al terminar mi turno me senté a su lado, le limpié la cara y los brazos, aunque ya estaba limpio, solo porque sentía la imperiosa necesidad de hacer algo por él. No podíamos sedarlo porque no había con qué hacerlo y estaba semiconsciente. Le cogí la mano y le llamé varias veces por su nombre; abrió los ojos e hizo un conato de sonrisa, le besé en la mano y en la frente y me quedé a su lado, con su mano en la mía hasta que murió. Era la primera persona que fallecía entre quienes hacían parte de mi vida; sentí un dolor desgarrador y lloré desconsolada. Cuando se lo llevaron, aún permanecí allí sentada y gimiendo sobre la cama.

–No llore usted, señorita –dijo una voz a mi espalda–. Si necesita cuidar de alguien yo me ofrezco como voluntario.

No contesté, no podía dejar de llorar.

–¿Le conocía usted de antes? –me preguntó con ternura.

–Ese hombre ha hecho por mí más que mi padre. Me salvó la vida.

–Lo siento –añadió sinceramente–, de verdad que lo siento. Ojalá pudiera consolarla.

Por primera vez me volví a mirarle. Era un chico joven al que no había visto antes. Tenía heridas en la cara y los ojos vendados.

–¿Ha llegado usted hoy? –pregunté.

–No, llegué ayer, creo que por la tarde.

–¿Cómo fue? –Aunque era estúpido hacer esa pregunta, fue todo lo que se me ocurrió decir.

–Soy piloto –dijo aquel chico–. Ayer me enfrenté con el barón Rojo y le derribé.

–¿Es eso cierto? –pregunté admirada–. No había oído decir nada sobre ello.

–No, no lo es. Bueno, sí que soy piloto y sencillamente me derribaron. No me darán ninguna medalla por esto. Me llamo Henri Bouvier.

–Yo, Margueritte Bernard.

–Lamento no poderle decir hoy que me alegro de verla, pero espero poderlo hacer pronto. Y de verdad, si usted necesita de alguien a quien cuidar yo soy su voluntario.

Le di las gracias y me marché a descansar un poco, pronto tendría que empezar mi turno otra vez. Di gracias a Dios por haber podido estar con Emile en los últimos momentos de su vida y recé por él. También di gracias por Henri, el muchacho que me hizo sonreír a pesar de mi dolor.

Todavía sonrío cuando lo recuerdo. Mañana te contaré más. Ahora me despido con un beso.

M. B.

A través del teléfono pude captar que a Roxanne la carta le había conmovido tanto como a mí.

—Debió ser muy duro para Margueritte.

–Sí, muy duro –contesté.
–¿Qué vas a hacer mañana? –preguntó.
–Iré a recoger el coche y a dar una vuelta por el pueblo.
–Perfecto. Ya hablaremos. Estoy muy cansada y necesito dormir.
–Vale. –Pensé de nuevo que Roxanne estaba muy rara–. Hasta mañana, descansa –dije para despedirme.

Me acosté y antes de quedarme dormida reflexioné en qué distintas son las guerras cuando las lees en un libro de historia, en el que las relatan con fechas, nombres de generales y actos heroicos, a cuando las lees en el relato de un alma que habla en primera persona. Me estaba encariñando con Margueritte; me habría gustado conocerla. Podía entender su dolor porque yo también sabía qué era perderlo todo. Me resistí ante la tristeza y pensé en todos los acontecimientos del día hasta que me quedé dormida.

Al día siguiente Gastón me llevó a recoger mi coche. Estaba nerviosa y cuando me senté al volante e intenté ponerlo en marcha se caló un par de veces. Hacía mucho que no conducía y me sentía torpe e insegura, pero poco a poco empecé a conducir sin más problemas. Experimenté esa agradable sensación de independencia que había olvidado, era algo muy estimulante que me hacía sentir más fuerte.

Los días siguientes los dediqué a recorrer los alrededores de la ciudad. Aquella región me sorprendió por su belleza. Descubrí que estaba recuperando la capacidad de disfrutar. Por primera vez tuve la sensación física de quitarme una losa de encima. Quería contárselo a mi hermana, pero ni aquel día ni el siguiente contestó a mis llamadas.

Odalys llegó el sábado por la mañana. Ella también prefirió el avión, porque era más rápido y nos permitiría tener unas horas más para estar juntas. Mientras la esperé en el aeropuerto estaba muy nerviosa; para mí era un reencuentro importante pues injustamente la había arrojado lejos de mi vida. Ella me presentó a Daniel, o David, o como se llamara, y yo necesité en aquel momento difícil encontrar un culpable para lo que pasó; aunque si he de ser justa, debo reconocer que yo ya le conocía cuando me lo presentó. Durante casi un año, en meses alternos, coincidí con él en el vagón del metro al regresar a mi casa después del trabajo. A esa hora éramos, casi siempre, los mismos viajeros. Yo era bastante tímida y no hablaba con nadie, pero me encantaba observar a la gente y hacer elucubraciones sobre a qué se dedicaban. Estaba el punki de la cresta rosa, un rebelde, un transgresor, con un móvil de última generación; decidí que sería un hacker. Luego, la chica musulmana del pañuelo en la cabeza, preciosa, con unos ojos grandes y profundos, que debía de trabajar en alguna embajada porque llevaba ropa y zapatos carísimos. El chico negro que siempre llevaba puestos los cascos y la capucha de la sudadera, era universitario; lo sabía porque en una ocasión se le cayó la cartera y se salieron sus tarjetas, entre ellas la de la universidad. El señor de la boina y la señora de las gafas azules que se sentaban juntos y durante el trayecto arreglaban el mundo a la perfección. Y un buen día apareció él, con su chaquetón marrón, sus gafas de metal y sus tubos de cartón para planos. Seguro que era arquitecto. Al final del primer mes ya me sonrió. Entonces, desapareció. Me alegré cuando un mes después volví a verlo subir al tren; me sonrió, yo me ruboricé y aparté el rostro. El resto del trayecto estuve mirando por la ventanilla porque cada vez que volvía la cara me encontraba con su mirada. Así durante varios meses hasta que un sábado por la noche fui a la cervecería donde nos reuníamos los amigos y sentado junto a Odalys, estaba él. Susurró algo al oído de mi amiga, que se levantó haciéndome un gesto con la mano para que me sentara en su sitio. Al llegar a su lado me lo presentó.

—Daniel Thomas —dijo Odalys—; está deseando conocerte. —Y dirigiéndose a él, añadió—: Juliette Moreau, mi mejor amiga.

—Ya nos hemos visto varias veces —dijo Daniel, estrechándome la mano.

—Sí, ya nos hemos visto varias veces —confirmé ruborizándome y sin saber qué hacer con las manos.

Odalys se sentó junto a otro de los amigos y Daniel aprovechó para no separarse de mi lado.

—Sé por tu amiga que eres restauradora de arte, que trabajas en el museo d'Orsay, que estudiasteis juntas Historia del Arte y que volvisteis a coincidir en el museo.

—Bueno, pues ya no tengo tema de conversación —dije intentando parecer desenvuelta.

—Pero yo sí —continuó él—, y como me parece justo que estemos en igualdad de condiciones voy a darte mi curriculum. Ya sabes cómo me llamo. Estudié arquitectura y empecé a trabajar con un arquitecto que se dedica a rehabilitar y restaurar edificios antiguos. Aquello me gustó, embarqué a mi hermano y fundamos nuestra propia empresa: Thomas & Thomas Magna. Nos va bastante bien. Ahora estamos aquí en París, en la Basílica de Saint Denis, y en la catedral de Colonia en Alemania. Mi hermano lleva todo el tema administrativo mientras yo voy de un sitio a otro. Normalmente estoy tres o cuatro semanas aquí, y otras tantas allí.

Yo no sabía qué más decir, pero él era un gran conversador. Sacaba tema tras tema y así, de una manera natural y fácil, pasamos más de dos horas hablando de música, de arte, de catedrales, de libros y de los sitios a los que nos gustaría viajar. Teníamos gustos en común, a los dos nos gustaba Leonard Cohen, Sybelius, Ken Follet, y el cine clásico. Me acompañó a casa y al despedirnos me preguntó:

—¿Quieres que nos veamos el sábado próximo?, podríamos salir a cenar.

—Vale, está bien —acepté.

—Bueno, pues hasta el sábado. ¿Te recojo aquí a las siete?

—Sí, a las siete está bien. Hasta el sábado.

Hizo mención de marcharse, pero volvió.

—Podrías darme tu número de teléfono. Ya sabes, por si surge algo. Te hago una perdida y así se te queda grabado el mío.

Así lo hicimos. Volvió a girarse para marchar y regresó de nuevo.

—Aunque bien pensado, si el lunes nos vemos en el metro, podríamos ir a tomar un café.

—Sí, claro, ¿por qué no? –acepté divertida.

—Buenas noches, Juliette.

—Buenas noches, Daniel.

Había sido una tarde muy agradable. Me había divertido mucho, hacía tiempo que no hablaba tanto con un chico. El domingo por la mañana sonó el teléfono, Odalys quería saber cómo me había ido la noche anterior.

—Vamos, ponme al día pronto –dijo.

—No hay nada que contar, Odalys.

—¿No le has invitado a quedarse?

—No, claro que no.

—Por lo menos habréis quedado, ¿no?

—Sí, hemos quedado –respondí–, pero no veas más de lo que hay.

—No seas tonta, Juliette; es atractivo, culto, divertido... y a ti te vendría bien un revolcón, no estás con nadie desde segundo de carrera.

—Ya sabes que soy un poco rara para ciertas cosas –me defendí incómoda–, necesito tomarme mi tiempo, estar segura de que le gusto y me gusta. Ya sabes, ir despacio. No quiero más chascos.

—Que le gustas está claro –continuó Odalys–, solo hay que ver cómo te mira. Anoche se volvió loco cuando te vio llegar: «preséntamela, preséntamela», decía; parecía que le iba a dar algo.

–¿De qué le conoces tú?

–Me lo presentó Víctor ese mismo día; son amigos, comen juntos en el mismo restaurante. ¿Qué vas a hacer hoy? –preguntó cambiando de tema.

–August y yo iremos a comer al campo, a casa de Roxanne. Pasaremos el día con ella y con Pierre.

–Pues el lunes nos veremos. Victor y yo tenemos planes… Solo para dos. Que disfrutes, Juliette.

–Y tú también.

Cuando vi a Odalys caminar hacia mí en el aeropuerto me apresuré a su encuentro. Nos fundimos en un abrazo y así permanecimos unos instantes. Estábamos las dos muy emocionadas, ambas deseábamos aquel reencuentro y, sin soltarnos las manos, yo fui la primera en hablar:

–Ven, tengo el coche en el aparcamiento. Me alegra tanto que estés aquí…

–Yo también me alegro, te he echado mucho de menos. Tienes muchas cosas que contarme, empezando por qué haces aquí.

Retiramos el coche del aparcamiento y le conté las novedades de estos últimos ¿días?, ¿semanas? Mi vida había cambiado de una forma tan brusca y mi estado de ánimo era tan distinto que estaba desorientada en el tiempo. Le hablé de la herencia, de la casa, de Margueritte y de las cartas, de la gente que había conocido y que me habían acogido más como familia que como huésped. Odalys estaba encantada.

Llegamos al hotel a la hora de comer. Sophie era una gran cocinera, el aroma de sus guisos nos abrió el apetito. Nos atendió ella personalmente, se alegró de conocer a Odalys y de verme tan feliz. Ségolène, que rondaba por allí, vino a darme un beso, pero no vimos por ningún lado a su padre. Después subimos a la habitación; Odalys colocó sus cosas en el armario, la tomé de la mano y fuimos a la ventana, descorrí la cortina y le mostré la casa.

—Mira, Odalys, esa es la mansión Saint-Sybelie. La casa que he heredado.

—Es preciosa —dijo boquiabierta—. ¡Es preciosa!

—Sí. Creo que sí que lo es —respondí mirando aquella casa con profunda admiración.

Odalys me pasó el brazo por los hombros; comprobar que seguíamos tan unidas como si no hubiera pasado nada me provocaba cierta euforia. Ella fue la primera en hablar:

—Juliette, no me porté bien contigo. Yo sabía que eras inocente, pero el señor Mercier no hacía más que repetirme que todo te acusaba, me sometió a una presión tremenda. Durante meses me estuvo espiando dentro y fuera del trabajo, esperando encontrar un indicio, por pequeño que fuera, de que yo era tu cómplice. Yo estaba aterrada. Y no podía perder mi empleo. Por eso corté toda relación contigo, pero estaba fatal. Sentía que te estaba traicionando y era horrible. Habría querido gritarle a Mercier que eras inocente y que me dejase en paz, pero me habría despedido. No sé si todo esto son excusas. Sé que fui muy cobarde. Perdona.

—Soy yo quien debe pedirte perdón a ti. Después del robo y de que me acusaran de él necesitaba encontrar un culpable, y esa fuiste tú; tú me presentaste a Daniel. Fui muy injusta contigo. Ni siquiera te llamé cuando se averiguó todo, estaba como muerta; necesitaba deshacerme del pasado, de todo lo que formaba parte de mi vida cuando sucedió aquello.

Recordamos juntas, como una pesadilla, aquel sábado en que la policía vino a detenerme a mi casa acusada del robo del cuadro, cuya limpieza y restauración había concluido yo misma apenas cuarenta y ocho horas antes. Estaba preocupada porque Daniel se había marchado a Alemania el día anterior y no conseguía hablar con él a pesar de que le llamé infinidad de veces. Cuando me detuvieron y me llevaron en *shock* a la comisaría, llamé a mi hermana. Le dije que habían robado en el museo, que me detenían como sospechosa ya que el ladrón había utilizado mi tarjeta y mi código para escapar del lugar; usó una tarjeta que solo podíamos tener los del equipo de restauración debido a que, a veces, teníamos que quedarnos trabajando después de cerrar y para regresar a casa salíamos por una pequeña puerta lateral en la que siempre había un guardia de seguridad que comprobaba nuestra identidad y que el número de la tarjeta fuera el que figuraba en el registro del museo; él era el encargado de introducirla en la ranura de apertura y luego cada uno de nosotros tenía su propio código personal, que no sabía nadie más y que se cambiaba cada tres meses. La noche del robo se encontró al guardia inconsciente en el suelo y el ordenador reflejaba que el último código insertado era el mío. Pero mi tarjeta estaba en mi cartera cuando vinieron a detenerme, y yo sabía que no la había perdido, por lo que sospeché que alguien había copiado la banda magnética, seguramente ese guardia nuevo que andaba siempre fisgando; lo único extraño era que el número personal solo estaba en mi cabeza, no lo tenía apuntado en ningún sitio. Aquello no tenía sentido. Pero lo que más me angustiaba era no saber nada de Daniel, ¡le necesitaba tanto en aquel momento! Él era mi fuerza y temía que le hubiese podido suceder algo malo.

Hacía seis meses que estábamos casados y éramos muy felices. Todo fue muy rápido; empezamos a salir, a vernos todos los días, a cenar juntos. Oíamos música, hablábamos de arte, de su trabajo, del mío, hacíamos el amor. Y un día Daniel me dijo:

–¿Por qué no nos casamos?

–¿Casarnos? Soy muy joven –No se me ocurrió otra cosa de lo sorprendida que estaba.

–Si sigo con este trabajo de un mes aquí y otro allá –argumentó Daniel–, solo vamos a tener media vida para estar juntos. ¿No crees que eso sería un desperdicio? Claro, que si tú no me quieres... entonces será mejor que lo dejemos.

–¡Sí que te quiero!, con toda mi alma y con toda mi vida.

–Pues cásate conmigo, ¿quieres?

–Sí, Daniel. Sí quiero.

Aquella misma noche se lo dije a Roxanne, quien se echó las manos a la cabeza y actuó como más tarde hicieron mis padres diciendo: es muy precipitado, no sabemos nada de él, ni siquiera conoces a su familia. A pesar de estar en el siglo XXI, cuando tomamos ciertas decisiones, los que nos quieren nos someten al mismo interrogatorio que hace cien años. Roxanne buscó en internet la empresa de Daniel y comprobó que todo era legal y coincidía con lo que él me había dicho; pero de los temas personales, que era lo que interesaba a mi hermana, no había nada. Nada más lógico, por otra parte, porque Daniel no era un famoso con impacto mediático.

–Todo lo que me importa saber de él es que le quiero –dije para zanjar la cuestión la tarde en la que estuve discutiendo con mi hermana.

Roxanne se dio por vencida. El amor es ciego y yo estaba enamorada. Cualquier intento por su parte de hacerme cambiar de opinión solo conseguía el efecto contrario. Nos casamos dos semanas después en una boda muy íntima: solo Daniel y yo, su hermano y su cuñada por su parte, pues sus padres habían fallecido. Por la mía, mis padres, mis hermanos y cuñados y Odalys.

De cómo salí detenida de mi casa, de la comisaría, del abogado, de las declaraciones, de la vista judicial, hasta de la sentencia de libertad vigilada mientras durase la investigación y tuviera lugar el juicio definitivo, solo guardo un recuerdo nebuloso. Viví todo aquello como si estuviese drogada, como algo irreal y difuso. Recuerdo que en algún momento me sentí como un barquito de papel arrastrado por el agua de la lluvia, alguien me había puesto allí y yo no podía hacer nada para evitarlo, para detener aquella locura. Y en primer plano, golpeando inmisericorde, la ausencia de mi marido. Se lo había tragado la tierra. Nadie conseguía saber nada de él.

Recordando juntas en la habitación, Odalys y yo nos abrazamos llorando. Aún quedaba mucho dolor. Pero nos habíamos reencontrado, nos habíamos liberado de remordimientos y nos sentíamos libres y nuevas.

–¿Quieres que vayamos a ver la casa? –sugirió Odalys y añadió–: Me gustaría mucho.

–Pues no creo que podamos, pronto anochecerá, no creo que la casa tenga luz. Tendré que hacer un contrato de electricidad, pero podemos dar un paseo, si te apetece.

–Sí, me apetece. Podemos llegar hasta la casa y verla, aunque solo sea por fuera.

Capítulo 5

Por primera vez abrí la verja, ante la cual me sentí tan deprimida pocos días atrás, y pisé el jardín de aquella casa. Estaba bastante abandonado, pero tuve la sensación de que alguien se había ocupado de limpiarlo de vez en cuando.

Al regresar al hotel, Sophie estaba despidiendo a Marcel y a Ségolène, quienes se marchaban a su casa en Périgueux. Odalys y yo saludamos a los tres, besé a la niña que se me echó en brazos y subimos a asearnos antes de la cena.

–Juliette, ese tío está muy bueno –dijo Odalys emocionada.

–Sí. Marcel está muy bien, pero no es mi estilo.

–¿Cuál es tu estilo? –preguntó mi amiga.

–No lo sé, pero Marcel no lo es. No me siento atraída por él. No sé cómo me gustan los hombres; en realidad, creo que no me gustan.

Nos reímos y subimos las escaleras corriendo. Después de cenar nos pusimos cómodas y le leí a Odalys las cartas de Margueritte. Llamé a mi hermana porque quería leer la siguiente carta con ella, tal y como habíamos acordado.

–Roxanne, te he estado llamando y no he sabido nada de ti. ¿Por qué no me has contestado? ¿Estás bien?

—Estoy muy bien, Juliette, te lo prometo. Pronto estaremos juntas. Tengo muchas ganas de verte y contarte cosas.

—Odalys está aquí. —Pensé que mi hermana preferiría hacerme sus confidencias a solas—. Hemos hablado mucho y lo estamos pasando muy bien. Ya leímos las primeras cartas de Margueritte, pero no podíamos leer la siguiente sin ti.

—Empieza pues. Me he puesto cómoda y soy toda oídos.

Querida sobrina:
Ya te conté lo triste que me sentí tras la muerte de Emile y, sin embargo, fue entonces cuando conocí a Henri. Él siempre decía que todo sucede por algo y que no fue casualidad que estuviera en la cama de al lado cuando Emile falleció. Durante mi turno me competía ayudar al médico a realizarle las curas a Henri porque, como eran más delicadas para los ojos, no podíamos hacerlas solas las enfermeras. Henri reconocía mis pasos y me llamaba con cualquier excusa cuando me oía cerca. Cuando mi turno terminaba procuraba pasar un rato con él antes de irme a descansar. A veces le leía algo, pero sobre todo hablábamos. Así, poco a poco, fuimos contándonos nuestras vidas: dónde nací y cómo fue mi vida antes de conocerle; tú ya lo sabes. Él me dijo que había nacido en Périgueux, en Aquitania, que tenía veinte años, que toda su familia había nacido allí desde hacía varias generaciones. Su padre era agricultor y su madre trabajaba como criada en el castillo de Cenicienta, como lo habían hecho también su abuela y bisabuela.

—Un día compraré ese castillo y se lo regalaré a mi madre para que viva allí como señora, no como criada —me decía.

Cuando yo me mostraba escéptica en cuanto a que Cenicienta hubiera existido y vivido en Périgueux, él me decía que yo no creía en la magia y que por eso envejecería pronto. Siempre estaba de buen humor y me hacía reír. Recuerdo un día que le encontré muy abatido y me asusté mucho, pues eso era inusual en él; me senté sobre su cama, le tomé de la mano y le pregunté qué le pasaba.

–Creo que me muero –dijo con un hilo de voz–, y la mayor tristeza que me llevo es no haber visto nunca tu rostro. ¿Puedo tocar tu cara?

Yo accedí, claro, sin poder retener unas lágrimas. Él pasó y repasó sus manos por mi frente, mis ojos, mi nariz, mis mejillas y mis labios. Luego, mientras me quitaba las lágrimas, me dijo:

–No te asustes, tonta, no me voy a morir, pero si te hubiera dicho que me dejaras acariciarte me habrías dicho que no.

Quise enfadarme, pero me sentí tan aliviada que no pude evitar reírme. Pocos días después llegó el momento de quitarle el vendaje de los ojos. Era mi tiempo de descanso y Henri me pidió que le acompañase; durante todo el proceso me tuvo cogida la mano. Aunque estaba muy animoso y convencido de que volvería a ver, porque la vida no podía jugarle la mala pasada de impedirle ver mi cara y todas las puestas de sol, las primaveras y todas las cosas bellas que aún le quedaban por contemplar, yo sabía que estaba nervioso porque le temblaban las manos y respiraba como si le faltara el aire. Cuando le quitaron las vendas abrió los ojos despacio y sonrió; se tapó el ojo derecho y dijo «Con este no», luego hizo lo mismo con el izquierdo y añadió «Con este sí». Entonces giró la cara hacia mí, me miró y me dijo:

–¡Qué guapa eres! ¿Quieres ser mi novia?

Yo me sonrojé y le contesté que sí, aunque hubiera preferido una declaración más romántica. Días después, cuando le dieron el alta, vino a recogerme al final de mi turno. Me llevó a unos doscientos metros del hospital y allí, en mitad del campo, había una mesa (un taburete) con un mantel (una sábana), una botella de vino y dos vasos; también estaba otro soldado, herido en una pierna pero ya casi recuperado, tocando el violín.

–Es lo más romántico que he podido encontrar...

Nos abrazamos y besamos. Me dijo que al día siguiente se marchaba de nuevo al frente.

–¡Pero eso no puede ser! –me rebelé–. No pueden enviarte a combatir, no puedes ver perfectamente.

–Cariño, si te falta una mano no puedes empuñar un fusil, si te falta una pierna no puedes cargar contra el enemigo; pero si te falta un ojo, sigues viendo con el otro. Además, hay muchos menos pilotos que soldados de infantería o artillería.

–No quiero que te vayas –me resistí–. No es justo.

–Volveré pronto, te lo juro. Se comenta que a la guerra le queda muy poco. Los alemanes están a punto de claudicar. Entonces iremos a mi pueblo, para que conozcas a mi familia, y luego a América, ¿quieres?

Por supuesto que quise. Pero eso lo dejo para otro día. Hasta pronto, querida.

M. B.

–Esta mujer es como Sherezade, siempre lo deja en lo mejor; podemos leer la siguiente –sugerí.

–No, no, otro día –dijo Roxanne–. Estas cartas tienen su magia.

–Es cierto –coincidió Odalys.

–Y no queremos que se acabe, ¿verdad? Buenas noches Odalys. Buenas noches, Juliette. Nos veremos pronto.

Odalys embarcó al otro día con destino a París. Había sido un fin de semana intenso de emociones y estaba cansada cuando, después de la cena, me acomodé en mi dormitorio. Habían sido dos días de recordar y había recuerdos que todavía dolían; se agolpaban en mi cabeza, pero esta vez decidí no escapar sino hacerles frente. Así regresé a mis recuerdos en París, dos años atrás, cuando el inspector Clochard, el mismo que me detuvo tras el robo y quien llevaba la investigación, volvió a llamar al timbre de mi puerta. Era un hombre correcto y educado, pero a mí no me gustaba desde el momento en que sembró en mí la duda de si Daniel estaría implicado en el robo, si me habría utilizado, lo cual explicaría su desaparición. Le odié entonces y le odiaba cada vez que me planteaba esa posibilidad, que rechazaba con todas mis fuerzas. No podía ser, era imposible que Daniel... No, no, era imposible. Además, él no conocía mi código personal, yo no le había dicho que era la fecha de nuestra boda. Él me amaba y jamás haría algo así. Daniel era un hombre honrado. Nos queríamos tanto... Pero era cierto que había desaparecido, como si nunca hubiera existido, como si jamás hubiese formado parte de mi vida, como si solo fuera fruto de mi imaginación. Y yo me agarraba obsesiva a la esperanza de que aparecería, de que encontrarían al auténtico ladrón, de que su desaparición sería por motivos razonables, todo se solucionaría y volveríamos a ser felices, y esta vez para siempre.

Clochard me saludó amable, como siempre.

–Buenos días, señora Thomas. –Su voz se hizo más grave–. Tengo que rogarle que me acompañe, por favor.

–¿Puedo saber adónde? –La presencia de aquel hombre menoscababa mis escasos ánimos–. Ya sabe que no puedo estar fuera de casa mucho rato. Mi marido puede volver en cualquier momento y quiero estar aquí cuando llegue.

–Por favor, señora, acompáñeme –dijo mirándome con un asomo de ¿ternura?, ¿compasión?–. Créame, es importante, precisamente se trata de Daniel Thomas.

–¡Daniel! –Me impresioné tanto que me tuve que sentar–. ¡Daniel! ¡Sabía que vendría! ¿Por qué no está él aquí?, por favor contésteme, ¿por qué no está él aquí?

–Ha tenido un accidente.

—¿Un accidente? —repetí temblando como un azogado—. Por favor, lléveme con él. ¿Qué les ha dicho? Ha preguntado por mí, ¿verdad?

—Señora, su esposo no está en condiciones de hablar.

Bajábamos las escaleras con mucha prisa, pero cuando le oí decir aquello, un negro presentimiento me dejó paralizada. Fijé mis ojos en Clochard, mi garganta no conseguía articular palabra, las manos me sudaban y sentía un miedo irracional a saber y a no saber. Intenté preguntar, pero no pude terminar la frase.

—¿Ha...? ¿Él ha...?

—Sí —dijo Clochard—. Lo siento de verdad, señora, créame que lo siento.

Fui incapaz de hablar y de llorar. En mi mente solo una idea: «No puede ser, esto no puede estar pasando».

—Necesitamos que le identifique. No va a ser agradable. Le aseguro que quisiera poder evitarle pasar por esto.

Pero yo ya no le oía, no sentía, solo caminaba como un autómata junto al inspector. Ya en el Instituto Anatómico Forense, entramos a una sala: había un cadáver tapado con una sábana y una mujer que salía llorando muy aturdida. Me pusieron ante él y dejaron su rostro a la vista.

—¿Es su marido? —preguntó Clochard.

—Sí —dije moviendo la cabeza y con un hilo de voz.

Abandonamos aquel lugar. La mujer con la que nos habíamos cruzado entraba en un pequeño despacho, acompañada también por un policía.

—¿Sabe quién es esa mujer con la que nos hemos cruzado? —me preguntó el inspector abriendo otro despacho e invitándome a entrar; luego me ofreció un vaso de agua que rechacé y continuó—: Es Susan Taylor, la viuda legal de David Taylor, alias Peter Russel, alias Albert White, alias... Daniel Thomas.

El inspector esperó unos segundos antes de seguir hablando. Yo cerré los ojos y deseé morir allí mismo para salir de aquella pesadilla.

–Daniel Thomas es una identidad falsa, no existe. Realmente tuvo un accidente de tráfico en el que falleció. Los policías de atestados encontraron escondidos en el coche cuatro pasaportes distintos; su identidad real es David Taylor, súbdito británico, buscado por la Interpol. Todavía no sé en qué más anda metido, pero estoy convencido de que lo está en el robo del museo D'Orsay.

Me ofreció ayuda psicológica; la policía tenía buenos especialistas, según decía. Pero le supliqué que me llevase a casa, necesitaba estar sola. Él no quiso dejarme hasta que vino mi hermana, a quien llamé en cuanto estuve en mi casa, aunque fue el inspector quien habló con ella pues yo no podía articular palabra. Roxanne acudió inmediatamente. Clochard le explicó todo lo ocurrido aquella tarde; después se marchó, no sin insistir en que yo debería recibir asistencia psicológica.

Roxanne me obligó a darme una ducha con la intención de hacerme salir de aquel estado de aturdimiento. Luego me secó el pelo y me metió en la cama. Se acostó a mi lado, me abrazó y me acunó, como hacía cuando yo era pequeña y me iba a su cama porque tenía miedo. Yo estaba como muerta, no podía llorar, ni hablar, solo sentir aquel dolor desgarrador porque Daniel me había mentido. Todo se hundió de repente: no tenía marido ni trabajo, ni alegría, ni esperanza y estaba sin ganas de vivir. Solo había desencanto y la certeza de haber sido engañada y utilizada por la persona a quien más amaba, en quien más confiaba. Nada podría hacerme más daño.

Caí en una profunda depresión. Roxanne buscó a una amiga suya que era psicóloga y que era reconocida como una de las profesionales más importantes de nuestro país. Era una mujer especialmente intuitiva y, además de las terapias convencionales, era gran conocedora de otras alternativas como la hipnosis, la regresión y el transgeneracional, con las cuales había conseguido grandes resultados. Ella, como Jung, pensaba que cuando nacemos no somos páginas en blanco en las que se pueda escribir una historia, sino que venimos ya con nuestras propias neurosis y las heredadas de nuestros ascendientes. Cuando mi hermana le explicó en qué situación me encontraba, aceptó tratarme, pero no avanzamos mucho; yo solo quería estar sola, que me dejasen en paz y no hablar de lo sucedido. Bianca, la psicóloga, le dijo a mi hermana que no podría ayudarme mientras yo no quisiera poner nada de mi parte.

Dos meses después, el inspector Clochard volvió a mi casa. Fue mi hermana quien abrió la puerta y me sujetó del brazo cuando quise encerrarme en mi habitación.

–No quiero verle, inspector –dije–, para mí usted es el mensajero de la muerte.

–Esta vez traigo buenas noticias, señorita. –Y continuó diciendo–: Barry Taylor, a quien usted conocía como su cuñado, nos hizo una visita días atrás y nos contó una historia muy interesante.

–¿Le apetece un poco de café, inspector? –ofreció Roxanne.

–Sí, gracias. La historia es un poco larga.

Mi hermana preparó café para ellos y una infusión para mí. Nos acomodamos y nos dispusimos a escuchar. El inspector tomó un poco de café y siguió hablando.

–Barry hizo escala en París en un viaje desde Hong Kong. Tardaría unas horas en tomar el avión para Londres, demasiadas para esperar en el aeropuerto. La banda de ladrones y de traficantes de obras de arte de la que, como su hermano, formaba parte, tenía un piso alquilado en Pigalle, algo así como una base de operaciones, solo para preparar sus golpes. Cuando al abrir la puerta del piso Barry vio luces encendidas, se sorprendió; pensó que habían entrado a robar.

–Qué paradoja –interrumpió mi hermana–, robar a unos ladrones.

–La vida está llena de paradojas –añadió el inspector y continuó su historia–: Barry oyó las voces de Claire, a quien usted conocía como su cuñada y que era el cerebro del grupo; y de Elliot, su amante y cuarto miembro de aquella sociedad. Barry pensó que ellos tampoco deberían estar allí y decidió gastarles una broma puesto que no habían notado su presencia. Al acercarse a la cocina, donde estaban sus cómplices, oyó que hablaban de su hermano. Claire decía que David se estaba volviendo blando, que habían encontrado el *modus operandi* perfecto, lento pero perfecto, y que ahora a él le estaban entrando escrúpulos que lo hacían sentirse mal por «la pobre restauradora». «¡Tan tonta y tan previsible!, no fue difícil averiguar que el código personal era la fecha de su boda», decía Claire. Además, decía que habían hecho bien en quitar a David de en medio y que, puesto que su hermano era prescindible, dejarían pasar un tiempo prudente y lo liquidarían también. Otro accidente y así serían solo dos para repartir el botín.

Barry quedó consternado; esos dos habían matado a su hermano y ahora iban a por él. Volvió sobre sus pasos en completo silencio, salió de la casa sin hacer el menor ruido y se encaminó a la comisaría más cercana. Le habían sentenciado a muerte, así que su única oportunidad era la policía. Cantaría de plano, con lo que esperaba una reducción de condena y vengar así la muerte de su hermano. No estaba dispuesto a caer solo. Como ven –continuó el inspector–, hoy traigo buenas noticias. Gracias a Barry hemos recuperado el cuadro y detenido a los delincuentes. Mañana se hará público en los medios de comunicación, pero he querido darle la noticia personalmente. Ahora está usted libre de toda sospecha, Juliette, y créame que jamás he creído en su culpabilidad.

–¡Es fantástico! –exclamó Roxanne.

–Oh, sí –dije con una mezcla de ironía y amargura–. Ahora mi corazón se recompondrá solo.

Días después recibí un correo muy correcto del señor Mercier, el director del museo, o de su secretaria, qué más daba, en el que expresaba su alegría por el feliz desenlace. Decía que él nunca había dudado de mi inocencia pero que, lamentablemente, mi puesto ya estaba ocupado. Sentí náuseas ante tal exhibición de hipocresía y no me tomé la molestia de contestar; de todos modos, mi vida era y seguiría siendo una mierda. Me habría gustado odiar a Mercier y al resto del mundo, pero hasta eso me resultaba indiferente. Estaba hundida en mi miseria y no había nada que me motivara a salir de ella. Finalmente, Bianca dejó de tratarme porque lo cierto es que yo no colaboraba.

–Temo que haga alguna locura –le confesó mi hermana a Bianca, cuando esta le comunicó su decisión de interrumpir la terapia.

–No te preocupes. No se quitará la vida, si es eso lo que temes –la tranquilizó Bianca–. Ella no desea morir, simplemente no quiere vivir. No es lo mismo no querer vivir que desear morir. De momento ha metido cuanto ha sucedido en un trastero, ha cerrado la puerta y no está dispuesta a volverla a abrir. Ahora no podemos hacer nada. Ella ha de ser quien decida cuándo enfrentarse a ello y pedir ayuda. Solo podemos esperar; tal vez meses, tal vez años. Procura estar cerca de ella pero no la agobies. Eres su único contacto con el exterior, así que no debe querer rechazarte, pero no la compadezcas; debes ser incondicional, pero no protectora; tu hermana tiene que comprender que todo depende de ella.

Capítulo 6

Desde que llegué a Périgueux tenía la sensación de que había pasado tanto tiempo que todo aquello se había quedado muy atrás. Estar con Odalys y recordar con ella había resultado más fácil de lo que pensaba; pero ahora, sola en aquella habitación, me arrepentí de enfrentarme a mis recuerdos, jamás lo habría hecho si hubiera sabido que aún dolían tanto; seguían siendo como cuchillos que se clavaban en mi alma, como dedos inmisericordes que hurgaban en heridas que yo creí cicatrizadas. Me ahogaba, necesitaba aire fresco y decidí salir de la casa. Dejé mi habitación y cuando bajaba las escaleras me crucé con Sophie, que se retiraba.

–Buenas noches, Juliette –me saludó–. ¿Necesitas algo?

Quise responder que estaba bien y que no necesitaba nada, pero en lugar de eso empecé a llorar desconsoladamente, gimiendo, hipando. Era como si el tapón que había bloqueado mis emociones se hubiese caído y todo el dolor, frustración, tristeza, soledad y abandono que habían permanecido tanto tiempo reprimidos, fluyeran ahora con una fuerza imparable, como un desastre natural. Entre lágrimas pude ver la preocupación en el rostro de Sophie, quien me tomó del brazo y me condujo a la cocina. Se lo agradecí, porque, aunque solo había dos parejas más en el hotel, yo no quería llamar la atención, pero no podía dejar de llorar con tanto desgarro. Sophie se sentó junto a mí en la mesa de la cocina, me puso delante una caja de pañuelos de papel y me dejó llorar. A veces me pasaba la mano por los hombros o me acariciaba la espalda, me besaba la sien o me sujetaba el pelo por detrás de la oreja. Estuve llorando sin parar más de una hora. Poco a poco el llanto fue cesando, estaba agotada y me dolían las sienes y las costillas, me ardían las mejillas, me escocían los ojos y la nariz, pero por fin pude suspirar profundamente y sentir un alivio infinito. Sophie se levantó y sacó un par de tazas.

–Mi madre siempre decía que no hay amargura que se resista a un buen chocolate y creo que tenía razón. Vamos, bebe despacio, saboreándolo.

Acepté la taza de chocolate y mientras se enfriaba empecé a hablar y hablar. Le conté a Sophie toda la historia y a pesar del esfuerzo mental y emocional que me producía temblores, me sentí mucho mejor. Contárselo me ayudó a la vez a serenarme y a soltar lastre. Eran casi las cinco de la mañana cuando al fin callé. Sophie, emocionada, me abrazó y yo sentí por primera vez el calor del abrazo de una madre. La mía no era muy cariñosa, supongo que me abrazaría cuando yo era pequeña pero no recordaba una sola ocasión en que lo hiciera como lo había hecho Sophie, sin prisa, dándose toda, acogiéndome toda. Siempre pensé que mi madre no me quería como a mis hermanos. Yo sabía que había sido un «accidente» y siempre tuve añoranza de abrazos y besos maternos. Recuerdo haberlo comentado alguna vez con mis hermanos, quienes me tachaban de exagerada, aunque estaban de acuerdo en que mamá estaba más enamorada de su trabajo que de su familia. A quien acudíamos siempre que necesitábamos algo era a Karima, aquella chica de Casablanca que empezó a cuidarnos siendo una adolescente y que salió de nuestra casa para casarse. Cuando se marchó la que peor lo pasó fue Roxanne; yo la tenía a ella, pero mi hermana se quedó sin apoyo en plena adolescencia. Fue entonces cuando se convirtió en una rebelde contestataria; en aquella época todo eran gritos en casa. Así que el abrazo de Sophie me encantó, deseé quedarme así para siempre, pero no me parecía justo con ella pues debía estar muy cansada.

–Lo siento, Sophie. Te he fastidiado el descanso.

–No seas tonta –respondió–. Me alegro de haber estado aquí, pero es verdad que necesitamos dormir un poco, pronto amanecerá.

–Tienes que decirme dónde está la compañía eléctrica –añadí cambiando de tema–. Tengo que hacer un contrato para la casa.

–Cuando te levantes pide a Gastón que te acompañe. Quien se encarga de dar los permisos es un viejo amigo suyo. Buenas noches, Juliette. Descansa.

–Buenas noches, Sophie.

Dormí profundamente hasta las once de la mañana. Cuando bajé a desayunar, Gastón estaba en el vestíbulo con otro hombre. Al verme bajar las escaleras se acercó solícito.

–Buenos días, Juliette. Mi hermana me ha comentado lo del contrato de la luz. Espero que no te importe haber adelantado el primer paso: este es Denis Pierson, más conocido como Lumière; él es quien tiene que revisar la instalación de la casa para ver si está en condiciones y dar el visto bueno para poder conectar la electricidad de nuevo. Sophie nos acompañará, ella conoce bien la casa.

Recorrimos los doscientos metros que separaban la mansión del hotel. Yo estaba nerviosa, por fin iba a entrar en ella; y aunque lo haría sin Roxanne, me sentía bien. Ella tenía razón, no la necesitaba para todo.

La puerta de la verja chirrió y se desprendieron de ella minúsculas porciones de pintura reseca.

–Necesita una mano de pintura –comenté.

–Y un buen engrasado –añadió Gastón–. De eso puedo encargarme yo.

El camino hasta la casa era de gravilla, aunque estaba invadido de hierbajos. El jardín necesitaba una buena limpieza y renovar las plantas, pero no era, ni mucho menos, la maraña tenebrosa que me pareció la primera vez. A medida que avanzábamos hacia la casa me parecía más grande, más impresionante.

–Es una casa magnífica –dijo Gastón con admiración.
–Fantástica –coincidió Lumière.
–La más bonita del mundo –concluyó Sophie.

Yo no dije nada, estaba admirada. ¿Cómo era posible que esa mansión me hubiese parecido horrible alguna vez? Era realmente hermosa, parecía un pequeño castillo con esas torres a cada lado de la casa, con ventanales en la segunda planta y esos pináculos altos de los castillos de cuentos de hadas de mi infancia. Cuando accedimos al interior, Sophie fue abriendo puertas y ventanas, permitiendo que entrase la luz. El vestíbulo me pareció inmenso, con dos grandes escaleras a izquierda y derecha de mármol blanco, como el suelo, que llevaban a la segunda planta, a una galería que tenía las paredes tapizadas en brocado blanco y dorado. Las puertas también eran blancas con adornos dorados. A un lado y otro del vestíbulo había tres, dos a la derecha; la primera daba a un gran comedor que a mí me pareció un salón de bodas y que, según Sophie, tenía capacidad para unas cien personas. Todo allí era fantástico: los artesonados del techo, los zócalos decorados, los frescos de las paredes, los espejos y los muebles. La otra puerta daba acceso a un salón de baile al que calculé unos cien metros cuadrados, con una decoración semejante a la del comedor, un pequeño escenario en el que había un piano de cola Steinway y una puerta que salía al invernadero de cristal. La puerta de la izquierda daba a un salón mucho más pequeño que debía ser el de recibir y cuyas paredes estaban llenas de cuadros. La casa tenía en total mil cien metros cuadrados repartidos, además de lo que ya había visto, en diez dormitorios y siete baños. Sophie me condujo al fondo del vestíbulo donde otras dos puertas se abrían a lo que fueron las cocinas primitivas pero que, según me dijo ella, Margueritte había convertido en una zona privada más recogida e íntima que el resto de la casa, la cual consistía en una pequeña cocina moderna, un saloncito pequeño y acogedor con todas las comodidades de la penúltima década del siglo pasado: televisión, equipo de música, aire acondicionado... Me pareció un poco anticuado visto desde ahora; también había allí dos dormitorios y un baño completo. El salón tenía salida a la parte posterior de la casa en donde había un modesto jardín, una piscina y, al fondo, una pequeña alameda. Mil pensamientos acudían a mi mente: «¿Será posible que todo esto sea mío? Los frescos necesitan ser restaurados, eso lo puedo hacer yo misma. Es sorprendente el buen estado de conservación...»; y por encima de todos: «¿Cómo voy a mantener esto?, me estoy agobiando..., lo mejor será donarlo..., bueno, ya lo pensaré».

Sophie me precedía durante el recorrido. Iba quitando las sábanas que cubrían los muebles y los cuadros para que yo pudiese admirarlos; todo era exquisito. Había una colección importante de obras de arte, o al menos eso pensé hasta que me acerqué a uno de ellos y comprobé que no era auténtico, era una falsificación, muy buena, pero a mí no me engañaban, de pintura yo entendía algo. Ya los examinaría con más detenimiento.

–Me sorprende muchísimo el estado de conservación de la casa. Nadie diría que tiene más de trescientos años y que lleva cerrada veinticinco –comenté.

–Juliette, la casa está sin habitar desde que murió Margueritte Bouvier-Bernard, la señora, pero eso no significa que haya permanecido abandonada. Ella empleó mucho dinero en restaurarla: las telas de las paredes no son las originales, pero ella consiguió que una fábrica de París hiciera otras exactamente iguales a partir de los jirones que les envió de las telas primitivas; modernizó e instaló todas las lámparas para que funcionaran con electricidad en la mayor parte del edificio; hizo la piscina, restauró los artesonados y los muebles más antiguos y, más tarde, supongo que cuando vio su fin cerca, nos encargó que cuidásemos de la casa.

–¡Qué afortunada fuiste al conocerla! –le dije a Sophie emocionada.

–Todos aquí la conocíamos. Era una gran mujer, sencilla y buena; además, éramos parientes lejanos porque Thérèse, la madre de su marido, era hermana de mi abuela.

–¿Y todo este tiempo has cuidado tú sola de la casa?

–No, yo sola no; lo he hecho con los que trabajan en las viñas. Un par de veces al año un grupo de mujeres hemos venido a limpiar para que no se amontonase mucho polvo mientras un grupo de hombres se ha encargado de desbrozar el jardín. En las bodegas Saint-Sybelie había una llave. Marcel se la entregó al notario cuando nos dijo que había localizado a la heredera y la había citado para hacerle entrega de la herencia.

–¿Cómo era mi tía?

–Era una gran mujer, ya te lo he dicho: inteligente, culta, generosa y sencilla.

–¿Y físicamente? ¿No hay ninguna fotografía?

–¡Ven! –me dijo Sophie.

Subimos las escaleras y vi que las paredes tapizadas de la galería estaban llenas de retratos, pero ella me llevó directamente a uno. Pintado al óleo y manteniendo el estilo clásico del resto de las obras, mostraba la imagen de dos mujeres: una casi anciana, la otra en la plenitud de su madurez, ambas con trajes de gala. La mayor estaba sentada, una mano en el regazo y la otra en el hombro, sobre la mano que la mujer más joven apoyaba en él. La expresión era un poco triste pero serena; aunque tenía el pelo blanco se dejaba ver que había sido una mujer guapa. La otra, la más joven, era muy atractiva, mirada inteligente y mentón que denotaba decisión y valentía; su sonrisa, apenas sugerida, dotaba a su rostro de una gran ternura.

–La mayor era Thérèse –dijo Sophie–. La más joven, Margueritte. Era extraordinaria. Este retrato tiene fuerza, pero no le hace justicia.

Regresamos al vestíbulo justo cuando Gastón y Lumière entraban en él.

–Vamos a tener que hacer cambios, señorita –dijo Lumière–. En la parte donde la señora hacía la vida hay que renovar la instalación para ponerla conforme a la nueva normativa y hay que cambiar el contador, pero eso es poca cosa. El resto de la casa está a medio instalar y si quiere usted terminar la instalación, yo le aconsejaría que...

–Lumière –le interrumpí–. De momento me basta con poder encender alguna luz sin provocar un cortocircuito y saber qué hay que hacer para poder tener suministro eléctrico. Cuando decida seguir le llamaré y le prometo que le dejaré hacer todo lo que me aconseje porque de electricidad no entiendo nada.

–Yo creo que es hora de comer –intervino Gastón–; aquí de momento ya está todo hecho y hay hambre. –Y luego dirigiéndose a su amigo, añadió–: Lumière, a ver si dejas este asunto solucionado pronto.

–Tengo a todo el equipo ocupado ahora. Será imposible antes de tres o cuatro días.

–Entonces, ya podemos irnos, ¿no? –No se me ocurría ningún motivo para permanecer allí más tiempo y, además, yo también tenía hambre.

–¡Un momento! –exclamó Sophie. Fue con prisa a la parte más moderna de la casa y regresó inmediatamente con una de aquellas cajas metálicas antiguas de jabón con dibujos modernistas para ponerla en mis manos.

–Son fotografías –aclaró–. Ya las iremos viendo.

No me apetecía comer sola y pensé preguntar a Sophie si podría comer con ellos en la cocina. Sentía que desde la noche anterior había establecido un vínculo afectivo, para mí muy importante, con ella. Además, quería que viésemos juntas las fotos, pues todos aquellos rostros me resultarían desconocidos y ella, aunque no los hubiese conocido a todos en vida, sabría quiénes eran y conocería su historia. Cuando regresábamos al hotel vi el coche de Marcel, y a renglón seguido, a Ségolène que también nos había visto y venía corriendo hacia nosotros; se lanzó a los brazos de su abuela, besó a Gastón y después a mí, tomó mi mano y la de Sophie y así seguimos caminando hasta la casa.

Marcel besó a su madre y a su tío, y saludó cordialmente a Lumière. Luego se acercó a mí e hizo lo propio con un correcto apretón de manos. Cuando entramos, la camarera estaba preparando la mesa para mí.

–Déjalo, Sabrina –dijo Sophie–. Comeremos todos en la cocina.

Ni siquiera me preguntó. No sé si me había leído el pensamiento o ella también sentía ese vínculo que me daba permiso para incluirme en su familia. Lumière también se quedó a comer, según él no perdería la ocasión de tomar un guiso de Sophie que era la mejor cocinera de todo el Perigord.

La sobremesa se hizo larga. Me maravillaba de Sophie que nunca parecía tener prisa; pronto sería la hora de ir preparando la cena y debía ponerse a trabajar, pero parecía que no tenía nada que hacer. Hice mención de levantarme de la mesa.

–Creo que debo irme –me disculpé–. Tenéis cosas que hacer y no quiero ser un estorbo.

–Tú te quedas ahí sentada –ordenó Sophie.

–Señorita Moreau... –comenzó a hablar Marcel.

–Juliette, por favor –le rogué.

–Gracias, pues Juliette, creo que sería conveniente para nosotros y necesario para usted que visitara las bodegas. Château Saint-Sybelie también forma parte de su herencia.

–Sí, pero... Escuche, Marcel, todo esto me queda un poco grande. Estoy tratando de hacerme a esta situación. Las bodegas llevan veinticinco años funcionando sin mí. ¿Le importaría esperar una semana más? Hoy he estado en la casa y aún estoy un poco aturdida, ¿sabe? Yo necesito ir poco a poco.

–Está bien –aceptó Marcel–. La semana próxima entonces. Aprovecharemos para lavar y desinfectar los toneles con lejía para que huela a limpio. Eso es lo que harías tú, ¿no, madre?

Por toda respuesta, Sophie le dio un cachete a su hijo y todos rieron la broma. Es decir, no todos. Ségolène, muy seria, se plantó delante de mí y dijo muy enfadada.

–¿Has estado en la casa?, me prometiste que entraríamos juntas.

La verdad es que no lo recordaba y me sentí fatal por la niña. Viéndome apurada, Lumière acudió en mi ayuda.

–Es que tenía que acompañarme para decirme dónde quiere que le ponga la luz.

–Es cierto –agradecí–. Pero no he subido a tu habitación, eso sí que lo haremos juntas otro día, ¿vale?

–Vale –aceptó la niña–. Pero esperas a que yo llegue.

Lumière hablaba por teléfono; cuando acabó, dijo:

–Pasado mañana a las ocho empezarán a cambiar la instalación. El jueves ya tendrás electricidad.

–Pero el permiso... –empezó a decir Gastón.

–El permiso lo he dejado firmado antes de venir. He hecho de esto una cuestión personal.

–¿Ah, sí? –dijo Sophie aparentando enfado–. Pues ya te diré yo a ti, como te retrases tanto cuando haya que arreglar algo aquí.

–Mujer... –Lumière se sonrojó y no encontró nada que añadir.

–Lumière lleva años cortejando a mi madre –me dijo Marcel al oído–. No es que necesite un motivo para venir aquí, porque es un viejo amigo de la familia, pero cuando mi madre le llama por alguna avería intenta prolongarla para poder pasar más tiempo aquí y, por supuesto, con ella.

Esa pequeña confesión me hizo sentirme un poco cómplice de algo que sabían todos.

Capítulo 7

Los electricistas estaban terminando su trabajo el día previsto. Esa tarde solo faltaba por instalar el contador, lo que harían al día siguiente. Acompañé a Sophie a hacer unas compras. Cuando regresamos al hotel, Gastón estaba preparando café y nos ayudó a sacar las cosas del coche; cuando nos sentábamos ante la taza humeante, apareció Marcel con Ségolène. Estuvimos charlando un poco de todo, comentamos que la casa tendría electricidad al día siguiente y yo volví a insistir en que me resultaba difícil creer que allí había vivido Cenicienta, que todo aquello debía ser un mito.

Todos estaban en contra mía, y sobre todo Ségolène, quien para tratar de convencerme le pidió a su abuela que nos contara la verdadera historia de Cenicienta.

–Sí, por favor –rogué–. Yo no la conozco.

–Está bien. Pero tenéis que permanecer muy callados. «Había una vez un conde que vivía en París y se quedó viudo –comenzó a narrar Sophie–. Y como estaba tan triste quiso encontrar el lugar más bello del mundo para construir un palacio para él y su hija Leonor, que tenía seis años...

–Como yo –dijo Ségolène.

–No interrumpas, calla y escucha –reprendió su padre.

–El conde se dirigía a Burdeos, pero al pasar por aquí pensó que este era el lugar más bello del mundo y mandó construir una mansión. Él viajaba mucho porque tenía muchos negocios. Un día, a la vuelta de uno de aquellos viajes, preguntó a Leonor si le gustaría tener una mamá y dos hermanitas. La niña no recordaba qué se sentía cuando se tenía una mamá y le entusiasmó la idea de tener dos hermanas para jugar, pues Leonor casi siempre estaba sola y no tenía amigos.

Cuando el conde regresó del siguiente viaje, trajo consigo a una señora joven y guapa, y a dos niñas, una un poco mayor que Leonor y la otra un poco menor.

–Hasta aquí es más o menos como el cuento clásico –dijo Marcel.

–Sí, y lo que sigue es bastante menos dramático –añadió Gastón.

–¿Puedo continuar?

–Sí, por favor –contesté.

–La nueva condesa era una mujer buena y cariñosa, y las tres niñas se llevaban muy bien. Todo lo hacían juntas: aprender a montar, tocar música, estudiar las cosas que entonces estudiaban las señoritas y, sobre todo, jugar. Fue pasando el tiempo, las niñas se hicieron mayores y se convirtieron en unas jóvenes preciosas y sus padres pensaron que sería bueno que conociesen otros lugares. Decidieron viajar hasta Marsella, donde el conde tenía negocios y podrían ver el mar, pero muy cerca de Burdeos se les rompió el carruaje y tuvieron que interrumpir el recorrido. Pronto se corrió la voz por la ciudad de que el conde de Saint-Sybelie y su familia tendrían que permanecer allí hasta que pudiesen continuar su camino. Por entonces vivía en Burdeos el barón de la Cerdanya, quien pronto envió un mensajero al conde, invitándole a él y a su familia a permanecer en su palacio hasta que pudiesen viajar de nuevo. Este aceptó la invitación, pues pensó que sería bueno prolongar la estancia para conocer mejor las viñas y hacer negocios con los bodegueros; y él, su esposa y sus tres hijas, se alojaron en el palacete, donde conocieron al hijo del barón, Louis Phillipe, y a su amigo Hugo de Sajonia, hijo de un aristócrata alemán. Los jóvenes simpatizaron inmediatamente y juntos se divertían mucho. Pero llegó el momento de partir y el barón de La Cerdanya les ofreció una gran fiesta de despedida. Toda la aristocracia de la región se dio cita allí. Hubo cena, teatro, malabaristas, saltimbanquis y música. Leonor bailaba con Louis Phillipe; estaba triste porque se había enamorado de él y quería que él conociera sus sentimientos, pero no se lo podía decir porque las señoritas de entonces no decían esas cosas. Leonor no quería llorar ni estar triste, así que se bebió tres copas de vino pensando que se sentiría mejor, pero lo que sucedió fue que se emborrachó y salió corriendo cuando vio a Louis Phillipe acercarse a ella porque no quería que la viese ebria. Él quiso sujetarla, pero ella se zafó quedando entonces en el suelo uno de sus zapatos.

»Al día siguiente, Louis se escondió tras un tapiz en el pasillo del cuarto de las chicas. Cuando oyó salir a la criada se acercó a la puerta y llamó con suavidad. Como nadie contestó asomó prudente la cabeza y vio a Leonor y a su hermana pequeña, Pauline, que miraban absortas por la ventana. Él también se asomó y vio a su amigo Hugo y a Gisele, la hermana mayor, que se besaban entre lágrimas; ellos también se habían enamorado. Louis tomó a Leonor de la mano, hizo la señal de silencio para que no dijera nada, la llevó a un rincón desde donde Pauline no podía verlos y allí le declaró su amor. Se besaron y él quiso devolverle el zapato que había recogido del suelo la noche anterior, pero ella le dijo: «Quédatelo y en un año, si aún me sigues queriendo, vienes a mi casa a devolvérmelo.

»Pasó el año y Louis fue a llevar el zapato a Leonor. Cuando ella le vio llegar se descalzó, se sentó en un sillón y le ofreció el pie para que se lo pusiera. Con Louis venía

Hugo a pedir la mano de Gisele con la que pronto se casó, marchando los dos a vivir a Alemania. Seguramente ella contó la historia allí y, al ser repetida a su vez por quienes la oyeron, se fue transformando en el cuento que conocemos, difundido por los hermanos Grimm. Louis y Leonor también se casaron y se fueron a vivir a Burdeos. En Saint-Sybelie quedaron el conde, su esposa y la hija pequeña que cuidó de ellos hasta que se marchó a París, a la corte, que era donde quería estar.

»Y así fueron todos felices para siempre.

—Otra vez, abuela —pidió Ségolène.

—¿Qué dices? —intervino su padre—. ¿Quieres que a la abuela se le gaste la voz? Además, es tarde y tenemos que irnos ya.

—Vale, pero mañana venimos —insistió la niña.

—Sí, mañana venimos.

Ya había anochecido y yo estaba muy cansada. Decidí tomar algo ligero para cenar y después meterme en la cama, relajarme y descansar. Llamé por teléfono a mi hermana, la echaba de menos y tenía muchas cosas que contarle, pero su teléfono estaba apagado o fuera de cobertura. Cogí la caja de fotografías que me dio Sophie y ya metida en la cama las estuve mirando. Algunas eran de entre los años veinte y los cuarenta, y otras un poco más modernas. Muchos rostros me resultaban desconocidos, aunque en unas creí ver a Henri y a Margueritte jóvenes. En algunas fotografías me sorprendió ver a ella con actores de los años treinta; otras debían ser de los cincuenta o sesenta y se podía ver a Margueritte ya madura, más parecida al cuadro que había visto unos días antes en la mansión; en otras se la veía ya anciana y, en una de ellas, me pareció reconocer a una joven Sophie, con un niño de unos siete años que debía ser Marcel y una niña de unos dos años en brazos. Me escocían los ojos, así que apagué la luz y me quedé dormida.

Me sonó la alarma del móvil a las siete. Me duché, me

arreglé y bajé corriendo para tomar un café antes de salir hacia la casa para esperar a los electricistas, que llegaron a las ocho en punto. La mañana era luminosa, así que pudieron trabajar sin ningún inconveniente. Mientras tanto yo aproveché para recorrer la casa sin entrar a la habitación de la torre de la derecha, pues no había olvidado la promesa que le hice a Ségolène. Los nueve dormitorios restantes estaban en relativo buen estado: en los muebles no había carcoma, algunos tenían las cortinas bastante raídas, otros ni siquiera las tenían. Solo en cuatro había instalación eléctrica muy antigua y las telas que tapizaban las paredes necesitaban un cambio, pero en general estaba todo mejor de lo que yo imaginaba. Los baños se veían más modernos, de principios del siglo XX, algunos incluso más actuales; todos estaban completos, unos con bañeras de cobre, otros de azulejos y otros como minúsculas piscinas en el suelo de mármol. En todos había instalación de agua corriente que debía de ser muy antigua; seguramente las cañerías serían de plomo, así que habría que cambiarlas.

Sobre las doce los electricistas me avisaron que habían terminado y ya tenía suministro eléctrico. Les firmé la hoja de trabajo y se marcharon. Habían tardado menos de lo que pensaba y por primera vez yo estaba sola en la casa. El corazón me latía con fuerza, sentí una mezcla de excitación y miedo. Fui a la parte más moderna de la casa, entré en el saloncito y encendí el televisor, pero no tenía la imagen clara. Me senté en uno de los sillones, me volví a levantar y fui a la cocina; abrí todos los armarios, había casi de todo, un poco anticuado, pero casi de todo. Suspiré. Volví al salón, enchufé la cadena de música, seleccioné el reproductor de vinilos, estuve mirando entre los muchos que había, y al final me decidí por la *Sinfonía n.º 42* de Mozart. El sonido salió nítido, electrizante. Era un buen reproductor y los altavoces muy potentes. Puse el volumen al máximo y salí al vestíbulo de la casa. Fue una sensación increíble, se me erizó toda la piel; era como si el mismísimo Amadeus pudiera aparecer en cualquier momento.

Entré en el salón pequeño y estuve revisando los cuadros. Había una colección bastante importante de los siglos XVII al XIX: de Lairesse, de La Tour, Mignard, Rembrandt, Ricci, Van Balen, Fragonard y otros menos conocidos. Todos eran falsos, aunque hasta las firmas estuvieran imitadas a la perfección; cualquier experto, como yo, se daría cuenta de que no eran auténticos. Posiblemente los Saint-Sybelie que habitaron la casa no fuesen tan ricos como se creía.

–Es el mejor recibimiento que podría esperar. –La voz de mi hermana me dio tal susto que tiré el cuadro que tenía en las manos, pero mi alegría al verla fue mucho mayor–. ¡Roxanne! ¡Estás aquí, por fin!

Nos abrazamos con fuerza, me parecía que había pasado una eternidad desde que nos vimos apenas unas semanas atrás. Cuando nos separamos, mi hermana, que todavía me cogía las manos, dijo:

–Déjame que te vea. Te noto cambiada. Estás muy guapa.

–Han pasado cosas. Unas dentro de mí y otras fuera, pero esta vez no he huido, Roxanne, creo que estoy mejor. Sophie, la hermana de Gastón, es encantadora. Todos son fantásticos. La casa aún me asusta; es demasiado grande pero preciosa. Ven, ¿has visto qué salón tan grande? Mira por la ventana, el jardín también es enorme. Acompáñame. –La cogí de la mano, entusiasmada–. Hay otro salón mucho mayor. –La conduje hasta él y le enseñé el piano.

Roxanne pasó la mano por la superficie con delicadeza, levantó la tapa que estaba abierta y tocó una escala.

–Está desafinado –dijo.

–¿Por qué lo dejaste? –pregunté. Mi hermana me miró sorprendida–. El piano, digo.

–Por mamá. Para ella nunca fui suficientemente buena. Cuando acabé mis estudios y di el recital en el conservatorio, todo el mundo me felicitó entusiasmado. Yo sabía que no era un genio, pero me sentía feliz. Esperaba una palabra amable de mamá y ¿sabes lo que me dijo?

–Pues no.

–Que ella no me contrataría ni para un piano bar. Me sentí tan frustrada que dejé de intentar agradarle y abandoné la música.

Roxanne rompió a llorar.

–Oh, Roxanne, no sabes cómo lo siento. Mamá era muy exigente.

–No pasa nada; hace ya mucho tiempo. Pero no es eso. Lo he dejado con Pierre.

–¿Qué? –me sorprendí.

–Pierre y yo nos hemos divorciado. La iniciativa fue mía.

–Pero, ¿qué ha pasado?

–Nada de nada –contestó mi hermana–. Hace años que no pasa nada, ni física, ni afectiva, ni emocionalmente y me he cansado de estar tan sola.

–¿Estás triste? ¿Qué puedo hacer? –Me habría gustado poder ayudarla, pero me sentía impotente.

–No estoy triste –respondió–. Estoy rabiosa, muy cabreada. ¿Cómo puedes separarte, con total indiferencia, de la persona con la que has estado casado diez años?, ¿cómo puede Pierre decir que no sabía que yo me sintiera tan mal, cuando llevaba más de cinco años diciéndoselo?, ¿cómo puede decir, impasible, que no tener sexo en cinco años no es para tanto?

–¿Cinco años? –pregunté incrédula.

–Cinco –continuó mi hermana–. Si se excluye algún polvo muy, muy esporádico, corto y malo, de puro cumplimiento. Ni sexo, ni caricias, ni abrazos, ni nada. Cero contacto físico, solo el mínimo cuando estábamos entre amigos, pero nunca cuando estábamos solos. Pierre siempre puso distancia.

—Quizás tenga una amante —sugerí.

—Eso pensaba, pero él aseguraba que no, y la verdad es que de casa apenas salía. Según él, simplemente no le apetecía. Creo que la que no le apetecía era yo, pero prefería no enterarse y así evitar conflictos.

—¿Cómo has aguantado tanto? —Me parecía increíble en una mujer como mi hermana.

—Eso mismo me pregunto yo, ¿cómo lo he permitido? No sé, tal vez por temor a no encontrar alguien que me quiera.

—Yo te quiero, Roxanne.

—Y yo también, Juliette. Y ahora también me quiero. Bianca me ha ayudado mucho. Pero aún estoy muy cabreada. ¿Sabes qué me dijo Pierre?

—Pues no.

—Que él pensaba que el sexo no era tan importante, que teníamos cuanto habíamos deseado, salvo un hijo, pero, eso sí, debido a que yo no me había quedado embarazada, algo que no le molestaba en realidad pues no quería tener hijos; que estábamos cómodos y acoplados, que para qué íbamos a cambiar las cosas.

—¿Cómodos y acoplados? ¡Como si tuvierais ochenta años! —Me costaba creerlo.

—Exacto. Le contesté que yo quería estar viva, volar, crecer y crear... En fin, queríamos cosas distintas. Era una estupidez seguir juntos.

—Cierto —coincidí.

—Así que me he tomado un año sabático y he decidido poner tierra por medio. Necesito recuperar mi vida.

—¿Cómo lo habéis arreglado? —pregunté curiosa.

—Pierre se queda la casa. Yo no quiero volver. Tiene cuatro años para pagarme mi mitad; ocho plazos de seis meses.

—¿Crees que te pagará?

—No habrá problema —respondió mi hermana—. Es lo que él ha pedido. Siempre ha sido generoso y como no está herido no querrá fastidiarme.

—¿Qué piensas hacer? Me encantaría tenerte aquí el tiempo que tú quieras, me gustaría que me ayudases con todo esto hasta que tenga claro qué es lo que voy a hacer.

—Quería preguntarte si me puedo quedar contigo, solo hasta que encarrile un poco mi vida y tenga dónde alojarme.

—¡Claro que sí!, ¡me parece estupendo! Por primera vez eres tú quien me necesita.

Recorrimos juntas el resto de la casa. Subimos a la tercera planta. Lo que en un principio fueron los dormitorios de la servidumbre, se hallaban vacíos y bastante abandonados. Había una pieza más grande utilizada como desván; al abrir las ventanas la luz lo inundó todo y pudimos reconocer cada uno de los bultos que habíamos sorteado para llegar hasta ellas; la mayoría de ellos estaban cubiertos con sábanas para ser protegidos del polvo. Había un armario grande y dos más pequeños, dos baúles, tableros y caballetes, un clavicordio, varias lámparas de bronce oxidadas, sillas, un reloj de carrillón, un lavabo antiguo y algunos quinqués. En uno de los baúles había cortinas y cubrecamas, mantelerías completas y ropa de casa; en el otro un antiguo vestido blanco precioso que debió de ser el de novia de la última condesa. Los armarios pequeños contenían ropa pasada de moda, algunos trajes de fiesta y pieles que debieron de pertenecer a Margueritte. En el armario grande, vestidos preciosos de la segunda mitad del siglo XIX; entre ellos, uno de seda salvaje color rojo bordado en negro que destacaba entre los demás; también había capas, manguitos, zapatos, botines…

—¡Dios mío! —exclamó mi hermana—. ¡Esto es un sueño hecho realidad! ¡Me encanta disfrazarme!

Sacó uno de los vestidos y se lo puso sobre el cuerpo mirándose en el espejo. Dio un par de vueltas en un vals imaginario cuando el vestido se enganchó en el cierre de uno de los baúles y se desgarró.

—¡Oh, lo siento, Juliette! ¡No sabes cómo lo siento! —exclamó apenada.

—No te preocupes, pero creo que tendremos que tratarlos con más delicadeza. Estos vestidos tienen más de cien años y supongo que las telas estarán un poco ajadas.

—Pero son tan bonitos... —suspiró Roxanne.

—Sí, son preciosos —coincidí acariciando otro vestido sin descolgarlo del armario.

Había también dos cómodas antiguas y una mesa de despacho siglo XVIII con la escribanía completa.

Capítulo 8

El sonido de una llamada a mi móvil nos devolvió a la realidad a Roxanne y a mí.

–Juliette, ¿no piensas venir a comer?, ¿estás bien? –preguntó Sophie algo preocupada.

–Estoy mejor que bien, Sophie, ha llegado mi hermana. Hoy somos uno más.

–Estupendo. Os prepararé una mesa para las dos en el comedor.

–No, por favor. Quiero que Roxanne os conozca. Me gustaría seguir comiendo con vosotros en la cocina.

–Pues no se hable más. Pero no tardéis que estamos hambrientos.

Al descender por la escalera, mi hermana se fijó en la puerta de la habitación de la torre de la derecha.

–Ahí no hemos entrado –comentó.

–No, le he prometido a Ségolène que entraremos las dos juntas. Vendremos esta tarde, cuando Gastón la traiga del colegio.

–¿Ségolène es la hija...?

–De Marcel, sí. Ya le conocerás.

–¿Ahora?

–No lo sé. No siempre viene a comer, pero todas las tardes viene a recoger a su hija para volver a casa cuando termina el trabajo.

—¿No viven aquí?

—No, ellos viven en la ciudad, aunque parece que cuando en temporada baja hay poca gente en el hotel se quedan los fines de semana. Durante las vacaciones escolares sí que pasan aquí más tiempo. A la niña le gusta estar aquí. Es encantadora, y muy cariñosa.

La comida fue deliciosa. Roxanne se encontraba muy cómoda con toda la familia y Sophie no nos permitió ayudar a recoger.

—Hoy no –dijo–. Otro día. Hoy tendréis muchas cosas de que hablar mientras Roxanne se instala.

A mi hermana le encantaron ellos, nuestro cuarto y la vista desde la casa. Ya estábamos a finales de mayo y el campo rebosaba de florecillas silvestres de colores. La naturaleza nos regalaba una variedad de tonos verdes, brillantes o apagados, pero todos intensos y nuevos; entonces me pregunté qué color tendrían las viñas.

—¡Las viñas! –exclamé.

—¿Qué pasa con las viñas?

—Tenemos que ir a verlas. Quedé con Marcel en que lo haría. Creo que está preocupado, tiene más prisa que yo en ponerme al día.

Me acerqué a mi hermana y la abracé. Los franceses tenemos fama de secos y desapegados, pero nosotras debíamos ser la excepción. Yo siempre fui muy tímida, pero, aunque me costó relacionarme con los demás y más aún dar besos y abrazos, con mi hermana era muy generosa.

—Te he echado mucho de menos, Roxanne –le repetí por enésima vez–. Necesitaba saber de ti y tu teléfono siempre estaba apagado.

—Perdona, no estaba en condiciones, necesitaba estar sola. De todo lo del divorcio me he encargado yo. He tenido que pelearme con el decano de la universidad para poder tomarme un año sabático. Al final, Bianca me hizo un certificado de «Estabilidad emocional temporalmente precaria». ¡Y luego Pierre! No entenderé jamás su indiferencia. ¡Dios mío, nos estábamos divorciando! No separándonos para ir a cines distintos. La verdad, Juliette, no tenía ganas de ver a nadie.

–Cuesta creer que alguien a quien has querido tanto llegue a gustarte tan poco.

–No era solo Pierre el que me estaba gustando poco. Era yo la que no me gustaba nada. Me estaba convirtiendo en una mujer amargada, irritable, resentida y frustrada. Y eso me estaba matando, y supe que la única forma de que esa mujer desapareciera era salir de allí. No tenía otra alternativa y me fui. Necesité unos días de soledad para apartar la rabia y volver a encontrarme a mí misma.

–¿Dónde estuviste? –Pensé que mi hermana necesitaba hablar y procuré darle pie para que lo hiciera; además me interesaba mucho lo que le había pasado. Durante los últimos dos años en los que había estado conmigo yo no me había dado cuenta de nada.

–Pasé unos días en Suiza, en un pueblo pequeño bastante turístico pero muy tranquilo; fue un bálsamo para mi alma. Estuve casi todo el tiempo oyendo música y eso me ayudó mucho; después, unos días en tu piso de París, espero que no te importe. Por cierto, el portero me dijo que habían ido los de la inmobiliaria; tu contrato vence en un mes y querían saber si vas a renovarlo. Por lo visto hay una pareja interesada.

–Es cierto. No me acordaba.

–¿Sabes ya lo que vas a hacer? –preguntó con curiosidad mi hermana.

–Tú, ¿qué harías?

–Yo lo tengo claro. El destino te ha traído aquí y esto es precioso –contestó.

–Tengo que ir a París y luego decidiré –dije–. Descansa un rato, si quieres. Yo voy a esperar a Ségolène. Ya no tardará y he de cumplir mi promesa.

–Voy contigo. Quiero conocer a esa niña y al fenómeno de su padre. ¿Te gusta?

–Marcel es un hombre atractivo, pero no despierta nada en mí. Yo jamás me volveré a enamorar. ¡Nunca!

–Jamás y nunca es demasiado tiempo. Es hora de que te vayas abriendo a la vida; aún eres muy joven. Seguro que te quedan cosas extraordinarias por experimentar. Y a mí, también.

Oímos voces y risas; mi hermana preguntó:

–¿Esa niña que se oye es Ségolène?

–Sí. Verás cómo te gusta.

Ségolène esperaba impaciente. Apenas aparecí se echó en mis brazos, me besó, me dio la mano y dijo:

–¡Vamos!

Luego reparó en mi hermana que estaba a nuestro lado.

–Es mi hermana –le dije–. Se llama Roxanne y quiere venir con nosotras, ¿te parece bien?

La niña, que miraba fijamente a mi hermana, asintió con la cabeza y las tres nos pusimos en marcha. Apenas habíamos andado unos metros cuando Ségolène cogió de la mano a Roxanne.

Cuando entramos en la casa, la niña exclamó entusiasmada.

–¡Qué grande y qué bonita! ¡Qué escaleras…! ¡Esta casa es el paraíso! Parece un palacio. ¿Podré patinar aquí?

–Ya veremos –contesté–. ¿Quieres ver tu habitación?

–Claro, vamos –dijo Ségolène que, con los ojos como platos, miraba hacia todas partes sin dejar de hacer comentarios–. ¡Cuánta gente! –exclamó al ver los retratos de la galería–. ¿Quiénes son?

–No lo sé –respondí–. Supongo que serán todos los Saint-Sybelie.

–¿Cuál es la Cenicienta? –continuó preguntando incansable.

—Tampoco lo sé. —Me avergoncé de mi ignorancia.

—No sabes nada —dijo la niña—. Pues tendremos que enterarnos, yo no puedo vivir así.

Roxanne y yo nos miramos divertidas. ¡Qué carácter! Nos hizo gracia oírle decir que ella no podía vivir así. Pero era cierto que se imponía saber algo de todos aquellos que en el lienzo solo eran rostros más o menos expresivos, según el gusto de la época en la que fueron pintados. Preguntaríamos a Sophie, ella podría decirnos algo.

—Hay alguien que sí sé quién es —dije. Y las conduje al retrato de Margueritte y de Thérèse—. Esta es mi tía; y la señora mayor que está sentada, es su suegra, la madre de Henri —agregué señalando la pintura.

—Susuegra es un nombre muy raro —dijo la niña—. Nunca lo había oído. ¿Cómo se llama tu tía?

—Mi tía se llamaba Margueritte. Y «su suegra» no es un nombre, quiere decir que era la madre de su marido. Ella se llamaba Thérèse.

—Ah, vale. Pero, ¿cuándo vamos a mi habitación?

—Ya mismo —contesté.

Subimos a la segunda planta y fuimos directamente al cuarto que todas habíamos aceptado que debía ser el de Cenicienta. Antes de terminar de abrir la puerta, la niña ya se había colado por el hueco. Abrí el balcón y el sol de la tarde lo llenó todo; era una alcoba preciosa. Las sedas de las paredes estaban ajadas en algunas zonas, pero en general el estado era bueno. La cama era blanca y dorada, con dosel, pero sin las cortinas; a juego había un diván, un tocador y dos mariantonietas. No había cuadros ni adornos en las paredes.

—Yo creía que era rosa —manifestó Ségolène decepcionada.

—Pero es muy bonita, ¿no te gusta? —pregunté.

—No lo sé. No es como yo creía.

—Te la imaginabas como un dormitorio de princesas Disney, ¿verdad? —Fue Roxanne quien habló.

—Sí —contestó la niña desilusionada.

—Es que antiguamente, cuando Cenicienta vivía aquí, todavía no se habían inventado las princesas Disney y el color malva y el rosa no estaban de moda. Esta es la habitación de una princesa antigua, preciosa y de verdad, no la de una de dibujos animados —continuó mi hermana.

—¡Ah, vale, vale! Y si no había dibujos, ¿qué veían los niños en la tele? —La curiosidad de la niña parecía no tener fin.

—Cariño —respondí—, tampoco había tele.

—¿Y cómo se divertían? —preguntó asombrada.

—Tenían todo el espacio para jugar y correr. Mira, ven. —Roxanne llevó a la niña al balcón, y tras asegurarse de que estaba firme, se asomaron—. Respira hondo y mira alrededor. Bueno, pues todo lo que ves era el parque donde los niños jugaban con sus hermanos y amigos.

—Yo no tengo hermanos. Tengo mis amigos del cole. Un día los traeré a jugar aquí, ¿vale?

—Ya veremos, Ségolène —contesté—, ya veremos. ¿Quieres ver el resto de la casa?

—¡Sí! —respondió ella en un grito continuado; salió corriendo y, antes de que nosotras bajásemos las escaleras, ella estaba aporreando el piano del salón grande. Roxanne se acercó a ella.

—¿Te gusta tocar el piano? —preguntó.

—Sí, quiero tocar como en los CD de papá.

—Es estupendo, pero para eso tienes que aprender.

—¿Me vas a enseñar tú?, ¿tú sabes tocar?

—Sí, yo sé tocar —respondió mi hermana—. Pero primero tenemos que arreglar el piano porque está desafinado, lo que quiere decir que no suena bien. Así que habrás de tener un poco de paciencia.

—Te vas a quedar a vivir aquí, ¿verdad?, porque si no, no podrás enseñarme.

—Es posible. —Mi hermana se estaba divirtiendo—. Vamos a llamar al afinador de pianos y, cuando esté arreglado, tocaremos las dos juntas algo facilito, ¿vale?

—¿Y Juliette?

—Las tres no podemos tocar.

—¿Por qué? —Cada respuesta generaba en la niña otra pregunta, era incansable.

—Porque nos caemos de la banqueta, vas a ver. Ven, Juliette —me dijo pidiéndome que me acercara a ellas.

Nos sentamos las tres apretadísimas en la banqueta; yo, en un extremo y Roxanne y Ségolène empezaron a empujar hasta que me caí. Luego yo tiré del brazo de mi hermana que también fue al suelo y Ségolène participó en el juego y se dejó caer con nosotras. Todavía estábamos riendo cuando llegó Marcel, quien dijo habernos estado llamando, aunque nosotras no le habíamos oído.

La única que siguió rodando por el suelo con toda naturalidad fue la niña. Mi hermana y yo nos apresuramos a levantarnos y a aparentar seriedad.

—No os levantéis, por favor. Estaba pensando tirarme al suelo yo también.

Me sorprendí, ¿Marcel gastando una broma? Era la primera vez que le veía hacerlo y sonreía como un niño travieso.

—Roxanne, este es Marcel, el padre de Ségolène —presenté recuperando la compostura—. Roxanne es mi hermana. Ha venido a pasar un tiempo aquí.

—Encantada —dijo ella.

—Es un placer —dijo él.

Ségolène salió de debajo del piano y nos dio un susto a todos. Así regresamos, o más bien regresaron a la tierra, Marcel y mi hermana. O yo estaba tonta o entre ellos había chispa, o química, como se dice ahora.

—Papá, vamos a ver la casa, verás qué bonita. Yo la he visto toda.

—¿Puedo? —me preguntó Marcel que había vuelto a ser tan correcto como siempre.

—Por supuesto –invité.

—Cuando era niño pasaba mucho tiempo en esta casa. Me encantaba estar aquí. Aunque casi siempre estábamos en la cocina. Es decir, en la vivienda que habilitaron en lo que antiguamente fueron las cocinas; todos seguíamos llamándole «la cocina».

—¿Me lo has enseñado? –preguntó mi hermana.

—No, todavía no. Vamos.

Entramos en la pequeña sala. El vinilo parado estaba todavía en el tocadiscos; lo guardé y desconecté el aparato.

—La señora Bouvier se sentaba ahí –explicó Marcel señalando uno de los sillones–, cerca de la ventana. Me leía cuentos, hablaba de América y de que tenía un avión. Mi hermana y yo estábamos con ella mientras mi madre trabajaba. Era una mujer encantadora, la recuerdo con mucho cariño. Lo que más le gustaba de cuanto hay aquí es esto –dijo acariciando un pequeño secreter–. A mí también me gustaba porque al abrirse se convierte en un escritorio. Ella siempre tenía papel, bolígrafos y lápices de colores.

—Es muy bonito –dijo mi hermana.

Abrí aquel mueble. La tapa servía de mesa para escribir y dentro había varios cajoncitos en los cuales, perfectamente ordenados, se conservaban todavía papel y sobres para cartas como los que ya conocíamos; también había plumas estilográficas, un sello de caucho antiguo con el escudo de la casa, un tampón ya seco, un diccionario de sinónimos y postales de diferentes lugares del mundo ya muy amarillentas. Creo que todos teníamos la sensación de estar accediendo un poco al alma de Margueritte; nos sentíamos casi intrusos.

—¿Podemos poner la tele? –preguntó Ségolène.

—Podemos irnos a casa –contestó su padre–. Tenemos cosas que hacer y tienes que acostarte temprano.

—Yo no me quiero ir. Yo quiero cenar con la abuela.

—Otro día cariño –fue la respuesta de su padre.

—¡Eh! Tengo una idea. Podemos invitar a Juliette y a Roxanne a cenar en casa. Por favor, papi, por favor.

—Otro día, Ségolène, otro día. Ahora despídete. Es tarde.

—Hasta mañana —obedeció la niña.

—Hasta pronto —se despidió Marcel—. Que disfrutéis.

—Marcel, si has pasado mucho tiempo en la casa, seguro que podrás contarnos muchas más cosas. —Mi hermana nos miraba a ambos—. ¿No te parece, Juliette?

—Sí, claro. Las extrañas aquí somos nosotras. Estaría bien que ampliases nuestros conocimientos.

—Entonces, hasta mañana.

—Papá, ¿sabes qué?, Roxanne me va a enseñar a tocar el piano —decía Ségolène mientras se marchaban.

—¿Qué mosca te ha picado? —Me encaré con mi hermana cuando estuvimos solas.

—No lo sé, ha sido un impulso. Pero reconoce que él puede contarnos todo lo que sabe de Margueritte y de la casa —se excusó mi hermana.

—Sophie o Gastón también pueden hacerlo —repliqué.

—Sí, pero no tienen esos ojos. ¿Estás segura de que Marcel no te gusta?, porque a mí me está gustando muchísimo.

—Roxanne, ¡te acabas de divorciar!

—Sí, pero llevo más de cinco años viuda.

Le pegué con un cojín, ella me pegó con otro y nos reímos. Después empezamos a examinar el contenido de los muebles. El primer armario que abrimos tenía varias botellas de vino y diferentes tipos de copas. Había también coñac y Pernod.

—¿Te apetece una copa de vino? —ofreció mi hermana.

—Si lleva aquí desde los noventa, no creo que esté bueno —respondí.

—Vamos a destapar una botella de Château Sybelie. Es tu vino, hermana. Eres la propietaria de esas bodegas. Si está picado, lo tiramos.

—Es cosecha del noventa y dos. Esta botella tiene más de veinte años —dije mirando la etiqueta.

—Busca un sacacorchos —pidió Roxanne—. Seguro que hay. Yo voy a limpiar las copas con... esto —dijo escogiendo del cajón que abrió y que contenía manteles y servilletas.

Destapamos el vino, lo escanciamos en las copas, mi hermana lo aireó un poco, luego se llevó la copa a la nariz, la puso al trasluz, tomó un sorbo pequeño, lo paladeó y dijo:

—Aroma dulzón y ligeramente almizclado, lágrima perfecta. Suave al paladar, pero de sabor intenso. Los taninos equilibrados. Color rojo oscuro puro Burdeos. Es un vino voluptuoso.

—¿Entiendes de vinos? —pregunté asombrada.

—No, tonta —contestó riendo—, te estoy tomando el pelo. Lo único que sé de este vino es que está buenísimo y que huele muy bien.

—¡Uhm! Es verdad —dije llevándome la copa a la boca—. Y también es cierto que tiene un color precioso.

Después de comprobar todo lo que había en los armarios y en los cajones, llegamos a la conclusión de que, si decidíamos quedarnos allí, tendríamos que comprar toda la ropa de casa nueva. Había cosas que estaban totalmente pasadas de moda, otras que se habían llenado de esas manchas amarillas imposibles de quitar y queríamos cosas más modernas.

Capítulo 9

Cuando Roxanne y yo nos retiramos, después de cenar, estábamos felices. Había sido un día fantástico. La presencia de Roxanne me hacía sentir pletórica. Además, era ella la que me necesitaba y eso me ponía a su altura; esta vez era yo quien tenía la capacidad de ayudar y acoger. Me sentía útil, madura e importante. Todo eso era nuevo para mí.

Una vez que nos hubimos acomodado en la habitación, saqué las cartas de Margueritte y abrí la siguiente.

Querida sobrina:
El 11 de noviembre de 1918 se acabó la guerra. Al principio todo continuó más o menos igual: seguíamos atendiendo a los heridos que aún llegaban al hospital, pero ya sin el temor a las bombas. Henri regresó ileso. No recuerdo muy bien qué sucedió en cada momento o en qué fecha concreta, pero los heridos fueron trasladados progresivamente a París o a otras ciudades donde pudieran ser mejor atendidos. Algunos desafortunados no llegaron al final del viaje, otros fueron directo a sus casas. Poco a poco todos nos fuimos marchando y regresando a nuestros hogares. Henri y yo viajamos en tren hasta París. A medida que nos íbamos acercando se me iba poniendo un nudo en el estómago que me subía hasta la

garganta. Cuando divisamos a lo lejos la Torre Eiffel rompí a llorar. De repente se me vino encima todo el frío, el sufrimiento, el dolor y el hambre que habíamos pasado. Añoré, otra vez, la presencia de mi madre. Como tantas noches en Alsacia, sentí la necesidad de apoyarme en su regazo, de que me abrazara y me dijera que no pasaba nada, que todo iba a salir bien. Allí llegué a añorar también a mi padre. Deseaba que apareciera y que diera una de esas órdenes que nadie se atrevía a desobedecer; «basta ya», diría, y la guerra terminaría. ¿Qué habría sido de mi hermano? ¿Estaría vivo o habría muerto en el frente? Deseaba llegar a casa cuanto antes y a la vez lo temía. No me sentía con fuerzas para enfrentarme a más muerte y dolor.

Tomamos una habitación en un hotel cerca de la estación. La idea era descansar un poco y luego yo quería ir a mi casa; pero estaba tan inquieta y nerviosa que no pude descansar y preferí salir. Henri quiso acompañarme, pero le pedí que me dejara ir sola. París era un hervidero de personas tristes. Era una ciudad desolada que se esforzaba por volver a la vida normal, si aquello era posible.

Caminé hasta mi casa, comprobé con alegría que estaba entera, pero, ¿y mi familia? Les había escrito varias cartas, pero nunca me contestaron; aunque, tal vez, no las recibieron. Fui a llamar a la puerta principal, pero cambié de idea y llamé con los nudillos en la de servicio. Ninette y yo nos abrazamos emocionadas cuando abrió.

–¡Qué sorpresa, señorita! ¡Qué alegría! He rezado por usted todos los días.

–¡Qué buena eres, Ninette! –La abracé de nuevo enternecida–. ¿Y mi familia? ¿Cómo están todos?

–Su padre, el señor, está muy enfermo.

–¿Qué le sucede? –pregunté alarmada, a pesar de todo lo que había sucedido entre nosotros.

—Con el perdón de la señorita, está enfermo de mujeres —contestó Ninette bajando la voz.
—¡Dios mío! —exclamé.
—Ya no sale de su habitación y solo deja que entre su hermano de usted, el señorito Jacques.
—¿Jacques está bien?, ¿no lo han herido? —pregunté aliviada.
—El señorito no fue a la guerra. Su padre le libró, aunque él no quería, para que siguiera con la fábrica. El señorito quería combatir como los jóvenes de su edad. Algunos de sus amigos murieron y él solía encerrarse en la habitación y llorar mucho, como si tuviese la culpa.
—¿Y cómo está ahora? —pregunté.
—Todos los días entra a ver a su padre para darle el parte del negocio, pero nada más. El señorito no quiere a su padre, señorita. No le perdona lo que hizo con usted ni con él... ni con la señora. Pobrecita, ¡cómo le ha amargado la vida!
—¿Mi madre está bien? ¿Puedo verla? —pregunté inquieta.
—Sí, claro. Ahora no habla mucho. Desde que usted se fue duerme en otra alcoba y no ha vuelto a hablar con el señor.
—Quiero verla, Ninette.
—Claro, señorita, pero espere que la anuncie, por favor. Señorita... —dijo con temor.
—Dime, Ninette.
—Quizá se impresione usted un poco.
—¿Está enferma? —me preocupé.
—No, enferma no.
Entró en la alcoba de mi madre; los minutos que tardó en salir fueron eternos para mí.
—Pase usted, señorita —dijo cuando volvió a salir.
El corazón se me desbocó cuando me vi frente a mi madre. Nos abrazamos llorando de alegría y permanecimos un rato así.

—¡Mamá, mamá! —repetía sin cesar esa palabra que me sonaba a música celestial.

—¡Hija mía, mi niña, mi cielo! —repetía mi madre, y su voz en mis oídos era, igualmente, música celestial.

Cuando por fin nos separamos me pareció que en la habitación había demasiada penumbra. Fui a correr la cortina para verla mejor.

—¡No abras! —dijo demasiado tarde porque ya entraba la luz a raudales.

Ella la volvió a cerrar, pero aquel breve instante me bastó para ver cuánto se había deteriorado físicamente. Estaba muy envejecida, mal peinada, en camisón y olía a alcohol mucho más de lo que yo recordaba. Ella no pudo ver mi cara de estupor.

—No te quedes aquí —me dijo—. No te quedes en esta casa. Aquí solo hay enfermedad y tristeza. Tú ya te fuiste, no vuelvas, hija mía, por favor. Que al menos uno de nosotros sea feliz.

—Madre, soy feliz. La guerra ha terminado.

—Eso aquí no importa, cariño. Aquí nunca habrá paz. Vete.

—Mamá, estoy prometida y nos vamos a marchar a América.

—¡Oh, América! —exclamó mi madre con un atisbo de ilusión—. Eso es maravilloso. Vete hija. Toma. —Y me dio un pequeño cofre con sus joyas.

—Pero madre, yo no las quiero —dije rechazándolas—. No las necesito.

—Quien no las necesita soy yo. Llévatelas y véndelas; necesitarás dinero. Ahora vete.

—¿Y papá...? —pregunté sin saber qué añadir.

—Tu padre está muerto y enterrado. Ahora es un fantasma que solo grita y hace ruido. Vete cuanto antes, hija. Vete y sé feliz —dijo mientras me abrazaba.

Me despedí de Ninette. Le di uno de los broches de mi madre y una medalla con una imagen de la Virgen que

sabía que siempre le había gustado. Salí de la casa con el corazón más encogido que tres años atrás y tomé el camino de la fábrica.
¡Qué tristeza! Ya te contaré más. Un beso.
M. B.

—No sé lo que sigue, pero creo que Margueritte podría haber escrito una novela. ¿Estás muy cansada? –pregunté.
—Un poco, sí –contestó Roxanne–. ¿Y tú?
—Sí, también.
Apagamos la luz. Me costaba dormir, pero no quería moverme por no molestar a mi hermana. Al cabo de un rato fue ella quien preguntó:
—¿Leemos otra?
—Por supuesto –contesté.
Encendí rápidamente la luz, me metí en la cama de mi hermana y leímos otra carta.

Querida sobrina:
Continúo donde lo dejamos. La fábrica seguía en funcionamiento. Entré y pregunté por mi hermano. Me indicaron las escaleras que subían a las oficinas. Llamé a la puerta y entré. Dos hombres y dos mujeres se ocupaban de la parte administrativa.
–¿Qué desea? –preguntó una chica de mi edad, más o menos.
–¿Podría ver al señor Bernard?
–¿De parte de quién?
–Soy su hermana Margueritte.
Jacques debió oírme desde su despacho porque abrió la puerta antes de que su secretaria llegara a anunciarme.
–¡Margueritte!
–¡Jacques!
Nos abrazamos sin poder decir una palabra.

—Pasa —dijo mi hermano señalándome su despacho.

Una vez dentro me volvió a abrazar. Jacques era bastante tímido y le cohibían las demostraciones afectivas en público.

—Margueritte, ¿cómo estás?, ¿dónde has estado todo este tiempo? —dijo cogiéndome las manos.

—Estoy bien, Jacques —contesté sentándome en el sillón que me ofrecía—. He estado en Alsacia, me hice enfermera, ¿sabes? Os he escrito varias cartas contando dónde estaba y cómo me iba.

—Lo sé, pero nuestro padre las quemó sin leerlas; eso fue cuando todavía salía de su cuarto. Ni siquiera pudimos saber tu dirección. Estabas muy cerca, ¿verdad?, de la primera línea, quiero decir.

—Sí, Jacques, bastante cerca. Vi a Émile, le trajeron al hospital, murió en mis brazos.

—Debió ser terrible... lo de Émile y todo lo demás.

—Sí, lo fue —asentí.

—Yo no fui a la guerra.

—Lo sé —contesté—. He estado en casa. Ninette me contó...

—Ni eso, Margueritte, ni eso. Vi cómo se marchaban mis amigos, los empleados de la fábrica... Vi llorar a madres y a esposas, y yo me quedé aquí porque él pagó para que no me fuera. No me permitió ir y yo no fui capaz de rebelarme. ¡Si supieras cómo te admiro!

—Seguro que así ha sido mejor, Jacques —dije abrazándole—. Así la fábrica ha seguido abierta y las familias que dependen de ella han podido salir adelante.

—Tuve que aguantar muchas humillaciones —continuó mi hermano—. Muchos me llamaron cobarde, y con razón.

—No te tortures más, no ganas nada con eso y, quién sabe, quizá si te hubieras ido no nos habríamos vuelto a ver.

—Te quedarás aquí, ¿verdad? —preguntó mi hermano.

–No, Jacques. Estoy prometida, voy a casarme, aunque todavía no tenemos fecha.

–¿Le conozco? –se interesó.

–No, no es de París, es de Périgueux. Iremos a ver a su madre y luego nos marcharemos a América.

–¿A América?

–A California. Henri, que es mi prometido, y un amigo suyo, querían ir juntos a buscar petróleo. Su amigo murió en la guerra, pero él sigue con el proyecto.

–California debe ser un lugar extraordinario.

–Allí hay yacimientos –dije–. Henri está convencido de que en un futuro cercano el petróleo será imprescindible para casi todo.

–Sí, yo también. Me gustaría conocer a Henri. ¿Por qué no venís mañana y comemos juntos? Por favor. Me gustaría verte antes de que te vayas. Cuando te marches tal vez no nos volvamos a ver.

–Bien, vendremos mañana. A Henri también le gustará conocerte.

–Espero que sea digno de ti.

–Oh, Jacques, por favor. No hables como lo haría un padre.

–Vale, está bien. Volveré a ser el hermano sin carácter.

–Jacques –dije irritada–, no hables así, ¿no ves el daño que te haces? ¿Crees que no has hecho nada por los demás? A mí me ayudaste a escapar. Y a todos los que trabajan aquí les estás ayudando a recuperar su vida o a seguir con ella. ¿Qué habría pasado si la fábrica hubiese cerrado?

Se sentó en su mesa, tomó el talonario de cheques y me hizo uno por una cantidad que me pareció exorbitante.

–Toma, es tuyo.

–No, no, por favor –rehusé–. No necesito nada. Mamá me ha dado todas sus joyas.

—Eso es un regalo personal de mamá. Esto es tu parte de la empresa. Te la compro. La guerra ha sido muy beneficiosa para el negocio. Hemos trabajado para el ejército y, aunque han escatimado todo lo que han podido, hemos ganado mucho, mucho dinero. Esto en justicia te corresponde.

—Pero papá me desheredó.

—Redacté un documento que anulaba el anterior. Ahora papá firma todo lo que le llevo sin leerlo.

—Pero eso no está bien —protesté.

—¿Y lo que él ha hecho con mamá, contigo o conmigo, lo está? Creo que he hecho justicia. Por favor, no lo rechaces. Quiero pensar que te he ayudado a ser libre. Por favor. Te hará falta en América.

Tomé el cheque sin poder añadir palabra. Al día siguiente comimos juntos. Henri y mi hermano congeniaron inmediatamente, hablaron de sus proyectos durante horas. Nos despedimos al anochecer y de madrugada emprendimos viaje a Périgueux. A medida que nos alejábamos de París y a pesar de la tristeza que sentía por mi madre y mi hermano, iba estando un poco más ligera, sintiendo que el pasado se quedaba allí. También, a medida que nos acercábamos a su hogar, Henri se sentía más contento, alegre y feliz. Era muy estimulante oír cómo, con su entusiasmo habitual, me hablaba del paisaje que veíamos por la ventanilla del tren. Yo sin embargo estaba nerviosa, iba a conocer a su familia y no sabía qué opinión se formarían de mí. Aquel lugar me pareció precioso, no tan castigado por la guerra como otros lugares por los que habíamos pasado. Me impresionó el río tan caudaloso y que un pueblo tan pequeño tuviera una catedral tan inmensa. En la estación nos esperaban la madre y los hermanos de Henri. Él había conseguido enviarles un telegrama antes de salir de París.

Cuando bajamos del tren todos se echaron sobre Henri ansiosos y emocionados. Los reencuentros después de una guerra son especialmente emotivos. Thérèse, su madre, rondaría entonces los cuarenta años, vestía de negro, como las viudas de los pueblos pequeños en aquellos años, pero aún era una mujer muy guapa. Le acompañaban sus hijos François y Michel, los hermanos pequeños de Henri, y también Jeane, hermana de Thérèse y su hijita Sophie de apenas unos meses de edad. Tras los besos y los abrazos, Henri se volvió hacia mí que me había quedado unos pasos atrás, me tomó de la mano y me puso frente a su madre.

–Mamá, esta es Margueritte. Es mi novia y le debo la vida.

–Oh, no señora –dije ruborizándome–. Henri exagera, yo solo era una enfermera más del hospital.

–En cualquier caso, hija, sé bienvenida. Me alegro mucho de conocerte –dijo Thérèse muy cariñosa–. Vamos a casa. Llevamos mucho tiempo esperando aquí y hace frío.

Thérèse me presentó al resto de la familia y, como todos los niños querían ir con Henri, ella y Jeane me quitaron la maleta, cada una me cogió de un brazo y me condujeron al carro tirado por una mula que iba a ser nuestro medio de transporte hasta su casa.

–Yo conduzco –dijo Henri cogiendo las riendas del animal.

Me maravilló lo versátil que era. Llevaba el carro como pilotaba el avión, como si estuviese viviendo una gran aventura. A mi lado los niños no dejaban de hablar y la madre y la tía saludaban a todos sus conocidos; a quienes las felicitaban por el regreso de Henri, le respondían:

–Gracias. Esta es la novia de Henri.

Luego me explicaban quién era cada cuál, cómo se llamaba, a qué se dedicaba, quién era su mujer o su marido y cuántos hijos tenía. Si hubiese sido capaz de recordarlo todo, aquella misma tarde habría tenido el censo completo de los habitantes de Périgueux. El trayecto se hizo corto. Cuando entramos en la casa la chimenea estaba encendida. Una anciana preparaba una sopa de cebolla.

—¡Abuela! —saludó Henri levantándola en vilo cariñosamente—. ¿Cómo estás, abuela?

—Por lo que veo, no tan bien como tú —respondió la anciana abrazándole y cubriéndole de besos—. Deja que te vea. Estás muy delgado. —Y luego mirándome con dulzura preguntó—: ¿Es esta tu novia?

—Sí, abuela. ¿Verdad que es muy guapa?

—Sí que lo es. Sé bienvenida a esta casa. —Me abrazó y después se excusó—. Perdona, pero voy a llevarle un poco de sopa a la condesa. —Y luego dirigiéndose a Henri—: Esta noche me quedaré yo con ella para que tu madre pueda disfrutaros. Mañana será mi turno.

Me prepararon la habitación de Thérèse; ella dormiría en la de la abuela con Michel, el pequeño; Henri y su hermano François, en un colchón que pusieron en la cocina. Tomamos para cenar la sopa que había preparado la abuela y estuvimos charlando mucho rato después de recoger la mesa.

Yo ya daba muestras de cansancio; Thérèse, que lo notó, me acompañó a la habitación a la vez que ordenaba a los dos pequeños que fueran a la alcoba de la abuela a rezar y a dormir.

—Pero madre —protestó François—, yo quiero dormir con Henri.

—Haz lo que te digo —ordenó la madre, cariñosa pero con firmeza.

Thérèse me acompañó a la habitación, destapó la cama, me dio un beso, me dijo «que descanses» y se marchó. Cuando ya estaba acostada vi que la puerta se había quedado entreabierta, pero estaba tan cansada que no tuve ánimos para levantarme a cerrarla. La acústica de la casa debía ser muy buena porque pude oír lo que madre e hijo hablaban.

—¿Os vais a quedar? —preguntó Thérèse.
—No, madre. Nos vamos a América.
—¿Duermes con ella?
—¿Con América? —Henri contestó con una broma tratando de desviar el tema.
—No seas tonto —le reprendió su madre—, ya sabes a lo que me refiero.
—Sí, duermo con ella.
—Mientras estéis aquí, no. ¿Cuándo?
—¿Cuándo duermo con ella? —volvió a contestar con una broma.
—Sigues siendo imposible —contestó su madre—. ¿Cuándo os vais a América?
—Lo antes posible. Tal vez en un mes.
—¿Vais a casaros?
—Sí, madre, le pedí que fuera mi esposa y accedió. Vamos a casarnos.
—Pues hacedlo antes de marchar. El matrimonio hace a una mujer respetable. Yo sé que para ti todo eso son tonterías, pero una mujer que viaja con su marido inspira más respeto que la que viaja con un hombre sin estar casada. Eso es aquí, en América y en todo el mundo, te guste o no te guste. Si de verdad la quieres cásate con ella cuanto antes.
—De verdad la quiero, madre, y vine con la idea de casarnos aquí. Mañana hablaré con ella.
Al día siguiente Thérèse nos pidió que la acompañásemos a la mansión Saint-Sybelie.
—La condesa se alegrará de verte, Henri, y también de conocerte a ti, Margueritte —dijo.
Fue la primera vez que estuve en la mansión; me pareció preciosa. La abuela de Henri preguntó a la condesa si podía recibirnos. Ella dijo que sí y pronto estuvimos en su presencia; nos acompañaban Thérèse y su madre. La condesa me pareció una mujer muy bella, aunque tendría por entonces alrededor de sesenta años, y con mucha

clase. Llevaba el pelo plateado peinado en un moño alto. Vestía a la antigua y estaba sentada en un precioso sillón Luis XV con una manta de piel sobre las piernas.

–Henri, muchacho, ¡qué alegría verte!

Él se acercó y tomó la mano que la condesa le ofrecía besándola con una inclinación. Me sorprendió verlo comportarse con tanta cortesía.

–Esta es mi prometida, señora condesa, Margueritte Bernard, de París.

–¿Bernard de París? –preguntó la marquesa. Luego me miró detenidamente–. Es usted muy bonita.

–Gracias, señora condesa –respondí.

–He oído que vais a casaros pronto. ¿Ya sabéis cuándo?

–En dos semanas. –Habíamos estado hablando de ello esa mañana.

–Podríais celebrar la boda aquí. Hace mucho que no celebramos nada y sería muy bonito –ofreció la condesa.

–¿Qué te parece? –me preguntó Henri.

–Me parece muy bien.

Dos semanas después nos casamos. Aunque era invierno lucía el sol y no hacía mucho frío. Por deseo de la condesa la comida tuvo lugar en el salón grande, a pesar de que éramos unas veinte personas: la familia de Henri, sus dos amigos más íntimos, el cura, el alcalde, el médico y el maestro, quienes eran como de la familia. François fue el padrino y mi suegra la madrina. No hubo nadie de mi familia. Mientras comíamos, Henri me dijo al oído:

–Algún día compraré esta casa. Aquí han trabajado mi bisabuela y su madre, mi abuela y mi madre, y cuando compre la casa ella será la señora.

Aquella noche dormimos juntos de nuevo. Pasamos la Navidad en Périgueux; Henri insistió, hacía cuatro años que no pasaba esas fechas con su familia y quién sabía cuántos más pasarían antes de volverlo a hacer. Diez días después embarcamos en Le Havre rumbo a América.

Esta carta ha sido muy larga, no quería dejarla a medias y ahora estoy muy cansada. Otro día más. Un beso de tu tía.
M. B.

Roxanne y yo suspiramos a la vez.
—¡Qué bonito!
Regresé a mi cama y apagué la luz. Unos minutos después, muy bajito, para no despertarla si es que estaba dormida, llamé a mi hermana.
—Roxanne...
—¿Qué?
—Uno de estos días podríamos ir al pueblo, hacer un poco de turismo y comprar algunas cosas.
—Vale.
—Tenemos que renovar las sábanas, los manteles y las toallas. ¿Te parece bien? Podemos salir temprano para aprovechar el día. ¿Qué dices? —Roxanne no contestó—. ¿Vale? —insistí.
—Mmm.
Entendí que mi hermana estaba casi dormida y la dejé descansar.

Capítulo 10

Se supone que es la gente de pueblo la que se sorprende al llegar a París, pero en el caso de mi hermana fue al revés pues se mostraba asombrada y maravillada por todo lo que veía en Périgueux. No sabíamos exactamente dónde comprar lo que necesitábamos, pero no teníamos ninguna prisa. Como en todos los pueblos de turismo histórico había decenas de tiendas en las calles adyacentes a la catedral. El mercado nos encantaba, había una gran variedad de frutas y verduras, frescas y tersas, una profusión de colores y de aromas que estimulaban los sentidos. También en París había mercados de ese tipo, pero por pereza o falta de tiempo nos abastecíamos en grandes superficies, aunque a veces mi hermana me regalaba alguna de las hortalizas que ella misma cultivaba en su minúsculo huerto. Nos llamaron la atención los puestos de las especias que olíamos con los ojos cerrados sintiéndonos trasportadas a exóticos lugares de ensueño. Paramos en uno de hierbas y té; nunca habíamos visto infusiones fuera de las bolsitas. El comerciante nos las dio a probar recién hechas, simples o mezcladas con otros productos: vainilla, naranja, chocolate, clavo… Nada que ver con las que tomábamos en casa; todo nos parecía mejor que lo de París. Entramos en la catedral y Roxanne quedó tan sobrecogida como yo la primera vez que entré, pero esta era mi tercera vez y ya me sentía una veterana. Respeté la emoción de mi hermana y comprendí que era más sensible de lo que yo creía. Acostumbrada a ver siempre su lado más fuerte, me enterneció mucho su reacción ante la belleza y grandiosidad de aquel lugar. Respeté aquel momento y luego fui haciendo de guía, contándole todo lo que sabía: que estuvo dedicada a San Frontis, cuya tumba albergaba, que era Monumento Histórico y Patrimonio de la Humanidad; su estilo románico y bizantino, que se terminó en 1120, que tiene forma de cruz griega y que el arquitecto Paul Abadie se inspiró en ella para construir el Sacre Coeur de París. Le insistí en que mirase detenidamente el Retablo de la Anunciación y de la Asunción de María, el órgano de tres mil tubos y las preciosas vidrieras. En el claustro del siglo XVIII, aunque no estábamos solas, había un silencio reverente que nos invitó a sentarnos y a disfrutar de él. Solo nos faltó subir a un helicóptero para ver las cinco cúpulas a vista de pájaro, pero lo dejamos para otro día. Luego mi hermana me recordó la historia de Aquitania y de uno de sus personajes más representativos: Leonor de Aquitania, reina de Francia y de Inglaterra, madre de once hijos, de los cuales los más conocidos son Ricardo Corazón de León y Juan Sin Tierra.

Estuvimos unas dos horas en la catedral y al salir nos sumergimos de nuevo en la actividad que reinaba en las calles. Dos palabras acudieron a mi mente con fuerza.

–Hambre y sed.

–¿Qué? –preguntó Roxanne, cuyos pensamientos debían de estar muy lejos de los míos.

–Que no hemos desayunado, que tengo hambre y me apetece una cerveza.

–Me parece una idea genial –corroboró mi hermana.

Nos sentamos en una terraza, pedimos unas cervezas y mientras decidíamos qué comer, alguien a quien no pude ver me tapó los ojos con sus manos. No conocía a mucha gente allí y, aunque sabía de quién se trataba, seguí el juego y empecé a decir nombres.

–Sophie... Gastón... Sabrina... ¡Ségolène!

–Sí, soy yo –dijo la niña destapándome los ojos, feliz por haberme sorprendido.

–Buenos días –saludó su padre.

–Hola. Buenos días, Marcel.

–¿Qué hacéis aquí? –preguntó Ségolène con la naturalidad de los niños.

–Hemos venido a ver la catedral y a comprar; ahora tenemos hambre y queremos comer –contestó mi hermana.

–Aquí no hay macarrones –añadió la niña.

–Pues comeremos otra cosa –dije.

–Los macarrones de mi padre están muy buenos. Nosotros vamos a comer macarrones. Podéis venir a comer a mi casa, ¿verdad, papá?

–Quizás otro día –contestó prudente su padre.

–Los mayores siempre decís lo mismo –protestó la niña–. El otro día dijiste «otro día», pues hoy es otro día. ¿Verdad que vosotras queréis venir?

–Tal vez podríamos comer todos aquí. –Quise complacer a Ségolène sin poner a su padre en un aprieto–. Si os parece bien, claro.

Marcel y Roxanne estuvieron de acuerdo.

–Pero yo quiero macarrones –insistió la pequeña.

–Podemos ir a un italiano que hay aquí cerca. Tienen una cocina excelente y son clientes nuestros –sugirió su padre.

El restaurante era muy acogedor, no demasiado grande y de ambiente muy familiar. Marcel insistió en que yo debía conocer a Enzo, el dueño, a quien nos presentó como la propietaria de Château Saint-Sybelie, de la casa del mismo nombre, y su hermana. Enzo, después de saludarnos cordialmente y alabar la calidad de nuestros vinos, nos agasajó con los productos estrella de su restaurante, entre ellos unos inimitables macarrones, que hicieron las delicias de Ségolène, y un limoncello que preparaba su familia, según él, pura ambrosía; realmente estaba delicioso. Enzo nos hizo repetir porque ese licor era un digestivo extraordinario.

Comentamos la belleza de Périgueux y Marcel, orgulloso de su tierra, se comprometió a llevarnos a conocer los alrededores. Como adelanto, después de comer dimos una vuelta por la ciudad.

—Esta región se llama Perigord, eso ya lo sabréis. El nombre viene de Petrocori...

—Su nombre celta que significa «cuatro tribus», se refiere al pueblo galo que vivía aquí antes de la conquista romana –apuntó mi hermana; y como Marcel la miró sorprendido, añadió–: ¿Qué pasa? Soy profesora de historia. Sigue, por favor.

—Périgueux es la capital de la región. Estamos en el Périgord Blanco. Se llama así por las montañas de piedra caliza que nos rodean. Hay Périgord de más colores: verde, púrpura y negro. Pero prefiero que los conozcamos sobre el terreno.

—Serías un buen guía turístico –dijo Roxanne.

Marcel nos condujo hasta el Pont des Barris que, según nos informó, se inauguró en 1862, por eso le llaman también Puente Nuevo.

—Es el más emblemático –y añadió–: Esto es precioso. Creo que no podría vivir en ningún otro lugar.

—¿Has estado siempre aquí? –preguntó mi hermana.

—No, estuve estudiando en París. Tenía intención de ser abogado y me licencié en derecho, pero las vides me gustaban más que las leyes y añoraba todo esto; así que regresé y me hice enólogo.

—Y entonces te quedaste aquí –concluí.

—Sí. Cuando en Château Saint-Sybelie hizo falta un técnico, me contrataron. Este es un pueblo pequeño, y el que mi padre y mi abuelo hubieran sido *vignerons* allí, me sirvió de curriculum.

—¿Todo el mundo trabaja en las viñas? –me interesé.

—En mi familia todos tenemos las raíces en ellas. A nosotros por las venas nos corre vino en vez de sangre.

—Eso debe ser muy divertido —bromeó mi hermana—. ¿Y, desde entonces, no has ido a ningún otro sitio?

—Estuve en España, en La Rioja y en La Mancha. Tienen vinos extraordinarios. También estuve en Jerez, sus finos son inimitables. Pero han sido viajes profesionales.

—¿Te fue bien? —me interesé.

—Aprendí mucho, pero estaba deseando volver.

—¿Y no viajas por placer? —preguntó Roxanne.

—Todos los años, en verano, Ségolène pasa dos semanas con sus abuelos maternos. Alguna vez aprovecho para hacer una escapada. La última vez estuve en Lituania, es un país muy interesante.

—Viajar es mi pasión —dijo mi hermana—, hay tanto por conocer...

—Sí, pero yo pertenezco a esto —continuó él—. Ahora está de moda la globalización y lo de ser un ciudadano del mundo, pero a mí me gustan las cosas pequeñas, más sencillas. Yo aspiro a madurar en esta tierra.

—¡Vaya! —exclamé sorprendida—. No pensaba que fueses capaz de hablar tanto.

—No lo soy cuando no conozco. Sí lo soy cuando me siento bien con quien me escucha.

—¿Eso es un cumplido? —preguntó Roxanne, con cierta coquetería según me pareció.

—Eso es que me siento bien con vosotras.

Pero lo dijo mirándola de una manera que me hizo pensar que lo decía solo por ella.

—Papá, quiero un helado, ¿podemos sentarnos y tomar un helado? —pidió Ségolène.

—Yo prefiero un café —dije.

—Yo también tomaría uno —dijo Roxanne.

—Es una buena idea —coincidió Marcel.

Nos sentamos en la terraza de una cafetería en la que, según él, hacían un café exquisito. Era muy curiosa porque te preparaban la mezcla de café en grano que pidieras, la molían en el mismo momento para que no perdiera aroma y el resultado era increíble; además, tenían sus propias recetas.

–Vamos a tomar el especial de la casa –sugirió–. La receta es secreta. Jamás dicen la mezcla ni las proporciones, pero sé que le ponen un toque de chocolate.

Cuando nos sirvieron el café, solo el aroma ya nos hizo poner los ojos en blanco y, cuando nos lo llevamos a la boca, casi al unísono los tres exclamamos:

–¡Mmm!

Y cada uno añadió:

–Placer de dioses.

–De aquí al cielo.

–¡Dios, ya me puedo morir tranquila!

Seguimos charlando de todo un poco. Ségolène, como ya venía siendo costumbre, estaba de pie junto a mi hermana jugueteando con un mechón de su cabello.

–Ségolène, ¿vas a ser peluquera? –preguntó su padre.

–No lo sé –contestó la niña.

–Vale, pues mientras tanto no molestes a Roxanne –le regañó su padre.

–Es que me gusta. Tiene un pelo muy bonito.

–En eso te doy la razón –reconoció él.

–Déjala, no me molesta. Me encantan los niños.

–Doy fe. A mí casi me ha criado.

¿De quién partió la idea?, no lo recuerdo. ¿De Ségolène? ¿De Marcel? Qué importa, el caso es que el resto de la tarde estuvimos en la casa de ellos. El piso estaba en la Rue Voltaire, frente a la Place Saint Louis. Era un piso pequeño: el dormitorio de él, el de Ségolène, cocina, baño y salón. Estaba decorado con gusto y resultaba muy confortable. Se veía muy limpio y ordenado, y dedujimos que Marcel era un buen amo de casa, aunque, según nos confesó, una vez a la semana le hacían la limpieza. Tomamos una copa, oímos música, jugamos a las cartas y pedimos pizza para cenar. Mi hermana y yo regresamos tarde y nos entretuvimos comentando con Sophie todo lo que habíamos hecho. Estábamos pletóricas. Para mí fue la tarde más feliz en muchos años; ni siquiera recordaba cuántos. Aquella familia y aquel paisaje estaban obrando milagros en mi alma. Esa noche no hubo carta. Todavía estuvimos comentando el día y después de meternos en la cama recordé algo.

–Roxanne, no hemos comprado nada.
–Ya volveremos otro día.
–Vamos a cambiar los colchones –añadí.
–¿Qué colchones?
–Pues los de la mansión. Estoy pensando que tienen muchos años y si vamos a vivir allí...
–¿Has decidido quedarte? –preguntó Roxanne.
–Sí, creo que sí. ¿Te quedarás conmigo?
–No lo sé –contestó–. Es decir, supongo que no definitivamente, pero si me necesitas...
–Te necesito. Tenemos que elaborar una lista con todo lo que hay que hacer: buscar jardineros, arreglar la piscina, pulir el mármol y empezar a restaurar.
–Juliette, déjalo para mañana, ¿vale? Y recuerda que hemos prometido a Marcel que esta próxima semana, sin falta, iremos a conocer las viñas y las bodegas. Ahora cállate y déjame dormir.

Los días siguientes fueron de muchísima actividad. Compramos los colchones y la ropa de casa; también renovamos vajilla y menaje. Hicimos un contrato de internet y cambiamos el viejo televisor por otro de última generación con wifi incorporado; sin embargo, dejamos la antigua cadena de música de Margueritte pues tenía un sonido muy bueno y estaba en perfectas condiciones. Compramos un lector de CD con Mp3, USB y tarjeta; ¡Ah!, y un reproductor de DVD, a mi hermana y a mí nos encantan las películas. Después pensamos que había sido una estupidez comprarlo porque el nuevo televisor tenía canales con cientos de películas, pero, bueno, nunca estaría de más. Comprar sin mirar precios era una experiencia nueva para mí, empecé a sentirme borracha de compras y cada vez que al sacar la tarjeta para pagar aparecían los remordimientos, en mi fuero interno me repetía en voz muy alta: ¡Eres millonaria, Juliette! ¡Eres millonaria! Y experimentaba un subidón desconocido hasta entonces. ¿Es verdad que el dinero no da la felicidad?, porque yo no me había sentido nunca tan bien; como alguien dijo: el dinero no es Dios, pero hace milagros.

Nos instalamos en la mansión después de haber hecho una limpieza a fondo en la zona que íbamos a habitar. No habría sido capaz de quedarme allí sola, pero con mi hermana era distinto. Una vez allí encontramos más desperfectos, aparte de los que ya sabíamos, así que hicimos una lista de todo lo que quedaba por hacer:

Arreglar el jardín.
Limpiar el invernadero.
Pintar la verja.
Limpiar la fachada y los cristales.
Arreglar la piscina.
Terminar la instalación eléctrica.
Lo mismo con el agua corriente.
Pulir los suelos y las barandillas de mármol.
Restaurar los frescos de las paredes.
Limpiar los artesonados.
Afinar el piano.

Aconsejados por nuestros amigos, contactamos con profesionales del lugar para pedir presupuestos. Recibí otra llamada de la inmobiliaria, el contrato de alquiler de mi piso había que rescindirlo o renovarlo en una semana, así que tendría que ir a París, pues en ambos casos hacía falta mi firma. Sería cuestión de un día: ir, firmar y volver. En veinticuatro horas visitaríamos las viñas y las bodegas, en cuarenta y ocho estaría en París, y en setenta y dos estaría de nuevo en Saint-Sybelie.

Esa noche abrimos la siguiente carta de Margueritte. La primera que íbamos a leer en el mismo lugar en el que fue escrita.

Querida sobrina:
Si te has cansado de leer no abrirás esta carta, pero si no te has cansado, empiezo ahora con nuestra aventura americana.
El 31 de diciembre de 1918 embarcamos en el puerto de Le Havre rumbo a América. Se podría formar un ejército con todos los que partimos aquel día huyendo, la mayoría, de la miseria en la que se encontraba Europa después de la guerra; otros buscando aventuras, y todos deseando encontrar el sueño americano. Yo quería haber pagado un billete en primera, pero Henri no era muy amigo de esos lujos y prefirió comprar un pasaje más barato. Fue la primera vez que me enfadé con él. No porque aquellos fueran de mi clase, ni por el lujo en sí, sino porque yo quería viajar con todas las comodidades, pensaba que me lo merecía después de las miserias que había visto en esos últimos tres años. Pero al fin sacamos un pasaje de segunda clase. Él me hizo ver que éramos muy afortunados pues una inmensa mayoría viajaba en condiciones mucho peores que las nuestras. El viaje fue largo; los primeros días me parecieron horrorosos porque me mareé muchísimo y estaba casi siempre tumbada o vomitando. Henri, con esa capacidad que tenía para disfrutar de todo, se sentía feliz y permanecía inmune al mareo. Pasaba mucho tiempo en el camarote conmigo, decía que ahora le tocaba a él cuidar de mí, pero cuando me quedaba dormida salía a las cubiertas donde se hizo amigo de muchos pasajeros, sobre todo de franceses, pues aunque viajaba mucha gente de otras nacionalidades, él solo hablaba francés; con los demás se entendía por señas.

Me acostumbré al movimiento, cesó el mareo y también empecé a pasear por las cubiertas. Conocimos a mucha gente y oímos muchísimas historias. Yo hablaba varios idiomas y eso nos permitió relacionarnos con todos, pero siempre hay con quien se establece una mayor amistad; así fue con Herta Müller y su hijo Hans, y con Paolo Leone y su esposa María.

Herta había perdido en la guerra a su marido y a sus dos hijos mayores. Emigró porque, decía, las condiciones de la rendición del tratado de Versalles fueron tan vergonzosas para Alemania que en un plazo más o menos corto, los alemanes se levantarían de nuevo contra Europa, su hijo sería llamado a filas y ella no soportaría la posibilidad de perder la única familia que le quedaba en otra guerra. Herta era profesora de música, tocaba el piano y esperaba abrirse camino dando clases. Hans no había podido terminar sus estudios todavía, pero era un auténtico virtuoso del violín. Y muchas noches nos deleitaba con su música.

Paolo era ingeniero, su familia pertenecía a la alta burguesía romana, pero lo desheredaron cuando, rebelándose a la oposición de sus padres, se casó con María, que pertenecía a una familia muy humilde. Vitales y apasionados contaban con su amor para superar todos los obstáculos y con el título de ingeniero de Paolo para salir adelante.

Los seis nos hicimos grandes amigos durante el viaje y decidimos permanecer juntos. Yo les enseñaba lo más básico de inglés para que tuvieran unos mínimos conocimientos al desembarcar en la isla de Ellis. No sé si podré recordar paso por paso todo aquel trámite. Aquello me pareció una fábrica de esperanzas y frustraciones. A muchos les esperaban familiares que habían emigrado antes, para ellos estar allí era un sueño; para muchos otros, que no tenían a nadie esperando o carecían de la documentación exigida por inmigración, significaba la deportación y esperanzas rotas, o ingeniárselas para entrar de forma ilegal.

Estábamos decididos a ir a California, donde entre

1893 y 1902 se habían descubierto importantes yacimientos petrolíferos. Herta y Hans decidieron venir con nosotros, pensaban que en Hollywood, donde la incipiente industria cinematográfica florecía, sería más fácil encontrar trabajo como músicos o ganarse la vida dando clases.

Nosotros íbamos a Los Ángeles; queríamos probar suerte allí o en Beverly Hills, donde había campos petrolíferos notables. Los comienzos fueron duros, solo trabajo y trabajo. Paolo, María y nosotros, permanecimos juntos. Nuestros maridos se emplearon en un campo petrolífero para aprender cómo funcionaba ese mundo. Vivíamos los cuatro en una casita alquilada. María me enseñó a cocinar y a hacer las tareas domésticas. Yo le enseñé a leer, a escribir, algo de inglés y le ayudé a preparar la canastilla y cuanto necesitaba cuando se quedó embarazada. Henri y yo abrimos una cuenta en un banco en la que ingresamos el importe del cheque de mi hermano y lo que sacamos por la venta de las joyas de mi madre. Paolo y Henri abrieron otra en la que iban haciendo un fondo para comprar sus propios terrenos. Un día de 1921 Paolo llegó a casa muy alterado, se llevó aparte a Henri y estuvieron hablando bastante tiempo. Luego salieron apresurados llevándose los papeles del banco, subieron al viejo coche que habíamos comprado entre los cuatro y se marcharon. Nosotras nos quedamos sin saber qué sucedía con Valeria y Vittorio, los dos hijos de Paolo y María. Tardaron horas en regresar, pero cuando lo hicieron estaban pletóricos. Hacía ya tiempo que Paolo insistía en que en Long Beach debía haber un gran yacimiento; compraron una buena extensión de terreno que nos costó casi todo lo que teníamos y, efectivamente, encontraron petróleo. Aquel yacimiento se convirtió en el más rico del mundo en aquella época. Poco después llegó el dinero, mucho, mucho dinero. Es fácil enriquecerse en América si llegas con dinero. A veces me preguntaba cuántos de los que llegamos en aquel barco habían sido tan afortunados como nosotros. Herta y Hans se quedaron en Hollywood y como no estaban muy lejos nos veíamos con frecuencia. Empezaron a trabajar en una sala de cine. Herta, además, daba clases en una escuela y Hans acabó sus estudios de música; su profesor hizo que Walter Henry Rothwell, amigo suyo y director de la Orquesta Filarmónica de Los Ángeles que se había fundado en 1917, le oyese tocar «por casualidad», y tal como el profesor esperaba, el joven entró en aquella orquesta y no tardó en ser primer violín.

Este es el fin de la primera parte. La segunda es mucho más larga y me llevará más tiempo contártela. Me alegra poder hacerlo. Recibe con estas cartas mi cariño y un beso.
M. B.

—Margueritte tiene una forma de contar las cosas, que me resulta fácil visualizarlas.

—Es cierto. Ahora vamos a dormir, mañana quiero madrugar –dijo mi hermana.

—¿Madrugar? ¿Para qué? –pregunté extrañada.

—Pues para arreglarme. ¿Cuál crees que será la ropa adecuada?

—¿La ropa adecuada? Depende. ¿Adónde vas? ¿No venías conmigo a Château Saint-Sybelie?

—¡Claro!, por eso quiero ir muy atractiva.

—¿Tanto te gusta Marcel?

—No, tonta, qué cosas tienes. Anda, vamos a dormir. Buenas noches.

—Vale, buenas noches, Roxanne.

Cada una se fue a su cuarto. Yo iba pensando que mi hermana no era consciente de hasta qué punto la trastornaba aquel hombre, aunque quizás ella sí lo sabía y lo que no quería era reconocerlo ante mí para evitar mis comentarios. Ya en la cama pensé: «¿qué me pongo mañana?». Yo también quería causar buena impresión.

Capítulo 11

Cuando Roxanne y yo llegamos a las bodegas siguiendo las indicaciones de Marcel, él mismo estaba esperándonos nervioso en la puerta.

—¡Vaya! –dijo a modo de saludo–, os esperaba antes. Estaba empezando a temer que hubierais tenido algún percance.

—Lo siento –dijo Roxanne–. Hemos salido con un poco de retraso.

«¿Un poco de retraso?, ¡has tardado casi dos horas en arreglarte!», pensé. Sin embargo, dije:

—Perdona, es que no conocemos la zona muy bien.

—No importa, por fin estáis aquí. El resto de los socios están esperando dentro para conoceros.

Entramos en el enorme edificio. Marcel se acercó a la puerta de lo que debía ser una oficina; la abrió y sin llegar a entrar dijo:

—Ya están aquí.

Oímos ruido de sillas y vimos aparecer a otros tres hombres.

—Estos son Jean-Luc Vallet, Guillaume Reno y Pascal Millet; junto conmigo, los administradores de todo esto —nos presentó–. Ellas son Juliette Moreau, la heredera, y su hermana Roxanne.

Jean-Luc, el mayor de los tres, solicitó que revisáramos los libros de contabilidad. Él era de la antigua escuela y, aunque tenían un programa de contabilidad informatizada, insistía en los libros de toda la vida porque, según él, no había riesgo de que se borraran si se iba la luz ni de que los destruyera un virus. Durante más de una hora Jean-Luc estuvo abriendo libros y dándonos cuenta de la economía de las bodegas en los últimos cinco años. Roxanne y yo, escuchábamos atentamente todas las explicaciones que nos daba el contable. Cuando nos despedimos, el hombre tenía el gesto de satisfacción del deber cumplido y permaneció en la oficina poniendo cada libro en su sitio. Los demás nos marchamos para continuar la visita.

–¿Te has enterado de todo? –me preguntó mi hermana.

–No me he enterado de nada –respondí un poco avergonzada.

–Pues entonces, doblemente gracias –dijo Marcel al escuchar nuestra conversación–. Jean-Luc es un hombre extremadamente honesto y escrupuloso en su trabajo. Quería hacernos el balance desde el 22 de julio de 1990, fecha en la que murió vuestra tía. Nos costó convencerle de que no era necesario remontarse tanto.

–¿Les enseñas tú los viñedos? –preguntó Guillaume a Marcel.

–Sí, no te preocupes.

–Llámame cuando vayáis a la bodega; estaré allí.

–Yo también vuelvo a mi trabajo –se disculpó Pascal–. Recordad que mi mujer va a preparar comida para todos.

–Por favor, no quisiéramos ser una molestia –dije tímidamente.

–No son ustedes una molestia –aclaró Pascal–. Son la excusa para que mi mujer presuma de sus artes culinarias. Le daría un síncope si decidieran no quedarse a comer.

–Pues, en tal caso, nada que añadir –respondí.

–No os arrepentiréis. Marie es una gran cocinera –dijo Marcel–. Ahora es mejor que vayamos a ver los viñedos, antes de que se haga más tarde.

Salimos del edificio y comenzó con su explicación:

–En realidad no es un viñedo muy grande. Tiene solo veinte hectáreas.

–¿Y cuánto es en metros cuadrados? –pregunté–. Mis conocimientos del sistema métrico están bastante oxidados.

–Unos doscientos mil metros cuadrados.

–¡Dios mío! –exclamó Roxanne–. Ahí cabe una ciudad.

–No exageres –dijo nuestro guía divertido.

–Vale, pero un pueblo pequeño, sí.

–Y quizás dos también, pero no empecéis a interrumpir porque llevo toda la semana memorizando lo que os quiero decir para que penséis que soy muy inteligente y que lo sé todo, y si se me olvida algo no voy a saber seguir.

Nos reímos los tres. Marcel estaba resultando muy enrollado. Era inteligente, prudente, divertido y me parecía bastante sensible. Cualidades que, hasta entonces, no había encontrado juntas en un hombre, aunque tampoco había conocido a muchos, reconozco; solo a Paul en la universidad y a Daniel después. Sentí un pinchazo de dolor y aparté rápidamente su recuerdo. No estaba dispuesta a permitir que nada me amargase el día. La voz masculina de Marcel me devolvió al presente.

–Juliette... ¿estás aquí?

–Perdón –me excusé–. Estaba pensando en otra cosa.

–Te preguntaba si recuerdas el cuento de Cenicienta que te contó mi madre.

–Oh, sí, claro.

–Bien. ¿Recuerdas que el conde de Saint-Sybelie iba de viaje a Marsella con su familia, que se rompió su carruaje en Burdeos y que el barón de la Cerdanya les invitó a alojarse en su casa?

–Sí, claro, lo recuerdo perfectamente.

–Bien –continuó–. El conde era un gran comerciante. Posiblemente el único aristócrata al que se le conoce una profesión. Hoy diríamos que se dedicaba a las importaciones. Traía todo lo que le resultaba curioso o atractivo, lo ponía de moda y lo vendía a precios exorbitantes en su círculo social.

»Se rumoreaba que el barón hizo todo lo posible para retrasar la reparación del carruaje por dos motivos importantes: el primero porque la presencia del conde en su casa le daba brillo y renombre. El segundo porque, sabedor de la afición del conde por los negocios, quería proponerle uno. Esta finca era por entonces muchísimo más grande, se extendía hasta cerca de Burdeos y pertenecía a Jean Marie Durand, gran amigo del barón, quien sabía que aquel tenía grandes apuros económicos pues su hijo, Charles, era adicto al juego y empedernido perdedor. El barón no pudo negarse a la petición de auxilio de su amigo, al cual prestó casi la mitad de su fortuna para pagar las deudas de su hijo, obteniendo como fianza todos los viñedos Durand. Pero pasaba el tiempo y la deuda seguía impagada. El barón comenzó a arrepentirse de su generosidad; quería recuperar su dinero, no deseaba viñas pues ya tenía las suyas, así que cuando la fortuna llevó al conde a Burdeos, se propuso asociarle con Durand, convenciéndole de que los vinos eran el mejor negocio para invertir. El conde aceptó aportando al asociarse un montante superior a la deuda que Jean Marie Durand tenía con su amigo y que, al fin, pudo liquidar. Pero su hijo Charles volvió a perder muchísimo dinero. En esta ocasión, el disgusto provocó un ataque al corazón de su padre, quien falleció en el acto. Saint-Sybelie se hizo cargo de la deuda a cambio de ser el propietario absoluto de bodegas y viñedos. Charles siguió perdiendo en el juego y se suicidó poco después.

—¡Qué historia!, parece sacada de alguna novela del siglo XIX —dijo mi hermana—. ¿Qué sucedió después?

—El conde quedó dueño absoluto de los viñedos y los dividió en tres partes, una para cada hija. Leonor aportó su parte al patrimonio de su esposo. Gisele vendió la suya cuando se marchó a vivir a Alemania después de casarse. Estas viñas son la parte que correspondió a Pauline, que no las aceptó. Ella suplicó a su padre que utilizase su influencia para conseguir un título que le abriera las puertas de la corte. El conde le consiguió el de baronesa y le donó su casa de París. Los viñedos quedaron siendo propiedad del conde y pertenecieron a la familia durante décadas, hasta que estalló la Revolución, cuando huyeron y Marcel Blisard tomó posesión de sus bienes en nombre de la República.

—¡Todo esto es precioso! —exclamó Roxanne entusiasmada—. Me encanta la tierra, lo generosa que es y cómo es capaz de responder a poco que le ayudemos.

—Todo esto no es cuestión de un poco de ayuda, sino de mucho trabajo. Pero entiendo lo que dices y estoy de acuerdo contigo.

—A mí lo que más me sorprende es la geometría perfecta de las viñas. Bueno, de todos los cultivos, ¿cómo lo hacéis? —me interesé.

—Es fácil —contestó Marcel—, dibujamos unas rayas en el suelo y después no tenemos más que hacer un hoyo y colocar la planta.

—¿Y cómo calculáis el espacio que hay entre planta y planta?

—Vamos midiendo con una cinta métrica —respondió muy serio.

—Debe ser agotador.

—Nos estás tomando el pelo, porque aquí las catetas somos nosotras —dijo mi hermana.

—Por supuesto —contestó divertido—. Ahora está todo mecanizado. Este terreno es muy plano, lo que nos permite una plantación automática por GPS. La máquina lleva un subsolador que abre el suelo y coloca la planta.

–¿Y la altura de la viña, también es cosa de la máquina? –pregunté–. ¡Son todas iguales!

–De eso ya nos encargamos nosotros. Es cosa de práctica, pero es muy importante porque tanto el exceso como el defecto del enterrado de las plantas pueden ser perjudiciales.

–¿Cuántas vides hay?

–Unas tres mil por hectárea. Hay veinte hectáreas. Tú misma puedes hacer el cálculo.

–¡Sesenta mil cepas! –exclamó mi hermana–. Y yo pensaba que en mi huerto había muchos calabacines.

–¿Tienes un huerto? –preguntó él con curiosidad.

–Ahora ya no, antes de divorciarme vivía en el campo y tenía uno muy pequeño, apenas diez metros cuadrados. Pero esto... esto es inmenso. Es extraordinario.

Marcel siguió dándonos una lección magistral sobre la tierra: el mejor momento para plantar, el tipo de riego... Realmente aquel hombre era una enciclopedia, aunque según él, no sabía más que cualquier otro de los que trabajaban allí. Vi algo que me llamó la atención.

–Hay muchas rosas, ¿son un elemento decorativo? ¿Os queda tiempo para plantar rosales?

–No y no. La razón es más importante –nos aclaró–. Las rosas son susceptibles de contraer las mismas enfermedades que las viñas, pero muestran los síntomas antes, así que nos sirven como indicador de posibles plagas en las uvas; también sirven para alejar a los pájaros y evitar que se las coman. Resulta curioso cómo nos ayuda la misma naturaleza.

–¿Por qué blancas y rojas solamente? –preguntó mi hermana–. ¿Por qué no rosas amarillas o de color rosa?

–Pues porque las rojas indican las vides para elaborar vino tinto y las blancas para el vino blanco.

Estaba pensando en todo lo que habíamos aprendido

esa mañana, trataba de asimilarlo todo, hasta el último dato, cuando la melodía del móvil de Marcel me sobresaltó.

–Sí... estamos todavía en el viñedo... Sí... ¿Es ya tan tarde?... Sí, claro, vamos en seguida –respondió y dirigiéndose a nosotras, dijo–: Es Pascal, nos están esperando para comer.

La casa de Pascal estaba muy cerca del viñedo; en realidad todos, salvo Marcel, vivían allí en una pequeña alquería que, aunque de casas antiguas, disponía de todos los adelantos y comodidades que hoy se han convertido en necesarios. Pascal llamó a su esposa Marie, que estaba dentro de la casa, y a sus hijos, que eran pequeños. Eran los más jóvenes entre quienes conocimos ese día. Nos presentaron a Eloise, la esposa de Jean-Luc, y a Louise, la de Guillaume; y una vez hechas las presentaciones nos sentamos a la mesa que habían preparado en la parte posterior de la casa, en un porche en el que ya había sombra y donde soplaba una brisa muy agradable. Marie había preparado ensalada, bullabesa, pierna de cordero con miel y una variada tabla de quesos. Bebimos vinos Château Saint-Sybelie, tintos y blancos; estaban buenísimos. Yo no entendía nada de vinos, así que me limité a escucharlos a ellos que me hablaban de clases de uvas, de color cereza, de taninos, de roble y de aromas. Me sentía incapaz de asimilar más datos, entre otras razones porque llevaba ya tres copas de vino y, como no estaba acostumbrada, estaba un poco achispada. Recuerdo que le pregunté a Roxanne:

–¿Te acuerdas de *L'elisir d'amore*?
–¿De la ópera?
–Claro, de la ópera. Mi voz me sonaba un poco rara.
–Sí, ¿por qué?
–¿No recuerdas que el elixir era vino de Burdeos?
–¡Sí!... ¡Es cierto! Podrías publicitarlo así.

Jean-Luc, que estaba junto a ella y había oído nuestro comentario, levantó su copa e hizo un brindis.

–Por *L'elisir d'amore* y por Donizetti, uno de mis favoritos. –Y volviéndose a nosotras dijo–: Soy muy aficionado a la ópera.

–Y canta fatal –añadió Guillaume riendo–. No sé cómo las uvas no dan vino agrio con los recitales que les da.

Todos reímos. Poco a poco nos fuimos encontrando más cómodos y relajados.

–Les he estado esperando en la bodega.

–No nos ha dado tiempo a más –me excusé–. Marcel se ha extendido en explicaciones.

–Y, ¿ha pensado usted algo sobre nosotros? –habló Guillaume, aunque por el silencio que se hizo comprendí que hablaba por todos; estaban en ascuas.

–Yo… Bueno –contesté–, Marcel ha sacado este tema muchas veces y yo le he estado dando largas hasta ahora. Les digo lo que ya sabrán por él; todo esto para mí es nuevo, no entiendo nada de uvas ni de viñas, ni de vino, ni de bodegas. Sin embargo, ustedes llevan dirigiendo este negocio desde hace veinticinco años y creo, sinceramente, que así debe seguir. Si no he entendido mal –busqué la aprobación de Jean-Luc–, al morir Margueritte Bouvier, aunque la propiedad sigue indivisa, hubo una adjudicación de una parte del viñedo para aquel encargado bajo cuya responsabilidad estaba y de ese modo cada uno de ustedes actuaba como propietario constituyendo una cooperativa, de la que la mansión Saint-Sybelie tenía una parte con la que se han cubierto los impuestos, seguros y mantenimiento de la casa en estos veinticinco años, ¿es así?

Todos asintieron.

–Pues, por mi parte, así seguirá. No pienso hacer ningún cambio, al menos de momento. Ahora voy a centrarme en la casa y, cuando esté arreglada, espero que ustedes me enseñen cuanto tenga que aprender de todo esto.

–¿Eso quiere decir que te quedas? –preguntó Marcel con interés.

–Sí, creo que sí.

La sobremesa transcurrió en un clima distendido. Se contaron anécdotas de todos. Nos pusieron al día de todos los chismes de la zona y, en el momento emotivo que siempre hay cuando se toma una copita de más, cada uno expresó el amor profundo que sentía por esa tierra, la pasión por su trabajo y el alivio que habían experimentado con mis palabras. Prometimos que volveríamos otro día a visitar las bodegas. Se había hecho muy tarde y al día siguiente tenía que volar a París.

Tras una cena frugal y antes de acostarnos, Roxanne y yo leímos otra carta de Margueritte. A pesar del cansancio estábamos muertas de curiosidad.

Querida sobrina:
Los años siguientes pasaron muy rápidos. Todo era abundancia y progreso. Nos construimos dos casas en Long Beach, una para Paolo y María y otra para nosotros. Ellos tuvieron dos hijos más: Nicola e Isabella. Acostumbrados a vivir en la misma casa, al principio yo les echaba mucho de menos, sobre todo a los niños. Henri y yo no tuvimos hijos, un problema en los ovarios me impedía quedar embarazada. Me pasé mucho tiempo llorando cuando lo supe; yo quería tener hijos y además me dolía por Henri.

–¿Lamentas que no tengamos hijos? –le pregunté un día.

–Me habría gustado, sí, pero quizá sea mejor así. El trabajo me habría dificultado disfrutar de ellos.

–¿Por qué no trabajas un poco menos? –sugerí–. El campo funciona bien, hay mucha gente trabajando y estamos ganando mucho dinero.

–Precisamente por eso no podemos parar. No porque estemos ganando mucho dinero, sino por la responsabilidad que tenemos hacia nuestros trabajadores y sus familias.

Por entonces empecé a pensar que estaba vacía, no le

encontraba sentido a mi vida. Necesitaba algo que me apasionara, que me aportase un poco de ilusión. Cada día era exactamente igual al anterior y a veces hasta me faltaba el aire. Una noche fuimos a cenar a casa de Paolo y María. Los niños estaban durmiendo y, después de cenar, ellos se enzarzaron en una de sus acostumbradas discusiones en italiano. Henri y yo nos levantamos discretamente y regresamos a casa. Sus discusiones tenían siempre el mismo motivo: los celos, a veces por parte del uno y otras por parte de la otra. Por la experiencia que teníamos en el tiempo que vivimos las dos parejas juntas, Henri y yo sabíamos que siempre acababan pidiéndose perdón, diciéndose lo mucho que se amaban y amándose con pasión, aún después de amenazar con abandonarse recíprocamente.

Aquella noche cuando nos acostamos, pregunté a Henri por qué nosotros no éramos como ellos.

—¿Como Paolo y María? —contestó—. Seguramente porque ellos son italianos y nosotros no.

—¿No te gustaría que tuviéramos nosotros un poco de eso?

—¿De discusiones y de disgustos? Pues la verdad es que no.

—No, no me refiero a eso —dije—. Me refiero a la pasión. ¿No te sorprende que después de siete años y de haber tenido cuatro hijos no la hayan perdido? Son apasionados para reñir, pero también lo son para amarse. ¿No te has fijado en cómo se miran? Todavía se desean.

—¿Crees que yo no te deseo?

—Eres un gran amante, pero creo que nunca hemos sentido esa pasión.

—¿Eres feliz, Margueritte? —preguntó Henri volviéndose hacia mí.

—No lo sé, Henri, no lo sé. A veces me aburro soberanamente; otras, me siento muy vacía; y otras, me agobia la sensación de que me estoy perdiendo algo.

—¿Por qué no buscas alguna actividad? —sugirió él.
—¿Por qué no hacemos un viaje? —respondí yo.
—¿Te parece bien el fin de semana en Los Ángeles?
—Yo estaba pensando en algún lugar más lejano, pero algo es algo.

El cambio lo agradecí porque, aunque el paisaje siguiera siendo de estructuras metálicas y pozos de petróleo, pudimos pasear tranquilamente porque lejos de su trabajo mi marido se sentía más relajado. Caminamos, fuimos de tiendas, al teatro y al cine. Jamás había ido al cine, ¡me encantó! Vimos Scaramouche, *con Ramón Novarro*, Cenizas de odio, *con Norma Galmadge y* Siete ocasiones, *con Buster Keaton;* lamenté perderme Sangre y Arena *con Rodolfo Valentino*, ese mito erótico masculino que despertaba pasiones en aquella época. No tuvimos tiempo para más pero, desde entonces, todos los meses iba (primero con mi marido, luego sola) a Los Ángeles solo para ver cine. No me perdí El cantor de Jazz; a partir de su estreno en 1927, el cine se convirtió en un doble placer. Ya no solo lo veíamos, sino que también lo oíamos; eran los propios personajes quienes nos contaban sus vidas. Me convertí en una fanática: conocía casi todas las películas, menos las de terror que no me gustaban. Tenía afiches, revistas, y fotografías de muchas películas, actores y actrices. María no entendía la pasión que yo sentía, pero le encantaba escucharme mientras le contaba las películas que veía y también repasar conmigo las fotos de las estrellas del celuloide.

En 1929 vino la Gran Depresión, cuyas consecuencias fueron terribles para América y Europa. Pero la industria del cine seguía imparable, quizás porque la mayoría de las personas necesitaba un entretenimiento en el que poder sumergirse y alejarse, aunque fuera por poco tiempo, de su cruda realidad. Como siempre, la crisis nos afectó menos a quienes teníamos más. Henri y Paolo mejoraron las condiciones de nuestros trabajadores; les au-

mentaron el sueldo pues, tras hacer un sondeo, pudieron comprobar que casi todos tenían familiares que habían quedado sin trabajo y que necesitaban ayuda. Contratamos tantos trabajadores nuevos como pudimos, unos para el campo, otros como jardineros, cocineras, doncellas... En fin, era un grano de arena en la playa, pero tampoco podíamos hacer más. Henri duplicó el dinero que enviaba todos los meses a su madre; sabía que Thérèse lo repartiría porque no permitiría que sus parientes pasaran dificultades. François, el hermano mediano de Henri, se vino a California con nosotros; Michel, el pequeño, estaba estudiando en Burdeos, quería ser médico y Henri haría lo posible para que lo consiguiera.

Una noche, María vino a casa llorando con una maleta en la mano. Estaba dispuesta a abandonar a su marido porque, según ella, tenía una amante. No tardó en llegar Paolo asegurándole que no era cierto, que la amaba más que a nada en el mundo y suplicándole que no le abandonase, invocando a Dios y a toda su corte de santos. Cuando se marcharon (arrepentida ella y él jurándole amor eterno), Henri y yo estuvimos hablando un buen rato.

–¿Crees que Paolo tiene una amante?

–No lo sé –contestó mi marido–, ¿y tú?

–Yo tampoco.

Permanecimos un rato en silencio y después volví a preguntar.

–¿Crees que María se habría marchado?

–No, María jamás abandonaría a sus hijos.

–¿Y a su marido? ¿Crees que lo abandonaría si no tuvieran hijos?

–No, creo que no –dijo Henri.

–¿Y si fuéramos nosotros? –pregunté.

–¿Quieres irte? –contestó él con otra pregunta.

–No, pero qué pasaría –insistí.

—Margueritte, el amor no quiere puertas. No hay puerta abierta que invite a irse a quien se quiere quedar, ni puerta cerrada que pueda detener a quien se quiere marchar; aunque alguien se lo impidiera físicamente, en espíritu y en mente ya no estaría. Creo que vivir así sería peor que quedarse solo.

—Entonces... —no supe qué añadir.

—Yo creo que las cosas son más sencillas de cómo nos las han enseñado. A veces el amor se acaba.

—Y «no hay nada más muerto que un amor muerto», según dijo Alfred de Musset —recordé.

—Exacto.

—¿Tú me dejarías, Henri?

—No. Yo te amo Margueritte. ¿Y tú?

—Yo también.

Lamenté haber sacado el tema. La conversación me dejó desasosegada. Yo sabía que dentro de mí, tapadas por mi pasión por el cine, seguían vivas muchas dudas y frustraciones.

Poco después Henri insistió en que fuese con Paolo y él a Los Ángeles; Paolo quería ir al médico porque tenía molestias en el estómago y pidió a Henri que le acompañase. Mi marido, por su parte, quiso aprovechar para que abriéramos en el banco una cuenta a mi nombre con el importe íntegro de lo que traje de Francia y que invertí en el negocio. Además, me habían incluido como socio capitalista, por lo que también me transfirió la parte que me correspondía de los beneficios de la empresa. En total una importante cantidad de seis cifras en dólares. Eso era pura justicia, dijo Henri, y llegado el caso me permitiría ser económicamente independiente. En aquel momento no supe cómo reaccionar; él también sugirió que sería bueno que yo pudiese incorporar nuevas actividades en mi vida. Días antes yo le había comentado que me gustaría pilotar un avión como Amelia Earhart, quien continuamente era protagonista de las noticias en la prensa.

—Volar es mi pasión —dijo él—, aunque hace tiempo que no lo hago. Ojalá descubras que también es la tuya.

Pero no aprendí a volar entonces. Hasta aquí hoy, querida. Esta carta ha sido muy larga y no quiero cansarte, pero seguiré mi relato en otra. Un beso.

M. B.

La carta era un poco inquietante. De todas formas, aquella noche hablamos más de los acontecimientos de aquel día que de la carta. Nos dormimos tarde y yo apenas descansé pensando que tenía que madrugar. Estaba nerviosa por volver a París.

Capítulo 12

Viajé a París en tren. Quise hacer, a la inversa, el mismo trayecto que hizo Margueritte, aunque no pude ver un paisaje igual al que ella vio pues en muchos lugares la acción del hombre lo había hecho distinto. De cualquier modo, el viaje fue agradable y relajante. Deseaba volver a París; había salido de allí hacía tres meses (¿solo tres meses?, me parecía una eternidad) con intención de estar cuarenta y ocho horas, como máximo, fuera de casa y regresar. Sentía un cosquilleo en el estómago, una inquietud indefinida. El tren llegó puntual a la Gâre de Lyon y unos minutos después salí de la estación. Ya estaba en París. Durante el viaje pensé en ir directamente a mi casa y después a la inmobiliaria que estaba a pocas calles de ella, pero algo me frenaba. No quise confesarme que tenía miedo de volver a mi casa; sabía que el pasado estaba allí esperándome. A unos cincuenta metros de la estación había, en su parada, uno de esos autobuses que hacen recorridos por la ciudad para los turistas. Había un grupo esperando para hacer el *tour*. Fui hasta la taquilla, saqué un tique y me subí al autobús. «¿Cómo verían París, o mejor, cómo la sentirían los turistas?», me pregunté, aunque a decir verdad yo podría ser uno de ellos pues mi conocimiento de la ciudad casi se limitaba a mi barrio. Algunas veces había ido al Arco del Triunfo con Odalys, a la Tour Eiffel y a la Ópera, pero seguro que cualquier visitante conocía más de París que yo. El *tour* duró unos noventa minutos. La grabación que oí en aquel aparato del autobús, me pareció fría e impersonal, tal vez ni siquiera fuera una voz humana, que citaba nombres de lugares y personas, y fechas repetidas sin ninguna inflexión; no me gustó. Si eso era lo que dábamos a los turistas, no era mucho; pero era París, mi París, con el Sena y sus puentes, con sus catedrales y sus museos, con la Ópera y el Louvre; con esa luz tan especial, con su historia, la plaza de la Concordia, el hotel Crillon y los recuerdos de mi infancia. Bueno, en realidad, esos eran bien pocos: del colegio a mi casa, después del instituto a mi casa y, más tarde, de la universidad a mi casa. ¡Pero era París! A lo largo del recorrido escuché muchos músicos callejeros; la mayoría interpretaban *La vie en rose* o fragmentos de *La Bohème* y tuve una sensación de plenitud maravillosa. ¿Cómo podía haberme planteado siquiera la posibilidad de vivir en otro sitio? No, no me quedaría en Périgueux. Vendería la mansión o la donaría, o ya vería lo que hacía con ella, pero regresaría a París. Mi decisión estaba tomada.

Llamé por teléfono a Odalys, pero ella había aprovechado unos días libres y estaba en Granada con su novio. También llamé a mi hermano, pero fue Odette, su novia, quien contestó la llamada. Se alegró de oírme y yo también al escucharla porque era una chica encantadora y, aunque no nos veíamos con frecuencia, relacionarse con ella era muy fácil. Odette me explicó que August se había dejado el móvil en casa, que estaba en el conservatorio, sí que estaba en París. Quedé en llamar más tarde.

Podía seguir caminando, retrasando el momento de ir a mi casa, pero ya no me quedaban excusas, no había podido quedar con Odalys ni con mi hermano. Era una tontería seguir retrasando un momento que había de llegar.

–Buenos días, René –saludé al portero, que estaba metiendo una lámpara y un microondas usados en la portería, cuando entré en el edificio.

—Buenos días, Juliette. Cuánto bueno por aquí —me devolvió el saludo—. Tiene usted muy buen aspecto. ¿Qué es de su vida?

—Pues he estado en Périgueux. —No pensaba darle más explicaciones.

—Buen sitio, sí señor. Por una herencia, ¿no?

Vaya, las noticias volaban. Claro que ya se sabe que los porteros y las porteras tienen unas parabólicas extraordinarias.

—Sí, eso es.

—¿Y qué?, ¿poca cosa?

—Pues sí, poca cosa —respondí cortante.

—Desde que usted se fue, solo ha venido su hermana. Ya sabrá usted que estuvo aquí varios días; a ella le entregué el correo antes de que se marchara, pero aquí tiene usted más cartas. A su hermana hace tiempo que no la veo.

—Está bien, gracias —dije por mi hermana y por el correo.

—¿Se va usted a quedar?

Esta vez no contesté. Subí a mi piso, busqué la llave en el bolso y tardé en introducirla en la cerradura porque me temblaban las manos. No estaba todo igual, se notaba que Roxanne había limpiado y recogido porque estaba mejor de lo que lo dejé. El sol iluminaba el apartamento a pesar de que las persianas estaban casi cerradas. Las subí del todo y abrí las ventanas; olía a cerrado y a mí me parecía que me faltaba el aire. ¡Qué pequeño era! Y ahora aún más, comparándolo con Saint-Sybelie. La mano de mi hermana había disimulado mucho el abandono en el que lo tuve los dos últimos años. Comencé a llorar mientras recorría cada pieza de aquella minúscula vivienda. Desde la ventana del salón, la misma vista de siempre. El baño, pequeñito. El lavabo tenía un pequeño desconchado que hizo Daniel un día cuando se le cayó la máquina de afeitar. El dormitorio, tan pequeño, con la pared bajo la ventana un poco ennegrecida; a Daniel le gustaba poner el pie allí. La cocina… En el reloj, junto a cada hora, él había escrito *te amo*, para que yo lo supiera a cualquier hora del día, sobre todo el mes que él estaba en Alemania o con su otra familia. Recordé cuántas veces habíamos hecho el amor: en el sofá, en la cama, en la mesa de la cocina, en la ducha... Los libros de Daniel, solo dos, que no fui capaz de tirar; esas dedicatorias tan tiernas y esas otras tan apasionadas... Enchufé el ordenador y lo encendí. De fondo de pantalla estábamos Daniel y yo en un fiordo durante nuestra luna de miel. Entré en el archivo dónde estaban las fotografías y empecé a verlas, si es que eso es ver, porque tenía los ojos llenos de lágrimas. Todavía seguía doliendo; y mucho. Entonces decidí hacer lo que solía cuando era más joven y me sentía triste o melancólica.

Salí de casa, paré un taxi y le pedí que me llevara al cementerio del Père Lachaise. Era uno de mis lugares favoritos y, aunque procurara ocultarme de los demás, a nadie le extrañaría ver a alguien llorando en un cementerio. Comencé a caminar y comprobé contrariada que se había convertido en un lugar de paseo habitual para parisinos y turistas. Tuve la sensación de que invadían mi espacio e *in mente* les preguntaba «¿No podéis ir a pasear al Bois de Boulogne o a los Campos Elíseos? ¿Tenéis que venir aquí, a fastidiarme?». Estaba triste, buscaba soledad, así que me alejé un poco de las tumbas de los más famosos. Encontré una zona menos frecuentada, me senté en un banco de espaldas al camino asfaltado, ni miré siquiera ante la tumba de quién y seguí llorando. Llevaba las gafas de sol para proteger mi intimidad (en realidad, creo que para esconderme). Lloré y lloré, pero el llanto en vez de calmarme tuvo el efecto contrario. A medida que lloraba me iba cargando de rabia, más y más rabia:

«Daniel, hijo de puta, ¿cómo pudiste hacerme eso?, desgraciado, ¿no había otro modo de conseguirlo? Otros ladrones se lo curran un poco, tienen planes más sofisticados, pero tú no; tú a lo fácil, cobarde, más que cobarde. Claro, ¿para qué molestarse en eludir una alarma si puedes conseguir una tonta que tenga la llave? Todos los tíos sois unos cabrones. Todos os habéis acercado a mí para obtener algo. Paul, también; otro hijo de puta. El amor de su vida, me llamaba, y yo como una idiota me lo creí. Cómo nos reíamos recordando cuánto le costó conquistarme, no por difícil, sino por esquiva, por tímida, hasta que al final lo consiguió. Ya lo creo que lo consiguió. Estudiábamos juntos, ¡qué bonito!, así podías copiar todos mis apuntes y yo, además, tonta perdida, te hacía todos los trabajos. Claro, como tú trabajabas los fines de semana, martes y jueves para ayudarte con los estudios. ¡Claro que trabajabas!, pero con tu otra novia, la que de verdad te gustaba, os trabajabais los dos bien a fondo, ¡y a mí, que me den!; total, es tan insignificante; mírala, si parece boba, si no se entera; esa ni siente ni padece. Otro cabrón. Me prometí que no volvería a enamorarme, que nadie me engañaría ni se burlaría de mí otra vez. Levanté un muro hecho de lágrimas y desencantos, para ponerme a salvo, para que nadie me hiciera daño. Rehuí a toda relación que me pareciese un riesgo, me fui replegando hasta que casi me hice invisible. Busqué un trabajo que me gustaba y en el que, sobre todo, estaba recluida; mantenía contacto con muy pocas personas y cuando al fin consigo sentirme segura, tranquila en mi soledad sin riesgos, llegas tú, Daniel, con tus planos y tu sonrisa, y conviertes en inútil todo el esfuerzo de años para protegerme. ¡Te odio! ¡Malditos seáis todos! ¡Ojalá no te hubiese conocido nunca!».
En mi mente se repetía como un eco «levantar un muro de lágrimas y desencantos», «inútil todo el esfuerzo de años para protegerme», «levantar un muro», «inútil... para protegerme».

Algo en mi interior hizo clic en aquel momento, como si fuese un interruptor que conectase un chip que cambiaba la conciencia de todo y, por fin, pude ver claro: toda mi rabia era contra mí. No era a Daniel ni a Paul a quienes no conseguía perdonar. Lo que me dolía no era tanto que ellos fuesen unos cabrones, como que yo era una idiota. Este descubrimiento me desinfló como un globo. Yo no me perdonaba haber retirado el muro, que mis esfuerzos para protegerme no hubiesen servido de nada. No sé el tiempo que permanecí anonadada en aquel banco. Cuando me levanté y comencé a caminar de nuevo, una vocecilla dentro de mí se iba debilitando: «no eres feliz por culpa de Daniel, de Paul, de tu madre, de todos». Y otra sonaba con fuerza: «hiciste un muro para no sufrir y te aislaste de la vida. No hay solo amor, ni solo dolor. Vivir es caminar sin miedo sabiendo que vas a encontrar las dos cosas».

Dejé de llorar. Regresé a mi casa, cogí el ordenador y volví a salir. René estaba en la portería.

–René, ¿sigue usted haciendo rastros los domingos?

–Sí, señorita.

–Bien. –Y salí del edificio.

Fui a la inmobiliaria. Michel Ducros, el agente, me atendió solícito. Le dije que iba a rescindir el contrato; me aseguré de que contaba con una semana para vaciar el piso y regresé al edificio.

–¡René!

–Aquí estoy –dijo saliendo del cuarto escobero.

–Le dejo la llave de mi piso. Puede usted disponer de todo, salvo de los muebles que sean del propietario, usted ya sabe cuáles.

–¿De todo?

–De todo. Eso sí, tiene usted que vaciarlo en una semana.

–No hay problema. Mi mujer y mi hija empaquetando, y mi cuñado y mi yerno llenando el furgón, en un par de días tenemos eso hecho; su piso es muy pequeño.

—Cuando acabe, encárguese usted mismo de llevar la llave a la inmobiliaria, por favor.

Enfilé calle arriba; anduve unos trescientos metros y entré en un taller de reparación de ordenadores.

—¿Mireille? –llamé.

—¡Juliette! –exclamó con alegría–. ¡Cuánto tiempo sin verte! ¿Va todo bien?

—De maravilla. Te traigo mi ordenador.

—¿Qué le pasa?

—Nada, no está estropeado. Pero quiero que lo vacíes y después se lo des a tu hija para que juegue.

Estuvimos un rato de charla. No es que fuéramos amigas, así que la conversación fue muy superficial, pero hacía tiempo que nos conocíamos y fue agradable.

Después paré un taxi y le dije que me llevase al centro, al hotel Mercure, a cinco minutos de la Torre Eiffel y frente al Sena. Me registré para una semana; aprovecharía para disfrutar de París. También contaba con ver a Odalys y me apetecía estar con August. Luego regresaría a mi casa. ¡A mi casa! Estas palabras cobraron un sentido nuevo para mí, resonaron en mi corazón de una forma distinta: mi casa. ¡Tenía mi propia casa! Ya no me sentía desarraigada. Por azares del destino, como dirían los antiguos, estaba enraizando en otro lugar, en la vida de otras gentes a quienes hacía tres meses ni siquiera conocía. Di gracias a Dios por Margueritte. Después volví a llamar por teléfono a mi hermano; esta vez fue él quien contestó.

—Hola hermana, ¿cómo estás?

—Muy bien y tengo muchas cosas para contar. Estoy en el Mercure Center.

—¿En el Mercure? ¿No estás en tu piso?

—No, lo he dejado. Ya os contaré. ¿Quedamos para cenar esta noche?

—Vale –aceptó August–. ¿Dónde?

—Elige tú. Seguro que conoces más sitios que yo.

Fuimos a un restaurante marroquí y pedimos cuscús. Aunque estaba bueno, mirándonos con complicidad mi hermano y yo comentamos:

–Nada que ver con el de Karima –dije.

–No he probado otro tan bueno como el suyo, ni siquiera en Marruecos.

–¿Qué será de ella? Espero que haya sido feliz. La recuerdo con mucho cariño.

–Sí. Fue un palo cuando se marchó –dijo mi hermano–. Recuerdo cómo nos mimaba cuando estábamos enfermos.

–Y nos contaba cuentos –recordé–. A la que más quería era a Roxanne.

–Eso pensaba yo, pero ahora creo que Roxanne la necesitaba más.

–¿Tú crees? No se me había ocurrido.

–Míralo con ojos de adulto, Juliette. Roxanne se sentía responsable de nosotros. Cuando mamá se marchaba a trabajar siempre le decía: «¡cuida de tus hermanos!». Un día que Roxanne estaba enfadada con ella, no recuerdo por qué, le contestó: «que los cuide Karima». Mamá se enfadó mucho y le dijo que Karima era nuestra cuidadora y nosotros éramos su trabajo, pero que ella era la hermana mayor y nosotros su responsabilidad. Entonces ella le replicó: «Son responsabilidad tuya, y si no, no haberlos tenido». Mamá levantó la mano para darle una bofetada, pero papá las oyó discutir y apareció en aquel momento, tomó a mamá de la mano y le dijo: «Vamos, se nos hace tarde, luego hablaremos». No sé qué hablarían ni cuándo.

–Perdona, Odette –me disculpé–. Este no es tema para una sobremesa y te estamos marginando. Vamos a hablar de otra cosa.

Les conté cómo había sido mi vida en los tres últimos meses. Les hablé de mis amigos, del viñedo, de Périgueux y de la mansión Saint-Sybelie; les dije que esta era, para todos allá, la casa de Cenicienta, que mi idea era restaurarla. Les invité a visitarme, así August podría sacar fotografías. La velada fue muy agradable, me gustó poder hablar con mi hermano, comprobar cuánto había cambiado, pues durante mi infancia y adolescencia se dedicó a fastidiarme y a hacerme rabiar en cuanto veía la ocasión; ahora era un adulto que había recorrido medio mundo y había visto lugares maravillosos. Recordé de pronto un detalle.

–August, Odette me ha dicho esta mañana que te habías dejado el móvil al salir para el conservatorio.

–Sí, así es.

–Pero, ¿no habías dejado la música?

–Sí, la dejé, pero hace unos años la retomé. He ido muy lento a causa del trabajo, pero he acabado este año, ¿sabes?

–¿Por qué lo dejaste? ¡Eras muy bueno!

–Soy muy bueno. De hecho, ahora tengo dudas; estoy planteándome dejar la fotografía por la música. Y contestando a tu pregunta, te diré que no quise pasar el mal rato que pasó Roxanne con cierto comentario de nuestra madre cuando acabó los estudios de piano. Y como no vamos a hablar de mamá, lo dejamos ahí.

Me acompañaron hasta el hotel y luego tomaron un taxi para ir a su casa. Ya en la cama llamé a mi hermana, pero no me contestó y no tardé en dormirme.

Al día siguiente salía de mi habitación cuando me sonó el móvil. Me apresuré a cogerlo, pensando que sería Roxanne, pero era August; me preguntó si esa tarde me apetecería ir al concierto de la orquesta del conservatorio, él sería el violín solista en una de las piezas, había olvidado decírmelo la noche anterior durante la cena. Dije que sí y quedamos en encontrarnos a las cinco en la puerta del auditorio. Antes de desayunar pedí en la recepción del hotel una guía de espectáculos; aunque podía mirarlo en internet me encantaba tenerlo todo a la vista. Esa mañana me había puesto ropa cómoda y zapatillas deportivas, pensaba hacer un recorrido turístico; el objetivo era el museo del Louvre, al que no había vuelto desde mis tiempos de estudiante.

Mi teléfono sonó de nuevo cuando tenía la boca llena. Era mi hermana, descolgué y de manera ininteligible le dije:

—Espera un momento. —Tomé un poco de café con leche para tragar más rápido—. Te llamé anoche, pero no contestaste.

—Estuve con Sophie. Ayer tuvo una comida para cuarenta comensales, unas bodas de plata. No me apetecía estar sola en casa y me ofrecí para ayudar. ¿Qué tal tú?

—Bien. Bueno, primero bien, luego mal y después bien. Ayer fue un día cargado de emociones. —Se lo conté brevemente, asegurándole que sería más explícita cuando regresara—. Estuve cenando con August y con Odette. Pasamos una velada estupenda. Hoy me ha llamado para invitarme a un concierto en el conservatorio. ¿Tú sabías que había retomado los estudios de violín?

—Sí, me lo dijo hace un par de años.

—¿Por qué no me has comentado nada?

—Si no recuerdo mal, te lo conté cuando me lo dijo, una de esas tardes en las que yo monologaba a tu lado y tú mirabas por la ventana sin hacerme ningún caso; en aquellos momentos tú estabas ausente.

—Tienes razón, perdóname —me disculpé.

—Otra cosa, ayer estuve comentando con Marcel el tema de los presupuestos. Dice que aquí hay muy buenos profesionales y que nos ahorraremos una cantidad importante si evitamos pagar desplazamientos.

—¿Estuviste ayer con Marcel?

—Sí, ya te he dicho que estuve ayudando a Sophie. Durante la comida comentamos el tema y creo que tienen razón. Me hablaron de unos jardineros muy buenos, no se llaman arquitectos de exteriores, como se dice ahora, pero son jardineros de cuarta generación, excelentes profesionales; Gastón dice que son los mejores de la zona.

—Decide tú; haz lo que creas más conveniente. Pero primero quiero arreglar la piscina, estamos en julio y queda mucho verano; estoy segura de que amortizaremos el gasto. —Y luego, cambiando de tema, pregunté—: ¿Cómo dormiste anoche? ¿De verdad no te importa estar sola?

—No dormí sola. Me quedé en el hotel; Sophie insiste en que duerma allí hasta que vuelvas. Seguramente lo haré.

—Me parece bien. Me voy a quedar una semana en París.

—¿Tanto se tarda en rescindir un contrato?

—No lo sé, no creo —respondí—. No es por el contrato. Ayer descubrí cosas. Cambié un montón de veces de opinión, ya te contaré. Me di cuenta de que he pasado toda mi vida «sin estar». He vivido en París sin estar en París. He trabajado en un museo, sin estar en ese museo. He estado en la vida «sin estar». No me puedo explicar mejor. No importa si no me entiendes. He tardado mucho en darme cuenta de que la mitad de mi vida he tenido miedo de vivir y la otra mitad la he pasado compadeciéndome de mí misma.

—Y ahora, ¿cómo estás?

—Estoy rara pero decidida a vivir de otra manera. Quiero disfrutar de París como no lo he hecho nunca. Y ya veremos qué más. Esta tarde iré al concierto de August y espero comer o cenar con él otro día. ¿Ves?, también he estado la mitad de mi vida con August «sin estar». Ahora me voy al Louvre y luego quiero pasear por el Sena.

—Disfruta, cariño. No sabes lo feliz que me haces y créeme que te entiendo. Yo también he estado estos últimos años de mi vida «sin estar». Te quiero, Juliette. Disfruta.

—Yo también te quiero, Roxanne. Lo haré.

Emocionada, me despedí de mi hermana. Terminé el desayuno y salí del hotel dispuesta a conquistar París.

Lo primero que pude comprobar es que lo que en París es cerca, en Périgueux es lejos. Pensé que la mayoría de los conceptos son muy relativos y que todo depende de con qué se comparan. Lo bello, comparado con algo, puede convertirse en lo feo si se le compara con otra cosa, y así, todo depende de la percepción personal. Al fin y al cabo, es cierto eso de que las cosas son según el cristal con que se mira. Me sentía feliz, hasta tenía la sensación de ser más alta. Nadie me miraba, pero ya no me sentía insignificante porque yo tampoco miraba a nadie. ¿Se podía cambiar tan de repente? ¿Y si todo eso no era más que una euforia pasajera precursora de un bajón depresivo peor? ¿Y por qué habría de serlo? Algo en mí había cambiado. Ahora quería ser feliz, sabía que era posible porque dependía de mí. Siempre había buscado mi felicidad en alguien, fuera de mí. Pero acababa de comprender que nadie sería nunca tan perfecto y que quizás la vida no fuera siempre tan maravillosa como para encontrar la felicidad absoluta para siempre. Mi madre no fue nunca muy cariñosa conmigo. Fui una niña tímida y retraída, así que tampoco tuve muchos amigos. Fui una adolescente insegura y solitaria. Llegó Paul y con él la ilusión, el desencanto, la tristeza y el muro. Pensé entonces, mientras me dirigía al Louvre, si ese muro era para protegerme de la desgracia o para no prescindir de ella. Incluso llegué a pensar que, en realidad, sentirme tan desgraciada me resultaba confortable, cómodo, era una forma de no aceptar el riesgo de vivir.

El autobús me dejó frente al museo; solo el edificio era impresionante. Había sacado la entrada por internet desde el móvil, así que no tuve que hacer mucha cola. La mayoría de los visitantes eran turistas que se dirigieron a ver las pinturas y *La Gioconda*. Yo me decidí por las colecciones de antigüedades, empezando por las egipcias, una civilización que me encantaba, y decidí hacerlo con calma, sin prisa, quería estar allí «estando».

La *Efigie de Tanis* me hizo pensar que la imaginación del hombre estaba tan viva ahora como entonces; ellos tenían sus mitos y nosotros los nuestros, actualmente una gran riqueza en superhéroes y en literatura fantástica. Me gustó la *Familia Betchou*; me gustaban las familias. Creo que la única fotografía que tenía la mía era la de todos nosotros juntos en la graduación de Roxanne; no recuerdo si en alguna Navidad... Casi todos los años mis padres tenían concierto ese día. Vi también *El escriba sentado*, todos la conocíamos, estaba en un buen número de libros de texto; me llamaron la atención sus ojos tan vivos, había olvidado que eran de cristal de roca. Además, pude apreciar a Akenatón, el faraón hereje, el que quiso cambiar la religión egipcia, aquel que decía haber tenido la visión de un objeto brillante sobre una roca, de lo que ahora se habla como un asunto de extraterrestres.

El museo era una maravilla. Cuando terminé de ver la colección eran más de las tres de la tarde. El tiempo se había pasado volando y recordé que a las cinco tenía el concierto en el conservatorio.

Al salir compré un sándwich en una cafetería cercana; era la misma en la que estuve con Paul la única vez que fuimos juntos al Louvre. ¿Qué habría sido de su vida?, no volví a verle, ¡cómo me engañó!, aunque visto de otro modo, no me engañó a mí con su novia, sino a su novia conmigo. Además, tuvimos nuestros ratos buenos, no podía negar que era un chico muy divertido; el auténtico engaño fue valerse de eso para aprobar sin pegar golpe.

Tomé un taxi que me llevó al hotel. Le pedí que esperase, me cambié de ropa, salí de nuevo del hotel y dije al taxista que me llevara al auditorio; llegué a las cinco menos diez.

Me reuní con Odette; mi hermano estaba dentro con el resto de los músicos. Unos minutos después estábamos sentadas esperando que diese comienzo la actuación. Apareció la orquesta, afinaron y salió la directora, una chica bastante joven; «mujeres al poder», pensé. Nunca antes había visto una directora de orquesta, parecía que era algo reservado para los hombres. Interpretaron piezas en las que participaba toda la orquesta y otras varias con solistas, uno de los cuales fue mi hermano. Recordaba haberlo oído tocar de niña, repetir las lecciones una y otra vez. Un día ya no tocó más, ahora sabía por qué.

Mi padre y mi madre eran músicos, ambos estaban enamorados de la música. Los dos eran profesores titulares de la Orquesta de París y daban clase en un conservatorio. Mi padre tocaba el violín, mi madre la viola. Se conocieron un verano en Salzburgo, en unas jornadas de jóvenes músicos. Se enamoraron, vivieron juntos y así mismo tocaron en diferentes orquestas de Europa. La ilusión de mi madre era tocar también en el resto del mundo, pero se quedó embarazada, se casaron, nació Roxanne y decidieron quedarse en París para darle más estabilidad a la niña. Luego nació August y años después nací yo. Siempre pensé que ella estaba constantemente enfadada con nosotros porque habíamos sido la causa de que no pudiera hacer lo que le habría gustado. Mi padre y mi madre eran muy distintos, no sé cómo llegaron a enamorarse. Venían de ambientes muy diferentes: mis abuelos paternos vivían en Rouen, mi abuelo era abogado y gran aficionado a la música, se llamaba August Moreau; mi abuela tenía la carrera de piano y daba clases en su casa, se llamaba Marie, de soltera Marie Bernard (una de las hijas de Jacques, el hermano de Margueritte). Ellos se conocieron un 14 de Julio, en casa de un amigo de mi abuelo, quien le había invitado a comer junto con su familia. Dicho amigo tenía una hermana quien, a su vez, había invitado a comer a mi abuela. Se casaron dos años después y tuvieron dos hijos: mi tía Mathilde y mi padre August. Con el tiempo mi tía siguió los pasos de su madre, pero mis abuelos decidieron que mi padre tendría que ser abogado y le enviaron a París a estudiar derecho y a terminar los estudios de música que había comenzado. Mi padre, según nos contaba él mismo, tenía una gran capacidad y facilidad para aprender, así que unos años después tenía ambas carreras terminadas. Prefirió quedarse en París, decisión que sus padres aceptaron de buen grado. Se colocó de pasante en un bufete de abogados, pero poco después decidió dedicarse por entero a la música, que era su gran pasión.

La familia de mi madre era de clase muy humilde y vivían en Lyon. Su padre era alcohólico, sin trabajo casi siempre y sin oficio reconocido. Su madre era una mujer amargada, prematuramente envejecida, que hacía limpiezas y planchaba a domicilio; se pasaba el día discutiendo con su marido, cuando estaba despierto, y con sus hijas, cuando él dormía. Mi madre era la pequeña de tres hermanas. Cuando salía del colegio hacía recados para familias conocidas que siempre le daban algún céntimo por ello. Cierto día, su vecina, la bordadora, le pidió que llevase unos pañuelos al señor Martín, el profesor de música. Cuando mi madre llegó a la casa, el profesor estaba dando clase de viola a uno de los alumnos más avanzados. Aquel sonido cautivó a mi madre y cuando regresó a su casa le dijo a mi abuela que quería aprender música. Ella le contestó que eso costaba dinero y que no lo tenían, que si quería clases que se las pagara ella. Mi madre fue buscando tareas que pudiese hacer a la salida del colegio para conseguir un poco de dinero; seguía haciendo recados, cuidaba de unos niños un par de horas y así iba sacando para pagar las clases. El profesor comprobó que tenía talento, aprendía rápido y trabajaba con ahínco; habló con mi abuela y le dijo que mi madre podía tener un futuro en la música, pero que necesitaba un poco de ayuda porque a veces llegaba a clase físicamente agotada. Mi abuela empezó a pagar las clases, pero entonces se volvió cada vez más exigente: «Tienes que ser la mejor, ¡la mejor! Así podrás elegir. Tienes que ser la mejor para que nadie te pise», «la vida de las mujeres es peor que la de los hombres, por eso hay que endurecerse». Esto es lo que mi padre nos dijo que le había contado mi madre. Ella nunca hablaba de su familia y no les conocimos.

De la familia de mi padre sí que tengo recuerdos; eran muy cariñosos con nosotros. Recuerdo que estábamos pasando unos días en Rouen y mi padre y mi abuelo nos llevaron a ver la catedral. Mi abuelo nos dijo que íbamos a ver la Torre de la Mantequilla. Cuando llegamos me llevé una desilusión, yo esperaba ver una torre hecha con mantequilla de verdad. Mi padre nos explicó que la llamaban así porque se hizo con los impuestos que pagaba la gente para poder comer mantequilla en cuaresma.

Una estruendosa ovación me sacó de mis pensamientos. No supe el tiempo que había estado en las nubes. Aplaudí con entusiasmo porque el concierto fue fantástico y los intérpretes extraordinarios.

Salimos a las calles apiñadas junto con el resto de los asistentes, entre quienes divisé a Bianca y me acerqué a saludarla. La alegría fue recíproca y quedamos en tomar café dos días después. August y Odette habían quedado con unos amigos para cenar; me invitaron a ir con ellos, pero decliné la invitación, así que regresé andando al hotel. A mitad del trayecto entré a cenar en un bistró, apenas había comido y tenía hambre. Ya en el hotel, me di un baño de espuma y ya limpia y relajada llamé a Roxanne, le conté todo lo que había hecho y también que había quedado con Bianca. Quise que leyéramos la siguiente carta de Margueritte, pero Roxanne me dijo que no estaba en casa y que tampoco dormiría allí. Le pedí que saludara a Sophie y a los demás y quedamos en que al día siguiente recogería las cartas y me llamaría. Puse la televisión, estuve haciendo zapping un rato y la apagué. Las notas del concierto resonando en mis oídos y la imagen de mi hermano tocando el violín, me arrullaron esa noche y dormí profundamente.

Al día siguiente fui a pasear en un *bateau* por el Sena. Había muchos turistas, como en todas partes. De forma inconsciente y protegida por mis gafas de sol, comencé a mirarles, a observarles mejor. Es algo que hacía siempre que estaba sola en un lugar donde había mucha gente. Esta vez no había mucho margen para la imaginación. Había un grupo de chicas jóvenes, todas vestían igual: tutú blanco, top rosa, bailarinas blancas y un pene de plástico colgado del cuello por una cinta rosa; era una despedida de soltera. «Yo no me casaría nunca», pensé, «y si mis amigas (cierto que no tenía muchas) me montaban algo parecido, emigraría a las antípodas para no pasar por eso». Había, también, varias parejas jóvenes. Dos matrimonios menos jóvenes que celebraban sus bodas de plata y otro grupo de chicos que hacían todo lo posible por ligar con las de la despedida de soltera. Sonó mi teléfono; un SMS de Michel Ducros, de la inmobiliaria, anunciaba que los papeles ya estaban preparados y podía pasarme a firmar cuando quisiese. Seguí disfrutando del paseo prestando más atención al entorno que al resto de los viajeros. Si no recordaba mal, era la segunda vez que subía a un *bateau*; la primera fue con mi padre, cuando era pequeña. No lo había vuelto a hacer ni con amigas, ni con Paul, ni con Daniel... ¿Había ido a algún sitio con Daniel? ¡No había ido a ningún sitio con Daniel! Él y yo no salíamos nunca. Acababa de darme cuenta. ¡Era cierto!, ¡no salíamos! Él siempre decía que estábamos tan poco tiempo juntos que no podíamos permitirnos el compartirlo con el cine, el teatro o cualquier otra actividad fuera de casa. ¡Qué tonta! Yo lo veía como una prueba de amor, pero en realidad era que él no quería dejarse ver. ¡Qué hábil! «¿Cómo pude ser tan boba?», me pregunté, e inmediatamente me respondí: «porque estabas enamorada». En fin, después de todo es cierto que el amor es ciego y lo demás, como decimos los franceses, *c'est la vie*.

Fui a la inmobiliaria, firmé la rescisión del contrato y me marché. «Capítulo cerrado», pensé. Regresé al hotel, comí y llamé a Roxanne, pero su teléfono estaba apagado. Decidí ir al barrio Latino, al que Odalys y yo íbamos con frecuencia. Nos encantaba aquel barrio que estaba siempre tan animado. Caminé sin rumbo concreto, no deseaba ir a ningún sitio en particular, solo quería estar allí. Entré a un par de librerías, tomé café y compré un sándwich para llevar. Me acerqué al Teatro Odeón, por simple curiosidad; quizás ofrecieran alguna representación interesante, pero no. Inconscientemente me dirigí al museo D'Orsay, que había sido mi lugar de trabajo; solo estaba a un par de kilómetros del barrio Latino, así que, ¿por qué no? Me encantaba aquel edificio que en principio fue una estación de ferrocarril de finales del siglo XIX. Quizás Margueritte salió desde allí rumbo a Alsacia. Como museo se inauguró en diciembre de 1986. Me apasiona la pintura, he restaurado cuadros de varias épocas y puedo decir que, sobre cualquier otra corriente pictórica, me quedo con el impresionismo; y en el museo D'Orsay está la *crème de la crème* del impresionismo francés. Estuve dudando antes de entrar. No me apetecía encontrarme con nadie conocido, mucho menos con el señor Mercier, pero, ¿desde cuándo el director de un museo se pasea entre los visitantes? No reconocí a nadie y nadie me conocía a mí; ¿cómo iban a hacerlo si nunca salía de la sala de restauración? Realmente los únicos cuadros que había visto eran los que entraban en aquella sala; así que me centré en estar allí plenamente y en disfrutar de cada pintura. Cuando llegué frente al *Entierro en Ormans* de Courbet, el corazón se me aceleró y se me hizo un nudo en la garganta; aquel era el cuadro que había robado Daniel. No pude permanecer ante aquel lienzo, los recuerdos volvieron en tropel y yo quería huir de ellos. Volví a tener ansiedad, estaba desasosegada; no pensé que aquella visita me afectaría tanto. Salí del museo, tomé un taxi que me llevó al hotel. Subí a mi habitación, me di un baño con intención de relajarme, saqué del bolso el sándwich, pero fui incapaz de probar bocado. Tenía ganas de llorar. Llamé a mi hermana, «Dios mío, que conteste, ¡que conteste!», rogué mientras el teléfono sonaba.

–Hola, preciosa, ¿cómo te va?

–No lo sé, Roxanne. Mi ánimo sube y baja como un ascensor.

–¿Qué ha sucedido? –se inquietó mi hermana.

–He estado en el museo D'Orsay y cuando llegué al cuadro que Daniel había robado, se me vinieron encima todos los recuerdos y ahora no sé cómo alejarlos.

–No te preocupes, yo creo que es normal, has sido muy valiente yendo al museo. Verás como mañana estás mejor.

–¿Qué haces tú? –le pregunté.

–Estoy en casa. He contactado con una empresa de instalación y mantenimiento de piscinas y...

–Tal vez regrese mañana –la interrumpí.

–¿No habías quedado con Bianca mañana?

–Ah, sí –dije sin entusiasmo–. Bueno, ya veremos. Ahora no tengo ganas de nada.

–¿Ni siquiera de una carta de Margueritte?

–Vale –contesté–. Espero que me anime un poco.

Querida sobrina:
Como te comentaba en mi carta anterior, la década de 1930 fue realmente trepidante y determinante en mi vida. En 1932 se abolió la Ley Seca. En 1934 la recuperación de la economía empezó a ser un hecho. No recuerdo a quién se le ocurrió la modalidad de la venta a plazos, creando así un nuevo sistema que permitía a las clases sociales menos acomodadas comprar los productos que ellos mismos elaboraban, con lo cual se disparó la fabricación y venta de electrodomésticos y coches. Así se expandió el consumo al interior del país, aunque la recupe-

ración total no llegó hasta 1939. Aquella fue la época dorada de las películas musicales, cuyos reyes absolutos fueron Fred Astaire y Ginger Rogers. En 1932 se estrenó también una de las películas que más me impactaron: Adiós a las armas, *una adaptación que se hizo para el cine de la novela de Hemingway. No sé si la conocerás; se desarrolla durante la Gran Guerra. La protagonista era enfermera, como yo, y él era conductor de ambulancias. No transcurría en Francia sino en Italia, pero las escenas de la película mostraban imágenes tan reales y tomadas tan de cerca, que me sentí transportada de nuevo al hospital en el que pasé la guerra y a todo el horror y dolor que allí viví. Los intérpretes fueron Gary Cooper y Helen Hayes; fue la primera película en la que los vi, tuvo un gran éxito y en 1933 recibió dos premios Oscar: a la mejor fotografía y mejor banda sonora.*

Un día, a la hora de comer, Henri me dijo sonriendo:
—Tengo una sorpresa para ti.
—¿Una sorpresa? ¿Qué es? —pregunté curiosa.
—Aunque todavía no es seguro.
—¿El qué no es seguro todavía? —insistí.
—Aunque es posible que sí —continuó, sabiendo que me estaba exasperando.
—¡Oh, Henri, por favor!, me estás poniendo nerviosa. ¿Qué es?
—Van a venir los del cine.
—¿Qué? —pregunté incrédula.
—Que van a venir los del cine. Ya sabes, los de Hollywood. Tú de eso sabes más que yo.
—¿Que van a venir los del cine? —Solo era capaz de repetir en forma de interrogación lo que Henri me decía.
—Sí, eso he dicho.
—Pero, ¿quiénes?, ¿para qué?, ¿cuándo? —No podía dejar de preguntar; no conseguía salir de mi asombro.
—Los de la Golden World Pictures. Por lo visto quieren hacer una película cuya acción transcurra en un

campo de petróleo. Se han decidido por Long Beach porque son los más recientes. Vendrán el productor y el director de fotografía. Hace ya unas semanas que anduvo por aquí un localizador de exteriores y nuestro campo le pareció el más idóneo.

—¿Los de la Golden? ¡Dios mío! ¡Tenemos que prepararlo todo! —Me entusiasmé.

—Ya te he dicho que no es seguro. —Me advirtió Henri.

—Vale —asentí sin escucharle—. Tenemos que prepararlo todo.

—Todo... ¿Qué? —me preguntó.

—No sé. Todo. Lo que sea.

—Cariño, si deciden rodar aquí, serán ellos quienes tengan que prepararlo todo.

—¿Cuándo vienen?

—Pues mañana por la mañana, sobre las once hemos quedado.

—¿Mañana? —Me alarmé—. ¿Por qué no me lo has dicho antes?

—Para que la espera no se te hiciera muy larga.

Entré en un estado de actividad frenética. Llamé a los criados y empecé a dar órdenes. Era la primera vez que afloraban mis dotes de señora burguesa organizando el trabajo: una limpieza exhaustiva, a pesar de que la casa estaba reluciente. Fui a comprar cuanto me pareció necesario para, junto con la cocinera, preparar un menú frío, algo apetitoso y selecto con que agasajar a nuestros visitantes. Estuvimos en la cocina toda la tarde.

María vino para comentar conmigo el acontecimiento, Paolo también le había dado la noticia. Cuando vio la actividad que reinaba en mi casa, me tomó del brazo y me sacó al jardín por la puerta de la cocina.

—¿Qué haces? —me preguntó.

—Pues prepararlo todo porque...

—Vienen los del cine. Lo sé. Paolo me lo ha dicho. ¿Y eso que tiene que ver contigo?

–¿Cómo que qué tiene que ver conmigo? Pues... –No se me ocurrió nada que decir.

–Nada. No tiene nada que ver contigo. Eso es cosa de negocios y los negocios cosa de los hombres –me espetó.

–Tú puedes quedarte en tu casa con tus hijos si crees que ese es tu sitio. –Me indigné–. Pero yo soy socio de la empresa y no pienso perderme una sola palabra de lo que se diga.

–Eso es porque son los del cine, ¿verdad? –inquirió.
No respondí.

–Esa devoción tuya por las películas va a ser tu perdición. Más te valdría poner los pies en el suelo –me increpó y, enfadada, volvió a su casa.

Dormí poco y mal, despertándome con frecuencia. Cuando empezó a amanecer me levanté, me di un baño, me arreglé y estuve más de una hora probándome ropa; al final me decidí por un sastre azul marino y una blusa blanca. Me pareció serio, poco sofisticado y muy profesional. Quería que quedara claro que yo era tan socio de la empresa como Henri o Paolo. El tiempo se me hizo eterno; recorrí casa y jardín cuidando que todo estuviese perfecto. Al fin, a las once y diez, el ruido del motor de un automóvil y la nube de polvo que levantaba, nos anunciaron la llegada de quienes estábamos esperando.

Recorrimos a pie la mayoría del campo. Pensé que la conversación la llevaría yo porque había visto más cine que Henri o Paolo, pero hablaban de localizaciones y de dinero. El director de fotografía, con frecuencia, encuadraba determinadas zonas con las manos. Haría falta un sitio para aterrizar una avioneta. Lo había. Al final el campo les pareció perfecto y decidieron utilizarlo para el rodaje. Pasamos a casa, tomamos una copa de vino y entramos en el comedor cuando la mesa estuvo servida. Después pasamos al salón para tomar café, fumar un cigarrillo y concretar el negocio. Paolo y Henri habían acordado una cantidad para rodar en nuestro campo; Henri, además, puso como condición ser él quien pilotase la avioneta que había de aterrizar; yo puse otra: asistir al rodaje como espectadora.

Dos semanas después nuestro campo fue invadido por una horda de cineastas: productor, director, ayudante de dirección, cámaras, fotógrafos, técnicos de sonido, sastras, peluqueras, secretarios, y un largo etc.; caravanas, coches y aparatos que yo no había visto nunca, sillas plegables y... Qué sé yo. Los propios trabajadores del campo actuaron como extras; en realidad solo tenían que dejarse filmar haciendo su trabajo. Supe entonces que una película no se hace como la vemos en el cine, de principio a fin, sino por secuencias; después venía el proceso de montaje. No me perdí ni una sola toma. Aquellos días hicimos cientos de litros de café y de limonada que repartíamos entre todo el mundo. Había un estrés en el aire que sazonaba el ambiente haciéndolo apasionante y mágico, distinto de la rutina a la que estábamos acostumbrados. Conocí a todos y congenié con muchos. Algunas noches, al final del trabajo, nos reuníamos con parte del equipo de rodaje en el salón de la casa para comentar los acontecimientos del día. Los primeros actores no venían nunca, necesitaban descansar para evitar signos de fatiga en el rostro que pudieran reflejarse en algún plano corto. María no apareció ni una sola vez por el rodaje, tampoco dejaba que los niños se acercasen, por lo que con frecuencia los oíamos llorar, y a los padres, discutir. Ella tenía sus ideas muy arraigadas y pensaba que todo aquello no podía ser bueno. En aquella época fue cuando empezamos a distanciarnos.

Aún queda mucho por contar, pero será otro día, cariño. Un beso.

M. B.

Capítulo 13

La carta de Margueritte nos supo a poco; estuvimos comentándola y luego mi hermana me preguntó:
–¿Qué vas a hacer ahora?
–No estoy muy animada –contesté–, además estoy cansada. Me quedaré aquí.
–Oye –dijo Roxanne–, me esperan para cenar. Te llamo mañana, ¿vale?
Cuando colgué el teléfono me imaginé a mi hermana cenando con Sophie y su familia en la cocina del hotel y me sentí más triste todavía. Los añoré muchísimo a todos: Gastón, la primera persona que conocí en Périgueux; fue una suerte que casi siempre apareciera él cuando necesitaba un taxi. Gastón era extraño, a veces parecía querer presumir de duro, pero en realidad era un hombre servicial, cariñoso y entrañable. Sophie, ¡cómo la echaba de menos!, era tan cálida, intuitiva y tan comprensiva. Y Ségolène; pensando en ella recordé que cuando era niña me habría gustado tener una hermana pequeña para jugar y cuidar. Me gustaban los niños, eran tan graciosos, tan alegres, aunque tan pesados a veces. Sonreí. Esperaría el día siguiente porque había quedado con Bianca y después regresaría a Périgueux. Tenía ganas de llorar, pero las reprimí porque sonó mi teléfono.
–Hola, August. Me alegro de oírte, ¿cómo vas?

—Muy bien. Oye, Odette y yo estábamos pensando si te apetecería una quiche y una ensalada con nosotros, en casa. Así volvemos a verte, ¿te animas?

Me emocionó que mi hermano pensase en mí, así que evité caer en la tentación de quedarme sola y dije que sí.

—Paso a recogerte en un cuarto de hora. Espérame en la puerta. Aparcar por ahí es imposible.

August y Odette vivían en Montmartre, en un piso que el abuelo de Odette les tenía alquilado por un precio módico. Odette era pintora, daba algunas clases y pintaba de todo, aunque en retratos era buenísima; se estaba haciendo un nombre y no le faltaba trabajo. El piso era pequeño. La pieza más grande y luminosa la utilizaba mi cuñada como estudio; una habitación pequeña se había convertido en el laboratorio de mi hermano; otra, no mucho mayor, era el dormitorio. Había un baño muy pequeño y una cocina abierta, también pequeña; todo repartido en sesenta metros cuadrados. Cuando llegamos, Odette estaba preparando una ensalada y no pasaron más de cinco minutos cuando el temporizador del horno avisó que la quiche ya estaba hecha. August destapó una botella de vino y sirvió tres copas; dio una a Odette y después, ofreciéndome otra, me dijo:

—Es del tuyo. Mira la etiqueta: «Le Comte, de 2008, elaborado con una selección de las mejores viñas de cabernet sauvignon y merlot. Atractivo color cereza. Aroma de trufa y fruta madura fundidos en una excelente crianza» —leyó—. Vale una pasta, así que no hay que desperdiciar ni una gota.

La tomé y bebí un poco. Era buenísimo. Lo saboreé despacio porque no estaba acostumbrada a beber, me mareaba enseguida y con el estado de ánimo que tenía no quería ponerme a llorar y fastidiarles la noche.

Después de cenar, sacaron un colchón que tenían detrás de una cortina que había en la pared y lo echaron en el suelo; nos descalzamos, nos sentamos en él con las piernas cruzadas y estuvimos viendo fotografías que había hecho August; eran impresionantes, las había de todo el planeta y cada una me sorprendía más que la anterior. Tomé otra copa de vino. Ahora ya me encontraba mejor. Odette me enseñó sus cuadros; estaba preparando una exposición, aunque no sabía para cuándo; una armonía de formas y colores que me maravillaba. Estaba realmente impresionada y comenté un poco mareada:

–Papá, mamá, Roxanne, Odette y tú, sois unos artistas. Formo parte de una familia de artistas. Todos menos yo. ¿Yo qué soy? –comencé a filosofar.

–Tú eres millonaria –respondió mi hermano divertido–. Somos la familia perfecta: arte y dinero.

–No me hace gracia, August. Cuando era pequeña Roxanne y tú me hicisteis creer que era adoptada. Para vosotros solo fue una broma, pero durante mucho tiempo yo pensé que era cierto y a veces aún lo pienso; yo no tengo talento para nada, no me parezco a ninguno de vosotros.

–¡Bua, bua! ¡Pobre de mí que soy tonta y no valgo para nada! –se burló mi hermano–. Sigue por ahí y, con el derecho que me da ser adulto y tu hermano mayor, empezaré a darte azotes hasta que tengas sentido común. ¿En qué te basas para decir semejante tontería? Simplemente tú no has intentado nada. Tú observabas cómo nos presionaba mamá a Roxanne y a mí, y lo frustrados que nos sentíamos porque nunca conseguíamos su aprobación, siempre había un pero. Te acobardaste y por eso dejaste el piano, la danza y la viola. Eres una gran mujer, tienes una gran sensibilidad, pero nunca has querido correr riesgos, siempre has preferido esconderte y eso te ha convertido en una persona miedosa. El miedo es nuestro peor enemigo en la vida.

–No dramatices, August –intervino Odette, quien luego me tomó de las manos–. Discúlpale, es su forma de decirte que vales muchísimo y que le duele ver lo que has hecho con tu vida. Por mi parte, creo que tienes un talento único para inmortalizar.

—¿Inmortalizar? —pregunté—. No sé a qué te refieres.

—Eres capaz de restaurar un cuadro cuantas veces haga falta y dejarlo como si solo lo hubiese tocado su autor. No hay una sombra, una imperfección del lienzo que tú no respetes. No hay un solo color, una sola pincelada que no sea absolutamente perfecta. Si no fuera por ti, y por otros como tú, el deterioro de muchas obras de arte las habría relegado al olvido. Esa capacidad que tienes no está solo en tus manos sino también en tu alma, que es dónde reside el talento, y eso te convierte en una artista.

—Vaya, Odette. Me dejas sin palabras. No sabía que tuvieras tan buena opinión sobre mí.

—Pues la tengo. Y también tengo la lengua muy suelta y sueño de beodo. Recuerda querida, los borrachos siempre dicen la verdad. Ahí os quedáis, yo me voy a la cama.

August y yo nos quedamos solos. Tomamos otra copa de vino. Me habló de un grupo con el que hacían música celta. Al día siguiente actuarían en un café en el que siempre había música en directo y el día anterior le había llegado una oferta para dar una serie de conciertos con una joven orquesta de cámara. No sé si me dijo algo más, ni en qué momento me quedé dormida, pero cuando desperté ya era de día y Odette estaba preparando café.

—Buenos días, Odette.

—Buenos días, Juliette. Estoy preparando el desayuno. August no tardará.

—Me encanta oler a café cuando me despierto —dije—, huele a hogar.

—Y en tu honor, tostadas francesas —añadió Odette.

Cuando August salió del baño limpio, fresco y perfumado, exclamó:

—¡Tostadas francesas! Tienes que venir más a menudo, Juliette; Odette no las hace nunca para mí.

—Tú tampoco las haces para mí, así que estamos en paz —respondió Odette con humor.

Por toda respuesta mi hermano le dio una palmada en el trasero y un beso en el cuello. Me aseé y nos sentamos a desayunar.

—¿Has descansado bien? —me preguntó mi hermano.

—Sí —contesté—. No sé cuándo me dormí, perdona.

—No te disculpes. Yo tampoco sé cuándo me dormí. Me desperté de madrugada y me fui a la cama. Ese vino tuyo es muy bueno, de otro modo hoy tendríamos resaca.

Bianca me llamó por teléfono, le habían anulado una consulta y sugirió ir a un *hammam*, antes de comer y pasar juntas la tarde. No me apetecía ir, pero no supe decir que no.

August tenía ensayo en el café. Estaba bastante lejos y como tenía que coger el coche, me dejó en el hotel. Poco después estaba yo de nuevo en la puerta, esperando, esta vez, a Bianca, que no tardó en aparecer.

—Hola —saludó alegre—. ¿Estás preparada para viajar a otro mundo?

—Claro —contesté queriendo parecerlo tanto como ella—. No he estado jamás en unos baños árabes.

—Verás cómo te gusta. Yo voy siempre al mismo. Es de unos amigos; a estas horas no hay casi nadie. La experiencia vale la pena, ya lo verás.

La fachada no tenía nada llamativo, solo el rótulo de *Hammam* indicaba lo que allí había. No encontramos a nadie cuando entramos y eso me contrarió; esperaba que alguien nos ofreciese un té y nos diera la bienvenida. Bianca me llevó al vestuario. El suelo era de gres rústico en color terracota, las paredes y el techo blancos y, hasta una altura de poco más de un metro, un zócalo de azulejos verdes y blancos pequeños, rematado por una cenefa con figuras de torres escalonadas en el mismo color. Unas taquillas en una pared, y en la opuesta, unos bancos también de azulejos.

—¿Bianca? —llamó una voz de mujer.
—Amina, estamos en el vestuario —contestó ella.
—Buenos días —saludó la chica que traía una especie de toallas de color azul y blanco—. Aquí os dejo las futas. De momento estáis solas, así que disfrutad.

Sonó mi teléfono y rápidamente abrí el bolso para cogerlo.
—Es mi hermana.
—No lo cojas —dijo Bianca—. Llámala luego.
—Pero es que quizás tenga algo importante que decirme. —Descolgué contrariada. Bianca no tenía ningún derecho a decirme lo que tenía que hacer, ya era bastante que estuviera allí. Mi hermana solo quería saber si me reuniría hoy con Bianca—. Sí, luego te llamo —le dije secamente, y colgué.
—Juliette, yo no soy nadie para decirte lo que debes hacer —adivinó mis pensamientos—, y desde luego mi intención no es inmiscuirme en tus asuntos. ¿Qué ha pasado?
—¿Qué ha pasado? —repetí—. Nada que yo sepa.
—Tus ojos no son los mismos que tenías en el concierto.
—Pues te aseguro que no me los he cambiado.
—No me van los sarcasmos, Juliette. No tienes por qué estar aquí si no quieres. Anteayer te vi feliz y me alegré muchísimo por ti. Me apetecía que pasáramos un rato juntas, pero puedes marcharte si quieres, con total libertad. Pero también puedes aprovechar la oportunidad de probar algo que no conoces y vivir una experiencia nueva. Yo me voy a quedar y voy a disfrutar. Hagas lo que hagas me parecerá perfecto, no me voy a enfadar.

Estuve un instante dudando, al final pensé que ella tenía razón.
—Me quedo.
—Vale, pues en ese caso olvídate de todo; desconecta el móvil, céntrate en ti y piensa que yo no estoy. Podemos

mantenernos calladas, no te sientas obligada a hablar. A mí me encanta el silencio.

Pasamos a una sala con vapor y nos tumbamos sobre una plataforma de azulejos. Los techos eran abovedados; huecos en formas geométricas, la mayoría estrellas, por los que entraba la luz, dotaban a la sala de una semipenumbra muy agradable. Las paredes eran del mismo tipo de azulejos que había visto en el vestuario, pero de color amarillo. Sonaba una música suave y relajante muy agradable. Me fui sosegando y me adormecí. Cuando entró Amina para decirnos que pasáramos a la sala siguiente me sobresalté. Bianca abrió los ojos, dio un suspiro de placer y pasamos al cuarto caliente: mucho más vapor a mayor temperatura. La sensación de mucha humedad, mucho calor y mucho sudor, no me gustó. Salí pronto de allí y Bianca no tardó en seguirme. Nos refrescamos y nos quitamos el sudor en una pequeña fuente y después nos sumergimos en una piscina de agua fría; no era demasiado grande, unos diez metros de largo por ocho de ancho, rodeadas por varias filas de columnas con arcos de herradura imitando con su colorido a los que vi en la Mezquita de Córdoba, en un viaje que hice con algunos compañeros de carrera. La piscina iluminada destacaba en la penumbra de la sala y el agua cristalina parecía gritar ¡Ven, déjame que te abrace! No dudamos en sumergirnos. Había olvidado aquel placer tan sencillo. Cuando emergí me mantuve flotando en el agua y me reafirmé en arreglar la piscina de Saint-Sybelie. Volví a sumergirme varias veces. Me parecía estar en algún cuento oriental. Me sentí agradecida y me alegré de no haberme marchado. Poco a poco se me fue dibujando una sonrisa. Como el sol se abre paso tras una tormenta, se fue abriendo paso en mi interior un rayo de alegría.

–Perdona, Bianca. –Rompí el silencio–. He estado muy grosera, no me apetecía nada estar contigo ni con nadie, estaba triste, rabiosa y quería estar sola.

–¿Cómo estás ahora?

—Mucho mejor y muy relajada. Es que estos días están siendo muy raros. Nunca me había sentido tan inestable.

Nos apoyamos en el borde de la piscina y le hice un resumen de cuanto había descubierto de mí misma y de los cambios emocionales que había experimentado. Cómo había pasado de un estado y una actitud positiva a hundirme de nuevo en la tristeza.

—Cuando nos vimos a la salida del auditorio te encontré muy cambiada. Me alegré muchísimo por ti –dijo–. Intuí que por fin habías encontrado tu camino. Hoy estabas otra vez en el pozo, pero no te preocupes. No pasa nada si de verdad quieres salir.

—¡Pues claro que quiero! –respondí.

—Eso es estupendo. No sabes cuánta gente hay que llega a donde tú has llegado y prefiere quedarse. Por el motivo que sea, la angustia y la tristeza se convierten en su zona de confort. Y en ese punto es casi imposible seguir adelante.

—Pero yo quiero ser feliz –me reafirmé–. Lo he experimentado esta semana y me gusta. Es la primera vez que me gusto y eso me ha hecho sentirme muy bien.

—¿Cuántos años tienes, Juliette?

—Veintisiete. –La pregunta me pareció tonta. Ella sabía mi edad.

—¿Crees que en setenta y dos horas se pueden cambiar los hábitos de veintisiete años?

—Pues... no había pensado en eso.

—¿No te ha pasado nunca que un fin de semana o cuando estás de vacaciones sales a la calle para ir a donde sea e inconscientemente tomas el camino del trabajo?

—Sí, alguna vez –contesté.

—Pues esto es igual. Mientras aprendes a vivir de otra manera, a veces volverás a lo de siempre. Solo tienes que retroceder y regresar a donde quieres estar. Sin agobiarte y sin dramatizar. ¿Tomas otra vez el camino de siempre?, pues te paras y te diriges a donde quieres ir ahora.

—Lo haces todo tan sencillo... —dije.

—Lo es. La clave es relativizarlo todo, no hacer dramas y, sobre todo, tener claro lo que quieres. ¿Lo tienes, Juliette?, ¿tienes claro lo que quieres?

—Sí, lo tengo. Quiero volver a Périgueux, a mi casa. Y quiero ser feliz.

—Que salieses de París fue definitivo. Hay veces que es necesario cambiar de entorno. Creo que esa herencia llegó en el momento más oportuno. ¿Qué haces allí? ¡Cuéntame!

Le hice un relato pormenorizado de mi vida desde que llegué a Périgueux. Cuando terminé de hablar estábamos arrugadas como pasas y pasamos a la sala siguiente.

Al dejar el *hammam* me encontraba renovada, limpia y purificada por fuera y por dentro. Caminamos hasta el barrio Latino para comer en un restaurante que Bianca conocía. Hablamos como cotorras y después fuimos al café donde tocaba mi hermano. El ambiente nos gustó y pudimos saludar a August, que nos presentó al resto de sus compañeros.

Al final del día, cuando entré en mi habitación, estaba cansada, pero me sentía genial. No habíamos parado y la cama me estaba llamando a gritos. Me acosté y, apenas apoyé la cabeza en la almohada, sonó el teléfono. Era Odalys, que había regresado esa tarde; quedamos en comer juntas al día siguiente y, como necesitaba descansar, apagué el móvil, me di la vuelta en la cama y me quedé dormida.

Mi primer pensamiento al despertar fue para mi casa, para Roxanne y para todos los demás. Sentí añoranza, así que decidí regresar aquel mismo día. Saqué un billete de tren por internet, hice la maleta y bajé a desayunar. Llamé a Odalys para decirle que tenía que marcharme esa misma tarde; quedamos a las once en la puerta del hotel y, apenas vernos, me enseñó el anillo que lucía en el dedo anular de su mano izquierda.

–¡Estoy prometida!

Se la veía realmente feliz.

–Juliette, ¡me voy a casar! –dijo exultante.

–¡Vaya! ¡Eso es fantástico! ¡Enhorabuena! No me habías dicho que tenías novio...

–Ha sido todo muy rápido. Conocía a Mario del museo, era visitante habitual. Es inteligente y educado. Comenzamos a salir hace unos meses. La semana pasada vino con dos billetes de avión para Granada y cuando estábamos visitando La Alhambra sacó el anillo y me pidió matrimonio. Tienes que conocerlo, Juliette, te gustará.

–¿Para cuándo es la boda? –pregunté.

–Para el año próximo. Aún no tenemos fecha.

–¿Conoces ya a su familia?

–Solo tiene una hermana, casada, y dos sobrinos. Iremos a pasar el fin de semana con ellos.

–¿A qué se dedica? –Seguí con el interrogatorio.

–¡Oh, Juliette, pareces mi madre!

–Quiero asegurarme de que él es lo bastante bueno. Quiero lo mejor para ti. Quiero que seas muy feliz.

–Está bien. Es ebanista. Es muy bueno. Gana mucho dinero y su hobby es la pintura. ¿Eso te tranquiliza?

–Lo siento –me disculpé–. Es que no quiero que sufras.

–Te lo agradezco, de verdad; pero no está en tus manos evitarme dolores futuros. No sé lo que pasará mañana o dentro de diez años, pero ahora nos queremos tanto como para aceptar el riesgo. ¿Vale?

–Vale, perdona. Entonces, ¡esto merece subir muy alto!

–¡Sí!

Y nos encaminamos a nuestro lugar favorito, adonde íbamos cuando queríamos sentirnos grandes: al Arco del Triunfo, arriba del todo, con la panorámica inmensa de Los Campos Elíseos, con la Torre Eiffel al fondo, con todo París a nuestros pies. Me despedí de todo aquello mentalmente, sabía que volvería muchas veces, pero también sabía que ahora pertenecía a otro lugar, que mi vida estaba en otra parte y que mi pasado se quedaba allí. En las horas siguientes charlamos, comimos y nos despedimos. Volví al hotel, cogí la maleta, llamé a un taxi y le pedí que me llevara a la estación. Eran las cinco todavía. Llamé a mi hermano para decirle que me marchaba y que me encantaría que viniesen a visitarme; también a mi hermana, para decirle que esa noche ya dormiría en casa. Me sentí plena y segura de que había roto con el pasado, aunque eso no significara que se borraran los recuerdos, pero sí que ya no condicionaban mi vida. A las seis menos cuarto subí al tren que puntualmente a las seis emprendió viaje con destino final en Burdeos.

Capítulo 14

Marcel y Roxanne estaban esperándome en la estación. Abracé a mi hermana y le tendí la mano a él, quien se acercó y me besó en la mejilla; me sorprendió, pero no me disgustó. Desde el día de Périgueux nos sentíamos mucho más cercanos, era un gran tipo.

–No esperaba veros aquí.

–Marcel se ofreció a acompañarme cuando supo que iba a venir a recogerte.

–Roxanne no conoce esto muy bien y es fácil perderse por la noche –dijo Marcel a modo de aclaración.

–¡Cuánto me alegro de veros! Os he echado de menos. ¿Cómo están los demás?, ¿dónde está Ségolène?

–Está con sus abuelos maternos. Hoy he hablado con ella –contestó él–. Lo está pasando muy bien.

–Sophie te ha preparado la cena –dijo mi hermana–. No está dispuesta a permitir que te acuestes sin tomar algo en condiciones; dice que a saber lo que has estado comiendo en París.

Era hermoso sentirse tan querida. Más tarde, Sophie y Gastón me abrazaron y besaron como si llevaran años sin verme. Yo sentí con más fuerza que había regresado a casa y que pertenecía a ese lugar. La cena era una exageración: ensalada, salmón, patés, tabla de quesos y tarta de chocolate.

—¡Dios mío, Sophie! ¿Quieres que me muera de una indigestión? –pregunté.

—Solo son cuatro cosillas. Vamos, empieza a comer.

—Quiero tan solo un poco de queso, por favor. —Y me senté a la mesa.

—No podemos dejar que se estropee la ensalada –dijo Gastón sentándose a mi lado y sirviéndose un plato.

—¿Te apetece un poco de queso, Roxanne? –preguntó Marcel.

—Vale –contestó mi hermana, y ambos se sumaron a la cena.

Sophie nos acompañó también y, aunque todos habían cenado ya, volvieron a hacerlo. Estuvimos conversando más de una hora después de cenar. Era más de la una de la madrugada cuando nos despedimos. Marcel y Gastón insistieron en acompañarnos a casa; la noche era ideal para caminar un poco y bajar la cena.

—¿Te vuelves a Périgueux? –preguntó Gastón a Marcel durante el trayecto.

—No, es muy tarde. Dormiré aquí hoy.

Cuando nos quedamos solas, mi hermana empezó a rendirme cuenta de las gestiones que había hecho.

—Han empezado con la piscina; parece que está todo en bastante buen estado. Dicen que la bomba es muy antigua, pero cuentan con poder encontrar en el taller una pieza que sustituya la no sé qué que no funciona. He encargado mosquiteras para las ventanas y para la puerta de atrás. Los jardineros vendrán la próxima semana. He ido guardando todos los presupuestos en el escritorio y...

—Mañana me lo cuentas, estoy muy cansada. Y gracias por todo.

—Está bien. Que descanses, Juliette.

Unas voces de hombre en el jardín me despertaron al otro día. Salté de la cama y por la ventana entreabierta vi a tres obreros que trabajaban en la piscina. Comprobé que mi hermana había sido muy previsora al encargar las mosquiteras, pues esos hombres tenían los brazos llenos de picaduras. Roxanne debía llevar tiempo levantada, había hecho la limpieza y estaba esperándome para desayunar; estábamos en ello cuando apareció Gastón.

–Me voy a trabajar. Pero antes voy a echarles una mirada a los «piscineros». ¿Necesitáis algo de la ciudad?

–Creo que no, pero espera –dije terminando mi zumo–, vamos contigo. Yo también quiero conocer a los «piscineros».

–Buena gente –añadió con convicción–. Buena gente y muy honrada. Nos conocemos desde niños. Bueno, al padre.

Gastón me presentó ante ellos como la dueña. Ciertamente eran gente sencilla y cordial. Me hicieron un resumen de cómo estaba todo cuando empezaron y de cómo estaba ahora.

–Ya está todo casi terminado –dijo el mayor–. Mi chico está acabando con la bomba, ahora la probaremos y si funciona se puede llenar la piscina y ¡hala!, a disfrutar. No estaba mal para los años que ha estado sin utilizarse.

–En cuanto terminen tráiganme la factura, por favor –dije estrenando mi papel.

–Pues se la puedo dar ahora mismo; como sabía que terminaríamos hoy, la tengo preparada.

Me sentía feliz, me había levantado llena de energía y eso de ser la dueña me subía la autoestima. Era la dueña, esa era mi casa, la piscina era mi piscina y el jardín era mi jardín. Nunca antes había tenido tantas cosas que fueran mías a excepción del móvil, el ordenador y algunos libros. Aquello me parecía irreal. Cuando me entregaron la factura con el importe del arreglo de la piscina, impuestos incluidos, se me cortó la respiración.

–Aquí debe haber algún error.

–No, señorita. Lo tiene usted aquí desglosado y bien especificado –dijo aquel hombre.

—Pero son dos mil seiscientos euros —añadí sorprendida.

—Sí, señorita. Le hemos hecho un precio especial por ser amiga de Gastón. Además, hemos sido rápidos para que no tuviera usted que pagar más horas de trabajo.

Ante tales argumentos no me quedaba nada que añadir. Le firmé un cheque, nunca había gastado semejante cantidad de golpe, y he de confesar que lo hice con el mismo agobio que tendría si le estuviese entregando cuanto poseía y tuviera que vivir en la calle. «No seas avara», me dije, «tienes mucho más», pero no me sirvió para tranquilizarme. Mi hermana debió notarme algo cuando entré, ya de regreso, en la casa. Ella estaba hablando por teléfono, colgó y me preguntó:

—¿Qué sucede? ¿Estás bien?

Le di la factura esperando que quedara tan escandalizada como yo. Sin embargo, después de repasarla, la dejó sobre la mesa y me dijo:

—Si esto te parece caro, ya verás el resto de los presupuestos; están en el escritorio.

Me dirigí al mueble y los saqué; solo miré los totales y me dejé caer en un sillón. Tenía taquicardias y los ojos húmedos. Aquello sumaba un auténtico dineral. Muchos, muchísimos miles de euros.

—No te agobies —dijo Roxanne restándole importancia al hecho—, lo puedes pagar.

—Claro, lo puedo pagar, pero después, ¿cómo lo mantengo? El importe de todo esto es la tercera parte de lo que hay en la cuenta y seguro que surgirá algo mucho más caro.

—Pues buscaremos alternativas. —Y cambió de tema—. Cuando has entrado hablaba con Marcel. Dice que quiere que vayas a las bodegas. Tienen un vino nuevo, van a llamarlo Heredera, en tu honor, y les gustaría que fueras a probarlo.

—¿Y te llama a ti? ¿Por qué?, lo lógico es que me llame a mí.

Aquel día que amaneció tan radiante se estaba estropeando a pasos agigantados.

—Es que tenía que decirme algo. —A mi hermana se le iluminaron los ojos y una sonrisa especial alegró su cara.

—Algo… ¿Qué? —pregunté.

—Cosas nuestras. Juliette, Marcel y yo nos hemos acostado.

Me quedé de piedra. Aún sorprendida dije lo primero que se me ocurrió.

—¿Por qué? ¿Cómo?

—Esas preguntas son estúpidas. ¿Por qué?, pues porque sí; ¿cómo?, como todo el mundo. Marcel me gusta desde que le conocí y yo le gusto a él. Si quieres más detalles te los daré encantada, ¿te parece bien durante el trayecto a Château Saint-Sybelie?

—¿Y ahora qué va a pasar? —Seguía desconcertada y haciendo preguntas estúpidas.

—Pues que lo volveremos a hacer muchas veces. Al menos, eso espero.

—¿Estás enamorada?

—Juliette, tengo treinta y siete años. Ya no necesito pensar que estoy enamorada para disfrutar del sexo con un hombre atractivo que me gusta muchísimo y que se siente atraído por mí. Y ahora, si quieres que te cuente algo, deja de preguntar y escucha. El día que te marchaste me sentí muy sola en casa sin tener nada que hacer, así que buscando un poco de compañía me acerqué al hotel para charlar un rato con Sophie. Estaban todos muy ocupados preparando una cena para cuarenta personas y me ofrecí para ayudar, aunque lo único que hice fue fregar y ayudar a servir.

—Ve al grano —dije.

—Vale. Cuando terminamos, todos nos sentamos a tomar algo en la cocina. Sophie fue a sacar una botella de vino y cuando regresó con ella dijo a Gastón: «Estamos en la últimas y mañana tenemos la comida del Concejo».

«Bien, por la mañana voy a la bodega, no te preocupes», contestó él. Le pregunté si podía acompañarle, me apetecía volver a Château Saint-Sybelie. Al primero que vimos al llegar fue a Guillaume, quien quiso aprovechar para enseñarme la bodega; «pero rápido», dijo Gastón, «llevo un poco de prisa». Fue con Marcel a por los vinos que le había pedido Sophie y después de cargar el coche regresó a buscarme. Guillaume puso cara de fastidio, estaba entusiasmado y todavía quedaba mucho por ver. «Vete, si quieres; ella puede regresar conmigo», sugirió Marcel. «Está bien, entonces luego nos vemos», dijo Gastón y se despidió. Marcel se nos unió y juntos recorrimos las bodegas. Me enseñaron...

–No me importa lo que te enseñaron. ¡Continúa!

–Luego Guillaume se quedó en el laboratorio; Marcel y yo fuimos a su despacho, donde tenía una botella de Le Comte Gran Reserva que quería que yo probara. Cerró la puerta y puso dos copas de vino. Era la primera vez que estábamos solos y me miraba de una manera... Empecé a sentir calor y se me aceleró la respiración. Marcel debió notarlo porque me preguntó si estaba nerviosa. Le dije que no. Mentí, claro. Se acercó a mí y me preguntó si sabía lo que estaba bebiendo. «Vino», le contesté un poco turbada. Se acercó más y mirándome intensamente a los ojos y después a la boca, me dijo: «Estás bebiendo *L'elisir d'amore*». Me quitó la copa y, junto con la suya, la dejó sobre la mesa. Se acercó más, podía sentir su aroma. Deseaba pegar mi cuerpo al suyo, pero no podía moverme. Él me enlazó por la cintura; sentí una sacudida... Me había convertido en una brasa. Nos besamos y abrazamos... Estábamos muy excitados...

–Vale, vale –la interrumpí–. No hace falta que entres en detalles. Me está entrando calor a mí también.

–Fue algo salvaje. Como una presa que se rompe, allí mismo, en el sofá. No fue muy largo, pero sí muy intenso. Cuando pudimos reaccionar, unos minutos después, nos acariciamos, nos besamos despacio, con mucha ternura, con delicadeza, como si cada uno temiera romper al otro. Como si aquello no fuese real.

Marcel avisó a Guillaume, por la línea interior, que me iba a llevar de regreso. Llegamos a casa y esta vez fui yo quien le dijo «ven». No tuve que insistirle y volvimos a hacerlo, pero esta vez *comme il faut*, a fuego lento. Fue distinto, pero igualmente increíble.

–¡Vaya!

–Fue alucinante –continuó mi hermana que, por lo visto, tenía más ganas de hablar que yo de seguir escuchando–, increíble. No solo sentirle dentro de mí, ¡que me vuelve loca!, sino también el calor de su piel, su aroma, sentir su corazón en mi pecho, su delicadeza. Permanecer abrazados piel con piel ¡Oh, Dios! Es todo... sus labios, su vientre, el dibujo de su pelvis... Es sentirme tan voluptuosa, tan deseada y lasciva, ¡tan viva!... Después Marcel avisó que se tomaba la tarde libre. Estuvimos juntos todo el día y se quedó a dormir.

–Y lo volvisteis a hacer, claro.

–Por supuesto –contestó mi hermana divertida.

–Y yo mandándote saludos para todos convencida de que estabas durmiendo en el hotel. ¿Crees que los demás lo saben, que se han dado cuenta? –pregunté; pero viendo la expresión de su cara respondí yo misma–. No hace falta que contestes; seguro que sí.

–Ya hemos llegado –dijo Roxanne.

–Así es. Baja del cielo y relájate un poco.

Mi hermana conocía el edificio, así que fuimos directo al despacho de Marcel que se levantó de su sillón y nos saludó a las dos con un correcto beso en la mejilla. Yo no podía evitar mirarlos disimuladamente. Había mucha química, como pensé desde que se conocieron, pero ahora había algo más: un ejército de feromonas y de testosterona revoloteando a su alrededor. De todas formas, no conseguí ver en el Marcel amable y correcto que yo conocía, al dios del sexo del que hablaba mi hermana. Él me dio a probar el Heredera, con una explicación de los criterios que habían tenido en cuenta para su catálogo y descripción. Por lo visto, el vino llevaba ya tiempo envejeciendo en barricas, solo le faltaba el nombre y consideraron que Heredera era el perfecto. También nos informó que tenían previsto hacer un acto de presentación y nos comentó de la campaña de publicidad que habían preparado. Nos dijo que sería un placer que yo eligiera la fecha. Sentí un pinchazo de envidia cuando noté que él miraba a mi hermana con un arrobamiento total. Ya no recordaba la última vez que un hombre me había mirado así, si es que hubo alguno que me deseare de verdad.

Comimos los tres juntos en un restaurante cercano, una de aquellas antiguas casas rurales habilitadas para ello.

–Esto debe ser muy caro –comenté.

–Un día es un día –dijo Marcel–. Considéralo un homenaje a tu vino, el Heredera.

–Es que el importe de la factura de la piscina aún me provoca dolor de estómago –contesté bromeando.

–Pues deja el enfado para después. Sería una pena que no disfrutases esta comida como se merece. Y empieza a asumir que restaurar la casa va a llevar un gran gasto y también una gran satisfacción –añadió.

–No sé si estoy preparada. En París sentí que la mansión era mi casa, esta mi tierra y vosotros mi gente; fue una sensación muy fuerte de pertenencia a algo, no de posesión. Supe que pertenezco a esto, en lugar de que todo esto me pertenezca a mí. ¡Bah!, no importa, desde mi estancia en París estoy muy rara.

Regresamos a casa y aún tuve que firmar otro cheque, pues aquella tarde nos colocaron las mosquiteras. La piscina se estaba llenando, el sonido del agua me encantaba. Saqué una silla y permanecí un rato sentada escuchando. La silla no era muy cómoda, así que llamé a mi hermana:

—¡Roxanne!, nos vamos a Périgueux a comprar muebles para el jardín.

—¡Perfecto! —contestó ella.

Poco después habíamos comprado cuatro tumbonas, una mesa, seis sillas y dos mesitas auxiliares. Los repartidores los trajeron unas horas más tarde. Junto a la piscina y los muebles tan nuevos, el jardín parecía todavía más ruinoso y feo.

—¿Cuándo vienen los jardineros?

—Pasado mañana —contestó mi hermana.

Sonó el teléfono de Roxanne y ella se alejó un poco buscando intimidad. Por la sonrisa idiota que tenía supuse que hablaba con Marcel. Cuando colgó se acercó a mí sonriendo todavía.

—Dormiré en Périgueux con Marcel —dijo—. Voy a prepararme ropa para mañana. En cinco minutos vendrá a recogerme.

Me sentó fatal. No andaba muy fina y Roxanne lo sabía; a pesar de todo se fue con él y me dejó sola. Estaba enfadada y esa vocecita interior, que últimamente se hacía oír, comenzó a dialogar conmigo:

—¿Qué te pasa?

—Estoy triste y cabreada.

—Vaya, ¿por qué?

—Por Roxanne.

—Claro. Tienes envidia.

—Sí, lo cierto es que sí.

—Es muy bonito encontrar un hombre y enamorarse, ¿verdad?

—Sí que lo es.

—¿Quieres eso para ti ahora?, ¿en este momento de tu vida?

—¡No, por Dios!

—¿Por qué envidias que ella tenga algo que tú no quieres?

—Es cierto, tienes razón —me contesté a mí misma—. Pero sigo enfadada.

—Claro, porque tienes celos.
—¡No es verdad!
—Sí, lo es. Tienes celos de Marcel porque sientes que se está llevando algo que te pertenece.
—Es cierto.
—¿Te pertenece tu hermana, Juliette?
—Por supuesto que no.
—Entonces, ¿qué te importa que ahora sea feliz con Marcel?
—Tienes razón. Pero es que estoy aquí sola en esta casa tan grande y tengo miedo.
—En tu piso de París que era mucho más pequeño también tenías miedo, ¿recuerdas?
—Sí, también.
—Pues entonces es que el miedo no está en la casa sino en tu cabeza. Y aferrarte a él o soltarlo depende de ti, no de Roxanne ni de Marcel. ¿Quieres ser una persona nueva?
—Sí, claro.
—Pues vive como una persona nueva.
—Es que últimamente tengo unos cambios...
—Ya. Va a ser verdad que las mujeres somos muy raras.
—Sí, a lo mejor es que me hace falta un buen polvo.
—Sí, es posible.
—¡En fin! —exclamé y cerré con ello la conversación con mi vocecita—. Esta noche solo la puedo compartir con Margueritte. No creo que sus cartas sean ahora una prioridad para mi hermana.

Saqué las cartas de Margueritte, volví al jardín, me acomodé en una de las tumbonas y empecé a leer.

Querida sobrina:
Aquí estoy otra vez contigo para continuar con mi historia. La película se estrenó con el título Campos de hierro. *Estábamos invitados al estreno que tuvo lugar en*

Hollywood. Yo viajé unos días antes. Esos estrenos eran entonces auténticas galas y quería comprarme un vestido deslumbrante y todos los complementos necesarios. Herta me ofreció su casa; fue bonito disfrutar un tiempo juntas. Me acompañó a recorrer todas las casas de moda y me dio su opinión con respecto al vestido. Ella prefería algo más discreto, pero elegí un atrevido modelo exclusivo de piel de ángel plateado, con la espalda descubierta hasta bastante más abajo de la cintura, un generoso escote de pico en el delantero y sujeto a los hombros con unos finísimos tirantes de piedrecitas de cristal de roca talladas que se cruzaban en la espalda y que brillaban rutilantes con efectos tornasolados. Compré ropa interior de satén, aunque con aquel vestido no necesité utilizar la parte superior; también, zapatos plateados con piedras de strass, y una estola de zorros blancos. Fui al salón de belleza de Estée Lauder y la noche del estreno ninguna de aquellas diosas de la pantalla me superaba ni en atractivo ni en glamur. Henri y Pietro llegaron el mismo día, sin María, que no consintió en dejar a los niños y se quedó acompañándolos. Ellos, bien peinados y vestidos de esmoquin, tampoco desentonaban. Henri estaba guapísimo, había olvidado lo atractivo que podía ser. Paolo atraía casi todas las miradas femeninas; era muy bien parecido y aquella noche volvió a resurgir el Paolo de la alta sociedad a la que había pertenecido en Italia. Otro tanto me sucedió a mí. Fue una noche fantástica, conocimos actores y actrices ya consagrados y otros que empezaban a despuntar, directores, guionistas, productores, escritores. Me parecía estar soñando. La película fue un éxito, era un melodrama de amores, odios y traiciones, muy al gusto de la época, aunque con el tiempo pasó a engrosar el grupo de las grandes películas olvidadas. Regresamos al hotel cuando empezaba a despuntar el día –tuvimos que dejar el pequeño piso de Herta cuando llegaron Henri y Paolo–. Yo estaba tan ex-

citada que no podía dormir, hablaba sin parar de todos y de todo lo vivido esa noche.

—Me gusta verte tan contenta —dijo Henri—. ¿Te gustaría formar parte de todo esto?

—¿A qué te refieres?

—Me han ofrecido entrar en el negocio del cine como productor. He dicho que tenía que hablar contigo antes de tomar una decisión. ¿Qué te parece?

—¿Es lo que tú quieres? —pregunté.

—Lo que yo quiero es verte feliz y esto te hace feliz. Claro que sería con una condición.

—¿Cuál?

—Que te encargues tú de todo. Yo aquí estoy como un pez fuera del agua, pero tú estás bien educada, eres muy culta, hablas varios idiomas y te desenvuelves como si hubieras nacido en este ambiente. ¿Aceptas? ¿Qué dices?

—¡Oh, Henri! ¡Sí! —contesté, abrazándole entusiasmada.

Empecé a trabajar con los de la Golden World, que era la productora de Campos de hierro. *Básicamente nuestro trabajo consistía en invertir dinero, pero conocí a actores y guionistas a través de los cuales tuve acceso a otros estudios y a otras gentes. Cada estudio tenía sus propios actores, directores, etc., pero cuando alguno de ellos destacaba, los otros le ofrecían cantidades astronómicas para que firmara con ellos. Me sentía activa y feliz. Entonces pasaba más tiempo en Hollywood que en Long Beach, así que alquilé un apartamento. Le dije a Herta que me sentía fatal porque Hans tenía que dormir en el sofá cuando yo estaba allí, pero la realidad era que quería estar sola; mi nueva vida me encantaba y quería ser totalmente independiente. Estábamos en 1934, yo tenía treinta y seis años, lucía una espléndida figura y era una mujer atractiva. Empecé a acudir a uno de aquellos centros de estética solo para féminas, como el que Elizabeth Arden había* abierto recientemente en Mount Vernon, en Virginia, a los que acudían las más famosas y ricas. Aquellos centros tenían de todo, desde gimnasios con entrenadores personales hasta piscina y sauna. Todo el mundo allí tenía que ver con el cine, o lo deseaba. Hollywood era un escaparate de aspirantes a actores, actrices, guionistas... Abundaban las academias de baile porque, como te comenté, el género rey en aquella década era la comedia musical. Era usual ver por la calle a chicas jóvenes vestidas o peinadas con ondas al agua como estrellas de la pantalla. La mayoría eran rubias platino, con las cejas estrechas y los labios pintados de rojo, según el canon de belleza de entonces.

Conocí a muchas actrices, pero, sin duda, las dos que más me impactaron fueron Katharine Herpburn y Greta Garbo, ambas muy inteligentes y con una gran personalidad; su estilo se salía del patrón de la época, ninguna de las dos era rubia platino con ondas al agua.

Hollywood me sedujo. Y también lo hizo uno de sus ídolos. ¿Quién? Uno de aquellos hombres varoniles y atractivos, de ojos penetrantes y oscuros, y ese no sé qué que hacía pensar que tenía un drama interior del que tú quisieras ser la solución. Aunque nos habíamos visto en el rodaje y en el estreno de *Campos de hierro*, de la que era el protagonista masculino, nos presentaron tiempo después en el estudio, en la preparación de la documentación y los contratos previos; nos enamoramos, pero tuve miedo y regresé a Long Beach porque no quería ser infiel a Henri. Sin embargo, una vez con él, tampoco me sentí mejor. Estaba inquieta y ausente, procuraba evitar a mi marido porque creía que si me miraba a los ojos se daría cuenta de lo que me pasaba. Después de cenar me retiraba pronto para evitar una conversación que quería eludir. Cuando él se acostaba yo me fingía dormida. Una noche, cuando me despedí, me tomó del brazo e indicándome la silla que tenía al lado, me dijo:

–¡Siéntate! –su tono era imperioso, pero en seguida lo suavizó–, por favor. ¿No tienes nada que decirme?

–No, nada, ¿qué voy a tener...? –No me dejó terminar.

–Yo creo que sí –insistió–. En todo caso hay cosas que quiero saber, dudas que deseo aclarar.

–Pues pregunta –dije intentando aparentar normalidad–. No tengo nada que ocul...

–¿Por qué llevas varias semanas sin ir a Hollywood?

–Necesitaba cambiar de aires, estar aquí, ya sabes, te echaba de menos –mentí.

–¿Y por qué no estás aquí?

–Estoy aquí, Henri –contesté intentando resultar divertida, como si todo aquello me pareciese una broma–, ¿es que no me ves?

–No, no te veo. Veo a una mujer que parece una sombra, que no me mira, que no habla, que no está; una mujer que ya no es la mía, una mujer que no es la que quiero y que no me gusta. ¿Qué ha sucedido?

–Nada, Henri, de verdad. –Intenté parecer serena, aunque estaba muy nerviosa. Todos mis esfuerzos para evitar ese momento habían resultado inútiles.

–Te has enamorado, ¿verdad?

No esperaba esa pregunta tan directa y estallé en lágrimas.

–Yo... yo no te he sido infiel. No he estado con otro hombre.

–Lo sé. Sé que no has estado con otro hombre, si así fuera no estarías aquí; pero repito la pregunta, ¿te has enamorado?

Mi silencio fue más elocuente que las palabras, pero al final pude decir con un hilo de voz:

–Yo no quiero traicionarte, por eso he vuelto.

–Pues estás en una encrucijada, Margueritte, porque yo no te quiero en mi vida como un fantasma. Hagas lo que hagas a alguien has de traicionar. Si te vas me trai-

cionarás a mí y me romperás el corazón. Pero si te quedas te traicionarás a ti y ¿qué le sucederá entonces a tu corazón? No quiero en sacrificio un corazón muerto o lleno de veneno. Yo no voy a decirte qué decisión debes tomar, pero has de tomarla ya. No puedes seguir huyendo. Esto no viene de ahora.

Henri se levantó y se dirigió a la puerta.

–Me marcho –dije, antes de que saliera del comedor.

–Volveré dentro de un rato –contestó, sin volverse a mirarme–. Te agradecería que ya no estuvieses aquí.

Esa fue, hasta entonces, la noche más triste de mi vida. Seguiré mañana. Un beso.

M. B.

¡Dios mío! ¡No lo podía creer!, Margueritte y un actor de Hollywood; Henri y Margueritte separados. Entré en la casa, me puse una copa de vino y di un buen trago. «¿Qué me estaba pasando?», me preguntaba. Las cosas no podían estar cambiando tan deprisa; deseé que todo se ralentizase, era demasiado para tan poco tiempo. Terminé la copa de vino y la volví a llenar. «Pero... yo no bebo», pensé; me encogí de hombros y acepté que todo estaba cambiando: yo, que andaba alborotada; Roxanne, que estaba viviendo una gran pasión; y Margueritte, que me cuenta de su separación con Henri. «¿Estamos locos?», dije en voz alta yendo a sacar la caja de las fotografías, en las que me puse a buscar con avidez. Si, ¡ahí estaban!, las fotos de Margueritte en Hollywood. ¿Quién sería él? Por lógica el que más veces apareciera con ella en las fotografías. En esta estaba sola con Fred Astaire, pero no, no respondía a la descripción de mi tía... Aquí con Frederich March y Gary Cooper; con Gary Cooper y Norma Shearer; con Preston Foster y Charles Olivier; con Cary Grant y Katharine Hepburn... Y con varias estrellas más, pero ninguna que no pareciese un posado ni que delatase alguna familiaridad especial. Cerré la caja y decidí leer la siguiente carta. Estaba muy intrigada y no tenía ni pizca de sueño.

Querida sobrina:
¡Cómo me gustaría ponerte un nombre! Sigo con mi historia.
Cuando Henri se marchó, subí al dormitorio. Me inundaba la tristeza, habría preferido que no llegase ese momento. No soportaba el dolor que le estaba causando, pero él tenía razón, era preferible acabar cuanto antes; prolongar la situación no tenía ningún sentido. Estaba haciendo la maleta cuando María entró en mi habitación como una furia, estaba tan enfadada que hablaba italiano muy rápido y me costaba entenderla, pero no me estaba diciendo nada agradable. En el momento en que me llamó puttana *–eso sí lo entendí–, apareció Paolo quien le decía, en italiano, que se marchase.*
–Te avisé que el cine sería tu perdición –añadió María antes de irse, con tono acusatorio y señalándome con el índice.
–¿Estás segura de lo que haces? –me preguntó Paolo cuando nos quedamos solos.
–Es lo mejor. Henri está en tu casa, ¿verdad? ¿Cómo está?
–Deshecho, a pesar de que hacía tiempo que lo esperaba.
–Yo no quería hacerle daño.
–Lo sé y él también lo sabe. Disculpa a María, ya sabes lo visceral que es.
–No me duele lo que me haya dicho tu mujer. Lo que de verdad me duele es lo que no me ha dicho mi marido. Preferiría mil veces que me hubiese montado una escena.
–Eso no es propio de él. Estoy seguro de que no te guardará rencor.
–En este momento eso no hace que me sienta mejor. Adiós, Paolo –me despedí, besándole en la mejilla.

Él me acompañó hasta el coche, cogió la maleta y la puso en el maletero mientras yo me sentaba al volante; después se acercó a la ventanilla, me dio otro beso y dijo:
–*Ojalá no tengas que arrepentirte.*
Puse el coche en marcha y abandoné mi casa para siempre. Me dolía mucho la cabeza y no estaba en condiciones de conducir, así que en Beverly Hills me registré en un hotel para pasar la noche. La habitación tenía una pequeña terraza que daba al mar; me quedé sentada mirando al océano Pacífico, deseé para Henri y para mí un alma en paz. Luego me metí en la cama, pero no pude conciliar el sueño. Salí del hotel muy temprano y conduje hasta Hollywood. No había anulado el contrato del piso, así que volví a instalarme en él. Había mucha ropa y otros objetos que dejé allí cuando salí huyendo. Decidí ir a ver a Herta; cuando estaba a punto de salir sonó el teléfono. Era François, el hermano de Henri, que el día anterior estaba en Los Ángeles y se acababa de enterar de que me había ido.
–*¿Estás segura de haber tomado le mejor decisión? ¿No hay ninguna posibilidad de que vuelvas?*
–*Creo que no* –*contesté, intentando no ser muy tajante*–. *François, esta decisión ha sido... Me ha resultado muy duro y triste dejar a Henri.*
–*Bien. Entiendo. No hay nada que añadir. En fin, quiero que sepas que te tengo un gran cariño y me gustaría seguir siendo tu amigo.*
–*¿Cómo está Henri?*
–*Lo superará. Creo que llevaba tiempo preparándose para esto. Henri es muy fuerte.*
–*Lo sé. Tengo que dejarte, François. Me gustaría que vinieras a verme; si te apetece, claro.*
–*Claro que sí. Adiós, Margueritte, espero que no te arrepientas de nada.*
–*Adiós, François.*
Estaba desolada; salvo María, la actitud de todos era

correcta y comprensiva, pero cada vez que me decían que ojalá no tuviera que arrepentirme, me sonaba amenazador, como de mal agüero. Necesitaba una opinión más objetiva, alguien que no estuviera emocionalmente tan implicado con nosotros como Paolo, María o François. No es que buscara que me diesen la razón, pero quizás necesitaba que alguien me justificase ante mí misma, así que fui a la academia en donde Herta daba clases. Me dijeron que terminaría en media hora. Nunca se me había hecho el tiempo tan largo. Salí a dar una vuelta, pero no sabía qué camino tomar. Tendría que ir al centro de belleza porque quería retomar el ejercicio diario, pero me detuvo el temor a que algún conocido me preguntase por qué desaparecí y qué me había hecho volver. Los estudios de cine estaban bastante apartados y tampoco sabía qué excusa iba a dar a quien allí conocía pues me marché sin despedirme. Pensé en llamarle a él, al hombre de quien estaba enamorada, pero desaparecí sin darle ninguna explicación y, durante todo ese tiempo, él no había dado señales de vida. ¿Y si me había olvidado? Sentí entonces un profundo vacío y tuve miedo de haberme quedado sola. ¿Sería posible que todo lo que acababa de suceder se quedara solo en eso, en un vacío? ¿Habría valido la pena romper mi vida? ¿Tendría una sola posibilidad de encontrar algo mejor?

–¡Margueritte! –La voz de Herta me sacó de mis elucubraciones–. Hoy he terminado un poco antes y al saber que has venido he salido a buscarte; sabía que no podías estar muy lejos.

Nos abrazamos y, después de darme un beso, dijo con preocupación:

–Dios mío, Margueritte, ¿qué te pasa? ¡Vaya cara tienes!

–¿Podemos ir a tu casa?

Cuando entramos en la vivienda empecé a sollozar, llevaba reprimiéndome mucho tiempo. Herta, muy alarmada, repitió la pregunta.

—Pero, ¿qué te pasa, Margueritte?
—He dejado a Henri —dije entre sollozos.
—Oh, Dios mío... Voy a preparar un té —exclamó ella, confusa.
Anduvo trajinando en la cocina y regresó con dos tazas humeantes.
—¿Quieres contármelo? —volvió a preguntar sentándose frente a mí y cogiéndome una mano. Pero yo tenía un nudo en la garganta y no conseguí articular palabra—. Tómate tu tiempo, querida; pero ve tomando el té.
El té tenía un sabor especial, pero no conseguí identificar qué era. Herta empezó a hablar y hablar de su juventud, de la música, de Hans, de lo bien que les había ido y, escuchándola, me fui relajando. Luego supe que me había puesto un tranquilizante en la infusión.
—Ahora ya me lo puedes contar todo —dijo cuando me serené.
—He dejado a Henri. No ha sido él Herta, he sido yo.
Le conté que desde hacía unos tres años sentía que me faltaba algo, que me estaba perdiendo la vida. En fin, sobrina, todo lo que tú ya sabes. Le dije que estaba muy asustada y que no sabía qué hacer. Le hablé de mi nuevo amor y del pensamiento, que me atormentaba, de que él ya no me amase.
—¿Qué hago ahora? —pregunté.
—Pues si has llegado hasta aquí lo más sensato es que le llames y resuelvas esa duda que te martiriza.
—¿Ahora? —Me inquieté, no me sentía con fuerzas.
—Claro, querida. Tienes que dar un primer paso y creo que debe ser ese. Anda, llámale —dijo llevándome hasta el teléfono.
Temblaba como una hoja cuando la voz del mayordomo sonó al otro lado del aparato.
—Soy Margueritte Bernard. —Evité el Bouvier—. ¿Está el señor en casa?
Escasos segundos después oí su voz.

–Margueritte, amor mío. ¿Dónde estás? Te he buscado por todas partes. No sabía dónde localizarte. ¿Por qué te fuiste?

–He vuelto. –Es lo único que acerté a decir.

–Dime dónde estás –insistió él–, necesito verte. ¿No ves que no puedo vivir sin ti?

Quedamos en mi casa una hora después. Cuando colgué el teléfono era una mujer nueva. ¡Él me amaba! ¡Me había buscado y quería verme! Abracé a Herta, tenía que marcharme. ¡Él estaría en mi casa en una hora!

–Oh, Herta. ¿No es maravilloso que te quieran tanto?

–Cariño, cuando llegues a mi edad descubrirás que lo más maravilloso es que te quieran bien.

En ese momento no presté atención a sus palabras. Estoy cansada, cariño. Por hoy ya es suficiente. Un beso, sobrina.

M. B.

¿Un beso, sobrina? ¿Eso es todo? Yo quería saber más. Me levanté para sacar otra carta, pero el efecto del vino (¿dos?, ¿tres copas?) hizo que me tuviera que apoyar en el brazo de la tumbona. «Mejor me voy a dormir», pensé. «Además tengo que ser valiente. Esta noche la prueba es dormir sola en este enorme caserón». Y lo cierto es que dormí como una bendita.

Capítulo 15

Roxanne llegó de nuevo a casa temprano en la mañana. Marcel la había traído antes de que él fuera a las bodegas.

—Vamos, perezosa, levanta. —Me despertó—. Ya son las nueve.

Me levanté con los ojos pegados y me metí en la ducha. Cuando el agua me espabiló llamé a mi hermana.

—¡Roxanne, ven!

Mi hermana llegó con la zapatilla en la mano.

—¿Dónde está?

—¿Qué?

—La araña, escorpión, cucaracha o lo que sea.

—No hay bichos, Roxanne. Es que...

—Te sucede algo —afirmó preocupada—. ¿Qué ha pasado en la noche?

—No es a mí, es a ellos; se han separado, ella le ha dejado.

—Pero, ¿de quién hablas? —Roxanne preguntó sin entender.

—De Henri y Margueritte. Ella le ha dejado por un actor de Hollywood.

—¡Qué me dices!

—Lo leí ayer. Dejé las dos cartas encima de la mesa. Él está deshecho y... —Se marchó, dejándome con la palabra en la boca.

Salí del baño en albornoz, mi hermana tenía en las manos la segunda carta y ahora era ella la estupefacta.

–¡No puede ser!

–¿Café, tostadas y leemos otra? –pregunté.

–Por supuesto –contestó ella dirigiéndose a la cocina–. Yo lo preparo. Tú vístete. ¡Vamos, no pierdas tiempo!

Nos sentamos a desayunar en la mesa del jardín. La piscina ya estaba llena y, siguiendo las instrucciones que me habían dado, medí y añadí el producto necesario para que el agua se mantuviera limpia y transparente. Mi hermana salió de la cocina con el desayuno. Abrimos la carta y empecé a leer con la boca llena.

–Mejor desayunamos primero –dije–. Tengo hambre.

Con el último sorbo de café, leí la siguiente carta.

Querida sobrina:
¿Cómo es posible que la vida sea tan alocada, tan mudable? ¿Cómo se puede pasar de la tristeza más amarga, a la felicidad más dulce en el plazo de unas horas?

–Doy fe –dije–. Es cierto.

–Calla y sigue leyendo –ordenó mi hermana.

El trayecto hasta mi casa se me hizo eterno, aunque no era más largo que otras veces. Llené la bañera y tras un baño relajante me perfumé y vestí. Mi cansancio había desaparecido en el mismo instante en que hablé con él; ahora estaba activa y feliz.

Sonó el teléfono de Roxanne. Otra interrupción.

–No puedo hablar ahora, Marcel –dijo–. Luego te llamo... No, no pasa nada... Luego te llamo... No, no está enferma, Juliette está bien. Ya te contaré. –Y colgó, sin darle tiempo a decir nada más.

Roxanne apagó los teléfonos, se apoyó en la mesa y ordenó:
—Sigue.

Él no tardaría en llegar y yo quería estar deslumbrante. Cuando sonó el timbre sentí que mi corazón se desbocaba.

Abrí la puerta y allí estaba. Nos abrazamos y besamos; él repetía «amor mío, amor mío» junto a mi oído sin dejar de abrazarme.

—¿Cómo pudiste marcharte sin decir nada? Este tiempo sin saber de ti ha sido un auténtico infierno. No vuelvas a desaparecer. ¿No sabes que no puedo vivir sin ti? No vuelvas a hacerme esto, por favor.

Entre sus brazos, oyéndole decir esas cosas, sentí un abandono total. Era como un barco que tras meses de durísima navegación llega a buen puerto. Me entregué a sus besos y caricias. Me entregué a él total y apasionadamente. Ya no existía nada más, todo el pasado quedaba atrás y, entre sus brazos, relajados tras habernos amado, pensé que había valido la pena por dónde había tenido que pasar para llegar a ese momento. ¿Era posible que yo acabase de ser amada por él, que cada centímetro de mi piel tuviera un beso suyo, que mis labios ardieran todavía por el contacto con los suyos, que fuese su cabeza la que estaba junto a la mía en la almohada, que su cuerpo cálido, húmedo y relajado tras el sexo, latiera junto al mío en mi cama? ¡Era sorprendente!

—No me marcharé nunca. No te dejaré jamás —le dije, depositando un beso suave y dulce en sus labios antes de caer en un profundo sueño.

No sé el tiempo que llevaba durmiendo cuando unos besos en el cuello y el sonido de su voz me despertaron.

—Despierta, perezosa, es tarde y me tengo que marchar.

—¿Tan pronto? —pregunté adormilada—. Espera un poco más, podemos cenar juntos.

—*No puedo, nena. De verdad que hoy no puedo.*

Yo me había despertado absolutamente voluptuosa y excitada; le abracé, empecé a besarle y mi cuerpo empezó a ondularse pegado al suyo. Él respondió apasionado y volvimos a amarnos. Luego se levantó apresuradamente y dijo que tenía que marcharse, que ya no podía quedarse ni un minuto más.

—*Te llamaré al finalizar el rodaje. Te lo prometo.*

—*¿Puedo ir contigo?* —*pregunté.*

—*¿No crees que necesitas descansar? Hoy has tenido bastante actividad* —*me dijo con picardía mientras me besaba antes de marcharse.*

Yo era la imagen viva de la felicidad. Me sentía capaz de volar. Todo cuanto me rodeaba me parecía maravilloso. Recordé a Henri, volví a sentirme culpable y aparté el pensamiento de un manotazo, no quería que nada enturbiase aquel momento. Tenía hambre y no había nada en mi casa, así que me di una ducha y salí a tomar algo. Luego pasé por un supermercado y compré todo lo necesario para comer y cenar en casa. Me apetecía cocinar para él; lo hacía bastante bien, aunque al haber aprendido con María solo cocinaba platos italianos. Volví a casa a dejar las viandas y salí otra vez. Estuve en el centro de estética, dije que había estado de viaje pero que al día siguiente me incorporaría de nuevo. Ahora más que nunca quería que mi cuerpo estuviese perfecto. Salí de compras, «vida nueva, imagen nueva», pensé; así que renové todo mi vestuario de calle y compré también ropa de tarde y varios vestidos de cóctel, además de tres de noche, muy elegantes y atrevidos, pensando que los necesitaría para acompañar a mi amado a fiestas y soirées. *Después me puse uno de aquellos vestidos nuevos y fui a un cine en el que había visto anunciada una película suya. Viéndole en la pantalla me emocioné, me pareció todavía más increíble que ese hombre estuviera tan enamorado de mí como yo de él y que fuésemos amantes. Cuando regresé a casa llamé a Herta para decirle lo feliz que estaba. Luego me puse un seductor conjunto de casa, abrí un libro de los varios que había comprado y me acomodé para esperar a que él me llamara. Pero no me llamó. A las seis de la mañana sonó el teléfono y era él. El desencanto de no oír su voz antes de acostarme desapareció totalmente.*

—Perdona, amor mío, ayer terminamos muy tarde y no te pude llamar. Estoy en los estudios, vamos a rodar ya. Creo que podremos comer juntos, ¿quieres?

—Oh, sí, claro que quiero —contesté—. Llevo horas echándote de menos.

—Me llaman, cariño. Luego nos vemos.

¿Luego? ¿Cuándo? ¿Dónde? No habíamos quedado en nada, así que decidí que esa misma mañana me acercaría a los estudios, al fin y al cabo, yo seguía formando parte como productora. Fui al centro de estética muy temprano: una hora de ejercicio y una de tratamientos; quería estar perfecta. Me puse un sastre nuevo y conduje mi coche hasta los estudios. El guarda me conoció en seguida y abrió la puerta; pregunté por Rouben Mamoulian, quien dirigía la película que mi amante protagonizaba; el guarda me dijo que estaba filmando en el estudio siete. Me dirigí hacia allá, entré sigilosamente y permanecí callada hasta que Rouben dijo «¡Corten!». Saludé al director, que me recibió con cordialidad y me preguntó por qué llevaba tanto tiempo sin aparecer por allí. Mi amado se aproximaba en aquel momento. Le ofrecí mi mano, que besó de modo correcto, sin demostrar conocerme más de lo estrictamente profesional, pero lanzándome una mirada cómplice y abrasadora.

—He terminado por hoy, ¿no es así, señor Mamoulian?

—Así es —asintió el director.

—Entonces, si me disculpan... He quedado en Chez Binet para comer.

Entendí que aquello era un mensaje para mí y poco

después de marcharse él, me despedí y abandoné los estudios.

Chez Binet era un restaurante francés y uno de los pocos sitios donde los famosos podían disfrutar de un poco de intimidad. Cuando llegué, él estaba tomando un Martini. Se levantó a recibirme, me besó la mano y me invitó a sentarme.

—¿Qué sucede? —pregunté—. ¿Por qué este saludo tan frío?

—Los besos los guardo solo para nosotros. ¿No resulta excitante la clandestinidad? ¿No piensas que hay mucha complicidad en saber algo que los demás ignoran? Vamos a jugar a que no nos conocemos.

—Pero no entiendo por qué —objeté.

—Porque de ese modo nos enamoraremos cada día. Y cada noche será una primera vez.

Me resultó divertido y acepté. Realmente aquello resultaba estimulante, porque lo que no hacíamos o decíamos lo sugeríamos con miradas o con juegos de palabras. Pasamos la tarde en mi casa, en la cama. Pusimos música, estuvimos hablando de nuestra vida y haciéndonos confidencias. De pronto él dio un profundo suspiro, me besó y se despidió.

—Me marcho ya, querida.

—Pero, ¿por qué? —pregunté desencantada—, ni siquiera ha anochecido. Yo pensaba que te quedarías a dormir.

—No es posible, cariño. Soy un actor famoso, ¿recuerdas? Mañana tengo rodaje temprano y he de descansar.

—Puedes descansar aquí —insistí.

—Cariño, no tengo ropa limpia. En otra ocasión, pero ahora me he de marchar. ¿Nos encontramos mañana en El Diamante para comer? Anda, di que sí —rogó—. No podré descansar si te quedas enfadada.

Me abrazó y dijo que me quería más que a nada en

este mundo. Me besó, me hizo sonreír y se marchó. El resto de la tarde la pasé leyendo.

Aún queda mucho por contar, pero ahora he de cuidar mis plantas. Mañana más, cariño. Un beso.

M. B.

—Seguimos sin saber qué pasó —dije.

—¿Preferirías que Margueritte fuera más escueta? Sus cartas serían como los telegramas antiguos: me aburro, stop; he ido al cine, stop; van a rodar una película en nuestro campo, stop; me he enamorado, stop; he dejado a Henri, stop. Seguro que nos enteraríamos de su vida antes, pero resultaría muy aburrido. Son la descripción y los detalles los que nos están permitiendo sentirla cerca, sufrir y gozar con ella. ¿Quieres pasar por alto todo eso?

—De ninguna manera —contesté—. De ninguna manera.

—¿Hay algo urgente que tengamos que hacer hoy?

—Nada, que yo sepa.

—¿Maratón? —preguntó.

—¡Maratón! —respondí.

En ocasiones nos gustaba hacer maratones temáticos o de sagas de películas, pero en esta ocasión ambas nos referíamos a las cartas de Margueritte. Nos levantamos para retirar la bandeja del desayuno y ponernos el bikini; aprovecharíamos para tomar el sol. Pero en ese instante oímos la voz de Sophie.

—¡Juliette!, ¡Roxanne!, ¿dónde estáis?

Y acto seguido apareció ante nosotras visiblemente preocupada. Gastón llegó tras ella, también alarmado.

—¿Estáis bien? —preguntaron a la par.

—Pues claro —contesté.

—Perfectamente —dijo mi hermana.

—Qué susto nos habéis dado —añadió Sophie—. Llevamos rato llamando por teléfono.

—Como no contestabais ninguna, temíamos que os hubiera pasado algo.

–No somos los únicos que os hemos llamado. Los jardineros lo han hecho primero, luego se han presentado en el hotel, por si estabais allí –dijo Sophie.

–Están esperando ahí afuera; han terminado donde estaban antes de lo previsto y quieren saber si pueden empezar hoy en vez de mañana.

Mi hermana y yo nos miramos con un gesto de resignación.

–Vale, que empiecen hoy –dije mientras conectábamos los móviles y nos vestíamos.

Gastón, llamó a los jardineros, que eran dos chicos jóvenes a quienes nos presentó.

–Edouard y Alain; los jardineros y amigos. Juliette y Roxanne; las propietarias y también amigas.

–¿Qué idea tienen ustedes? –preguntaron los jardineros tras los saludos.

–La dueña es mi hermana –se excusó Roxanne.

–Yo no entiendo nada de jardines. Esperaba que ustedes me aconsejasen –dije.

–Se puede hacer todo lo que usted quiera. Traemos un álbum con fotografías de trabajos nuestros, por si le sirve de orientación.

Sophie se marchó y los cinco restantes nos sentamos alrededor de la mesa. Lo que nos mostraban las fotografías podría colmar las expectativas de cualquiera, por exigente que fuera. Se podía elegir entre una amplia variedad de jardines: desde los estilos más clásicos hasta las tendencias más modernas. Tras verlos todos y escucharlos a ellos explicar todos los pros y los contras, decidí.

–Creo que prefiero mantener la imagen de la mansión en su aspecto original. Alrededor de la piscina sí me gustaría algo más moderno, una amplia zona de césped con un cenador; también me gustaría poner una barbacoa. Pero en el resto, me gustaría que el jardín mantuviera su diseño primitivo.

—No hay ningún problema. Hace un rato le comentaba a mi hermano que eso es precisamente lo que yo haría —dijo uno de ellos; no me había quedado con quién era cada uno.

—Cierto —contestó el otro—. Somos la cuarta generación de la empresa que fundó mi bisabuelo; y desde entonces hasta cuando falleció la señora Margueritte, nuestra empresa ha cuidado este jardín.

—Quisiera arreglar primero la zona de la piscina —dije.

—Perfecto —respondió uno de los dos.

—Vamos a ver el resto del jardín para ver si queda algo que se pueda salvar y cuánto hay que renovar. Esta tarde empezaremos a traer el material, aunque tendrá que pasar un tiempo hasta que el jardín se recupere, las plantas no entienden de prisas.

—¿Sería posible dejar un espacio para un huerto pequeño? —me preguntó mi hermana.

—Pues claro —contesté.

—Unos diez o doce metros cuadrados bastan.

—Aquí hay cerca de dos hectáreas —dijo uno de los jardineros—. Tienen ustedes sitio para plantar lo que quieran.

Dos horas después, tras tomar nota de cuanto iban a necesitar, se marcharon.

—¿Te gustan las hortalizas? —preguntó Gastón a Roxanne.

—Me encantan. Lo único que echo de menos de mi casa es el huerto.

—Yo podría echarte una mano si quieres, aquí somos gente de campo y yo soy casi ingeniero agrónomo.

—¿De verdad? —pregunté—. ¿Por qué casi?

—Lo dejé el último año. Tonterías de juventud, agua pasada —dijo con cierta añoranza—, pero me encanta la tierra.

—¿No habías dicho que estabas mal de la espalda y por eso no podías trabajar en las viñas? —recordé.

—Los viñedos son muy grandes y mi espalda se asusta,

pero de un huertecito no le da miedo –contestó con buen humor–. ¿Vais a bañaros?

–Sí, claro. Tenemos que amortizar la piscina.

–¿Puedo acompañaros?

–Por supuesto.

–¿Sabes nadar? –le preguntó mi hermana.

–Sí –respondió él.

–Es por si nos ahogamos Juliette o yo.

–¿Vosotras no sabéis? –preguntó incrédulo.

–Sí que sabemos. Roxanne solo quería asustar a tu espalda.

–Voy a ponerme el bañador –dijo Gastón entrando en la casa.

Aproveché su ausencia para preguntar a mi hermana:

–¿No te parece que hay algo raro en Gastón?

–¿Raro?, ¿a qué te refieres?

–Vive en el hotel con su hermana; es taxista, pero solo trabaja cuando no le apetece hacer otra cosa; es bastante rústico aunque haya ido a la universidad, es casi ingeniero agrónomo; y tiene amigos en todas partes, pero se pasa la vida con su familia.

–Le preguntaré a Marcel; quizá sepa algo que nosotras no. Y ahora, la última en tirarse al agua es una gallina.

Saltamos a la piscina las dos a la vez. El agua estaba fría, pero empezamos a nadar y pronto nos atemperamos. Aquello era un placer, un auténtico lujo.

–¿No me habéis esperado? –Era Gastón–. Pues allá voy. ¡Hombre al agua!

Gastón rondaría los sesenta años y debió de ser muy atractivo porque algo le quedaba todavía. Sus ojos eran verde oscuro, el pelo todavía abundante y muy corto, la mandíbula firme; mediría alrededor del metro ochenta y tenía una enorme cicatriz en la espalda.

–¿Qué te sucedió? –pregunté–. La cicatriz de la espalda...

—Un accidente de tráfico.

—Fue serio, ¿verdad? —preguntó Roxanne.

—Bastante. Si os fijáis bien hay varias. —Gastón nos enseñó su espalda—. Fueron cuatro las operaciones que hicieron falta para arreglarme la columna. Tuve suerte, un milímetro más y habría afectado a la médula.

—¿Cómo fue? —Me interesé.

—Iba distraído. Perdí la noción de la velocidad y de la carretera, me salí en una curva y caí por un acantilado. Afortunadamente, el coche que circulaba detrás de mí me vio caer y avisó a la policía.

—¿Estuviste mucho tiempo en el hospital?

—Meses. Muchos. Luego Sophie me trajo aquí. Después de más de un año de rehabilitación conseguí volver a caminar y aquí estoy.

—¿Cómo pudiste perder la noción hasta ese punto? —preguntó Roxanne extrañada.

—Cosas de juventud, agua pasada. —Y cambiando de tema añadió—: Vamos, os reto a nadar.

—El último en hacer tres largos paga el café —dijo mi hermana.

Después estuvimos buceando y una de las veces que sacamos la cabeza vimos que Marcel estaba en el borde de la piscina, en bañador y con unas fiambreras en la mano.

—Mi madre os ha preparado la comida —dijo—. Y a mí me gustaría darme un chapuzón.

Mi hermana tenía buen gusto. Marcel era muy atractivo y además tenía buen cuerpo, pero definitivamente no me sentía atraída por él. Mejor, así podría disfrutar viendo tan feliz a Roxanne.

Tras el baño, Gastón se marchó, pero Marcel se quedó a comer con nosotras. Sophie era tan exagerada que, con la comida que nos preparó, habría alcanzado para seis comensales. Hacía mucho calor y comimos dentro de la casa. Pedimos a Marcel que nos hablara de su tío y supimos que tenía sesenta y tres años, dos menos que Sophie. Al morir, su padre les dejó algo de dinero. El sueño de Sophie era comprar la casa en la que había vivido su familia y hacer un hotel. El de Gastón, ser ingeniero agrónomo, así que se fue, primero a Burdeos y luego a París, a estudiar. Allí conoció a una chica, estudiante de historia; se enamoraron y pensaban casarse al terminar los estudios. Una tarde fueron con el grupo de amigos a un espectáculo de bailes latinos. Una de las bailarinas era una venezolana espectacular que hizo perder la cabeza a Gastón, quien dejó a su novia por ella. Poco después, ella le dejó. Él siempre decía que abandonó a su novia por otra más guapa que le dejó por otro más rico. Entonces, tuvo el accidente. Sophie sospechó que era un intento de suicidio, pero él lo negó. Tras el accidente, ella se hizo cargo de su hermano y Gastón decidió ofrecerle lo que aún le quedaba de su parte de la herencia para ampliar el hotel y quedarse con ellos. Pensó en el taxi como un servicio más del establecimiento, pero ahora, al cabo de los años, que el negocio funcionaba bien y la mayoría de los clientes llegaban en vehículo propio, solo hacía de taxista cuando se cansaba de estar en la cocina del hotel.

Después de reposar la comida y tomar otro baño, decidí recorrer el jardín. Hasta entonces, apenas había caminado más allá de la casa. El jardín era inmenso, había espacio para cuanto quisiéramos hacer. «Me gustaría iluminarlo», pensé, «añadir varias fuentes más para que el agua se oiga por todo el jardín y poner algunas pérgolas. Se lo diré a los jardineros. También llamaré a los electricistas; no lo había pensado, pero deberían ser los primeros, hará falta electricidad y... Bueno, que se pongan de acuerdo con los jardineros».

Y en ese instante, en el momento preciso que tomé la decisión de resucitar Saint-Sybelie, tuve una de las sensaciones más intensas que he podido experimentar: algo semejante a un hormigueo que, desde las plantas de los pies, subiendo por mis piernas, se hizo fuerte en mis entrañas y recorrió todo mi cuerpo, hasta la cabeza y las manos. Pensé, por una milésima de segundo, que de mis pies estaban brotando raíces que penetraban en la tierra y tuve la certeza absoluta de que había tomado la decisión correcta. Saint-Sybelie despertaba; y yo, con ella. Ambas empezábamos una etapa nueva. ¿Eso que acababa de sentir, sería la energía de la que se hablaba tanto? ¿Sería cierto que la tierra estaba viva? La de mi jardín seguro que sí; y yo también. Últimamente no me reconocía. ¿Dónde estaba la Juliette Moreau de siempre? No sabía en qué punto empezó a esfumarse. ¿La añoraba? Es posible, pero ahora estaba en el punto de no retorno y la verdad es que no me importaba.

Roxanne y Marcel se reunieron conmigo.

–¿Qué piensas? –preguntó mi hermana–, ¿por dónde andas? Te hemos llamado y ni te has enterado.

–Acabo de decidir todo lo que voy a hacer en el jardín.

Les hice un detalle pormenorizado mientras seguíamos el paseo. Les hablé de las luces, las fuentes y las pérgolas; estuvimos comentando dónde podría ir cada cosa. No les hablé de lo otro. Pensarían que no estaba en mis cabales. Hasta yo misma tenía mis dudas a veces.

–¿Ya no temes quedarte sin dinero? –A mi hermana todo aquello le resultaba divertido.

–Siento que lo tengo que hacer. No sé por qué, pero Saint-Sybelie tiene que resurgir. Es como que se lo debo a quienes vivieron aquí antes, a Margueritte, o quizás a mí misma. Ella era apasionada y vivió una vida interesante y yo ya no quiero ser una persona mediocre. Esto es mi pasión ahora –dije abriendo los brazos como para abarcar toda la extensión de la finca.

Marcel se acercó a mí y me sorprendió abrazándome con fuerza. Permanecimos así unos segundos, después me soltó y con sus manos en mis hombros me miró sonriendo; visiblemente emocionado, dijo:

–¡Gracias! ¡Gracias!

No eran necesarias más palabras, él también amaba entrañablemente a Saint-Sybelie.

–Marcel quería proponerte algo –dijo Roxanne, también emocionada.

–Sí –continuó él–, mañana he de ir a por Ségolène a la finca de sus abuelos, que está cerca de Saint Emilion; he pensado que podríais venir.

–¿Qué es Saint Emilion?

–Un pueblecito pequeño y muy antiguo que no te puedes perder. Tiene unas iglesias muy interesantes. Además, es la cuna del vino de Burdeos –aclaró Marcel.

–Y seguro que no se va a mover de donde está –concluí–. Prefiero quedarme. Tengo mucho por hacer y, además, si Ségolène regresa mañana vais a tener menos ocasiones de estar solos; así que aprovechad el día.

Era la primera vez que me refería a su relación. Ellos me devolvieron la confianza tomándose de las manos y besándose suavemente en los labios.

–Pero tengo un encargo para vosotros –añadí.

–Tú dirás –dijo mi hermana.

–Por favor, encargaos de buscar un buen afinador de pianos.

–Dalo por hecho.

Poco después se marcharon. Regresé a la casa, saqué todos los presupuestos y empecé a repasarlos y separarlos por orden de prioridad. No tenía ninguno de fontanería, así que tendría que buscar una empresa que se encargara de poner duchas en la piscina y el sistema de riego en el jardín. Yo me encargaría de la restauración de los frescos del salón grande y del comedor; no es que estuvieran en un estado ruinoso, pero necesitaban un arreglo y yo podía hacerlo, me serviría de distracción. Abrí el ordenador, entré en la página de la empresa que nos suministraba el material en el museo y compré cuanto pensé que necesitaría.

Estaba demasiado agitada, pero me acosté temprano; quería madrugar y levantarme antes de que llegaran los jardineros, así que tomé uno de los somníferos que hacía semanas no utilizaba. Tardé en conciliar el sueño y, apenas dos horas más tarde, desperté totalmente espabilada; me levanté, me preparé un sándwich porque no había cenado y saqué las cartas de Margueritte.

Querida sobrina:
Las cosas no son siempre como una espera. Dos meses después de estar con Charles, no te he dicho todavía que él era Charles Olivier, me sentía incómoda y bastante frustrada. No conseguí que tuviera un día entero para pasarlo conmigo ni que se quedara una noche a dormir. El juego de la clandestinidad había dejado de ser divertido, pues en varias ocasiones cuando yo llegaba adonde íbamos a vernos «por casualidad», él ya estaba con alguien con quien había coincidido, realmente por casualidad. Entonces tenía que comer sola en una mesa aparte, salvo que quien estuviese con él me conociese del estudio y sugiriese invitarme a su mesa. La situación me parecía cada vez más estúpida y así se lo hice saber.

–Oh, vamos, cariño, no dramatices. Soy un actor famoso; tendrás que acostumbrarte a compartirme con otras personas –dijo.

–No me importa compartirte siempre que yo ocupe mi lugar. Tú y yo estamos juntos, ¿no?

–Pues claro, querida –replicó condescendiente–. Sabes que te amo, que estoy loco por ti.

–Bien, pues quiero que también lo sepan los demás. Quiero poder dejarme ver contigo. Estoy cansada de fingir que no nos conocemos. Quiero que digas a todo el mundo: «Esta es la mujer que amo, la que llena mi vida, mi prometida» –exigí enfadada.

–¿No te parece un poco de película? Vamos cariño, esto es la vida real y somos adultos.

—*Precisamente por eso* —*añadí cortante*—. *¿Vas a quedarte a dormir esta noche?*

—*Por favor cielo, no empecemos otra vez con lo mismo, es agotador. Sabes que no puedo quedarme a dormir. Necesito descansar.*

—*Es que no lo entiendo* —*insistí*—. *No quiero que estemos toda la noche amándonos, solo necesito sentirte a mi lado.*

—*Aquí no tengo las condiciones necesarias para descansar. Y aunque no duerma contigo, sabes que estoy a tu lado.*

—*No, no lo sé* —*añadí tajante*—. *Estoy muy cansada. Si no vas a quedarte, márchate ya, por favor.*

Cuando se marchaba se acercó a besarme, pero retiré la cara. Lloré de rabia, de frustración y de pena. Creo que fue entonces cuando supe que había cometido el mayor error de mi vida, pero no quise admitirlo. No podía haber mandado mi vida a paseo por nada. No sé cuánto tiempo había transcurrido desde que se marchó hasta que me llamó por teléfono.

—*Margueritte, cariño* —*dijo*—, *esta tarde ha sido la peor de mi vida. Tienes razón en todo, querida. Saber que estás enfadada conmigo me destroza el corazón. No quiero perderte. ¡Te amo tanto! ¿Me amas tú todavía?*

—*Oh, sí, te amo. Te amo con toda mi alma.*

—*He pensado que deberíamos vivir juntos* —*continuó Charles*—. *¿Qué te parece? De ese modo no tendríamos que quedar para vernos. ¿Qué contestas?*

—*Sí, sí, claro que sí* —*exclamé exultante.*

—*Entonces te ruego que vengas a vivir conmigo, a mi casa. Es grande, tendrás todo el espacio que quieras. Y yo tengo aquí cuanto necesito. ¿Te parece bien mañana?*

—*Mañana* —*respondí.*

—*Entonces no vengas al estudio. Ve recogiendo tus cosas. Pasaré por ti cuando acabe el rodaje.*

En cuestión de minutos pasé de la depresión a la eu-

foria. Metí toda la ropa y los zapatos en el baúl de viaje; los libros y el resto de las cosas en la maleta. A la mañana siguiente, Charles me llamó en un descanso del rodaje, me dijo que me quería y me preguntó si lo tenía todo preparado; contesté que sí y él añadió que enviaría un chófer a por mí.

La espera se me hizo larga, pero por fin me trasladé a su casa, que estaba situada cerca de una pequeña colina; era preciosa, estilo neoclásico, de dos plantas. Había un jardín fantástico y una piscina enorme rodeada de tumbonas y sombrillas de palma; un edificio de una sola planta dedicado exclusivamente a aseos, vestuarios y salas de relax. Otro más pequeño con una barra y taburetes altos en el que se podía tomar una copa a cualquier hora del día. También, una pista de baile con un pequeño escenario, un pabellón de invitados y un garaje con capacidad para diez coches. Dos criados descargaron mi equipaje y lo colocaron en una amplia alcoba de diseño muy moderno y con baño. El mayordomo me dijo con mucha solemnidad que era voluntad del señor enseñarme la casa él mismo y que enseguida subiría la doncella para deshacer el equipaje, pero empecé a abrir las maletas y a vaciarlas. Me sorprendió no encontrar ningún objeto personal de Charles en aquella habitación. Oí un coche en el jardín y su voz preguntando si yo había llegado ya. Bajé las escaleras corriendo y me eché en sus brazos en el momento en que él entraba en el vestíbulo. Se veía radiante y comenzó a enseñarme la casa: un salón enorme para recibir, y otro más pequeño y más acogedor donde hacer la vida; un único gran comedor, con vista al jardín, separado de la cocina por una doble puerta; dos baños enormes y después, el sancta sanctorum *de la casa: un conjunto de salas para uso exclusivo suyo que incluía un gimnasio completo, otra sala con una sauna y una piscina pequeña de agua fría, un gabinete exclusivo para masajes y la última sala era un auténtico centro de esté-*

tica con correas reafirmantes, vendas compresivas de todos los tamaños, mesa de manicura, sillón para pedicura y limpiezas de cutis, estanterías con toallas de diferentes tamaños, vaporizadores y una vitrina llena de cremas, ungüentos, ceras y mascarillas. Todo era para su uso exclusivo. Él era muy escrupuloso y, a pesar de que también había un autoclave, no soportaba la idea de compartir los instrumentos que allí había con otra persona.

Tuve la sensación de que aquello no iba a ser como yo esperaba. Y no me equivoqué. Entonces empecé a conocerle bien. Era un gran actor. En la pantalla interpretaba magníficamente cualquier personaje, de cara a los demás interpretaba a un famoso, atractivo y triunfador actor de Hollywood. Pero en la intimidad era un hombre que vivía muerto de miedo: miedo a envejecer; por eso cada día dedicaba casi cuatro horas a tratamientos rejuvenecedores. Había un grupo de farmacéuticos que trabajaban solo para él investigando y creando nuevos productos tensores y reafirmantes de la piel. Se teñía el pelo, salvo las sienes, entonces las sienes plateadas hacían muy interesante y sexi a un hombre. Todos los días estaba dos horas en el gimnasio y otra entre la sauna, el agua fría y el masaje; también todos los días examinaba concienzudamente su rostro ante el espejo, rogando a Dios que hubiera desaparecido alguna arruga o, al menos, que no hubiera aparecido otra. Pero su mayor miedo, lo que de verdad le aterraba, era pensar que en cualquier momento pudiera aparecer otro más joven y más atractivo que le desbancara y le relegara al olvido.

Sobra decirte que, entre los rodajes y su ritual personal, no teníamos tiempo para nosotros; nos veíamos incluso menos que antes, ¡Ah!, y tampoco dormíamos juntos porque él lo hacía en una habitación insonorizada y climatizada siempre a la misma temperatura. Sin embargo, sí que aparecíamos juntos en público, aunque Charles no quería hablar de compromiso ni hacer ninguna declaración todavía. Decía que en Hollywood era preciso crear expectación. El hecho de vivir allí reforzó en mí la convicción de haber cometido un gravísimo error, pero mi orgullo me impedía admitirlo, así que yo también empecé a interpretar el papel de mujer rica enamorada de un astro del cine. Charles acabó la película, el proceso de montaje fue corto y en un par de meses se estrenó. Empezamos a promocionarla y viajamos a varias ciudades importantes para la gala del estreno, eso nos permitió un cambio de hábitos y estar más tiempo juntos. Ambos nos sentíamos felices y pensé que los nubarrones negros se habían disipado. En el viaje de regreso me comentó que le habían propuesto entregar uno de los premios Oscar. Charles no estaba nominado, pero le apetecía mucho asistir. Estábamos en 1936; el Oscar al mejor actor de 1935 lo ganó Clark Gable por Sucedió una noche, *que además obtuvo el Oscar a la mejor película y al mejor director, que era Frank Capra, un hombre entrañable a quien yo admiraba y cuya amistad me honraba.*

Llegó la noche esperada. Me estaba arreglando para salir, Charles entró en mi habitación cuando terminaba de vestirme, estaba muy contento y animado, se acercó a mí y me besó en el cuello.

–Estás preciosa –dijo con voz cálida y susurrante–. Tengo una sorpresa. Esta noche, en la fiesta posterior a la Gala, voy a anunciar algo muy importante para mí.

–¿Y para mí? –pregunté insinuante.

–Si lo que es importante para mí, lo es también para ti, sí –respondió mientras me besaba.

Estaba excitado, me miraba con un deseo que encendió el mío. Me excité, respondí a sus caricias, él me tumbó en la cama y sin desvestirnos más de lo imprescindible... Bueno, imagínate el resto. Afortunadamente íbamos sobrados de tiempo, nos recompusimos y cogidos de la mano y embriagados de sexo todavía, salimos al jardín donde el chófer nos estaba esperando en el Mercedes descapotable blanco que Charles había comprado para la ocasión. Me sentía feliz pensando que esa noche anunciaría nuestro compromiso.

Cuando después de la Gala llegamos al hotel donde se celebraba la fiesta, la policía había acordonado la entrada para dejar un pasillo libre por el que pudiéramos entrar. Los flashes de los fotógrafos eran continuos y las aclamaciones de la gente que se agolpaba a ambos lados del pasillo constituían la mejor banda sonora para una noche como aquella. Lujo, glamour, negocios, envidias, drogas y lenguas viperinas. Todo junto formando un cóctel excitante y adictivo.

La cena fue alegre y relajada pues después de la entrega de los Oscar los ganadores ya estaban tranquilos. Los únicos que seguíamos nerviosos éramos Charles y yo. Cuando antes de empezar el baile él se puso ante el micrófono, pensé que el corazón se me saldría del pecho.

—¡Atención, por favor! ¡Atención! Quisiera compartir algo con todos ustedes.

Todas las miradas se dirigieron hacia él y todos estaban pendientes de sus palabras. Yo cogí una copa porque estaba nerviosa y no sabía qué hacer con las manos. Cerca de mí Bette Davis y Joan Fontaine que no habían advertido mi presencia, comentaban entre ellas:

—Quizás vaya a anunciar su matrimonio —dijo la Fontaine—. Parece que lo suyo con esa Margueritte Bernard va en serio.

—Lo sentiría por ella —añadió Bette Davis—, ese hombre no sabe querer. Es incapaz de amar a nadie, salvo a él mismo. Lo sé por experiencia.

El comentario me molestó y me acerqué a Charles; cuando lo dijera, seguro él querría que yo estuviese cerca.

—He estado esperando la ocasión ideal —continuó él hablando—, y no me cabe la menor duda de que es esta, así que ahí va... —Hizo una pausa para crear expectación

y continuó–: Voy a dirigir mi próxima película; El forjador de vientos, *no solo será interpretada por mí, sino que iniciaré con ella mi carrera como director.*

Un estruendoso aplauso acogió sus palabras. Yo permanecí inerte, exánime. Algo se había roto definitivamente en mi interior. Bette Davis tenía razón y yo tuve que enfrentarme al hecho de que jamás ocuparía en la vida y en el corazón de aquel hombre el lugar que yo deseaba.

Abandoné aquel lugar. Le pedí al chófer que me llevara a casa y esperase. Volví a hacer el equipaje, dejé la casa de Charles y pedí al conductor que me dejase en mi apartamento. Ni siquiera pude llorar, ¿para qué?

El resto, para otro día. Un beso.
M. B.

No lo podía creer. Me parecía imposible que una mujer como aquella pudiera ser ninguneada. Claro que siempre ha habido hombres egocéntricos que no tienen ni idea de lo que es amar a otro porque están demasiado pendientes de ellos mismos. Esa carta me dejó mal sabor de boca y me hizo suponer que las demás no serían más alegres. Me habría gustado seguir leyendo, pero ya había amanecido, calculé que serían sobre las siete, no tardarían en llegar los jardineros y quería darme una ducha y tomar un café. Cambié de opinión, me vestí y me dirigí al hotel. Sophie, Gastón y Sabrina estaban preparando el bufé para el desayuno; les eché una mano y después los cuatro desayunamos juntos en la cocina. Pedí a Gastón que hablase con Lumière para que viniera enseguida. Les hablé de mis proyectos en el jardín y la electricidad era fundamental.

Capítulo 16

Marcel y Roxanne aparecieron también para desayunar antes de ir a por Ségolène. Yo no podía entretenerme más y Gastón decidió buscar a Lumière antes de que empezase su jornada laboral. Salimos juntos y antes de separarnos me preguntó:

–¿Qué te parece?

–¿Que estén juntos? –contesté con otra pregunta.

–Eso mismo, ¿qué te parece?

–Me parece bien. Hacía tiempo que no veía a mi hermana tan feliz.

–Marcel es un buen hombre, serio y responsable; merece ser feliz.

–¿Y la madre de Ségolène? –pregunté.

–Murió en un accidente de tráfico una noche al regresar de una despedida de soltera. Era muy joven y la niña tan pequeña... Muy triste. Marcel ha vivido solo para su hija. En fin… que merece ser feliz.

Ya sabía algo más. No pensaba que fuera viudo. Creía que estaba divorciado, aunque me sorprendía que la niña estuviese siempre con él. Ahora me inspiraba compasión y ternura.

Estaba abriendo la verja de la mansión cuando vi llegar a los jardineros. Abrí las dos enormes puertas de forja para que pudiesen entrar el camión. Lo primero que pensé que debía hacerse esa mañana era engrasar bisagras y pestillos, así que llamé a Gastón para que trajera algún lubricante.

Como habíamos acordado, los jardineros comenzaron por la parte de la piscina. Descargaron del camión unos rollos enormes que resultaron ser césped natural, limpiaron, prepararon el terreno y a mediodía la piscina estaba rodeada de verde. Era increíble cómo había cambiado de aspecto en tan poco tiempo. Gastón regresó con Lumière y el lubricante; y mientras yo decía dónde quería poner las farolas y jardineros y electricistas hablaban de la parte técnica, Gastón se encargó de engrasar la puerta de la verja.

Eran más de las tres de la tarde cuando Sophie nos llamó para comer; la mañana pasó volando. Mientras tomábamos café, comentábamos los trabajos previstos para el jardín y Sophie me dijo emocionada:

—La señora Margueritte se sentiría muy feliz si te hubiera conocido. ¡Si pudiera ver lo que estás haciendo en la casa!

—¿Tú crees? ¿La conocías mucho?

—Yo nací en esta casa y cuando era niña iba con frecuencia a la mansión; ella era muy cariñosa conmigo, no creo que fuera solamente por ser la sobrina de Thérèse…

—¿Eres sobrina de Thérèse? —Me sorprendí.

—Sobrina nieta, mi abuela Jeane era su hermana. Vivíamos todos en esta casa, que era de la condesa. Las mujeres de mi familia siempre habían estado al servicio de la mansión; todas menos mi abuela, quien se casó muy joven y se marchó al pueblo de su marido, quien murió en la Gran Guerra; ella regresó con mi madre en brazos, que entonces era una bebé.

—¿Qué sucedió después? —Necesitaba saber más.

—Se quedaron aquí con la familia. Mi abuela tenía un catarro que no se le curaba y cuando, tras años de negarse consintió en ir al médico, le diagnosticaron una tuberculosis muy avanzada. Murió joven. Yo no la conocí. Mi madre se quedó con la tía Thérèse, se casó con mi padre que trabajaba en las viñas, nací yo y se marcharon a vivir a la alquería. Allí nació Gastón y crecimos juntos. Él se marchó a estudiar y yo me casé. Poco después mi suegro murió y nos fuimos a vivir al pueblo de mi marido para hacernos cargo de la granja de su familia y acompañar a su madre; él era de Verteillac, un poco más al norte. Allí nacieron mis hijos. Cuando supe que mi madre estaba enferma vine a cuidarles porque mi padre también estaba mal. En dos meses se fueron los dos.

–¡Oh! Lo siento.

–Hace mucho de eso, pero gracias.

–¿Tienes más hijos? ¿Por qué solo conozco a Marcel?

–Tengo una hija que se llama Nicole. No la conoces porque vive en Italia, cerca de Florencia, con su marido Pietro y mi otra nieta Chiara.

–¡Vaya! Me gustaría conocerla. ¿Por qué vive en Italia? –Me estaba volviendo una cotilla.

–Pietro también es enólogo; vino a Saint-Sybelie a conocer las bodegas, se conocieron ellos, se enamoraron, se casaron y se marcharon al pueblo de él. Ya hablaremos de ellos. ¿Sigo?

–Sí, sigue, por favor.

–Pues como te decía, regresé a Verteillac. Allí teníamos la granja, pero aquello no me gustaba, no era feliz allí. Mi marido también estaba muy raro y la convivencia se deterioró. Mi suegra falleció y poco después él me pidió el divorcio. Me dijo que había otra mujer, que se querían y que esperaban un hijo. Entonces decidí regresar y dejarles el campo libre.

–Estarías destrozada.

–Sinceramente, Juliette, me cabreé mucho, pero cuando se me pasó me sentí muy aliviada. Aquello no era vida, o al menos, no la vida que yo quería.

–¿Y tus hijos?

–Ellos veían con frecuencia a su padre. Realmente era un buen hombre, estuvieron yendo a Verteillac hasta que falleció. Tienen una buena relación con su hermano.
–Y regresasteis.
–Claro. Hacía años que Thérèse había muerto y esta casa estaba deshabitada y bastante deteriorada. Yo tenía algo de dinero que me había dejado mi padre al morir. Fui a ver a Margueritte, quien me recibió con agrado, y le dije que quería comprar la casa para arreglarla. «¿Crees que podrás arreglarla si la compras?», me preguntó, y yo le contesté que en aquel momento no, pero cuando ahorrase un poco quería poner un restaurante. Entonces ella me dijo: «Voy a hacerte una proposición: yo arreglo la casa, pones tu restaurante y cuando empieces a tener beneficios me vas dando una cantidad mensual proporcional a tus ingresos; después ya hablaremos. Mientras arreglan la casa, los niños y tú podríais quedaros aquí».
–Debía de ser muy generosa –dije.
–Sí, lo era. Le propuse hacer de criada para pagar el alojamiento, pero no consintió. «Eres de mi familia», decía, «¿cómo vas a ser mi criada?». Aunque sí que aceptó mi ayuda para algunas cosas, porque ya te digo que era muy mayor. Era encantadora y muy inteligente. Le gustaba mucho escribir...
–Sí, lo sé.
–Fue una mujer extraordinaria. Además, por algunas cosas que contaba, imagino que debió de tener una vida muy interesante. Adoraba a mis hijos, sobre todo a Marcel; siempre decía que tenía los ojos de Henri, su marido. Todos los días le llevaba flores.
–¿A quién? –pregunté intrigada.
–A Henri, ¿a quién va a ser?
–Pero, ¿regresó con ella? –Me sorprendí.
–¡Claro! ¿O ella traería su cuerpo? Eso no lo sé muy bien, pero los dos están enterrados juntos en el cementerio del pueblo.

–¿Qué más sucedió? –Me serví otro café. Estaba encantada escuchando a Sophie.

–Pues hicimos la obra, abrí el restaurante y me fue muy bien. Cada mes efectuaba el pago correspondiente. Un día Margueritte me llamó. Cuando llegué a la casa, ella me esperaba con el notario, con uno de los *vignerons* de Saint-Sybelie y con el médico que la atendía.

–¿Estaba enferma?

–No, pero era muy anciana. Entonces me entregó la escritura de compraventa de esta casa por el importe total de los pagos que yo le había hecho, firmada por ella, por el notario y dos testigos; solo faltaba mi firma como comprador. Yo me quise negar, me parecía excesivo, pero ella me rogó que aceptase y que a cambio me ocupase de que la enterraran con Henri y de que nunca les faltasen flores. También me pidió que cuidase de la mansión hasta que su sobrina, si es que existía, la heredase. En algunas cosas me parecía muy excéntrica, pero accedí y lo cumplí. La enterramos junto a Henri y jamás les han faltado flores.

–¿Cómo murió? –Me había convertido en una preguntona insaciable.

–Como ella deseaba: sola en su casa. Una noche se durmió y no volvió a despertar. Cuando le insistíamos en que no debería quedarse sola, siempre decía que Henri vendría a buscarla en mitad de la noche y que ese sería un momento muy íntimo que no quería compartir con nadie. Una mañana cuando fui a ayudarla a levantarse la encontré muerta, pero con tal sonrisa de felicidad que nunca he dudado de que todo sucedió como ella esperaba.

Cuando Sophie terminó de hablar estábamos enternecidas y ambas nos sentíamos unidas por el amor y la generosidad de aquella mujer extraordinaria. Era tarde y Sophie empezó a preparar la cena. Había dispuesto que cenásemos todos juntos allí.

Gastón que hacía rato que se había marchado a la mansión para controlar cómo iban los trabajos, llegó con el pelo mojado.

—El agua de tu piscina está increíble por la tarde, Juliette —dijo—. Ha sido una experiencia tener toda la casa para mí cuando todos se han marchado. Espero que no te importe.

—No me importa, si has de supervisar los trabajos, me parece un precio justo. ¿Han adelantado mucho hoy?

—Aparte de la piscina, lo único que han hecho es limpiar y desbrozar. Lumière ha marcado dónde van a ir las farolas. También han traído material y mañana vendrá todo el equipo con lo que falta para empezar.

Él y yo dispusimos el comedor mientras Sophie seguía con la cena. Había dos parejas que cenaban muy temprano, Sabrina había pedido la tarde libre y yo quería ayudar, así que me dieron un pantalón, una camisa y un delantal negros y esa noche hice de camarera; a decir verdad, lo hice muy bien. Una de las veces que regresaba después de quitar la mesa, oí la voz aguda y feliz de Ségolène; me alegré mucho cuando saltó a mi cuello y enrolló sus piernas en mi cintura.

—¡Qué guapa estás! —dijo.

—Tú también, cariño —la abracé—, tenía ganas de verte.

—Roxanne y papá dicen que tienes una piscina muy grande.

—Así es —dije, dejándola en el suelo—. Es para todos, para ti también.

—¿Es como la de mis abuelos de grande?

—No sé cómo será la de tus abuelos, pero en esta cabemos todos.

—¿Cuándo podremos bañarnos?

—Mañana, ¿te parece bien?

—Yo quería ahora —dijo contrariada.

—Ahora es muy tarde, cariño —intervino su padre—, pero vendremos mañana temprano, ¿vale?

—Vale —dijo la niña con resignación.

Nos sentamos a cenar cuando acabamos en el comedor. Ségolène se sentó a mi lado. La cena fue estupenda, esa sensación de familia me encantaba. Cuando terminó su plato, la niña se colocó de pie junto a mi hermana y empezó a jugar con un mechón de su cabello; ella de manera inconsciente, la sentó en sus rodillas y la abrazó.

—Ségolène, por favor, deja que Roxanne termine de cenar —dijo su padre.

—Si ya le queda poco… —contestó la niña.

Mi hermana habría sido una buena madre, pero no había tenido hijos, yo creía que como elección; más tarde supe que lo habían intentado durante varios años sin éxito. La protagonista de la noche fue Ségolène que estuvo hablando de sus abuelos, de sus primos y de todo lo que había hecho. Ellos se quedaron todavía de sobremesa, pero mi hermana y yo decidimos retirarnos, tenía cosas que contarle, y la verdad, aunque resulte egoísta, me apetecía que estuviéramos solas.

—¿Qué tal? —le pregunté al salir al exterior.

—Estupendo. Mañana tendrás aquí al afinador.

—Vale, pero no te pregunto por eso.

—Ya lo sé. Hemos visitado Burdeos, es una ciudad preciosa. Después hemos ido a Saint Emilion. No te la puedes perder, ¿sabías que los romanos plantaron allí las primeras viñas?

—¿Y tú sabías que Marcel es viudo?

—Sí, lo sé —contestó—. Eso y muchas cosas más.

—¿Has visto a los abuelos de Ségolène?, ¿cómo son? —pregunté curiosa.

—Más jóvenes de lo que yo pensaba y encantadores. Nos han recibido con mucho cariño. Claudia, la abuela, no dejaba de mirarme y luego miraba a Marcel, supongo que con la pretensión de descubrir qué hay entre nosotros. En un momento en que él se ha alejado con el abuelo, ella me ha dado un apretón en la mano y me ha dicho que Marcel es un buen chico, que había sufrido mucho y que merece ser feliz.

–Vaya, todo el mundo está de acuerdo en eso.

Habíamos llegado a la casa. La noche era fantástica y nos quedamos en las tumbonas. La luz del jardín no era muy potente, pero suficiente para que se pudiera apreciar el césped.

–¡Cómo ha cambiado esto! –Admiró mi hermana.

–Mañana lo verás mejor. Sigue contándome.

–A Marcel le dejó su mujer –dijo mi hermana.

–¿Pero no es viudo? –Me sorprendí.

–Te cuento lo que él me ha dicho. No creo que le importe que tú lo sepas, pero prefiere que Ségolène y sus tres abuelos lo ignoren.

–Cuenta desde el principio.

–Conoció a Madeleine en la universidad. Él hacía varios años que había terminado Derecho, pero uno de sus amigos dirigía el grupo de teatro y aquel fin de curso le invitó, junto con el resto de la pandilla, a ver la obra que representaban. Ella estaba en primero de Ciencias Políticas y era integrante del grupo. Según Marcel era la encarnación de la alegría de vivir: entusiasta de todo, apasionada, poco convencional, alegre, extrovertida... Tenía la capacidad de contagiar su entusiasmo; era muy divertida y sabía cómo hacerle reír.

–¡Qué envidia!

–Pero era también voluble, inconsciente e inconstante. Simpatizaron enseguida; ella le estuvo llamando hasta que consiguió una cita y todo era estupendo. Marcel dice que era como si él fuera Wendy y ella Peter Pan, pero con mucho sexo. Llevaban saliendo unos meses cuando ella le pidió matrimonio. Él se quedó de piedra. «Eres muy joven», contestó. «Tienes muchas cosas que hacer antes de casarte, como terminar la carrera y labrarte un futuro». Pero ella contestó que los estudios podía terminarlos después de casada y que no quería un futuro sin él. Le preguntó si la quería. «Estoy loco por ti», respondió él. «¿Y qué tienes que perder?, si no te gusta estar casado conmigo, lo dejamos y ya está. Hoy casi todo el mundo se divorcia», dijo ella tan entusiasta como era. «Para mí no es algo frívolo. Es más trascendente. Yo quiero casarme para toda la vida», eso dijo él. «¿Y a qué esperas? Tiempo que dejes pasar es tiempo que pierdes. ¿No quieres pasar el resto de tu vida conmigo? ¿Cuándo te voy a parecer mayor? ¿Te has planteado que me puedo morir esta noche?, y tú también podrías, todos los días se muere gente repentinamente. ¿Vas a negarte esta oportunidad? ¿Me la vas a negar a mí? Casémonos, Marcel, estoy segura de que es nuestro destino. Creo que no hay razón para desperdiciar unos años», como si fuera un discurso, dijo ella para convencerlo.

–Vaya, valía para política –dije impresionada.

–Me comentaba Marcel que se puso tan mimosa que no pudo seguir negándose. Imaginó lo que sería la vida sin ella y ya no pudo decirle que no. Se casaron tres meses después. Sophie tenía sus reservas, pero los padres de ella estaban muy contentos de que la loca de su hija sentara la cabeza. Al principio fue fantástico. Pero ella pronto empezó a sentirse inquieta, acostumbrada a vivir en París no terminaba de adaptarse a vivir aquí. Él la animó a que regresara a París y terminase la carrera. Durante todo un curso estuvo yendo a verla todos los fines de semana. Habían alquilado un estudio para asegurarse la intimidad cuando estaban juntos. Cuando acabó el curso ella regresó e insistió en que tuvieran un hijo. Decía que no deseaba volver a París, que había comprendido que lo que quería era estar con él, tener un bebé y ser una familia completa.

–¿Y tuvieron a Ségolène?

–Sí. A pesar de la reticencia de Marcel, se quedó embarazada, nació la niña y cinco meses después volvía a estar inquieta y desazonada. Él le aconsejó visitar a un psicólogo, pero ella decía que era la depresión postparto y que pronto estaría bien. Se matriculó para terminar sus estudios en Burdeos y poco a poco recuperó la alegría, aunque había días en los que estaba muy sombría y ni siquiera la sonrisa de su hija conseguía animarla.

—Eso no suena bien.

—No. Por fin, una noche habló con Marcel y le confesó que le dejaba y que se marchaba, que cuando le conoció hacía poco que había roto su relación con Serge, uno de los compañeros del teatro; habían tenido una relación bastante tumultuosa, hasta que ella se cansó de sus continuas infidelidades. Cuando Marcel apareció se enamoró de él porque era lo contrario de Serge. Luego este empezó a buscarla de nuevo y ella supo que si no se ataba a alguien volvería con él. Pensó que la solución sería casarse. Cuando volvió a París para seguir estudiando, Serge reapareció en su vida y fueron amantes durante los últimos meses del curso. Ella se sentía culpable por engañar a su marido, así que volvió a dejar a Serge y regresó con la idea de que un hijo sería el vínculo definitivo que la mantendría alejada de su amante, que reapareció de nuevo poco después de nacer Ségolène. Madeleine se volvió a sentir atraída por él, aceptó que estaba enamorada y que jamás podría amar a Marcel del mismo modo que a Serge.

—¿Se marchó entonces?

—Sí. Era jueves. Ella había quedado con un abogado para iniciar los trámites del divorcio el lunes siguiente. Ese fin de semana iría a la despedida de soltera de una amiga y el domingo ya se quedaría con Serge, que hacía tiempo que vivía en Burdeos. Pero el sábado por la noche tuvieron un accidente. Iban cuatro en el coche, todas un poco pasadas. Fallecieron en el acto.

—¡Dios! ¿Y Marcel? —Una pregunta estúpida, el pobre estaría hecho polvo.

—Al principio muy mal, me dijo que llegó a odiarla, pero con el paso del tiempo empezó a disculparla; en realidad había hecho lo posible por crear vínculos que la ataran a él, aunque no sirvieron de nada porque ella quería al otro y eso no se podía cambiar. Decidió no decir nada a nadie, ¿para qué? Un día descubrió que ya no le dolía todo eso.

—¡Qué fuerte! —exclamé. Permanecimos un rato en silencio y luego le pregunté a mi hermana—: ¿Te apetecería leer una carta?

—Mejor lo dejamos para mañana; es muy tarde y estoy cansada. Ahora volveré a dormir aquí todas las noches, tendremos tiempo.

Mi hermana tenía razón, era muy tarde y había que madrugar.

Las semanas siguientes fueron de una actividad incesante. A los jardineros se unieron los electricistas y luego los fontaneros. Había once personas trabajando en el exterior; era divertido, yo estaba acostumbrada a trabajar en silencio, pero los canturreos, las conversaciones a gritos y las ocurrencias que tenían todos ellos, me hacían reír. A veces me llamaban para que les dijera dónde o cómo quería algo y yo, que no tenía ni idea, les contestaba «aquí» o «así». Me sentía importante. Recibí el material que había pedido para restaurar los frescos y pensé ponerme a ello enseguida, pero decidí esperar a que estuvieran arreglados los artesonados de los techos.

Como siempre sucede cuando empiezas con arreglos, fueron apareciendo más cosas que convendría repasar y que no estaban presupuestadas como por ejemplo la verja que limitaba la finca y que necesitaba una buena capa de pintura; y eran muchos metros de verja. Buscamos una pequeña empresa local que se hizo cargo del trabajo. Cuando me trajeron el presupuesto lo guardé sin mirar el importe, ¿qué más daba?, había que hacerlo. ¿Por qué? ¿Para qué había que hacerlo?, intentaba racionalizarlo pero no lo conseguía, solo sabía que una fuerza interior me impelía a continuar, aunque no me planteaba la posibilidad de instalarme allí definitivamente. No me veía en aquella casa tan enorme y lujosa. Sin embargo, me sentía cada vez más cómoda y más en mi hogar en aquel habitáculo pequeño de las antiguas cocinas que día a día se iba llenando de nosotras, de nuestras vivencias y emociones.

Todas las tardes cuando los trabajadores se marchaban aparecían Gastón, Marcel y, a veces también, Sophie, quien traía cena para todos. Ségolène pasaba casi el día entero con nosotras; le gustaba andar por el huerto con Roxanne y con Gastón, que estaban muy ocupados con la siembra de sus hortalizas; habían plantado calabacines, lechugas, tomates y pimientos. Casi todas las tardes mi hermana encontraba un rato para enseñar a Ségolène a tocar *Cumpleaños feliz* en el piano que ya estaba afinado; iba introduciéndola, a modo de juego, en el solfeo. Pero cuando todos llegaban, cada día era una fiesta, al menos para mí; nunca había jugado tanto en una piscina y tampoco fuera de ella. En aquellas tardes me convertí en novata del dominó y de los juegos de naipes. Como no tenía ni idea de cuál iba a ser mi futuro, dejé de pensar en él y me limité a disfrutar el presente.

Ya de noche, cuando todos se marchaban, llegaba el momento de mi hermana, Margueritte y yo; sus cartas eran las protagonistas de muchas de aquellas veladas. Reanudamos la lectura cuando Roxanne se puso al día con las que le faltaban.

Querida sobrina:
Quiero pensar que eres suficiente adulta como para entender cómo me sentí después de aquello. Como te conté, la sensación primera fue la de que el alma se me había congelado, la de que un frío estremecedor me llenaba toda. Después, me invadió la frustración, el fracaso y la tristeza. Me di de bruces con aquello que en esos últimos meses no quise ver: había cometido el mayor error

de mi vida y las consecuencias... No quería pensar en ellas, no estaba preparada, me sentía derrotada y era un sabor muy amargo.

Charles me llamó por teléfono muchas veces, pero en cuanto oía su voz yo colgaba. No quería saber nada de él. Un día se presentó en mi casa rogándome que le escuchara. Y aunque yo sabía que todo había terminado, una pequeñísima esperanza, que yo no quería sentir, se fue abriendo paso. Había oído decir muchas veces que nadie valora algo hasta que lo pierde. ¿Le habría pasado a él conmigo? ¿Quedaría alguna posibilidad? Le permití entrar y me dispuse a escucharle. Si lo que quería era volver, esta vez tendría que aceptar mis condiciones. Pero no hubo condiciones que aceptar. Él no vino por mí, sino por mi dinero, con el que había contado para hacer su película, la que iba a interpretar y a dirigir él mismo.

—Yo contaba contigo —me dijo—. No te había dicho nada porque quería darte una sorpresa. Estaba convencido de que el proyecto te apasionaría. Si te vas, si no participas en esto, no podré hacerlo y todo mi futuro se irá al traste.

—Tú eres un hombre rico —respondí.

—Querida, no te engañes. Mi vida resulta muy cara.

—Pues hazla más barata.

—¡No puedo! —exclamó horrorizado—. Debo responder a la imagen que he creado de mí. Si no, ¿qué pensarían los demás?

Le vi tan desesperado que sentí lástima. Lo único que existía para él era su imagen y la opinión de los demás; vi hasta qué punto era un hombre pobre y que seguiría siéndolo aunque tuviese millones. Decidí producir la película y rescindir después el compromiso con el estudio, quería salir de aquel mundo y quedarme lo más lejos posible. La película fue un éxito y me reportó beneficios económicos importantes, aunque en aquellas circunstancias no me importaban. Pensé que aquel era el peor momento de mi vida. Jamás, créeme, jamás me había sentido tan sola, perdida y desolada. Estaba total y absolutamente vacía. En mí solo había nada. Nada. No sabía, ni sentía, ni deseaba, ni esperaba nada; estaba sin ilusiones ni esperanzas, sin saber cuál era el siguiente paso, porque el camino había dejado de existir. Lo único que quería era dormir, dormir hasta que todo cambiara y despertar cuando la alegría hubiera regresado a mi vida, si es que eso llegaba a suceder. Me encerré en mi casa, tuve la tentación de beber para poder soportar el tiempo cuando estaba despierta, para aturdirme y no pensar. Pero comprendí que era una mala decisión; al menos me quedaba un poco de sentido común. Creo que me hubiese alcoholizado entonces.

Herta venía a verme cuando salía de clase. Hacía todo lo que podía para intentar animarme, me traía comida que me obligaba a comer en su presencia; temía, y con razón, que de no ser así iría a parar a la basura. Era una mujer inteligente y buena que gastó mucha saliva intentando hacerme ver todo aquello de forma positiva. Hablaba desde el alma y el corazón, pero sus palabras no encontraban eco porque eso en mí estaba muerto. Un día apareció muy contenta, abrió el bolso y sacó dos pasajes para un crucero por el Pacífico.

–Nos vamos, Margueritte. Un viaje te hará bien. No puedes seguir aquí encerrada. Es un crucero de lujo, querida. Yo he pagado los billetes, el resto lo pagas tú; vamos, anímate. Saldremos desde San Francisco; ya sé qué está lejos, pero eso nos da la oportunidad de viajar hasta allí. Llegaremos hasta Acapulco, ¿te imaginas?, dicen que es uno de los lugares más bellos de América.

Yo no contesté, a pesar de su entusiasmo no sentía ningún deseo de salir de mi casa. No tenía ganas de ver ni de conocer a nadie.

–Margueritte –continuó Herta–, escúchame como lo harías con tu madre: eres joven todavía, te queda mucha

vida por delante y tienes la gran suerte de poder acceder a todas las oportunidades que da el dinero. Reacciona, por favor, él no se merece tanto; no se merece que estés así por él.

–No es solo por él, Herta, no es solo por él. Es por mí también. Y sobre todo por Henri. Me duele más el daño que le hice a él que el que ese engreído narcisista me ha hecho a mí. Quizás me lo merecía, quizás es un castigo.

–No digas sandeces. Lo hecho, hecho está, y no se puede volver atrás. Querida, todos nos equivocamos; a veces tomamos decisiones que nos llevan al lado opuesto adonde queríamos llegar, sufrimos y nos duele, pero eso no es un castigo, es una consecuencia que nos trae una enseñanza. Esto no es un drama de Hollywood, solo es un mal momento. Seguramente no será lo peor que te pueda pasar.

–Lo peor que me ha podido pasar es perder a Henri. Fui una estúpida y ahora me arrepiento.

–La parte positiva –dijo Herta–, es que aún eres capaz de sentir. Estás en un momento difícil, pero salir de esta casa y volver al mundo real te ayudará. Deja que las aguas vuelvan a su cauce y que el barro se pose en el fondo, después podrás ver con más claridad. Mientras tanto ve preparando las maletas. ¿Vale?

–Vale –asentí, con los ojos llenos de lágrimas.

–El barco zarpa en una semana. Me gustaría que me acompañaras a comprar un par de vestidos, jamás me he movido en esos ambientes y necesito algo adecuado. Mañana sobre las diez pasaré a recogerte. Ponte guapa. –Herta me besó en la mejilla y se marchó.

A la mañana siguiente tuve que hacer un gran esfuerzo, pero me arreglé y la acompañé a comprar lo que necesitaba. Era una mujer de gustos sencillos y bastante austera. No quería nada llamativo ni excesivamente moderno.

–No quiero que piensen que soy tu madre –decía con

buen humor–, me conformo con que crean que soy tu dama de compañía.

Salir de casa me animó un poco. No quise comprar nada para mí porque tenía de todo y no me apetecía, pero aboné las compras de Herta, lo puse como condición para ir al viaje. Estaba convencida de que ella había gastado todos sus ahorros en comprar los pasajes que eran muy caros.

El viaje hasta San Francisco en tren fue muy pesado; las más de trescientas cincuenta millas se me hicieron interminables. Nos alojamos en un hotel muy céntrico y dispusimos de todo un día para descansar y pasear por la ciudad antes de embarcar.

El crucero me pareció eterno; surtió el efecto contrario al que deseaba Herta y que me habría gustado a mí. Aquel lujo me recordaba el ambiente que había frecuentado en Hollywood y me crispaba. La gente me parecía estereotipada y vacía; me sentía peor conmigo misma porque me comportaba exactamente como ellos. Afortunadamente conocimos a un matrimonio alemán con el que Herta simpatizó instantáneamente. Se convirtieron en inseparables y recuperó con ellos su idioma, los lugares que conoció y la vida que vivió en su país natal, lo cual me permitió pasar la mayor parte del tiempo en mi camarote sin sentirme culpable por dejarla sola. De día apenas salía, no me apetecía ver a nadie, no tenía ganas de sonreír como una idiota y asegurar ante perfectos desconocidos que aquel viaje me parecía maravilloso. Sin embargo, me acostumbré a salir por la noche, ya tarde. Descubrí un lugar en la cubierta donde sentarme y pasar desapercibida. A esas horas los pasajeros ya se habían retirado, pero muy cerca de allí, apenas a unos metros, todas las noches dos de las camareras salían a charlar un rato y a fumar un cigarrillo antes de acostarse. Las oía hablar y, aunque al principio no prestaba atención, acabé por escuchar sus conversaciones. Supe *que una se llamaba Irene y la otra Inés, que sus compañeros las conocían como «las Is», que eran de Puerto Vallarta y que, aunque estaban contentas con ese trabajo que les permitía ayudar a sus familias, las dos tenían otros sueños, otras ilusiones. Irene quería estudiar medicina, pero su padre se oponía, decía que eso era cosa de hombres, que una mujer debía casarse y tener hijos. Por lo visto, las discusiones en su casa eran tan constantes que al final su padre le dijo que si ella conseguía el dinero para la universidad entonces sí la dejaría estudiar. Empezó a trabajar de camarera en el barco porque se ganaba más que en tierra, pero su padre se quedaba con lo que ella ganaba después de cada viaje, salvo con una pequeña cantidad que Irene sisaba y que ahorraba íntegramente. Inés también quería estudiar, ella soñaba con ser maestra, pero su madre era viuda y ella la mayor de ocho hermanos, así que no siempre podía ahorrar parte de lo que ganaba.*

Hablaban con fe y entusiasmo de todo lo que harían cuando alcanzasen su sueño. Pensé entonces que la vida era injusta: ellas tenían sueños e ilusiones, pero no dinero; y yo tenía dinero pero no tenía sueños ni ilusiones. Aquello aumentó mi tristeza, pero poco después pensé que podía hacer algo por ellas.

Hablé con el capitán y conseguí que las destinase a mi servicio personal. Conocían bien su trabajo, eran muy correctas y mantenían con los pasajeros la distancia que su puesto en el barco les exigía. El día que desembarcamos dejé sobre el tocador una carta con un cheque para cada una de ellas pidiéndoles disculpas por haberlas espiado y expresándoles mi deseo de ayudarles a conseguir sus sueños. Entraron en el camarote cuando yo lo abandonaba, les di una propina, como era costumbre, y cerré la puerta al salir. Esperé un par de minutos hasta que las oí gritar de alegría. Me marché y no volví a saber nada de ellas.

¡Ah! Estuve en Acapulco; lo miré pero no lo vi.
Estoy agotada, cariño. Ahora necesito descansar. Un beso de tu tía.
M. B.

–¡Oh, Dios!, claro que te entiendo, Margueritte –exclamé, como si ella pudiera oírme–. Yo también sé lo que es tener el alma congelada y la nada como único horizonte.

Estaba realmente afectada; mi hermana me abrazó y me ofreció un pañuelo.

–Tranquila, Juliette. Muchas mujeres tenemos un máster en desamores, en abandonos o en engaños, pero eso no es el final; tú y yo lo sabemos. Seguro que Margueritte se recupera. Estuvo aquí, ¿no?

–Está enterrada aquí, junto a Henri.

–¿Ves? Eso significa que volvieron, ¿no?

–Sophie solo sabe que la enterraron con Henri, supongo que piensa que regresaron juntos. Quiero saber qué pasó, Roxanne.

–Vamos a leer la siguiente, no podemos dormir en este estado de ánimo tan sombrío.

Mi hermana abrió la carta siguiente y comenzó a leer.

Querida sobrina:
A fuerza de contarte mi vida y de abrirte mi alma he llegado a quererte y a ponerte rostro; en mi imaginación te veo como una mujer joven de pelo y ojos oscuros, curiosa y sensible, por eso sigues leyendo mis cartas. Al menos, eso es lo que quiero pensar. Continúo con mi relato.

El viaje (que me pareció interminable y estúpido, salvo por las «Is») tuvo un cierto efecto relajante; durante el tiempo que duró dejé de preguntarme ¿qué haré mañana? Sabía que mañana seguiríamos navegando o tocaríamos algún puerto, era lo único que se podía hacer; pero la no-

che antes de desembarcar en San Francisco regresó el miedo y la ansiedad. Mañana, cuando amaneciera, yo seguiría sin saber qué hacer, adónde ir o cuál iba a ser mi vida. Aquella noche hubo fiesta de despedida a bordo y Herta insistió en que yo debía acudir: «No te has dejado ver durante casi todo el viaje, pero hoy debes hacer acto de presencia, aunque solo sea para agradecer el esfuerzo que el capitán y la tripulación han hecho para que pudiésemos disfrutar y sentirnos felices, aunque tú hayas preferido aislarte y mantenerte al margen». Tenía razón. Acudí, sobre todo para agradecer de nuevo al capitán que hubiese atendido mi petición con respecto a Inés e Irene, con quienes, por cierto, apenas intercambié unas palabras. Antes de que terminara la cena, tuve una lipotimia. Desperté en mi cama, Herta estaba a mi lado muy preocupada y el médico del barco, un hombre muy afable de pelo blanco, me tomaba la tensión arterial, me palpó el estómago y me miró las pupilas y la mucosa ocular.

–En mi opinión no hay más alteración física que la producida por un cuadro de ansiedad –dijo el doctor–. Señora, no sé qué es lo que ahora le preocupa, pero por mis años y mi experiencia sé que todo pasa, aunque por precaución debería usted ir al Memorial Hospital cuando desembarque. Allí le harán un reconocimiento exhaustivo; quizás tenga que esperar un poco, creo que están escasos de personal sanitario; entregue esta nota mía al doctor Robert Douglas.

Garabateó algo en una tarjeta suya y me la entregó.

–Pronto estará bien, ¿verdad doctor? –Herta seguía preocupada.

–Por supuesto, señora –la tranquilizó, y luego se dirigió a mí–. ¿Sabe? Estos son los momentos perfectos para echar mano de todos nuestros recuerdos más felices. Prométame que lo hará, ¿de acuerdo? Y no deje de ir al hospital.

Dije que sí con la cabeza. Cuando el doctor se mar-

chó, y después de tomarme un tranquilizante, cerré los ojos e intenté recordar mis momentos más felices, pero no lo conseguí. No recordaba nada que me hiciera sonreír. Lo único que acudía a mi mente era el momento en que dejé a Henri y todo lo que sucedió después.

Herta se obstinó en llevarme al Memorial. Yo habría preferido no hacerlo pues lo que yo tenía no se curaba en un centro médico, pero ella fue inflexible. Había mucho movimiento en el hospital, en poco tiempo llegaron cuatro ambulancias. En recepción también andaban muy atareados; preguntamos por el doctor Robert Douglas, entregamos a la recepcionista, que en ese momento descolgaba el teléfono, la tarjeta que nos había dado el doctor Cooper en el barco. Ella la leyó sin soltar el aparato, tapó el auricular y llamó a uno de los doctores que salía de su despacho.

–Doctor Douglas, el doctor Cooper le envía a estas señoras. –Y dirigiéndose a nosotras–: Este es el doctor Douglas.

–¡Qué oportunas! –dijo el doctor–. Ya les habrá dicho Julius que necesitamos personal. Llegan ustedes justo a tiempo. Acompáñenme a urgencias, por favor.

–Disculpe, doctor –empezó a decir Herta–. Nosotras no somos...

–Ella no es enfermera, pero yo sí –dije interrumpiéndola–. Un momento, doctor, por favor.

Nos alejamos un par de metros y hablando en voz baja Herta me preguntó:

–¿Estás loca?

–No, Herta. Es que acabo de recordar que uno de mis momentos más felices fue cuando estuve en el hospital durante la Gran Guerra. A pesar del dolor y del sufrimiento me sentía feliz porque era útil y hacía algo que me parecía importante, que daba sentido a mi vida. No sé el porqué de esta confusión, pero me quedo. Necesito sentirme mejor y capaz de hacer algo bueno.

–Señora, por favor. –Se impacientó el doctor.

—Enseguida doctor. Herta, nos vemos luego en el hotel. —La besé y fui tras el médico.
—¿Tiene usted experiencia? —me preguntó.
—Estuve en un hospital de campaña en Francia durante la Gran Guerra.
—Eso servirá.
Entramos en urgencias, me llevó ante la enfermera jefe y se marchó. Me dieron mi uniforme, me pusieron con otra enfermera y empecé a trabajar. No tardaron en llamar a mi compañera para un quirófano. Continué con las curas hasta que llegó otra chica para ayudarme; era muy joven y supuse que no tendría mucha experiencia. La enfermera jefe llegó hasta nosotras.
—El doctor Douglas necesita a una de las dos en el quirófano.
Vi la cara de susto que puso mi compañera y me ofrecí yo. Cuando me estaba cambiando la bata y lavándome las manos, el doctor me preguntó.
—¿Conoce el instrumental?
—Sí, doctor, por supuesto.
—Bien. Vamos allá —dijo sin más comentarios.
La operación duró más de cuatro horas, al cabo de las cuales, y mientras nos desvestíamos, el doctor me dijo:
—Ha estado bien. Puede usted quedarse.
No era muy expresivo ni muy cordial, pero yo me sentí bien.
Herta y yo teníamos una habitación en un hotel para pernoctar esa noche, ya que el tren para Los Ángeles no salía hasta el día siguiente. Ella estaba esperándome en el vestíbulo y parecía muy alegre. Mientras subíamos a la habitación me contó que Hans, su hijo, con quien hablaba por teléfono con frecuencia, le había dicho esa mañana que en dos días llegaría junto con la orquesta para dar una serie de conciertos en San Francisco y que estaría allí una semana.

–Podemos quedarnos, ¿verdad? –preguntó–. No tenemos mucha prisa, ¿cierto?
–Cierto, no tenemos prisa y podemos quedarnos. Tú una semana, si quieres. Aunque también puedes instalarte conmigo. Me quedo, Herta, tengo trabajo en el Hospital y creo que mi vida ahora está aquí.
–¡Oh, querida, no sabes cuánto me alegro por ti! Pero recuerda que yo también tengo un trabajo en otro sitio y que mi vida está allí. Me quedaré solo hasta concluir las vacaciones.

A pesar del cansancio, aquella noche no pude dormir. Pensaba en todo lo que tenía que hacer ahora. Buscaría un apartamento pequeño cerca del hospital... No debería ser muy caro. Ignoraba cuál sería mi sueldo de enfermera, pero si quería ser una más, y quería, tendría que vivir de forma más modesta. Estaba nerviosa y excitada, la vida había decidido por mí y vivir la vida de una mujer sencilla era lo que necesitaba. Era un reto, estaba sola en una ciudad desconocida, donde nadie me conocía y yo no conocía a nadie. Era la oportunidad de demostrarme que podía valerme sola.

Me trasladé a mi nueva vivienda cuando Herta se marchó; era apenas un estudio minúsculo. Si en algún momento decidía afincarme definitivamente en San Francisco buscaría algo más grande.

En el hospital adquirí muchos conocimientos y técnicas nuevas. Algunas veces me sentía un poco torpe, pero nada me arredraba. Unas semanas después me desenvolvía perfectamente. No me importaba hacer guardias y tampoco tenía preferencias en turno de mañana o de tarde, al fin y al cabo, nada ni nadie me esperaba fuera del hospital. Casi siempre coincidíamos las mismas cuatro enfermeras en los turnos de guardia: Mathilda, la enfermera jefe, Katherine, Anne y yo. Estas últimas eran las más jóvenes. Las cuatro nos llevábamos muy bien y con ellas viví la experiencia de tener un grupo de amigas con *quienes salir a pasear, ir al cine o a la playa. Como tenía poco tiempo para pensar en el pasado, empecé a recuperar el equilibrio y la alegría. Formábamos un grupo muy heterogéneo: Mathilda rondaba los cuarenta, era divorciada y tenía dos hijos varones que estaban estudiando; Katherine tenía veintiséis, vivía con su madre viuda, tenía un novio que no se decidía a casarse y estaba ahorrando para comprarse un coche; Anne tenía veinte años y toda la pasión y la vehemencia de la juventud, feminista y antimaridos declarada. Escandalizaba a Mathilda y a Katherine con su opinión respecto a hombres y mujeres, lo cual a mí me divertía, además de parecerme que no le faltaba razón. Creo que se adelantó a su tiempo. Un domingo quedamos para comer y para ir al cine después. Yo sugerí el restaurante donde comía todos los días, la carta era amplia, la comida sabrosa y el personal excelente.*

—*Buenos días* —*me saludó el dueño al entrar*—. *¿La mesa de siempre?*

—*Sí, por favor, Frank* —*contesté.*

—*Esto debe ser muy caro* —*dijo Katherine.*

—*No os preocupéis, yo invito* —*contesté.*

Frank nos preparó la mesa y cuando nos sentamos nos sirvió una botella de vino y esperó a que hiciésemos la comanda. Cuando se retiró, Anne me preguntó:

—*¿Con quién te acuestas?*

—*¿Qué?* —*dijimos el resto sorprendidas.*

—*Que con quién te acuestas* —*repitió*—. *No pongáis esa cara, es una pregunta retórica, algo que se dice cuando alguien gasta más de lo que se supone que le permite su economía y, la verdad, Margueritte, aunque no tengas hijos, cuesta creer que te lo puedas permitir con tu sueldo. Bromas aparte, me parecería bien que tuvieras un amante.*

Pensé que tendría que ser más prudente y gastar menos.

—*Por favor, Anne deja de decir disparates* —*sugirió Mathilda.*

—¿Por qué ha de ser un disparate? Digo lo que pienso, todas lo sabéis. Jamás he visto feliz a mi madre, y mis hermanas y sus amigas dejaron de serlo poco después de su boda. El matrimonio es un yugo para la mujer. Siempre salimos perdiendo; los hombres tienen todos los derechos y las mujeres todas las obligaciones. Yo no me casaré hasta que eso se invierta, o sea, nunca. Pero eso no quiere decir que no me gusten los hombres, me gustan y mucho, pero hago con ellos lo que ellos con nosotras: los seduzco, los disfruto y cuando me canso los dejo.

—Algún día te enamorarás... —empezó a decir Katherine escandalizada.

—Y ningún hombre querrá casarse conmigo porque ya he estado con otros —la interrumpió Anne—. Cosa que las mujeres no tenemos en cuenta con ellos, si así fuese todos estarían solteros. Creedme, si alguna vez me caso será solo por dinero; y entonces buscaré un viejo que se muera pronto y seré una mujer libre y rica.

Empezaron a traer la comida y ahí se cortó una conversación que ponía nerviosas a Mathilda y a Katherine.

—¿Qué haríais si fueseis ricas? —pregunté.

—Yo aseguraría el futuro de mis hijos —contestó Mathilda.

—Yo fundaría una sociedad solo de mujeres, como la de las Amazonas. —Se entusiasmó Anne.

—¿También seríais soldados? —Me divertían las ideas de aquella joven.

—¿Por qué no? Los hombres van a la guerra, unos mueren y otros no, pero son recordados como héroes, si son del bando ganador, claro. Las mujeres cuidamos de los ancianos, de los niños, de los heridos y de los mutilados, aramos, sembramos, cosechamos. Somos la mano de obra que mantiene la industria, ¿quién valora lo que hacemos? Tal vez sea mejor morir en el frente a que te maten el hambre y la miseria. Bueno, en realidad si fuera rica me haría abogado para defender solo a mujeres.

—¡Oh, Anne, cómo estás hoy! —se quejó Katherine—. Pues yo, si fuera rica, compraría tiempo.

—¿Se puede comprar el tiempo? —preguntó Anne con ironía.

—No hablo de El Tiempo —contestó Katherine—, sino tiempo para hacer lo que realmente me guste. Nosotras no podemos hacerlo todo, si trabajamos no tenemos tiempo para disfrutar, si no trabajamos tenemos tiempo, pero no podemos pagar el disfrute. Si fuera rica, no tendría que trabajar para subsistir y eso me proporcionaría tiempo para hacer lo que me gusta.

—¿Qué te gustaría hacer? —pregunté.

—Estudiar, leer, aprender, viajar. Quisiera ir a Europa, escuchar ópera en París, en Milán, visitar Venecia y Roma...

—No has dicho «casarme» y me alegro —dijo Mathilda, que no soportaba al novio de Katherine; ella pensaba, al igual que las demás, que era un caradura que estaba jugando con ella—, pero deberías conformarte con escuchar ópera en Nueva York. Las noticias que llegan de Europa son bastante inquietantes. Ese Hitler parece peligroso.

—Pero si solo es un «iluminado» —menospreció Anne—; está loco.

—Sí —continuó Mathilda—, un iluminado con mucho poder, con unas ideas terribles que se están convirtiendo en religión para sus seguidores y con una gran capacidad de liderazgo. A ese tipo de locos hay que tenerles miedo porque no retroceden ante nada.

Terminamos de comer y decidimos ir al cine. Estaba en cartel El Forjador de Vientos, *pero Katherine ya la había visto, así que me valí de eso para sugerir otra película pues no me apetecía ver a Charles ni en la pantalla; sugerí más bien un musical alegre y divertido. A todas les pareció bien y pasamos una tarde muy agradable.*

Quería terminar el relato de esta parte de mi vida esta noche, pero ahora es muy tarde y necesito descansar. Hasta pronto. Un beso.
M. B.

Las cartas de Margueritte nos habían atrapado, tuvimos que hacer un esfuerzo para dejar la lectura hasta el día siguiente. Era muy tarde y en pocas horas la mansión se convertiría de nuevo en el enjambre ruidoso que era últimamente y por ahora necesitábamos descansar.

Capítulo 17

Me resultaba estimulante todo lo que estábamos viviendo. Périgueux es una ciudad pequeña y a medida que se fue corriendo la voz de que la mansión Saint-Sybelie estaba en obras, la gente del pueblo se iba acercando a mirar; los más discretos se quedaban en el exterior observando los trabajos desde allí, y los más audaces entraban y se colocaban junto a alguno de los equipos (todos conocían a alguien entre los electricistas, pintores, jardineros o fontaneros), ofreciéndoles sugerencias de cómo debían hacer su trabajo y recordando cómo era Saint-Sybelie cuando ellos eran jóvenes. Hasta entonces los trabajos se realizaban fuera de la casa, pero llegaron los restauradores del artesonado y la actividad empezó dentro. Montaron un andamio en el salón grande, estuvieron examinando los techos y comentando entre los tres que formaban el equipo y después me dieron su diagnóstico.

–Tiene usted suerte, señorita, la madera no tiene carcoma y está en muy buen estado. Esto va a ser más sencillo de lo que pensábamos en un principio. Limpiaremos polvo y telarañas, aplicaremos un producto anticarcoma, repararemos algunas grietas y aceitaremos bien. Si en el resto de las salas está igual, terminaremos en unas dos o tres semanas.

¿Dos o tres semanas? Yo esperaba que acabaran antes,

pero por experiencia sabía que un buen trabajo de restauración necesita su tiempo.

Las obras avanzaban a buen ritmo. El jardín ya parecía un jardín y no un matorral. Para las pérgolas elegí columnas dóricas de piedra, las más sencillas; las vigas de madera de talí. Las trepadoras que yo conocía eran la hiedra y las buganvillas, pero los jardineros me hablaron de rosales trepadores y de madreselvas, de jazmines, de uña de gato. Decidí poner una planta diferente en cada pérgola para que cada una tuviera un aroma y un color: madreselvas blancas, uña de gato amarillas, buganvillas naranjas y rosales trepadores de color rosa.

Marcel y Roxanne procuraban encontrar algún pretexto para desaparecer solos, y Ségolène parecía no echarles de menos porque le encantaba estar en casa y ayudar en el huerto, aunque casi siempre se tenía que conformar con regar. La elección de las fuentes fue polémica; yo quería algo muy sencillo, un pie, una concha y poco más, pero los fontaneros y jardineros se aliaron contra mí, insistían en que, si quería un jardín del siglo XVIII, debería poner fuentes del mismo estilo. Entre todos me convencieron y elegimos cuatro fuentes redondas de unos sesenta centímetros de altura, tres metros de diámetro y salida para veinte chorros. Me pareció una barbaridad, pero el jardín era tan grande que no resultaban excesivas. Las farolas eran preciosas, las elegimos dobles y hexagonales, la forma que nos pareció más acorde con el resto del jardín. Me lancé a este proyecto con mucha fuerza e ilusión, pero tanto trajín empezaba a superarme; tanto cheque, con esas cantidades astronómicas, también. Tenía que hacer un esfuerzo para centrarme solo en el resultado, pero esto también era increíble. A media tarde volvía la paz y el silencio, la familia, el baño y el relax.

A veces yo me escapaba. Desde que supe por Sophie dónde estaban enterrados Margueritte y Henri, iba a llevarles flores, aunque no eran necesarias porque todas las semanas, Sophie las cambiaba dos veces, ya que con el calor se estropeaban enseguida. La primera vez acompañé a Sophie a la caída de la tarde. El sol nos regaló un precioso horizonte anaranjado, una luz cálida que junto al silencio que reinaba, solo roto por los trinos de los pájaros al atardecer, me hizo sentir emocionada y sobrecogida ante aquella sencilla tumba cuya lápida lisa y blanca ostentaba únicamente sus nombres: Henri Bouvier y Margueritte Bouvier-Bernard, sin fechas de nacimiento ni defunción, ¿para qué?, ahora ya eran eternos, sobraban los epitafios. Quienes los conocieron, no los necesitaban y, para quienes no los conocieron, no dejarían de ser dos nombres en una lápida. Conmovida no pude retener las lágrimas. Jamás los había visto, solo los conocía a través de las cartas que aquella mujer escribió para una sobrina que resulté ser yo. Su tumba me pareció el reflejo de lo que hasta entonces conocía de ellos: dos personas, sencillas y sabias, cuya grandeza residía en su alma, generosos con todos porque su corazón no estaba en su cuenta corriente; su nobleza no necesitaba un mausoleo porque su memoria estaba en quienes la conocieron y daban fe de ella. Ese día Sophie se marchó y yo me quedé sola un rato más; después volví a casa despacio, serena, invadida por un sentimiento que era lo más parecido al amor puro, algo que no había sentido nunca. A partir de entonces iba todas las semanas a llevar flores y a contarles cómo iban las obras, cómo la mansión Saint-Sybelie volvía a la vida, cómo se había convertido en el tema principal de conversación en el pueblo y en los alrededores y las romerías de curiosos que se sucedían un día tras otro. Los dolores de cabeza que me producía la velocidad con qué disminuía el dinero de la cuenta corriente no se lo decía, me parecía una falta de delicadeza.

El artesonado del salón grande estaba prácticamente terminado. Esa misma tarde empezarían a trasladar el andamio al comedor. Por fin podría ponerme a restaurar los frescos; necesitaba hacer algo que no fuera ir de un lado a otro, algo en lo que concentrarme para no pensar demasiado. En esto me encontraba cuando Ségolène y otra niña de su edad entraron en el salón corriendo y riendo, precediendo a Roxanne que venía con un hombre alto de unos cuarenta años, cuyos ojos miraban sorprendidos las paredes y el techo. Ségolène y la otra niña llegaron hasta mí.

–¿Verdad que voy a dormir en la habitación de Cenicienta? –Más que una pregunta era una afirmación de Ségolène.

–Pues aún está por arreglar, pero...

–¿Ves como sí? –le dijo a la otra niña sin dejarme terminar, y preguntó–. ¿Podemos poner otra cama?, es para que se quede a dormir Marie, es mi mejor amiga –concluyó pasando su brazo sobre los hombros de su compañera.

–Hola, Marie –saludé–. Yo soy Juliette.

–Ya lo sabe –dijo Ségolène–. Se lo he dicho yo.

Era evidente quién llevaba la voz cantante. Ségolène se sentía en su casa, estaba cómoda y se movía con total soltura. Marie la seguía insegura y entusiasmada.

–Es la primera vez que entro en un palacio –dijo a Ségolène.

–Ven. Te voy a enseñar los cuadros –decía esta, con la superioridad que manifiestan los niños cuando creen tener algo que no tienen otros. Las niñas se marcharon como habían llegado, corriendo y gritando. Roxanne me presentó al hombre que la acompañaba.

–Juliette, este es el señor Dufour, alcalde de Périgueux y a cuya hija acabas de conocer.

–Encantada –contesté mientras nos estrechamos las manos–. Tiene usted una hija preciosa.

–Muchas gracias, creo que está tan sorprendida como su padre. Es la primera vez que entramos en la mansión. Había oído decir que era magnífica pero no podía imaginar cuánto. Mi esposa me envidiará cuando se lo cuente.

Es extraordinario lo que está haciendo. En este momento es usted la persona de la que más se habla en Périgueux.

–Gracias, señor Dufour –agradecí el cumplido.

–Albert, por favor –continuó él–. Me sentiría muy halagado si usted me contase entre sus amistades. Conozco a Marcel y a su familia desde hace mucho tiempo, y últimamente a Roxanne. Ségolène y Marie son compañeras de clase.

–Me satisface ver que aquí todo el mundo se conoce; viniendo de París eso es nuevo para mí.

–Bueno, señorita Moreau...

–Juliette, por favor.

–Gracias, Juliette. Verá, no he venido aquí como alcalde, sino como un curioso más, pero creo que puedo adelantarle que mañana o pasado recibirá usted una carta en la que el ayuntamiento se pone a su disposición para cuanto pueda necesitar.

–¡Ah! Muy bien, muchas gracias –añadí.

–Supongo que habitarán ustedes la casa. Sería absurdo que hiciese semejante inversión para no...

–Aún no lo tengo decidido. –Le corté, a él no le importaba si yo iba o no a vivir allí. Me pareció un impertinente.

–Perdone –continuó Dufour–. Se ha pensado en una ayuda del municipio. Pero como le digo, de momento es una sugerencia a la que personalmente me sumo, a la espera, lógicamente, de lo que se decida en el pleno.

Eso ya me parecía más atractivo. Una ayuda no estaría mal... Si a cambio no tenía que pagar un precio mayor.

–¿Y cómo espera el ayuntamiento que yo agradezca tal deferencia? –pregunté con un poco de ironía y puesta en guardia.

–Por Dios, señorita –exclamó el alcalde como cogido en falta, y añadió–, la verdad... Aún no hemos comentado nada. Quizá algo a nivel publicitario sobre todo... Tal vez algún evento, alguna recepción oficial. Siempre que usted esté de acuerdo, claro, no quiero que piense que somos unos oportunistas.

Miré a mi hermana pidiendo su opinión, pero ella, que sonreía divertida, se limitó a encogerse de hombros.

–Bien, cuando ustedes lo tengan claro, lo lleven a pleno y hagan una oferta, lo estudiaré –dije con fingida cordialidad; me fastidiaba que alguien hiciese planes con mi casa.

En unos segundos pasé de frotarme las manos como un avaro ante un saco de monedas, a defender mi casa y mi intimidad con determinación.

Dufour dejó de ser el alcalde, sonrió, me estrechó la mano y se despidió.

–Es usted una mujer fuerte y valiente. Ha sido un placer conocerla. Espero que con las obras encuentre usted el tesoro.

–¿Qué tesoro? –pregunté extrañada.

–Siempre se ha dicho que en esta casa, junto al zapato de Cenicienta, hay un tesoro. Si aparece el zapato, aparece el tesoro.

–Serán leyendas urbanas –comenté incrédula.

–Eso creo yo también –afirmó el alcalde–. En fin, ya me marcho. Repito que ha sido un placer.

Roxanne y yo le acompañamos a la puerta. Recogió a su hija que jugaba con Ségolène en la escalera, se despidió de nuevo y se marchó.

–No estaría mal que existiese ese tesoro y que lo encontrásemos –dije.

–No. No estaría mal –contestó mi hermana.

Más tarde pensé en lo que había hablado con el alcalde. Quizás mi actitud había sido demasiado hostil, hasta sería conveniente una subvención del ayuntamiento al precio que fuera; de hecho, las obras me estaban superando de tal manera que tal vez sería preferible regalar la mansión al municipio con las facturas que aún quedaban por pagar y que ellos se hiciesen cargo de todo. Pero algo dentro de mí se rebeló, ¡eso jamás!, sería una traición, esa era mi obra, mi casa y era yo quien tenía que seguir adelante, aunque no supiera muy bien por qué.

Después, mi hermana y yo nos acomodamos en las tumbonas. La noche era deliciosa, serena; el silencio solo lo interrumpía el canto de algún grillo y el ruido de los chorros de agua de la piscina. La luz no empañaba el brillo de las estrellas que parecían acudir todas curiosas, como nosotras, por la carta de Margueritte.

Querida sobrina:
Por lo visto, la estabilidad emocional no me podía durar demasiado. En marzo de 1938 recibí en el hospital una llamada telefónica de Hans; yo estaba en el quirófano y me dieron el recado cuando salí. El corazón se me disparó con el presentimiento de malas noticias. Marqué el número de casa de Herta, contestó Hans y me dijo que su madre estaba hospitalizada y que había pocas esperanzas.
Solicité unos días de permiso al doctor Douglas que no me puso ningún inconveniente, al fin y al cabo, en año y medio yo no había tomado un solo día de vacaciones. El doctor me permitió marcharme el tiempo que fuera necesario. Aquello me sonó como una sentencia fatal. Preparé lo imprescindible y una hora después me puse al volante de un coche alquilado en dirección a Hollywood. Herta no me había dicho nada de su enfermedad. Nos telefoneábamos con frecuencia; ella se interesaba por mí: cómo estaba, qué hacía, con quién salía, cómo me iba en el trabajo; yo le contaba todo. Pero cuando era yo quién preguntaba, ella siempre contestaba que estaba muy bien y que seguía dando clases. Había tenido un nieto que era su alegría y con quien pasaba todo su tiempo libre; nunca me habló de su enfermedad. Cuando entré en la habitación del hospital, Hans estaba con ella. Me impresionó encontrarla tan consumida. Los tres días siguientes nos

turnamos para acompañarla. Por la tarde del tercer día supe que ella no vería el amanecer del siguiente día; había visto morir a tantos que reconocí en su rostro la proximidad de la muerte. Esa noche Hans no se marchó. Herta expiró a las cinco de la mañana. Su hijo y yo nos abrazamos buscando, el uno en el otro, consuelo para el dolor que nos desgarraba; él perdía a su madre y yo a la única persona realmente querida que me quedaba. Recordé cada uno de los momentos vividos con ella en los últimos años, su incondicionalidad, su bondad, su ausencia de juicios. Me sentí sola y desamparada.

La enterramos al día siguiente por la tarde. Al entierro acudieron Paolo, María y Henri. Paolo me abrazó, María me volvió la espalda y Henri no se acercó a mí, aunque me sonrió con esa mirada transparente y limpia, propia de él, que lo iluminaba todo. Sentí que me moría, deseé ir a abrazarle, pero hice lo contrario, volví la espalda y me marché. Regresé a San Francisco y me dediqué al trabajo para huir del dolor. Conté con el apoyo de mis amigas, sobre todo de Mathilda, con quien, tal vez por nuestra edad, me sentía más cercana. Ella pasó mucho tiempo conmigo y me contó varias cosas. Supe entonces que el doctor Robert Douglas y ella estaban juntos desde hacía siete años. Aunque el matrimonio de él fue mal casi desde el principio, no había posibilidad de divorcio porque él era católico; así que él seguía viviendo en su casa, por los niños, aunque sin dormir con su mujer. En principio Mathilda estuvo de acuerdo, pero tras años de clandestinidad y, ahora cuando los hijos de ambos ya no eran niños, estaba decidida a darle un ultimátum, o todo o nada, prefería asumir la ruptura a seguir como hasta entonces.

El 16 de abril de 1938 cumplí cuarenta y un años y descubrí en el espejo que me estaba haciendo vieja. Ya hacía algunos años que me teñía las canas, pero además observé que alrededor de mis ojos habían aparecido arru-

gas, las temibles patas de gallo, precursoras de todo lo demás. Tal vez te cueste entenderlo, porque en el momento en que te escribo una mujer de cuarenta años o más sigue siendo joven, pero entonces a los sesenta años se era una anciana y a los cuarenta casi una vieja. Mathilda intentaba animarme, «pero si no aparentas más de treinta», decía. Era cierto que mi delgadez me hacía parecer más joven, pero no se trataba de parecer sino de ser; yo tenía cuarenta y un años y todo cuanto había acumulado en mi vida eran errores y fracasos: sin hogar, sin familia, sin hijos, sin amor. Comencé a plantearme regresar a París; con Herta se había ido el único vínculo afectivo que me ataba a California. Mathilda me aconsejó que no tomase una decisión de momento, que aguardase hasta estar un poco más serena y menos decaída. Seguí en el hospital y procuré poner lo que me quedaba de alma en mi trabajo. Mis cuarenta y un años se habían desplomado sobre mí aplastándome. Me sentí acabada. Continué en San Francisco hasta el mes de octubre, aunque la decisión de volver a París la había tomado hacía meses. Estaba más tranquila y sabía que mi tiempo allí había terminado. Le di al doctor Douglas un plazo de dos semanas para encontrar una sustituta, pero no hizo falta esperar tanto; cuatro días después otra enfermera ocupaba mi lugar.

Invité a mis amigas a una comida de despedida. Katherine rompió con su novio y entonces salía con un médico del hospital y casi todo su tiempo libre lo pasaba con él. Anne se había matriculado en la Facultad de Derecho; ella y sus dos únicas compañeras de clase se esforzaban mucho para demostrar al profesorado y al resto del alumnado masculino, que valían tanto o más que cualquier hombre, porque ellas tenían una valentía añadida que los hombres no necesitaban.

La comida tuvo momentos alegres y otros más emotivos. Mathilda nos sorprendió a todas con la noticia de que Robert Douglas y ella por fin se iban a casar, aunque solo hacía un mes que él se había quedado viudo, enfrentándose a todos los prejuicios y normas sociales de entonces. Al terminar la comida, Katherine después de brindar con champán francés, me dijo:

—Sabemos que esta comida cuesta un dineral y que vas a pagarla con tus ahorros. Hace casi dos años, en esta misma mesa, tras la comida, cada una dijo qué haría si tuviese dinero. Todas menos tú, Margueritte.

—Es cierto —dijo Anne—. Yo sigo queriendo lo mismo, de hecho, ya he empezado a estudiar.

—Yo ahora viajaría más cerca —tomó la palabra Katherine—. George me ha pedido que nos casemos, así que invertiría mi dinero en una casa grande y bonita, aunque guardaría algo para la luna de miel.

—Yo también sigo opinando igual, aseguraría el futuro de mis hijos. Y tú, Margueritte, ¿qué harías?

—Eso. Dinos qué harías si fueses rica. —Katherine y Anne mostraron la misma curiosidad que Mathilda.

—Me temo que muy poco. Todo cuanto yo deseo no se puede comprar porque no tiene precio.

—Todo tiene precio —sentenció Anne.

—No todo —añadí—. No podría comprar la juventud, ni una familia, ni la alegría, la ilusión, el amor, la amistad o la posibilidad de hacer retroceder el tiempo y rectificar errores.

—El amor sí se puede comprar —insistió Anne.

—Te aseguro que el que se puede comprar no es amor —contestó Mathilda.

—Todas vosotras tenéis eso —continué—. Yo solo tengo algún dinero, soy más pobre que vosotras.

—Vamos, no te hagas la víctima —dijo Anne.

—Es cierto —añadió Katherine—. Llevas unos meses con una cara...

—Estoy segura de que encontrarás todo eso cuando dejes de llorar y empieces a reír —concluyó Anne—. Y la

mejor forma de reír es una buena cogorza. Vamos, no seas rácana y pide otra botella de champán.

Acabamos la tarde en el cine, a pesar de estar bastante mareadas. Fuimos a ver El forjador de vientos *y, quizás porque estaba un poco borracha o por el tiempo que había pasado, Charles Olivier me resultó indiferente, para mí estaba muerto, y sentirme libre de él me aportó ese poco de alegría de la que estaba tan necesitada.*

Al día siguiente, antes de ir a la estación del ferrocarril, pasé por el hospital y dejé en recepción un sobre para cada una de mis amigas con una carta y un cheque, tal como tenía decidido hacer antes de marcharme. No quería que rechazaran mi ayuda, ni que se sintieran obligadas a nada. Me fui sin dejar ninguna dirección ni teléfono y aunque aseguré a todo el mundo que escribiría desde París, no tenía ninguna intención de hacerlo.

Tenía billete para el tren desde Los Ángeles hasta Chicago. Allí tomaría otro para Nueva York donde embarcaría hasta el puerto de Le Havre. Pero antes de irme necesitaba hacer algo que esperaba que me hiciese sentir redimida. Durante todo el tiempo transcurrido tuve la necesidad de ver a Henri y pedirle que me perdonase, pero no lo había hecho, primero por orgullo, luego por vergüenza o por el temor a ser rechazada. En el entierro de Herta, la mirada de Henri me dijo que estaba perdonada, «¿cómo pude dudarlo alguna vez?, ¿acaso no le conocía?, ¿acaso no sabía que era el hombre más bueno y más noble del mundo?», me decía, pero me alejé porque no me sentí capaz de hablarle. Ahora me marchaba y no regresaría jamás. Ya no habría otra oportunidad, si no lo hacía me arrepentiría el resto de mi vida.

Viajé a Los Ángeles. Me registré en un hotel y llamé por teléfono al despacho de Henri. Su secretaria me dijo que se había tomado el día libre, que volviese a llamar al día siguiente o que, si el asunto era urgente, podía llamarle a su casa. El asunto era urgente, quizás si lo deja-

ra para el día siguiente me echaría para atrás, pero habría preferido que me atendiese en la oficina, con cinco minutos habría bastado. Sin otra alternativa, marqué el teléfono de la que durante años fue mi casa. Reconocí la voz de Amelia, la doncella.

—Amelia, soy la señora Margueritte. Quisiera hablar con el señor...

—¡Oh, señora Margueritte! —Pude notar su emoción a través del teléfono—. El señor está volando, pero regresará sobre las cinco. ¡Qué alegría oírla, señora!

—Gracias Amelia, yo también me alegro de oírla. —Ni siquiera le pregunté cómo se encontraba. Yo estaba muy nerviosa—. Tenga la bondad de decir al señor que iré a verle sobre las siete. Si hay algún inconveniente llámeme al número 565..., por favor.

Si no quería verme, prefería que me avisara para que no nos viéramos en una situación incómoda y desagradable. Pensé en comer algo, pero no me pasaba bocado y me bastó con un té. Después subí a mi habitación y empecé a leer un libro, pero apenas adelanté en la lectura porque no me podía concentrar, el tiempo pasaba muy lento y yo miraba continuamente el reloj y el teléfono pidiéndole a Dios que no sonara.

Me había propuesto llegar al final, pero te aseguro que hoy no puedo escribir ni una sola letra más. Mañana, te lo prometo. Un beso.

M. B.

Sin dudarlo rasgamos el sobre de la siguiente carta. ¿Cómo íbamos a dormir sin conocer el resto de la historia?

Mi muy querida sobrina:

Lamento no haber podido terminar ayer; ahora estoy descansada y puedo contarte lo que sucedió después.

Afortunadamente el teléfono no sonó ni a las cinco, ni a las cinco y media. Me vestí, me di un poco de rouge *(no me maquillé los ojos porque ya me costaba reprimir las lágrimas) y a las seis menos cuarto salí del hotel. En la puerta había un taxi esperando y le pedí que me llevara a Long Beach. Intentaba tranquilizarme pensando que en unas horas todo habría terminado y después podría descansar un par de días antes de comenzar mi viaje.*

El trayecto se me hizo muy largo; deseaba y, a la vez, temía llegar. Una vez en Long Beach fui dando indicaciones al chófer hasta la casa de Henri. Me emocioné cuando la vi, todo estaba igual, allí seguía blanca, limpia, sencilla, rodeada por el jardín que alguien había cuidado en mi ausencia; la única novedad era una piscina que habían construido en el amplio espacio existente entre aquella casa y la de Paolo y María. El coche paró en la puerta, yo me apeé nerviosa e insegura, le dije al taxista que esperase y, antes de terminar de subir las cuatro escaleras que daban acceso a la puerta principal, Amelia salió a mi encuentro; ambas tuvimos el impulso de ir a abrazarnos, pero nos quedamos paradas, las dos ignorábamos cómo reaccionaría la otra, pero nuestro corazón fue por delante y nos dimos un fuerte abrazo.

—¡Qué alegría, señora! Llevo más de media hora junto a la ventana esperando verla llegar. ¡Qué delgada está!, ¡perdón! El señor la está esperando en el salón.

Yo temblaba como una hoja, me sudaban las manos y estrujaba un pañuelo que había sacado del bolso porque no sabía qué hacer con ellas. Puse toda mi voluntad en controlarme. Henri, que nos había oído hablar, salió a nuestro encuentro. Allí estábamos los dos, frente a frente. Estaba cambiado. Lo vi muy atractivo, los hombres envejecen mejor que las mujeres, aunque había algo que no conseguía identificar. Henri pidió a Amelia que se retirase y cerró la puerta. Permanecía ante mí, mirándome expectante; pensé que debía ser yo la que rompiera el silencio, al fin y al cabo, si estaba allí era porque tenía algo que decir, pero no sabía cómo.

–Henri... Yo he venido... Regreso a Europa, me vuelvo a París –empecé a decir bajando los ojos porque no podía sostener su mirada–, y no puedo partir sin pedirte perdón, ya no regresaré a California y hace mucho que tengo la necesidad de hacerlo...

–¿Hace cuánto que tienes la necesidad de hacerlo? –me interrumpió Henri con voz suave–. ¿Desde cuándo?

–No sé, casi desde el principio... –contesté. Había olvidado sus preguntas tan directas.

Estallé en sollozos y en ese momento comprendí que aún le amaba. Sí, le quería con toda mi alma. En realidad, nunca había dejado de hacerlo, cada día le había querido solo a él, desde aquella noche en aquel hospital de campaña en Alsacia junto al lecho de muerte de Emile.

–Porque yo aún te amo, Margueritte. Dime, ¿me amas tú? –volvió a preguntar esperanzado.

Asentí con la cabeza y nos abrazamos con fuerza, con toda el alma.

–¿Ves, Margueritte? El amor no quiere puertas, si no, ¿cómo podríamos regresar?

Nos besamos con dulzura, como si fuéramos nuevos, con ternura. Me pasó un brazo por los hombros, abrió la puerta del salón y llamó a Amelia que permanecía en el vestíbulo con el pretexto de arreglar unas flores.

–Amelia, la señora se queda a cenar. –Y luego, mirándome–: Y a desayunar... y a vivir. Pero no se lo diga a nadie todavía, esta noche es solo para nosotros.

–Gracias, Dios mío –dijo ella elevando los ojos al cielo.

–Hay un taxi esperándome –dije–. Voy a pagarle y a decirle que se vaya.

Henri insistió en acompañarme. Fue él quien se acercó a la ventanilla del conductor.

–Es usted el mensajero de la fortuna –le dijo mientras le daba cien dólares. Luego, ante la cara de estupefac-

ción del taxista, añadió–: Lo que usted me ha traído hoy no tiene precio.

Regresamos a la casa. Amelia había servido la cena y luego desapareció discretamente. Ahora sí que pude comer algo, aunque todavía estaba nerviosa. Estuve hablando de lo que había sido mi vida en ese tiempo, a grandes rasgos, sin entrar en detalles. Henri empezó a mirarme con aquella mirada pícara que yo había recordado tantas veces y me preguntó «¿por qué no te callas?», y empezó a comerme a besos, pero besos de verdad, de esos que me volvían loca y me hacían desear más besos y más abrazos y más caricias y no parar. Y no paramos. Y así seguimos hasta agotarnos, hasta ponernos al día, hasta recuperar aquellos tres años. Mis cuarenta y un años desaparecieron y yo volví a ser una mujer joven, apasionada y ardiente en los brazos del hombre que amaba, mi cuerpo alcanzaba su plenitud con él, el sexo era más intenso y más sabio. En una fracción de segundo desfilaron ante mí todos los momentos que habíamos vivido juntos, los buenos y los malos, y entendí aquello que un día me dijo Herta: que es preferible que te quieran bien a que te quieran mucho, y comprendí que Henri siempre, siempre, me había querido bien.

Esos recuerdos siguen acelerando mi corazón y como lo tengo un poco delicado tendré que dejarlo descansar. Otro día más, preciosa. Un beso de tu tía.

M. B.

Roxanne y yo parecíamos dos tontas de esas que en un programa de televisión se reencuentran con alguien muy querido después de muchos años, solo que nuestra emoción era porque se habían reencontrado ellos, con nosotras como testigos en primera línea; ¿acaso no era así? Nadie había leído jamás esas cartas, éramos testigos únicos de aquel encuentro. Me sentía tan feliz que no podía dejar de llorar, de sonreír y de suspirar.

Mi hermana recibió un whatsapp de Marcel explicándole que al día siguiente llevaría a Ségolène a casa de sus abuelos para el cumpleaños de uno de los primos y se quedaría unos días allá. Marcel quería que Roxanne le acompañara y, después, que pasaran juntos el fin de semana. Ella aceptó y fue a preparar algo de equipaje. Yo volví a leer la carta, me sentía tan feliz... Margueritte era una gran mujer y Henri un hombre único, los dos se merecían lo mejor. Este reencuentro me hizo pensar que eran posibles las segundas oportunidades. No es que yo la desease con Paul ni con Daniel, con ninguno desearía repetir la experiencia, pero desde que mi hermana y Marcel estaban juntos, y como los veía tan felices, algo pequeñito crecía dentro de mí y comprendí que yo estaba despertando de nuevo al amor y a la libido, que llevaba más de dos años en coma profundo. No es que deseara estar con alguien, pero pensarlo ya no me daba miedo. ¿Por qué no? ¿Por qué tenía que ser improbable volverme a enamorar? ¿Por qué no podría disfrutar de nuevo del sexo en brazos de un hombre? Unos meses atrás semejante cosa me habría parecido imposible, pero ahora... No es que fuese a ponerme a buscar, pero era una chica joven y no estaba nada mal, tenía mi encanto... ¡Dios mío!, también ahora tenía autoestima, ¡no me lo podía creer! ¡Yo, Juliette Moreau, tenía autoestima!, y por primera vez me veía con los suficientes encantos para elegir y enamorar a un hombre. No sabía si era Périgueux, o si la mansión Saint-Sybelie era un palacio encantado, o si había un hada madrina invisible que por las noches me tocaba con su varita, pero sí sabía que ya no estaba donde estuve. Pensaba en todo esto y entonces lo supe: ¡Yo era el hada de Saint-Sybelie! Mi voluntad era la magia que estaba transformando aquel lugar y esa transformación me incluía también a mí. Me inundó una paz increíble y, arrullada por ella como por una nana muy dulce, me quedé dormida. Cuando desperté empezaba a amanecer; estaba helada y cubierta de rocío. Entré en la casa, me di una ducha caliente, preparé café y con la jarra en la mano fui a pasear por el jardín. Entonces surgió otra necesidad: ¡no habíamos puesto bancos! ¿Cómo iba a poder sentarme a contemplar el jardín y a escuchar la música de sus fuentes si no había bancos? Cuando los jardineros llegaron a primera hora de la mañana calculamos los que serían necesarios y les encomendé que los encargasen de inmediato. Quería algo sencillo, una simple losa sobre dos bases. O mejor no, mejor algo bonito y cómodo, con respaldo que invitase a sentarse a leer, a oír música o sencillamente a descansar cuerpo y mente. Otro gasto más, pero en ese momento no me importaba, saldríamos adelante, ¿cómo?, «no lo sé, es un misterio», pensé, como decía el personaje de Geoffrey Rush en la película *Shakespeare in Love*.

Capítulo 18

Una semana después el jardín estaba terminado: fuentes, pérgolas, plantas, farolas, todo estaba dispuesto. Invitamos a todos los equipos que lo habían hecho posible a que viniesen por la tarde con sus familias; habíamos planeado una pequeña fiesta, poca cosa, solo una copa de vino y unos canapés, para inaugurar el jardín, y no podíamos hacerlo sin los artífices del cambio.

Bajamos un par de caballetes y tableros del desván y Sophie trajo manteles blancos grandes. Dispusimos las mesas en el jardín y nos acomodamos a inaugurarlo en *petit comité*. Roxanne y yo estábamos terminando de arreglarnos cuando llegaron Marcel y Ségolène.

–Ya están llegando –dijo la niña.
–Preparaos para una sorpresa –añadió su padre.
–¿Qué sorpresa? –pregunté.
–Si te lo digo no será una sorpresa. Es mejor que lo veas.

Pensé que habría puesto una cinta en la puerta de la verja y que nos harían cortarla siguiendo el protocolo oficial, pero no fue eso. Cuando vi aquello me quedé muda. Todo Périgueux estaba allí. ¿Cómo podían haberse enterado?, ¿con qué derecho se habían invitado? Albert Dufour, que esta vez venía con su esposa, me entregó en nombre del ayuntamiento un precioso ramo de flores. La mayoría de la gente se quedó fuera de la verja, pero cuando se conectaron las fuentes y las farolas todos comenzaron a aplaudir y a vitorearme; en casi todos los ojos, sobre todo en los de los más mayores, se veían lágrimas de alegría. Me pareció que debía invitarlos a entrar y así lo hice. Temí que semejante multitud causara serios destrozos en el jardín, pero parecían estar en lugar sagrado; se movían con tal respeto, cuidado y delicadeza como si el jardín fuese de cristal. Cuando terminamos de recorrerlo y volvimos al punto de partida, me excusé por la escasez del tentempié, pero aquellas buenas gentes debían pensar celebrarlo por su cuenta porque traían algunas cosas y aparecieron infinidad de manos con botellas de vino y refrescos. Ya era tarde cuando empezaron a despedirse. Tras felicitar a cuantos habían trabajado para conseguir aquella preciosidad de jardín, todos fueron desfilando ante mi hermana y ante mí, estrechándonos y expresando su alegría y agradecimiento, y muchos nos deseaban sinceramente que encontrásemos el tesoro. Según ellos nos lo merecíamos por lo que estábamos haciendo; uno de ellos, con aire filosófico nos dijo:

—Saint-Sybelie ya ha despertado, en su momento ella os conducirá al tesoro.

Resultaba estimulante que todos creyesen aquella historia. ¡Ojalá fuera cierta!, aunque posiblemente el tesoro de la mansión fuese ella misma. Jardineros, fontaneros y electricistas, quisieron asegurarse personalmente de que todo estaba bien y no había ningún desperfecto. Antes de marcharse quedamos en hacer un contrato de mantenimiento con cada empresa. Más gastos, pero necesarios.

Cuando por fin nos quedamos solas mi hermana y yo, cerramos la puerta, nos cogimos del brazo y fuimos a pasear por el jardín. Estábamos como en el cielo. Nos sentamos bajo la pérgola de las madreselvas; apenas a unos metros había una fuente y decidimos darle un nombre especial a aquel lugar: El Rincón de Henri y Margueritte. Sin saber por qué, esas flores nos los evocaban.

Al día siguiente, cuando me levanté, volví al jardín, de día también resultaba mágico. Lo recorrí todo y me senté en todos los bancos; iba buscando ese sitio ideal para mí, ese rincón que fuera el mío, pero cualquiera de aquellos rincones me parecía maravilloso. Corté una ramita de madreselvas, salí de Saint-Sybelie y me dirigí al cementerio, deposité las florecitas en la tumba de Henri y Margueritte y les conté como había sido la inauguración la tarde anterior.

–Todos comentan algo sobre un tesoro, pero hasta ahora no me has hablado de eso. Claro que aún no has llegado a Périgueux. Espero que, en algún momento, en alguna de las cartas que quedan me digas dónde está, si existe, o me des alguna pista.

Permanecí un rato allí y cuando me marchaba vi llegar a Sophie que iba a cambiar las flores; me pareció que ella estaba distinta, con un brillo especial y muy feliz. No tuvimos ocasión de hablar la noche anterior, pero, por lo visto, toda la gente que había acudido a la inauguración comentó al regreso que estaba dispuesta a lo que hiciera falta, es decir, a colaborar en la medida en que cada uno podía hacerlo, para que la mansión recuperase todo su esplendor.

–La gente de este pueblo es increíble, ¿no te parece, Sophie? –Esta parecía estar en las nubes.

–¿Qué? ¡Oh, sí, claro! Perdona, Juliette, la verdad es que no te estaba escuchando, estaba pensando en otra cosa. ¿Sabes?, ayer durante el paseo por el jardín... –Se quedó callada, como dudando si debía continuar o no.

–¿Qué?, dímelo. –La animé.

–Lumière me tomó de la mano y me separó del grupo; bajo la pérgola de las madreselvas me besó y me dijo que hasta cuándo me iba a hacer de rogar, que a qué estaba esperando para casarme con él y me volvió a besar. Bueno, nos besamos otra vez, y otra y otra. Y, ¿sabes qué?, ese hombre despertó en mí sensaciones largamente olvidadas, consiguió encenderme de tal modo que terminamos haciendo el amor en su cama y, ¿sabes qué más?, pues que es lo mejor del mundo y hoy me siento treinta años más joven. Denis es un amante increíble y le he dicho que sí. Al fin, después de tantos años, he claudicado.

–¡Oh, Sophie! Me dejas sin palabras...

–Mejor. Necesitaba contárselo a alguien y a los únicos que he visto antes que a ti ha sido a Ségolène y a Marcel y no me parecían los adecuados. Pero no se lo digas a nadie, ¿vale?

–¡Vale! –exclamé. Aquello me resultaba divertido, pero tanta confidencia amorosa... Vamos, que yo tampoco era de piedra.

Acompañé a Sophie al mercado y me sorprendió el cariño y la simpatía que la gente me demostraba. Algunos de los más mayores me comentaban que Saint-Sybelie estaba como ellos la recordaban cuando eran jóvenes y que la señora Margueritte se alegraría de ver la casa ahora. Otros no la habían conocido, pero sí sus padres y abuelos, por lo que siempre la recordaban con cariño. Sophie me llevó a una panadería cuyo rótulo decía: *Panadería La Parisienne. Desde 1970*. Yo había pasado alguna vez frente a la puerta, pero nunca había entrado. Una chica de mi edad, aproximadamente, salió de detrás del mostrador, besó a Sophie y luego a mí.

–Soy Paulette, me alegro mucho de conocerte –se presentó–. Voy a enseñarte algo.

Y me mostró una fotografía enmarcada que había en la pared que quedaba a mi izquierda, en la que se veía a tres mujeres felices y sonrientes.

–Es el día que se inauguró la panadería –dijo–. La más mayor es Margueritte Bouvier; la otra, mi abuela; y la más joven, mi madre que entonces tenía quince años.

Gracias a la señora, mi abuela pudo poner el negocio, por ella llamó a la panadería La Parisienne, porque la señora era de París. Estuvo comprando el pan aquí hasta que murió.

—Y luego continué comprándolo yo —añadió Sophie—. ¿Ha venido Gastón a por el pan?

—Hace más de dos horas. Dijo que hoy no ibas a madrugar y se llevó el pan y la bollería. Tus clientes habrán desayunado a su hora.

—Pues, ¿qué hora es? —preguntó Sophie extrañada.

—Más de las diez y media.

—¡Dios mío, se me ha pasado el tiempo volando!

Nos despedimos de la joven panadera que nos obsequió una bandejita de pastas, especialidad de la casa, y como no había prisa fuimos a desayunar a una cafetería. Después regresamos a casa en mi coche.

Cuando llegamos al hotel había vehículos aparcados por todas partes y muchísima gente. Entramos por la cocina y encontramos a Roxanne nerviosa, preparando bandejas con platos y tazas para el comedor. Gastón y Marcel estaban atendiendo la barra y no daban abasto para servir cafés, cervezas o refrescos a aquella multitud.

—Pero, ¿qué pasa? —preguntó Sophie asombrada.

—Pregúntale a Juliette —respondió Gastón de mal humor.

—¿A mí?

—Claro, son gente de los alrededores y todos vienen a ver el jardín de Saint-Sybelie. Por lo visto ya se ha corrido la voz de que está terminado.

—Pero, ¡si se inauguró ayer!

—Aquí las noticias vuelan —dijo Marcel que se había acercado a nosotras—. ¿Vais a ayudar, o no?

Rápidamente nos pusimos los delantales y nos incorporamos a la vorágine. Yo estaba disgustada, no pensaba permitir que invadieran mi casa. ¿Por qué no me preguntaba nadie si podía venir? Marcel me tranquilizó.

–Esto no está organizado. Es fin de semana y todos han tenido la misma idea, pero estoy seguro de que nadie cuenta con traspasar la verja. Esto es un acontecimiento en la comarca y todos tienen curiosidad.

Las visitas se prolongaron a lo largo de todo aquel fin de semana y del siguiente, pero por fin todo volvió a la normalidad. Los electricistas trabajaban dentro de la casa. Yo seguía con la restauración de los frescos del salón grande. Roxanne, a veces, me hacía compañía y tocaba el piano; era un gozo oírla. Al principio se mostraba insegura y un poco oxidada, pero poco a poco fue despertando la pianista que dormía en ella y se atrevió con piezas más complicadas. Rachmaninov, Chopin, Albéniz, Mozart y Beethoven, entre otros, se fueron haciendo presentes a través de las manos de mi hermana mientras yo, concentrada en mi trabajo y en la música, fui apartando mis preocupaciones. A veces, al atardecer, mientras los demás disfrutaban de la piscina, yo prefería perderme en el jardín; pero no lo hacía sola, siempre me acompañaba Margueritte, pues descubrí que leer sus cartas bajo la pérgola de las madreselvas era un doble placer.

Querida sobrina:
No sé si podré transmitir al papel la alegría y el gozo de aquella época. Era tan feliz, tan afortunada... Toda yo resplandecía de amor y de agradecimiento. De amor por Henri y por cuantos me rodeaban; de agradecimiento a la vida que nos había vuelto a unir. Daba gracias por todo lo pasado, por todo lo que había aprendido y porque había sido necesario pasar por ahí para encontrarme de nuevo con mi marido, plenamente en cuerpo y alma.

Al día siguiente de mi llegada todos sabían que había regresado. Desde bien temprano empezaron las visitas, Henri y yo estábamos durmiendo todavía. Nos despertó el timbre de la puerta, pero era tan temprano... Y nosotros nos sentíamos tan voluptuosos... La tercera vez que sonó el timbre decidimos levantarnos, queríamos bañarnos juntos, pero el cuarto timbrazo nos hizo desistir. Nos dimos una ducha rápida y ya frescos y recuperados bajamos al comedor. Amelia estaba terminando de preparar el desayuno.

—Perdonen el retraso —se excusó—, con tanta visita no he podido ir más rápida.

—¿Quién ha venido? —preguntó Henri.

—Primero el señor Paolo que quería saludar a la señora. Luego el hermano de usted, el señor François, que también quería saludar a la señora porque se va de viaje. Luego la señorita Valeria y después la señorita Isabella.

—Deben de estar preciosas.

—Valeria tiene ya diecinueve años e Isabella, trece —me recordó Henri.

—Cuando me marché eran todavía unas niñas. ¿Qué hacen? ¿Estudian? ¿Y Vittorio y Nicola? Ellos estarán hechos unos hombres...

—Las señoritas discuten mucho con su madre, la señora María —continuó Amelia.

—Amelia... —le llamó Henri la atención con suavidad.

—Perdón —se disculpó ella—, ya me callo.

—¿Qué sucede?

—Nada, no sucede nada, diferencias entre madre e hijas. Cambiando de tema, creo que deberíamos dar una pequeña cena, solo para la familia, me imagino que todos querrán verte.

—Di mejor que todos querrán saber.

—Eso es. Creo que es preferible reunirlos a todos que esperar a que acudan de uno en uno. ¿Has terminado el desayuno? Tengo algo que enseñarte.

—Pero, ¿no vas a trabajar?

—Ayer, cuando supe que ibas a venir, avisé a mi secretaria. Ser el jefe tiene sus privilegios. Le dije que hoy estaría enormemente y que no iría a trabajar.

—Enormemente, ¿qué? —pregunté.

—Enormemente feliz o enormemente deprimido. En cualquier caso, no apto para el trabajo.

—¡Qué cara más dura! —exclamé divertida.

—No, es broma; pero ahora en serio, cuando te fuiste pensé que mi parte de responsabilidad había sido dedicarle al trabajo mucho más tiempo que a ti. Después comprobé que la empresa está totalmente consolidada y que hay otros tan buenos como yo: están Paolo, François y Vittorio, quien combina el trabajo con los estudios; es un chico muy inteligente y serio, como su padre. Después de todo, no soy imprescindible, así que decidí tomarme algún tiempo libre cuando lo necesitase.

Mientras hablábamos me condujo a un edificio en el que yo no había reparado la noche anterior.

—Esto parece un hangar —comenté.

—Y lo es. ¡Ven!

Abrió la puerta, me volvió a coger de la mano y caminamos hacia una avioneta blanca y roja preciosa. Henri pasó la mano por el fuselaje, acariciándolo, y me invitó a hacer lo mismo.

—La compré cuando te fuiste. Es una Eaglet 230, solo se fabricaron ochenta —me dijo mientras con orgullo me la mostraba—. Me salvo la vida. Volar es mi pasión, ya lo sabes, volar impidió que muriera de tristeza, y pensar en la posibilidad de volar contigo algún día me dio esperanza para seguir adelante. Llevo tres años esperando este momento. Sube.

Yo jamás había volado. Al principio me asusté. Me daba vértigo mirar hacia abajo y me ponía muy tensa, pero me fui relajando y con el tiempo estar en el cielo con Henri se convirtió, además, en una realidad física. Ese fue tan solo el comienzo pues hicimos muchos kilómetros volando juntos. Me dio clases de vuelo y llegué a saber manejar el aparato, pero nunca me atreví a pilotar sola.

La cena se celebró cuatro días después. Durante ese tiempo supe por Paolo, y sobre todo por Amelia, de las discusiones de Valeria y de Isabella con su madre. María quería forjar a sus hijas como si estuvieran en Italia, pero ellas habían nacido en California y reclamaban su derecho a vivir como las jóvenes americanas. Ambas querían estudiar, pero María, que exigía a sus hijos una carrera universitaria, consideraba que al acabar el instituto sus hijas tenían estudios suficientes, pues no había universidad que pudiera convertirlas en buenas esposas y madres, y una mujer no podía aspirar a nada que fuera más grande que eso.

A la cena acudió François, quien había entrado en política, con su prometida, la hija de un congresista; ella era una mujer excesivamente sofisticada y se comportó como si en vez de estar en una cena familiar estuviera presidiendo una gala como primera dama del país. Paolo llegó con sus hijos Vittorio y Nicola. En la mesa había cubiertos para María y sus dos hijas que no acudieron. Me dolió mucho no verlas allí a pesar de saber que la actitud de María hacia mí era hostil. No pude evitar las lágrimas y salí al jardín, no quería que me vieran llorar. María y yo no nos habíamos visto todavía, ella me evitaba y yo no me decidí a ir a su casa, pero cuando la oí discutir acaloradamente con sus hijas me encolericé; no había que ser muy inteligente para saber que las chicas sí que querían venir a la cena y luchaban contra la prohibición de su madre.

Me dirigí a su casa y llamé a la puerta. Me abrió Manuela, la doncella, que se quedó dudando entre si debía o no dejarme pasar.

—Buenas noches, Manuela —la saludé, apartándola suavemente pero con determinación—. Vengo a hablar con la señora.

Las voces me condujeron al salón. Abrí la puerta sin llamar y en una décima de segundo se hizo un silencio pesado, denso. Las dos chicas se marcharon sin decir nada y allí quedamos María y yo frente a frente. Ella es-

taba envejecida, seguía siendo una mujer atractiva de curvas amplias, como buena mediterránea, pero sin un gramo de grasa. Su cabello negro ligeramente plateado por las canas no le restaba atractivo. En realidad, lo único que desentonaba en ella era la tristeza de sus grandes ojos negros y el rictus de amargura de su boca. Yo estaba indignada con ella y no anduve con rodeos.

—Sé que piensas que soy una puta —le espeté—, que no merezco estar aquí, que puedo apestar a tus hijas. Sé que no me perdonas y me importa poco, porque no eres tú quien ha de hacerlo. No tienes ningún derecho a juzgarme. Te has convertido en una persona amargada y por mí puedes irte a la...

—Justo del sitio del que tú vienes, ¿no? —me interrumpió con rabia—. Tienes un marido que no te lo mereces. Pero no tienes ningún derecho a venir a decirme lo que tengo que hacer con mis hijas o qué amistades les convienen.

—Yo no pretendo decirte nada, pero parece que no te has dado cuenta de que ya no estás en Italia.

—En Italia o en América, mi deber es proteger su virtud sea como sea.

Cada vez gritábamos más y me di cuenta de que no quería seguir ese camino, así que me tragué mi indignación, lancé un profundo suspiro y dejé hablar a mi corazón.

—Yo te envidiaba —dije con tristeza, y su estupor fue tal que tardó unos segundos en reaccionar.

—¿Que tú me envidiabas? —repitió incrédula.

—Sí. Paolo y tú erais tan apasionados, tan fogosos... Para él lo primero eras tú... Y, además, teníais hijos.

Hubo un silencio que pareció eterno y después:

—Yo te envidiaba a ti —confesó ella.

—¿A mí? ¿Por qué? —pregunté, igualmente incrédula, sentándome en uno de los sillones.

—Porque eras todo lo que yo quería ser. Eres una mu-

jer refinada, educada y culta; hablas varios idiomas y sabes ponerte a la altura de la gente con la que te relacionas. Eres grande con los grandes y sencilla con los sencillos. Yo quería ser como tú. Quería aprender para que Paolo estuviese orgulloso y no se avergonzase de salir conmigo. Quería que tú me enseñases.

María tomó asiento en otro sillón frente a mí.

–¿Por qué no me lo dijiste? ¿No recuerdas cómo nos enseñábamos mutuamente cuando vinimos? Yo lo habría hecho encantada.

–Porque me quedé embarazada, tuve una hija apenas llegamos y tres meses después de dar a luz estaba embarazada otra vez. Y después nacieron dos más. Tuve cuatro hijos en menos de seis años. ¿Crees que tenía tiempo para hacer algo más que amamantar, preparar papillas o lavar pañales?

–Te ofrecimos ayuda y la rechazaste –le reproché–. No nos dejaste hacer casi nada y bien sabes que me habría gustado. Somos los padrinos de tus hijos, ¿recuerdas? Pero tú los acaparaste y te fuiste aislando de todo.

–Hice como mi madre y mi abuela. No lo supe hacer mejor. Paolo tenía una amante, me lo confesó hace poco, pero yo ya lo sabía. Una artista. Por eso me indignaba toda aquella historia del rodaje de la película y por eso me indigné contigo cuando dejaste a Henri; erais como mis hermanos, él te era fiel y tú lo dejaste. Yo no soportaba verle sufrir, sabía por experiencia cómo se sentía. El cine es para mí el monstruo que destrozó a mi familia.

–Lo siento, María, lo siento de verdad. Siento haberos hecho sufrir a todos; pero si me hubiese quedado habría terminado convirtiéndome en una amargada llena de ira.

–Como yo, ¿verdad?

–No he querido decir eso –aclaré–. María, tus hijos han crecido, ya no te necesitan tanto como cuando eran pequeños...

—Es cierto —asintió ella con tristeza—, y eso me convierte ahora en una inútil. Eran toda mi vida y ahora ya no me necesitan.

—No digas bobadas. No eres ninguna inútil y tus hijos te volverán a necesitar, pero primero tienen que volar. Tus hijas también.

—Solo quiero protegerlas —añadió.

—Lo sé. Pero las estás estrangulando. ¿Recuerdas qué buscábamos al venir a América?

—Sí, claro —contestó María con los ojos llenos de lágrimas—. Buscábamos un mundo más justo, donde nuestros hijos e hijas pudiesen crecer más libres sin que sus orígenes fueran un lastre, pero no lo encontramos.

—No en la forma ideal que lo imaginábamos, María. Pero somos muy afortunados. Aquí no se valora el origen, da igual si eres aristócrata o no lo eres. Aquí la nobleza no la da la sangre sino el dinero; y nosotros lo tenemos. Además, lo mejor que se puede comprar con él es la forma en la que queremos vivir. Deja elegir a tus hijas. No temas por su virtud, la conservarán porque han aprendido de ti. Permíteles que estudien, no les marques el matrimonio como único horizonte. Un día se enamorarán, decidirán casarse y tener hijos, pero hasta entonces déjales vivir como te habría gustado a ti poder hacerlo. Y tú dedícate a conseguir lo que has querido. Yo me quedo y te ayudaré... si aún quieres.

—Es demasiado tarde. —María estaba muy abatida.

—No lo ha sido para mí. Tampoco lo es para ti. —Me acerqué a ella y la abracé—. ¿Recuerdas cómo nos queríamos, María? —Ella solo pudo asentir con la cabeza—. Yo te sigo queriendo igual.

Nos abrazamos llorando como hermanas que se reencuentran al cabo de los años. Luego María llamó a sus hijas y les dijo que fuesen a mi casa, que avisaran que aún tardaríamos un poco pero que nos esperasen allí.

Llegar a este punto me ha costado un esfuerzo supre-

mo, pero no quería dejarlo a la mitad. Estoy agotada. Otro día, más. Un beso.
M. B.

Las cartas de Margueritte siempre me conmovían, nunca me dejaban indiferente. Oí a Gastón y a Ségolène que se marchaban, pero me oculté en la pérgola, no me apetecía ver a nadie. Estaba agradecida por Henri y Margueritte; en realidad, sentía como ella, me identificaba con ella, con todo cuanto ella sentía y vivía. Con ella había sufrido y con ella era feliz. Margueritte ya no eran unas cartas, era alguien tangible, entrañable y muy querido que estaba siempre a mi lado.

Roxanne sabía que me encontraría allí. No dijo nada, solo me quitó la carta de las manos y la leyó. Estuvimos un rato en silencio.

—¿Crees en el amor para siempre? —pregunté a mi hermana.

—Antes no creía. Ahora, no lo quiero pensar —respondió ella.

El atardecer y el entorno se prestaban a la intimidad y a las confidencias.

—¿Qué hay con Marcel? ¿Le quieres, Roxanne?

No pregunté por curiosidad, creo que necesitaba que alguien me dijera que sí, que existe el amor para siempre.

—Oh, Juliette. No lo sé.

—¿Cómo puedes no saberlo? ¿Es solo sexo? ¿Es eso? —insistí.

—Sí. Bueno, no. Al principio, sí. Ahora no quiero pensarlo.

—Contéstame, Roxanne, por favor, ¿quieres a Marcel?

—Sí, le quiero —confesó—. Le he querido siempre. Ya le quería antes de conocerle.

—Pero eso es imposible —dije escéptica—. ¿Cómo vas a amar a quien todavía no conoces?

—Quiero decir que él reúne todas las cualidades que yo

he buscado siempre en un hombre. Él es el hombre que siempre he esperado. Desde que le conocí me he sentido fuertemente atraída hacia él y, a medida que le he ido conociendo, he descubierto que es el hombre que he amado en mi corazón aún antes de conocerle.

–Yo creía que ese hombre era Pierre.

–Yo también lo quise creer, pero sabía que estaba equivocada. Cuando somos más jóvenes no tenemos paciencia para esperar lo que no sabemos si va a llegar. Marcel es ese hombre único en nuestra vida.

–Y, ¿él lo sabe? ¿Te quiere?

–No se lo he dicho y no se lo he preguntado. No lo quiero pensar porque ya no imagino mi vida sin él. Prefiero el día a día. No puedo obligarle a que sienta como yo, pero con él soy más feliz de lo que he sido hasta ahora.

–No sé si eres sabia o cobarde.

–Probablemente lo segundo. –Aceptó mi hermana–. Prefiero disfrutar a cavilar. Si algún día esto se acaba me sentiré morir, pero seguiré viviendo, seguro.

Las dos suspiramos profundamente. Hubo otro momento de silencio, tras el cual habló ella.

–Cambiando de tema, estamos a finales de agosto, en un mes será la vendimia y Marcel piensa que deberías ir a las bodegas con más asiduidad. Quiere hablar contigo para decírtelo. Sabe que estás muy ocupada con la casa, pero quiere recordarte que aquello también es parte de tu herencia.

–Tú vas con frecuencia, Roxanne.

–Sí, aquello me encanta –dijo mi hermana con entusiasmo–. Es un mundo maravilloso. Estoy aprendiendo mucho. Hacer vino no consiste solo en extraer el zumo de la uva y dejarlo fermentar; es todo un arte. Te sorprenderías de lo creativo que puede ser hacer un buen vino. De hecho, estoy planteándome hacerme enóloga o especialista en viticultura. Cada día el campo y la tierra me gustan más. Estoy convencida de que el futuro del hombre es volver a la agricultura, la tecnología no se come. Me siento completa cuando estoy en el viñedo.

—Yo lo he delegado en ti sin decirte nada —confesé—. Y siento que esa parte de la herencia es espiritualmente tuya, aunque legalmente sea mía. ¿Te parece bien, Roxanne? ¿Estás de acuerdo? —supliqué—. Yo me siento incapaz de llegar a todo.

—Con una condición —exigió mi hermana.

—Tú dirás —accedí, dispuesta a lo que fuera.

—Que reserves un día a la semana para ir a las bodegas, aunque solo sea a pasearte y a que yo te dé un informe de cómo va todo; tu presencia allí será gratificante para todos. No pienso comentarte nada en casa. ¡Ah!, y también que vengas a vendimiar con nosotros, estoy segura de que un cambio te vendrá bien.

—Acepto, pero no esperes gran cosa. Lo más que he hecho en mi vida en relación con la tierra ha sido regar la maceta que tenía en mi casa y se murió.

—Será bueno. Aparte de la vid, cosecharás nuevas experiencias.

Nos levantamos, comenzamos a caminar y tras un breve recorrido en silencio volví a preguntar:

—¿Tú crees que alguna vez me pasará algo?

—¿Te parece que te está pasando poco?

—Me refiero a algo normal —insistí.

—Define normal —pidió mi hermana.

—No sé, algo que no tenga que ver con una herencia ni por supuesto con robos y delincuentes.

—Eres joven y rica, Juliette. Precisamente en esta carta Margueritte dice que lo mejor que se puede comprar con dinero, es el modo en el que uno desee vivir.

—A veces me siento atada a la casa, por propia voluntad, claro. Sé que debo restaurarla, lo deseo y siento que algo más fuerte que yo mantiene esa decisión firme en mí. Pero ignoro con qué propósito lo hago y eso me desconcierta, porque aún no tengo claro si quiero vivir en Saint-Sybelie sola. Las casas tan grandes me imponen. La idea de dormir en una de las alcobas o descansar sola en el salón pequeño, me sobrecoge. Y hacer semejante gasto para quedarme en el apartamento de las cocinas, si es que me quedo, me parece una soberana estupidez. Además, si termino toda la casa, con lo que quede de dinero no me dará para mantenerla y hacer cosas normales como… No sé, viajar por todo el mundo, ir a jugar a Las Vegas o a hacer meditación a la India…

—¿Eso son cosas normales? —preguntó desconcertada mi hermana.

—No, mujer, es una ironía exagerada. Me refiero a viajar, vivir un poco, conocer a alguien normal, enamorarme de una forma normal y tener una relación normal. Y dudo mucho que aquí pueda encontrar a ese alguien especial normal, que me acompañe en una vida normal.

—Eso no lo sabes —dijo mi hermana.

—Créeme, Roxanne, no hay ni un solo hombre en Périgueux que me guste, nadie con quien me vea en pareja, nadie a quien me gustaría encontrar cada mañana en Saint-Sybelie, ni a mi lado. Y estoy empezando a echar de menos el amor. Todo el mundo está enamorado: Henri y Margueritte, Marcel y tú, hasta Sophie tiene a su Lumière. Solo quedamos Gastón y yo. Y la verdad, él no me parece una alternativa.

—Estás peor de lo que pensaba —dijo mi hermana con un aire resignado—. Creo que las obras te están llenando de polvo el cerebro. Creo, en serio, que te conviene cambiar de aires, salir de casa, hacer un viaje y, desde luego, venirte a vendimiar. Te aseguro que al final del día estarás tan cansada y dolorida que no podrás pensar en nada.

—No puedo irme ahora. Tengo que buscar el tesoro.

—¡Juliette, no me asustes! —exclamó mi hermana alarmada.

—Tranquilízate. No es una obsesión. Pero me planteo

esa posibilidad, ¿por qué no?, cuando el río suena... Ya sabes.

—Juliette, hemos recorrido toda la casa...

—Toda no. Nos falta el invernadero. Además, no hemos buscado, solo hemos mirado. ¿Me ayudarás?

—No creo que exista ese tesoro.

—Pero, ¿me ayudarás?

—Solo por curiosidad, ¿vale? Y para que te puedas apoyar en mi hombro a llorar cuando el tesoro no aparezca.

—Me basta con eso.

Nos cogimos del brazo y regresamos a la casa haciendo chistes a costa del tesoro y de la imposible e hipotética relación amorosa entre Gastón y yo. Entonces sí que me apetecía un baño. Me puse el bikini, me zambullí y estuve nadando un buen rato. Después me dejé flotar boca arriba mientras pensaba en... nada y la luz de la luna bañó mi cuerpo. Ya era tarde cuando mi hermana me llamó desde el borde de la piscina. Me tenía preparado el albornoz, una sopa caliente y otra carta.

Querida sobrina:

Te imagino como una mujer joven que sabe lo que es estar enamorada, pero espero que no tan mayor como para haber olvidado qué se siente. ¿Hay en el mundo algo que se le pueda comparar? ¿Existe alguna emoción tan estimulante, fuerte, liberadora, creativa y valiente como estar enamorada? Yo creo que no. No sé quién dijo aquello de que el amor te da alas, pero es cierto; yo volaba, literalmente, con Henri, e interiormente lo hacía a alturas que no recordaba haber alcanzado ni siquiera en nuestros primeros tiempos, cuando éramos jóvenes. Ahora lo valoraba y lo disfrutaba más porque sabía lo que era perderlo. Me sentía joven, plena, apasionada, generosa, agradecida y feliz. Henri era mi Henri, el de siempre: alegre, atractivo, inteligente, generoso, atrayente, bondadoso, ingenioso, divertido, muy ardiente y apasionado. Tenía una necesidad de disfrutar que yo no le había conocido antes. Iba pocas veces al trabajo y ante mi preocupación siempre repetía: «ventajas de ser el jefe», y después añadía que no iba a cometer otra vez el error de ponerme en segundo lugar, que teníamos mucho que recuperar. Nos dedicamos entonces a viajar, regresando a casa para descansar, supervisar algún trabajo, planificar el siguiente viaje y cambiar de equipaje. Estuvimos en las Rocosas, Acapulco, Las Vegas, Toronto, Montreal, Anchorage, las cataratas del Niágara, Nueva York, La Habana y en Buenos Aires. Descartamos visitar Europa por la guerra. El tiempo que estábamos en casa yo se lo dedicaba casi por completo a María. Tras la conversación que tuvimos ella y yo la noche de la cena, nos entregamos de lleno a la «misión renovadora», como ella decía. Empezamos por un cambio de aspecto: con un simple tinte, un corte de pelo y con ropa un poco más moderna, rejuveneció quince años en una tarde. Cuando María entró en su casa, sus hijas dieron un grito de sorpresa y de entusiasmo, diciéndole lo guapa que estaba, cuánto le favorecían el peinado, lo discreto del maquillaje y la maravilla del modelo que vestía. Paolo simplemente se quedó boquiabierto, e incapaz de decir nada, salió al jardín a fumar una pipa. María era una mujer muy inteligente y que se entregaba totalmente a cuanto hacía; la misma pasión que había puesto en llevar adelante su hogar, criar a sus hijos y proteger a sus hijas, la puso en aprender, en adquirir cultura y conocer de arte; leía los periódicos todos los días, aprendió en dos meses más inglés que en los veinte años que llevaba en América y empezó a estudiar francés. Valeria e Isabella se aliaron con nosotras apoyando a su madre, haciéndole ver lo orgullosas que estaban de ella y formando parte del equipo que con frecuencia viajaba a Los Ángeles para ir a comprar ropa y a centros de estética en los que recibíamos masa-

jes, tratamientos para la piel, limpiezas de cutis, amén de depilaciones y tratamientos para el cabello. Valeria se integraba totalmente en el grupo y recibía los mismos tratamientos que nosotras. Isabella, a su pesar, se tenía que conformar con algo menos, era demasiado joven para peinados sofisticados y las depilaciones todavía le horrorizaban. El único que no parecía disfrutar de todo aquello era Paolo. María me contaba que él se sentía un poco cortado con ella, por lo que pensaba que a su marido no le gustaba aquel cambio; pero yo, que le observaba con atención cuando estábamos todos juntos y veía cómo la miraba, estaba segura de que María, que llegó a ser invisible para él durante años, había reaparecido ante sus ojos con una belleza y un atractivo que le habían deslumbrado, y ante esa mujer él todavía no sabía qué lugar ocupaba, por lo que, en el fondo, lo que tenía era miedo de que ella no le necesitara para nada.

María se convirtió en una mujer segura de sí misma y fue tomando conciencia de su atractivo, se gustaba y sabía que gustaba a los demás. Una noche fuimos a una gala benéfica que el Partido Demócrata, al que François pertenecía, organizó para recaudar fondos para la construcción de un nuevo hospital. Estaba allí lo mejor de la alta sociedad de Los Ángeles, es decir, los más ricos. Me pareció que aquel acto era una estupidez porque simplemente con que cada señora ofreciera una de las joyas que llevaba y los caballeros aportaran las cadenas de sus relojes, se podría construir el hospital; estoy convencida de que organizar aquella cena constituyó un gasto superior a lo que se pudo recaudar. Pero reflexiones aparte, aquella noche fue el momento de gloria de María. Tenía treinta y siete años. Aunque ya no aparentaba más de treinta, era una mujer en toda su plenitud, una belleza morena con curvas de escultura, ojos oscuros de mirada intensa y un cuerpo que sugería amores a la luz de la luna. Esto es por adornarlo un poco, pero la verdad es que fue el centro de todas las miradas. Las mujeres la miraban: pocas con admiración, el resto con envidia. Los hombres la miraban, todos con deseo. Paolo, aquella noche, se convirtió en un guardián implacable: la cogía del brazo, la enlazaba por la cintura o le tomaba la mano; lo que fuera necesario para marcar territorio, para dejar bien claro que aquella mujer era suya. María se evadía con la excusa de buscarme, se dejaba admirar y se dejaba adorar. Cuando nos despedimos y subimos al coche para regresar, Paolo echaba fuego por los ojos. María estaba pletórica; le encantó ser mirada y admirada por tantos hombres y mujeres, aunque por distintos motivos. El trayecto hasta casa fue tenso. Henri y yo nos estábamos divirtiendo; si hubiésemos tenido que tomar partido, los dos lo habríamos hecho por María, pero estábamos seguros de que esa noche tendría un tórrido final. Apenas cerraron la puerta de su casa empezaron a discutir a voces, en italiano. Era casi imposible no oír lo que decían; en el silencio de la noche llegaban hasta nosotros algunas de sus palabras cargadas de reproche: «... años que no te interesas por mí...», decía la voz de ella; «... solo eras la madre de tus hijos, como si yo no existiera...», decía él. No les escuchamos todo, teníamos otras cosas que hacer. Pronto se hizo el silencio. Paolo y María volvieron a amarse de aquella manera que yo les envidié en el pasado. Un año después nació su quinto hijo, una niña a la que llamaron María Margarita y que en contra de lo que yo pensaba les hizo sentirse más jóvenes y más unidos, sin dejar su nueva vida, porque esta vez María sí que se dejó ayudar, contando sobre todo con el entusiasmo de sus dos hijas mayores que estaban encantadas con la pequeña.

No sabía yo entonces que el horizonte se estaba llenando de negros nubarrones. Quedémonos con la felicidad esta noche. ¡Ah, el amor! El motor del mundo, ¡cuánto sana y cuánto duele! ¡Y cuánto te estoy queriendo,

sobrina! ¿Sabes que te has convertido en una presencia tangible y cercana para mí? El mejor momento del día es cuando puedo contarte mi vida a través de estas cartas. Te quiero, mi querida sobrina sin nombre ni rostro. No sabes cuánto significas para mí. Tú serás mi memoria.
Un beso de tu tía.
M. B.

La carta nos encantó. Especialmente esa última parte en la que me hablaba a mí y me decía que era alguien cercano y que me quería, me erizó la piel e hizo que se me humedeciesen los ojos. Me sentí agradecida por ser tan querida desde chiquitina o desde antes de nacer, ya que no podía saberlo pues las cartas no llevaban fecha. Me enorgullecí de ser la descendiente femenina más joven de Jacques Bernard y el cariño que yo también sentía por Margueritte se intensificó tras leer aquella carta. Ella confiaba en que yo fuera su memoria y así sería. Pensé que Margueritte era el mayor tesoro de Saint-Sybelie. Releí las últimas líneas de la carta hasta que las memoricé y luego las estuve repitiendo mentalmente hasta que me quedé dormida. Tuve un sueño profundo y sosegado; cuando desperté seguía sintiendo algo cálido y dulce que me alegraba el corazón.

Capítulo 19

Yo tenía prisa por empezar a buscar el tesoro y, aunque Roxanne se había comprometido a ayudarme, no dejaba de bromear con el tema, pues no creía en su existencia y la búsqueda le parecía una pérdida de tiempo, aunque le divertía verme tan decidida a encontrarlo. Empezamos por el invernadero, que era la única parte de la casa en la que solamente habíamos entrado una vez y en donde, por lo que se podía apreciar, no había nada que pareciera interesante. Accedimos a él por el interior de la casa, por el salón grande, a través de una puerta que originalmente sería una salida al exterior, muy parecida a la de la entrada principal. Los cristales, desde dentro, se veían más sucios que desde fuera; había un par de cortacéspedes muy viejos, varias tijeras de podar de distintos tamaños totalmente oxidadas, una carretilla, un par de escaleras de mano, varias regaderas de metal también llenas de óxido, cuatro mesas de madera de unos dos metros de largo, muchas macetas de arcilla, cuatro de ellas enormes y con restos de tierra, una pica, una pala, dos azadas, tres rollos de manguera, y una pequeña pileta con un grifo que no funcionaba; todo estaba lleno de polvo, lo que evidenciaba que hacía años allí no entraba nadie. Era una construcción de cristal con el techo abovedado y carpintería de hierro que debió estar pintada de blanco; tendría unos veinte metros de largo por quince de ancho.

—Es grande, ¿verdad?

—Sí, sí lo es –respondió Roxanne–. ¿Quién la construiría?

—Supongo que Margueritte. Esta construcción es muy posterior a la casa. Debían gustarle mucho las plantas exóticas; no le veo otra explicación, pues teniendo un jardín tan enorme…

—Con los cristales limpios se verán muy bien las estrellas por la noche –comentó mi hermana.

—Sí, es cierto. No parece que este lugar encierre grandes misterios. Como las ruedas de la carretilla no estén llenas de oro, no creo que encontremos aquí ningún tesoro.

—No, salvo que debajo del suelo exista alguna cámara secreta –dijo con expresión de misterio.

—Es una posibilidad, pero antes de levantar el piso podríamos asegurarnos con un geosonar o como se llamen esos aparatos.

—Pero Juliette, ¿no te has dado cuenta de que el suelo es de madera?

—Es cierto –dije fijándome por primera vez–. Estaba tan pendiente de lo demás que no lo he notado.

En uno de los rincones, junto a las herramientas, había unas varas largas de unos dos centímetros de diámetro terminadas en punta, no se me ocurría que hubiesen tenido más utilidad que la de sujetar algunas plantas para ayudarlas a crecer erguidas. Tomé una para mí y le di otra a mi hermana.

—Ve golpeando el suelo, quizás encontremos algún hueco.

Ambas, una a cada lado, empezamos a golpear a medida que nos íbamos desplazando. Yo tenía todos mis sentidos puestos en la labor, pero al oír reír a mi hermana me giré hacia ella pensando que habría hecho algún hallazgo.

—¿Has encontrado algo?

—Sí, a dos tontas con un palo dando golpes en el suelo —contestó sin dejar de reír—. No me digas que el espectáculo no es cómico.

Me entró la risa, Roxanne tenía razón. Era preferible dejarlo estar. Aquello parecía grotesco. Atravesé el invernadero para llegar hasta ella, se me cayó la vara y al dar en el suelo produjo un sonido distinto al que estábamos oyendo hasta ahora. La recogí y volví a golpear; ella se acercó y también comenzó a dar golpes alrededor de donde yo estaba. Aquello estaba hueco, no había duda. Mi hermana trajo una de las viejas escobas que había entre los aperos y empezó a barrer; el polvo se colaba por algunas ranuras pequeñas entre la madera. Intentamos hacer palanca con el pico, pero no conseguimos nada.

—Espera un momento —dijo Roxanne, más reflexiva—. No sabemos qué tamaño pueden tener las planchas de madera. Estamos haciendo un esfuerzo inútil.

—Tienes razón —coincidí.

—Es mejor que quitemos todo el polvo del suelo. Tenemos que barrer para saber dónde están los clavos que las sujetan.

—Vale, voy por las escobas —dije.

Empezamos a barrer y en apenas unos segundos levantamos una nube de polvo que nos hacía toser y nos impedía ver con claridad. Pronto estuvimos cubiertas por una capa blanca, como si también lleváramos allí muchísimo tiempo.

—Tenemos que mojar el suelo para evitar el polvo —dije.

—El grifo de la pileta no funciona, habrá que traer el agua en cubos.

Nos costó abrir la puerta que daba al jardín porque estaba muy oxidada y no queríamos empujar demasiado fuerte por temor a romper los cristales. Fuimos trayendo los cubos con agua y mojando el suelo lanzando el agua desde el cubo con una mano.

–¿Cuántos siglos te parece que hemos retrocedido, Roxanne?
–Al menos dos.

Aquello era más pesado de lo que nos parecía unas horas antes; estuvimos el resto de la mañana barriendo. Sobre las dos de la tarde nos dolían los brazos, teníamos ampollas en las manos y estábamos empapadas en sudor, pero por fin habíamos terminado. Decidimos continuar después de comer. Una ducha, un buen baño en la piscina, una comida ligera, un poco de descanso y estuvimos dispuestas a continuar. Las planchas de madera tenían como un metro de largo y eran cuadradas; estaban tan bien colocadas que era casi imposible introducir en las juntas algo con lo que poder hacer palanca. Intentamos romper la plancha con la pica, pero no conseguimos nada.

–¿Se puede saber qué estáis haciendo?

La voz de Gastón nos sobresaltó. Había entrado por la puerta que seguía abierta, pero inmersas en nuestra tarea no le habíamos oído llegar. Llevaba una toalla bajo el brazo, como cada tarde cuando venía a nadar un rato.

–¡Ah! Hola, Gastón. Estamos buscando el tesoro –dijo Roxanne exagerando el tono de suspense.

–¿Y habéis encontrado algo? –Se interesó él del mismo modo.

–Dejad de hablar y echad una mano. –Me enfadé.

Le contamos a Gastón lo que habíamos descubierto por la mañana y que estábamos intentando destapar el hueco. Él llamó por teléfono a Lumière que había comido con ellos y le pidió que viniera y trajera una radial y un alargador que había en el cuarto de las herramientas. No tardes –le dijo–, estamos a punto de encontrar un tesoro.

Unos minutos después llegó Lumière trayendo lo que Gastón había pedido; también vinieron Sophie, Ségolène y Marcel, quienes no se quisieron perder el evento. Al modo clásico, fueron los tres hombres quienes se encargaron de cortar en la madera un cuadrado por el que cupiera una persona; con una buena patada la madera cayó, dejando ver el hueco. Marcel sacó su móvil, puso la linterna e intentó ver qué había.

–No se ve nada. Voy a bajar –decidió.

–¡Espera! –Le detuvo Roxanne–. No sabemos qué profundidad tiene.

Lumière trajo uno de los rollos de manguera y le sujetó una pala de jardinería en un extremo con cinta aislante. Él siempre llevaba en los bolsillos un rollo de cinta aislante y un pequeño alicate. Me sentía un poco idiota, allí estaban todos atareados y yo como una boba sujetando de la mano a Ségolène para que no se acercara mucho al hueco. La situación me inquietaba bastante, por una parte, si estaba allí el tesoro me habría gustado ser la primera en verlo pero, por otra, si en vez de un tesoro había ratas y bichos, prefería que otro se enfrentara a ellos. Echaron la manguera por el hueco y cuando se oyó el ruido metálico de la pala al chocar con el fondo, Lumière puso una marca con la cinta en la manguera y la subió, así pudimos calcular que tenía más de dos metros de profundidad. Una de las escaleras era extensible y daba esa altura. Marcel descendió por ella y volvió a encender la linterna del móvil.

–¿Ves algo? –pregunté nerviosa.

–No, pero parece muy grande.

–¿Cómo de grande? –Esta vez la curiosa era mi hermana.

–No sé, estoy intentando calcularlo. Voy a recorrerlo.

–¡Ten cuidado! –aconsejaron a la vez Sophie y Roxanne.

Permanecimos expectantes, asomados al hueco hasta que oímos de nuevo la voz de Marcel.

–Esto debe ser una piscina. Es muy grande, las paredes y el fondo son de azulejos y tiene caños para salida de agua; pero aparte de eso, polvo y tierra, aquí no hay nada.

–¿Nada que pueda ser una puerta secreta? –insistí.

–Aparentemente nada, pero tampoco se ve bien –contestaba Marcel mientras subía la escalera y se reunía con nosotros.

Estábamos perplejos. ¿Qué hacía allí una piscina? ¿Desde cuándo estaba? ¿Quién la había construido? ¿Por qué la habían tapado? Sophie no la recordaba y Marcel tampoco. Lo único que recordaban allí eran muchas plantas muy bonitas. Todos desconocíamos las respuestas a aquellas preguntas; entonces pensé en voz alta:

–¡Qué poco sabemos de la casa! –y pregunté–: ¿Os habéis dado cuenta de lo poco que sabemos de esta casa?, apenas lo del cuento de Cenicienta y que fue incautada durante la Revolución, pero, ¿qué pasó después?, ¿quién vivió aquí?, ¿qué sabemos de la última condesa?

El silencio fue la respuesta.

–Alguien tendrá que saber algo, ¿no? –insistí.

–Sí, hay alguien que sabe mucho. –Sophie miró a su hermano y pronunció un nombre–. Camille Esteve.

–¿Quién es Camille Esteve? –pregunté.

–La directora del Archivo Histórico de Périgueux – contestó Sophie.

–Y la novia a la que Gastón dejó para irse con una bailarina venezolana –añadió Lumière.

Miré con curiosidad hacia donde se encontraba Gastón, pero ya se había marchado.

Al día siguiente me dirigí al archivo histórico. Al salir me crucé con Gastón, cuyo aspecto me pareció un poco sombrío; dijo que venía a echar una mano con las hortalizas.

Pasé por el hotel a tomar un café y por Sophie supe que Camille Esteve estuvo por primera vez en Périgueux cuando era novia de Gastón y ambos estaban estudiando. Ella se enamoró de aquel pueblo, sus alrededores y, sobre todo, de la mansión Saint-Sybelie. Estudiaba historia y decidió que la tesis de final de carrera la haría sobre aquella casa. Muchos estudiantes elegían a Aquitania, una región con abundante historia desde la antigüedad, y había mucho interés por la figura de Leonor de Aquitania, reina de Francia y de Inglaterra, la primera reina que acompañó a su marido a las Cruzadas y quizás la más famosa que ha tenido nuestro país. Gastón y Camille pasaban casi todas sus vacaciones en Périgueux. Después de que él la dejó ella regresó un par de veces más para completar su trabajo. Cuando el Archivo Histórico de Périgueux sacó la plaza de director a concurso tras el fallecimiento de su titular, Camille que tenía un máster en archivística, se presentó a la oposición y sacó la plaza, de eso hacía ya quince años. Sophie y Camille conservaron su amistad. Gastón y su exnovia no habían cruzado una sola palabra desde aquellos tiempos. Sophie estaba convencida de que su hermano seguía enamorado de ella, pero se sentía demasiado culpable y avergonzado, además era muy orgulloso.

Entré en el archivo, me dirigí al mostrador de información, me identifiqué y pregunté por la directora, pero no estaba, había viajado a Poitiers para recoger unos documentos antiguos que habían sido restaurados. Dije que regresaría al día siguiente. Aproveché para ir al mercado, luego entré en La Parisienne donde compré pan recién hecho y unos cruasanes.

El pan olía muy bien y empecé a relamerme pensando en el desayuno, ya estaba muy avanzada la mañana, pero solo había tomado un café y tenía hambre. Pronto divisé Saint-Sybelie y, a medida que me acercaba, distinguí un coche en la puerta. Al principio no lo reconocí, pero era el coche de August y Odette. Abrí la verja, entré el mío y cuando me apeé vi que estaban con Roxanne en el jardín; fui a su encuentro entusiasmada.

–¡Odette!, ¡August!, ¡qué alegría veros!

–Hemos decidido aceptar tu invitación –dijo mi hermano.

–Si te parece bien –añadió Odette mientras nos abrazábamos.

—Por supuesto que me parece bien. Me alegra que os hayáis decidido a venir.

—Acabamos de llegar. Roxanne nos ha enseñado el jardín. ¡Es una maravilla!

—Sí, es un precioso lugar donde poder perderse unas horas para pintar —dijo mi cuñada—. Podré hacerlo, ¿verdad?

—¿Pintar?, claro que sí. Eso significa que no os marcharéis enseguida, ¿verdad?

—Podríamos quedarnos un par de semanas. Siempre que podáis soportarnos tanto tiempo, claro. ¿Te parece bien, Juliette? —preguntó mi hermano.

—Me parece perfecto. Hace mucho que no estamos todos juntos.

Y me emocioné. Como siguiera lagrimeando por todo, como hasta ahora, a mi jardín nunca le faltaría riego. Claro que las lágrimas eran saladas. De todas formas, la imagen de regar el jardín con lágrimas de alegría me parecía muy poética.

—Voy a llamar a Sophie para que os prepare una habitación en el hotel.

—¿En el hotel? ¿Me estás diciendo que, teniendo esta mansión, nos vas a privar del placer de dormir aquí y nos vas a mandar a un hotel? —se rebeló mi hermano.

—Pero August, no hemos arreglado los dormitorios todavía y no creo que estén en condiciones.

—Hermanita, tú no sabes en qué sitios he tenido que dormir. Alucinarías.

—Yo también preferiría quedarme aquí —añadió Odette—. Seguro que con una buena limpieza podré dejar un dormitorio en condiciones.

—Hay algunos con baño, pero no sé si funcionarán los grifos —advertí.

—En casa no tenemos baño en la habitación y de momento no nos levantamos a hacer pis por la noche.

—Pero los colchones son muy viejos —me disculpé.

—Iremos ahora mismo a comprar uno –dijo mi hermano.
—Vale, me rindo. Pero si no estáis bien, allá vosotros.
—Lo estaremos, no te preocupes.
—Bien, menos palabras y a ver la casa. –Roxanne dio por terminada la conversación.

—Esto es un auténtico palacio. –Admiró mi hermano apenas entramos en el vestíbulo; con los ojos abiertos como platos iba mirando asombrado cada pieza de la planta baja.

Mi cuñada, sorprendida también, no pudo evitar una exclamación cuando entramos en el salón pequeño. Como pintora quedó impresionada ante la colección de cuadros que allí había.

—¡Dios mío! Esto es un pequeño museo –exclamó.
—Sí, lo es. Salvo por un pequeño detalle: que todos son falsos.
—¡No puede ser! –exclamó ella acercándose más a los cuadros y mirándolos detenidamente–. Parece imposible.
—Desgraciadamente no lo es. Son todos falsos, extraordinarios, perfectos, pero falsos.

Odette no podía salir de su asombro. Seguimos recorriendo la casa, subimos las escaleras de mármol y al llegar a la galería se fijó de nuevo en los cuadros, en los retratos de quienes habían vivido en aquella casa.

—¿Estos también son falsos?
—No, estos no. Salvo este Van Loo y este Ducreux, no son de autores muy conocidos, pero tienen una hechura perfecta –contesté.
—Son todos magníficos –dijo August.
—Sí –coincidió Odette–, pero falta uno.
—¿Cuál? –Pensé que mi cuñada sabía algo que yo ignoraba y esperé curiosa su respuesta.
—El tuyo. Soy muy buena con los retratos y me gustaría pintarte. ¿Qué te parece?

–No me lo había planteado.

–Pues hazlo y nos ponemos a ello. Me encantaría ver una obra mía en esta casa.

–Sí, es una buena idea. En muy poco tiempo tus cuadros valdrán una millonada y Juliette podrá cobrar para que quien lo desee pueda verlo; será una forma de financiación para esta casa. Bromas aparte, me parece una magnífica idea –dijo Roxanne.

–Pues no se hable más –acepté ilusionada–. Cuando quieras empezamos, Odette, pero con una condición.

–Tú dirás.

–Que vendrás a pintarme aquí. Así me aseguro el veros con frecuencia.

–Hecho. Será la excusa perfecta para disfrutar de todo esto sin pensar que soy una abusona.

Entramos en los dormitorios, los recorrimos uno por uno. Esta vez con ojo más crítico pues buscábamos el que estuviera en mejores condiciones. Todos tenían ya luz eléctrica e instalación de fontanería, pero la grifería era vieja y había que cambiarla. Eligieron uno que estaba en muy buenas condiciones y que tenía baño. Tendría que llamar a los fontaneros para que cambiaran los grifos aquel mismo día. Tomamos las medidas de la cama y la ventana, y mi hermano y yo fuimos a comprar un colchón, ropa de cama y unas cortinas que, aunque no serían definitivas, dotarían de más intimidad a la alcoba. Roxanne y Odette cargaron todos los enseres necesarios para hacer una buena limpieza y se pusieron manos a la obra. Cuando regresamos preparé una ensalada y el pescado que había comprado por la mañana; puse la mesa y comimos con apetito. Habíamos aprovechado la salida para ir al Banco de Francia para que mi hermano, por fin, firmase como autorizado en mi cuenta.

Por la tarde vinieron los fontaneros, del almacén trajeron el colchón y, por fin, el dormitorio quedó arreglado, aunque las cortinas quedaban cortas y tampoco armonizaban mucho las sábanas de cuadros azules que mi hermano había elegido. Sin embargo, ellos ahora tenían una habitación amplia y con un buen armario; y con el colchón nuevo, la cama resultaba muy confortable, un auténtico «lujazo», según dijeron satisfechos.

Cenamos en el jardín. Invitamos a la cena a Marcel, Gastón, Sophie y a Lumière, quienes ahora iban en el mismo lote y no pudieron asistir porque ya tenían otros planes. Me habría gustado que conociera a mis hermanos esa noche, pero seguro que habría tiempo en cualquier otro momento.

Marcel y Gastón llegaron con Ségolène, con una botella de vino y con una tarta de piña. Hubo baño antes de la cena y, después, conversación relajada con un café y una copa. Ségolène se quedó dormida mientras charlábamos y Roxanne la acostó en su cama. Cuando Marcel y Gastón se marchaban, mi hermana insistió en que la niña se quedara a dormir para no despertarla. Gastón fue el último en salir, se despidió de todos menos de mí y me pidió que le acompañase a la puerta donde me preguntó si había estado con Camille Esteve, a lo que respondí que no pues ella estaba ausente, pero aclaré que volvería otra vez por la mañana.

–Te gustará –me dijo–. Es una gran mujer. Buenas noches, Juliette, que descanses.

–Tú también, Gastón –contesté–. Hasta mañana.

La primera en despertar fue Ségolène, así que Roxanne fue la segunda, la niña no la dejó seguir durmiendo. Cuando abrí los ojos oí la voz aguda de la pequeña que charlaba con mi hermana, aunque no podía entender lo que decían. Me espabiló del todo el aroma de café y tostadas, de cruasanes y bollos recién horneados y la voz de Marcel que los había traído. Me di una ducha rápida y, ya limpia y fresca, salí al salón dispuesta a gozar de tan suculentos manjares. August y Odette no tardaron en aparecer contentísimos porque habían descansado de fábula y porque desde su habitación tenían unas vistas extraordinarias.

Yo quería ir al archivo histórico, pero Marcel propuso que fuéramos todos a Château Saint-Sybelie, a visitar las bodegas y recorrer la zona que era muy hermosa. Intenté excusarme, pero mi hermana, con una insinuación, me hizo recordar que le había prometido ir a las bodegas una vez por semana. Así que aplacé lo del archivo para otro día.

Marcel avisó a los demás que íbamos a ir todos y quería que hiciéramos sin prisa un recorrido completo por viñedos y bodegas.

–Marcel, ¿podrías reservar mesa en el restaurante en el que comimos Roxanne, tú y yo aquella vez? –sugerí, saliendo discretamente con él al jardín–. Invita la casa. Bueno, si se puede.

–Se puede y me parece una gran idea. La economía de Château Saint-Sybelie se lo puede permitir.

–Que pongan una mesa para Ségolène y los niños de Pascal.

–Ya he pensado en ello.

–Cuando queráis –dijo Roxanne apareciendo por la puerta con nuestros hermanos y la niña–. Ya estamos todos listos.

Utilizamos la furgoneta de la empresa. Ségolène entró la primera y se colocó al final. Yo me senté con mi hermano y mi cuñada, y dejé a mi hermana adelante con Marcel. Odette me dio con el codo y con una mirada significativa hacia ellos me preguntó, con señas, si estaban juntos. Le dije que sí con la cabeza y ella levantó el pulgar en señal de aprobación. Visitamos el edificio con Marcel y Pascal como guías. Luego estuvimos en el laboratorio en donde nos estuvieron enseñando todo aquello: pudimos ver diversas bacterias por el microscopio, nos invitaron a oler con los ojos cerrados diferentes probetas con aromas extraídos de hierbas y frutos, y nos explicaron que estaban experimentando con diferentes flores e incluso con ovas del río. Disfrutamos con sus explicaciones sobre las mezclas y los productos del terreno con los que actualmente trabajaban. Roxanne tenía razón, hacer un buen vino era un verdadero arte; hacía falta entrega, sensibilidad, intuición, delicadeza, olfato y buen paladar; justo lo que allí abundaba, pues todos eran unos expertos. Luego fuimos a los viñedos y me sorprendió cómo habían cambiado de color en dos meses. Ya estaba todo listo para la vendimia. Estaban preparando el edificio que servía de albergue a los vendimiadores contratados; lo había hecho construir Margueritte poco después de la guerra, porque le parecía inhumano que tras un duro día de trabajo aquellas personas tuvieran que dormir en el suelo. Había familias enteras que acudían a vendimiar; algunos eran la tercera generación en aquellas viñas. También se congregaban muchos estudiantes y gente que con la famosa crisis tenía que buscarse la vida. La vendimia comenzaría en una semana, Roxanne estaba dispuesta a no perdérsela y yo le había prometido que también ayudaría. August vio una ocasión perfecta para hacer fotografías, aunque también estaba dispuesto a echar una mano. Odette se entusiasmó, nos dijo que su abuelo paterno tenía una viña pequeña en su pueblo, que cuando era niña iban todos a ayudarle a recoger la uva, que guardaba un recuerdo muy entrañable de aquello y que estaría encantada de colaborar. Marcel nos invitó a quedarnos en la casa que tenía en la alquería, que había sido de sus abuelos y que él había habilitado y reformado. Nos dijo que solo la utilizaba en la época de la vendimia y a veces durante las vacaciones de su hija; a ella le encantaba estar allí porque podía pasar el día entero jugando en la calle con sus amigos.

Pensé que tendría que aparcar la visita a Camille Esteve hasta que acabase la recolección, aunque mi idea era estar tan agotada al cabo de un par de días que no tendría más alternativa que regresar a mi casa.

La comida se merecía dos estrellas Michelin. Estábamos todos muy a gusto en compañía. La sobremesa se alargó y nos quedamos solos en el comedor; Jean-Luc intentó cantar el brindis de *La Traviata*, pero no le dejamos. Su mujer comentó a mis hermanos que siempre que su marido tomaba dos copas, literalmente, insistía en cantar ópera, género del que era un gran apasionado. Retiramos de la mesa todo lo que tuviera alcohol, hasta los bombones que nos habían servido como regalo de la casa. Jean-Luc tenía muy poca tolerancia a dicha sustancia y al día siguiente estaría avergonzado, con jaqueca y se lamentaría de hacer un vino tan bueno y no poderlo disfrutar.

Nos levantamos de la mesa después de las seis de la tarde. En principio pensamos ir a Burdeos, por simple placer, pero andábamos todos un poco... Vamos, que no podíamos arriesgarnos a que nos parase la policía y nos hiciera soplar, así que fuimos a la alquería, a la casa de Marcel, para organizar la estancia de la semana siguiente. La casa era como todas las de la quinta: antigua y sencilla por fuera, tenía dos plantas y, adosada, otra edificación que en su origen fue un corral con los establos. No estaba muy reformada; la planta baja era una única pieza, como en su origen, pero Marcel le había añadido un baño y había separado la cocina del salón por una barra de obra. El corral era ahora un patio de loseta y los establos se habían convertido en un baño, una despensa, un cuarto para la leña y un dormitorio. En la planta superior había cuatro alcobas y otro baño completo, todo en estilo rústico muy sencillo. Los dormitorios eran amplios, dos de ellos tenían dos camas y los otros, camas de matrimonio. Distribuimos las habitaciones: en los de cama matrimonial August y Odette en uno y mi hermana en otro; en los de dos camas Marcel y Ségolène en uno y yo en el otro. La alcoba del patio se quedó para Gastón que se había ofrecido a acompañarnos; él no podría vendimiar, pero se comprometió a hacernos de cocinero.

Regresamos sobre las nueve de la noche y, tras un baño y una cena frugal, Marcel y Ségolène se marcharon. Mis hermanos y mi cuñada decidieron permanecer en el jardín disfrutando de la noche y yo me metí en la cama con la siguiente carta de Margueritte, que como dejaba entrever en la anterior, era muy triste.

Querida sobrina:
Si en algún momento anterior en mi vida llegué a pensar que era imposible estar más triste, me equivoqué. La muerte de Henri fue lo más doloroso que me ha pasado nunca. Él siempre estaba alegre y contento, pero tuvimos que llevar una vida más tranquila porque, con frecuencia, acusaba mucho cansancio. «No pasa nada», decía, «solo un poco de anemia. Me ha pasado otras veces», y tomaba un complejo vitamínico que, según él, le recomendó su doctor. Después empezaron los dolores de cabeza, cada vez más intensos y más frecuentes; él decía que eran jaquecas y que las llevaba padeciendo bastante tiempo, para lo cual tomaba aspirina. Luego, pérdida de visión, «Ya no somos unos niños, cariño. Tendré que ir al oculista». Después, los temblores en las manos y los mareos. Se negaba a ir al médico, asegurando que ya le había visto uno y que le había dicho que eran cosas de la edad. Una noche estábamos cenando en casa con Paolo y María, Henri se levantó para poner música y apenas dio dos pasos cayó al suelo inconsciente. Asustados nos levantamos y le llevamos al sofá. En unos minutos se recuperó.
–No te preocupes cariño –intentó tranquilizarme–, no es nada, solo un mareo sin importancia.
Paolo me miró angustiado y lo que leí en sus ojos me alarmó muchísimo.
–Vamos, Henri, es hora de que lo sepan.
–¿Qué es lo que tenemos que saber? –pregunté angustiada.
No hubo respuesta. Henri volvió a quedar inconscien-

te y Paolo llamó a una ambulancia y al Dr. Miller, de Los Ángeles.

—Margueritte —dijo—, ¿recuerdas el día que fuimos a Los Ángeles a abrirte una cuenta en el banco y a que Henri me acompañara al médico porque yo tenía problemas de estómago?

—Claro que lo recuerdo, fuisteis a ver al Dr. Miller.

—Exacto. —Tardó un momento en continuar—. No sé cómo decirte esto. Henri no me acompañaba a mí, era yo quien le acompañaba a él y el Dr. Miller no es especialista en digestivo sino neurólogo. Henri tiene un tumor cerebral; solo lo sabíamos el médico, él y yo, pues no quiso que lo supiera nadie más. El doctor no le dio más de dos años de vida. Se compró la avioneta para poder volar antes de perder la vista y porque pensó que estaría bien morir en el cielo; decía que llegaría antes si moría volando. Ya sabes cómo es Henri... No hubo forma de hacerle desistir.

Yo no podía articular palabra. Mi mente solo repetía: ¡No puede ser!, ¡no puede ser! María me cogía por el hombro intentando ahogar sus gemidos. Paolo continuó hablando.

—Sí, ya sabes cómo es Henri, él nunca pierde la esperanza. Y fue la esperanza en que volverías y en la felicidad que aún os esperaba lo que le ha mantenido casi tres años más de lo previsto. No sé de dónde sacó la energía para vivir como lo habéis hecho. Me insistió, cuando regresaste, en que no te contara nada; me dijo que no sabía el tiempo que le quedaba pero que teníais que recuperar toda una vida y que no quería sombras que la oscurecieran.

La espera se hizo eterna, pero, por fin, llegó la ambulancia. Yo fui con Henri; Paolo y María nos seguían en su coche.

Henri estaba ingresado y lleno de tubos; permanecía la mayor parte del tiempo inconsciente. El doctor nos dijo que le quedaban horas. Yo permanecí a su lado y también Paolo y María se quedaron con nosotros. El doctor venía cada media hora para seguir el funcionamiento del corazón de mi marido que se iba apagando como una vela.

–Hola –me dijo una de las veces que abrió los ojos–, ¡qué susto!, ¿verdad? –intentó bromear.

–¿Por qué no me lo dijiste? Si lo hubiera sabido no me habría marchado.

–Por eso no te lo dije. –Su voz era débil–. Si no te hubieras marchado, en vez de estar aquí con mi mano entre las tuyas, estarías en el pasillo contando los segundos que te quedan para ser viuda y libre.

–Oh, Henri, te quiero –dije sin poderme contagiar de su aparente buen humor, pero él estaba inconsciente de nuevo.

–Margueritte. –Se despertó poco después–. Quiero que vuelvas a Francia. Compra Saint-Sybelie para mi madre.

–Lo haré. Te lo prometo.

No pude decir mucho más, apenas podía hablar y él se había vuelto a dormir.

–Llévame a Périgueux –dijo cuando volvió a despertar.

–Así lo haré, cariño, así lo haré.

–Margueritte, te amo.

–Henri, te amo.

Se quedó dormido y ya no volvió a despertar. Poco después, el doctor Miller certificó su fallecimiento. Era el siete de diciembre de 1941, un día triste para los Estados Unidos, para mí y para todos los que formábamos nuestra familia. Cuando Henri expiró, los japoneses estaban bombardeando Pearl Harbour, horas después los EE.UU. entraban oficialmente en la Segunda Guerra Mundial y yo estaba convencida de que mi vida se había ido con mi marido.

Paolo, María y sus hijos, fueron mi gran apoyo en aquellos momentos tan tristes, sobre todo la chiquitina, María Margarita; tenerla en brazos me hacía sentirme más cerca del cielo, más cerca de Henri, mi único amor verdadero.

Le he sobrevivido demasiados años y estoy deseando reunirme con él. Pero antes quedan cosas por contar.

Un beso.

M. B.

Sospechaba el contenido de la carta y, aun así, la muerte de Henri me afectó mucho y volví a pensar que la vida no es justa y que la felicidad no dura mucho. En mi vida había conocido buenas personas, pero a nadie como él. Tal vez en este siglo estemos hechos de otra pasta, o tal vez él fue de esas personas que cuando la hicieron rompieron el molde, como se dice coloquialmente; en cualquier caso, fue un hombre sabio, quizás un alma vieja, según se juzga ahora.

Al despertar, decidí no esperar a que acabase la vendimia e ir esa misma mañana al archivo. Tenía prisa por conocer a Camille Esteve, por saber más de mi casa y de sus antiguos propietarios. Estaba preparando café cuando mi hermana salió de su cuarto.

—Vamos a ir de excursión al Perigord Verde. Me llevó Marcel cuando estabas en París y es una auténtica belleza. Lo comenté anoche y August quiere hacer fotografías. Será un día fantástico.

—Prefiero quedarme, Roxanne. Quiero ir, otra vez, al Archivo Histórico y conocer a Camille Esteve; estoy deseando saber más de esta casa y de quienes la habitaron.

—Podrías ir mañana.

—No, quiero hacerlo hoy. Además, no tengo muchas ganas de excursión.

—¿Te pasa algo?

—Algo —contesté y le di la carta—. Lee. No es muy alegre, te lo advierto.

Mi hermana empezó a leer, se dejó caer en un sillón y su expresión se iba haciendo más grave a medida que leía. Serví café y lo tomamos en silencio.

—Voy al mercado —dije—, quiero comprar flores y llevarlas al cementerio.

—Te acompaño —decidió ella.

El mercado estaba todavía más bonito a esas horas tan tempranas; eran las siete y media y todo estaba recién colocado. No había mucha gente aparte de los comerciantes. Devolví algunos saludos pues, desde el día de la inauguración del jardín, me saludaban muchas personas a quienes antes no conocía. Compramos las flores y fuimos al cementerio; acababan de abrir, pero ya pudimos ver a una familia con una urna funeraria.

—Roxanne, quiero que me incineren —dije—. Te lo digo por si me muero antes que tú.

—Yo también quiero que me incineren y, como soy mayor que tú, espero morirme antes. No pienso pasar el mal trago de enterrarte.

No contesté nada. Ambas estábamos muy sensibles esa mañana. Un par de minutos después llegamos a la tumba de Henri y Margueritte.

—Qué sencilla —comentó mi hermana.

—Sí. Sophie debió venir ayer.

—¿Cómo lo sabes?

—Prometió a Margueritte que no faltarían nunca flores en su tumba. Estas están muy frescas todavía.

Pusimos nuestras flores junto a las otras y nos quedamos calladas en pie.

—¿Tú rezas cuando vienes? —me preguntó mi hermana.

—Nadie nos ha enseñado a rezar, no sé hacerlo. Yo les cuento cosas y les doy las gracias.

—¿Cómo?

—Pues... Gracias Margueritte por tu legado, porque me ha cambiado la vida. Gracias por compartir tu vida con nosotras y porque gracias a todo esto he salido del vacío de mi alma y he recuperado la alegría de vivir.

—Ojalá estéis juntos de nuevo y que, donde sea que moren las almas, las vuestras permanezcan unidas en el amor para siempre –añadió mi hermana.

—Roxanne, creo que acabas de rezar. Has hecho una oración preciosa.

Y permanecimos unos instantes en silencio, cogidas del brazo, observando aquella lápida lisa y sencilla con solo dos nombres; dos personas cuya existencia habíamos tenido el privilegio de conocer. Después, Roxanne se llevó el coche a Saint-Sybelie y yo me dirigí al archivo.

El mostrador de información lo ocupaba el mismo chico de la vez anterior; me acerqué y repetí el rito hecho dos días antes: me identifiqué y pregunté por Camille Esteve.

—¡Oh, no sabes cuánto lo siento! –dijo aquel chico–. Camille está con el alcalde; tiene que discutir unos presupuestos con él y algunos concejales. Estará fuera toda la mañana.

En estos sitios oficiales o encuentras gente verdaderamente encantadora o muy estúpida; en este caso, Antoine Petit (eso ponía en la etiqueta que llevaba en el bolsillo de su camisa) era una persona encantadora pero, a pesar de lo muy agradable que el chico me resultara, no estaba dispuesta a continuar desplazándome para nada, así que le pedí que me concertase una visita con la directora. Amabilísimo me aseguró que lo haría en cuanto ella regresara y que me telefonearía inmediatamente.

Volví a casa caminando, ya no hacía tanto calor y el paseo constituyó un placer. El campo había cambiado de color y no parecía el mismo. Entendí por qué algunos pintores habían pintado el mismo paisaje en las diferentes estaciones: el color los hacía completamente distintos. Estábamos casi en otoño y había en el ambiente ese algo invisible y sutil que empezaba a invitar al retiro en la intimidad, a la introspección, a una cierta melancolía.

Mis hermanos ya se habían marchado cuando regresé y, como los obreros habían terminado, tenía toda la casa para mí sola, lo cual me hizo estremecer de placer. Puse, como en otra ocasión, la *Sinfonía n.º 42* de Mozart en el reproductor de vinilos, giré al máximo el botón del volumen y salí al vestíbulo. La sensación fue arrebatadora e hice algo que nunca había hecho: me puse a girar, bailar, saltar, correr y mecerme al ritmo de la música; luego me tumbé en el suelo y estuve rodando; y después me quedé contemplando el artesonado. Estaba tumbada en el suelo de mi casa, respirando el oxígeno de mi casa, echando raíces en mi casa; porque aquella era mi casa, pertenecía a ella y, como tiempo atrás en el jardín, sentí que la casa estaba viva, que aquel era mi sitio y que definitivamente me instalaría allí, sola o acompañada, porque ya no tenía miedo. Me levanté, subí las escaleras corriendo y empecé a recorrer todas las habitaciones para encontrar la que sería la mía. Excluí la de la Cenicienta y la que ahora ocupaban August y Odette; sabía que ninguna de esas dos era la mía. ¿Cuál era la mía, entonces? Lo sabría cuando estuviera en ella. Y sí, la encontré en la parte izquierda de la casa, en la torre cuyas ventanas daban al jardín y a la entrada principal; tenía, en el cuarto de baño, una bañera de cobre que era carísima, según me informé en internet. Allí no pude girar ningún grifo, todos estaban totalmente sellados por el óxido. La alcoba era muy amplia, las paredes tapizadas en una seda color malva con motivos florales de líneas muy finas, aunque bastante ajada en muchos sitios; había un diván y dos sillones Luis XV que habría que tapizar de nuevo; la cama con dosel no me gustaba, así que, salvo la cama, conservaría todo lo que allí había.

Mientras daba vueltas en mi cabeza pensando cuánto podría costar dejar aquella habitación en condiciones, pensé en el tesoro. ¿Y si estaba allí? Este era uno de los dormitorios principales, seguramente aquí habrían dormido el conde de Saint-Sybelie y su esposa, por lo tanto, resultaba bastante coherente que ellos mismos fueran los custodios de su tesoro, si existiera. Estuve buscando y encontré una puerta que no había distinguido porque estaba tapizada con la misma tela de la pared y pasaba totalmente desapercibida; por ella accedí a un vestidor bastante grande con un espejo enorme en la pared frontal, un tríptico en el que podrían verse también por la espalda; en el centro había un asiento bajo circular de unos setenta centímetros de diámetro y, a los lados, armarios abiertos con barras para colgar, lejas y cajones que parecían posteriores al resto de la habitación. Estuve golpeando con los nudillos, pero no sonaba a hueco en ningún sitio. Pensé que me estaba obsesionando demasiado y salí de allí. Decidí ir a comer al hotel con Sophie y el resto de la familia.

Entré directamente en la cocina, saludé a Sophie y fui poniendo la mesa para nosotros. Nos sentamos a comer Sabrina, Gastón, Sophie y yo; poco después llegó Marcel, quien había ido a llevar a su hija con los abuelos pues pronto empezaría el colegio y tanto la niña como ellos querían pasar unos días juntos.

—¿Has visto a Camille Esteve? —me preguntó Sophie.

—Todavía no. He estado dos veces en el archivo, pero no la he encontrado. Han quedado en concertarme una cita y avisarme. El chico que me atendió es muy agradable.

—Ella también es muy agradable, te gustará —dijo Sophie mirando a su hermano.

Yo le miré también y me pareció que se encontraba incómodo.

—Es una mujer muy inteligente y culta —continuó Sophie–. Ha hecho un trabajo extraordinario de restauración y recuperación de documentos antiguos.

En ese momento sonó mi móvil: número desconocido. Descolgué y al otro lado estaba la mismísima Camille Esteve, como si supiera que estábamos hablando de ella. Sabrina dijo que eso era sincronicidad.

–¿Juliette Moreau? –preguntó–. Soy Camille Esteve, no sabe cuánto lamento no haberle podido atender antes.

–No tiene importancia –dije.

–Me parece una descortesía hacerle volver una tercera vez y he pensado que podríamos vernos esta tarde, si no tiene usted inconveniente, claro.

–Por mí no hay problema. Dígame usted dónde y cuándo –acepté entusiasmada.

–Pues había pensado desplazarme yo a la mansión Saint-Sybelie; debo ser la única habitante de Périgueux que todavía no ha visto sus jardines y, la verdad, me encantaría.

–Oh, claro, no hay inconveniente. –Miré el reloj, eran las tres y media–. ¿Sobre las cinco y media le parece bien?

–Sí, perfecto. A las cinco y media estaré en Saint-Sybelie. Gracias.

Terminamos de comer y me marché. Quería limpiar y recoger un poco la parte de la piscina y también la zona que habitábamos por si nos quedábamos dentro. Guardé el vinilo que estaba todavía en el tocadiscos y, cuando todo estuvo limpio y recogido, recorrí el jardín retirando hojas y flores secas, aunque estaba perfecto pues los jardineros venían cada dos semanas.

A las cinco vino Sophie; Camille la había llamado para pedirle que hiciera de «Introductor de embajadores». Ellas tenían muy buena relación y, por lo visto, Camille sabía que nosotras también. Sophie trajo un termo con café, otro con té, una tarta de manzanas y una botella de champán. ¡Menuda fiesta! A las cinco y media en punto sonó el teléfono de Sophie.

—Ya está aquí –dijo–. Hemos quedado en que marcaría a mi móvil cuando llegase.

Las dos salimos a recibirla. Me apetecía mucho conocer a aquella mujer por todo lo que pensaba que podría aprender de la mansión y también, debo decir, que empezaba a sentir curiosidad por ella misma, por su persona.

—Pasa –dijo Sophie–. La puerta siempre está abierta.

—Como antes –comentó Camille mientras se daban cariñosamente los tres besos de rigor en las mejillas.

—Sí, como antes –dijo Sophie y dirigiéndose a mí hizo las presentaciones.

—Camille Esteve, directora del Archivo Histórico. Y esta es Juliette Moreau, la actual señora de esta casa.

—Por favor, Sophie, señora es una palabra demasiado grande para mí. Encantada de conocerla Camille, sea bienvenida a Saint-Sybelie.

—Vaya –dijo Camille admirada–, el jardín está precioso.

—¿Te apetece verlo todo? –ofreció Sophie.

—Me encantaría –contestó ella y dirigiéndose a mí preguntó–: ¿podemos?

—Por supuesto –contesté.

Sophie nos cogió familiarmente del brazo a Camille y a mí, y empezamos nuestro recorrido. Nuestra invitada estaba encantada.

—¡Es precioso! Había oído muchos comentarios sobre lo hermoso que había quedado este jardín y en verdad no resultan exagerados. Me alegro de tener un motivo para estar aquí. Cuando Antoine me dijo que la dueña de Saint-Sybelie quería verme, fue como un regalo de Navidad.

Caminábamos hablando de las plantas y las fuentes. Nos sentamos en un banco y ellas empezaron a recordar cosas pasadas que yo escuchaba mientras observaba a Camille. Me pareció una mujer muy atractiva; supuse que rondaría los sesenta años, pero a pesar de tener el pelo casi blanco parecía mucho más joven; mediría alrededor de un metro setenta y era muy delgada; llevaba el pelo muy liso en una melena corta y lucía un vestido adlib blanco, unas sandalias étnicas que me encantaron y un collar del mismo estilo; todo le quedaba perfecto, como si hubiera nacido con ello puesto. Hablaba de la primera vez que estuvo en Périgueux y visitó Saint-Sybelie; fue con Sophie y todavía tuvo la oportunidad de conocer a Margueritte, quien mantenía toda su lucidez, aunque ya era muy mayor. Camille contó que se entusiasmó con la idea de hacer su tesis sobre la historia de aquella casa y de quienes la habitaron. Margueritte tampoco sabía demasiado, pero puso en sus manos todos los documentos que encontró y le pidió poder leer la tesis una vez terminada.

Tomamos té en el saloncito y Camille comentó que aquel lugar le resultaba entrañable por el recuerdo del tiempo que pasó, justo donde estábamos, hablando con Margueritte.

–Verás, Camille –ya nos tuteábamos–, llevo varios meses viviendo aquí y tengo como proyecto restaurar toda la casa; pero no sé nada de ella ni de quienes la habitaron y, según tengo entendido, nadie sabe más que tú de todo esto.

–Para hacer mi tesis tuve que investigar e informarme. Te la puedo pasar, si quieres.

–Te lo agradecería –contesté entusiasmada.

No es que yo hubiese pensado en una búsqueda exhaustiva de información, pero sería interesante saber todo cuanto ella había averiguado.

Dimos una vuelta por la casa, recorrimos los salones de la planta baja. La puerta del salón grande que daba al invernadero estaba abierta y, aunque yo habría preferido no entrar, Sophie la cruzó, supuse que por inercia.

–¿Estáis haciendo arreglos? –se interesó Camille.

–Juliette está...

–Estoy intentando reestructurar esto –respondí antes de que Sophie pudiera hablar del tesoro, a la vez que le lanzaba una mirada de «cállate, por favor» pues no quería parecer una tonta ante Camille.

–Podías aprovechar para buscar el tesoro –sugirió esta.

–¿Tú también crees en eso? –preguntó Sophie devolviéndome la mirada con un «¿lo ves?».

–Es una creencia popular, hace muchísimos años que se habla de él, incluso Margueritte lo anduvo buscando.

¡Margueritte también buscó el tesoro! Eso me hizo sentir menos tonta; si ella lo creyó es porque debía de existir; claro que, por otro lado, si existiera ella lo habría encontrado.

–¿Vais a habilitar la piscina? –preguntó Camille cuando vio el hueco abierto.

–¿Sabías que ahí hay una piscina? –Esa mujer era una enciclopedia.

–Sí, claro. La mandó construir la última condesa, Isabelle Aurore Jourdan, en 1892; era una apasionada del deporte, todos los días corría durante una hora y en verano, al regreso, nadaba otra hora en el río; fue de las primeras mujeres que utilizó pantalones para correr. Construyó la piscina para poder nadar también en invierno. Por cierto, en su piscina nadaba desnuda o en maillot y no fue una mujer feliz.

Me gustaba Camille; cada vez más curiosa le pedí que nos presentase a los antiguos señores de Saint-Sybelie, y apenas un minuto después, estábamos en la galería ante los retratos.

Capítulo 20

Esa tarde recibimos la primera lección de historia de la mansión Saint-Sybelie. Camille tenía una memoria prodigiosa porque en ningún momento titubeó ni manifestó dudas sobre algún dato.

–El primer conde de Saint-Sybelie –comenzó a explicarnos ante su retrato–, inauguró esta mansión en 1726; su construcción duró más de tres años. Se llamaba Louis Ferdinand August. Se cuenta que vino a vivir aquí con su pequeña hija Leonor para alejarse de París, donde todo eran recuerdos de su joven esposa fallecida. En este otro lienzo podemos verle con su segunda esposa, Adéle Martignac, y con las hijas del primer matrimonio de esta, Gisele y Pauline, junto con Leonor. Adéle no era aristócrata, pertenecía a la alta burguesía, pero eso al conde no le importó pues aportó una buena dote al matrimonio. Se quisieron mucho y formaron una familia feliz.

–Sí. Eso he oído decir –comenté.

El tercer retrato correspondía a una jovencita de rostro ovalado, mejillas sonrosadas, pelo rubio recogido y piel blanca, no muy diferente al resto de los retratos de la época. Lo que destacaba en este era que el pintor había sabido concentrar toda la vivacidad de aquella joven en sus ojos.

–Aquí tenemos a Leonor Marie, nuestra Cenicienta.

Adéle sabía, por experiencia, que las circunstancias pueden cambiar la vida de repente. En una ocasión su padre se arruinó de la noche a la mañana y tardó cuatro años en recuperarse; por eso, además de cuanto las niñas estudiaban para convertirse en señoritas cultivadas, quiso que aprendieran a hacer todos los trabajos domésticos; a las niñas les encantaba porque para ellas era como un juego. Leonor disfrutaba particularmente en la cocina, pero no era demasiado pulcra y siempre iba llena de manchas y tiznajos; por eso empezaron a llamarla Cenicienta.

–Y así dio origen al cuento y a la leyenda de esta casa –apuntó Sophie.

–Tal como me has contado.

–Ya sabéis que se dice –continuó Camille–, que en algún lugar está escondido el zapato que le puso Louise Phillipe y, junto a él, un tesoro. Leonor nació en 1722; en este retrato tenía dieciséis años; cuando empezaron a pintarlo todavía estaba soltera, pero cuando lo acabaron llevaba casada más de un año y había tenido a su primogénito, que nació en 1739 y cuyo nombre era Phillipe August. Fue él quien heredó la baronía de la Cerdanya y todo el patrimonio de sus padres, salvo esta mansión.

El siguiente retrato representaba a una joven de gesto hosco, que parecía que estaba de mal humor.

–Esta joven fue un auténtico problema para su familia. –Camille estaba disfrutando tanto como nosotras–. Marie Madeleine, hija de Leonor y Louise Phillipe, nacida en 1743, era una joven demasiado rebelde y transgresora para la época. Rechazó el matrimonio que sus padres le concertaron e intentó escaparse a América. Era muy generosa con su cuerpo y amante de los placeres físicos; para evitar los frecuentes escándalos, sus padres decidieron ingresarla en un convento. Dos meses después, la abadesa instó a los padres a que se llevasen a su hija porque su comportamiento era un escándalo para las religiosas; entonces los padres la confinaron en esta mansión, bien atendida y rodeada de sirvientes y de una pequeña guardia; le concedieron el título de condesa para mantener las apariencias. Marie Madeleine no podía salir de los límites de la casa, pero dentro de ellos vivió como deseaba. No le faltaba quien le acompañase en el lecho y seguía negándose a contraer matrimonio. Cuando cumplió veintidós años, sus padres tuvieron que aceptar que se había convertido en una solterona y que nada podría hacerla cambiar, así que dejaron de intentar hacerla entrar en razón, pero no la sacaron de su confinamiento. A los veintinueve años quedó embarazada del capitán de su guardia; ambos eran amantes desde hacía tiempo y decidieron casarse, hecho que supuso un gran alivio para sus padres, aunque el marido no fuese aristócrata, pues ya era una mujer casada y la responsabilidad de sus actos recaía sobre su esposo. El matrimonio significó el final del confinamiento de Marie Madeleine –continuó Camille–. Eso y esta mansión fueron el regalo de boda de sus padres, aunque a ella le resultó indiferente, le encantaba vivir aquí y no le importaba lo que sucediese más allá de la verja del jardín.

Las voces de mis hermanos que regresaban de su excursión nos volvieron al presente. El tiempo había pasado muy rápido.

–¡Dios mío! –Sophie se alteró al ver la hora que era–. Tengo que marcharme. –Se fue casi sin despedirse regresando unos segundos después–. ¿Quieres cenar con nosotros, Camille? O mejor, ¿por qué no venís todos a cenar?

Camille aceptó la invitación, pero yo me resistí.

–Somos muchos, Sophie. Están también mi hermano y mi cuñada.

–Estupendo, así nos conoceremos todos.

–Disculpa un momento, Camille, por favor –me excusé, cogí a Sophie del brazo y la acompañé hasta la puerta–. ¿Y Gastón? ¿Crees que es una buena idea invitar a cenar a Camille?

–Por eso lo hago –hablábamos muy bajo–. Sé que a Camille le gustará hablar con él, ella tiene todo aquello superado; es él quien todavía está huyendo.

–¿Y qué esperas conseguir? Me dolería ver a Gastón pasar un mal rato.

–Pues si no quiere estar allí, que se marche. ¿Vendréis vosotros?

Dije que sí, sintiéndome cómplice de aquello, porque pensé que cuantos más estuviésemos en la cena menos incómodo se sentiría Gastón; aunque, por otra parte, el que se portó como una canalla fue él; por mucho cariño que le tuviera, tenía que reconocerlo.

Mis hermanos regresaron del viaje prometiéndose repetirlo. La belleza de aquella zona les había cautivado y apenas habían podido ver una pequeñísima parte de la región. Les presenté a Camille y, mientras ellos se duchaban y arreglaban para ir a cenar, ella siguió con sus explicaciones.

–El nacimiento de su hija Alice Marie hizo que Marie Madeleine cambiase por completo. Se dedicó plenamente a la niña y se convirtió en una madre ejemplar. Su marido, Raimond Binet, también cambió; tras el matrimonio, su nuevo cargo como dueño consorte de Saint-Sybelie, le volvió prepotente y totalitario. Olvidó sus orígenes y empezó a comportarse con los más humildes de la forma tiránica y déspota que siempre había condenado antes de verse ascendido.

–Y se acabó la felicidad.

–Así es. Él empezó a preferir a las jóvenes de la aldea. ¿Sigo o te estoy aburriendo?

–Sigue, por favor. Estoy disfrutando mucho.

–Aquí tenemos el retrato de Alice Marie, nacida en 1773. –Hizo una pausa para disculparse por no recordar las fechas completas–. Cuando la pintaron tenía once años.

El retrato representaba a una niña de cabellos castaños, mejillas rosadas, ojos claros y boca carnosa; vestía a la manera de la época, en la que se idealizaba todo lo pastoril, representando a una pastora.

—Alice era la gran pasión de su padre, quien, encumbrado como se sentía, quiso hacer de ella una auténtica dama: educada, refinada y recatada, merecedora del título que heredaría y, sobre todo, candidata a un matrimonio ventajoso para sí mismo. La madre, por el contrario, quería para su hija la libertad que a ella le habían negado, la capacidad para decidir por sí misma; así que mientras su padre le hacía recibir clases de música, su madre le hablaba de América, de viajes y aventuras.

Cuando la niña tenía cuatro años, recibieron en Saint-Sybelie la visita de Leonor, su abuela, que llegó con una enlutada Pauline, su hermanastra pequeña, y con un niño de siete años y aspecto enfermizo, cuya madre, la hija de Pauline, había fallecido dos años atrás. El padre había vuelto a casarse y el niño era incapaz de asumir la nueva situación que le afectó hasta el punto de enfermar; entonces, fue confiado a los cuidados de la abuela materna, quien pensó que Saint-Sybelie sería la mejor medicina para el chico. Pauline y Jean Robert, así se llamaba el niño, se establecieron en la mansión. Seis meses después ella regresó a París, pero su nieto no quiso acompañarla. Él quería quedarse y a Marie Madeleine le encantó la idea; se había encariñado con el niño, cuyo padre intentaría llevarle a París dos años después con el mismo resultado: Jean Robert quería quedarse aquí y su padre, esta vez, cedió. Los niños se adoraban, crecieron juntos e inseparables. Un día descubrieron que ya no eran niños, sus cuerpos habían cambiado y despertaron en ellos sensaciones nuevas, se sintieron muy atraídos…

—Y pasó lo que tenía que pasar —concluí la frase.

—Sí. Un amor apasionado y apenas cumplidos los quince años Alice quedó embarazada. Hubo un drama familiar, no porque ella fuese muy joven como sucedería ahora, entonces la mayoría de las chicas estaban casadas y eran madres a esa edad, sino porque Raimond ya tenía previsto el matrimonio de su hija con un hombre muy rico, al que Marie Madeleine se negaba por ser un pretendiente muy viejo. Además, se dedicaba a la trata de esclavos, lo que a ella le repugnaba.

–Yo sentiría lo mismo –comenté.

–Y yo también, pero te sorprendería la cantidad de aristócratas que se dedicaban a ese negocio de una manera encubierta –asintió Camille.

–Sigue, por favor. Aunque si quieres lo dejamos, no quiero abusar.

–Tus hermanos no están listos todavía y yo estoy disfrutando.

–En ese caso, sigamos disfrutando las dos.

–El diez de julio de 1789, cuatro días antes de la toma de la Bastilla, recibieron una carta de Pauline en la que les decía que las cosas se estaban poniendo muy mal en París y nada presagiaba que fueran a mejorar, sino todo lo contrario. La gente se había lanzado a las calles, ya habían sido atacados los vehículos de algunos nobles, apedreadas sus viviendas y parecía que nada podría contenerlos esta vez. Ella se marchaba a Sajonia a casa de su hermana Gisele y les sugería que, asimismo, huyeran. El día dieciséis de julio, Marie Madeleine, Alice y Jean Robert, abandonaron esta casa por la noche con lo más necesario en un coche alquilado. Parece que iban a Inglaterra, pero jamás llegaron allí. Es posible que fueran asaltados y asesinados pues nunca se encontró rastro de ellos. Yo tengo la hipótesis de que viajaron a España, que está mucho más cerca, con intención de embarcar hacia América.

–¿Y Raimond y Saint-Sybelie?

–Un mes después llegó al pueblo una pareja de jinetes; vestían pantalón largo, como los *sans-coulotte*, y bicornio con la escarapela tricolor; reunieron a todos los habitantes en la plaza, les informaron que había estallado la revolución, que la Bastilla había sido tomada y proclamada la República, que estaban ejecutando a todos los aristócratas y que ya eran todos ciudadanos iguales: *Liberté, Egalité et Fraternité*, era la nueva Francia. Preguntaron quién sabía leer y escribir, y el único que lo hacía bien y de corrido era Marcel Blisard, así que le nombraron comisionado de la República y se marcharon para seguir difundiendo la noticia y nombrando representantes en otras poblaciones.

–Y ahora entra en escena Marcel Blisard.

–En efecto. Era un hombre muy inteligente...

August y Odette salieron de su cuarto a la vez que Roxanne aparecía en el vestíbulo.

–Perdona que te interrumpa, pero ya están aquí mis hermanos.

–Es cierto. Cuando empiezo a hablar de Saint-Sybelie pierdo la noción del tiempo, pero ahora vamos a cenar, nos estarán esperando.

Y hablando de lo bello que estaba el jardín, de la temperatura que ya empezaba a descender y de alguna nadería por el estilo, nos dirigimos al hotel.

Yo estaba nerviosa, esperaba una situación tensa y algo conflictiva. Gastón estaba en el comedor y Sophie andaba atareada preparando la mesa y ultimando las viandas. Pensé que aquella mesa era mágica, siempre cabía alguien más; ahora Lumière, es decir Denis, formaba parte de la familia y era un comensal casi fijo. La cocina del hotel me parecía muy entrañable. Desde aquella noche que Sophie me llevó a ella y me preparó un chocolate, aquel lugar solo tenía buenos recuerdos, era para mí el exponente de un hogar perfecto, aunque esa noche yo tenía mis reservas sobre si sería una noche perfecta. Cuando Gastón entró desde el comedor todos estábamos charlando, se hizo un silencio absoluto y tras unos segundos eternos, saludó.

–Buenas noches a todos; buenas noches, Camille.

–Buenas noches, Gastón –respondió ella.

Y luego, como en un coro de opereta, todos los demás añadimos:

–Buenas noches, Gastón.

Él se sentó a mi izquierda y a la suya, Denis. Camille se sentó a mi derecha y a la suya, Roxanne. Aunque se notaba cierto nerviosismo más a mi izquierda que a mi derecha, la cena resultó cálida y entretenida, ambos se fueron distendiendo poco a poco; el extraordinario vino de mis bodegas también ayudó. Estuvimos hablando de la mansión; mis hermanos comentaron la excursión y nos estuvieron enseñando fotografías. Visitaron Brantôme y coincidieron con la opinión general en que era uno de los pueblos más bellos de Francia, con aquellas estrechas callejuelas medievales. También contaron que visitaron la basílica de Saint Pierre que fundó Carlomagno y el castillo de Bourdeilles; y luego, el comentario de rigor:

–Juliette, ¿cómo es posible que con el tiempo que llevas aquí no hayas ido todavía?

Y, después, el propósito de repetir el viaje conmigo incluida. Camille habló de su trabajo y se apuntó a la futura excursión; según dijo, solo había estado en Brantôme una vez hacía muchos años y le apetecía volver.

En los postres, Sophie y Denis nos anunciaron su intención de casarse. Todos lo celebramos con estrepitosa alegría y con champán. Estuvimos hablando de la vendimia que comenzaría en un par de días. Habría que hacer una buena compra, de la que se encargaría Gastón, y los demás le ayudaríamos.

–La vendimia me encanta, Sophie, y una forma de colaborar es evitar que cuando lleguen a casa derrengados, se tengan que meter en la cocina.

–Gastón, sabes que me haces mucha falta aquí.

–No exageres –contestó él–. Tienes a Sabrina y a Lumière; si va a ser parte de la familia que asuma las consecuencias.

–¡Qué cara más dura tienes!

–Tranquilízate, Sophie –intervino Denis–. Gastón y yo ya lo hemos hablado y me parece perfecto. Vamos, mujer, ¿no te apetece tenerme de pinche de cocina? Será una buena ocasión para que empieces a gritarme.

Todos, incluida Sophie, reímos con el comentario de Denis. Roxanne y Gastón quedaron para ir a comprar al día siguiente. Una de las cosas que haría falta era un arcón congelador; en la casa solo había un combi, normalmente no hacía falta más porque nunca se había juntado allí tanta gente.

La noche había sido larga y mucho mejor de lo que yo pensaba. Regresamos a casa junto con Camille, que había dejado allí su coche, y Gastón que quiso acompañarnos. Nos despedimos en la puerta esperando ver marchar a Camille que, remisa, seguía hablando, y mi hermana pensó que era ella quien esperaba que nos marchásemos para quedar a solas con Gastón, así que con discreción nos empujó hacia la casa. Desde adentro solo pudimos escuchar el principio de la conversación porque se marcharon pronto.

–¡Cuánto tiempo, Gastón!
–Mucho tiempo, Camille.
–Sube al coche, te dejo en el hotel. –La voz de ella.
–Vale, gracias. –La de él.

Antes de acostarnos dimos un último paseo por la galería de los retratos y comenté con mis hermanos lo que Camille me había contado esa tarde. Realmente era una mujer encantadora, tenía mucha clase y daba la sensación de encontrarse en su ambiente en cualquier sitio; para mí, que siempre me había encontrado fuera de lugar en todas partes, era una característica envidiable. Me costó dormir y estuve pensando que desde que llegué a Périgueux, salvo los días que estuve en París, apenas había salido de la casa ni del pueblo y me prometí que cuando acabase la vendimia me tomaría un tiempo para conocer toda aquella región que era una de las más hermosas del país. No quería volver a caer en el error de estar en un sitio «sin estar», y me planteé que, en realidad, había cambiado el taller de restauración del museo por la casa. Pensé que la noche solo traía pensamientos negativos. Me di la vuelta, busqué la postura más cómoda y, como tenía sueño, no tardé en quedarme dormida.

Me despertaron, al siguiente día, las voces de mis hermanos en el salón y salí de mi cuarto adormilada.

–Buenos días, bella durmiente –me saludó August–, estaba a punto de despertarte.

–¿Qué hora es? –pregunté.

–Las diez y media –me respondió.

–¿Por qué me habéis dejado dormir tanto?

–Para que vayas cargando pilas –contestó mi hermana sin levantar los ojos de lo que estaba escribiendo.

–¿Qué haces? –pregunté mientras me servía un café.

–Una lista de lo que necesitaremos en la casa, solo hay dos juegos de sábanas y dos mantas, media docena de vasos y media de platos, hará falta llevar más, también hay que llevar sartenes.

–Parece que conoces bien la casa –comenté con picardía.

–Pues sí, la conozco muy bien, no es la primera vez que voy a dormir allí.

El móvil de Roxanne sonó cortando la conversación. Gastón ya había adquirido el congelador; los de la tienda lo llevarían a la alquería antes de comer. Vendría a recoger a mi hermana en cinco minutos para hacer la compra, llevarla a la alquería y esperar a los repartidores. August y Odette se ofrecieron a echar una mano y yo me quedé sola en casa. No estaba muy activa ese día; no me apetecía hacer nada. Entré en internet buscando decoradores de interiores, por hacer algo que no supusiese un esfuerzo, pero casi todo lo que encontré era demasiado moderno, todo muy minimalista, mucho blanco y negro, muy frío. Yo buscaba otra cosa, alguien que se dedicara a restaurar interior y exteriormente grandes edificios antiguos. Recordé a Daniel y aún me dolía; no sabía si el corazón o el ego. Me metí en la ducha, estuve bastante tiempo dejando que el agua resbalase sobre mi cabeza y cuerpo entero, con el deseo consciente de que el agua arrastrara el recuerdo de Daniel, que desapareciese por el desagüe. Después, envuelta en el albornoz y con el pelo mojado, saqué otra carta, me serví un zumo de naranja, salí a la piscina, me acomodé en una de las tumbonas, la abrí y comencé a leer. Apenas leí el encabezamiento sonó mi móvil, pero estaba dentro de casa y no me levanté.

Querida sobrina:
Si recuerdas el momento más triste de tu vida (seguro que tienes uno aunque seas muy joven), podrás entender cómo me sentía entonces. El entierro de Henri se retrasó porque yo quería llevarlo a su pueblo, como me lo había pedido. Debido a la guerra no era el mejor momento, pero seguí el proceso adecuado para que cuando fuese posible solo hubiera que trasladarlo. Henri fue embalsamado y, como los antiguos faraones, colocado en tres féretros: dos de madera, el exterior de acero totalmente hermético y enterrado en un nicho del que sería fácil sacarlo para traerlo a Francia. En el testamento quedé heredera de todos sus bienes, salvo la avioneta, el coche y el telescopio, que fueron para los hijos de Paolo. También supe que Henri había abierto una cuenta a mi nombre en el Banco de Francia.
François me acompañó en el viaje de regreso pues no quería que lo hiciese yo sola y además deseaba ver a su madre. Desembarcamos en el puerto de Le Havre, desde donde habíamos partido veintitrés años atrás. Recuerdo que era el mes de abril de 1942, a mediados de mes, aunque no consigo recordar con exactitud el día; pero sí sé que mi primer pensamiento al desembarcar fue que, cuando me marché, Francia estaba desolada por una guerra recién acabada, y ahora a mi regreso, lo estaba

por otra que tenía unas connotaciones mucho más crueles y terribles que aquella.

Había muchos soldados alemanes armados y a medida que descendíamos del barco nos iban encaminando a las zonas donde habían establecido sus controles. No éramos muchos los que regresábamos y casi todos lo hacíamos por motivos familiares. Nos registraron y, antes de devolvernos la documentación, nos quitaron los dólares y los francos que llevábamos en la cartera; por suerte no registraron el abrigo que yo llevaba colgado del brazo y que dejé sobre la mesa del control, así pasamos una cantidad de francos, escondidos en el forro, que tuvimos que cambiar luego por marcos alemanes, porque todo el norte y el oeste de Francia, donde se encontraba Périgueux, se hallaba en la zona ocupada y la moneda en uso era el marco. Mis conocimientos de alemán, aunque oxidados, nos resultaron muy útiles; respondí a todas las preguntas, dije que era viuda, que muerto mi esposo regresaba al país, que me acompañaba mi cuñado y que íbamos a Périgueux a reunirnos con mi suegra. Nos metieron en un camión y nos llevaron a París desde donde unos días después saldría un autobús hacia Burdeos. El camión nos dejó frente al ayuntamiento en el que ondeaba la bandera con la esvástica; se me encogió el estómago y sentí náuseas. Había vehículos militares y soldados alemanes por todas partes: prepotentes, inmisericordes. Los civiles caminaban deprisa, apenas sin levantar los ojos del suelo. Se olía la impotencia, la tristeza y sobre todo el miedo. Solo algunos niños jugando por allí ponían una nota de vida y de normalidad con la alegría de su inconsciencia. Todo esto, unido a la depresión en la que me hallaba, desencadenó en mí un llanto incontrolable. François me pasó la mano por el hombro, me besó en la mejilla y también con los ojos húmedos me dijo: «Debes ser fuerte». Caminamos hasta encontrar un hotel donde alojarnos. Mi cuñado quiso que me quedase en mi cuarto y que descansase mientras él buscaba un banco donde poder cambiar algunos francos, pero preferí acompañarle, no quise quedarme sola.

París me pareció más triste todavía y mi ánimo se ensombreció aún más, pero intenté reaccionar. François tampoco lo estaba pasando bien y yo era consciente de que no le ayudaba mucho tener a su lado un manantial de lágrimas. Cuando salimos del banco, mi cuñado sugirió ir a comer, llevábamos más de doce horas sin tomar nada; aunque no tenía apetito dije que sí por él. Entramos en el primer restaurante que encontramos; daba la sensación de ser muy viejo, tampoco había carta dónde elegir, solo había un guisado de carne y, para beber, agua o vino. Mi cuñado empezó a comer con apetito y, debo reconocer, después de dos copas de vino y de la mitad de la comida que había en mi plato me sentí mucho mejor; un par de copas más y recordé aquello que decía La Biblia: *«...vino que alegra el corazón del hombre». Era cierto, me encontraba mucho mejor y empecé a observar a mi alrededor. París estaba ocupada, pero los franceses seguían siendo libres y admiré el coraje de todos aquellos que a pesar de las circunstancias seguían viviendo con ganas y esperanza. Decidí caminar hasta casa de mis padres para ver a mi hermano y a su familia; habíamos mantenido correspondencia, y aunque hacía bastante tiempo que no tenía noticias suyas, sabía que se había casado, que tenía dos hijas, que conservaba la fábrica y que cuando mis padres murieron él siguió viviendo en la casa familiar que había modernizado y dotado de todas las comodidades de entonces; también supe que Ninette permaneció con ellos hasta que falleció.*

François quiso acompañarme y media hora después estábamos en la puerta principal. Tuve la desagradable sensación de que la casa estaba abandonada; sin embargo, había electricidad porque cuando pulsamos el timbre pudimos oírlo sonar, aunque nadie acudió a abrir la

puerta. Entonces dimos la vuelta a la casa; me sorprendió que la puerta de la verja estuviera abierta y que tampoco en aquella parte se observara movimiento alguno. Llamé con los nudillos en la puerta de servicio. Nada. Terminé aporreando la puerta con todas mis fuerzas. Quería que Ninette la abriera y me abrazara muy fuerte, pero ella había muerto y nada se movió. Ninette no estaba, ni Jacques, ni nadie. Me quedé frente a la puerta callada e impotente hasta que mi cuñado me tomó del brazo y regresamos al hotel.
No fue un buen día y al recordarlo aún me entristezco. Estoy cansada ahora. Mañana más, cariño. Te quiere, tu tía.
M. B.

De mañana nada, ahora mismo. La carta me parecía el primer capítulo de una serie: te ubica, te muestra el ambiente, despierta tu curiosidad, pero no revela qué sucedió y yo deseaba saberlo ya. Vi la lucecita de mi teléfono parpadear, pero pasé de mirar de quién era la llamada. Si alguien tenía interés en hablar conmigo que llamase más tarde. Me acomodé de nuevo en la tumbona y abrí la carta siguiente.

Querida sobrina:
Disculpa la debilidad de esta anciana. Ya recuperada continúo con lo que sucedió por aquellos días en París.
Llegamos al hotel antes del toque de queda. Teníamos habitaciones contiguas y François me hizo prometerle que golpearía la pared si necesitaba algo. Pasé la noche entre la vigilia total y el duermevela, se me hizo eterna. Cuando empecé a ver claridad me levanté y decidí ir a la fábrica, necesitaba ver a mi hermano. Pedí en recepción papel y lápiz, escribí una nota para mi cuñado diciéndole adónde iba, la metí por debajo de su puerta y me marché. Tardé una hora en llegar. Me crucé con los soldados que patrullaban por toda la ciudad, todos los edificios

oficiales ondeaban la bandera con la cruz gamada, ahora estaban bajo control alemán; así también los museos, teatros, las bibliotecas, los hospitales... Mis pasos resonaban sobre los adoquines y en un par de ocasiones pensé que me seguían, pero no me volví para asegurarme, tenía miedo. Traté de pensar que la idea era estúpida, ahora tenía cuarenta y cuatro años, ya era una vieja, enlutada y amargada, ¿quién se iba a fijar en mí? Continué mi camino hasta llegar a la fábrica. Me identifiqué y pregunté al primero que vi por mi hermano; este llamó a otro que se presentó como el encargado y me dijo que Jacques estaba de viaje comprando materia prima y que regresaría la semana siguiente.

–Dígale que he estado aquí, que en un par de días me marcho a Périgueux, pero que ya no volveré a América. Dígale que estoy bien y que me voy con la tristeza de no haberle podido ver, que no sé cuándo volveré a París pero que me gustaría verle entonces.

Emprendí el camino de regreso al hotel, no quería que mi cuñado se preocupara si me retrasaba demasiado. Entonces vi cómo una compañía de soldados alemanes metía a golpes en un camión a un grupo de personas que llevaban la estrella de David pintada en una manga, había hombres jóvenes, pero también ancianos, mujeres y niños. Empecé a llorar de rabia e impotencia. Quise gritar, insultar a aquellos sicarios, pero empecé a notar un sudor frío, me zumbaban los oídos, estaba muy mareada, oí el ruido que produjo mi cabeza al golpear sobre el suelo y después la oscuridad y la nada. Cuando abrí los ojos estaba en la cama, en un hospital o quizás un ambulatorio porque solo me habían quitado el abrigo. Una monja vestida de blanco iba a tomarme la tensión. Al verme consciente me sonrió.

–No tema, señora, no le pasa nada.

Aún desorientada miré a derecha e izquierda, la religiosa me puso la mano en la frente.

—Tranquila. Somos gente de bien. Está usted en un hospital, pequeñito, pero hospital. Ha sufrido usted una lipotimia.

—¿Cómo he llegado aquí? –pregunté.

—Unos vecinos de la calle la trajeron cuando se marchó el camión –respondió–. Su tensión se desplomó, pero ahora está usted bien, la tensión ya es normal y, salvo por un chichón que le dolerá varios días, está usted recuperada. Ahora le traerán algo de comer, tiene usted la mucosa ocular muy blanca, es posible que tenga un poco de anemia.

—Gracias madre, es usted muy amable, pero tengo que marcharme.

Me levanté y un ligero vahído hizo que me tuviese que sentar en la cama. En ese momento otra monja llegaba trayendo un tazón humeante en un plato con unas galletas y una servilleta limpia y planchada.

—¿Ve cómo debe esperar un poco? Y no soy madre, solamente hermana.

Se quedó conmigo hasta que me tomé el tazón de leche y las galletas. Tenía una bonita sonrisa y a pesar de ser muy joven transmitía mucha paz.

—¿Vive usted por aquí? –preguntó.

—No, acabo de regresar de América y voy a Périgueux, pero antes quería ver a mi hermano; es el dueño de la fábrica de telas, pero está ausente.

—Vaya, lo siento, señora...

—Bouvier. Soy Margueritte Bouvier. Ya me encuentro bien, gracias.

Tomó el servicio de loza de mis manos y sonriendo dijo:

—Póngase en pie y si ya no se marea puede marcharse cuando quiera. —Me puse en pie y me sentí bien. Pregunté cuánto había que abonar. Ella me contestó que había otros más pobres y que se sentirían pagadas si mi caridad era para ellos.

Cuando me marché, la hermana se acercó a un médico joven, le pidió que le acompañase a la puerta y señalándome con la cabeza le dijo:

–Es Margueritte Bouvier, la hermana de Jacques Bernard.

–¿Estás segura? –preguntó él.

–Ella me lo ha dicho. Dice que acaba de regresar de América y que va a Périgueux.

–¿Me puedes sustituir? –preguntó el médico quitándose la bata.

–Claro –contestó la monja–. No te preocupes por nada.

Esto lo supe después, pero ahora continúo. Apenas había caminado unos cincuenta metros cuando sentí que alguien me seguía, me giré lo suficiente como para comprobar que esta vez era cierto y aceleré el paso.

–Espera, espera, por favor –dijo la voz masculina a mi espalda.

Tuve miedo y eché a correr, pero aquel hombre me alcanzó en seguida y me sujetó por un brazo; quise gritar, pero no pude porque él me puso una mano en la boca.

–Margueritte, Margueritte, no te asustes, no voy a hacerte daño.

Me llamaba por mi nombre y había algo familiar en su rostro, pero no podía recordar. Aquel hombre era bastante más joven que yo.

–Soy Michel, Margueritte, Michel Bouvier, el hermano pequeño de Henri, ¿no me recuerdas? Soy tu cuñado Michel.

–¡Dios mío!

No pude decir nada más. Claro que había algo familiar en su rostro, tenía los ojos de Henri y sus rasgos eran muy parecidos. Se me hizo un nudo en la garganta y le abracé con fuerza mojándole con lágrimas la camisa. Aquel encuentro supuso mi única alegría desde la muerte de mi marido, temí que fuera un sueño y quise aferrarme a él con todas mis fuerzas. Él reaccionó primero.

—Margueritte, ¿qué haces aquí? ¿Dónde está Henri?

—He regresado —contesté—, he venido para ir a Périgueux, con tu madre, para cumplir la última voluntad de Henri.

Él acusó la sorpresa.

—¿Henri ha muerto? —preguntó muy afectado.

—Hace cuatro meses. Pensé que te lo habría dicho tu madre.

—Hace mucho que no tengo noticias de ella, la mayoría de las cartas se pierden. ¿Y François? ¿Cómo está mi otro hermano?

—François está aquí. Ha querido acompañarme. No estoy muy bien desde lo de Henri y ha querido asegurarse de que no me pase nada; además tiene muchas ganas de ver a vuestra madre. Él no sabe dónde estoy ahora. Le he dejado una nota diciéndole que iba a la fábrica de mi hermano, pero no sabe dónde está ubicada. Es muy tarde y seguro que estará preocupado.

—Ven, vamos al hospital y llamaremos por teléfono al hotel.

Así lo hicimos. Conseguí hablar con François, le dije que me había perdido pero que estaba bien y que me esperase en el hotel. Por expreso deseo de Michel no le dije que nos habíamos encontrado; quería dar una sorpresa a su hermano.

Un vecino de Michel nos condujo al hotel en un desvencijado motocarro. Dentro del vehículo íbamos muy apretados, pero dadas las circunstancias aquello me pareció un lujo.

—Esta es mi cuñada, Germinal —dijo Michel a su vecino y en tono fingidamente lastimero añadió—: pero no se acordaba de mí.

—Claro que me acordaba de ti —me defendí en la misma forma distendida—, pero la última vez que te vi tenías siete años y ahora tienes treinta, ¿qué esperabas?

Michel me hizo hablar de América y Germinal con-

cluyó diciendo «todo lo que son los Estados Unidos actualmente se lo deben a Francia. Sin la ayuda de los franceses jamás habrían conseguido la independencia, ¡y mira cómo nos lo pagan! Ni en esta guerra ni en la anterior han hecho cuanto habrían podido por ayudarnos». Germinal estuvo despotricando contra los americanos, pues, aunque sabía que se habían aliado con Inglaterra y Francia contra el Eje, le parecía que su intervención no era suficiente. La conversación acabó y el trayecto también. François estaba paseando por la acera muy preocupado. En cuanto bajé del vehículo vi que se encaminaba enojado hacia mí.

–¿Te parece bien lo que has hecho? –me reprendió como si yo fuese una niña y él mi padre.

–Sí, y a ti también te lo va a parecer –dije sonriendo–. Te traigo un regalo.

–Hola François –dijo Michel que acababa de despedir a Germinal.

–¡Michel!

Él sí le reconoció a pesar de los años transcurridos. Se fundieron en un profundo abrazo. Ninguno podía articular palabra. Cuando ambos se recuperaron de la emoción del encuentro, nos encaminamos al restaurante donde habíamos comido el día anterior. Era mediodía, y a pesar de los alemanes, nos sentíamos felices y hambrientos.

Y me temo que no voy a poder contarte nada más en esta carta. Recordar y escribir a mi edad supone un gran esfuerzo.

Un beso. Te quiere, tu tía.
M. B.

La luz parpadeante del móvil me recordaba que alguien me había llamado. Era Camille; eso me pareció importante y le devolví la llamada. Era más de mediodía, pensé que ella estaría todavía en el trabajo.

—Hola, Juliette, ¿cómo estás?

—Buenos días, Camille, acabo de ver tu llamada —mentí.

—Sí, solo quería saber si podríamos vernos hoy para darte mi tesis.

—Sí, claro, podemos quedar esta tarde.

—Había pensado en ir juntas a comer —dijo ella—. ¿Te apetece?, vamos, si no tienes planes con tu familia.

—En este momento estoy sola, han ido todos a la alquería y no sé cuándo vendrán. Me apetece muchísimo ir contigo.

—Acabo en una hora. ¿Quedamos en la puerta del ayuntamiento?

—Allí estaré.

Fuimos a un restaurante del que Camille era cliente asidua. No era muy grande y el personal la trataba con mucha familiaridad. La comida resultó deliciosa y la conversación también. Camille era extrovertida y tenía gran capacidad de comunicación. Me contó que había nacido en Caen, Normandía, pero no me dijo cuándo.

—La edad he decidido callármela —me confesó—. Todo el mundo me dice que estoy muy bien, ¡y lo estoy! No me gustaba que, cuando decía mi edad, el comentario era: «Ah, pues te conservas muy bien», y eso de conservar me sugiere el formol o una fecha de caducidad. No me gusta nada que me digan eso.

Me contó que su padre trabajaba en la Renault y su madre era enfermera en el hospital universitario. En su momento pensaba estudiar en la universidad de Caen y trabajaba de camarera en un pequeño hotel para sacarse algún dinero. Una tarde llegó un grupo de universitarios de París, uno de ellos se llamaba Gastón, no era el más alto ni el más guapo del grupo, pero tenía algo especial. Se enamoró de él y decidió estudiar en París. Sus padres pusieron el grito en el cielo, eso era muy caro, pero como una hermana de su padre vivía en la capital y podría alojarse con ella, acabaron por ceder aunque no entendían el repentino interés de su hija por estudiar en París. Su tía tenía una peluquería en la que Camille trabajaba los fines de semana; aquella siempre había deseado tener una hija pero solo tuvo dos hijos varones, por lo que se dedicó a mimar a su sobrina, a la que adoraba, y a darle las alas que debía tener una mujer moderna.

—Cuando terminé los estudios estuve una larga temporada con ella. Después encontré trabajo, me independicé y me quedé en París.

Fuimos pasando de un tema a otro. Yo le hablé de mí, pero sin profundizar mucho, no era tan extrovertida como ella y había cosas que no me apetecía contar. Acabamos hablando de la mansión Saint-Sybelie.

—Conocí a Margueritte... Creo que fue en el verano de 1978 —dijo—. Ella tenía más de ochenta años, pero estaba perfectamente lúcida, era muy inteligente, activa, culta y tenía mucha personalidad; le encantaba la jardinería y las plantas tropicales que se hacía traer de diferentes lugares. Recuerdo que tenía una gran variedad de orquídeas. Decía que dedicarse a ellas era como ser colaboradora con la creación. Puso a mi disposición todos los documentos que encontró en la casa y, cuando yo llegaba cada tarde, tenía preparado café y pastas. Le encantaban el café y las pastas que hacían en La Parisienne. Era muy golosa, ¿sabes?

No, no lo sabía, pero hablar de ella y esos detalles tan sencillos que me daba me hacían sentirla más cercana y creaba entre Camille y yo el vínculo que surge entre dos personas que aman a alguien en común. Le hablé de las cartas de Margueritte, de esa parte de su vida que ella ignoraba; sus ojos brillaron de interés y le ofrecí leerlas, segura de que a Margueritte no le habría molestado.

Pasaron las horas sin darme cuenta. Sonó mi teléfono, mi hermana quería saber dónde estaba. Ellos estaban también en Périgueux, habían venido a hacer un poco de turismo y querían unirse a nosotras, así que vinieron donde estábamos. Gastón también vino con mis hermanos. Se sentó junto a Odette, frente a su exnovia, y me pareció que la miraba de una manera especial. Cenamos juntos y nos despedimos de Camille en la puerta de su casa. Era tarde y al día siguiente había que madrugar para ir a la alquería.

–Podrías acercarte al viñedo algún día –la invitó Gastón–. Antes aquello te gustaba mucho. Eras rápida vendimiando, ¿recuerdas?

–Sí, Gastón, lo recuerdo perfectamente. Gracias por la invitación. Es posible que vaya.

Capítulo 21

A media mañana salimos todos hacia los viñedos. La vendimia duraría unas tres semanas, yo estaba segura de que no aguantaría tanto; me llevé la ropa imprescindible, la tesis de Camille y las cartas que me quedaban por leer. Nos instalamos en la casa y después fuimos a las bodegas. Marcel y sus compañeros habían dividido las viñas en sectores, cada cuadrilla de vendimiadores trabajaría un sector con uno de ellos o de los *vignerons*; cuando estuvieran recogidos todos los racimos de un sector comenzarían con otro. Unos grupos cortarían la uva destinada a vino blanco, que se colocaría en unos serones de color amarillo, y otros, la uva destinada a vino tinto, que pondrían en serones negros. Solo un pequeño sector había sido ya vendimiado. Marcel nos explicó que esos racimos los cortaban ellos y que iban destinados a vinos superiores pues, según nos dijo, el vino de esas uvas no podríamos beberlo hasta doce años después. Nos dieron guantes y una tijera para vendimiar. Gastón debió entender, por mi expresión, que me sentía incapaz y se acercó, me pasó el brazo por el hombro y me dijo con ternura:

–Ven, pequeña, yo te enseñaré.

–No voy a poder, Gastón, esto es muy grande.

–Sí, lo es, pero no has de vendimiarlo tú sola. –Me tranquilizó–. Vamos, no te asustes. Te diré cómo se hace.

Me puse los guantes, Gastón me explicó cómo tenía que sujetar los racimos y por dónde había que cortar, pero la tijera se me caía constantemente de las manos y con los guantes me sentía muy torpe, así que me los quité. Aquello era otra cosa. El día pasó rápido y me acosté pronto; había que madrugar, aunque no empezaríamos a trabajar hasta que clarease el siguiente día.

Gastón preparó un desayuno tan abundante que me pareció una barbaridad; ignorando lo que me esperaba, solo tomé un zumo y una tostada. Tres horas después estaba muerta de hambre. Éramos unas treinta personas, seis por sector. No se me dio tan mal como esperaba, pero en el tiempo que yo vacié una cepa, Roxanne había cortado los racimos de tres y el resto del grupo había llenado un par de serones. Paramos para comer y seguimos con la labor hasta que empezó a oscurecer. Tenía las manos llenas de ampollas y arañazos, pero al menos no me había cortado. La espalda me dolía muchísimo, así que tomé algo ligero y me acosté. «Mañana», pensé, «trabajaré también y cuando acabemos por la tarde, lo dejaré». Creí que no podría dormir por los dolores y porque extrañaba la cama, pero pronto caí en un sueño profundo.

No lo dejé. Poco a poco me fui acostumbrando al trabajo y aunque nunca llegué a la pericia de los vendimiadores profesionales, llegué a tener bastante soltura. Las noches eran estupendas: Gastón era un gran cocinero, entre todos recogíamos después de cenar y luego nos quedábamos charlando o jugando a las cartas o al Trivial hasta tarde. August y Odette se marcharon pocos días después. Los acompañé a la mansión a recoger sus cosas y mi casa me pareció más bella que nunca. Marcel recogía los viernes a Ségolène, quien se quedaba con Sophie porque ya había empezado el curso escolar, y pasaba los fines de semana con nosotros; el resto de la semana, Marcel y Roxanne dormían juntos. Una mañana mientras nos aseábamos le comenté a mi hermana que aquello me parecía una tontería y ella me dijo que no querían confundir a la niña durmiendo juntos cuando estuviera ella.

–Me parece una gilipollez –opiné–. ¿Aún no sabéis qué hay entre vosotros? ¡Sois adultos!

–Eso no es cosa tuya. –Roxanne estaba incómoda–. Así está bien. –Y dio por zanjado el tema.

Y como mi hermana tenía razón pues no era cosa mía, decidí no volver a preguntar. Una de aquellas noches que estábamos solo los cuatro, no sé cómo, salió Camille en la conversación.

–Fue mi novia –dijo Gastón.

Sorprendidos guardamos silencio, todos lo sabíamos, pero nos extrañó su confesión, él nunca hablaba de eso.

–Lo sabemos. –Marcel rompió el silencio–. Mi madre…

–Sí, claro, tu madre que no sabe tener la boca cerrada –continuó Gastón–. ¿Os dijo también que la dejé?

–Sí –contestó su sobrino.

Mi hermana y yo permanecíamos calladas, intuíamos que era un momento muy íntimo y no sabíamos si Gastón estaba haciéndonos aquella confesión a nosotros o a él mismo.

–Fui un estúpido, nunca me arrepentiré lo suficiente. –Hablaba bajo e intentando tragar el nudo que tenía en la garganta.

–¿Qué sucedió? –preguntó Marcel para ayudar a su tío a soltar lo que llevaba dentro.

–Fue por una bailarina venezolana –continuó.

Mi hermana y yo creímos que era mejor dejarlos solos, así que nos despedimos para darles intimidad.

–No os vayáis –pidió Gastón–, vosotras sois ya de la familia y necesito que me escuchéis.

Volvimos a sentarnos y él retomó su historia.

–Teníamos un grupo de amigos y, entre ellos, Bertrand era mi mejor amigo, hacía años que éramos inseparables. Un sábado salimos de marcha. Fuimos a una sala de bailes latinos en la que trabajaba su última conquista, Coral se llamaba; una mujer escultural, una belleza impresionante que a todos nos dejó sin aliento. Cuando acabó el espectáculo salimos todos juntos a tomar una copa. Al retirarnos, Camille me dijo que Coral me comía con los ojos. Me pareció una tontería, ¿cómo se iba a fijar en mí siendo novia de mi amigo? No sé cómo pasó, me encontré por casualidad con ellos en un par de ocasiones, en una de ellas, Bertrand recibió una llamada urgente y se tuvo que marchar dejándonos solos... Y aquella mujer me volvió loco, me enamoré como un adolescente. Me propuso marcharnos juntos y no pude decir que no. Le mandé una nota a Camille: *me voy con Coral, lo siento*. Nada más. –Guardó silencio unos instantes.

–¿Y después? –preguntó Marcel.

–Fuimos a la Costa Azul. Nadábamos, comíamos y hacíamos el amor. Una noche estuvimos en Montecarlo, en el Casino. Un hombre se fijó en ella y ella se fijó en que el hombre era muy rico. Varios días después, cuando desperté, ella estaba recogiendo sus cosas; me dejaba por él. «Eres muy bueno Gastón», me dijo, «pero esto tenía que terminar pronto. De hecho, ha durado más de lo previsto». Ella se sirvió un vaso de agua y continuó haciendo la maleta. Me dijo, además, que Bertrand le había pagado para seducirme; él quería a Camille y planeó quitarme de en medio haciéndose la víctima de Coral, para que ambos compartiendo el mismo dolor pudieran acercarse y consolarse mutuamente.

Hubo un silencio absoluto. Roxanne y yo no nos atrevíamos ni a respirar.

–Continúa.

–Después me pidió que la perdonara, que necesitaba el dinero para enviarlo a su familia y que por eso buscaba hombres ricos. Me dio un beso en la frente, me dijo que me recuperaría pronto porque en realidad no la amaba, solo era deseo físico, y me recomendó que volviera con mi novia pues parecía una gran chica.

—¿Y lo hiciste?, ¿volviste?

—¡No! ¿Cómo iba a hacerlo? Estaba seguro de que Camille me odiaría. Me lo planteé, pero tuve miedo. Me sentía mal, muy culpable. Entonces tuve el accidente y lo demás ya lo sabéis.

—¿Y ahora? —pregunté.

—¿Ahora? —Gastón repitió la pregunta extrañado.

—Sí, ahora. Camille está aquí. ¿Te sigue importando?

—Bueno. Ha pasado mucho tiempo. Aunque lo he intentado no he querido de verdad a otra. Es cierto que desde que vino a vivir aquí he pensado muchas veces en acercarme a ella y pedirle perdón, pero me parece una tontería después de lo que le hice y de treinta y cinco años transcurridos.

—No parece que ella tenga una actitud hostil hacia ti —opinó Roxanne—; sus ojos no dicen eso. Yo me atrevería a decir que las veces que hemos estado juntos se sentía muy bien.

—Eso es porque estaba con vosotros que sois fantásticos, pero si estuviera sola conmigo… No sé…

—Deberías dejar atrás la culpa —aconsejó Marcel—, plantearte la posibilidad de hablar con ella y ser, al menos, amigos.

Gastón quedó pensativo y con la excusa de que era muy tarde nos retiramos. Él se quedó en el salón, estaba frente a una prueba de la vida y tenía cosas en las que meditar.

Los viñedos se me hacían más grandes cada día que pasaba; estaba cansada y parecía que no íbamos a terminar nunca. La convivencia con los de las bodegas y las cuadrillas que vendimiaban fue estupenda, aprendí mucho y conocí a gente extraordinaria. Aquella experiencia resultó muy gratificante, aprendí lo que era el trabajo duro y lo equivocada que había estado al juzgar a las personas por su apariencia. Algunos de ellos tenían historias que relegaban la mía al nivel de anécdota y admiré la capacidad para seguir adelante que tienen muchas personas. Y al final de la jornada lo mejor era regresar a la alquería: era volver al hogar. Hacía dos semanas que estábamos allí y no había leído ni una sola letra de la tesis de Camille y ninguna carta. Así que aquella noche me retiré más temprano con intención de leer, dudé entre la tesis y una carta, y finalmente me decidí por esta.

Queridísima sobrina:
Gracias a Dios siempre surge una luz en la oscuridad y la presencia de Michel a nuestro lado iluminó aquellos días en París. Michel era médico y tenía sus turnos en el hospital, pero salvo ese tiempo y el de dormir, estábamos siempre juntos. Él vivía cerca del hospital en un piso muy pequeño, no se había casado y de momento no se lo planteaba. Al menos eso nos dijo. La salida del autobús se retrasó veinticuatro horas, así que disponíamos de un día más para estar juntos y seguir hablando de muchas cosas: Henri, California, Pearl Harbour, la guerra, Périgueux, Thérèse, mi familia, la que ya se reducía solo a mi hermano Jacques.

—Fui a verle a la fábrica, pero no estaba. No sé cuándo podré verle otra vez. Al regreso vi a los soldados metiendo a aquellas personas en el camión. Me impresioné mucho y me desmayé. No sé quién me llevó al hospital, pero me habría gustado darle las gracias.

—Ya lo he hecho yo en tu nombre —dijo Michel.

—Me atendió esa monjita tan joven.

—Sor Ana. Es un verdadero ángel. —Había cariño y admiración en la voz de mi cuñado—. Ella me avisó de tu presencia.

Michel fue a preparar café y cuando regresó de la cocina su expresión era pensativa; tomamos el café char-

lando de naderías y Michel, que había permanecido callado, me preguntó:

—¿De verdad quieres ver a tu hermano?

—¡Qué pregunta! —contesté—, llevo veintitrés años sin verle.

—Procuraré arreglarlo —dijo.

—¿Qué? —pregunté extrañada.

—¿Cómo? —Lo hizo François tan extrañado como yo.

—Margueritte, tu hermano es Martín de Porres, uno de los líderes de la Resistencia. Hasta ahora los alemanes solo conocían su nombre, pero en este momento tenemos razones para creer que conocen también su identidad; así que hemos considerado que lo mejor es que se oculte, durante un tiempo al menos, hasta disipar las sospechas.

—¿Hemos considerado? —dije confusa—. ¿Quiénes?

—Todos. Yo y los demás. Todos estamos metidos en esto —confesó Michel.

—¿Quieres decir que estás en...? ¿Lo sabe mamá? —François estaba tan desconcertado como yo.

—Ni lo sabe ni debe saberlo.

—¿Desde cuándo estás en esto?

—Desde el principio. Somos muchos y gracias a tu hermano —dijo Michel dirigiéndose a mí—, disponemos de armas y estamos bien organizados. Puedo intentar que le veas, pero siempre que el riesgo para nosotros sea asumible.

—No sé, esto se me escapa —dije dubitativa—. Claro que quiero ver a Jacques, pero no quiero causarle ningún perjuicio. No quiero que corráis ningún riesgo que pueda ser fatal.

—Ya te lo he dicho, solo podrás verle si el riesgo es asumible —repitió Michel—. Ahora volved al hotel, yo he de hacer una visita; recibiréis noticias allí.

El camino de regreso lo hicimos casi en silencio. François estaba tan sorprendido y preocupado como yo;

ambos íbamos pensando en los riesgos que corría Michel todos los días y el añadido que podría traerle el que yo pudiera ver a mi hermano. Permanecimos en el vestíbulo durante tres horas que se nos hicieron interminables, leí y releí las revistas que había allí. Nos levantamos, salimos a la calle, anduvimos unos metros e inmediatamente regresamos al hotel. François fue a comprar tabaco y un par de libros. La señorita de recepción observó nuestro nerviosismo.

–Disculpen, ¿están esperando a alguien? –preguntó con cortesía.

–A un amigo –contestó François–, pero no nos ha asegurado que vaya a venir, quizás llame por teléfono.

Hora y media después, con los nervios desquiciados por la falta de noticias, nos retiramos a nuestras respectivas habitaciones. Me quedé leyendo hasta que me escocieron los ojos, entonces apagué la luz, pero no conseguí dormir. Al cabo de un tiempo, no sé cuánto, oí un leve ruido, encendí la luz y vi un papel blanco que alguien había introducido por debajo de la puerta; abrí y miré en el pasillo, pero no pude ver a nadie. La nota decía: A las siete en punto, puesto cincuenta y seis. Mercado de abastos. Pide media docena de huevos de pata. Sigue a quien diga Natalie y después a quien rompa un vaso de vino y fume Gitanes.

Toqué en la pared con los nudillos y François, que tampoco podía dormir, no tardó un minuto en estar en mi puerta. Leyó la nota y quedamos a las seis y media para ir al mercado que, como la nota no especificaba cuál, supusimos que sería el más cercano al hotel. Mi cuñado quiso acompañarme, no estaba dispuesto a dejarme ir sola; siempre fue un gran apoyo.

El mercado estaba muy tranquilo a esa hora; seguimos las instrucciones de la nota y apenas pagué los huevos una señora anciana que en el puesto del lado hablaba con la vendedora, compró medio cuarto de mantequilla para la caprichosa de Natalie. Caminamos tras ella, como la nota indicaba. Al pasar por la puerta de un bar, a un hombre se le cayó el vaso de vino cuando sacaba un paquete de Gitanes; se disculpó con el tabernero por haber roto el vaso y se despidió. Echó a andar, la anciana siguió su camino y nosotros seguimos al hombre hasta el muro lateral de una iglesia donde nos recogió un coche que paró junto a nosotros y nos llevó a las afueras de París; se detuvo en una fábrica de harinas en la que nos esperaba una camioneta cargada con sacos entre los que nos escondieron cubriéndonos con arpilleras. No sé cuánto duró el viaje ni adónde habíamos llegado. Era un pueblo muy pequeño. Nos dejaron en la puerta de una iglesia pequeña y muy antigua en cuya cripta había un pasadizo que conducía al bosque cerca de una cabaña de leñadores en la que, por fin, pudimos reunirnos con mi hermano que nos esperaba con la angustia de que algo no hubiese salido bien. Nos abrazamos emocionados y así permanecimos un rato; él era todo lo que quedaba de mi familia y en aquel momento tuve el negro presentimiento de que no le volvería a ver.

Jacques no estaba solo; había con él una mujer de aspecto humilde y rural, al igual que el de mi hermano, y dos jóvenes entre los dieciocho y veinticinco años. Comprendí que debían aparentar ser una familia de leñadores. La mujer y los chicos salieron y nos dejaron solos, aunque no se alejaron demasiado; estaban allí para proteger a Jacques. Le presenté a mi cuñado.

–Conocí a su hermano Henri –le saludó Jacques con afecto– y conozco a Michel, dos grandes personas a las que me une un gran afecto; y además con Michel, una causa común. Celebro tener la oportunidad de conocer al hermano que faltaba y le agradezco cuanto está haciendo por Margueritte.

Jacques sacó una botella de vino, tres vasos, pan y queso.

—*Tomad algo —dijo—, no habréis desayunado.*
—*Es cierto y estamos hambrientos —dijo François.*

Saqué la media docena de huevos de pata que había comprado y que, milagrosamente, permanecía intacta. Freímos tres y comimos con apetito. Hablamos de mi padre, mi madre y de Ninette; de nuestra vida en América y de su fábrica. Le conté que había ido allí a buscarle y cómo fui a parar al hospital; él ya lo sabía.

—*El Jacques Bernard director de la fábrica que ahora trabaja para los alemanes, no soy yo; uno de los compañeros que tiene los rasgos físicos más parecidos ocupa mi lugar con mi nombre, así que, aunque Jacques Bernard hubiese estado en la fábrica, no me habrías encontrado a mí.*

—*¿Por qué, Jacques? ¿Por qué te has metido en esto?* —*pregunté poniendo mi mano sobre su brazo, aunque creía saber la respuesta.*

—*Porque necesitaba sentirme útil, redimirme ante mí mismo. Sabes cómo he estado siempre sometido a nuestro padre; la ira y la vergüenza que pasé, las burlas y los desprecios de mis amigos. Fui incapaz de enfrentarme a él, toda mi vida he llevado la carga de ser un cobarde.*

—*Jacques, por favor...*

—*No, no me interrumpas, déjame continuar.*

Comprendí que mi hermano necesitaba vaciar su alma y ya no le interrumpí más.

—*Cuando empezó la guerra y ante la ocupación alemana, yo quería hacer algo. Ya era mayor para ser soldado, así que decidí luchar de otra manera.*

Mi hermano volvió a llenar los vasos de vino. Dio un trago y siguió hablando.

—*Compré una casa en Suiza y envié allí a mi esposa con las niñas. Después, y no os diré cómo, entré en la Resistencia; no me costó mucho, al fin y al cabo, les hacía falta dinero y yo lo tenía. Trabajamos duro día y noche, por turnos, e hicimos túneles que comunicaban la fábri-*

ca con nuestra casa y con las antiguas cloacas de París. Allí hemos ocultado a muchos perseguidos, judíos la mayoría, y es a través de esos pasadizos que les hemos ayudado a escapar.

—¿Y lo de Martín de Porres? —pregunté.

—Eso fue por una estampa de ese santo que me regaló una chica muy devota; nos dijo que rezaría todas las noches pidiéndole al santo protección para nosotros, ella tenía una fe ciega en él.

—¿La perseguían por católica?

—Sus padres lo eran, pero fallecieron en un bombardeo. Unos amigos judíos se hicieron cargo de ella. La niña no les quiso abandonar.

—¿Consiguieron escapar? —pregunté.

—Sí, ahora están en Nueva York. Hemos conseguido sacar a muchos, estamos muy bien organizados, aunque ahora tenemos razones para creer que los alemanes nos pisan los talones. Hemos cambiado nuestro modo de operar. Seguimos ocultando a familias enteras pero cada vez es más difícil hacerlos salir de París. Vosotros también deberíais marcharos, es posible que ya sepan que eres mi hermana y no me gustaría que te utilizaran como cebo para capturarme a mí.

—Nos vamos mañana —contesté—. En realidad, deberíamos habernos ido hoy, pero providencialmente el viaje se ha retrasado.

En ese momento uno de los jóvenes entró en la cabaña.

—Es la hora —fue su único comentario.

—Debéis marcharos —aconsejó mi hermano poniéndose en pie para despedirnos.

—Oh, Jacques, otra despedida...

—Vamos, Margueritte, esto no va a durar siempre y tú te quedas en Francia. Algún día nos reuniremos todos y recordaremos todo esto fumando un cigarrillo después de comer con mi familia.

Luego se despidió de mi cuñado con un abrazo.
–Me habría gustado conocerte en otras circunstancias. Gracias por cuidar de mi hermana. Te prometo que yo cuidaré de tu hermano.
Tuve de nuevo el presentimiento de que no volvería a verle y le abracé otra vez.
–Margueritte –me dijo con ternura–, estoy bien, mejor que nunca porque ahora me siento orgulloso de mí. Se hace tarde y debéis marcharos.
La mujer nos acompañó a la entrada del pasadizo, hicimos el camino a la inversa y regresamos a París. Desde donde nos dejaron hasta el hotel, el camino era largo. Mi cuñado me pasó el brazo por los hombros y regresamos andando sin prisas. El temor por nuestros hermanos nos hacía estar más unidos. Aquella noche ninguno de nosotros descansó. Preparamos el poco equipaje que teníamos y a las ocho de la mañana del otro día salimos del hotel para tomar el autobús que nos dejaría en Périgueux.
Esta carta es muy larga y, aunque me he tomado mi tiempo en escribirla, estoy muy, muy cansada. Lo que es la vejez... Hasta esto lo recuerdo con nostalgia.
Un beso de tu tía.
M. B.

Agradecí el esfuerzo de Margueritte para escribir cada carta pero, como siempre, me intrigó saber qué sucedió después. Me imaginé a una Margueritte anciana, de pelo blanco, sentada en uno de los sillones del saloncito de Saint-Sybelie y a mí, en otro, escuchándola con atención. Roxanne me dijo, cuando yo quería salir huyendo al ver la mansión, que quizás las cartas me ayudarían a tomarle cariño y sí, así había sucedido. Con ellas Margueritte había creado un fuerte vínculo entre nosotras, ahora yo la amaba a ella y a cuanto ella amaba. Envidié a Sophie, a Camille y a cuantos tuvieron la suerte de conocerla en vida; y, sin darme cuenta, me dormí.

Por fin era viernes y acababa la jornada. Contábamos con terminar el martes o el miércoles siguientes y estábamos ansiosos por llegar a casa: Marcel, para abrazar a su hija, a quien Sophie o Denis traerían a la alquería al salir del colegio para pasar el fin de semana con su padre; los demás, sencillamente para darnos una buena ducha y descansar.

Al aproximarnos a la casa vimos que el coche que había en la puerta era el de Camille. Nos miramos intrigados antes de abrir la puerta. Camille y Gastón estaban en la cocina, preparando la cena y tomando una copa de vino. No se palpaba ningún tipo de tensión en el ambiente; ella se acercó a saludarnos.

–Me apetecía veros y he decidido aceptar la invitación de Gastón. Espero que no os importe que me haya invitado a cenar.

No nos importaba, todos estábamos encantados de tenerla allí.

–Pensé traer unos postres, pero he preferido ser un poco más original y he traído una tortilla española.

–¿Tortilla de patatas? –se sorprendió Marcel.

–Auténtica –respondió Camille–. Mi abuela era española y, a pesar de los años que vivió en París, jamás cocinó comida francesa, aunque se lamentaba de que sus guisos no tenían el mismo sabor que en su tierra.

–¿Aprendiste a hacer tortilla con tu abuela? –preguntó mi hermana acercándose al plato–. Huele muy bien.

–No, mi abuela murió cuando yo tenía siete años, la recuerdo muy poco pues nosotros vivíamos en Caen y no la veíamos más que cuando íbamos a París; además, ella no consentía en viajar. Aprendí de mi tía Carmen, la hermana de mi padre, con quien viví durante algún tiempo. Ella aprendió de su madre y cuando se casó solo guisaba platos españoles hasta que mi tío Jean se cansó y empezó a cocinar él. Mi tía se reservaba para las grandes ocasiones, que podían ser estrenar unos zapatos o hacer una nueva clienta en la peluquería; entonces se empleaba a fondo y nos hacía una buena paella.

—Me gusta la tortilla española; cuando estuve en España la pedía con frecuencia junto con mis compañeros de la universidad –dije.

—Yo también la comía a menudo en España –coincidió Marcel.

—Si habéis agotado el tema de la tortilla podéis ir a ducharos, la cena estará en seguida –sugirió Gastón.

Roxanne fue la primera en subir al baño.

—¿No ha venido mi madre todavía? –preguntó Marcel.

—Si lo dices por Ségolène, está jugando en casa de Pascal. Apenas bajó del coche fue a buscar a sus amigos –contestó su tío.

—Ha venido conmigo –dijo Camille–. Sophie me pidió que la trajera.

—¡Esta niña! Voy a por ella.

—¿Así que llevas sangre española, Camille? –pregunté.

—Sí, mis abuelos fueron del medio millón de españoles que se exiliaron a Francia tras su guerra civil.

—Tienen una historia muy interesante –intervino Gastón–. Su abuelo fue uno de los que participó en la liberación de París en agosto de 1944.

—¡Vaya! –exclamé.

—Y por lo visto en más cosas, ¿verdad Camille? –insistió Gastón.

—Ya sabes que no lo tengo claro. Mi abuela nunca contó nada y lo que sé por mi tía son solo suposiciones suyas. Ella piensa que mi abuelo y mi tía Asun, la hermana de mi abuela, eran espías, pero no hay nada claro. A mi padre tampoco le gusta hablar del tema, él es hermético como mi abuela.

—Y tú pensabas hacer tu tesis sobre aquellos españoles que lucharon en París, ¿no es cierto? –Gastón estaba muy hablador.

—Sí, hasta que vine aquí y me enamoré de Saint-Sybelie.

Mi hermana bajaba en ese momento, Gastón le sirvió una copa de vino y yo subí a ducharme. Estaba contenta y tenía curiosidad por saber más de los abuelos de Camille. Hasta esa noche los exiliados españoles solo eran para mí un colectivo que ayudó a liberar París y a quienes se rendía homenaje en un monumento conmemorativo en el Père Lachaise. Al cerrar el chorro del agua, distinguí la voz de Ségolène que discutía con su padre. Era fácil averiguar el motivo, a ella siempre le parecía demasiado pronto para dejar a sus amigos. Cuando regresé al salón todos hablaban animadamente. Ségolène, que estaba de pie junto a mi hermana trenzándole el pelo, vino hacia mí, me dio un sonoro beso y regresó junto a Roxanne. La cena fue perfecta, la verdura y el pollo de Gastón estupendos y la tortilla de Camille, deliciosa. Marcel acostó a su hija y regresó con nosotros. La sobremesa fue larga y animada; en ella Camille me preguntó:

—¿Te ha servido de algo la tesis?

—Pues la verdad es que aún no he leído una sola letra —contesté avergonzada.

—Haces bien —dijo ella—. Salvo la historia de sus dueños, es una verdadera plasta.

Todos reímos y seguimos charlando hasta que Camille miró el reloj.

—¡Ostras! ¡Son más de las dos! Es tardísimo, tengo que marcharme.

—No me parece prudente. Llevas una copita de más —dijo Gastón.

—Todos llevamos una copita de más —aceptó ella.

—Sí, pero nosotros no tenemos que conducir y tú no deberías hacerlo. Así que como soy el mayor de todos y he nacido aquí, le puedo sugerir al actual dueño de esta casa que te invite a quedarte a dormir.

—Sugerencia aceptada. Iba a proponértelo yo mismo.

—No quiero ser una molestia, ni poneros en un compromiso —contestó ella.

—Estamos encantados y además hay un dormitorio libre —apuntó mi hermana.

—Pero no he traído ropa.

—Seguro que puedes arreglarte con algo nuestro —sugerí.

—Vale, me quedo. La verdad es que no me apetece regresar ahora.

—Y como es muy tarde y vosotros tenéis que madrugar, ahora os vais todos a dormir —ordenó Gastón—. Ya nos encargamos Camille y yo de retirar todo esto y de arreglar la cocina.

Nos pareció que Gastón estaba muy lanzado, así que aceptamos la «sutil» sugerencia para marcharnos.

Uno de mis mayores placeres es despertar y oler a café recién hecho. El aroma era tan intenso aquella mañana que venció a mi deseo de quedarme en la cama y a mi ligero dolor de cabeza. Abajo todo estaba impoluto. Camille andaba preparando la mesa para el desayuno, le pregunté por Gastón y me dijo que estaba en la ducha.

—No nos hemos acostado a dormir —dijo—. Estuvimos limpiando y recogiendo, y después retomamos una conversación que dejamos a medias al llegar vosotros. A las seis y media me he duchado. Después he preparado café y, como puedes ver, no he resistido la tentación de tomar una primera taza.

No tendría por qué haberme dado tantas explicaciones, pero me alegré de que hubiesen hablado tanto. Y debo confesar que me habría gustado saber qué se habían dicho. «Eres una cotilla», me recriminé.

—Quiero daros las gracias —siguió diciendo Camille.

—Bueno, la casa es de Marcel.

—No, no es por eso. Es por escucharle. Me dijo que os lo había contado todo y que entonces se sintió capaz de hablar conmigo.

–Sí, bueno, fue un poco raro; mi hermana y yo quisimos retirarnos para que se sintiera más cómodo, pero él insistió en que nos quedásemos. Me conmovió esa prueba de confianza y verlo abrirse de aquella manera, aunque creo que todo aquello lo decía para él mismo.

–Así es, fue su catarsis. Se ha quitado una losa de encima.

–Él es muy bueno. ¿Sabías que fue la primera persona que conocí cuando llegué?

–Sí. También hemos hablado de vosotras.

–¿De nosotras? –pregunté sorprendida.

Pero ya no hubo respuesta. Marcel, Ségolène y Roxanne, por las escaleras, y Gastón desde el patio, llegaron a la cocina interrumpiendo la conversación. Tras los saludos y el desayuno, la niña salió disparada a buscar a sus amigos y nosotros fuimos a las viñas, pero Marcel insistió en que antes pasásemos por las bodegas. Jean-Luc estaba en su despacho preparando los salarios de los vendimiadores y, como estábamos allí y venían dos días de mucho movimiento, el contable nos dio a Roxanne y a mí nuestros respectivos sobres, en mano, como antiguamente, porque según él, la cantidad era tan pequeña que ingresarla no valía la pena, pero pensé que era para ver qué cara poníamos. Ambas quedamos sorprendidas, no sé qué nos hizo pensar que los de la casa no cobraban.

–Pero si solo hemos ayudado un poco.

–Por eso solo vais a cobrar un poco –dijo Jean-Luc. Marcel y él nos miraban divertidos–. Firmad aquí, por favor.

Firmamos aquella hoja de salario con cierta timidez, como si fuera la primera.

–¿Vosotros vais a cobrar también? –pregunté.

–Claro –respondió Marcel–, aquí cobramos todos, porque todos trabajamos.

–Sí, pero si yo soy la propietaria y en su momento obtendré un beneficio…

—Ahora, Juliette —interrumpió Jean-Luc—, no eres propietaria de nada; solo eres una vendimiadora, y no muy buena, aunque es justo reconocer que has mejorado mucho. Ahora id a trabajar que Marcel y yo tenemos que organizar la fiesta.

—¿Qué fiesta? —pregunté.

—¿Cuál va a ser?, la de la vendimia.

—¿Hacéis una fiesta de la vendimia?

—Naturalmente —Jean-Luc parecía ofendido.

—No tenemos desfiles ni carrozas como en Burdeos; la nuestra es mucho más humilde pero no por ello menos bonita —añadió Marcel.

—¿También las mujeres pisan las primeras uvas? —preguntó mi hermana.

—Ese es un honor que recae en una sola persona; este año hemos decidido que, como las viñas Saint-Sybelie por fin tienen dueña, el honor le corresponde a ella —nos informó Marcel—. Es decir, a ti, Juliette, y como Roxanne es una enamorada de estos viñedos, ella te acompañará.

Yo no salía de mi asombro. Mi primer impulso fue decir que no, ¿yo, pisando uvas?, pero reaccioné enseguida y decidí seguir hasta el final: pisaría uvas, escanciaría vino, bailaría y haría todo lo que el ritual exigiese. Me sentí orgullosa de haberme superado y llegado al final de la vendimia, de haber cobrado mi primer sueldo con un trabajo al aire libre y rodeada de personas que no conocía y que ahora me parecían entrañables, es decir, todo lo contrario de lo que había buscado siempre. Y lo mejor de todo: había disfrutado. Me crecí y exigí mi derecho como propietaria de colaborar en la organización. Mi hermana también se apuntó.

La fiesta se celebró dos días después en la plaza de la alquería donde se dispusieron seis mesas enormes, llenas de todo tipo de viandas: asados, verduras, quesos, patés, aperitivos y dulces. A media mañana estuvimos en las viñas y Jean-Luc, amante de las tradiciones, leyó algo en latín. Según él, eran las mismas palabras que pronunciaron los romanos que plantaron las primeras viñas para dar gracias por su generosidad a Ceres, diosa de la agricultura. Después fuimos a la bodega y echaron varios serones de uva en la cuba de madera más antigua que había, que era del siglo XVII. Entonces, Guillaume, Pascal, Marcel y alguien más, nos ayudaron a mi hermana y a mí a entrar en la cuba; con las faldas arremangadas y poca elegancia, Roxanne y yo empezamos a pisar uva. No era tan bucólico como había imaginado, ni tan desagradable como pensaba. Todos aplaudían y gritaban ¡hurra! Luego, la mujer de Guillaume, la de otro de los *vignerons* y varios niños, entre ellos Ségolène, también entraron en la cuba; su energía y la vitalidad de los saltos con los que pisaban la uva, me hicieron caer. Cuando me levanté pedí ayuda para salir, me había entrado zumo en los ojos que me escocían y no podía ver con claridad. Unos brazos me ayudaron y un emocionado Gastón me apretó fuerte contra su pecho, sin importarle mi lamentable estado; mientras me besaba en la frente con ternura repetía emocionado:

–Mi niña, mi niña, mi pequeña.

Yo también le abracé con fuerza. La primera persona que conocí al llegar a Périgueux… Supe en aquel abrazo cuánto había llegado a quererle.

–Mírate –me decía–. La primera vez que te vi me pareciste tan triste y luego tan estúpida. Pensé que no tardarías en poner la casa y todo esto en venta y marcharte; mírate ahora, hasta dónde has llegado y todo lo que has conseguido. Estoy tan orgulloso de ti, pequeña mía.

Me colgué de su brazo y junto con el resto de los allí congregados nos dirigimos al lugar donde habría de celebrarse la comida. Pero antes, Roxanne, Ségolène y yo tuvimos que pasar por la ducha.

La fiesta no me decepcionó, hubo mucho de todo: comida, vino, música, risas, baile, chistes, juegos, en fin…

Era ya bastante tarde cuando se propuso un campeonato de dominó. Se limpiaron y desmontaron las mesas grandes y se sacaron de las casas otras más pequeñas en las que cupiesen los cuatro jugadores necesarios para cada partida. Hombres y mujeres nos entregamos al dominó con entusiasmo. En mi mesa jugábamos Roxanne y yo contra Camille y Sophie, que no se habían querido perder aquel acontecimiento, pero jugábamos las cuatro tan mal que fuimos las primeras y las segundas, respectivamente, en ser eliminadas, así que nos dedicamos a ver jugar a los demás. Marcel y Denis jugaban contra Jean-Luc y Gastón, quienes formaban un equipo invencible y fueron los campeones. Poco después dejamos a todos los jugadores concentrados en sus fichas y entramos en la casa porque empezábamos a sentir frío.

Preparé unas infusiones calientes; tras tanta comida y bebida era lo único que nos apetecía. Nos sentamos cómodamente y empezamos a comentar todos los acontecimientos de aquel día.

–Esta ha sido vuestra primera vendimia –comentó Sophie–, pero parecíais auténticas veteranas. Lo habéis hecho muy bien.

–Salvo por las faldas –añadió Camille–, habríais estado más cómodas con pantalón corto.

–Precisamente porque ha sido nuestra primera vez, queríamos darle un toque de glamur –dijo Roxanne–. Hace tiempo vi una película en la que la protagonista pisaba las uvas con uno de aquellos vaporosos vestidos de los años cuarenta, una escena que me encantó. Fui yo quien sugirió las faldas, me parecía más femenino y simbólico.

–El baño que me he dado cuando he caído en la cuba, no ha tenido nada de glamuroso. Si Gastón no me ayuda a salir me habría ahogado.

Las cuatro nos reímos con ganas, ellas recordando la escena y yo imaginándola.

—Gastón me ha emocionado —confesé enternecida—. No me esperaba ese abrazo… Y lo que me ha dicho ha sido muy tierno y bonito. Él es muy bueno.

—Sí, sí que lo es —confirmó Sophie con ternura.

—Además te adora —añadió Camille dirigiéndose a mí—, desde el principio. Dice que te veía tan desvalida que despertaste su instinto paternal.

—¿Habéis estado hablando de mí otra vez? —pregunté.

—Hemos estado hablando de todos otra vez.

—Vaya par de cotillas —reprobó Roxanne bromeando.

—¿Y de vosotros? ¿Habéis hablado también de vosotros? —Sophie dio un giro a la conversación.

—Sí, hemos estado hablando de nosotros —contestó Camille con un profundo suspiro.

—¿Y qué? ¿Nos podemos enterar?

Roxanne y yo no decíamos nada, pero estábamos con todos nuestros sentidos alerta. Camille nos examinó a las tres.

—¿Quién es la cotilla ahora?

—Oh, vamos, Camille. Solo dinos sí o no —se impacientó Sophie.

—Sí, sí que os podéis enterar. —Guardó un instante de silencio que aumentó nuestra expectación y después añadió—: Al fin y al cabo, no ha pasado nada.

—¿Quieres empezar ya? —apremió Sophie.

—Está bien. Cuando llegué el viernes él estaba solo. Los demás no habíais regresado todavía.

—Eso ya lo sabemos.

—Cuando abrió la puerta se quedó estupefacto, como que no sabía qué hacer o qué decir, así que tuve que recordarle que fue él mismo quien me invitó a visitaros durante la vendimia y que era el último fin de semana antes de terminarla. Entonces me invitó a entrar, a sentarme en el salón y se disculpó porque estaba preparando la cena. Me puso una copa de vino y me preguntó si me apetecía ver la televisión. Estaba muy nervioso, aunque hacía todo lo posible por disimularlo.

—Sigue —dijimos las tres a la vez. No tuvimos que volver a interrumpirla porque nos relató el diálogo con todo detalle:

—Le contesté que por supuesto que no me apetecía ver la televisión, que si así fuera me habría quedado en mi casa. Así que entré con él en la cocina y estuvimos hablando del pollo que estaba preparando, de las hierbas y de la clase de vino que llevaba. Y luego de las verduras, del clima, de la vendimia y de vosotros. Poco a poco se fue relajando y empezamos a hablar de nosotros mientras poníamos la mesa.

—Hace mucho que quería pedirte perdón —me dijo.
—Bueno, con un poco de retraso, pero aceptado.
—Hasta hace unos días no he encontrado fuerzas para hacerlo. Todos estos años me he sentido muy mal. Actué de una manera muy vil. ¿Podrás perdonarme?
—Estás perdonado. Sí que te portaste como un cabrón, me rompiste el corazón. Y solo me dejaste una nota. Me habría gustado recibir una disculpa entonces. Ahora ya da igual, hace mucho que dejé de sentir rabia, te perdoné y seguí viviendo.
—Pensé en hablar contigo, pero creí que me odiarías.
—Y te odié durante un tiempo. Sentí rencor hasta que me enteré de todo.
—¿De todo?
—Vi a Coral en Ibiza, en el puerto, desembarcó de un yate de lujo con varias personas más. Iba del brazo de un hombre muy mayor con pinta de estar podrido de dinero. Se sentaron en una mesa de la terraza de la cafetería en la que yo trabajaba y me tocó atenderles. Estuve tentada de tirarle el Martini por la cabeza, pero ella también me reconoció, me preguntó dónde estaba el baño, puso su bolso en la mano y se fingió mareada, por lo que

me pidió que la acompañara al aseo. Me apetecía más tirarla al mar, pero mi jefe estaba mirando, así que no tuve más opción que acompañarla. Me contó, entonces, todo el plan de Bertrand. Me dijo que te había dejado dos semanas después de marcharos y que te había aconsejado que volvieras conmigo.

—No podía volver. No he podido perdonarme hasta ahora.

—Por Dios, Gastón, ¡han pasado treinta y cinco años! Hasta los delitos prescriben y tú no cometiste ningún delito.

—Lo que hice fue solo una estupidez —reconoció.

—Sí, pero en tu descargo te diré que era casi imposible resistirse a una mujer como aquella. Si ella se lo hubiera propuesto hasta yo habría caído, y aclaro que no soy lesbiana.

—¿Estuviste en Ibiza? —me preguntó.

Pero justo en ese momento llegasteis vosotros y la conversación se cortó.

—Vaya, lo siento —nos disculpamos Roxanne y yo.

—No importa, estuvimos hablando cuando os fuisteis a dormir —continuó Camille—, y nuestro diálogo continuó así: Le conté que pasé dos años horribles, llorando y sin ganas de vivir. Después, poco a poco me fui recuperando. Regresé aquí y terminé mi tesis. De nuevo en París empecé a opositar, pero nunca saqué plaza. Me hicieron un contrato por un año en un centro de enseñanza privado. Luego me lo prolongaron durante cuatro años más.

—¿Te casaste? —quiso saber Gastón.

—No, pero he vivido en pareja. Conocí a un chico australiano con el que estuve durante tres años.

—¿Qué pasó?

—Que él decidió volver a su país y yo decidí permanecer en el mío. Varios meses después, cuando finalizó el curso, viajé a Ibiza con un grupo de amigos; allí conocí a otro chico, nos gustamos y me quedé con él. Estuvimos dos años juntos, después yo decidí volver a mi país y él quedarse en el suyo. Al regresar estuve ayudando a mi tía en la peluquería e hice un máster en archivística.

—Y volviste a Périgueux.

—Antes regresé a Caen y estuve en prácticas ayudando a catalogar muchos documentos y los restos de otros que se pudieron salvar del bombardeo de la Batalla de Normandía; el trabajo fue ímprobo porque muchos de ellos eran auténticos *puzles*. Después estuve haciendo sustituciones en algunos institutos y trabajé en una agencia que se dedicaba a organizar viajes de intercambio para estudiantes. Un día, buscando en internet, encontré la convocatoria para el archivo de Périgueux. Me presenté y aprobé. De eso hace ya quince años. Y aquí estoy. ¿Y tú?

—Yo tuve un accidente muy grave.

—Lo sé por tu hermana.

—La recuperación fue lenta y estuve depresivo mucho tiempo. Mi hermana me cuidó, animó y me ayudó mucho. Luego... Bueno, ella necesitaba ayuda con el hotel y los niños, así que me quedé.

—¿Y de amores?

—Algunos he tenido, aunque no han durado mucho. Ellas me encontraban muy aburrido y se cansaban pronto. Creo que no he vuelto a enamorarme de verdad.

—¿Has oído decir que la casualidad no existe? —le pregunté.

—Claro, quién no ha oído eso alguna vez.

—¿Crees que es cierto? ¿Crees que la casualidad no existe? —él guardó silencio y yo seguí hablando—. Esto siempre me ha gustado, ya lo sabes. Recé a todos los santos para que me ayudaran a conseguir esta plaza y alguno debió escucharme. No voy a decirte que vine solo por el paisaje, ni que vine por ti; vine por el trabajo, que me encanta, pero es cierto que tenía la esperanza de un reencuentro, quería hablar contigo, decirte que todo estaba olvidado, que el dolor y la rabia se marcharon con el tiempo. Sabía de ti por tu hermana y me habría gustado que fuésemos amigos. Intenté acercarme a ti.

—Lo sé.

—Quise hacerme la encontradiza, pero cada vez que llegaba a algún sitio en el que tú estabas...

—Yo me marchaba.

—Sí, tú te marchabas. Incluso te hice el alto varias veces con el taxi...

—Y pasé de largo.

—Así es, no lo pusiste muy fácil. Al final entendí que no querías nada conmigo y dejé de intentarlo. Solo quería que fuésemos amigos, Gastón. Al menos eso creía, porque ahora que nos hemos visto un par de veces, que hemos hablado y que estás tan cerca, no sé si me conformaría solo con eso. ¿Sabes?, no he vuelto a encontrar besos como los tuyos y acabo de descubrir que llevo muchos años echándolos de menos.

—¿Le dijiste eso? —Roxanne, Sophie y yo alucinamos.

—De la forma más insinuante que pude.

—¿Y él qué hizo o qué dijo? —parecíamos colegialas curiosas.

—Se sonrojó, me miró a los ojos, hizo mención de aproximar su boca a la mía, pero retrocedió y se quedó mirando el suelo.

—¿No te dijo nada? —pregunté incrédula.

—Nada en absoluto —contestó Camille.

—¿Y entonces qué hiciste? —Roxanne aguardaba con la misma expectación que nosotras.

—Le cogí la cara para que me mirase y le dije: yo he movido ficha, Gastón, ya sabes dónde estoy, ahora te toca mover a ti; si quieres, claro.

—¡Ooohhh! ¿Y qué hizo él entonces?

–Bueno, pues entonces él dijo: «está a punto de amanecer, los otros se levantarán pronto y hay que preparar el desayuno, pero antes tengo que darme una ducha».

–¡Qué tonto! –dijo Sophie.

Nos dio un ataque de risa y no pudimos añadir nada más porque se abrió la puerta y nuestros tres caballeros entraron en el salón. Esa noche Ségolène durmió en casa de Pascal, que como acto final del día había organizado una fiesta de pijamas para los niños en su casa. Sophie y Denis durmieron juntos, Marcel y Roxanne, también, Camille durmió sola, Gastón durmió solo, porque tenía muchas cosas en las que pensar, y yo dormí sola porque no tenía otra opción a pesar de que esa noche en particular me habría apetecido mucho dormir acompañada. Había sido un día distinto, alegre, perfecto, y tener a alguien a quien besar y abrazar de una manera no fraternal habría sido el final ideal.

Capítulo 22

Los viñedos se fueron quedando desocupados. Solo permaneció un pequeño grupo de estudiantes que se había comprometido a dar una segunda batida a las viñas buscando racimos que se hubieran quedado sin cortar por estar todavía verdes o por despiste. Marcel nos comentó que podrían recogerse unos cuatrocientos kilos.

En unos días volvió la normalidad. El otoño se nos echó encima y todo fue transformándose. El jardín se durmió, el entorno fue cambiando de color y los verdes dieron paso a los ocres y magentas. Los atardeceres se adelantaban, pero nos compensaban con la belleza de sus cielos rojizos. Se hizo la presentación del Heredera, el vino que me habían dedicado. El restaurante cercano a la alquería nos prestó sus salones. Bodegueros, enólogos, catadores, distribuidores, sumilleres de los restaurantes más importantes, críticos de vinos, que también los había, y autoridades en la materia, todos ellos se dieron cita en el salón del restaurante. Los integrantes de Château Saint-Sybelie estaban muy nerviosos. Mi hermana me dijo que para ellos el resultado de aquella presentación compensaría el trabajo y dedicación de varios años o, por el contrario, echaría por tierra todos los esfuerzos realizados. Yo me encontraba allí como pez fuera del agua; la única que no tenía ni idea de vinos era yo; mucha gente hacía comentarios que yo no entendía y a los que juzgaba muy inteligentes, pero Marcel me tranquilizó diciendo que la mayoría de los presentes no eran más que unos pedantes con pretensiones. Procuré hablar lo menos posible y, cuando lo hice, fue simplemente para proponer un brindis a la salud de todos los presentes con el mejor vino del mundo. El Heredera era realmente bueno, no sabría definirlo, pero cuando lo probé se me erizó la piel de puro placer. La presentación fue un éxito y pronto nos llovieron los pedidos. Me alegré muchísimo. Mis amigos de Château Saint-Sybelie no se merecían menos.

Empezaron a bajar las temperaturas y pude comprobar lo fría que podía resultar la mansión. Comprendí por qué Margueritte decidió hacer el pequeño apartamento en las cocinas y aparqué la idea de arreglar el dormitorio que había elegido hasta la primavera. Dotar a la casa de un sistema de calefacción sería muy caro y el tema de las chimeneas, aparte de insuficiente, me parecía peligroso. Roxanne comenzó su formación como enóloga en Burdeos. Gastón venía bastante menos por casa porque ahora iba muchísimo más a Périgueux. Casi todos los días tomaba café a media mañana con Camille, aunque, según él, solo eran amigos y nada más. Él y yo habíamos hecho un minucioso recorrido por cada salón, por cada dormitorio de la casa buscando el tesoro que no apareció; pero a pesar de estar convencida de que aquel tesoro no era más que un mito, un gusanillo me seguía royendo. El último cartucho que me quedaba por quemar era el desván y pensé que estaría bien planear un día de chicas con Camille, Sophie y Roxanne, y así emplearnos a fondo en el desván el sábado siguiente. Camille aceptó encantada, ya era una amiga para nosotras y su presencia se había hecho habitual. No había empezado todavía a leer su tesis, pero sí que había leído muy por encima alguna de las biografías. Sin embargo, Camille no se molestaba por ello y un día me recordó mi ofrecimiento de dejarle leer las cartas de Margueritte pues sentía curiosidad por saber más de la vida de aquella mujer a la que tanto aprecié cuando la conocí hacía muchos años. Esa era una experiencia que yo nunca tendría, así que estar cerca de Camille me hacía sentir más cerca de Margueritte. Tres novedades tuvimos en poco tiempo: una fue que Odette me llamó para preguntarme si era buen momento para empezar mi retrato; le dije que sí y días después llegó desde París cargada con sus útiles de pintura y un lienzo del tamaño aproximado de los que había en la galería. Esta vez mi hermano se quedó en su casa, preparándose para opositar para una de las plazas que ofrecía la Orquesta de París, con lo cual mi hermano seguía los pasos de mi padre. La segunda novedad también la trajo Odette: mis padres estaban en París y querían venir a Saint-Sybelie antes de regresar a España. La portadora de la tercera fue Sophie, quien nos dijo que iba a jubilarse, estaba muy cansada y, junto con Denis, quería dedicarse a viajar. Ambos habían trabajado mucho y se merecían un descanso.

El anuncio de la llegada de mis padres me puso muy nerviosa. En realidad, nos veíamos muy poco. Nosotros no íbamos a España a verlos y ellos no venían a vernos a nosotros, salvo que hubiese una razón de peso. La última vez que estuvieron en París fue cuando ocurrió lo de Daniel, pero yo entonces estaba tan mal que ni aprecié ni agradecí su presencia. No habíamos sido una familia muy unida y ahora me asaltaba el temor de no saber de qué hablar con ellos. Reservé una habitación en el hotel. Odette insistió en quedarse en la misma que ocupó la vez anterior en la mansión pues no la espantaba el frío.

Roxanne regresó de su curso de enología entusiasmada; le gustaba tanto lo que hacía como para recorrer dos veces al día los ciento veinte kilómetros que había entre nuestra casa y Burdeos. La veía entregada a sus estudios con una ilusión que yo no le recordaba en sus años de universitaria; de entonces recuerdo que cualquier causa le parecía buena para participar en una manifestación o encadenarse a un árbol, con las consiguientes discusiones familiares. Una noche, cuando Roxanne y Odette se retiraron, por fin empecé a leer la tesis de Camille. Después de un rato de lectura sobre la situación geográfica de la casa, análisis de las circunstancias políticas y ambientales en el momento de su construcción, biografía del arquitecto, problemas que surgieron con el suministro de materiales etc., fui directamente a lo que me importaba y empecé con la vida y milagros de Marcel Blisard, Comisionado por la República y primer dueño no aristócrata de la casa. De Marcel Blisard y de los cuatro hijos que tenía cuando le nombraron comisionado no había ningún retrato. La tesis decía así:

Marcel Blisard nació en Périgueux en 1751, su familia había venido desde Burdeos. Sus abuelos y madre, Adéle Blisard, embarazada y recientemente viuda, se hicieron cargo de un molino y, a pesar de que llevaban una vida honesta y ordenada, en el pueblo se murmuraba sobre ellos, sobre todo a partir del nacimiento del bebé, cuando todos los meses un hombre a caballo les visitaba para interesarse por la salud del niño y ayudarles a su mantenimiento. El niño fue creciendo sano y fuerte, y el tío, hermano de su difunto padre, que según la familia era quien les visitaba, seguía acudiendo puntualmente todos los meses. Cuando el chico cumplió cuatro años, el tío trajo un profesor para que le enseñara cuanto fuese necesario para evitar que el pequeño se convirtiese en un patán. Nadie en el pueblo creía que el tío del chico fuese tal; opinaban que si realmente fuera el cuñado de la viuda y quisiera cuidar del niño se lo habría llevado con él en vez de mantener a toda la familia y al profesor. Marcel Blisard aprendió a leer, a escribir, también latín, matemáticas y filosofía. Una de sus grandes pasiones era la lectura y su tío le procuraba cuantos libros le pedía.

Cuando el joven tenía dieciséis años, la familia recibió una carta en la que se les comunicaba el fallecimiento del pariente. El profesor, que era muy mayor y no tenía a dónde ir, siguió viviendo con ellos, ayudaba en el molino y seguía formando a su discípulo que ya había adquirido tantos conocimientos como él. En el plazo de dos años murieron el profesor y los abuelos, y Blisard a pesar de que no encajaba en aquel lugar y habría querido conocer otros mundos, decidió quedarse, casarse y cuidar de su madre. Tenía veinte años y su esposa, Clemence, diecisiete. En los ocho años siguientes tuvieron a sus cuatro hijos: Marcel, Claude, Clemence y Marie. Tras el nacimiento de esta última, la madre contrajo unas fiebres que le causaron un estado de debilidad del que nunca se repuso; murió cuatro años después. Con la ayuda de su madre, el joven viudo sacó adelante a sus hijos y al molino. Todas las tardes, finalizada la labor, se sentaba a la mesa con sus hijos y les iba enseñando cuanto él había aprendido. Adéle Blisard murió cinco años después tras confesar a su hijo que aquel a quien recordaba como su tío era el barón de la Cerdanya y que era su padre; que la suya había sido una historia de amor, que jamás hubo abuso ni imposición por parte de aquel, pero como era un hombre casado no podía dejar a su esposa. Para alejarla de burlas y humillaciones compró para ellos el molino de Périgueux. Ella le repitió a Marcel, antes de morir, que su padre los amaba y que siempre se ocupó de ellos; le dijo también que cuando ella muriese cavase bajo la cama y encontraría unos saquitos con casi todo el dinero que su padre les fue llevando a lo largo de los años. Tras fallecer la madre, Marcel Blisard heredó una pequeña fortuna y el sabor amargo de que, como se rumoreaba, era un hijo bastardo.

¡Vaya! Resulta que Marcel Blisard sí que tenía sangre aristócrata y por la fecha en que nació, en 1751, debía ser hijo ilegítimo del mismísimo Louis Phillipe, el marido de Leonor, nuestra Cenicienta; habría nacido después de Marie Madeleine, aquella a quienes sus padres recluyeron en Saint-Sybelie. ¿Llegarían a conocerse? ¿Sabría ella que el molinero era su hermano? ¿Tendría Louis Phillipe, barón de la Cerdanya, alguna intención de que se conocieran aquellos dos hermanos que vivían tan próximos? Seguramente no, porque Marie Madeleine no cruzaba nunca la verja del jardín. ¡Hay que ver lo que sucedía en las vidas de los príncipes de los cuentos!, no te podías fiar de ellos. Seguí leyendo:

Tras la visita de los dos mensajeros que anunciaron el triunfo de la revolución, todo el pueblo se enardeció y entendió que había llegado el momento de liberarse de Raimond, el tirano de Saint-Sybelie, cuyos abusos eran humillantes; así que no tardaron en armarse con cualquier cosa que sirviese para golpear con la intención de acabar con la vida del tirano y arrasar su mansión. Blisard no era amigo de violencias, pero comprendió que no podría frenar a sus conciudadanos, así que decidió encabezarles para evitar males mayores. La casa estaba totalmente desprotegida. Tras la marcha de Marie Madeleine con su hija y su yerno, la mayoría de la guardia y los sirvientes se marcharon también; y los que quedaron se unieron al pueblo enardecido. Apresaron a Raimond, que estaba durmiendo la borrachera en su aposento, con intención de lincharle allí mismo, pero Blisard les convenció de que debían juzgarle primero; después, sabiendo que lo próximo sería el saqueo de la casa, dio su primera orden como comisionado: podrían llevarse cuanto les fuese de utilidad, pero deberían respetar todo lo que no necesitasen. En poco más de una hora desaparecieron muebles, ropa y menaje; pero Blisard consiguió salvar los cuadros, un clavicordio y casi todos los libros. Raimond Binet fue juzgado, sentenciado y ejecutado aquella misma tarde. Las semanas siguientes fueron tensas para Marcel Blisard quien, para evitar más espolios, se instaló en la casa con los tres hijos con quienes vivía; el primogénito, del mismo nombre que su padre, hacía más de un año que se había alistado en el ejército, la vida militar era su pasión y, a disgusto, Marcel Blisard cedió y permitió que su hijo se hiciera soldado. Como la casa había sido saqueada tuvieron que trasladar sus propios enseres. Hubo revuelo en el pueblo, pues como siempre se había rumoreado que Blisard podría tener sangre aristócrata, un grupo de vecinos propuso acabar con él; por fortuna él y su familia eran queridos y respetados por el resto de los aldeanos, quienes fueron sus valedores. El lugar volvió poco a poco a la normalidad, Blisard y sus hijos seguían trabajando en su molino y durmiendo en Saint-Sybelie. Cada noche mientras los chicos dormían, él ordenaba la biblioteca y repasaba todos los documentos que quedaron esparcidos por la casa tras el saqueo, organizándolos por fechas y materias. Encontró las escrituras de propiedad de la mansión, facturas de proveedores y justificantes de pago de los diversos negocios del primer conde, y supo de la existencia de unas plantaciones de tabaco en Virginia, adquiridas después del matrimonio de Leonor en 1738. Nunca se supo si esta tuvo conocimiento de dicha compra, pero todo parece indicar que Marie Madeleine, que durante su encierro dedicaría mucho tiempo a curiosear todo lo de la casa, sí lo sabía; además estaban los informes anuales de los resultados de la cosecha y el justificante del ingreso de los beneficios en el Banco Nacional Americano en una cuenta a nombre de Saint-Sybelie's Tobacco Company. Blisard calculó cuánto debía haber en aquella cuenta, sumando los justificantes de los ingresos, y la cantidad era impresionante, una fortuna. Encontró los documentos de cesión de las partes del viñedo que el conde hizo a sus hijas Leonor y Gisele, el de la cesión de su antigua casa de

París a Pauline, y el testamento en el que legaba la mansión Saint-Sybelie a su hija Leonor.

En 1791, cuando todo se había tranquilizado en la región, Blisard todavía no había recibido ninguna comunicación sobre cuáles eran sus funciones como comisionado ni sobre qué debía hacer con la casa, así que dejó a sus hijas al cuidado de una hermana de su difunta esposa y viajó a París con su hijo Claude, que ya había cumplido dieciocho años.

Si lo que Marcel Blisard esperaba era volver con unas directrices concretas, su decepción fue absoluta; nadie en ningún estamento oficial supo contestar ni resolver sus dudas. No había leyes claras al respecto, solo parecían coincidir todos en que debía proteger la casa para la República y esperar órdenes. París nadaba todavía en un baño de sangre, aún se buscaban más aristócratas a quienes decapitar; se estaban depurando afectos a la realeza que pudieran atentar contra la República. Aquel París le pareció a Blisard un caos incontrolado; él esperaba encontrar un orden nuevo y un pueblo más satisfecho, pero ni orden nuevo, ni pueblo satisfecho: la mayoría seguía pasando hambre.

Pero algo buenísimo tuvo París para él. El día que tomó la decisión de regresar a su casa, al pasar ante una taberna vio a un grupo de soldados riendo estrepitosamente mientras entre dos se jugaban la ronda a cara o cruz. Blisard y Claude se acercaron a ellos por si podían darles noticias de su primogénito y con inmensa alegría descubrieron que uno de aquellos soldados era su propio hijo. El encuentro fue doblemente emotivo por la sorpresa. El joven Marcel dejó a sus compañeros de armas para pasar el resto del día con su padre y su hermano, quienes decidieron permanecer en París dos días más. Por la noche Marcel hijo regresaba a dormir al cuartel, pero pasaban juntos todo el tiempo del que disponían. El joven estaba encantado con su vida en el ejército y orgulloso de servir con Napoleón Bonaparte, a quien admiraba pues, a pesar de su juventud (tenía tan solo veintidós años), era ya coronel de la Guardia Nacional Corsa y un gran estratega con grandes proyectos bélicos que podrían convertir a Francia en el país más poderoso de Europa. Blisard, desencantado por lo que había visto en París y escuchando a su hijo, intuyó que el futuro de Francia estaba más cerca de Bonaparte que de Robespierre. Pocos años después, tras el año que duró el terror, la muerte de Robespierre en la guillotina, de que Napoleón restableciera el orden en París tras la insurrección realista de 1975 y de sus nuevos triunfos militares, a Blisard ya no le cupo la menor duda del futuro inmediato del país y de que su primogénito formaría parte de él. En efecto, tras el golpe de estado proclamado el 9 de noviembre de 1799, conocido como el 18 Brumario del calendario de los revolucionarios franceses, se inició el Consulado con Napoleón; y Marcel Blisard hijo, que ya tenía veintisiete años, se convirtió en uno de los consejeros y amigos del nuevo gobernante.

Sorprendente. Todo aquello que estudié en el colegio se hacía más cercano ahora porque ya había un nombre propio que tenía que ver conmigo, aunque solo fuera a través de su padre que vivió en la que ahora era mi casa. Busqué a Marcel Blisard por internet y encontré apenas una breve reseña: «Marcel Blisard, nacido en Périgueux en 1772. Coronel del ejército y amigo personal de Napoleón Bonaparte, de quien era leal admirador. Casado con Marie Tascher, sobrina de Josefina Beaurharnais. Fallecido en Rusia en 1812».

Aún quedaba mucho por leer, pero tenía sueño, así que dejé la lectura con el propósito de retomarla por la mañana. Al día siguiente, cuando me levanté, preparé café y seguí leyendo:

Aquel viaje a París determinó varias decisiones de Marcel Blisard. Convencido como estaba de que en un futuro cercano gobernaría Napoleón y el cambio político haría resurgir la alta burguesía y una nueva aristocracia, se planteó el futuro de su hijo Claude y el matrimonio de sus hijas de una forma distinta a como tenía pensado. Viajó a Burdeos con las escrituras de propiedad de la mansión y de la compañía de tabacos. Al pasar por el palacio del barón de la Cerdanya, pensó que tenía un hermano y que le habría gustado conocerle, pero era difícil que tras la revolución hubiese algún aristócrata en toda Francia, que continuase vivo y disfrutando de sus posesiones. Blisard buscó un notario que pudiera informarle de si sería legal comprar la mansión, los viñedos y la plantación de tabaco a la República francesa. Como todavía no había ninguna ley que contemplase casos como ese y como el notario no era muy escrupuloso, pronto redactó escrituras de compraventa de todo, por una cantidad razonable que se quedó en los bolsillos del notario. Marcel Blisard regresó a Périgueux como propietario legal de todos los bienes del conde de Saint-Sybelie. Escribió una carta a su hijo mayor invitando a él y a sus amigos más íntimos a visitar la mansión en el siguiente permiso, haciendo saber a su primogénito que quería encontrar marido para sus hermanas. El primogénito hizo una elección muy acertada de los compañeros con quienes estuvo en Saint-Sybelie. Clemence y Marie pudieron elegir encantadas, y después de las bodas cada una marchó a vivir al pueblo de su esposo hasta que, tras el golpe de estado, se trasladaron a París formando parte de la corte. Con el tiempo, Marie y su marido integraron el séquito que acompañó al ex mariscal Jean-Baptiste Bernadotte cuando fue elegido para ocupar el trono de Suecia en 1818.

 Otra de las decisiones de Blisard fue enviar a su hijo Claude a Virginia para que se hiciera cargo de la plantación de tabaco, pues así se lo demandaba el joven constantemente. Un año después recibió una carta en la que su hijo le comunicaba la profunda desazón que le causaba la situación de aquellos esclavos que trabajaban los campos en condiciones infrahumanas y la vida tan indigna a que se veían obligados; le horrorizaban los abusos que se cometían contra ellos y se sentía incapaz de formar parte de aquella sociedad. No podría permanecer allí mucho tiempo sin volverse loco, así que sugirió a su padre dar la libertad y una cantidad de dinero a sus trabajadores para que buscasen una vida mejor en el norte o en el oeste y regalar los terrenos para construir una iglesia; aunque él no era muy creyente, pensó que sería la forma de evitar la rapiña de los propietarios colindantes y que, con ello, aquellas tierras se regaran de nuevo con el sudor de otros esclavos. También pidió licencia a su padre para permanecer en América; había conocido a dos jóvenes, franceses también, con quienes quería viajar a Canadá para recorrer el país y establecerse. El resto del dinero lo transferiría a una cuenta a nombre de su padre. Blisard contestó a su hijo en otra carta permitiéndole obrar como deseara; le enviaba la referencia de la cuenta en un banco de Burdeos y le animaba, pese al temor de no volverle a ver, a ir en busca de su destino. No hay constancia de posterior correspondencia entre padre e hijo.

Desayuné con mi hermana; luego, ella se marchó en el momento en que apareció Odette. Todavía no nos habíamos puesto en serio con el retrato porque mi cuñada no acababa de encontrar un espacio que le sirviese de fondo y que tuviese la luz que buscaba. Ella habría querido pintar en el exterior, pero hacía demasiado frío como para estar horas posando; además los días eran cada vez más cortos. Finalmente decidió que pondría de fondo una sinfonía de pinceladas de color: una luminosa armonía, le llamaba ella, un fondo más moderno, le llamaba yo. Aquel día no tenía ganas de posar. Quería ir al mercado, a la panadería a comprar unas pastas de té porque había quedado con Camille para tomar café en mi casa, y quería llevar unas flores al cementerio; y como sin modelo la pintora no podía hacer nada, Odette me acompañó. Hablamos de la visita de mis padres y le comenté lo nerviosa que estaba.

—¿Tan mal te llevas con ellos? —preguntó.

—No, en realidad no; es que sencillamente no me llevo. Siempre me he sentido como un cero a la izquierda, sobre todo para mi madre; de mi padre tengo recuerdos bonitos de cuando era una niña, no muchos porque casi siempre estaban fuera de casa. No se me ocurre de qué podemos hablar...

—Ella ha cambiado mucho.

—¿Qué? —Me había perdido en mis pensamientos.

—Tu madre —repitió Odette—. Ha cambiado mucho. Ahora es más flexible. August y ella tuvieron una conversación muy larga en la que arreglaron muchas cosas. Él se sentía como tú, ¿sabes?

—He pensado cenar en el hotel o venir a la ciudad a un restaurante.

—Creo que deberíais hacerlo en tu casa, sería mucho más íntimo y familiar.

—Eso es lo que me asusta, pero creo que tienes razón —reconocí.

—Puedo ayudarte en la cocina, no se me da mal —se ofreció mi cuñada—, y después de cenar me retiraré y os dejaré solos.

—No será necesario.

—Sí, sí que lo será.

Compramos cuanto necesitamos, fuimos al cementerio, visitamos de nuevo la catedral, comimos en Périgueux y regresamos a casa. Saqué la llave para abrir la puerta de la verja pero no llegué a introducirla en la cerradura, que había sido forzada. La puerta se abrió y Odette y yo, muy asustadas, llamamos al hotel. Gastón y Denis no tardaron en llegar con nosotras. No se veía a nadie cuando entramos, pero en el jardín había un par de botellas de ginebra y varias latas de cerveza, había setos pisoteados y plantas arrancadas. Los muebles del jardín en la piscina. Entramos en la casa manteniendo la respiración; los vinilos estaban esparcidos por el suelo, dos botellas de vino vacías y las copas rotas. El resto de la casa parecía intacto, salvo el vestíbulo en el que había orines y excrementos. La policía, a quien Gastón había llamado antes de venir, no tardó en llegar. Mi cuñada y yo estábamos muy asustadas; nuestros amigos, que también estaban muy alterados, intentaban tranquilizarnos. Contestamos a todas las preguntas de la policía que, después de hacer su trabajo y verificar que no faltaba nada, calificó aquello de allanamiento y vandalismo, obra de unos gamberros. Lo peor fue que uno de los policías, supongo que el de más alto grado, me dio una bronca y me hizo sentirme culpable por carecer del sistema de seguridad y de las alarmas que debería tener cualquier casa de campo, especialmente una de las características de la mía. Denis y Gastón se enfrentaron a él por sus formas, pero cuando se marcharon todos estuvimos de acuerdo, a pesar del orgullo herido, en que aquel tenía razón. Denis llamó a una empresa de seguridad con la que había trabajado en ocasiones y les pidió que urgentemente nos colocasen un sistema electrónico que incluyese videoportero en la verja y en la puerta de la casa, alarmas en las entradas y en el jardín con detector de movimientos y también cámaras. Yo estaba paranoica, me sentía desprotegida e insegura, pero lo peor era el desencanto de haber perdido la paz y la armonía de los últimos meses. En poco más de una hora acudió un equipo de técnicos con todo lo necesario para dotar a la mansión Saint-Sybelie de cuantos mecanismos de protección fueran necesarios. Mientras Denis hablaba con ellos, Gastón, Odette y yo recogimos y eliminamos las evidencias de aquella intrusión con especial repugnancia cuando limpiamos el vestíbulo. No entendíamos esa forma de diversión de algunos individuos. Gastón nos acompañó al hotel donde Sophie nos había preparado una infusión de tila y azahar que ayudó a relajarnos. Llamé a Camille para anular nuestra cita y le conté el porqué; ella preocupada vino a vernos y estuvo el resto de la tarde con nosotras. Olvidé llamar a mi hermana, así que cuando llegó y vio la movida que había en casa, se asustó y me llamó en seguida. Le dije que estábamos en el hotel y apenas un segundo después de colgar, Marcel, a quien su madre había informado de todo, la llamó a ella preocupado; había intentado localizarla un sinfín de veces, pero Roxanne desconectaba el teléfono en clase y se le pasó volverlo a conectar. Llegaron los dos casi a la par y todos nos aconsejaron que deberíamos quedarnos en el hotel hasta que el sistema de seguridad estuviese totalmente operativo. Estuvimos de acuerdo y Marcel nos acompañó a recoger lo necesario para pasar la noche fuera. Nos acostamos muy tarde pero no nos podíamos dormir y estuvimos hablando de todo aquello hasta casi el amanecer. Sophie nos contó que, en una ocasión, después de morir Margueritte, también entraron en la mansión, pero que seguramente no habían encontrado nada que pudiera tener una salida fácil y rápida, porque ella no echó a faltar nada. De eso hacía mucho tiempo y no se había repetido.

Al día siguiente llegaron nuestros padres. Les recibimos en mi casa, en la que todavía estaban instalando los sistemas de seguridad. Paseamos por el jardín y luego les enseñamos la casa. Roxanne faltó a clase aquel día, Odette y yo le insistimos tanto que al final lo hizo por nosotras; sus relaciones con nuestra madre nunca habían sido buenas. Recuerdo que cuando yo era pequeña quería que mi madre estuviese más tiempo en casa, pero cuando lo hacía, Roxanne y ella discutían tanto que me angustiaba mucho y deseaba que se volviese a marchar. Me sentía más cómoda con mi hermana que con mi madre.

Era cierto que mis padres estaban cambiados, algo más

viejos y mucho más morenos desde la última vez que los vimos; mi padre, tierno y cariñoso, me pareció más relajado y alegre. Mi madre, mucho más dulce, sus ojos habían perdido la mirada acerada que yo recordaba. Tal vez fuera el sol y el mar de Altea, pero se les veía diferentes, muy cambiados. Entre ellos había una complicidad que yo no recordaba que tuvieran antes. Recorrimos la casa, les estuve contando lo que hasta entonces sabía de Saint-Sybelie. Hablamos de la herencia, yo no había sido muy explícita con el tema, aunque sí les había contado lo que había heredado y de quién.

Comimos en el hotel, pues cuando Gastón vino a traernos la invitación de Sophie, mis padres estuvieron de acuerdo en conocerles, pues ya sabían de la relación que nos unía a esa familia. La bullabesa estaba increíble y el pato a la naranja, la especialidad de Sophie que no faltaba en ningún evento, perfecto. La conversación era fluida y el ambiente distendido. Hablamos de la vendimia, de la producción de vino, de la antigüedad de las bodegas, de la tierra, de los estudios de mi hermana; Marcel dijo que sería una gran enóloga porque tenía una sensibilidad especial.

–Es –dijo Marcel–, como si Roxanne escuchara la melodía de la vid, de la tierra, de las frutas y de las hierbas, y compusiera con ellas una magnífica sinfonía. Estoy convencido de que su vino será pura música.

Luego brindó por mi hermana y todos hicimos lo mismo. En fin, todo era perfecto hasta que Sophie comentó:

–¡Cómo me gusta veros reír después del susto de ayer!

–¿Qué sucedió ayer? –preguntó mi madre poniéndose alerta.

–Nada mamá, no tiene importancia –dije reprobando a Sophie con la mirada. Nosotras habíamos acordado no decir nada a mis padres.

–Oh, lo siento –se disculpó–, pensé que se lo habíais contado.

—¿Contarnos qué? –preguntó mi padre, también preocupado.

—Nada, papá –dije quitándole importancia a lo dicho–. Ayer alguien debió entrar en casa aprovechando nuestra ausencia y al regresar nos asustamos un poco. Pero no se llevaron nada y los destrozos han sido mínimos. No os preocupéis, por lo visto eso pasa todos los días.

—Y por eso estáis poniendo alarmas –dijo mi padre.

—¿Es que no las teníais ya? –preguntó mi madre enojada.

—Es evidente que no, querida –dijo mi padre pasándole la mano por el hombro–, pero ya lo están haciendo, así que tranquilízate.

—Sí, claro, perdona. –Era increíble escuchar a mi madre dulcificándose y pidiendo perdón–. Es que no quiero que mis hijas corran ningún peligro. ¿Cómo voy a irme tranquila?

Me enterneció ver a mi madre tan preocupada, pero me asustó la posibilidad de que quisiera quedarse con nosotras, así que intenté sosegarla.

—Puedes marcharte tranquila, mamá, nosotras estamos seguras ahora. Además, tenemos a Sophie y a Gastón.

—Y a mí –dijo Marcel.

—Y a Marcel. Puedes estar segura de que ellos velan por nosotras tan bien como lo haríais vosotros.

Después del café, Marcel se excusó porque tenía que volver al trabajo; Gastón y Denis fueron a la mansión a averiguar qué faltaba para terminar la instalación del sistema de seguridad; Sophie dijo que tenía que ir al cementerio a llevar flores; y Odette recordó que tenía que hacer una llamada importante; todas eran excusas para dejarnos un rato de intimidad. Cuando estuvimos solos, mi madre tomó la mano de mi hermana y le dijo:

—¿Sabes?, Marcel tiene razón, tu vino será pura música porque tú eres pura música. En una ocasión te dije algo de lo que me he arrepentido toda mi vida. Seguro que tú también lo recuerdas. Te dije que no te contrataría ni para un piano bar.

Se hizo un silencio sepulcral. Roxanne miraba el mantel, pero vimos rodar una lágrima por su mejilla. Mi madre siguió hablando con voz entrecortada.

–Las emociones... Los sentimientos... Bueno, no los gestionaba muy bien. La verdad es que me pareciste fantástica, supe que podrías ser una gran pianista, pero aquella tarde, con tantos halagos, temí que te pudieras envanecer y dejar de luchar por ser la mejor. No supe hacerlo de otra manera, así me educaron a mí. Sé cuánto daño te hice y te pido perdón. Para mí, entonces y ahora, eres la mejor. Los tres sois los mejores, siempre lo habéis sido, pero he tardado mucho tiempo en aprender a decirlo.

Sin palabras, entre la emoción y la sorpresa, nos quedamos mudas. Finalmente, mi hermana reaccionó, abrazó y besó a nuestra madre y después, con los ojos húmedos aún y la voz entrecortada, preguntó a nuestro padre:

–¿Cómo lo has conseguido?

Todos nos echamos a reír, el ambiente se distendió y mi padre dijo:

–No he sido yo solo. He tenido refuerzos.

–Sí –intervino mi madre divertida–. Fue un complot.

–En la urbanización donde vivimos hay varios músicos jubilados, como nosotros; somos seis en total, de diferentes países. Empezamos a juntarnos para tocar y no oxidarnos, por diversión –dijo mi padre.

–Al principio fue muy bien, disfrutábamos mucho y nos ofrecimos para tocar en una fiesta que la comunidad de la urbanización celebra todos los años, como cosa puntual –continuó mi madre–, pero ya sabéis lo exigente que soy.

–Había dos alternativas: o dejar de reunirnos por no aguantar a tu madre, o echarla a ella y seguir tocando nosotros. Nos decidimos por la segunda –siguió mi padre.

–Les costó convencerme, o mejor, me costó entender

que ya no tenía que competir con nadie, que ahora se trataba simplemente de disfrutar, de volar haciendo música por puro placer.

–¿Y entonces te volviste a incorporar al grupo? –preguntó Roxanne.

–Sí, y me volvieron a echar dos veces más.

–Hasta que entre todos la domamos –concluyó mi padre divertido.

–También el yoga y la meditación me ayudaron mucho a reconocer actitudes que me hacían daño y a corregirlas. Ahora soy una persona nueva y he aceptado que por mucho que me duela no puedo cambiar el pasado, pero he aprendido a disculparme y a ofrecer lo mejor de mí. Este viaje lo he hecho solo para pediros perdón y deciros que vosotros cuatro sois lo que más quiero en este mundo.

Fue muy fuerte escucharla. Roxanne y yo necesitamos un tiempo para asimilarlo.

Mis padres se marcharon al día siguiente muy temprano, porque su pequeña orquesta se había dado a conocer por la zona y tenían un bolo pendiente para ese fin de semana. Pero quedamos en que nos volveríamos a reunir en mi casa para Navidad. Todos salimos a despedir a mis padres. Cuando mi madre abrazó a Roxanne, le dijo al oído:

–Estoy segura de que Marcel te quiere tanto como tú a él. No hay más que veros.

Esa noche regresamos a casa. Odette dijo que no tenía miedo, que debíamos superar el mal trago cuanto antes y se marchó a su habitación. Roxanne estaba tan eufórica después de todo lo que le dijo nuestra madre, que no podía pensar en otra cosa y también se retiró. Yo me quise mostrar animosa ante ellas, pero estaba fatal; seguía asustada y tantas cámaras y alarmas, que conectamos antes de acostarnos, más que hacerme sentir segura, me hacían sentir encarcelada. Esa era la sensación más fuerte, en vez de miedo tenía una infinita tristeza, una lacerante impresión de haber perdido la libertad. Todo ese muro de seguridad electrónica puede que me protegiera del exterior, pero también me encerraba y eso me creaba mucha ansiedad. Con el tiempo me fui relajando y volví a sentirme segura y tranquila en mi casa, tanto, que la mayoría de las noches me olvidaba de conectar las alarmas, y de día el videoportero automático me parecía suficiente protección, pero esto no lo sabía nadie.

No recibíamos muchas visitas; últimamente aparte de Odette, que estaba en casa, y de Camille, que ya no era una visita, solo mis padres y el cartero habían venido. Precisamente, meses después de mi conversación con el alcalde, llegó aquella carta anunciada en la que el ayuntamiento se ofrecía a colaborar en la restauración de la mansión Saint-Sybelie. Si el pleno había tardado meses en tomar una decisión, yo no tardaría menos en tomar la mía, así que dejé la carta en un cajón.

Roxanne volvió a sus estudios y Odette y yo empezamos con mi retrato, ella delante del lienzo y yo detrás. Nos pusimos en el salón pequeño después de recorrer toda la casa buscando la luz más adecuada. Mi cuñada me pidió que me recogiera el pelo para poder estudiar sin obstáculos cada una de las líneas de mi rostro, luego giró mi cuello hasta encontrar el ángulo perfecto y comenzó a trazar líneas a lápiz sobre el lienzo. Yo pensaba que aquello sería divertido, una ocasión para hablar mucho con Odette y conocernos mejor, pero ella se concentró de tal forma en lo que estaba haciendo que no se enteraba de nada de lo que yo le decía y sus respuestas eran breves monosílabos a boca cerrada, ante lo cual opté por callarme. Entonces la que hablaba era mi cuñada, pero solo para decirme que procurase no mover la cabeza. Me centré en examinar todo lo que podía ver sin moverme; después, a pesar de mis esfuerzos, me entró mucho sueño. A la segunda cabezada, Odette decidió que sería mejor dejarlo para otro día. Quise ver el lienzo y quedé sorprendida pues apenas había unas líneas, pero ya se me parecía muchísimo. Mi cuñada era realmente buena.

Comimos en el pueblo. Hicimos compra para el día siguiente: el sábado de chicas en el que íbamos a buscar el tesoro en el desván. Quizás fuésemos demasiadas, pero lo pasaríamos bien. Sin embargo, hubo deserciones: la primera fue la de mi hermana, quien, cuando llegamos a casa, estaba preparando lo necesario para pasar fuera el fin de semana; como Ségolène se marchaba con los abuelos, ella y Marcel aprovecharían para pasar aquellos días en Arcanchon, en la costa. La segunda fue la de Sophie; Denis le había preparado un fin de semana sorpresa en París y ella pensó que eso era mucho más estimulante que remover muebles viejos. Me pareció justo. Hacía más de veinte años que Sophie no había hecho una escapada por placer. Entonces, para el día de chicas quedamos Odette, Camille y yo.

Capítulo 23

El sábado por la mañana, puntualmente a las nueve, Camille llegó a Saint-Sybelie; traía cruasanes y brioches recién hechos, y nosotras teníamos café y zumos, también recién hechos. Además, Camille trajo para comer una tortilla española.

Desayunamos y sin más dilación subimos al desván, abrimos las contraventanas y encendimos las luces. Hacía frío y bajé por unos polares.

–Bien, ya estamos aquí –dijo mi cuñada–. Deseaba que llegara este momento; he de confesaros que andar registrando desvanes ajenos me encanta.

–¿Por dónde empezamos? –preguntó Camille–. ¿Por los armarios?

–No, los armarios están llenos de ropa; será mejor que primero despejemos alguna mesa para poder colocarla encima –contesté.

–Tú mandas.

–Odette, empieza tú por los baúles. Camille, tú podrías echar un vistazo a las cómodas. Yo iré quitando sábanas para averiguar qué están cubriendo.

Nunca se me ha dado bien eso de mandar y de dirigir, pero ellas tenían iniciativa propia y no hizo falta que les dijera nada más. Uno de los baúles contenía enaguas, corsés, camisones y calzones; el otro, un precioso vestido blanco digno de la emperatriz Eugenia y un inmenso velo de tul bordado, que debía ser el traje de novia de la última condesa, según pensamos las tres. Era espectacular, de muselina blanca, ¿elaborada en las fábricas Bernard?, quizás, Camille y yo comentamos esa posibilidad; en su primera carta Margueritte hablaba de la industria, creada por su bisabuelo, especializada en dicha tela y uno de cuyos clientes era la Casa Real, lo que significaba que el resto de la aristocracia de la época también sería cliente suyo. En los paquetes encontramos cortinas y cubrecamas; en una de las cómodas, ropas de hogar, y en la otra, útiles de costura, de labores y cajas llenas de documentos. Camille los reconoció enseguida, eran los que Margueritte puso a su disposición para hacer la tesis. Colgadas en la pared y cubiertas con una sábana encontramos dos crinolinas.

–¿Y esto? –preguntó mi cuñada.

–Esto se llevaba debajo de vestidos como el que acabamos de ver, servía para mantener las faldas; sin esto no quedarían tan bonitas y voluminosas –contestó Camille–. Se llaman crinolinas o miriñaques.

Odette se colocó una de ellas.

–¿Os imagináis tener que ir a trabajar en metro con una de estas puestas?

Nos reímos imaginando la escena. Revisamos la mesa de despacho y el clavicordio; estaban completos y no tenían carcoma. Afortunadamente todos los muebles estaban libres de aquella plaga. Encontramos también una radio antigua que, según Odette, era muy *vintage*, junto con una máquina de coser de manivela y unas vitrinas en las que se guardaba una cristalería incompleta de Bohemia y dos juegos de café de plata ennegrecidos por el tiempo. También había un espejo de pie, un lavabo antiguo, un perchero, candelabros de porcelana y varios quinqués oxidados. Después estuvimos revisando las paredes y manipulando cualquier saliente, pero allí no había nada que pusiera en marcha un mecanismo que abriese un pasadizo que nos condujese a un tesoro. Así que centramos toda nuestra atención en los armarios que Roxanne y yo habíamos explorado; esta vez los vaciamos con muchísimo cuidado. El contenido del armario grande debió pertenecer a la última condesa que, según nos informó Camille, se llamaba Isabelle Aurore y nació en 1862; era bisnieta de Marcel Blisard y no tuvo una vida muy feliz. Tal vez ella no lo fuera, pero debo confesar que a nosotras tres, vaciar aquel armario y poder husmear entre todos aquellos ropajes, sombreros y zapatos, nos hizo muy dichosas. Había un vestido en concreto que nos encantaba: de seda salvaje roja, con el cuerpo muy escotado bordado en azabache negro; debía de ser muy escandaloso para la época. Llevaba una falda menos voluminosa con un polisón y le encontramos un antifaz veneciano, guantes y botines a juego.

—Este debió ser el que llevó aquel carnaval —dijo Camille, refiriéndose al vestido.

—¿Qué carnaval? —pregunté.

—Aquel en el que sedujo a su marido.

Quise preguntar más, pero la voz de mi cuñada me lo impidió.

—¿Qué es esto? —Odette estaba totalmente entregada a descubrir el contenido del armario—. Parecen trajes de baño.

—Yo diría que lo son —confirmó Camille—. Le encantaba nadar.

En efecto, eran varios maillots confeccionados en croché y mucho más atrevidos que aquellos primeros trajes de baño de principios del siglo XX.

—Como ella nadaba sola buscaría, sobre todo, comodidad para nadar en el río en verano —continuó Camille—. Ya os comenté que en la piscina del invernadero lo hacía desnuda.

Volvimos a colocar toda la ropa en el armario que no contenía más tesoro que ese. Nos dedicamos a otro, al más pequeño, al de Margueritte. Odette quiso saber algo más de ella y le hicimos un breve resumen de su vida, añadiendo que esa escasa biografía no le hacía justicia. Le hablé de lo que contaba en las cartas y sacamos el vestido de piel de ángel que lució en su primera gala cinematográfica. Mi cuñada me preguntó si ya me lo había probado y contesté que no.

—¡Póntelo! —ordenó mi cuñada—. No me puedo creer que no lo hayas hecho todavía.

—Es cierto —apoyó Camille—. Yo me lo pondría todos los días.

—Es que...No sé...

—¿Necesitas su permiso? —preguntó Camille—. Ella te lo ha dado; recuerda que por su voluntad todo cuanto hay aquí es tuyo ahora.

—¿Por qué no te lo pruebas tú? —sugerí.

—Estaba esperando que me lo ofrecieras.

Camille se puso aquel vestido que le quedaba perfecto.

—Es demasiado atrevido para mí —dijo—, yo ya tengo una edad.

—Será en el documento de identidad —dijo Odette—. Te está perfecto. Tienes una piel increíble.

—Quizás algún día te lo pida —concluyó Camille, después de mirarse un rato en el espejo.

—¿Puedo probármelo yo también? —Odette se puso el vestido y al mirarse en el espejo se entusiasmó—. ¡Dios mío, es precioso! ¿Cómo no verse atractiva con un vestido así? Esta ropa hace que me sienta seductora. Juliette, no puedes dejar de ponértelo.

Me puse el vestido y pude imaginarme cómo se sintió Margueritte aquella noche. Al ponerme los zapatos a juego me sentí como una modelo de pasarela. Camille me recogió el pelo sujetándomelo con unos ganchillos de croché; el resultado me pareció espectacular.

—No en vano trabajé en la peluquería de mi tía. —Se enorgulleció.

–Juliette, estás perfecta. Me gustaría pintarte así, ya veo el retrato terminado. No tengo ninguna duda, ese vestido es inspirador –mi cuñada estaba entusiasmada.

Había otros de la misma época en aquel armario: trajes sastre de corte perfecto, vestidos mañaneros de verano e invierno y otros de tarde en telas más ligeras y vaporosas; sombreros de la época y una estola de zorro blanco; el vestido blanco que Margueritte llevaba en el retrato y el de terciopelo color corinto que Thérèse lucía también en ese retrato.

–Todo esto es precioso, pero se complicaban mucho, ahora es todo más sencillo –dijo Odette–. Benditos vaqueros que nos sirven para todo.

–Nosotras nos movemos en un círculo muy sencillo, pero en determinados ambientes se sigue manteniendo ese protocolo para vestir –comentó Camille.

Un reloj de carrillón que había junto al armario me hizo pensar en qué hora sería; miré el reloj y vi que eran casi las tres de la tarde, el tiempo había pasado volando, así que guardamos toda la ropa en el armario, dimos la misión por terminada y bajamos a comer.

–Bueno –dije sin ninguna frustración–, definitivamente el tesoro de Saint- Sybelie no existe.

–Quizás no en la forma en que todo el mundo piensa –añadió Camille–, pero ahí arriba hay antigüedades que hoy deben valer una fortuna.

–Además lo hemos pasado muy bien, ¿no os parece? –Y con este comentario de Odette clausuramos el tema del tesoro.

Comimos con apetito y concluimos con el café y las pastas. Como si alguien hubiera avisado que la comida había terminado, sonaron los móviles de Odette y de Camille; en el de aquella un whatsapp de mi hermano que le pedía que se conectase a skype; en el de la segunda, una llamada de Gastón proponiéndole tomar una copa y después cenar con él en el hotel. Se le iluminaron los ojos y la sonrisa. Debí quedarme mirándola muy fija, porque mientras recogía sus cosas me dijo:

—Ese hombre me gusta. No lo puedo evitar. Sé que también le gusto, pero no acaba de decidirse.

Habíamos estado hablando de Margueritte y su recuerdo flotaba en aquel cuarto, así que mientras Odette hablaba con mi hermano aproveché para leer otra carta.

Queridísima sobrina:

El viaje hasta Périgueux fue lento, pesado y gris; como gris era cuanto nos rodeaba, como si los uniformes alemanes hubieran impregnado de ese color la atmósfera y el paisaje. Supongo que el sol seguiría brillando y el cielo sería azul, pero entonces, y ahora en el recuerdo, para mí el gris era el color que lo teñía todo. Viajamos por todo el territorio ocupado. En cada pueblo que cruzábamos teníamos que pasar un control; siempre lo mismo: bajar del autobús, entregarles la documentación, aguantar aquellas miradas tan amedrentadoras como cuchillos. Llegué a pensar que estas voces imperiosas y desabridas eran su mejor arma, créeme, inspiraban más miedo que las ametralladoras que llevaban. Después registraban el autobús antes de permitirnos subir de nuevo y proseguir el viaje. Había dos familias con niños pequeños que cuando el autobús se detenía se ponían a llorar; afortunadamente, para ellos el trayecto fue más corto y en pocas horas llegaron a su destino.

El viaje duró casi veinte horas. Hicimos un par de paradas lejos de los alemanes, para estirar las piernas y relajarnos un poco, si eso era posible; además el chófer necesitó dormir un rato. Por fin llegamos a Périgueux, el autobús nos dejó a la entrada del pueblo y, tras el registro de rigor, continuó hacia Burdeos. François y yo caminamos hasta su casa y él no pudo ocultar su emoción al estar allí de nuevo después de tantos años. La casa había sufrido un deterioro importante y no encontramos a na-

die allí, de modo que seguimos caminando hasta la mansión; la verja estaba abierta, llamamos con la aldaba en la puerta principal y nos abrió una chica de unos veinte años que ninguno de los dos conocía; preguntamos por Thérèse, la chica nos hizo pasar y fue a buscarla. El encuentro, en aquellas circunstancias, te lo puedes imaginar. François y su madre estuvieron un buen rato abrazados, luego Thérèse me abrazó a mí y con sus lágrimas vertía el dolor por la muerte de su hijo y la alegría por abrazar lo único que le quedaba de él, que era yo. Tras la emoción de los primeros momentos, Thérèse nos presentó a la joven, que era Sophie, la hija de su hermana Jeane, recientemente fallecida, que se había quedado con ella; yo solo la recordaba de cuando era un bebé y François de cuando tenía apenas tres años; ella no nos recordaba. Habían dejado su casa porque la condesa estaba muy mayor y enferma; estaba perdiendo la razón y Thérèse no quería dejarla sola. El resto del servicio se había ido marchando después de empezar la guerra, la economía no era buena. Solo Thérèse se quedó por lealtad y ahora se encargaba de todo en la mansión, hasta donde podía, claro, era imposible para una persona sola atender a la enferma y mantener todo aquello en condiciones. Hasta hacía poco le había ayudado su hermana Jeane; ahora su sobrina le echaba una mano, pero quería marcharse a Marsella con una tía paterna, allí tendría mejor futuro.

Saludamos a la condesa que estaba en el salón pequeño. A pesar del tiempo transcurrido conservaba esa clase que yo recordaba, tenía más de ochenta años y, según nos dijo Thérèse, había estado nadando hasta unos años antes, pero una lumbalgia le impidió moverse durante meses y entonces perdió el gusto por el deporte y por las largas caminatas que daba sola cada mañana y que se redujeron a cortos paseos apoyada en un bastón y del brazo de Thérèse. Pero lo que más preocupaba a mi sue-

gra era el estado mental de la condesa que se iba deteriorando inexorablemente: primero fueron los despistes, después los olvidos, repetía muchas veces lo mismo y tenía lapsus en los que se desorientaba y no reconocía la casa. El doctor dijo que era demencia senil y que no tenía cura. Pero aquel día a mí me reconoció.

—Buenas noches, condesa —la saludé—. Soy...

—Margueritte. Te recuerdo, eres la esposa del pequeño Henri. Os marchasteis a América, ¿verdad?

—En efecto, señora, así es.

—Vaya, habéis vuelto. ¿Y tu marido? —preguntó buscándolo con la mirada.

—Henri falleció hace unos meses.

—¡Oh, cuánto lo siento! —dijo apesadumbrada—. El pequeño Henri siempre me hacía reír. ¿Vienes a quedarte?

—Sí, condesa, esa es mi intención.

—Entonces sé bienvenida. ¿Y este caballero que te acompaña?

—Soy François, el hijo de Thérèse, señora. Yo también me fui a América. —Mi cuñado besó la mano que le ofrecía la condesa con una leve inclinación.

—¡Ah sí, ya te recuerdo!, tu madre lloró mucho cuando te fuiste. ¿Te vas a quedar también?

—No, condesa, he venido a acompañar a mi cuñada y a ver a mi madre, pero me marcharé en unos días.

—Mientras tanto podéis quedaros aquí. Esta casa está tan sola...

François se quedó una semana, tiempo más que suficiente para conocer la ruinosa economía de la condesa y saber que era Thérèse quien había estado manteniendo la mansión en los últimos años. El dinero que recibía de Henri lo empleó en pagar la carrera de Michel, los sueldos de los empleados de la mansión y las necesidades de la condesa que no eran demasiadas. Las viñas apenas producían la cuarta parte de lo habitual porque faltaban quienes las trabajasen y porque los alemanes se llevaban la mayor parte del fruto de los cultivos; tenían un ejército que mantener y como ocurría siempre en casos de ocupación, los invasores comían y bebían antes que los del país. Son recuerdos muy tristes. François se marchó y se llevó con él a Sophie, a quien acompañó a casa de su tía en Marsella, donde embarcó en un mercante hasta Lisboa; desde allí viajaría a Nueva York.

Cuando nos quedamos las tres solas, yo ayudaba a mi suegra con la limpieza de la casa y el cuidado de la condesa. Me pareció que su estado mental no era tan lamentable; le gustaba mucho que le hablara de América, del cine, ella solo había visto una película allá por los años veinte, y de los viajes que Henri y yo habíamos hecho. A pesar de sus despistes era una buena conversadora, por eso me sorprendió la primera pérdida de razón de la que fui testigo. Estábamos en el salón pequeño haciendo labores y tomando una infusión, la condesa dejó la labor sobre su regazo y dirigiéndose a Thérèse le dijo:

–Linette, están todos arriba. ¿Se lo has dicho a tu hija? Tienes que decirle que están todos arriba. No se te olvide, tiene que saberlo.

Después siguió tranquilamente con su labor. Mi suegra y yo nos miramos desconcertadas.

–¿Sabes de qué habla? –le pregunté en voz baja.

–Linette era mi madre –me respondió ella susurrando–, a veces me confunde con ella. La pobre no tiene la cabeza en su sitio, ya lo sabes.

Otro día, sin embargo, nos sorprendió por su extraordinaria lucidez. Estábamos comiendo cuando me preguntó:

–Has venido a comprar esta casa, ¿verdad?

Miré a Thérèse y luego contesté:

–La familia de mi marido ha formado parte de esta casa durante generaciones y no me gustaría que pasara a manos extrañas.

–Lo sabía –dijo ella–, pero no por lo que acabas de decir, que te honra, sino porque el pequeño Henri siempre me decía que cuando yo ya no estuviera compraría esta casa para su madre. Era un niño y me hacía reír.

Luego, dirigiéndose a mi suegra, dijo:

–Thérèse, llama al notario y que venga con dos testigos.

–Pero señora... –Mi suegra estaba un poco apurada.

–He pensado mucho, Thérèse, y no voy a vender la casa. Voy a cambiar mi testamento y tú serás mi heredera.

–Pero señora...

–Vamos, niña. ¿Crees que no sé que estos últimos años has corrido tú con todos los gastos? Puede que me esté volviendo loca, pero no soy tonta ni estoy ciega. Por otra parte, no tengo herederos, y como dice tu nuera, durante generaciones las mujeres de tu familia habéis formado parte de esta casa. Yo adoraba a tu madre. Era mi cómplice, ¿sabes? Mi buena Linette se fue antes que yo. ¿Qué mejor forma de premiar su lealtad y la tuya? Aunque también es por egoísmo; estoy segura de que nadie va a cuidar de Saint-Sybelie como tú, que la amas tanto como yo. Busca al notario, Thérèse, cuanto antes, ahora que mi mente está lúcida.

Jamás volvió a hablar tanto. Al día siguiente vino el notario con los testigos y todo quedó escrito y legalizado conforme a la voluntad de la condesa.

Tengo que dejarte ahora, pero volveré pronto. Te quiere, tu tía.

M. B.

Cuando mi cuñada regresó de su cuarto fuimos al centro comercial a dar una vuelta y cenar algo allí. Después de pasear por las tiendas de ropa, las de electrónica y visitar la librería nos entretuvimos mirando las películas y en la sección de clásicos encontramos *Campos de hierro*, aquella que la G.W.P. (Golden World Pictures), ahora desaparecida, había rodado en el campo petrolífero de Bouvier-Leone, y que protagonizaba Charles Olivier, el galán que dejó a Margueritte sin aliento; la compré con la intención de verla esa misma noche. Cenamos en un italiano, regresamos a casa y pusimos la película. Era un melodrama al gusto de la época: él, Charles Olivier, el dueño acaudalado del campo petrolífero; ella, la hija de uno de sus capataces; el villano era uno de los trabajadores que la acosaba y que a cada momento le recordaba la diferencia de clases; la otra, la mala, una sofisticada y caprichosa mujer de clase alta enamorada del personaje de Olivier ante quien calumniaba despiadadamente a la chica; el galán la cree hasta que, por una indiscreción de aquella bruja, comprende que cuanto le había dicho era mentira; entonces regresa en su avioneta al campo de petróleo decidido a casarse con la joven que ama. El villano desesperado prende fuego a una de las torres, muriendo cuando esta explota. Los dos protagonistas llegan al avión y consiguen despegar justo antes de que la mayor parte del campo se destruya. El final: el beso, después de prometerse amor eterno y de decidir volver a empezar con lo poco que quedaba en aquellos campos de hierro.

Charles Olivier era bastante atractivo y es cierto que los hombres de aquella época parecían más viriles, pero también parecían más viejos. La película nos gustó, incluso derramamos alguna lágrima, pero lo que más me emocionaba era pensar que al otro lado de la cámara, Margueritte estaba en cada escena, en cada fotograma, y que ahora, ochenta años después, yo estaba viendo lo mismo que ella veía entonces. Por primera vez el cine me pareció realmente mágico; con ese sentimiento tan dulce, me acosté y dormí.

Ese domingo lo dedicamos al arte. Me puse el vestido de Margueritte y me recogí el pelo. Odette me colocó en la postura adecuada y, como la vez anterior, se concentró de tal manera en su trabajo que no articuló palabra durante más de tres horas. Con aquel vestido de piel de ángel y la sensación del día anterior, yo también me abstraje recordando. Al cabo de casi cuatro horas, cansadas, ambas necesitábamos movernos un poco y tomamos un descanso. Salimos a dar un paseo por el jardín para desentumecernos. Todo se veía limpio y arreglado, pero un poco triste; la naturaleza dormía para resurgir con todo su esplendor en primavera. Se oían los chorros del agua de las fuentes y pensé que en vez de una sinfonía de verdes y de flores, el jardín era en aquel momento una sonata de marrones y promesas; tal vez más austera, más melancólica, pero no menos hermosa.

Después de comer volvimos al trabajo. Así nos encontró Roxanne cuando regresó a media tarde; su fin de semana también había sido fantástico. Volvimos a ver *Campos de hierro* con ella y cuando acabó la película leímos otra carta.

Queridísima sobrina:
Aquí estoy de nuevo contigo y continúo con mi historia. La vida en Saint-Sybelie seguía sencilla y rutinaria, nada parecía cambiar ni dentro ni fuera de la casa. La condesa iba experimentando un rápido deterioro, sus momentos de lucidez se fueron haciendo más escasos, tuvo una temporada muy agresiva pero después, poco a poco, se fue convirtiendo en una enferma afable y dócil, confundía a Thérèse con su madre y casi no hablaba, excepto para repetir: «Están todos arriba. Están todos arriba. Linette, debes decírselo a tu hija». Al principio nos resultaba divertido, luego nos intrigó, ¿a quiénes se referiría? Mi suegra pensaba que la condesa veía los espíritus de sus antepasados y aunque esa idea me parecía peregrina, a veces me erizaba la piel. Arriba no había nada, solo el desván y las habitaciones del servicio. ¿Se referiría la condesa a sus criados? ¿Hubo alguna vez alguien escondido en el desván? Nunca lo sabríamos; al

final dejamos de pensar en ello. Yo me encargaba de la limpieza, Thérèse de la cocina y entre las dos levantábamos y acostábamos a la condesa. Nos turnábamos para dormir con ella porque se había caído alguna vez. El verano pasó tranquilo, pero en otoño cuando los días empezaban a ser más fríos y la condesa quedó impedida, habilitamos su habitación para poder hacer la vida allí. Ya no podíamos bajarla por las escaleras; además era imposible mantener más de una habitación caliente, era muy difícil encontrar leña o carbón.

Un día estaba yo aseando a la condesa, Thérèse había salido y la condesa me repetía a cada instante su frase favorita, ya casi lo único que decía:

–Están todos arriba... Dile a tu hija que están todos arriba.

Entonces mi suegra entró en la habitación muy alterada.

–¡Están abajo! –dijo–. ¡Están todos abajo!

Comprobé que mi sentido del humor no estaba muerto del todo porque la situación me pareció bastante cómica.

–¡Vaya! ¡Por Dios! –exclamé–. Poneos de acuerdo, por favor, ¿están todos arriba o están todos abajo?

–No es momento de bromas –dijo Thérèse enfadada–. Están abajo, los alemanes están abajo. En el vestíbulo hay tres, los demás están afuera. Baja tú, por favor.

En efecto, los alemanes estaban abajo y no era momento de bromas. Inspiré hondo y bajé las escaleras intentando aparentar una tranquilidad que no sentía. Cuando llegué a su altura los tres me saludaron firmes con un taconazo.

–Capitán Heinrich Geisler –saludó el oficial de más graduación presentándose y luego al otro oficial–. Teniente Ludwig Riedel.

–Señora –saludó el teniente repitiendo el taconazo.

El tercero se mantenía detrás esperando órdenes. Yo

no dije nada y el capitán continúo hablando en un buen francés, con acento teutón, pero entendible.

–¿Es usted la señora de esta casa? –preguntó el capitán.

–No. La condesa es la señora, pero es muy mayor, está enferma y no sale de su alcoba.

–Lo lamento –dijo con cortesía. Pensó que yo era el ama de llaves–. Si no puedo verla deberá usted transmitirle que por un tiempo indeterminado este va a ser nuestro alojamiento.

Debió entender por mi expresión lo poco que me gustaba aquella noticia, porque se apresuró a decir conciliador.

–No vamos a tomar la casa, ni son ustedes nuestras prisioneras. Considérennos como invitados, le aseguro que procuraremos crear la menor molestia posible.

Yo seguía incapaz de reaccionar y decir una palabra. Posiblemente él esperase alguna respuesta por mi parte, pero no la hubo y continuó hablando:

–Una compañía de nuestros soldados dormirá en su invernadero.

–Hay una piscina –dije con la esperanza de que desestimara aquella idea.

–Lo sé – y ordenó en alemán al militar que quedaba detrás de ellos–: Sargento, ya sabe lo que hay que hacer –luego se dirigió a mí en francés.

–Nuestros soldados no las molestarán para nada. Ni siquiera pisarán la casa, pero este es un pueblo pequeño y todos deben tener un alojamiento. Hasta ahora bastaba con el ayuntamiento, pero nuestras necesidades han aumentado. Ustedes acondicionarán dos dormitorios para nosotros. Seguro que podrán hacerlo. Esta mansión es muy grande para tres mujeres solas.

¿Cómo sabía que éramos tres mujeres solas? Lo habrían averiguado en el pueblo. Sentí rabia y frustración, habría querido gritar e insultar a aquel hombre tan arrogante, pero sabía que no serviría para nada; lo único que

dije fue que las alcobas eran muy frías. Él añadió que ellos se encargarían de calentarlas. Repitieron el taconazo, dijeron que regresarían a la hora de cenar y se marcharon.

Subí a informar de todo a Thérèse, estuvimos de acuerdo en que la condesa no debería notar ningún cambio; alojaríamos a los alemanes en la parte opuesta a la que ocupábamos nosotras, aunque no había ningún dormitorio suficientemente lejos.

Es tarde y tengo que regar. Hoy he recibido una orquídea nueva. No sé si te lo he dicho, pero me gustan mucho las plantas.

Un beso de tu tía que te quiere.
M. B.

Unos días después, Odette regresó a París, había adelantado bastante en mi retrato, mi figura estaba muy definida y podía seguir trabajando sin mí.

Antes de marcharse le propuse hacer una exposición de sus cuadros en Saint-Sybelie; se mostró entusiasmada y empecé a pensar en todo lo que sería necesario para que aquel proyecto se convirtiera en realidad; mi cuñada se lo merecía, era una pintora extraordinaria. El salón grande podría ser el espacio ideal. Comenté la idea con Roxanne y con todos los demás; estuvieron de acuerdo en que la idea era brillante. Camille sugirió que, puesto que la exposición estaría abierta al público, yo debía intentar que el ayuntamiento la subvencionase al menos en parte, puesto que sería publicidad para el municipio. Eso me hizo recordar la carta que recibí y que aún no había contestado. Pedí cita con el alcalde, quien dos días después me recibió con el edil de cultura. Se mostraron encantados y dispuestos a subvencionar el proyecto con una cantidad que me pareció generosa, aunque no tenía ni idea de cuánto podría costar el montante de aquel proyecto. Salí entusiasmada del ayuntamiento y llamé a mi cuñada. Fijamos fecha para la semana de Navidad, puesto que ella y mi hermano la pasarían con nosotras. Odette dijo que dispondría de alrededor de cuarenta cuadros. Yo no sabía si eso era poco o mucho respecto al espacio del que disponíamos y al tamaño de los cuadros, pero lo consultaría con el concejal.

Había otras cosas que hacer; lo primero era poner un sistema de calefacción. Nadie vendría a ver la exposición si la temperatura del salón se parecía a la de Siberia; y ya que había que hacerlo, incluiríamos también los dormitorios. Esta vez no me molesté en buscar por internet; pedí ayuda directamente a «mis hombres», quienes conocían a todo el mundo, y una vez más no me defraudaron. Gastón estaba conmigo cuando vinieron a ver la casa para hacer un presupuesto.

—¿Toda la casa? —preguntó el de la empresa de climatización.

—No, solamente las dos primeras plantas. —Consideré innecesario poner calefacción en el desván.

Aquel hombre estuvo midiendo y después nos aconsejó un tipo de radiadores que él consideraba la opción más sencilla y práctica; además, los radiadores podrían camuflarse tras paneles decorativos que tuviesen el estilo de cada estancia, de ese modo no romperían la estética. Un sistema de calefacción como el de un museo moderno era inviable, pues necesitaba obras dentro de la casa con el riesgo de estropear las paredes o el techo, resultaría mucho más cara e imposible de realizar en el tiempo del que disponíamos. Cuando días después me trajeron el presupuesto, casi me da un infarto, pensé que me había precipitado al sugerir la idea de la exposición, pero ya era tarde para echarse atrás; sin embargo, Denis afirmó que era un precio justo y que la empresa había hecho un buen descuento porque acondicionar la mansión Saint-Sybelie suponía para ellos una publicidad importante. Visitamos a un ebanista, un artista según Gastón, le explicamos lo de los paneles, pero dijo que para la mansión había que pensar en algo especial. Nos acompañó a la casa y recorrió con nosotros cada sala y alcoba donde se iban a poner radiadores; nos preguntó cuántos y en qué lugar se habían de colocar, le enseñamos el croquis que nos habían adjuntado con el presupuesto, sacó fotografías del punto de cada sala en el que debía ir el panel. Cuando le dije que lo quería para antes de Navidad, él contestó que era muy poco tiempo, y después de un tira y afloja de suplicar, por mi parte, y de resistirse, por la suya, aceptó encargarse del trabajo. Gastón no me permitió ver el presupuesto, por lo que imaginé que debía tratarse de una cifra astronómica; me enfadé, pero él me recomendó no pensar en el dinero hasta ver los resultados, que realmente fueron increíbles; aquel hombre consiguió mimetizar totalmente los paneles con la pared que iban a ocupar, pasaban del todo desapercibidos. El trabajo me pareció una obra de arte, así que el precio, colosal también, me pareció justo.

Desde que Odette se marchó y con mi hermana todo el día ausente, yo pasaba mucho tiempo sola. Mientras instalaban todos aquellos radiadores y paneles no podía hacer gran cosa, así que volví a la tesis de Camille.

El retrato siguiente era de Alphonsine Blisard, nacida Marigni. La historia tenía su punto:

Era la nieta más pequeña de la hermana mayor de Clemence, la difunta esposa de Marcel Blisard. Tenía dieciséis años cuando murió su madre; como ambas habían sido abandonadas por el padre y ahora se había quedado sola, decidió presentarse en la mansión y pedirle a su tío, a quien apenas conocía, que le permitiese servir en la casa. Marcel Blisard tenía entonces sesenta años, pero en vez del anciano decrépito que Alphonsine esperaba encontrar, vio a un hombre sano y al que los años habían conservado bien. Parece que tras aquella entrevista, en la que Blisard aceptó de buen grado a su sobrina en la casa, esta, después de conocer a su tío, se planteó ser la señora, no había razón para conformarse con ser la criada. Cada día, al terminar su jornada y antes de retirarse, preparaba un chocolate caliente para su tío que solía leer hasta bastante tarde, antes de acostarse. En una ocasión, según una carta que posteriormente escribió a una amiga, tras depositar la taza de chocolate sobre la mesa, dio una vuelta por las estanterías mirando cada uno de los libros.

—Debe ser maravilloso, ¿verdad? —dijo.

—¿El qué? —preguntó Blisard levantando los ojos del que él estaba leyendo.

—Saber leer.

—¿No sabes leer?

—No, señor. Mi madre no me pudo mandar a una escuela. Pero me gustaría mucho aprender. ¿Podríais enseñarme vos, tío? —preguntó con ojos suplicantes.

A Marcel Blisard le gustó que su sobrina no se conformase con ser una ignorante y, tras pensarlo un instante, dijo con ternura:

—Está bien, pero solo si muestras empeño y estás dispuesta a esforzarte mucho.

—¡Oh, sí, tío, lo haré, os lo prometo! No os haré perder el tiempo. Ya lo veréis.

A partir de aquel día, cada noche cuando Alphonsine le llevaba su chocolate, Blisard empleaba más de una hora en enseñarle a leer. La chica era inteligente y se esforzaba mucho, por lo que no tardó en aprender y ser capaz de leer frases enteras de corrido. Entonces las clases se fueron haciendo más largas. Ella empezó con la escritura, pero leer le gustaba mucho más. Blisard le elegía los libros y ella preguntaba lo que no entendía o manifestaba sus propias opiniones sobre algún tema. Aquellas clases sirvieron también para que el afecto entre tío y sobrina fuera creciendo. Algunas de aquellas noches a

Blisard le parecía que Alphonsine estaba cambiando. Su mirada, su proximidad. Un par de veces incluso le había parecido que ella había rozado con sus senos el brazo de él, la veía insinuante. Pero pensó que serían imaginaciones suyas. No se había vuelto a casar desde que enviudó. Había estado con otras mujeres, claro, pero esa niña le hacía sentir cosas. Empezó a sentirse incómodo y por respeto a su sobrina decidió poner fin a las clases; la pobre se horrorizaría si supiera qué ideas le pasaban, a veces, por la cabeza.

Aquel invierno fue muy frío. Marcel Blisard se resfrió y permaneció en cama unos días. Una tarde se levantó por consejo médico para que le cambiaran las sábanas que había sudado y para asearse. El nuevo médico era muy avanzado e insistía en que la higiene era fundamental en el tratamiento de cualquier enfermedad. Cuando Blisard se volvió a acostar tenía frío y su sobrina le puso una botella de agua caliente, pero como seguía temblando, ella se desnudó y se metió en la cama con él. Blisard jamás volvió a pasar frío.

Dos meses después, Alphonsine le comunicó que estaba encinta. Él pensó que era suficiente con un bastardo en la familia y se casaron en enero de 1809. En julio del mismo año nació su hija Marie Josephine y se consideró el hombre más afortunado del mundo. En septiembre de 1810 el matrimonio y su hija viajaron a París; Alphonsine deseaba conocer la ciudad y Blisard, que no sabía negarle nada a su joven esposa, pensó que sería una ocasión para ver de nuevo a sus hijos mayores. Marcel, su primogénito, estaba en Varsovia, pero sí que pudo visitar a sus hijas Clemence y Marie que no vieron con buenos ojos a Alphonsine ni al nuevo estado de su padre. La situación fue muy tensa y los Blisard decidieron regresar a Périgueux. A raíz de aquel viaje la joven esposa empezó a lamentarse de que su pequeña Marie Josephine no tuviera el mismo rango ni los mismos privilegios de sus hermanas mayores. En 1812 Marcel Blisard rescató el título de Condesa de Saint-Sybelie para su hija pequeña. En 1820 Alphonsine confesó a su marido que tenía un amante.

—Prefiero que lo sepas por mí —le dijo y aguardó su reacción.

—¿Estás enamorada? —preguntó él.

—No. Yo te amo a ti. Es solo trato carnal.

Blisard pareció meditar unos instantes y luego dijo:

—Me parece bien. —Y ante la extrañeza de su esposa repitió—: Me parece bien.

—¿No te enfadas? —se sorprendió ella que había esperado una escena de celos.

—Querida, tú estás en tu plenitud física, eres una mujer joven y ardiente —dijo con ternura—. Yo ya no puedo satisfacerte, lo sé muy bien; y si yo tengo cuanto necesito, es justo que tú también tengas cuanto necesitas.

—¿No te importa? —preguntó ella desconcertada todavía.

—Sí, claro que me importa, pero ya soy viejo y he aprendido que todo es relativo. Yo tengo tu amor, pero no puedo satisfacer tu cuerpo. Es ley de la naturaleza que tu cuerpo busque otro cuerpo que lo satisfaga, pero si sigues amándome a mí, aún me daré por satisfecho.

Paradójicamente, aquella confesión contribuyó a unir más al matrimonio y aumentó y fortaleció el cariño que se profesaban. Marcel Blisard murió a los setenta y ocho años. Su esposa permaneció a su lado encargándose personalmente de su cuidado hasta que falleció. Parece que tardó mucho en superar la muerte de su marido. Se le supone otro amante, aunque nunca se le vio en Saint-Sybelie. No se volvió a casar. Murió en 1835 a los cuarenta y dos años.

¡Qué fuerte! Me sorprendió, sobre todo, la actitud de Marcel Blisard ante la infidelidad de su esposa, aunque quizás tuviera razón acerca de en qué circunstancias ese asunto puede ser importante o no tanto; yo no lo tenía claro. Tal vez para Blisard la mentira habría supuesto el auténtico engaño, y en eso sí que estaba de acuerdo con él.

Marie Josephine Blisard, primera condesa de Saint-Sybelie del linaje de Marcel Blisard, cuyo retrato cuelga junto al de su madre, nació en 1809. Sus padres la adoraban y, en esta ocasión, el padre decidió que su último retoño permaneciera en Saint-Sybelie. Él ya era muy mayor y pronto necesitaría los cuidados de una hija, además de los que le prodigaba su esposa, quien, por su parte, tampoco quería alejar a la niña de su lado. Marcel Blisard puso todos los medios para hacer de su hija una dama cultivada, pero ella no puso nada de su parte y apenas consiguió aprender a leer y a escribir; ella prefería estar en el campo, le gustaban la tierra y los animales, y su lugar preferido eran los viñedos y la bodega. Escuchaba atentamente cuánto decían los agricultores y los vinateros, de uno de los cuales, Emmanuel Chevalier, se enamoró. Contrajeron matrimonio en 1826, Marie Josephine tenía diecisiete años. Pero no fue hasta 1829 que tuvo su primera hija, Isabelle, que falleció a consecuencia del sarampión cuando tenía dos años. En 1832 nació Emmanuel, su otro hijo. Poco después Marie Josephine quedó viuda y se dedicó al cuidado del niño y a la elaboración de vinos en la que introdujo elementos muy innovadores para la época. El pequeño Emmanuel también enfermó de sarampión y, aunque sobrevivió a la enfermedad, su salud fue siempre muy precaria.

Avancé en la lectura hasta este punto, al tiempo que los obreros terminaron su jornada. Recibí un mensaje de Roxanne animándome a salir a tomar algo, me decía que estaba cerca de casa. Le dije que sí y apenas terminé de arreglarme otro mensaje me avisó que ya estaba esperándome en la calle.

Capítulo 24

Cenamos en un restaurante y paseamos junto al río. Mi hermana estaba creando un vino propio: color rubí, denso, ligeramente afrutado y con un toque de lavanda. En Château Saint-Sybelie todos la apoyaban. Ella pensaba presentarlo como trabajo de fin de carrera, había pensado llamarle «Opera Prima». Roxanne estaba radiante, ilusionada y feliz, había encontrado su camino. No echaba de menos la universidad, ni París, ni nada que tuviera que ver con su pasado. Lo había dejado todo atrás, había pasado página. Una vez más deseé ser como ella, porque sentía que a mí todavía me faltaba algo y no sabía qué; tal vez su seguridad. Hacía frío y la humedad del Isle se nos estaba metiendo en los huesos.

—¿No te parece que es el momento perfecto para regresar a casa y leer una carta? —me preguntó.

—Una no, varias, te has quedado atrasada.

Ya en casa, cómodamente instaladas, releímos las cartas que Roxanne no conocía y rasgamos el sobre de la siguiente, que resultó ser larguísima.

Querida sobrina:
Es cierto que no hay mal que por bien no venga. Henrich Geisler nos dijo que ellos se encargarían de que la casa estuviera caliente y así fue. En los catorce

meses que permanecieron con nosotras no nos faltó leña para las chimeneas ni para las cocinas; como en todos los ejércitos los oficiales disfrutaban de unos privilegios que no tenían los soldados. Los primeros meses estábamos muy tensas y todos los días rezábamos para que se marcharan, aunque cumplieron su palabra y ninguno de los soldados que dormían en el invernadero puso un pie en la casa. Ellos se encargaron de cubrir la piscina y el resto del suelo con tablones de madera, colocaron a modo de cortinas lonas como las de los camiones desde el suelo hasta unos dos metros y medio de altura, y construyeron en el jardín junto al invernadero unos barracones con letrinas y duchas. Ni Thérèse ni yo nos acercamos por allí mientras permanecieron en Saint-Sybelie.

Heinrich Geisler y Ludwig Riedel se mostraron siempre correctos y respetuosos con nosotras. Con el paso del tiempo nos fuimos acostumbrando a nuestra nueva situación. Nosotras nos encargábamos de limpiar, una vez a la semana, las alcobas que ocupaban Heisler y Riedel, tal como nos habían pedido (de hacerse la cama y del orden diario se encargaban ellos mismos), y de servirles la cena en el comedor. Geisler pasaba mucho tiempo mirando los cuadros. Yo, sabedora del afán del Führer por las obras de arte, temí que se los llevasen, pero incomprensiblemente no lo hicieron.

Aquí interrumpí la lectura para informar a mi hermana.

–No se los llevaron porque son todos falsos. Seguro que el tal Geisler debía ser un entendido y se dio cuenta, por eso los dejaron aquí.

Luego continué leyendo la carta.

El único comentario que el capitán hizo sobre ellos una noche mientras le servía la cena fue:

—*Tienen ustedes una colección muy curiosa de pinturas.*

—*¿Le parece interesante?* —*pregunté poniéndome en guardia.*

—*Me parece curiosa. ¿Le gusta a usted la pintura?* —*me preguntó.*

—*Sí, pero la verdad es que no entiendo de ella y apenas puedo reconocer la obra de algún pintor.*

No volvió a hablar del tema y los cuadros siguieron en su sitio. Un domingo por la mañana el capitán permanecía en casa, y mientras yo trajinaba en la cocina, el sonido poco habitual del piano llamó mi atención; dejé mis quehaceres, me dirigí al salón grande y me quedé observando con curiosidad escondida tras la puerta. Geisler estaba muy concentrado en la tarea de afinar el piano; unas horas después, las notas de la sonata Claro de luna *de Beethoven, magníficamente interpretada, llenaron toda la casa. Sentí un estremecimiento, se me erizó la piel y me emocioné. Casi había olvidado cuánto me gustaba la música y deseé que Geisler no dejase de tocar. El teniente Ludwig Riedel también era un apasionado de ese arte; a él jamás le oí tocar el piano, pero tenía un aparato de radio en el que por las noches sintonizaban una emisora alemana en la que podían escuchar música clásica y óperas de Wagner. Yo empecé a dejar la puerta de mi habitación entreabierta mientras duraban sus veladas musicales, después cerraba y me metía en la cama; la música llegaba hasta mi alcoba con la suficiente nitidez para poderla disfrutar casi siempre, porque no ponían el volumen demasiado alto para no molestarnos.*

Thérèse y yo teníamos con ellos el trato apenas necesario, hasta que llegó Navidad. El día de Nochebuena salieron de casa, como todas las mañanas, y un par de horas después un soldado llamó a la puerta principal y nos dio un paquete de parte del capitán, que contenía un pollo, una pastilla de mantequilla, dos manzanas y una nota que decía: Hoy es Nochebuena y es noche de alegría para todos los cristianos. No es gran cosa lo que les envío, pero será suficiente para hacer especial la cena de esta noche.

Cocinamos todo aquello y dispusimos la mesa para los dos comensales, Thérèse subió a dar un puré a la condesa y, cuando me iba a retirar, la voz de Geisler me detuvo.

—Por favor, señora. Quédense a cenar con nosotros. Esta noche debe ser una noche de paz.

—Lo siento —dije tajante—, para mí no es una noche muy alegre, y menos en estas circunstancias.

—Sé que hace poco más de un año que perdió a su esposo y que estas son fechas muy tristes para usted —dijo Geisler—. Créame, también lo son para nosotros; esta es la cuarta Navidad que el teniente y yo pasamos lejos de nuestras familias y detrás de estos uniformes solo hay hombres como los demás. Le ruego que nos acompañen ustedes esta noche. Tal vez juntando nuestras soledades podamos sentirnos más acompañados.

Me enterneció la forma en que el capitán habló y me pareció sensata y conciliadora. Mi suegra quiso quedarse con la condesa, pero le insistí en que bajase cuando esta se hubiese dormido. Nos arreglamos un poco y fuimos al comedor. Geisler y Riedel aquella noche vestían de civil. Riedel, que no dominaba muy bien nuestro idioma, hizo verdaderos esfuerzos para comunicarse con nosotras. Fue una noche triste porque todos llevábamos en el corazón a los ausentes; la velada terminó con Geisler al piano tocando Noche de Paz, *con el deseo profundo en el corazón de que así fueran esa y todas las noches siguientes. Después nosotras nos retiramos; los militares volvieron a vestir sus uniformes y fueron a pasar un rato con su tropa. El capitán era un hombre culto, educado e inteligente. Jamás pude entender, sobre todo cuando le veía totalmente entregado a la música en el piano, cómo una persona tan sensible para las artes podía compartir aquellas ideas tan insensibles para las personas. Después de aquella cena estuve en la mesa con ellos en alguna otra ocasión; compartíamos muchas aficiones, pero en un par de ocasiones discutimos tan acaloradamente que consideré que sería mejor retomar la distancia. Él debió pensar lo mismo porque jamás me volvió a invitar.*

Tres meses después, en el mes de marzo, murió la condesa; aquella noche estaba yo con ella, me había quedado un poco adormilada cuando me llamó por mi nombre.

–Margueritte...

–¡Dígame, condesa! –exclamé sorprendida.

–¿Dónde está Thérèse? –preguntó.

–En su alcoba. Está descansando.

–Dile que venga.

Fui a llamarla, le dije que la Condesa estaba lúcida y se extrañó tanto como yo. Thérèse llegó junto a la cama, tomó la mano de la Condesa y cariñosamente le dijo:

–Señora, ya estoy aquí.

–Thérèse, busca el zapato de Cenicienta... Y los otros.

Mi suegra me miró haciendo un casi imperceptible movimiento negativo con la cabeza. La condesa había vuelto a su demencia, pero Thérèse la seguía escuchando amorosamente mientras le acariciaba el rostro con la mano que tenía libre.

–En el armario grande... –seguía diciendo la condesa con voz cada vez más débil–. Busca el zapato de Cenicienta... En el armario grande... Y los otros... Están todos arriba... Búscalos... Tu madre lo sabe... Están todos arriba.

–Los buscaré, señora, los buscaré –dijo mi suegra para tranquilizarla.

–Prométemelo... En el armario grande... Prométemelo.

–Se lo prometo, señora.

Un par de minutos después, murió. Sus últimos momentos no fueron lúcidos y quizás así fuera mejor para ella; al menos falleció rodeada de la única familia que tenía que éramos nosotras.

Nuestros huéspedes se ofrecieron amables para ayudarnos. Nosotras, después de lavar y de vestir a la condesa con un vestido de color gris perla de unos cuarenta años antes, llamamos al sacerdote, que ya solo pudo hacer una oración, y acordamos el entierro para la tarde del día siguiente. La velamos toda la noche acompañadas, buena parte de ella, por Geisler y Riedel, quienes vestidos de civil quisieron manifestarnos su apoyo y su respeto hacia la difunta.

A las tres de la tarde del siguiente día todo el pueblo se congregó en nuestro jardín, seis vecinos sacaron a hombros el féretro y lo pusieron en una carroza fúnebre que lo trasladó hasta el cementerio seguido por la muchedumbre. La condesa era toda una institución y, aunque muchos no la conocían, todos quisieron ofrecerle un último homenaje. Tras la misa de difuntos oficiada en la pequeña capilla del cementerio, se depositó el féretro en el panteón familiar.

Mañana seguiré, cariño, ya sabes cómo me canso. Hasta entonces, un beso de tu tía.

M. B.

–¡Vaya! Estamos entrando de lleno en la ocupación alemana. Jamás habría pensado que el suelo de madera del invernadero lo hubiesen puesto ellos –comentó Roxanne–. ¿No sientes curiosidad por saber qué pasó después?

–Sí, claro que la siento, pero es tarde y estoy muy cansada.

–¿De verdad no te apetece leer otra carta? –insistió incrédula, mi hermana.

–No, ahora no. Estoy muerta de sueño y me voy a la cama.

En realidad, no era eso, era que solo quedaban cuatro cartas y mi deseo de que no se acabaran era más fuerte que mi curiosidad. Me pasaba lo mismo con los libros que me atrapaban, estaba ansiosa por conocer el desenlace, pero racionaba la lectura para que durasen más. Pero tanto los libros como las cartas tendrían un final que yo no podría evitar salvo que dejase de leer, lo que era del todo imposible; y aunque sabía que podría leerlas mil veces más, seguía negándome a que se acabasen, a que ya no hubiera más. Seguramente Roxanne no lo entendería, ella era de otra manera, no se aferraba a las cosas como yo.

La Navidad se aproximaba y todavía no habían venido del ayuntamiento para ver el salón ni se habían puesto en contacto conmigo, así que aquella mañana fui a ver al edil de cultura y exponerle mis dudas. El tema de cómo adecuar el salón me parecía muy complicado, habría que cubrir las paredes para que la atención se centrase solamente en los cuadros de Odette, y lo suyo sería utilizar unos cortinajes, pero ¿de dónde los sujetaríamos para no agujerear los frescos? Otra alternativa sería colocar unos rieles en el marco del artesonado, pero los techos eran muy altos y, además, tampoco estaba dispuesta a atornillar nada sobre ellos; la cantidad de terciopelo (no me imaginaba tejido más apropiado) necesaria para cubrir las paredes sería enorme... El concejal me escuchó atento y cuando terminé de hablar abrió un cajón y me mostró una fotografía de una exposición de pinturas realizada hacía un par de años en un palacio italiano. En ella se veía un salón de las mismas características del mío, en el que cada cuadro estaba situado sobre un caballete con su respectiva diabla. Los caballetes los estaban fabricando y de las diablas, que serían de luces leds, se encargaba la empresa de Denis. Aquella foto mostraba también algunos muebles de la época: un par de sofás, sillones y algunas mesitas donde poner el vino de honor el día de la inauguración; el número máximo de cuadros debía ser de treinta y dos. Regresé a casa contenta. Todo mi trabajo consistiría en limpiar bien, cambiar al salón grande los muebles del pequeño y poner una bella sonrisa. Odette llegó diez días antes de Navidad, ella se encargaría de colocar los cuadros y no nos permitió entrar en el salón; ya lo veríamos el día de la inauguración. Lo que sí que hizo fue preparar una cena para nosotras tres. Puso flores y velas en la mesa, y trajo champán y bombones belgas.

Acabada la cena subió a su habitación y bajó mi retrato; Roxanne y yo nos quedamos boquiabiertas; aquel cuadro era una auténtica maravilla, no solo por la perfección de cada uno de los rasgos de mi cara y la fidelidad al cuerpo y al vestido, sino por la luz que supo darle al fondo, que no restaba protagonismo a la figura, sino que la realzaba y la dotaba de vida.

Emocionada abracé a mi cuñada y le di las gracias. Luego volví a mirar mi retrato y pregunté incrédula.

–¿De verdad soy tan guapa?

–De verdad eres tan bella –respondió Odette–. No es solo lo físico, sino la fuerza interior que tienes.

–¿Fuerza interior, yo? –No me lo podía creer.

–Claro –dijo mi hermana–, pero eres la única que no se ha dado cuenta.

Entre nubes, todavía, accedí a la petición de Odette de incluir el retrato en la exposición.

Durante toda esa semana, Odette y el concejal de cultura parecían inseparables. Como me habían dejado marginada de los últimos detalles, decidí poner un gran árbol de Navidad en el vestíbulo, así que fui a comprarlo junto con todos los adornos y luces para engalanarlo. Los del vivero trajeron el árbol el viernes por la tarde y el sábado por la mañana fui a desayunar al hotel para pedir voluntarios que me ayudasen; dos horas después Gastón y Denis habían colocado las luces. Marcel tenía la mañana ocupada, pero prometió echar una mano por la tarde si todavía quedaba algo que hacer, pero trajo a Ségolène, quien se moría por ayudar. Apenas se marcharon nuestros amigos, mi hermana cruzó el vestíbulo, «ahora vengo» fue lo único que dijo; no tardó en regresar, pero desapareció por la puerta que accedía a nuestro espacio. «¿Vas a echar una mano?», le pregunté, pero no contestó; poco después regresó con una expresión indescriptible y un Predictor en la mano.

—¡Estoy embarazada! ¡Estoy embarazada! —dijo evitando levantar la voz.

—¡Roxanne! —exclamé estupefacta.

Hablábamos en voz baja. Miramos a Ségolène, al otro lado del árbol, destapando muy entusiasmada las cajas que contenían los lazos y las bolas de colores para el árbol. Afortunadamente no nos estaba oyendo, pero por precaución nos alejamos un poco y bajamos la voz más todavía.

—¿Es que no utilizáis protección? —fue lo primero que se me ocurrió preguntar.

—¡Sí! Bueno, no siempre. ¿A ti qué te importa? —contestó mi hermana con todo el derecho del mundo—. Estaba convencida de que no podía tener hijos.

—¿Has pensado qué vas a hacer? —Yo no hacía más que preguntar estupideces.

—¿Que qué voy a hacer? Tenerlo, por supuesto. Este es mi mejor regalo de Navidad. Estuve años deseando tener un hijo, pero jamás conseguí quedarme embarazada, ni con Pierre, ni antes. Me resigné y no quise pensar más en ello. Y ahora... Esto me parece un milagro. ¡Me siento tan feliz! —Mi hermana resplandecía.

—¿Cuándo se lo vas a decir a Marcel? —Mi intención no era someter a mi hermana a un interrogatorio, aunque eso pareciera.

—En algún momento... —contestó.

—¿Aún no habéis hablado? —De verdad que no quería interrogarla, pero estaba preocupada—. ¿Le has dicho ya que le quieres? ¿Le has preguntado si él siente lo mismo?

–No, aún no.

–Pues ahora no te queda más alternativa que hacerlo.

–Sí, pero no ahora. Esperaré a que pase la Navidad.

Odette y el concejal salieron del salón en ese momento y dimos por finalizada la conversación. Roxanne se marchó y mi cuñada y el edil decidieron echar una mano y colgar unos cuantos adornos en el árbol. Marcel vino a recoger a su hija y nos propuso comer juntos, pero a mí me pareció más prudente dar una excusa porque no sabía qué opinaría mi hermana. Él comió en el hotel con su familia y, aunque lo que viene a continuación no lo presencié, esa misma tarde me contó Sophie que había ocurrido del siguiente modo:

Todo empezó con una pregunta que hizo Ségolène mientras todos comían.

–¿Qué es embarazada? –dijo con inocencia la niña.

–¿Por qué preguntas eso, cariño? –preguntó su abuela.

–Roxanne le ha dicho a Juliette que está embarazada, pero no sé si eso es bueno o malo porque hablaban muy bajito y Juliette estaba enfadada.

Al instante todos miraron a Marcel, quien rápidamente dejó el tenedor en el plato y salió al exterior por la puerta de la cocina.

–¿Qué pasa?, ¿por qué nadie me contesta? –insistió la niña.

–Cariño –respondió al fin su abuela–. Estar embarazada quiere decir que va a tener un hijo. Roxanne va a tener un bebé.

–¡Qué bien! –se entusiasmó la pequeña–. Le diré que me lo deje. ¿Dónde ha ido mi papá?

–Tiene algo que hacer, ya vendrá; no te preocupes y termina de comer.

–Marie dice que su madre tiene un hermano en la barriga y que por eso está gorda.

–Sí, Marie va a tener un hermanito. –Sophie quería terminar con la conversación, pero su nieta no estaba dispuesta a permitirlo.

–¿Los niños están en la barriga de las mamás?
–Sí, calla y come.
–¿Se le va a poner la barriga gorda a Roxanne?
–Ya veremos. Vamos, termina ya de comer.

Estábamos comentando el acontecimiento que mi hermana acababa de comunicar a Odette, cuando sonó el timbre de la puerta de la verja y la imagen de Marcel apareció en la pantalla del videoportero; abrí y antes de un minuto llegó donde estábamos. Lucía un poco alterado, no saludó, cosa inusitada en él, y se dirigió donde estaba Roxanne muy nerviosa y, muy serio, le dijo:

–¡Tenemos que hablar! –Esa frase contundente, cargada de malos presagios en una pareja.

Salieron al jardín y Odette y yo nos quedamos con el alma en vilo. Más tarde mi hermana nos contó lo que sucedió:

Juntos caminaron en silencio; ninguno de los dos encontraba cómo abordar el tema. Al final él rompió el silencio.

–¿Estás embarazada?
–Sí.
–¿Pensabas decírmelo?
–Después de Navidad. –Roxanne estaba azorada.
–¿Por qué después de Navidad? ¿Por qué no ahora?
–No sé... Vamos a ser muchos... Y pensé...
–Pensaste que sería mejor tener unas fiestas tranquilas –concluyó él con un deje de ironía.
–Si... No... Bueno, no lo sé. Estoy confundida. Quería asimilarlo yo primero.
–¿Qué piensas hacer? ¿Piensas tenerlo?
–Sí, Marcel, voy a tenerlo. Lo deseo con toda mi alma.

Habían llegado a la pérgola de las madreselvas que en aquellos días no tenían flores. Se sentaron en el banco y él preguntó:

—Roxanne, ¿qué soy yo para ti? ¿Soy solo sexo? ¿Solo un cuerpo que se desea para el placer?

Mi hermana no pudo evitar una risa nerviosa que molestó a Marcel y, visiblemente ofendido, insistió:

—¿Te hace gracia? ¿Entonces es eso lo que soy para ti?

—No, no –se apresuró a contestar mi hermana–. Es que eso lo solíamos preguntar nosotras en estos casos. Perdona, por favor, no he querido molestarte. Estoy muy nerviosa.

—Eso no contesta a mi pregunta. Roxanne, ¿qué soy para ti? –insistió más sereno.

—Marcel me has preguntado si voy a tener este hijo, pero no me has preguntado por qué y yo te he contestado que lo deseo con toda mi alma, hace mucho que deseaba ser madre, pero no te he dicho que este hijo lo quiero más porque es tuyo.

El pareció relajarse, dio un profundo suspiro, miró a los ojos a mi hermana y le dijo:

—Te quiero, Roxanne, desde que te conocí. ¿Me quieres tú?

—Sí, Marcel. Te quiero muchísimo.

—¿Y por qué no me lo has dicho nunca?

—Por temor a que te asustes y te vayas. ¿Por qué no me lo has dicho tú a mí?

—Por el mismo temor –contestó él.

—Somos un par de idiotas –concluyó mi hermana.

—Cierto. ¿Y qué vamos a hacer ahora? –A él tampoco se le acababan las preguntas; como a mí en estas situaciones. Luego abrazó a mi hermana y dijo–: Ya sé que solo hace unos meses que te has divorciado, pero, ¿te casarías otra vez? ¿Conmigo?

—¿Quieres que nos casemos porque estoy embarazada?

—Quiero que nos casemos porque soy un hombre de familia y porque no quiero perderme la vida de mi hijo, porque no quiero que se pierda la vida con su padre, porque quiero que Ségolène disfrute de su hermano, porque quiero que mis hijos crezcan juntos. Pero, sobre todo, porque no quiero perderme la vida contigo. Porque te quiero. No hace falta que me contestes ahora.

–Yo tampoco puedo imaginarme mi vida sin ti, sin vosotros; también quiero que nuestros hijos crezcan juntos y quiero que sea aquí, ya no me imagino viviendo en otro lugar. Sí, quiero casarme contigo.

Se abrazaron dejando atrás, por fin, el miedo a que el otro no sintiera lo mismo, sabiendo que en aquel momento empezaba otra etapa de sus vidas; una que comenzaba sin miedos y con ilusión, sin pensar en el futuro, sino dispuestos a vivir con intensidad día a día.

A Odette y a mí el tiempo se nos hizo eterno, pero cuando regresaron, solo con verlos, supimos que el «tenemos que hablar» había sido, en esta ocasión, para empezar y no para terminar. Luego se marcharon al hotel. Cuando Ségolène los vio entrar se acercó a ellos y preguntó a mi hermana:

–¿Vas a tener un bebé?

–Sí, voy a tener un bebé –contestó ella tomando a la niña de las manos.

–¿Y sabes, Ségolène?, el papá del bebé soy yo –dijo Marcel pasando su brazo por los hombros de mi hermana.

–Así que ese bebé es tu hermanito –añadió Roxanne.

–Y hemos pensado –continuó Marcel agachándose hasta ponerse a la altura de su hija–, que, puesto que Roxanne va a ser la madre de tu hermano, podría ser también la tuya. ¿Qué te parece?

Ambos se quedaron expectantes, no sabían cómo reaccionaría la niña, pero esta se abrazó a Roxanne. Todos les felicitaron y Sophie propuso cenar juntos para celebrar el acontecimiento. Luego Ségolène puso la mano sobre el vientre de Roxanne y preguntó:

–¿Es cierto que el bebé está ahí dentro?

–Sí, cariño –contestó Roxanne dulcemente.

–¿Y cómo se ha metido ahí?

Marcel y mi hermana se miraron; su debut como padres empezaba bien.

Todo esto nos lo contó Roxanne mientras nos arreglábamos para la cena. Aquella misma noche decidieron que se instalarían definitivamente en la alquería después de Navidad y que se casarían en primavera.

–Podríamos celebrar la boda en el jardín de Saint-Sybelie; en primavera estará precioso –sugerí.

–Nos parece que será un marco maravilloso.

La sobremesa se hizo larga y, cuando regresamos a casa, cada una de nosotras se fue a su cuarto. Odette quería hablar por skype con August; Roxanne estaba cansada tras los acontecimientos del día; y yo empecé a sentirme muy rara. A pesar de la alegría de ser tía y de ver tan feliz a mi hermana, me sentí sola, como si fuese a perderla, sabía que era una tontería, ella iba a quedarse a vivir aquí y el hecho de que se casara… Bueno, había estado casada desde que yo tenía dieciséis años. Sin embargo, sentí celos de Marcel, como si él me la quitara. Y también sentí envidia; ella tendría su propia familia y yo me quedaba sola. Sabía que todos esos pensamientos serían pasajeros y que yo salía ganando: mi hermana no se marcharía, Marcel me parecía estupendo como cuñado y me encantaba tener como sobrina a Ségolène. Pero seguía sintiéndome sola. Necesitaba un abrazo cálido, alguien que me dijera que me quería. ¡Quién más cálida que Margueritte! Era ya muy de madrugada cuando me levanté, abrí otra carta y me metí de nuevo en la cama para leerla; no sabía lo que me contaría esta vez, pero sí sabía que al final me enviaría un beso.

Queridísima sobrina:
Más descansada, continúo mi relato.
Los alemanes permanecieron en Périgueux hasta el mes de octubre siguiente, demasiado tiempo para no ha-

cer nada, según comentaban en su idioma natal (el que yo hablaba sin que jamás ellos lo sospecharan; mantuve este secreto pensando que aquello era una ventaja para nosotras), a pesar de que se desplazaban a pueblos y aldeas de los alrededores, de cuya ocupación también eran responsables, y de que no descuidaban su instrucción militar.

Algunas noches, en vez de música, escuchaban por la radio mensajes y arengas de su Führer; entonces yo cerraba la puerta de mi alcoba, no soportaba oír aquella voz ni cuanto decía.

Tras la muerte de la condesa, tardamos en acostumbrarnos a nuestra nueva situación; al no tener que cuidar de ella disponíamos de un tiempo con el que no sabíamos qué hacer, así que Thérèse se volcó en sus labores de croché, haciendo puntillas y tapetes que luego deshacía para empezar otra vez, ya que era imposible conseguir hilo. Yo me dediqué al jardín y puse todas mis energías en recuperar cuanto pude las plantas que estaban tan mustias y grises como nosotras. Siempre había dos soldados de guardia en la puerta de la verja y me sorprendió mucho que uno de los que estaba de servicio aquella tarde, se acercase a mí al terminar su guardia mientras yo retiraba los restos secos de un mirto; se quedó a una distancia prudente y extendió su mano en la que había un pequeño envoltorio.

–Tulipanes, de Holanda –dijo en un francés casi ininteligible–. Bulbos de tulipanes.

–Muchas gracias –contesté en alemán.

–¿Habla mi idioma?

–Muy poco –contesté.

–Los guardaba para mi casa, pero aquí estarán mejor.

Volví a darle las gracias. No quise preguntarle su nombre porque no quería establecer ningún vínculo; pero aquel detalle me hizo pensar que a veces los hombres buenos se ven obligados a luchar por ideas malas.

En octubre de 1943 Heinrich Geisler recibió la orden de abandonar Périgueux y dirigirse hacia el norte. La noche anterior a su marcha se despidieron de nosotras agradeciéndonos cuanto habíamos hecho por ellos. Ludwig Riedel se acercó a mí con su aparato de radio y me lo regaló.

–Para que pueda usted seguir escuchando música – dijo.

Le agradecí el regalo sorprendiéndome una vez más de la capacidad de observación de aquellos hombres. Cuando se marcharon nos sentimos aliviadas y a la vez muy solas, como abandonadas en aquella mansión tan grande y fría pero pronto agradecimos nuestra independencia. Todas las noches pasábamos mucho tiempo escuchando la radio. Cuando Geisler y Riedel recibieron la orden de partir, los oí comentar algo sobre la sospecha de un ataque de las tropas aliadas y de la intervención de los Estados Unidos. Ellos no sabían más, fue un breve comentario que escuché cuando llegaba de la cocina, así que noche tras noche esperábamos oír alguna noticia al respecto, pero no decían nada y al final terminamos por olvidarnos de aquello y prestar toda nuestra atención a cuanto pudieran decir sobre la Resistencia. Thérèse no era tonta y por comentarios sueltos llegó a la conclusión de que Michel estaba colaborando con ella. Me pareció absurdo mentirle la noche que me lo preguntó abiertamente, y ahora las dos en aquellas noches de radio, nos conformábamos con no escuchar la noticia de que hubieran sufrido un duro golpe.

Llegó otra Navidad, luego otra primavera y casi a finales de ella, el 6 de junio de 1944, retransmitieron la noticia del desembarco de los aliados en Normandía, más de ciento cincuenta mil soldados estadounidenses, británicos y canadienses. Aquella operación se llamó Overlord y fue el principio del fin de aquella guerra. Según decían, el factor sorpresa había sido determinante pues los alemanes, que llevaban meses esperando una intervención así, no se pusieron de acuerdo sobre dónde tendría lugar y cómo se les debía hacer frente. Pero seguro que esto lo habrás estudiado en el colegio.

No podíamos creerlo, al fin llegaba la ayuda esperada por tanto tiempo, nuestras esperanzas colmadas, nuestras oraciones atendidas. Aquella noche no dormimos, la pasamos entera junto a la radio, no quisimos perdernos ni una sola palabra; así, durante los dos días siguientes. Al tercero, el día nueve de junio, hubo una noticia que nos causó una profunda desolación: a unos cien kilómetros de nosotros hacia el norte, en Tulle, los alemanes dejaron constancia una vez más de su crueldad. Ese día, las SS y la Sicherheitsdients acabaron con la vida de todos los hombres entre dieciséis y sesenta años, ahorcaron a ciento veinte habitantes, de los cuales noventa y nueve fueron torturados; en total, en lo que se denominó la masacre de Tulle, hubo doscientas trece víctimas civiles. Pero seguro que esto también lo sabrás por tus clases de historia.

La conmoción fue tremenda; el dolor, la rabia, la indignación y sobre todo la impotencia, nos hicieron derramar todas las lágrimas que nos quedaban, al menos eso creímos entonces. Los alemanes se retiraban dejando un rastro de sangre y de dolor por donde pasaban. Mis peores sentimientos afloraron entonces, deseaba profundamente la muerte de todos aquellos germanos; como volvieron a surgir un año después, en agosto de 1945 con los bombardeos de Hiroshima y Nagasaki; entonces deseé la muerte del presidente Truman. ¿Qué estaba sucediendo?, me pregunté en ambas ocasiones. ¿Hasta qué punto los hombres nos hemos convertido en bestias? Nunca he entendido qué utilidad tienen las guerras y me sorprende que después de conocer las terribles consecuencias de tantas y tantas no hayan sido erradicadas todavía. Siempre he pensado que deberían ser personal-

mente quienes las declaran los que se enfrentasen en una lucha cuerpo a cuerpo, o que elijan un paladín, como en la Edad Media. De ese modo moririan solo los interesados y no se vertería la sangre de miles y miles de inocentes. Pero tristemente, debe haber muchos intereses económicos en juego, no le encuentro otra explicación.

En fin, todo esto ya son solo recuerdos dolorosos y elucubraciones inútiles. El hombre sigue siendo el peor enemigo del hombre. Y yo estoy demasiado cansada. Hasta pronto. Espero de todo corazón que tú no sepas nunca lo que es una guerra. Yo ya viví dos, una por ti y otra por mí.

Un beso, querida mía. Te quiere, tu tía.
M. B.

La carta en esta ocasión me hizo sentir más triste. Pero aquello eran motivos reales para la tristeza y el dolor, y la lectura me ayudó a relativizar mi estado depresivo de aquella noche.

El día veintiuno, por la mañana, llegaron mis padres; por la tarde se inauguraba la exposición, así que había un ambiente de nervios y estrés. A pesar de que todo estaba preparado desde hacía un par de días, Odette y Roxanne se encargaron de volver a limpiar aquel salón, Denis revisó cada una de las diablas para asegurarse de que todas las luces funcionaban, Gastón y Marcel eligieron los mejores vinos de Château Saint-Sybelie para el vino de honor y La Parisienne se encargó de realizar unas *delicatesen* de foie y trufas. Mis padres, que habían viajado toda la noche, se retiraron a su cuarto para descansar después de abrazar y felicitar a Roxanne, a quien regalaron unos patucos para el bebé; mi hermana les había llamado para darles la noticia. Roxanne estaba radiante. La semana siguiente tenían cita con el tocólogo y estaba deseando ver su primera ecografía. Marcel la miraba arrobado y la trataba con una delicadeza y un mimo enternecedores; Ségolène estaba todo el día pegada a ella llamándole mamá. Por otro lado, Camille se convirtió en la sombra del edil de cultura, así tenía excusa para escaparse algún rato de su trabajo y unirse al estrés familiar. Sophie estaba muy tensa aquel día; fuimos juntas a llevar flores al cementerio, comentábamos el embarazo de Roxanne, su boda con Marcel y lo feliz que estaba Ségolène. Ella también estaba muy contenta con aquellos acontecimientos, pero lo que le inquietaba y la ensombrecía era dejar el hotel, aunque deseaba jubilarse y hacer todo cuanto se le había quedado pendiente por estar siempre trabajando. Denis y ella tenían una economía desahogada, estaban sanos, se sentían jóvenes y llenos de energía; pero ahora que le quedaban pocos días en el hotel, estaba triste. Al fin y al cabo, el hotel había sido toda su vida. Había trabajado mucho para sacarlo adelante y convertirlo en un buen negocio. Era cierto que Gastón había sido imprescindible, pero aquello lo había parido ella. También sabía que podría estar allí cuando quisiera y que su hermano podía gestionarlo solo, pero eso no evitaba que se sintiese desasosegada y un poco irritable. Ella y yo éramos las únicas que desentonábamos en aquel ambiente de alegría. Hasta mis padres estaban muy ilusionados por convertirse en abuelos; le habían comentado a Roxanne que tenían pensado arreglar un dormitorio para que pudieran veranear con ellos en Altea, porque el sol y el aire del Mediterráneo eran buenísimos para los niños. Fuimos a comprar unos regalos y después regresamos al hotel donde comeríamos todos juntos; acabé de poner la mesa y estuve de pinche con Sophie.

Después de comer, los nervios se multiplicaron. La Parisienne trajo los bocaditos en bandejas elegantemente preparadas. Dos camareros contratados por el ayuntamiento para la ocasión llegaron puntualmente; todos íbamos de punta en blanco y, a las seis en punto, tal como se anunciaba en el programa, se abrieron las puertas del jardín, de la casa, del salón grande, y se inauguró la exposición. Yo no me siento muy cómoda en ese tipo de actos, así que intenté colocarme entre los últimos, pero Odette me tomó por el brazo y me hizo entrar la primera, con ella y con las autoridades. Entonces supe por qué mi cuñada no me había permitido entrar antes; justo en el centro de salón, donde convergían todas las miradas al cruzar la puerta, estaba mi retrato: bellísimo, lleno de color y vida. Odette quería que se viera el primero, antes que todos los demás.

Entonces el alcalde comenzó con la presentación, alabando la obra de mi cuñada, que fue admirada y felicitada por todos. Aquella tarde vendió cinco cuadros y en las tres semanas que duró la exposición, quince más. Salvo el día de Navidad la muestra se podría visitar todos los días. Toda la ciudad, y muchísimos aficionados a la pintura de otras localidades, visitaron la exposición que fue un éxito rotundo, hasta tal punto que Odette se comprometió con el ayuntamiento para hacer otra en el mes de octubre, esta vez con Périgueux y sus alrededores como tema. Acordó otras exposiciones en Burdeos y Poitiers para los dos años siguientes y recibió el encargo de pintar tres retratos.

El día de Navidad comimos todos en la mansión. El comedor resultaba muy grande pero acogedor y nos sentimos muy cómodos. Mientras poníamos la mesa comenté que no sabía cuánto hacía que aquel comedor no se utilizaba; según las cartas de Margueritte sería desde la Segunda Guerra Mundial.

–Desde 1974 –dijo Sophie y añadió–: Ella insistió en celebrar aquí el banquete de mi boda. No lo olvidaré nunca–. Y nos estuvo contando cómo fue aquella celebración.

Como para la cena de Navidad no teníamos infraestructura en la mansión pues éramos doce personas, y aunque Sophie y Gastón se ofrecieron a hacerla en la cocina del hotel, a lo que yo me negué porque no me parecía justo que el primer día de Navidad en el que hacían fiesta después de muchos años, se pasaran ellos la mañana metidos en la cocina, contraté un catering que nos sirvió una comida deliciosa aunque «nada que ver con la de Sophie», según opinión unánime de todos los comensales. El resto de la tarde lo pasamos jugando a las cartas. Después vimos una película de dibujos con Ségolène, estuvimos charlando hasta las diez, acabamos con los restos de la comida y nos fuimos retirando. Había sido el día de Navidad más tradicional, alegre y familiar que yo recordaba; todo el mundo era feliz, menos yo, que no conseguía sacudirme la tristeza. ¿Por qué?, ¿porque Roxanne abandonaba la casa? Podría ser, pero yo sabía que no era solo eso.

Aquella noche, después de acostarnos, cuando reinaba el silencio, sonaron unos golpecitos en la puerta de mi cuarto que mi hermana entreabrió ligeramente.

–Juliette, ¿estás despierta? –preguntó en voz baja.

–Sí –contesté.

–¿Puedo pasar?

–Claro que puedes pasar.

Roxanne se metió en la cama conmigo y me abrazó.

–Se me va a hacer muy difícil irme y dejarte con esa cara.

–Pues de momento no tengo otra.

–¿Qué te pasa, Juliette?, ¿es porque me voy?

–Tal vez. No lo sé –respondí.

–Otras veces lo he hecho.

–Pero era distinto. Estabas aquí aunque te fueras. Ahora estarás fuera aunque vengas. Pero no estoy triste por eso. No sé. Me había acostumbrado a que estuviéramos juntas. Bueno, ya sabes que los cambios me asustan y además todo va muy rápido; sin embargo, tengo la sensación de que yo no me muevo, de que me quedo al margen, como un espectador.

–¿Al margen dices? –Mi hermana me abrazó más fuerte–. ¿Cuánto tiempo llevas aquí?

–Ocho meses.

–¿Dónde estabas antes? –preguntó ella.
–En París –contesté.
–¿Estás segura?, piénsalo bien.
–En la nada.
–Exacto. Mira dónde estás ahora. Recuerda cómo estaba esto antes y verás cuánto has conseguido. Todo esto habría sido imposible si solo fueses un espectador.
–Tienes razón. Pero siento que me falta algo… O alguien.
–Deja que la vida fluya, como dice Bianca. Y mientras tanto te vendría bien buscarte una ocupación, un trabajo que te guste. Es importante que hagas algo que te satisfaga. Verás cómo encuentras lo que buscas.
–Eso espero. Tú ya lo has hecho.
Estuvimos charlando un rato, después mi hermana se marchó a su cuarto y yo, insomne, decidí leer otra carta; solo quedaban tres, y aunque no quería que se acabaran, rasgué el sobre, desplegué la carta y empecé a leer.

Querida sobrina:
Como ya te comenté, tras el desembarco de los aliados, Thérèse y yo vivíamos pendientes de las noticias que daba la radio: la cruenta batalla de Normandía, los bombardeos tan devastadores que sufrieron los pueblos de aquella zona costera, la llegada de más contingentes aliados y el avance progresivo de sus tropas hacia París. Como sabrás, el veinticinco de agosto de 1944 fue el día de la liberación definitiva de París, pero esta empezó el día diecinueve y la primera en actuar fue precisamente la Resistencia Francesa dirigida por Tanguy. No era aquel nombre el que nosotras deseábamos oír, pero por mucho que escuchásemos y pese a nuestra ansiedad y a nuestros deseos nunca oímos los nombres de Jacques o Michel, lo que, por otra parte, eran buenas noticias. Vivimos aquellos días pegadas a la radio, supimos del papel de los partisanos, de que las primeras unidades aliadas que en-

traron en París estaban compuestas por antiguos miembros del Ejército Republicano Español y otros exiliados; de las acciones de cada una de las divisiones integradas en la Leclerc, de la huida masiva de los alemanes y de las órdenes que Dietrich Von Choltiz recibió de Hitler para destruir la ciudad. No recuerdo exactamente qué sucedió cada día, pero sí recuerdo que hubo muchos muertos y que se hicieron miles de prisioneros alemanes. Luego todo fue alegría: Charles de Gaulle asumió el gobierno provisional y un suspiro de alivio salió del corazón de todos los franceses, ¡por fin todo había terminado! Pero aquello fue solo el primer paso, tan solo lo que cuenta la historia, porque detrás de todo eso estaba la historia personal de cada uno de los que sobrevivimos. Nosotras seguíamos sin saber nada de los nuestros, no habían dado todavía ningún parte de los fallecidos o desaparecidos, pero sentíamos demasiada ansiedad para seguir esperando, así que en cuanto pude conseguir un coche salimos hacia París. Los peores tiempos son los de transición; antes existía un orden y después vendría otro, pero aquellos momentos, según pudimos ir comprobando a lo largo del viaje y a nuestra llegada a la capital, eran de desconcierto, caos y desconocimiento. Éramos libres, habíamos ganado, pero Francia estaba llena de personas que lo habían perdido todo o que no sabían si el resto de sus familias estaban vivos, que ignoraban cómo podrían alimentar a sus hijos o cuándo encontrarían un trabajo. Todos parecíamos vagar por el hoy sin saber lo que nos íbamos a encontrar mañana. París no era menos caótica; asolada y desolada, con una actividad frenética que la mayoría ignorábamos hacia dónde iba, y largas, larguísimas colas de personas que, como nosotras, querían saber algo de sus familias o averiguar dónde podrían dormir esa noche o qué iba a ser de sus vidas.

Llevábamos más de tres horas en la cola a la puerta del ayuntamiento cuando salió la primera lista de falleci-

dos. Cuando por fin pudimos acercarnos leímos con avidez y no tardamos mucho en encontrar el nombre de mi hermano «Bernard, Jacques», pero no estaba el de Michel. Thérèse no pudo reprimir un suspiro de alivio, después se volvió hacia mí y me abrazó compartiendo mis lágrimas por la muerte de mi hermano. Entonces fuimos a buscar a Michel, pero no estaba en su casa. Estuvimos en el hospital en el que trabajaba, entonces sumido en una frenética actividad, pero no sabían nada de él desde el día dieciocho de agosto, hacía casi dos semanas.

Era ya muy tarde, no habíamos buscado alojamiento todavía y no era aconsejable pasar la noche en la calle, así que preguntamos a la enfermera si sabía de algún sitio en el que pudiésemos pernoctar. Ella nos encaminó a la fábrica de telas, convertida en un albergue; allí nos acogieron y pudimos tomar una sopa caliente y dormir en un colchón en el suelo. Mi suegra notó que estaba llorando y me puso un brazo sobre el hombro.

–¿Sabes Thérèse? –le dije–, durante muchos años esta fue la fábrica de mi familia.

Esa noche casi no dormimos. Apenas amaneció regresamos al ayuntamiento, había salido una nueva lista de fallecidos, pero Michel tampoco se encontraba en ella. Pedimos que nos facilitaran una lista de hospitales y edificios habilitados como tales y emprendimos la búsqueda de mi cuñado, a quien encontramos horas después en un colegio cerca del Sacre Coeur. Hay momentos en los que las emociones son como un cóctel de opuestos; así, tras encontrar a Michel, la alegría, el dolor, la incertidumbre y la esperanza formaban el sentimiento que nos dominaba. Mi cuñado yacía en una cama, tenía vendajes en la cabeza, en los brazos y en las piernas, y apósitos en tórax y abdomen. No sabíamos si estaba dormido o sedado y no intentamos despertarle; en ese estado no sentiría dolor. Thérèse se sentó en un pequeño taburete junto a su cama, acariciaba la mano de su hijo y rezaba incansa-

blemente. Yo quise saber cuál era su pronóstico, pero todos los sanitarios estaban demasiado ocupados o no sabían darme una respuesta; finalmente conseguí averiguar lo que quería de boca de uno de los médicos que me dijo que Michel estaba lleno de metralla, habían intentado extraerla toda pero no podían asegurar que lo hubiesen conseguido sin previas radiografías, imposibles en aquel momento porque no contaban con los medios necesarios, aunque esperaban recibir una máquina en una semana. Hasta entonces era preferible que Michel permaneciese tranquilo y moverlo lo menos posible. Comuniqué a Thérèse cuanto el médico me había dicho y la obligué a dejar el hospital para comer algo, no habíamos tomado nada desde la sopa de la noche anterior y era ya por la tarde. La acompañé de nuevo al hospital y salí a buscar alojamiento porque nos quedaríamos en París hasta que Michel se recuperase. No sabía hacia dónde dirigirme, solo había un pequeño hotel en los alrededores del hospital, pero el nuevo gobierno lo había habilitado como asilo provisional para familias con niños que hubiesen perdido su vivienda. Regresé al bar en el que habíamos comido; pensé que tal vez allí podrían indicarme algún sitio y no me equivoqué. Uno de los camareros me acompañó a conocer a un familiar suyo que había convertido su casa en una pensión.

Las horas en el hospital se hacían eternas. Michel despertó e intentó esbozar una sonrisa, las heridas de su cara se lo impidieron, pero la expresión de sus ojos fue de una inmensa alegría. Mi suegra pasó el resto del día y la noche junto al hijo que pasaba más tiempo dormido que despierto. Me costó convencerla de que debía descansar un poco, yo cuidaría de Michel; la acompañé hasta la pensión y regresé al hospital, pero poco más de una hora después regresó junto a su hijo. La inactividad se me hacía insoportable y como para aquella situación todo el personal sanitario era poco, busqué al médico que me informó del estado de Michel, el doctor André Clement, le dije que era enfermera y que quería ayudar; media hora después ya llevaba una bata y tenía una tarea asignada. Aquello no tenía nada que ver con el hospital de San Francisco; aquel hospital de París tenía muchas carencias y reviví lo que había experimentado en Metz hacía ya tantos años. El aparato radiográfico tardó más de una semana en llegar. Tampoco fue Michel el primero en beneficiarse de él. Cuando por fin fue su turno las placas mostraron restos de metralla en la cabeza, pero lo que no esperaban encontrar era un tumor cerebral muy desarrollado. Michel estaba en un estado muy crítico y, sin querer aventurarse demasiado, le daban una o dos semanas de vida. Se repetía la historia de Henri, ¿habría algún factor desencadenante en la familia? Pregunté a Thérèse si conocía algún caso más, pero no sabía nada y estaba tan deshecha por la noticia que la abracé y no indagué más. A partir de ahí ella no se separó ni un momento de Michel, que falleció cuatro días después. Ese mismo día recibimos en el hospital la visita de Sor Ana. El doctor Clement resultó ser, además de colega, amigo de mi cuñado y conocedor del afecto existente ente este y la religiosa; le telefoneó y le comunicó el estado de Michel después del resultado de la radiografía, pero Sor Ana no pudo encontrar un momento para escapar de sus obligaciones hasta ese día. Por ella supimos que mi cuñado no ignoraba su estado y que se arriesgaba al máximo porque, según él mismo decía, de todas formas, iba a morir pronto.

Comunicamos al doctor Clement nuestro deseo de llevarnos a Michel a Périgueux. El proceso de embalsamar el cuerpo y los trámites legales nos hicieron permanecer en París tres semanas más. Las dos estábamos destrozadas, pero Thérèse parecía una sombra.

–La muerte de un hijo es terrible –decía sin dejar de llorar–, pero la de dos es insoportable.

Regresamos a Périgueux y enterramos a Michel junto a su padre. Durante un tiempo temí seriamente por la salud de mi suegra, aunque cuidar de ella y ayudarla en su dolor me hizo sobreponerme al mío. Con el tiempo se fue reponiendo, aunque nunca volvió a ser la misma.

En agosto de 1945, justo un año después, con el lanzamiento de aquellas espeluznantes bombas en Hiroshima y Nagasaki, se dio por finalizada la Segunda Guerra Mundial. Como te dije, aquello me pareció tan espantoso que sentí dolor y vergüenza por haber formado parte de los EE.UU. Odié al presidente Truman y le deseé lo peor; no podía creer que ese fuera el único modo de acabar con una guerra, cuyo precio, más que en otras, fue la sangre de millones de inocentes. En diciembre de ese mismo año regresé a Los Ángeles para repatriar el cuerpo de Henri y cumplir la promesa que le hice de traerle a su casa. Thérèse no quiso acompañarme, así que la dejé al cuidado de su sobrina Sophie que había regresado a Périgueux.

El viaje y lo que sucedió después te lo contaré otro día. Reza por todos los que fallecieron en aquella guerra y no olvides que te quiere mucho, mucho, tu tía.

M. B.

La carta era muy triste, pero yo sentí cerca a Margueritte, que era lo que necesitaba. También viví con ella todos aquellos momentos, era tan fácil visualizarlos. Es cierto que todos esos hechos históricos ya los había estudiado en el colegio, pero siempre habían sido para mí sucesos tristes muy lejanos, letras y fotografías en un libro de texto, datos y fechas que con el paso de los años fui olvidando porque no tenían que ver conmigo; pero a través de aquellas cartas se convirtieron en vivencias intensas de una mujer cercana y muy querida; todo aquello se grabó en mi corazón con una fuerza con la que nunca sucedió en mi cabeza en mis tiempos de estudiante. A las seis de la mañana, cansada de dar vueltas en la cama sin conciliar el sueño, me levanté y me puse a limpiar y a recoger lo que quedaba por retirar del día anterior. Luego preparé café, me puse un plumas y con una jarra de la infusión caliente salí a pasear por el jardín; a pesar del frío di un buen paseo que me despejó y me tonificó. Aún era de noche, el cielo estaba pleno de estrellas, el jardín limpio, podado, dormido, latente... También así tenía su encanto.

Cuando regresé vi las luces encendidas. Aceleré el paso y al entrar en casa vi que mi madre estaba preparando el desayuno, lamentó no poder disponer de churros, unas pastas cilíndricas de masa frita que era típico desayunar en días señalados en España, pero había preparado un delicioso chocolate a la taza. Roxanne no tardó en despertarse y se sumó a la pitanza. Era la primera vez, que yo recordase, que mi madre nos preparaba el desayuno.

Fuimos acudiendo todos, hicimos más café y prolongamos el momento hablando de los planes que cada uno tenía para el fin de año. Mis padres tenían fiesta en su urbanización, Odette y August regresarían a París para celebrarlo con sus amigos, Marcel y Roxanne querían ir a Italia, a casa de la hermana de Marcel. Sophie y Denis se iban a Marsella con un grupo de amigos. Todos me habían invitado a unirme a ellos para que no pasara sola esa noche tan especial. No soportaba tanta conmiseración, al contrario de lo que pretendían, mi sentimiento de soledad aumentó.

–No os preocupéis por mí, yo ya tengo mis planes.

Era mentira, pero no quería inspirar lástima, así que en aquel momento pensé en unirme a algún grupo organizado en los que a última hora siempre fallaba alguien. A solas, saqué el ordenador y busqué en internet. Encontré uno: Fin de año en Andorra, en una estación de esquí; incluía clases de esquí, pensión completa y fiesta de Fin de Año; quedaban dos plazas, así que fui a por mi tarjeta y me registré. Quizás encontrara a alguien especial. Salimos el día treinta y regresamos el uno por la tarde. Fue agradable, esquiar me pareció complicado, no lo había hecho nunca, pero al final conseguí deslizarme unos metros sin caerme. El grupo era muy heterogéneo, había un poco de todo, lo único que no había era alguien con quien intimar e incluso tener sexo, pero la verdad es que cambiar de aires me vino bien. Seguía tan sola con el grupo como con la familia, pero no me importaba; además tampoco era la única que iba sin pareja. Al regreso todos nos dimos los correos y quedamos en hacer alguna salida en verano. No fue lo que esperaba, pero no estuvo mal. Al regreso supe que Marcel y Roxanne no habían viajado a Italia, el médico desaconsejó el viaje para mi hermana, así que ellos con Gastón y Camille pasaron esa noche en la alquería donde entre todos organizaron una buena fiesta. Mi hermana y Marcel se instalaron allí definitivamente, Ségolène estaba feliz, le gustaba más aquello que la ciudad porque tenía más amigos, podían jugar en la calle y los mayores les dejaban más libertad. Todos los padres se turnaban para llevar y recoger a los niños del colegio.

Compré un colchón para la habitación que había elegido para mí en Saint-Sybelie, puse unas cortinas provisionales y decidí que ya era hora de empezar a dormir en ella. Hacía mucho que no me daba un baño de película y jamás lo había hecho en una bañera de cobre; puse velas, música suave, una varita de incienso y me sumergí en el agua caliente. Estuve un rato con los ojos cerrados y después me dediqué a buscar figuras ocultas en las cenefas de los azulejos; aquello era un verdadero placer. Cuando notaba el agua fría abría el grifo de la caliente y volvía a caer en ese estado de laxitud que tuve que abandonar cuando me vi totalmente arrugada. Me sequé y me unté la piel con una hidratante muy cara y perfumada que me había comprado para ir a Andorra «por si acaso», me puse un precioso pijama de seda y me metí en la cama, pero no podía dormir. Busqué en Youtube música relajante, pero no pude conciliar el sueño, extrañaba el colchón. Y para ser sincera me volvía a sentir muy sola, única ocupante de mi inmensa mansión y pensé que este tipo de casa no estaba hecha para una persona sola; tenían sentido en su época, cuando los hijos no se independizaban y las familias crecían en miembros y en años juntas; cuando, con frecuencia se organizaban cenas y veladas a las que acudían numerosos invitados; cuando tenían ocho o diez criados que se ocupaban de todo. Pero ahora la casa estaba vacía, lo de llenarla de hijos que ocupasen todas las alcobas no dependía solo de mí; además, de momento, no entraba en mis planes, y tener un montón de criados, tampoco. Me levanté y me fui a mi dormitorio de abajo, allí no me sentía tan sola, estaba más arropada y mucho más cómoda. Definitivamente no tenía madera para ser la señora de la mansión Saint-Sybelie. Después, no sé cuándo me quedé dormida.

Me desperté sabiendo perfectamente lo que iba a hacer. Ante todo, empezar a trabajar. Mi hermana tenía razón cuando me dijo que debía buscar una actividad y, ¿qué mejor trabajo que el que más me gustaba?

—Voy a poner mi propio taller de restauración —dije a mi hermana por teléfono—. Acabo de decidirlo.

—Es fantástico. ¿Por qué no vienes a comer y nos lo cuentas?

En su casa, durante la comida, les hablé de mis planes.

—Solo los grandes museos tienen su propio taller de restauración, pero hay otros más pequeños y colecciones privadas que también necesitan ese servicio. Soy muy buena en mi trabajo. —Me quedé callada porque acudieron a mi cabeza ciertos recuerdos—. Empezaba a tener un nombre cuando sucedió lo del robo... Tal vez aquel asunto me perjudique ahora.

—Vamos, no seas tonta. Ha habido tantos fenómenos mediáticos desde entonces que seguro que nadie se acuerda de aquello. ¿Dónde vas a ponerlo? —Me animó mi hermana.

—El lugar ideal es el desván —dije.

—¿Y qué vas a hacer con todo lo que hay allí almacenado?

—Lo trasladaré a las otras habitaciones. Tú puedes traer lo que te guste y me desharé de lo que carezca de valor.

—¿Estás segura de que es el mejor sitio? —preguntó Roxanne.

—Sí, estoy convencida: está en una zona de la casa que no se utiliza, por lo que es más independiente. Necesitará una buena inversión, habrá que poner un buen aislamiento y climatizarlo para que tenga una temperatura constante durante todo el año. Necesitaré luces frías, mesas grandes, caballetes, sillas, estanterías...

—Juliette, tu proyecto me parece muy bueno y al igual que tú, creo que el desván es el sitio más adecuado. Sin embargo, ¿has pensado en las medidas de seguridad? Con las que hay ahora no será suficiente, tendrás que blindar la casa —intervino Marcel.

—¿Blindar la casa? —Me parecía demasiado—. ¿Blindar la casa? —repetí.

—¿Crees que el propietario de una obra de arte valorada en muchos miles e incluso millones de euros va a dejarla en un lugar que no le parezca totalmente seguro?

—Yo pensaba aumentar las medidas de seguridad solo en el desván.

—Insisto —repuso Marcel—. ¿Crees que el propietario de una obra de arte la va a depositar en un edificio donde solamente una parte responda a las medidas de seguridad que él exija?

Marcel tenía razón, pero la idea de blindar Saint-Sybelie... Si me costó adaptarme a unas cámaras y unas alarmas... Me imaginé mi casa encerrada en un cubo de barrotes o de paredes de metacrilato de diez centímetros de espesor y llena de rayos láser y de detectores de movimiento y sentí angustia. Tal vez el propietario de una obra de arte no temiera dejarla en mi taller en esas condiciones, pero sería yo la que no podría vivir así, me ahogaría. Así que después de pensarlo un instante cambié de opinión.

—Tienes razón y no estoy dispuesta a vivir como si estuviese en una cárcel. Pondré una escuela de restauración. Me ofreceré a las escuelas de Bellas Artes, organizaré mis propios cursos y seminarios. Eso es lo que haré.

Les pareció bien y me ofrecieron su ayuda, aunque yo ya contaba con ellos y con el resto de la familia. Lo primero que hice fue empezar a hacer una lista de cuanto pudiera necesitar: luces, muebles, materiales… Aunque primero tendría que vaciar el desván y contactar con electricistas, pintores y carpinteros.

Mi proyecto me llenó de energía, y como tenía que esperar presupuestos y permisos, decidí empezar en un gimnasio por las mañanas e ir trasladando poco a poco, las cosas que pudiera yo sola desde el desván al resto de las habitaciones de aquella planta. A veces comía con Camille, otras me pasaba por el hotel y lo hacía con Gastón, Sabrina y Charles, el nuevo cocinero, que era su novio y había salido de la escuela de hostelería hacía un par de años; otras, me preparaba algo en casa. Algunas tardes iba a ver a mi hermana, que casi siempre estaba en las bodegas; seguía trabajando en su «Ópera Prima» y me contagió su entusiasmo por aquel mundo del vino. Cuando regresaba a casa me acomodaba en mi sillón para disfrutar el placer de la lectura y retomé la tesis de Camille, ya solo me quedaban por conocer las vidas de los dos últimos descendientes de Marcel Blisard.

Emmanuel Marcel Chevalier, nacido el tres de junio 1832, también enfermó de sarampión como años atrás su difunta hermana; él superó la enfermedad, aunque su salud fue siempre muy precaria. El médico aconsejó a sus padres que llevasen al niño a la costa mediterránea, más cálida que la atlántica, cuyo clima ayudaría a la recuperación del pequeño. Marie Josephine, su madre, no dudó en alquilar una preciosa casa en Marsella y en instalarse en ella con su hijo. Tras el fallecimiento de su esposo poco después, ella se volcó en el cuidado del niño y como aquel clima favorecía mucho al pequeño, las estancias se fueron prolongando de modo que la mayor parte del año vivían en aquella ciudad. No tardaron en relacionarse con las mejores familias de Marsella, la mayoría pertenecientes a la alta burguesía, armadores o comerciantes acaudalados. A través de uno de aquellos comerciantes, gran cliente de las bodegas de Saint-Sybelie y uno de los exportadores de vino más importantes, conocieron a la familia Berteaux, cuyo cabeza, Gerard Berteaux, era la cuarta generación de armadores de su familia, hombre inteligente y culto que vivía totalmente entregado a su trabajo; tenía una esposa, Agnes, y dos hijos, Amelie y Armand, quienes apenas veían a su padre. Marie Josephine y Agnes simpatizaron y con el tiempo su amistad se fue consolidando; los niños, que tenían edades semejantes, también congeniaron, por lo que el trato se hizo diario; además, Marie Josephine decidió que sería bueno que la formación intelectual de su hijo tuviera lugar en aquella ciudad en la que permanecían tantos meses al año y ofreció su casa para que los niños pudieran ser instruidos a la vez por el mismo profesor; de este modo los niños crecían y aprendían juntos. En ocasiones en que Marie Josephine regresaba a Saint-Sybelie por breve tiempo, su hijo permanecía con los Berteaux. Cuando Emmanuel tenía diecisiete años y su salud estaba totalmente restablecida, su madre consideró que debían regresar definitivamente a Périgueux; era el momento de que el muchacho fuese aprendiendo el negocio familiar, pero su salud volvió a resentirse, por lo que cada tres meses regresaban a Marsella y permanecían allí un par de semanas. Agnes y sus hijos visitaban Saint-Sybelie con frecuencia, ambas madres albergaban la idea de un matrimonio entre Emmanuel y Amelie, pero su padre la prometió con un diputado de una ilustre familia de Marsella. Armand se interesaba mucho por la tierra, de la que no sabía nada al haber nacido en una familia de marinos mercantes, y con el consentimiento de su padre permaneció unos meses en Saint-Sybelie aprendiendo de viñas y vinos. Poco después de regresar el chico a su casa, Marie Josephine recibió una carta de Gerad Berteaux invitando a su hijo a acompañar a Armand en un viaje a Líbano desde donde traerían un cargamento de madera: «Al faltar su padre, me tomo la libertad, con el convencimiento de que la vida en el mar y visitar otros lugares ayudarán al muchacho a convertirse en un hombre, de rogarle que permita a su hijo acompañar al mío, para quien esta será también la primera vez que se embarque. Considero que esta es una buena oportunidad tanto para mi hijo, como para el suyo». Así decía en la carta.

El entusiasmo del joven fue tal que su madre, a pesar de que le horrorizaba aquel viaje, no supo decir que no. Aquella expedición duró diez meses y los chicos regresaron muy cambiados. Emmanuel insistió en seguir viajando con los Berteaux, tenía ya diecinueve años y navegar era su pasión. Dos viajes más realizó: uno a la India que duró más de un año, y otro más corto a Cuba. Al regreso de este último viaje, Gerard Berteaux anunció el compromiso matrimonial de su hijo Armand con Catherine Duboisier, hija de otro importante armador marsellés. Los padres de ambos arreglaron el noviazgo en ausencia de Armand. Con este matrimonio la empresa Berteaux-Duboisier se hizo prácticamente con el monopolio del comercio naval en Marsella.

También a Emmanuel le había buscado su madre una novia. Él no parecía tener prisa en casarse, pero tenía ya veintiún años y debía contraer matrimonio. Marie Josephine anunció el compromiso entre su hijo y Aurore

Cruchott, hija de un banquero de Burdeos. La boda se celebró meses después. Emmanuel tenía veintidós años y procuró ser un buen marido y contentar a su esposa, pero volvieron de nuevo las fiebres y los dolores de cabeza, así que, de nuevo por recomendación médica, regresó a Marsella. Viajó solo porque su esposa estaba encinta y ella prefirió permanecer en la mansión. Tres semanas después regresó a Saint-Sybelie, Aurore había sufrido un aborto como consecuencia de una caída y su estado era muy delicado, pero se marchó de nuevo cuando ella se repuso.

Su madre y su esposa decidieron presentarse en Marsella para darle una sorpresa, pero las sorprendidas fueron ellas cuando se encontraron la casa que habían adquirido hacía años, cerrada y sin indicios de haber sido habitada recientemente. Nadie había visto a Emmanuel por allí desde hacía tiempo. Visitaron a los Berteaux que tampoco sabían nada de él, ni siquiera Armand, quien había sido padre de un niño y con el que no pudieron conversar cuanto habrían deseado porque salía de viaje aquel mismo día.

Ambas damas regresaron a su hogar con el sabor amargo de la frustración y la duda. Aurore estaba convencida de que su marido tenía una amante y los celos anidaron en ella; Marie Josephine se mostró muy solícita y comprensiva con su nuera y se dedicó a tranquilizarla intentando convencerla de que aquello no era tan importante, todos los caballeros tenían una amante y socialmente estaba bien visto; seguro que aquello sería un capricho pasajero, pero lo importante era que ella, Aurore, siempre sería su esposa y la madre de sus hijos. A su regreso, Emmanuel tuvo que afrontar todos los reproches de las dos. Les aseguró que no tenía ninguna amante y reconoció que no iba a Marsella porque prefería conocer otros lugares como Italia o España, de los que se declaró ferviente admirador. En aquella ocasión estuvo más de un año sin salir de Saint-Sybelie y se esforzó en complacer a su esposa, que tras el aborto sufrido no conseguía concebir de nuevo. Después volvió a viajar solo. Marie Josephine falleció dos años después. A lo largo del año siguiente, el matrimonio se dedicó a viajar; visitaron París, Viena, Venecia y Roma. Aurore quedó embarazada de nuevo y en 1862 nació su única hija que fue bautizada con los nombres de Isabelle, como la hermana prematuramente fallecida de su padre, y Aurore como su madre, quien volcó toda su atención en la niña. Emmanuel retomó sus viajes y prolongó sus ausencias. En 1888 regresó de uno de ellos con un extraño abatimiento del que jamás se recuperó; murió el siguiente año.

Supuse que no existiría nada más documentado, pero me habría gustado saber más de aquellas prolongadas ausencias que sugerían cierto misterio y una vida oculta. Continué leyendo, ya solo quedaba la última condesa de quien sabía, por las cartas de Margueritte, que vivió muchos años, que no fue feliz, que le gustaba correr y nadar y que en sus últimos tiempos padeció demencia senil.

Isabelle Aurore Chevalier, nacida el diecinueve de mayo de 1862, era bisnieta de Marcel Blisard y fue la última condesa de Saint-Sybelie. Debido a las frecuentes y, en ocasiones, largas ausencias de su padre, ella prácticamente se crio sola con su madre; sin embargo, parece ser que sentía un profundo cariño por su progenitor, quien al regreso de sus viajes pasaba horas enteras con ella, narrándole fantásticas historias que estimulaban su imaginación; además, le traía preciosos regalos y joyas que, decía él, habían pertenecido a princesas de lugares tan lejanos como Tombuctú, Samarkanda, Cipango o Bengala. El favorito de la niña era un sencillo collar de pequeñas conchas y minúsculas caracolas que, decía su padre, había pertenecido a Eliris, la mismísima reina de las sire-

nas. También era le encantaba a la niña aquel zapato antiguo de la reina Semiramis de Babilonia (que según decía la madre, lo había encontrado el padre en el desván, donde debía llevar muchísimos años), cuyas historias la pequeña se hacía repetir una y otra vez. Emmanuel enseñó a su hija a montar a caballo, hacían excursiones juntos y, en verano, se bañaban en el río. La pequeña disfrutaba de su padre cuando estaba con ella; cuando se marchaba, le despedía con alegría pensando en las aventuras que le narraría a su regreso.

Isabelle era una niña que gustaba de estar sola con sus fantasías. A veces la mansión Saint-Sybelie le parecía tan pequeña que se ahogaba y quería salir de allí y dedicarse a explorar mundos extraordinarios, como su padre; otras, se encerraba en su alcoba y permanecía horas tumbada en la cama presa de una melancolía impropia de su edad. Tenía diez años cuando su madre decidió que necesitaba cambiar de ambiente e ir a un colegio donde pudiera convivir con otras niñas y convertirse en una auténtica condesa; para eso ninguna ciudad era mejor que París. Comunicó la decisión a su marido, quien se mostró de acuerdo, e Isabelle comenzó su educación en París, en el Colegio del Corazón de María al que asistían las niñas de la más alta alcurnia; y como su madre no quiso alejarse de ella, alquiló en aquella ciudad una mansión acorde con su categoría, en la que residía cuando su hija estaba en el colegio, regresando a Saint-Sybelie en verano. Pronto se adaptaron a la vida parisina. Isabelle tenía como compañeras a hijas de las familias más eminentes de la capital; y su madre, merced a su posición de condesa consorte, fue integrándose en aquel círculo social que había conseguido mantenerse y sobrevivir a la transición del Segundo Imperio de Luis Napoleón a la Tercera República.

Seis años permaneció Isabelle Aurore en aquel colegio, durante los cuales ella se convirtió en una joven be-

lla y refinada. Su madre se apasionó con la vida parisina y prefirió seguir viviendo en aquella ciudad con la excusa de encontrar un buen partido para su hija, quien se había enamorado de Maurice Jourdan, con toda la pasión del primer amor, y que era hermano de una de sus compañeras del colegio. Pero Aurore animaba a su hija a conocer a otros jóvenes, igualmente idóneos, antes de tomar una decisión. Madre e hija eran habituales de la Ópera, de la misa dominical en Nôtre Dame, de los paseos por el Bois de Boulogne y de comidas y recepciones en las mansiones de las mejores familias, a las que Aurore correspondía del mismo modo. En realidad, lo que pretendía era seguir teniendo un motivo para continuar en la capital, pero el amor que se tenían Maurice y su hija, junto con la aparición de una posible rival, hizo que Aurore diera su consentimiento a aquel matrimonio, tras enviar una carta a su marido a Saint-Sybelie y en cuya respuesta, aunque tardó varios meses en llegar, él dejaba el asunto en sus manos, lo que fue la dicha para ambos jóvenes.

Aurore organizó una cena a la que invitó a lo mejor de París para hacer público el compromiso. Las madres de ambos prometidos tardaron casi un año en disponer una magnífica boda, digna de sus hijos y asombro de la ciudad, que se celebraría en la catedral de Nôtre Dame. Emmanuel acompañó a su hija al altar. Tras la boda y la luna de miel en Venecia, los jóvenes esposos partieron hacia Saint-Sybelie donde, por expreso deseo de ambos, vivirían la mayor parte del año. Aurore permaneció en París para dejar más intimidad a los recién casados, según decía. Emmanuel, que llevaba algún tiempo viviendo en la mansión, emprendió otro de sus viajes.

Durante los primeros meses, Isabelle Aurore se sintió la mujer más feliz del mundo, estaba viviendo un sueño de amor, pero aquello duró poco. Su esposo empezó a desaparecer sin dar explicaciones. También empezaron a desa-

parecer algunas de sus joyas. Su marido dejó de mostrar interés por ella y se trasladó a dormir a otro cuarto. Desaparecieron las escrituras de la casa de Marsella que Emmanuel había puesto a nombre de su hija como regalo de boda. Isabelle se confesó confundida y preocupada cuando habló con Maurice sobre aquella situación. Él se mostró contrito, confesó a su esposa que sus negocios habían sufrido un duro golpe y que se había llevado algunas cosas para venderlas porque necesitaba dinero y que si no dormía con ella era porque estaba muy avergonzado. Con el corazón henchido de amor y compasión, Isabelle abrazó a su marido y le preguntó cuánto necesitaba para salir de aquella crisis; él citó la cantidad de quince mil francos y al día siguiente ella la depositó en sus manos. Todo volvió a ser como al principio. Unos meses después, Maurice se marchó a París con una nueva cantidad de dinero, en esta ocasión veinte mil francos para invertir en un negocio seguro. Semanas después ella viajó a París para ver a su madre y a su esposo, por cuyas cartas sabía que los negocios iban muy bien y que el trabajo le impedía ausentarse de la capital, pero Maurice no estaba en la ciudad. Isabelle regresó a la mansión y descubrió que faltaban más joyas, unos candelabros de plata y varios cuadros. Por los criados supo que el señor había regresado, mientras ella estaba ausente, y se había llevado todo aquello; ignoraban adónde se había marchado. Días después un desconocido se presentó en la mansión. Era de Marsella y traía consigo un pagaré con el que reclamaba el pago de cinco mil francos que su marido había perdido en el juego. La condesa tuvo que aceptar que Maurice era un canalla. Aprovechó su ausencia para que un pintor de Burdeos hiciese copias perfectas con las que sustituir los cuadros auténticos y evitar que Maurice, cuando regresara por necesitar más dinero, los vendiese como ya había hecho con otros.

Meses después Isabelle recibió una carta de una de

sus amigas de París en la que, entre otras cosas, le decía que Maurice Jourdan estaba en aquella ciudad.

Isabelle, con su joven doncella Linette, viajó de nuevo a París y fue a casa de su madre, que se mostró incómoda y esquiva, porque su amante en aquel momento se hallaba viviendo con ella en aquella casa.

Isabelle se alojó con su doncella en un hotel. Contrató a un hombre para que siguiera a Maurice a todas partes y le informara de sus actividades y lugares que frecuentaba; supo así que entre los más visitados había casinos y salas de juegos donde, últimamente, estaba en racha.

Se acercaban los carnavales y en el Hotel Crillon, propiedad del conde del mismo nombre y cuya hermana fue compañera de Isabelle, se celebraría una gran fiesta, como era tradicional. Informada por su amiga de que Maurice acudiría a aquella fiesta, se hizo confeccionar un fantástico y llamativo vestido rojo, con la idea de atraer la atención de su marido para después dejarlo en evidencia. Con esta intención se trasladó a dicho hotel.

Aquella noche de carnaval Isabelle no pasó desapercibida, fue el centro de todas las miradas. A muchos hombres les pareció muy atractiva y a casi todas las mujeres una desvergonzada pues ese vestido rojo era muy escandaloso, incluso para el carnaval. Sin embargo, ella logró que nadie supiese quién era, pues no se quitó su máscara aunque a lo largo de la noche todos lo hicieran. Bailó y coqueteó con muchos hombres hasta que Maurice la invitó a bailar y la monopolizó el resto de la noche. Con prudencia y disimulo buscó un rincón donde poder besarla y ella, que añoraba las caricias de su marido, decidió ser su amante aquella noche y culminar su plan al día siguiente. Pero sus sentimientos la traicionaron. Ser la amante de su marido, que él la deseasa hasta la lujuria ignorando que era su esposa y que se estuviese enamorando de ella era tan excitante... Además, la clandestinidad era el condimento inefable de lo prohibido.

Se veían dos veces al mes en aquel mismo hotel. Él dejaba en recepción cartas para ella, que el hotel le guardaba, en las que le expresaba un amor cada vez más intenso, su deseo insaciable y la resolución cada vez más firme de abandonar a su esposa, condición que ella había puesto como precio para revelar su identidad. La última noche que estuvieron juntos, él le dijo que a la mañana siguiente partiría hacia Saint-Sybelie para romper con su esposa.

Ella se marchó, como siempre cuando él se dormía, pero esta vez, regresó junto con su fiel Linette a su hogar, adonde llegó horas antes que Maurice para preparar la mise en escene *perfecta para darse a conocer. Pero nada salió como ella esperaba. Su marido se encolerizó y la abandonó. Ella no volvió a salir de Saint-Sybelie y, correr y nadar, se convirtieron en sus únicas pasiones.*

Maurice Jourdan fue encontrado meses después flotando en el Sena con un disparo en mitad de la frente.

Otra mujer engañada, pero ella tuvo intención de rebelarse, aunque su plan se le volviese en contra. Triste final para aquella aventura del vestido rojo de la que no niego que me hubiera gustado saber más. Camille no había podido ser más explícita por falta de información documentada. El cronista de la época apenas había recogido los datos que algún criado filtrara fuera de la mansión y de la que se habló en los corrillos del pueblo.

Capítulo 25

Llevaba varias tardes vaciando el desván y ese día Camille se había ofrecido a ayudarme. Subimos y empezamos a trasladar los muebles que quedaban; vaciamos las vitrinas que se podían desmontar fácilmente, las transportamos a la pieza de al lado, las volvimos a montar y a guardar en ellas cuanto contenían. Llevamos el reloj de carrillón, vaciamos los cajones de las cómodas, las desplazamos y volvimos a poner todo en su sitio; sacamos cuanto había en los baúles y repetimos la operación; desocupamos los armarios aunque no pudimos moverlos, pesaban mucho, y decidimos esperar a tener refuerzos. Luego limpiamos el suelo. Solo quedaban por cambiar de lugar los armarios, el clavicordio y la mesa de despacho, y comprobamos lo triste que es un desván casi vacío. Terminamos agotadas, pero antes de lo previsto; fuimos al hotel a ver a Gastón, quien estaba terminando el menú del día siguiente. Tomamos un café, pensé que tres son multitud y me despedí de ellos. Me gustaba mucho la química que tenían; viéndolos juntos nadie dudaba de que ya había pasado algo, pero no nos dábamos por enterados.

El café era delicioso, pero me quitó el sueño, así que aquella noche estaba totalmente despejada. Me acomodé, puse música y rasgué el sobre de la penúltima carta de Margueritte. Apartando la tristeza que me producía el que se acabasen, decidí leer esa noche las dos que quedaban.

Querida sobrina:
Cada vez queda menos por contar. En los meses que siguieron, Thérèse y yo nos dedicamos a hacer una limpieza general en la mansión, no podíamos hacer mucho más. Pensé que a ella le vendría bien viajar, pero ¿adónde ir? A ella le aterraba la idea de subir en un barco y alrededor de Francia no había ningún destino sugerente. Italia, Bélgica, Holanda, Alemania y el norte de África estaban devastados por la guerra; y España no estaba mucho mejor, aunque ya hacía seis años que había finalizado la suya. La única posibilidad era Suiza y pensé localizar a la esposa de mi hermano y a mis sobrinas, a quienes no conocía; pero Thérèse se negó en redondo a dejar la mansión en aquellas circunstancias y yo no le insistí más.
Cuando estábamos limpiando el desván, recordando la promesa que mi suegra le hizo a la condesa en su lecho de muerte, vaciamos completamente el armario grande buscando el zapato de Cenicienta y todos los demás, que no sabíamos a quiénes habrían pertenecido, pero tal y como esperábamos, no encontramos nada. En aquel mueble solo había zapatos y ropa de la condesa, varias batas de baño, maillots de croché y un llamativo vestido rojo de seda salvaje bordado en azabache. Thérèse me contó que su madre había sido la doncella personal de la condesa aunque tenían casi la misma edad. Pocas cosas le había contado Linette, pues siempre decía que su señora había depositado toda su confianza en ella y que no la iba a traicionar; pero sí que le contó que el vestido rojo se lo hizo para un carnaval en París. Su marido le era infiel y ella se moría de celos, así que con aquel vestido y oculta tras el antifaz, sedujo a su marido

que se enamoró de ella ignorando quién era. Siempre en la oscuridad o velando su rostro fueron amantes durante unos meses. Él deseaba ver su cara. Ella le puso como condición que abandonara a su esposa. Cuando él tomó la decisión de hacerlo y le anunció su viaje a Saint-Sybelie, ella emprendió el regreso unas horas antes que él. El plan era que Linette condujese hasta la alcoba de la condesa a su esposo. Ella estaría esperándole con ese vestido y la máscara que se quitaría ante él, le comunicaría que estaba encinta y su felicidad sería completa. Pero la condesa no contaba con el orgullo de su marido quien vio solo un engaño en aquella situación, pensó que sería el hazmerreír de su círculo social y se enfureció de tal manera que propinó una paliza a la condesa; después se llevó todas las joyas, en concepto de pago por los favores que ella había recibido de él, destrozó el collar de conchas que ella apreciaba tanto, se llevó el zapato antiguo para vender las gemas del bordado y abandonó la casa. Linette fue a auxiliar a su señora quien le ordenó destruir aquel vestido y no decir nada de aquello a nadie; pero a ella le dio pena deshacerse de aquella ropa que le gustaba tanto y lo escondió en el desván donde la condesa nunca subía. A consecuencia de la paliza perdió el hijo que esperaba. Fue a partir de aquello cuando empezó a practicar deporte; primero empezó a caminar, pero ella necesitaba correr y no podía hacerlo con aquellas faldas, por eso se hizo confeccionar pantalones. Un verano tras una de sus carreras se despojó de camisa y pantalón y estuvo nadando en el río como hacía de niña con su padre; esto se convirtió en hábito y en otoño se hizo construir una piscina cubierta por un recinto de cristal para poder ver el cielo y el jardín mientras nadaba.

Era lo único que le había contado su madre, recordaba mi suegra, cuando un día le preguntó por qué la señora estaba siempre tan triste. Esto fue cuando ella era muy joven y empezó a trabajar en la casa. Thérèse también me habló de su familia, de su padre, de su marido e hijos, todos nacidos allí, todos trabajadores de las viñas. Decía que Henri fue siempre un chico alegre y cariñoso, que sentía un gran amor por la naturaleza y que le gustaba mucho leer; de pequeño quería ser pájaro y su mayor deseo era poder volar. Trabajó duro, a pesar de ser casi un niño, pues en aquella época se empezaba a trabajar en cuanto se podía sostener una azada, y ahorraba casi todo lo que ganaba, porque ya entonces quería comprarse un avión. François era el que más se parecía a su padre, responsable y muy trabajador, pero el menos cariñoso de todos; quería hacerse rico y por eso no dudó en marcharse a América en cuanto su madre se lo permitió. Michel, decía Thérèse, era el más tímido de los tres y también el más sensible; le gustaba ayudar a los demás, pasaba largas horas con los enfermos de la familia y del vecindario y quería ser médico, lo cual no habría sido posible sin la ayuda de Henri. A pesar de que se entristecía cuando hablaba de sus hijos, se sentía muy orgullosa porque después de muchas generaciones eran los primeros Bouvier que alcanzaban sus sueños; solo echaba de menos a los nietos que nunca tuvo.

A primeros de diciembre regresé a California. François, que ya era senador, movió los hilos para que yo pudiese volar en uno de aquellos aviones que llevaban soldados de regreso a sus hogares.

Paolo y María me esperaban en un aeropuerto militar con otros familiares de soldados allí congregados. El encuentro fue muy emotivo, como te podrás imaginar. María estaba preciosa, seguía siendo una mujer muy atractiva; a Paolo ya le plateaba el cabello, pero algunos hombres tienen la fortuna de envejecer mejor que las mujeres, con los años adquieren solera, como el buen vino.

Aunque no se había librado ninguna batalla en territorio estadounidense, se respiraba en el ambiente inmen-

sa alegría por el final de la guerra que había costado tantas vidas americanas, un final que también allí creaba polémica; eran muchos los que pensaban que lo de Hiroshima y Nagasaki había sido una aberración, algo inhumano. Para la empresa, la guerra supuso una importante fuente de beneficios que Paolo y François reflejaron generosamente en las nóminas de sus trabajadores, especialmente con aquellas familias que habían perdido padres o esposos en Europa o en Asia. Me emocionó comprobar que Paolo y mi cuñado actuaban como lo habría hecho Henri. Regresar a mi antiguo hogar me produjo emociones encontradas, muchos recuerdos... Es cierto que con el tiempo son los buenos los que perduran. Los chicos ya no eran tan chicos: Valeria estaba prometida, Vittorio formaba parte de la empresa, Nicola e Isabella estaban estudiando y la pequeña María Margarita tenía ya seis años y era una niña preciosa, inteligente y alegre.

Todos insistieron mucho en que me quedase más tiempo con ellos, pero yo quería pasar la Navidad con Thérèse, así que cuando todos los trámites estuvieron realizados regresé a Francia con el féretro de Henri. También en esta ocasión me acompañó mi cuñado que gestionó nuestro regreso en un vuelo privado. Durante el viaje me confesó que abandonaba la política pues se iba a divorciar de su esposa, a la que no soportaba ni él ni nadie; el divorcio no estaba bien visto en un político que debía ser la imagen de la familia unida y feliz, no en vano la familia era uno de los puntales de la sociedad. Además, estaba enamorado de una enfermera y quería casarse con ella. Como necesitaba una nueva vivienda me propuso comprar mi casa. Yo le dije que sí, no pensaba regresar a América y quería vender mi parte de la empresa. Él se encargaría de todo.

El día veintitrés de diciembre enterramos a Henri en el cementerio de Périgueux, tal como él quería, en contacto con la tierra y con una sencilla lápida blanca, sin adornos, sin epitafios, solo su nombre. Aquella Navidad fue, con diferencia, la mejor en comparación con las de los últimos años.

Quedan unas cuantas cosillas para otro día. Un beso. Te quiere, tu tía.
M. B.

Parecía casualidad que esa carta me ampliara la información sobre el drama de la última condesa, pero ya sonaba a despedida, como hacer la maleta antes de decir adiós. Con el corazón encogido y un nudo en la garganta leí la última carta.

Queridísima sobrina:
Esta carta es la última, el epílogo de mi historia; ya no queda mucho que contar. Poco a poco todo volvió a la normalidad, aunque una guerra deja una huella tan profunda que marca un antes y un después.

Como Henri deseaba, su madre era ahora la señora de Saint-Sybelie, aunque ella decía que no se sentía distinta. Lo primero que hicimos fue convertir las antiguas cocinas en un pequeño apartamento más cómodo, más íntimo y más fácil de calentar. Como la última condesa, yo también descubrí el placer de nadar y mandé construir una piscina en el jardín, en la parte de atrás de la casa. En verano, venían a bañarse algunos niños de la zona, hijos o nietos de amigos y parientes suyos, y las risas infantiles siempre nos alegraban.

Regresé a Los Ángeles para la boda de Valeria. Paolo me dijo que tenía que ir a Italia porque había recibido una carta de su hermano Vittorio, en la que le decía que necesitaba hablar con él con suma urgencia. Viajó a Roma y se entrevistó con su hermano, que había perdido a sus dos hijos en la guerra y, víctima de una grave enfermedad y sin más herederos, quería devolverle el patrimonio familiar. Aconsejados por un abogado, y como medio más simple para recuperar su herencia sin que el Estado se llevase una buena parte, Paolo compró a su hermano, por un precio simbólico, la casa de Tívoli, el palacete de Roma y la villa de Sacrofano, un pequeño pueblo medieval cerca de la capital que había sido la residencia de verano de su familia, el pueblo natal de María, donde ellos se enamoraron. Paolo llevó a su hijo Vittorio a Italia para que se hiciera cargo de la restauración de las tres fincas; había decidido jubilarse e instalarse de nuevo en su país. María estaba entusiasmada, ella no consiguió asimilarse del todo a la vida en América y, en los más de veinte años que vivió allí, no hubo un solo día que no deseara regresar a Italia. Se llevaron con ellos a María Margarita, quien siguió creciendo feliz en aquella nueva tierra. Vittorio se enamoró de Roma y de la profesora de piano de su hermana, no tardaron en casarse y solo regresaron a Los Ángeles de visita; ellos se instalaron en la casa de Roma, aunque pasaban mucho tiempo en la de Tívoli. Paolo y María prefirieron quedarse en Sacrofano, y aunque al principio los del pueblo les llamaban «los americanos» y los miraban con cierto recelo, después de oírlos discutir entre ellos en italiano y a María con alguna de las vecinas, quedaron plenamente integrados en aquella pequeña sociedad; también retomaron la relación que tenían, antes de marcharse, con los amigos que aún quedaban de su juventud.

Vittorio puso una cadena de gasolineras por toda Italia. Nicola resultó ser un eminente hombre de negocios y sus hermanas, abogado Valeria y médico Isabella, continuaron viviendo en Los Ángeles, aunque viajaban a Italia con mucha frecuencia.

François, ya en su madurez, abandonó la política. Se trasladó a Long Beach con su nueva y joven esposa y tuvieron dos hijos, un niño y una niña, que Thérèse no llegó a conocer.

Con nosotras seguía viviendo Sophie, la sobrina de mi suegra, quien se casó con uno de los trabajadores de las viñas. Tardaron en tener hijos y, cuando ya no los esperaban, ella quedó embarazada y tuvo una niña a la que llamó Sophie, como ella, y después un chico al que llamaron Gastón, como su padre. Eran un encanto de criaturas con quienes disfrutábamos mucho. Thérèse y yo viajamos a Italia, por fin la pude convencer; lo hicimos dos veces, una para visitar a Paolo y a María, y la segunda para conocer Venecia que era uno de sus mayores deseos. Unos meses después estuvimos en París para quitarnos el mal recuerdo que teníamos de la ciudad y recorrer los lugares más emblemáticos. Thérèse murió un año después. Al no ser descendiente directa y por consejo de François que renunció a su herencia (hicimos un trueque con mi casa de Long Beach) yo había comprado unos meses antes Saint-Sybelie y las bodegas que visitaba con frecuencia. Hice un seguro para la casa y tuve la desagradable sorpresa de descubrir que los cuadros eran falsos.

Por entonces sucedió algo que me hizo plantearme la vida de otra manera. Sophie y su marido vivían en la alquería cercana a los viñedos y me invitaron a comer. Durante la comida me estuvo insistiendo en que yo debía salir más, viajar... Me recordó que la última vez que dejé Saint-Sybelie fue para ir a París con Thérèse y de eso ya hacía años. Por cierto, en aquella ocasión mi suegra vio un vestido de Chanel de terciopelo color corinto que le encantó y que le regalé a pesar de que ella insistía en que era muy caro y en que para qué lo querría ella. Me compré un Ives Saint Laurent blanco y busqué un buen pintor que nos hiciera un retrato. Pero volviendo a lo que te contaba, Shophie me insistía en que viajase, pero no me apetecía hacerlo sola; entonces el pequeño Gastón, que tenía cuatro años, me dijo: «Pues tú ya eres vieja y a lo mejor te mueres pronto». Esa descarnada e inocente for-

ma de decir la verdad que tienen los niños, me hizo pensar que realmente cada día me quedaba menos tiempo; así que durante una temporada me dediqué a viajar, que era una de mis pasiones olvidadas. Estuve en Noruega y puede recorrer los fiordos. Viajé por Sudamérica y parte de Asia, donde me enamoré de las orquídeas y de otras plantas exóticas que no había visto nunca. Después de mi último viaje convertí el recinto de la piscina que taparon los alemanes en un invernadero y me hice traer diversas variedades de plantas exóticas. Al principio se me morían muchas, pero fui aprendiendo a cuidarlas y desde entonces mi mayor placer es disfrutar de esas preciosidades que me tienen ocupada una buena parte del día.

En uno de aquellos viajes conocí a un caballero maduro y atractivo, congeniamos y tuvimos un romance que acabó cuando finalizó aquel crucero por el Mediterráneo; lo olvidé pronto porque realmente nunca me volví a enamorar.

Ahora ya tengo más de noventa años, pero no estoy sola: una señora me ayuda en la casa y además tengo a Sophie, la hija de aquella Sophie sobrina de Thérèse, que ha regresado después de algunos años de vivir fuera. Quiere poner un restaurante en lo que era la casa en la que vivió su familia; está habilitando en ella una zona donde vivir con sus hijos pero, hasta que puedan hacerlo, están aquí. Ella trabaja demasiado y los niños pasan mucho tiempo conmigo, son muy buenos chicos; la niña, Nicole, me encanta porque es muy coqueta y muy graciosa, pero te confieso que mi favorito es el niño, Marcel, que es un chico demasiado serio y responsable para su edad, me cuida mucho, y tiene los ojos como Henri: verdes, sinceros y profundos. Sophie me ayuda a levantarme por las mañanas, ya no estoy muy ágil. Me ha comentado que cuando acaben las obras de su casa le gustaría seguir durmiendo aquí por si la necesito, no quiere dejarme sola, pero yo me he negado. Siento que ya me queda poco, sé que Henri está cerca, no tardará en venir a por mí... Mi único amor verdadero... Anhelo tanto ese reencuentro que no quiero compartir con nadie ese momento tan íntimo.

Esta es mi última carta. Espero que existas; no tanto por esta mansión que pasará al Municipio, ni por las viñas que serán para quienes las trabajen, sino por mi recuerdo. Cada una de estas letras está escrita para que me conozcas y seas mi memoria. Si no existes serán destruidas, pero si existes, como espero que así sea, deseo con todo mi corazón que hayas disfrutado tanto leyéndolas como yo escribiéndolas, y, sobre todo, que hayas llegado a quererme leyendo como yo he llegado a quererte escribiendo.

Si tuviera que resumir lo que he aprendido en mis años de vida, con la pretensión de enseñarte algo, solo te diría que vivas sin perderte en lamentaciones porque la vida no adelanta acontecimientos, ni los atrasa; es muy lista y hace que todo suceda en el momento adecuado para dejar paso a otra cosa.

Adiós, querida mía. Ahora estoy muy cansada y anhelo el descanso definitivo. No olvides nunca que has sido la ilusión de mis últimos meses y, sobre todo, cuánto he llegado a quererte.

Con todo mi amor. Un beso eterno de tu tía.
M. B.

La despedida me afectó como si hubiera sido física. No tenía sueño, el aire y mi alma estaban llenos de ella y volví a leer todas las cartas seguidas. Estaba amaneciendo cuando me quedé dormida en el sillón. Desperté una hora después entumecida y con dolor de cuello; me di una ducha, fui al mercado a comprar flores y al cementerio a depositarlas en la tumba de Henri y Margueritte. Había otro ramo de flores frescas y supuse que Sophie había regresado de su último viaje. Paré en el hotel para desayunar y allí estaba, puesta de delantal y dando órdenes en la cocina. Denis tomaba café sentado a la mesa.

–No lo puede evitar –dijo refiriéndose a Sophie–. Ha decidido reincorporarse, esto es su vida.

–¿Y tú estás de acuerdo? –pregunté.

–Yo quiero verla feliz y esto es lo que ella desea, pero hemos hecho un pacto: tres semanas al mes aquí y una viajando. Si te soy sincero yo también empezaba a echar esto de menos.

Desayuné con ellos, estuvimos charlando hasta mediodía y me quedé también a comer. Cuando me despedí recordé a Gastón que al día siguiente, domingo, él y Marcel se habían comprometido para ayudarme a trasladar lo que todavía quedaba en el desván.

–Allí estaremos, no te preocupes –contestó Denis dispuesto también a echar una mano.

–Eso es –afirmó Gastón y luego me preguntó–: ¿Tienes algo que hacer ahora?

–Voy a ir a la alquería a ver a Roxanne.

–Perfecto –añadió–. Yo he de ir a la bodega a traer vino. Iba a pedirte que me acompañaras.

Ya en el coche, Gastón, que iba conduciendo, tomó mi mano y me dijo:

–Quiero que seas la primera en saberlo.

Su sonrisa y el brillo especial de sus ojos me hizo suponer lo que iba a decir.

–Camille y yo vamos a vivir juntos.

–¡Oh, Gastón, qué alegría! Te has decidido, por fin.

–Sí. Solo tenía que dejar atrás algunos escrúpulos estúpidos. Juliette, eres muy especial para mí, para nosotros. Queríamos que fueras la primera en saberlo.

Sentí una ternura infinita ante aquel Gastón enamorado, el mismo que le dijo a Margueritte, cuando era un niño, que se estaba haciendo vieja y que se podía morir pronto. Pensé, una vez más, que la mejor herencia eran todos ellos, aquellos que la conocieron y que ahora formaban parte de mi vida, ellos eran el tesoro que yo había encontrado.

Mi hermana estaba en el laboratorio tan concentrada en su trabajo que solo le di un beso y le pregunté cómo estaba, aunque la respuesta era evidente: feliz. Marcel también estaba en el laboratorio tan inmerso en su trabajo como ella. Pensé que parecían los Curie, pero del vino, claro.

–¿No tenéis nada mejor que hacer un sábado por la tarde? –les reconvino Gastón.

–No podíamos dejar esto ahora –contestó mi hermana–. El vino, como cualquier arte, tiene sus musas y cuando te inspiran no puedes ignorarlas.

–Pero ya hemos terminado por hoy. Le prometimos a Ségolène llevarla al cine –dijo Marcel.

–Yo solo quería recordaros que os espero mañana para terminar de vaciar el desván –dije.

–Allí estaremos sin falta. ¿Te apetece venir con nosotros al cine? –me preguntó mi cuñado.

–La verdad es que no. Llevo todo el día fuera de casa y estoy muy cansada.

Nos despedimos y durante el trayecto de regreso recibí una llamada de Camille invitándome a cenar porque tenía algo importante que decirme. Gastón no detuvo el coche hasta que llegamos a su casa. Lo que ella tenía que decirme ya lo sabía porque aquel, al que ella llamó bocazas, ya me lo había dicho. Ella también estaba pletórica y feliz; viéndolos juntos pensé que algunos tópicos debían ser verdad, al menos ese que dice que no hay edad para el amor. Después de cenar me llevaron a casa, me metí en la cama y me dormí.

Habíamos quedado sobre las once; trasladar los muebles no nos llevaría demasiado tiempo y no hacía falta madrugar. Me apetecía un chocolate de Sophie, fui a desayunar al hotel y constaté que todos habíamos tenido la misma idea. Me puse el delantal y ayudé a preparar la mesa mientras Marcel y Roxanne terminaban en el comedor. Denis estaba haciendo café, Gastón y Camille llegaron cuando empezamos a desayunar. Ellos aprovecharon que estábamos todos para dar la noticia, que tampoco sorprendió a nadie.

Gastón, Denis, Marcel y yo nos adelantamos a mi casa. Trasladaron entre los tres la mesa de despacho y el clavicordio; después estuvieron pensando si sería mejor desarmar los armarios o intentar arrastrarlos, y se optó por la opción más sencilla: moverlos sin desarmarlos. Me pidieron algunas mantas viejas, supuse que para proteger los muebles; para mi sorpresa, vi que las echaban en el suelo, luego tumbaron el armario sobre las mantas y tiraron de ellas arrastrando el mueble. Estaban terminando de transportar el segundo cuando llegaron Camille y Roxanne con Ségolène, que se puso a fisgar entre todo lo que había por allí y no tardó en aparecer con unos zapatos y un sombrero de Margueritte. El tercer armario, el grande, era realmente pesado, entre los tres hombres no consiguieron moverlo ni un milímetro, así que Camille y yo intentamos ayudar empujando también. A Roxanne no se lo permitimos.

—¡No puede ser! —exclamó Gastón asombrado por la inutilidad de nuestros esfuerzos.

—Vamos a separarlo un poco de la pared —sugirió Denis. Pero fue inútil.

—Quizás tropiece con alguna loseta —dijo Marcel.

Pero no había ningún obstáculo.

—Puede que esté atornillado a la pared —comentó Camille.

Pero tampoco había ningún tornillo en el fondo del armario. Analizábamos otras posibilidades cuando Ségolène que andaba a nuestro alrededor dijo:

—Habéis roto la pared, hay un pedazo en el suelo.

En efecto había en el suelo unas cascarillas del color nogal del armario por un lado y de un tono grisáceo por otro, que habían dejado un pequeño hueco entre la pared y el mueble.

—Los cantos están pegados a la pared —dije asombrada lo que era evidente.

—Necesitamos algo…

Antes de que Denis terminara de hablar yo había salido para traer una caja con herramientas. Marcel tomó un escoplo y un martillo con el que fue golpeando desde el hueco descascarillado por todo el contorno del armario. Todos aguantábamos la respiración seguros de que el ropero ocultaba algo; nadie decía nada, pero todos hacíamos conjeturas pensando si estaría allí el famoso tesoro de Saint-Sybelie.

Aquel mueble macizo de nogal era muy pesado y nos costó separarlo lo suficiente como para poder entrar en el hueco que ocultaba, un pequeño habitáculo de unos cuatro metros cuadrados. Con el mismo sistema de las mantas retiramos el armario y después nos quedamos todos plantados ante aquel hueco.

—Tú eres la dueña de la casa —dijo Gastón—. Descubrir lo que hay ahí dentro es privilegio tuyo.

—¿Estáis pensando en el tesoro? —pregunté nerviosa.

Nadie contestó. Entré en aquel habitáculo, pero apenas veía nada. Posiblemente se hizo antes de que hubiese instalación eléctrica.

—Marcel, ¿puedes encender la linterna de tu móvil? —pedí.

No se hizo rogar. Entonces pudimos distinguir una estantería con objetos envueltos en tela, un cajón de madera mediano de los que se utilizaban para transportes hace más de cien años y, colgados en las paredes, varios cuadros también cubiertos con telas.

No podíamos examinar todo aquello allí, así que lo sacamos para poderlo ver con más claridad a la luz. Los objetos de la estantería eran en su mayoría objetos ennegrecidos de plata: joyeros, portarretratos, espejos, aunque también había un pesado reloj de oro de sobremesa en forma de carroza antigua y alguna figura de marfil. Los lienzos de las paredes debían ser los auténticos, cuyas copias estaban en el salón pequeño; la última condesa debió esconderlos después de hacerlos copiar para evitar que su marido los vendiese. Estábamos sorprendidos e impresionados, así que apenas fuimos capaces de articular palabra. La melodía de un móvil rompió la intensidad del momento.

–Denis, ¿no vais a venir a comer? –Sophie pensaba, como los demás, que en una hora habríamos terminado–. ¿Ha sucedido algo?

–Sophie… Ha aparecido el tesoro.

Se cortó la comunicación y unos minutos después, con el estupor reflejado en el rostro, Sophie llegó junto a nosotros.

La tapa del cajón no estaba clavada. Así que no hubo más que retirarla, solo Ségolène, que estaba a mi lado, adelantó su mano para sacar algo.

–¡Ségolène! –La detuvo su padre–. Primero Juliette; luego, si ella quiere, le ayudas.

–Si no hay nada –protestó la niña.

Y en efecto no había nada que a ella le pudiera parecer atractivo, solo dos cartas, un cuaderno con algunos poemas, otro que parecía un diario, una camisa vieja, un sombrero de paja de los que utilizan los segadores, unas alpargatas, algunos libros y otros tres cuadros de unos cuarenta por veinticinco centímetros que estaban también envueltos en telas. Saqué uno de ellos y lo desenvolví; en efecto era un lienzo pintado, un cuadro a cuya vista me tambaleé y lancé un sorprendido ¡Dios mío!; Marcel me sostuvo y mi hermana sujetó la pintura que temblaba en mis manos. Los demás se agruparon junto a ella quien me miraba y solamente atinó a preguntar incrédula:

–¿Un Van Gogh?

Todos se inclinaron más sobre la pintura que yo recuperé de las manos de mi hermana.

–Eso parece –dije examinando los detalles más significativos de aquel cuadro que representaba la terraza de un café idéntico a los de sus *Terrazas del café de noche*, pero a plena luz del día, con un grupo de cinco personas sentados en una mesa ante unos vasos. La firma parecía la suya, solamente, Vincent; la longitud y la densidad de la pincelada, la luz, los colores...

–¿Es auténtico? –preguntó Camille.

–Creo que lo es, pero he de examinarlo en profundidad.

–No lo había visto nunca –dijo mi hermana.

–Ni tú, ni nadie. Si es auténtico es inédito y no está catalogado todavía.

–Abre los otros –apremió Sophie.

Los otros dos eran del mismo autor y parecían auténticos también; uno de ellos representaba dos hombres maduros en el campo sentados bajo un árbol, uno de ellos leía un libro y el otro apoyaba la cabeza en el tronco del árbol. El otro cuadro representaba un zapato antiguo, más o menos del siglo XVIII, en color amarillo, supuestamente bordado en pedrería, al menos así se podrían interpretar aquellos toques de color en el zapato, sobre una tela blanca y un fondo azul; en la parte posterior del lienzo solo una inscripción: *El zapato de Cenicienta*.

Aquello era demasiado, necesitábamos cambiar de aires, poner un poco de espacio y serenarnos, sobre todo yo.

–Vamos a comer –dijo Sophie siempre pragmática.

La comida transcurrió en silencio. La única que se comportaba como siempre era Ségolène. De vez en cuando alguien hacía algún comentario sobre el tiempo o la política, pero todos quedaban callados de nuevo. Yo estaba ausente; no terminaba de asimilar aquello, en mi cabeza bullían mil ideas a la vez y no podía concretar ninguna: los cuadros, la condesa, los cuadros, su padre, los cuadros, Van Gogh, las cartas de Margueritte, los cuadros, la condesa... ¡La condesa!

–¡A eso se refería la condesa! –exclamé. Y todos me miraron con expresión interrogante–. A eso se refería la condesa cuando repetía «están todos arriba». Cuando insistía a Thérèse y a Margueritte en que buscaran el zapato de Cenicienta y «todos los demás», se refería a los cuadros. No eran zapatos sino cuadros lo que ellas tenían que buscar.

Aquello solo tenía sentido para quienes habíamos leído las cartas, es decir para Roxanne, para mí y para Camille, que además conocía la anécdota porque Margueritte se la contó cuando escribía su tesis.

–No me miréis así, no me estoy volviendo loca.

Aquello fue el final del silencio; entonces empezaron las preguntas, pero no recuerdo cuál hizo cada uno.

–¿Qué vas a hacer ahora?

–Esto puede ser una bomba mediática.

–¿Vas a convertir Saint-Sybelie en un museo?

–Eso estaría bien.

–Y tú serías directora de tu propio museo.

–Sí, pero si vendes los cuadros no necesitarás volver a trabajar en toda tu vida.

–Yo hablaría primero con el alcalde. El turismo aumentaría muchísimo si quienes nos visitasen tuvieran la posibilidad de contemplar en el ayuntamiento un Van Gogh inédito...

–¿Y por qué en el ayuntamiento?

–¡No pretenderás que se lo lleve a su casa!

–¡Por favor!, ¡ya no más! –supliqué–. Aún no sé lo que voy a hacer. Necesito un tiempo para pensar y después os diré algo. Ahora quiero regresar a casa y examinar los cuadros en profundidad.

–Bien. Si no necesitas nada más de nosotros, creo que es mejor que te dejemos sola –bendita sensatez de Marcel–. En eso no te podemos ayudar.

–Pero llámanos si necesitas algo. –Ese era Gastón.
–Gracias, lo haré, no os preocupéis. Nos vemos mañana.

Antes de salir, Sophie me dio una bolsa con algo para cenar.

–Anda, toma, que te conozco; sé que si te entusiasmas no cenarás por no prepararte algo.

La mansión me pareció mucho más grande, como si saber lo que contenía le hubiese aumentado de tamaño. Tenía trabajo para varios días y esa semana empezarían las obras, no había tiempo que perder. Bajé todos los cuadros al dormitorio de mi hermana; allí, debidamente protegidos, estarían a salvo del polvo que, inevitablemente, se formaría durante las obras; eso me llevó casi el resto de la tarde. Estaba cansada y no tenía la luz adecuada, así que pospuse el examen de los cuadros hasta el día siguiente; y con las cartas, el cuaderno de los poemas y el diario de la última condesa, me puse cómoda. Empecé a leer las cartas: la primera debía ser del dueño de una pensión en Arlés. No era muy larga y decía:

Señor:
Como quiera que su amigo de usted, el señor Armand ha fallecido, como quiera que usted lleva tiempo sin venir y como quiera que su amigo el pintor también se ha marchado, le envío las cosas que el señor Vincent me dio para usted. Espero que no se lo tome usted a mal, pero tengo inquilinos nuevos y ya sabe usted que este es el pan de mis hijos. Si vuelve usted algún día por aquí estaré gustoso de alojarle de nuevo.
Bonfons
Arlés, 20 de mayo de 1889.

La carta era muy clara, el señor Bonfons debía ser un hombre muy práctico. La segunda carta era más extensa y mucho más interesante, venía firmada por el mismísimo Vincent Van Gogh y fechada también en Arlés el 15 de mayo de 1889.

Mi muy estimado amigo:
Si su espíritu está tan abatido como el mío desearía que estas letras le aporten un poco de consuelo. De los «cinco diferentes» que compartíamos sueños, ilusiones y absenta en aquel pequeño café, solo dos continuarán haciéndolo ahora. Se marchó nuestro querido Armand dejándonos un hueco en el alma que se agranda cada día que usted permanece ausente; y ahora me marcho yo también.

Ustedes tenían razón; Gauguin no fue tan buena influencia como yo esperaba. La admiración que siempre sentí por él me cegaba y seguramente me impidió ver todo aquello que ustedes veían y que tanto me irritaba que me dijesen. Perdone si llegué a ser muy violento. Tal vez algún día podamos hablar de ello sentados de nuevo ante un vaso de absenta en nuestro café de Arlés. De momento debo hospitalizarme porque los últimos tiempos de convivencia con Gauguin me desequilibraron, espiritual, emocional y físicamente. Mi deseo sería permanecer aquí y recuperarme, aunque el doctor y mi bendito hermano insisten en considerar conveniente que me ingrese, el tiempo necesario, en una casa de salud. Ambos están de acuerdo en que alejándome del escenario de los últimos sucesos y rodeado de paz y tranquilidad, podré recuperar mi frágil equilibrio y la paz de mi alma.

Le envío el cuadro que me encargó para su hija y que con tanta generosidad me pagó aún antes de verlo terminado, espero haber sabido plasmar la descripción del zapato que usted me hizo. Le envío también el que pinté para nuestro amigo Armand; él pensaba regalárselo a usted, pero no tuvo tiempo. Confío en haber sabido captar la belleza del momento, el cariño que ambos se profesa-

ban y el disfrute que les proporcionaban aquellas tardes de lectura. Nuestro amigo también me pagó con largueza; él me lo encargó para usted y es justo que usted lo tenga. El tercero es un regalo de este pobre pintor. Siempre me gustaron esas terrazas de los cafés en la calle. Mi pintura es todo lo que tengo y con ella le envío también mi gran afecto y una parte de mi alma.

Me llevo nuestra amistad, los buenos ratos vividos y las ilusiones que compartimos. Gracias por apoyar mi sueño del Estudio del Sur. Saumur, nuestro querido filósofo, y Mercanson, nuestro amado músico, han sido mis fieles acompañantes en estos tristes momentos. Me he despedido de ellos como ahora me despido de usted, con todo mi afecto y agradeciendo a la vida porque me ha permitido compartirla con ustedes durante un tiempo.

Espero que algún día volvamos a reunirnos todos.

Vincent Van Gogh
P.D. He conservado sus cosas durante todo este tiempo esperando su regreso. Ahora le he pedido al señor Bonfons, nuestro casero, que se las remita.

Aunque en la carta Van Gogh no habla de su mutilación y de todo lo que sabemos ahora, estaba implícito aquel drama estremecedor, pero sobre todo era una despedida, porque, aunque manifestaba la posibilidad de volverse a encontrar en Arlés, también quedaba clara su intención de no dejar cuentas pendientes; esa despedida era ambigua, ¿se refería a reunirse los cuatro que quedaban en Arlés?, ¿o presentía su próxima muerte y esperaba encontrarse con todos en el más allá? De cualquier modo, la carta me impresionó por su contenido emocional y en sí misma como un documento único que yo tenía entre las manos. Me sentía como si estuviese tocando algo sagrado... Y en cierto modo, así era. La releí varias veces, como si quisiera convencerme de que era real y sobre todo de que era el mismísimo Vincent Van Gogh, aquel pintor tan poco apreciado en su época, que no vivió lo suficiente para saber el valor que han llegado a alcanzar sus cuadros, quien había escrito cada una de las palabras que componían aquella epístola. Según esa carta, Van Gogh no vendió un único cuadro en su vida, sino tres, y dos de ellos ahora me pertenecían, además de un tercero, regalo del pintor al conde.

Estaba aturdida y sobrepasada. Tenía una opresión interior que no sabía cómo gestionar. Necesitaba aire o agua, así que me metí en la ducha y permanecí allí no sé cuánto tiempo, dejando caer el agua sobre mi cabeza y mi cuerpo. Después, más tranquila, eché un vistazo a los poemas y abrí el diario de Isabelle Aurore Jourdan, última condesa de Saint-Sybelie.

La juventud de la condesa coincidió con el momento más álgido del Romanticismo y todo cuanto escribía estaba impregnado de aquellas pasiones y sufrimientos. Debió empezar a escribir sobre los catorce años, cuando se enamoró del que luego sería su marido. Fui leyendo a retazos.

22 de abril 1877
Hoy he conocido al hermano de Desirée, se llama Maurice, y es el hombre más guapo del mundo, es bastante mayor que yo y es todo un caballero, el corazón se me ha disparado en el pecho cuando me ha mirado con sus ojos profundos y tristes. ¿Qué tienes, oh amor? Te amo tanto ¡Cómo quisiera ser la música que alegre tus oídos, la poesía que serene tu alma, el bálsamo para tu corazón y el pañuelo que enjugue tus lágrimas!

28 de abril 1877
He ido al Bois de Boulogne con mi madre. Él estaba allí y se ha acercado a saludarnos. Me he sonrojado de

tal modo que ha debido darse cuenta de que estoy enamorada de él. He pasado todo el día murmurando su nombre: Maurice, Maurice, Maurice... ¡Cuánto te amo!

30 de abril 1877
He ido a la ópera con mi madre... ¡Oh, dolor! Él estaba allí, con una mujer. La marquesa de algo, me ha dicho mi madre, pero yo no la he oído porque me he muerto en ese instante.

12 de mayo 1877
Los Jourdan nos han invitado a cenar, yo no quería ir, pero mi madre me ha dicho que no podíamos declinar la invitación. Bendita seas, mamá. Él estaba allí. Por lo visto, la dama con quien le vi en la ópera es solo una conocida a quien se vio en el compromiso de acompañar al teatro, pero hoy no apartaba sus ojos de mí. ¡Oh, Maurice, cuánto te amo!, en tu presencia siento que voy a morir porque no puedo respirar y cuando tú no estás no existe nada, ni aire, y entonces me muero por tu ausencia. Eres mi vida y sin ti no hay nada, solo vacío y oscuridad.

30 de junio de 1877
Maurice nos ha acompañado a pasear junto al Sena, a mi madre, a su hermana y a mí. Pero casi todo el tiempo ha estado a mi lado. El corazón me latía tan fuerte que estoy segura de que él podía oírlo.

2 de septiembre de 1877
Maurice lleva casi dos meses ausente, por sus negocios. Y a mí, París sin él, me parece una tumba de piedra fría y gris. No sé si sobreviviré a esta ausencia, solo el amor me da un hálito de vida.

16 de noviembre 1877
¡Me ama! ¡Él me ama! Me lo ha dicho en casa de sus

padres, durante la cena de esta noche, en un momento en que los demás estaban pendientes del Nocturno de Chopin *que su hermana interpretaba al piano. ¿Es posible tanta felicidad? Creo que mi pobre corazón no lo podrá soportar y estallará en cualquier momento.*

6 de enero de 1878
He discutido con Cécilie Villeneuve. Ha tenido la desfachatez de decirme que Maurice no es un caballero, que bajo su elegante apariencia es un canalla y que solo me pretende por mi dinero. ¡La muy embustera! Yo sé que está celosa porque él me prefiere a mí; me da pena que no pueda soportar su desamor, ella desearía que Maurice la amara tan apasionadamente como me ama a mí. Es comprensible, yo tampoco podría.

18 de enero de l878
¡Soy la futura señora Jourdan! ¡Maurice y yo nos hemos prometido hoy! Nosotros queríamos casarnos en seguida, pero nuestras madres se han escandalizado. Para no darles un disgusto debemos calmar nuestra impaciencia y permitir que ellas preparen la boda que desean.

19 de mayo de 1878
Cuando Maurice me besa me vuelvo loca. Me encanta que me abrace, que me acaricie; al principio me daba vergüenza, ahora me da igual si es pecado. Su forma de besarme, su forma de acariciarme los pechos, por encima del vestido, me vuelven de fuego y me hacen pensar qué serían esas caricias sin ropa. No puedo hablar de esto con nadie, pero creo que no me importaría romper mi castidad antes de la boda. ¡Oh, amado! Soy tuya. Tómame si lo deseas, yo jamás podré negarte nada.

Después su prometido debió ausentarse de París y ella, su cuñada Desirée, su suegra y su madre se centraron en los preparativos de la boda. Ya no volvió a escribir hasta su regreso a Saint-Sybelie.

30 de mayo de 1879
Hemos regresado a Saint-Sybelie después de nuestra boda y la luna de miel. La boda fue fastuosa y agotadora, pero la luna de miel me habría gustado prolongarla más. Estuvimos en Roma, Milán, Venecia, Viena y Zúrich, pero cuando regresamos a París tuve que compartir a Maurice con nuestras familias y amistades, y eso unido a un repentino viaje a Londres que le tuvo alejado de mí tres semanas, me llevó a desear regresar sin más dilación a esta casa que a partir de ahora será la nuestra. Aquí viviremos felices solo el uno para el otro. Me siento morir de felicidad. Si esto es un sueño, espero no despertar jamás.

10 octubre de 1880
Maurice tiene un comportamiento muy extraño. Dice que sus negocios no van bien, y que eso le obliga a marcharse con frecuencia; y a pesar de todo el dinero que le doy para salvarlos, nunca mejoran.

8 de noviembre de 1881
Me cuesta creer que mi marido esté robando cuadros y objetos de valor de esta casa para venderlos, pero ya no puedo negarme a ver lo que es evidente. Yo creía que eran los criados y he despedido a varios de ellos; ahora veo que he sido injusta porque siguen desapareciendo objetos de valor coincidiendo con las temporadas cada vez más cortas que mi marido permanece en Saint-Sybelie.

3 de enero 1882
He enviado a mi doncella Linette a Burdeos al taller de un copista, del que me han hablado maravillas, para que vaya copiando durante las ausencias de Maurice los cuadros que aún nos quedan. Mi intención es sustituir

los auténticos por copias para evitar la rapiña de mi marido.

Después detalla cómo fue cambiando los cuadros y escondiendo los objetos de más valor y le dijo a su marido que había tenido que venderlos para poder hacer frente a los gastos de la casa y que el colocar copias era para evitar los comentarios que se producirían si se corría la voz de que estaban casi arruinados. Maurice se quedó en Saint-Sybelie una larga temporada, e incluso se interesó por los viñedos. Uno de sus amigos le ofreció la oportunidad de asociarse con él, pero volvió a marcharse y sus ausencias eran cada vez más largas. La condesa no volvió a escribir nada hasta un año después.

2 de febrero 1884
Sé que Maurice tiene una amante y no es la primera. Sus largas ausencias, sus negocios, son de faldas. Me he cansado de que me humille y he decidido tomarme la revancha y ridiculizarle.

23 de mayo 1884
¡Maurice me ama locamente! Aunque no sabe que soy yo. Hoy va a venir a romper conmigo para irse... Conmigo. ¡Me ama! Y yo nunca dejé de hacerlo. No tardará en llegar. Le descubriré esta pequeña farsa, le diré que vamos a tener un hijo y nos reiremos, nos amaremos apasionadamente y nuestra felicidad será completa.

Después no vuelve a escribir nada hasta noviembre de 1888. Debió abandonar la escritura a raíz del episodio del vestido rojo. Sentí compasión por ella. Si en cualquier época las mujeres engañadas nos tomásemos de la mano, podríamos rodear varios continentes. Continué leyendo.

7 de noviembre 1888

Hoy me he encontrado con este diario que permanecía olvidado en el fondo de mi armario. Han pasado cuatro años de todo aquello, pero mi alma sigue tan muerta como el hijo que perdí, y tan llena de odio como el último día que vi a aquel descastado innombrable. Dios sabe cuánto me alegré de su muerte, aunque aún le odio más, pues con ella perdí toda posibilidad de venganza.

Linette se ocupó de mí durante mi enfermedad y convalecencia; gracias a ella sigo viva, aunque entonces deseaba morir. Algún criado se debió ir de la lengua porque aquello, se convirtió en algo del dominio público. Linette, a quien yo había enseñado a leer y a escribir cuando además de mi doncella se convirtió en mi cómplice, escribió a mi madre en mi nombre dándole cuenta de lo sucedido; ella me contestó diciéndome cuán triste se sentía y lamentando no poder acudir a mi lado, pues tenía compromisos ineludibles.

Fue mi padre quien regresó en cuanto supo lo que había sucedido; él se turnaba con Linette para cuidarme día y noche. No se volvió a marchar hasta que estuve repuesta. Fue lo mejor de aquellos días. Descubrí un padre sensible y amoroso que prefería vivir junto a las viñas que en esta mansión, que plantaba vides, que comía con sus trabajadores lo que comían ellos y donde comían ellos. Me confesó que en muchas ocasiones cuando le creíamos viajando estaba allí, en Châateau Saint-Sybelie, pero sí que era cierto que se ausentaba con frecuencia. ¿Lo harían todos los maridos? También supe que mi madre y él jamás se habían amado y que mi padre escribía poemas que no me dejaba leer porque, según él, eran muy malos y no estaban escritos para mí.

9 de noviembre 1888
Cuando mi padre y yo hemos regresado de nuestro habitual paseo, habían traído una carta para él, cuyo contenido no ha querido comunicarme; era evidente que

portaba malas noticias, pues su expresión se ha alterado notablemente. Ha preparado algo de equipaje y ordenado enganchar los caballos para partir en seguida. Preocupada, he querido saber qué sucedía, pero él me ha contestado: «Ahora no. A mi regreso». Estoy segura de que mi padre tiene una amante y que algo ha debido sucederle.

28 de noviembre 1888
Mi padre ha regresado en un estado de abatimiento que yo nunca le había conocido; además, ha perdido mucho peso y esas ojeras tan marcadas me hacen pensar que lleva mucho tiempo sin dormir bien. Cuando he salido a su encuentro me ha abrazado y con los ojos llenos de lágrimas me ha dicho: «Yo estaba allí y no he podido acercarme, no me han dejado. Ni siquiera he podido seguir el féretro». Entre Linette y yo le hemos llevado a su alcoba. Le he dado esos polvos que el doctor me receta para cuando no puedo dormir. Creo que más que nada, necesita descansar.

25 de diciembre 1988
Este día de Navidad no es más alegre que los de los últimos años; lo único reconfortante es que mi padre, que sigue sumido en una profunda tristeza, se ha recuperado físicamente. En esta ocasión hemos sido Linette y yo quienes hemos cuidado de él. Como todos los años por Navidad hemos repartido una gratificación entre los criados y los viñadores. La de Linette ha sido mayor, además le he preparado unos bombones y dulces para sus preciosas hijitas.

7 de enero 1889
Hace muchísimo frío y, como temo por la salud de mi padre, no salimos a pasear, pero estas tardes junto a la chimenea recogidos en el salón pequeño, han creado en-

tre nosotros un ambiente propicio a las confidencias y, por primera vez, él me ha hablado del desgarro que le produjo perder a su ser más querido. «La amabas mucho, ¿verdad?», he preguntado, y mi padre me ha contestado que había sido su gran amor. Que se habían amado toda la vida, desde muy jóvenes. Me ha dicho: «Ha sido el amor de mi vida. Se llamaba Armand Berteaux». No he sabido cómo reaccionar ante esta confesión. Amo a mi padre y he procurado no perder la compostura, pero debo reconocer que estoy escandalizada, o mejor, conmocionada. No lo sé.

8 de enero 1889
No he podido dormir pensando en lo que me dijo mi padre. Después de reflexionar durante horas he llegado a la conclusión de que mi padre es un hombre valiente y me ha demostrado una gran confianza. De una forma muy vaga y confusa creo haber oído a mi madre nombrar alguna vez a un Armand. ¿Sospecharía ella algo? Tal vez las historias de amor entre hombres y mujeres se malogren porque siempre hay uno que se impone y una que se somete. Quizás en una como la de mi padre, ninguno tiene nada que conquistar ni nada que defender. Tal vez eso sea una aberración, pero yo envidio una historia de amor como la suya; de verdad se amaron hasta la muerte. ¿Quién soy yo para juzgarle? Amo a mi padre y creo que él es el único que realmente me ha amado a mí.

10 de enero 1889
Hoy el día ha sido soleado y mi padre y yo hemos ido a las bodegas. Yo nunca había estado allí. Me ha gustado comprobar el cariño y el respeto que aquellas gentes le profesan. Hemos comido allí y al regreso, junto a la chimenea, con una taza de chocolate, mi padre me ha hablado de Arlés, un pueblecito de la Provenza en el que Armand y él tenían unas habitaciones alquiladas durante

todo el año y pasaban allí tanto tiempo como podían. Me ha hablado del grupo de amigos que formaban y al que el año pasado se unió un excéntrico pintor recién llegado al pueblo. Eran, según mi padre, cinco inadaptados: un mal poeta, él; un armador que habría querido ser jardinero, Armand; un filósofo analfabeto, Saunar; un músico que envidiaba a Beethoven porque, al menos, decía, tenía las dos manos para interpretar, se llamaba Mercanson y había perdido la mano derecha en Sedán; y un pintor extravagante, Vincent, cuyos cuadros no gustaban a nadie. Me ha permitido, por primera vez, leer uno de los poemas que ha escrito y que habla de ellos. Me ha gustado y lo copio aquí para que no se me olvide.

*Somos cinco diferentes,
bravos inadaptados,
que viviremos valientes,
nunca, jamás, castrados.
Nuestro grupo malherido
de artistas de medio pelo
permanecerá siempre unido
hasta alcanzar nuestro cielo.
Amaremos lo que somos
y que nos maldiga el mundo,
pues, desde lo más profundo,
nosotros, al menos, somos.
Nuestras vidas son los campos.
Todos vivimos labrando.
Y entre penas y cantares
hay que seguir sembrando.*

Mi padre dice que es muy malo, pero a mí me gusta mucho. Creo que yo también soy diferente y tengo el alma amputada.

Capítulo 26

Me había quedado helada; en mi entusiasmo por la lectura olvidé poner la calefacción y estaba como un témpano. Cuando me levanté del sillón habían pasado cuatro horas desde que abrí el diario de la condesa. Me estaba preparando un té y me llamó mi hermana para saber cómo estaba y qué había descubierto. Le hablé del contenido de las cartas y de que todavía no había examinado los cuadros por falta de luz, pero que estaba enganchada a la lectura del diario de la condesa que en esa parte de su vida solo hablaba de su padre, o más bien, era lo único que me interesaba porque pasé por alto que tuvo dos pretendientes aunque jamás se volvió a casar, que estaba resentida con su madre ya que solo vino a verla en dos ocasiones y apenas estuvo dos días con ella; también le conté a Roxanne que la condesa odiaba aquella sociedad tan hipócrita que, conociendo la vida disoluta de Maurice, no le advirtió de nada, salvo Cecilie, aquella condiscípula suya; la condesa decía que se odiaba a sí misma por no haberla escuchado, por no poder dejar de pensar en su marido, en la trampa que le preparó y que se volvió contra ella. En fin, que lo mejor de su vida entonces, lo que le aportó un poco de paz y de equilibrio, fue la presencia de su padre y el cariño y la lealtad de Linette. Roxanne me dijo que vendría por la mañana, me recomendó que me fuese pronto a dormir y que descansase; cosa que no hice, estaba demasiado impaciente por saber qué sucedió después.

18 de enero 1889
Linette me ha despertado de madrugada y me ha dicho que mi padre se ha despedido de ella porque se marcha de viaje. Me he levantado preocupada. En el vestíbulo estaba él, llevaba un abrigo sobre el camisón, el sombrero y las botas. Le he preguntado adónde iba y me ha contestado que a Marsella, que Armand le llamaba porque quería verle. Nunca le había visto tan trastornado, he conseguido hacerle volver a la cama con la promesa de que yo misma le acompañaré cuando amanezca. Me ha costado conciliar el sueño después; sobre las ocho de la mañana me han despertado unos suaves golpes en la puerta de mi alcoba. Mi padre me ha pedido permiso para entrar y luego ha corrido las ventanas para que entrase la luz. Se ha acercado a mi cama y me ha dicho: «Vamos, Isabelle, despierta. Linette tiene el desayuno preparado y el viaje hasta Marsella es largo». Me he sentado en la cama y le he preguntado si de verdad quería hacer ese viaje. Él, que en ese momento parecía muy lúcido, me ha contestado que estaba decidido y que se marcharía conmigo o sin mí. Me ha contado que anoche soñó con Armand, pero que sentía que había sido algo más que un sueño; le dijo que deseaba mucho verle, porque no pudo estar con él en sus últimos momentos como habría sido su deseo. Mi padre me ha confesado que ese sueño se le viene repitiendo desde que aquel falleció, pero que esta noche ha sido diferente, más que un sueño, dice.
Linette ha preparado mi baúl y me ha ayudado a vestirme con mi ropa de viaje. Mi padre estaba impaciente y el coche llevaba horas preparado. A pesar de ser casi la hora de comer no ha querido esperar más y hemos tenido que hacerlo en el coche.

26 de enero 1889
Este viaje está resultando interminable. A mi padre parece no afectarle el cansancio, tiene prisa por llegar, pero yo estoy agotada. Viajamos en coche hasta Toulouse y después en tren hasta Marsella. Me ha encantado el ferrocarril, es más rápido y cómodo que el coche, pero aun así ha habido momentos en los que me he arrepentido de venir y habría preferido estar cómodamente sentada en mi salón de Saint-Sybelie.

28 de enero 1889
Marsella es una ciudad mucho mayor de lo que yo esperaba. Estamos en el mejor hotel de la zona burguesa, al este, pero mi padre me ha llevado a conocer el puerto y los barrios de alrededor; también hemos pasado frente a la empresa de los Berteaux que ahora dirige el hijo de Armand. El hotel nos ha facilitado un carruaje; el cochero parece un hombre sencillo y amable, nos ha paseado por la ciudad y después nos ha llevado al cementerio. El panteón de los Berteaux es impresionante, un auténtico mausoleo de mármol de Carrara, quizás el más lujoso del cementerio, con tres bancos magníficos, en uno de los cuales nos hemos sentado, aunque mi padre más que sentarse, se ha dejado caer. El dolor y la tristeza han vuelto a invadirle y las lágrimas a anegar sus ojos. Solo ha acertado a decir «Pobre amor mío, ¡qué incómodo debes estar aquí!». Me he levantado y he ido a pasear un poco para dejarle unos momentos de intimidad; además, yo también me sentía como una intrusa.

Me ha costado llevarme a mi padre de allí. El resto del día ha permanecido silencioso y ensimismado. El ánimo que ha tenido desde que decidió venir a Marsella ha desaparecido por completo.

29 de enero 1889
Cuando he bajado al comedor del hotel a desayunar,

me han dado una nota de mi padre en la que me decía que había ido al ayuntamiento y que le esperase en el hotel. A su regreso me ha comunicado que ha comprado un nicho, el más próximo al panteón donde está enterrado Armand, porque quiere ser enterrado cerca de él. Estoy asustada, me ha dicho que sabe que va a morir pronto porque está enfermo y porque no desea seguir viviendo, y que en su lápida solo se debe poner: Emmanuel Chevalier 1830-1889 R.I.P., nada de títulos ni epitafios. Estoy muy preocupada.

6 de febrero 1889
¿Puede alguien decidir el final de su vida sin suicidarse? Mi padre se muere, los médicos no se explican el avance tan rápido de su enfermedad, pero yo sí que lo sé, él me lo dijo. No ha atentado contra su vida porque quiere ir al cielo, donde dice que Armand le espera. Él quiere morir y ha venido a hacerlo aquí, y yo me pregunto una y otra vez si alguien puede morir cuando ya no desea vivir, y si es así, por qué sigo viva. Tal vez es que mi padre muere de amor y a mí me mantiene viva el odio, no encuentro otra explicación. Hoy nos hemos trasladado a una casa cerca del hotel. No quiero dejar solo a mi padre. Me quedaré con él hasta el final.

10 de abril 1889
Mi padre yace cerca de Armand, según su deseo. Acabó de morir en algún momento de la noche anterior al día de ayer. En su entierro el único cortejo he sido yo. Están grabando la lápida y en cuanto esté colocada regresaré a Saint-Sybelie. Me siento más sola que nunca y no sé si es más grande mi dolor o mi rabia; todo me resulta extraño y solo deseo estar en mi casa, llorar sobre el hombro de Linette y correr y nadar hasta perder la noción de todo o hasta morir exhausta.

No había nada más escrito. El resto del cuaderno estaba en blanco. Mi curiosidad seguía despierta, pero empezaba a sentir sueño y decidí irme a la cama.

Apenas me acosté y apagué la luz todos los momentos de aquel día se fueron repitiendo en mi mente. Una y otra vez vi, como en fotogramas, cada minuto desde que apareció el hueco detrás del armario hasta que lo vaciamos y supimos lo que contenía. No conseguía conciliar el sueño y en los breves momentos en los que caía en ese estado intermedio entre el sueño y la vigilia, se mezclaban las imágenes de cuanto había vivido con las del diario de la condesa. A las seis de la mañana tuve intención de levantarme y debió de ser en ese preciso instante cuando me quedé dormida.

–Juliette, Juliette, levántate. –Me despertó la voz de mi hermana.

–Humm –gruñí–. Déjame un poco más. Tengo mucho sueño.

–Vamos, arriba. Son casi las diez.

–Sí, tengo muchas cosas que hacer.

–Pues no te duermas. Levántate y date una ducha mientras te preparo el desayuno.

–Sobre la mesa está el diario de la condesa –dije–. Puedes entretenerte leyendo, si quieres.

Cuando aparecí en el comedor mi hermana estaba leyendo, pero no el diario sino los cuadernos de poemas del conde.

–Hay algunos muy bonitos –dijo–, aunque la métrica y las rimas no se ajustan a las normas clásicas. No creo que entonces le considerasen un buen poeta. Escucha este, es claramente erótico.

–¿Erótico? –Me sorprendí.

–Sí, muy blanco, pero erótico. Escucha:

Noche de luna traviesa.
Tu boca sobre la mía.
Su rayo nos atraviesa

y tú eres mi melodía.
Me conduces hasta el lecho
y yo me dejo llevar.
Yo me derramo en tu pecho
y tú me vuelves a amar.
Danza de pieles mojadas
al son de la excitación,
caricias desenfrenadas
que colman nuestra pasión.
Sofocar arrebatados
el fuego de nuestro lecho,
tras el clímax, agotados
descansar, pecho con pecho.
Noche de luna traviesa.
Tu boca sobre la mía.
Su rayo nos atraviesa
y tú eres mi melodía.

–Su amante debió de ser muy afortunada –concluyó Roxanne.

–En realidad, muy afortunado. Su amante se llamaba Armand Berteaux. Llévate el diario, si quieres, y lo lees con tranquilidad.

–¿Me estás echando? –bromeó mi hermana.

–Pues claro que no.

–Me alegro porque he venido dispuesta a quedarme contigo hasta que hayas examinado los cuadros. Podemos pedir algo para comer.

–Vale, en ese caso, ayúdame a traerlos, están en tu cuarto.

Con los cuadros en el salón, saqué mi lupa de relojero, la última que compré, una maravilla que incorporaba zoom. Hay gestos, como hay olores o melodías que te transportan a otro lugar, a otro tiempo, y al colocarme la lupa me vi en el taller de restauración del museo d'Orsay, con mi lupa en el ojo e inclinada sobre aquel cuadro de cuyo robo fui acusada. Como la mente es tan rápida volví a revivir toda mi historia con Daniel. Y por primera vez no sentí nada, aquel recuerdo ya no me produjo ninguna emoción; era algo lejano... Me resultó tan extraño... Como que ya no tenía nada que ver conmigo. Sin embargo, por asociación de ideas, apareció otra que me hizo sonreír.

–¿Recuerdas al señor Mercier? –pregunté a Roxanne.

–¿El director del museo d'Orsay?, ¿ese lameculos? Claro que lo recuerdo. Ese hombre no me gusta nada, no se portó bien contigo.

–¿Qué crees que haría si supiera que tengo tres Van Gogh desconocidos?

–Se volvería loco cantando tus alabanzas, hablando de cuánto te aprecia, poniendo por las nubes tu valía profesional y, por supuesto, haría todo lo posible por hacerse, al menos, con uno.

–Me besaría el culo, ¿verdad? –La idea me resultaba de lo más divertida.

–Un millón de veces si fuera necesario.

Nos estuvimos riendo con ganas ridiculizando a Mercier. Luego empecé con el cuadro del zapato que de ser auténtico sería doblemente extraordinario porque sería único, ya que era un motivo que el autor no solía utilizar, aunque pintó en otro unas botas de hombre.

–¿Qué? –preguntó Roxanne impaciente al cabo de una media hora.

–Es auténtico –dije–. La cantidad de pintura de cada pincelada, la dirección un poco inclinada, los pequeños espacios que quedan por cubrir, la intensidad de los colores... el amarillo apenas se ha oscurecido. Se nota que no hay boceto. Y aquí, a la derecha, me parece distinguir... Diría que terminó el cuadro con prisa, es decir, con más de la que él solía pintar. Y si acerco más el zoom de la lupa... Como si lo hubiera hecho con la mano algo temblorosa. Indudablemente es auténtico.

Mi hermana y yo nos quedamos mudas, teníamos taquicardia y la boca seca, nos dejamos caer cada una en un sillón sin terminar de creer que aquello fuera posible. Justo en aquel momento llegó Gastón, Camille llamaba a mi móvil, Marcel al de Roxanne y Sophie al de su hermano; todos estaban esperando saber algo. Dimos la buena noticia y esta vez con el uno a mi derecha y la otra a mi izquierda examiné los otros dos Van Gogh con el mismo resultado.

Gastón nos aconsejó descansar un poco, comer y continuar con el resto de los cuadros por la tarde. Él mismo calentó la quiche que había traído y se quedó a comer con nosotras. Por la tarde fue llegando el resto de la familia que se quedó en el salón pequeño para no molestarme. Apenas pude examinar dos cuadros más: auténticos también; estaba cansada, la luz ya no era muy buena y decidí dejar el resto para el día siguiente. Roxanne y yo nos reunimos con los demás. Me encantó que estuviéramos allí todos juntos y aquel salón me pareció mucho más bonito que antes. Estuvimos un rato conversando y la pregunta general era qué iba a hacer yo con aquello. Les dije que necesitaba un tiempo para pensar pero que ellos serían los primeros en conocer mi decisión. Cuando todos se marcharon, me preparé una sopa instantánea y mientras se enfriaba empecé a ojear el cuaderno de poemas del conde, el último de los cuales era un lamento, un grito de dolor por la muerte de su amante.

Ha muerto mi amor.
¿Qué cantará el poeta?
Se me ha ido el amigo.
solo hay dolor.
¿No hay parca que me acometa?
Solo pido estar contigo.
¿Para qué la luz,
si no he de verte?

¿Para qué mi cuerpo
si no ha de tenerte?
Pide a la muerte, amigo,
que me apresure la meta,
que este triste poeta
solo quiere estar contigo.

El poema me gustó. Le había tomado cariño al conde a través del diario de su hija y me conmovió el dolor que reflejaba.

Llamé a August y Odette, para darles la noticia y les invité a pasar el fin de semana en Saint-Sybelie para que ellos también pudieran ver los lienzos. Les rogué, eso sí, absoluta discreción. Llegaron el viernes siguiente por la tarde y después de ver las pinturas estuvimos en la alquería; Roxanne quería que fuésemos los primeros en probar su Opera Prima, que era realmente fantástico, aunque lamentamos no ser más entendidos en vinos para poder apreciarlo en toda su valía. El tema inevitable después de la cena fue qué decisión debería yo tomar con respecto a los cuadros.

–¿Te has planteado crear un museo en la mansión? – August fue el primero en preguntar.

–Por supuesto, pero he descartado la idea.

–¿Podemos saber por qué? –intervino mi cuñada.

–Porque quiero seguir en Saint-Sybelie y si la convirtiera en un museo tendría que poner semejante sistema de seguridad que me sentiría encarcelada y falta de libertad.

–¿Y el resto de los cuadros?, no me refiero a los Van Gogh –preguntó Marcel.

–Bueno, es del dominio público que los cuadros de Saint-Sybelie son falsos, así que los pondré en el lugar que ahora ocupan sus copias. Quedarán perfectamente ocultos, a la vista de todos.

Tal como estaba previsto, la semana siguiente comenzaron las obras y en menos de un mes el desván se convirtió en una escuela de restauración, amplio, moderno y completo. Al hueco de detrás del armario se le hizo una instalación eléctrica y lo convertimos en almacén de material. Creamos una página web, hicimos publicidad en revistas de arte y enviamos folletos informativos con una carta de presentación a varias facultades de bellas artes. Organicé algunos seminarios de fin de semana y empecé a trabajar realizando la parte práctica con algunas de las copias de los cuadros de mi casa, aunque aquellos principios no colmaron mis expectativas.

Tardé otro mes en decidir el destino de los Van Gogh. Cuando los saqué a la luz y los medios de comunicación se hicieron eco, hubo un extraordinario revuelo. El mundo del arte se volvió loco. Mi correo se bloqueó, los alrededores de Saint-Sybelie y Périgueux se llenaron de periodistas, marchantes, galeristas, licenciados, admiradores del pintor y curiosos en general, que buscaban la oportunidad de ver los cuadros. Durante un par de semanas la política, los desastres naturales, las manifestaciones, asesinatos, atentados terroristas y todas cuantas noticias desastrosas componen los informativos de cada día, cedieron protagonismo al hallazgo de las pinturas. Las redes sociales se volvieron locas y en los días siguientes millones de mensajes circularon en Twitter, en Whatsapp y Facebook, creando una polémica que llegaba hasta la televisión y cuyo tema era si los cuadros serían o no falsos, si serían una cortina de humo para tapar temas de actualidad mucho más sangrantes, si sería una estrategia publicitaria, una mentira y cuál sería el valor económico que alcanzarían dichos cuadros, de ser auténticos, en el mercado. No era solamente una parte de los usuarios de las redes sociales quienes dudaban de la autenticidad de los cuadros, por lo que invité a Frederick Monaar, el experto más prestigioso a nivel mundial en la obra de Van Gogh, para que los examinara. Tras una minuciosa y exhaustiva inspección, Monaar confirmó su autenticidad. Y aquello desató otra locura, pero esta vez en forma de ofertas de museos y particulares, directamente o a través de algún agente, para comprar alguno de los lienzos, cuyas ofertas duplicaban ya el precio en el que Monaar los había tasado. Ojalá su autor hubiera vivido para verlo. Pensé que aquello era una prueba irrefutable de que la vida no es justa.

En un par de semanas el efecto mediático se fue desinflando en los medios de comunicación y en las redes sociales, pero Périgueux seguía siendo un hervidero de visitantes que se dirigían al ayuntamiento para informarse a través de él, de cuándo se podría acceder a contemplar aquellas obras que, hasta entonces, solo se habían visto en televisión. Sophie y Gastón tuvieron que contratar más personal para el hotel, que estaba al completo, además de que quienes se alojaban en otros establecimientos solían comer, cenar y tomar café allí. Muchos se habían enterado en el pueblo de la relación de los del hotel con la dueña de los cuadros y esperaban tener más oportunidades en el caso de que yo aceptara enseñar las obras en mi casa.

Me pareció justo que uno de los cuadros se quedase en Périgueux. El alcalde estuvo encantado y el pleno decidió habilitar en el mismo ayuntamiento una sala con acceso directo desde la calle, en la que, debidamente blindado, se podría contemplar *El Zapato de Cenicienta*, una de las obras más curiosas del autor.

Debo reconocer que me costó separarme de los otros dos, pero como Indiana Jones, yo también pensaba que aquellas maravillas deberían estar en un museo. Me pareció justo que uno se quedase en el museo Van Gogh de Ámsterdam y el otro... Aún recuerdo el día que, previa cita concertada por email, recibí al señor Mercier en Saint-Sybelie. Le faltó besarme el culo en el sentido más literal. Se deshizo en halagos, alabó mi eficiencia, me habló de cuánto sufrió por mí con el tema del robo y de que el taller de restauración estaba vacío sin mí, de lo mucho que se me echaba de menos, de que el museo no era el mismo desde que yo no estaba y cosas por el estilo. Reconozco que mi ego se sintió muy satisfecho, aunque antes de su visita yo ya había decidido que, si me hacía una buena oferta, el cuadro sería para el museo d'Orsay, no en vano es mi museo favorito y en el que se encuentra lo mejor del impresionismo. El nuevo cuadro pasaría a engrosar la galería Van Gogh del museo.

Aquello fue la mejor publicidad para mi escuela, que a partir de entonces siempre ha tenido listas de espera, pues ni por espacio ni por la atención que requieren, se puede trabajar con grupos de más de cinco alumnos.

Hablar de mi cuenta corriente no me gusta mucho; solo diré que, después de haber pagado a Hacienda creo que no pasaré hambre el resto de mi vida. Además, tardaré en volver a pagar impuestos municipales, pues El Zapato de Cenicienta no fue una venta ni una donación, sino una cesión: durante treinta años el ayuntamiento exhibirá el cuadro y la mansión Saint-Sybelie estará exenta de impuestos. Después, ya veremos. Creo que el ayuntamiento salió ganando, con el cuadro recaudará anualmente un montante muy superior al importe de mis impuestos.

Unos meses después todo se había serenado. Había llegado la primavera y con el buen tiempo se triplicó el número de turistas que acudían a Périgueux a ver el Van Gogh; la historia de cómo y cuándo se encontró, y la narración de la vida de Cenicienta tal como se conocía en Périgueux, se podían leer en folletos explicativos en varios idiomas.

El jardín de Saint-Sybelie había resurgido con la fuerza y el esplendor de la vida nueva y se había llenado de flores, aromas y colores. Todas las fuentes volvieron a fluir y Marcel y Roxanne decidieron que había llegado el momento de casarse. Poco decorado hubo que poner, casi no era necesario pues el jardín en sí era un marco bellísimo. Fue una boda íntima y sencilla, pero no por eso menos estresante. Roxanne nos permitió ayudarle a organizarla con una sola condición: en contra del protocolo, todos deberíamos vestir de blanco. Unos días antes llegaron mis padres y después lo hicieron Odette y mi hermano. Sophie estaba nerviosa, Gastón parecía el hermano del novio y Camille la mejor amiga de la novia. Había más actividad de la que realmente habría hecho falta, parecía que todos necesitábamos estar ocupados. A la boda también acudieron como invitados los compañeros de las bodegas con sus familias. El grupo de música de August se encargaría de amenizar el evento. Traían preparado un buen repertorio en el que había creaciones propias, música celta y versiones de otras canciones modernas y más clásicas. Los músicos llegaron el día del enlace a media mañana, montaron el equipo, después se fueron a comer con August y al regreso empezaron a ecualizar.

Nosotras estábamos en la casa arreglándonos nerviosas. Saint-Sybelie era el cuartel femenino: Roxanne, Odette, Ségolène, que no se separó de mi hermana en ningún momento, y yo, nos vestimos y arreglamos allí; pronto llegaron Sophie y Camille nerviosas y emocionadas. Los hombres estaban en el hotel. El alcalde se desplazó hasta la mansión para celebrar la boda y también se desplazaron innumerables curiosos que no quisieron perderse aquel acontecimiento, aunque se conformaron con mirar a través de la verja.

Roxanne estaba preciosa y radiante, con su embarazo ya evidente y un sencillo vestido de bambula blanca. Marcel con camisa y pantalón blancos también estaba guapísimo; pero lo que les hacía especiales era la forma en que se miraban. Pensé que la hija que esperaba Roxanne (ya sabíamos que era niña) llevaba la sangre de Henri por parte de Marcel y la de Margueritte por mi hermana; ese pensamiento me gustó mucho. Pedí a Dios o al universo que nunca perdieran esa expresión y que alguna vez encontrase yo a alguien a quien mirar así y por quien ser mirada del mismo modo.

Las mesas para la cena estaban preparadas en el invernadero que una empresa especializada se había encargado de decorar para la ocasión; estaba precioso. Tras la cena, y como el clima lo permitía, salimos de nuevo al jardín.

—Es una boda preciosa —dijo Odette cogiéndome del brazo—. ¿No te parece?

—Sí, preciosa.

—¿Podríamos contar August y yo con tu jardín en unos meses para la nuestra?

—¿Os casáis? —Me alegré.

—Ya ves —contestó mi cuñada—. Nos han dado envidia.

—Pues entonces, ¡por supuesto! ¡Qué alegría! —Y la abracé muy feliz.

Odette se fue a buscar a mi hermano para dar la noticia a Roxanne y a mis padres; Gastón se acercó y me abrazó.

—¡Estás preciosa! —dijo.

—Gracias. Tú también estás muy guapo.

—Juliette... No sé cómo decírtelo, tal vez te parezca ridículo... He decidido pedir a Camille que se case conmigo. Le debo un matrimonio desde hace muchos años. Espero que diga que sí y sé que este es el lugar que le gustaría para la boda. Si te parece bien...

—Claro, tonto —dije sin dejarle terminar y dándole un fuerte abrazo—. Ahora ve y pídeselo.

Gastón fue en busca de Camille y entonces tuve una sensación muy rara, como si estuviera viendo todo aquello desde fuera de mí, o desde un lugar muy alto, no podría definirlo muy bien, solo pensé que todo aquello era obra de Margueritte, porque con su legado, a la vez que había cambiado mi vida, había cambiado la de todos los que me rodeaban, porque un cambio en la vida de uno cambia también la de quienes están cerca. Experimenté un profundo agradecimiento y decidí escribir una carta a Margueritte y quemarla; simbólicamente eso significaba enviarla al universo donde ella, que debía de ser esa estrella que en aquel instante brillaba tanto, la recogería. Tenía que agradecerle toda aquella felicidad. Ya solo me faltaba un Henri como el suyo para que fuera completa.

Así lo hice. Entré en la casa, escribí la carta, la quemé en el jardín de atrás junto a la piscina y volví a la casa para atravesar el vestíbulo y salir por la puerta principal. Cuando puse la mano en el picaporte, una fuerza exterior empujó la puerta que me golpeó y me hizo caer al suelo. August entró como una tromba.

—Perdona —dijo dirigiéndose apresuradamente a la escalera—. Vamos a mi cuarto a que mi amigo se duche y se cambie de ropa. Es la primera vez que toca con nosotros y le hemos bautizado con vino.

El amigo que le acompañaba, al que no había visto antes me ayudó a levantarme.

—Normalmente no huelo así ni tengo este aspecto —se disculpó y luego me preguntó—: ¿Estás bien?

—Él es nuestro nuevo guitarra —nos presentó August sin descender la escalera—, y ella es mi hermana, la dueña de todo esto.

—¡Vaya! —exclamó el nuevo guitarra—. Si eres la dueña de todo esto y vas perdiendo un zapato debes ser la princesa Cenicienta.

Efectivamente en la caída debí perder el zapato que él recogió del suelo. Se arrodilló, me hizo levantar el pie y con gran delicadeza me lo puso. Mi hermano que continuaba ascendiendo, se detuvo de nuevo y dijo:

—No es Cenicienta ni es princesa. Es restauradora de cuadros.

—¡Justo lo que necesito! —declaró aquel chico—. Mi madre dice que soy una obra de arte.

—Y tus amigos que eres una antigualla —añadió August.

—¿Lo ves? —me dijo el chico con resignación y añadió con voz suplicante—. Tienes que hacer algo por mí.

Yo seguía muda como una tonta. Era la primera vez que veía a aquel hombre, pero tenía la sensación de conocerlo ya, me resultaba muy familiar. No era muy alto, ni muy guapo, ni se le adivinaba una musculatura de gimnasio bajo la camisa empapada de vino; llevaba el pelo largo y nada era extraordinario en él salvo la expresión de sus ojos de un color entre verde y miel. Su mirada era franca, inteligente y divertida. Nos estuvimos mirando unos segundos hasta que, ya desde el piso de arriba, mi hermano le llamó impaciente.

–¡Henri!, ¿vienes?

–¡Voy! –contestó él y luego me dijo–: Pero vuelvo en seguida. No te irás, ¿verdad?

–No.

No dije más, me había quedado muda y totalmente encandilada, porque el flechazo existe, ahora lo sé. Volví al saloncito y escribí otra nota para Margueritte:

Querida Margueritte: Gracias por ser tan rápida.

Cuando volví al vestíbulo, después de quemarla, y de ir al baño a retocarme el peinado, el maquillaje y ponerme un poco de perfume, él me estaba esperando. Limpio, me pareció mucho más guapo.

Epílogo

Aquellas bodas familiares (la de Gastón y Camille fue la primera; Sophie y Denis fueron la segunda pareja; y tres meses después celebramos la de August y Odette), no fueron las únicas que se celebraron en la mansión. La chica de La Parisienne vino a visitarnos, con la excusa de felicitar a los nuevos matrimonios y regalarme unas pastas, y aprovechó para hablarme de su próxima boda y de cuánto le gustaría celebrarla en el jardín de Saint-Sybelie. Camille me comentó que su casera le había pedido que hablase conmigo para averiguar qué posibilidades habría de que la boda de su hija se celebrase, también, en la mansión, y el alcalde me llamó porque estaba recibiendo muchas peticiones de parejas que desearían casarse en Saint-Sybelie. Así que me mostré generosa y permití que el concejo pudiera celebrar bodas civiles en el jardín de mi casa, pero, a cambio deberían hacerse cargo del mantenimiento. El ayuntamiento puso una tasa para las bodas en Saint-Sybelie (yo no habría sido capaz de cobrar a nadie), y yo me ahorraba el gasto de jardín que, por otra parte, siguió cuidando la misma empresa, que era la que se encargaba también de los parques públicos.

Margueritte fue el nombre que Roxanne y Marcel eligieron para su hija. Mi hermana también pensó que era una forma de agradecer lo que nuestra tía bisabuela había hecho por ella; pensaba que si yo no hubiese recibido la herencia, ella no habría venido a Périgueux y no habría conocido a Marcel, ni las viñas, ni nada de cuanto ahora era su vida y amaba tanto.

Cuando hace algunos meses Henri... Sí, ese Henri es, desde el día de la boda de mi hermana, mi Henri, y sin querer desmerecer a nadie, es el hombre más inteligente, guapo, divertido, bueno y el más apasionado que he conocido; y lo mejor de todo es que está tan enamorado de mí como yo de él. Lo de la música era solo uno de sus hobbies; en realidad mi hermano y él se conocieron en la *National Geographic*. Henri se encargaba de escribir los textos de los reportajes cuyas fotografías hacía mi hermano; ahora el fotógrafo es otro, pero los textos siguen siendo suyos.

Nos hemos instalado en Saint-Sybelie. Hemos habilitado, en una de las habitaciones del desván, un despacho para que él pueda trabajar; allí hemos puesto la mesa de escritorio, el reloj de carrillón, una de las cómodas y, haciendo contraste, unas modernas estanterías, dos ordenadores y una impresora; ha quedado muy raro, pero muy acogedor. Dormimos en aquella alcoba que yo elegí y que en compañía ya no resulta tan fría. Ahora solo imparto dos cursos al año, pues yo viajo con él y su equipo, salvo si los lugares de destino son realmente inhóspitos. Les sigo por mi cuenta, claro. Nos hemos propuesto hacer el amor en el mayor número posible de lugares en los cinco continentes.

Había empezado a decir que cuando hace algunos meses Henri me convenció de empezar a escribir esta historia, pensé que la protagonista sería yo; a medida que escribía entendí que era Margueritte; pero ahora, después de leerla varias veces, creo que la auténtica protagonista es esta casa, La mansión Saint-Sybelie, la casa de la Cenicienta; ella es el centro de este relato que aúna la historia de Margueritte, la de los habitantes de la casa anteriores a ella y la mía, que aunque a mí me parecía poco importante, Henri piensa que es «una pasada» y que solo el episodio de Daniel ya es digno de un guion cinematográfico que se ha propuesto escribir.

Henri me animó a contar esta parte de mi vida, acepté su sugerencia y este es el resultado: una historia mágica; pues eso es salir de la oscuridad, volver a la vida, recuperar la ilusión, dejar atrás el pasado y encontrar el amor; y aunque algunos a eso lo llamen resiliencia, yo prefiero llamarlo magia.

Cuando todos me animaron a publicarla me resistí porque pensé que parecía un cuento de hadas, una de aquellas películas americanas de los años treinta que podría haber producido la G.W.P. (Golden World Pictures) y que tenía un hermoso final en el que todos eran felices y comían perdices. Era muy poco creíble. Nadie cree ya en los finales felices. Pero un par de semanas después mi hermana me envió por Whatsapp una foto de un sobrecito de azúcar que le habían puesto en una cafetería, con una frase que decía:

La verdad es más extraña que la ficción, porque la ficción ha de ser verosímil.
Mark Twain

¡Toda una señal! Puede que haya quien lo dude... Yo, desde luego, no.

ÚLTIMOS TÍTULOS PUBLICADOS EN HQN

El viaje más largo de Sherryl Woods

Fuera de combate de Anna Garcia

A las puertas de Numancia de África Ruh

Ese beso... de Jill Shalvis

Hasta que me ames de Brenda Novak

La institutriz y el escocés de Julia London

Conquistar la luna de Marisa Ayesta

Irlanda, Luchando por una pasión de Claudia Velasco

Atracción en Nueva York de Sarah Morgan

Todo lo que siempre quiso de Kristan Higgins

Martina de Carmela Trujillo

Tras la pista que me llevó a ti de Caridad Bernal

Lazos de amistad de Susan Mallery

Cómo enamorarse de un hombre que vive debajo de un arbusto de Emmy Abrahamson

Misión California de Martina Jones

Donde pertenecemos de Brenda Novak

www.ingramcontent.com/pod-product-compliance
Lightning Source LLC
LaVergne TN
LVHW091612070526
838199LV00044B/766